GLACE DE FEU

Paru dans Le Livre de Poche :

ATLANTIDE

CYCLOPE

DRAGON

ICEBERG

L'INCROYABLE SECRET

MAYDAY !

ODYSSÉE

ONDE DE CHOC

L'OR DES INCAS

PANIQUE À LA MAISON-BLANCHE

RAZ DE MARÉE

RENFLOUEZ LE TITANIC

SAHARA

TRÉSOR

VIXEN 03

VORTEX

WALHALLA

En collaboration avec Paul Kemprecos :

L'OR BLEU

SERPENT

CLIVE CUSSLER

avec Paul Kemprecos

Glace de feu

Un roman tiré des dossiers de la NUMA

TRADUIT DE L'ANGLAIS (ÉTATS-UNIS) PAR CHRISTOPHE AILLOUD

GRASSET

Titre original:

FIRE ICE
Publié par G. P. Putnam's Sons, 2002.

ISBN : 978-2-253-11618-9 – 1re publication LGF

Prologue

Une atmosphère d'apocalypse régnait ce soir-là sur la côte ukrainienne…

En fin d'après-midi, un brouillard pesant avait brutalement envahi la rade, poussé par un vent changeant. D'énormes vagues grises balayaient les quais de pierre et leur ressac furieux éprouvait cruellement le grand escalier d'Odessa. La nuit tombait, bien avant l'heure, sur les activités grouillantes du vieux port.

Les passagers des ferries et des cargos se pressaient pour annuler leur traversée, mettant ainsi des dizaines de marins au repos forcé. Comme il avançait, à l'aveuglette, dans la brume glacée qui enveloppait le bord de mer, le capitaine Anatoly Tovrov entendait les éclats de rire alcoolisés s'échapper des bordels et autres bouges minables. Il dépassa le quartier chaud, tourna au coin d'une ruelle pentue et ouvrit une porte anonyme. Une bouffée d'air moite, chargée d'odeurs de cigarettes et de vodka, envahit aussitôt ses narines, et un homme assez corpulent lui fit signe d'approcher.

Alexeï Federoff était le responsable des douanes d'Odessa. Quand le capitaine était au port, les deux hommes avaient pour habitude de se retrouver dans ce bistrot discret, fréquenté principalement par des marins à la retraite, où l'on vendait, à un prix raisonnable, une vodka qui n'avait pas encore fait trop de victimes. Le capitaine pouvait compter sur la compagnie virile et sans équivoque du bureaucrate lorsqu'il en éprouvait le besoin, et il lui en était reconnaissant. Tovrov maintenait le cap de sa solitude avec la même rigueur qu'il commandait son navire depuis le décès, quelques années auparavant, de son épouse et de leur fillette, victimes d'une de ces explosions de violence insensée dont la Russie avait le secret. Federoff paraissait étrangement sombre… D'un naturel exubérant, il ne perdait pas une occasion de plaisanter avec le serveur, qu'il accusait en riant de forcer les doses. Il leva deux doigts pour commander une tournée. Plus surprenant encore, les douanes, d'ordinaire si économes, réglaient aujourd'hui l'addition. Il prit un air mystérieux. Tout en tripotant fébrilement la pointe de sa barbiche noire, il jetait des coups d'œil inquiets vers les autres tables, où se vautraient de vieux loups de mer aux visages burinés, le nez dans leur consommation. Rassuré par la teneur de leurs conversations, Federoff brandit son verre et les deux hommes trinquèrent.

« Mon cher capitaine, je regrette d'avoir si peu de temps à vous consacrer, je vais donc aller droit au but. Je souhaiterais que vous preniez un groupe de passagers à bord, ainsi que quelques marchandises, jusqu'à Constantinople… sans poser de questions.

— Je trouvais étrange, aussi, que vous payiez pour les boissons », répondit le capitaine avec sa franchise habituelle.

Federoff pouffa. L'honnêteté de l'officier l'avait toujours fasciné, même s'il lui était difficile de la comprendre. « Eh bien, capitaine, nous autres, pauvres serviteurs du gouvernement, devons nous contenter de la maigre pitance qu'on nous accorde. »

Tovrov esquissa un sourire tandis qu'il lorgnait l'imposante bedaine de son compagnon, comprimée par les boutons de son coûteux gilet taillé en France. Le douanier se plaignait souvent de son travail, et le marin l'écoutait toujours poliment. Il savait que le haut fonctionnaire possédait de puissantes relations à Saint-Pétersbourg, et qu'il ne se passait pas un jour sans qu'il se fasse graisser la patte par des armateurs pour « soulager les mers » des tracas administratifs, comme il se plaisait à le dire.

« Vous connaissez mon bateau, objecta Tovrov en haussant les épaules. Ce n'est pas exactement un paquebot de luxe…

— Aucune importance. Il fera l'affaire. »

Plongé dans ses pensées, le capitaine se demandait comment on pouvait vouloir naviguer sur un vieux charbonnier quand des possibilités bien plus confortables s'offraient à vous… Federoff se méprit sur l'hésitation de son vis-à-vis. Croyant venu le temps des négociations, il retira de sa poche intérieure une enveloppe, très épaisse, qu'il posa sur la table. Il l'ouvrit juste assez pour permettre au capitaine d'entrevoir son contenu : plusieurs milliers de roubles…

« Vous serez largement récompensé. »

Tovrov déglutit avec peine. Les doigts tremblants, il s'empara d'une cigarette et l'alluma. « Je ne saisis pas… » avoua-t-il.

Federoff remarqua la gêne de son interlocuteur. « Que savez-vous de la situation politique de notre pays ? »

Le capitaine faisait confiance aux ragots et aux vieux journaux pour s'informer. « Je ne suis qu'un simple marin, vous savez. Je ne pose que rarement le pied sur le sol russe.

— Tout de même, vous êtes un homme d'expérience ; soyez franc, mon ami, s'il vous plaît. J'ai toujours respecté votre opinion. »

Tovrov médita sur ce qu'il savait des tribulations de la Russie et répondit par une métaphore maritime. « Si un navire se trouvait dans le même état que notre pays, je me demanderais comment il n'est pas encore au fond de la mer.

— J'admire votre candeur ! s'exclama le fonctionnaire, hilare. En outre, vous avez un vrai sens de l'image. » Puis, redevenant sérieux : « D'autant que vous avez raison, la Russie est en grand danger. Nos jeunes soldats sont décimés par la Grande Guerre, le tsar a abdiqué, les bolcheviques se sont impitoyablement emparés du pouvoir, les Allemands tiennent notre flanc sud et… nous avons dû demander l'aide d'autres nations.

— J'ignorais que les choses allaient aussi mal.

— Elles empirent, vous pouvez me croire. Ce qui, justement, me ramène à vous et votre bateau. » Les yeux dans ceux du capitaine, Federoff poursuivit : « Nous, les loyaux patriotes d'Odessa, sommes le dos à la mer. L'Armée blanche défend le territoire, mais les Rouges font pression sur le Nord et vont bientôt la submerger. Les seize kilomètres carrés de zone militaire allemande vont se dissoudre comme du sucre dans l'eau. En prenant ces passagers à votre bord, vous rendriez un immense service à la Russie. »

Le capitaine se considérait d'abord comme un citoyen du monde, mais en fin de compte il n'était pas très différent de ses compatriotes et gardait un profond attachement à la mère patrie. Il savait que les bolcheviques arrêtaient et exécutaient la vieille garde, et que beaucoup de réfugiés fuyaient vers le sud. Il avait entendu d'autres capitaines murmurer des histoires de passagers de marque qu'on embarquait à bord au milieu de la nuit.

Il ne s'agissait pas d'une question de place ; le navire était presque vide… *L'Etoile d'Odessa*, ultime recours des marins à la recherche de travail, sentait le fioul, le métal rouillé, le cargo bas de gamme, et les matelots, prétendant qu'elle « puait la mort », l'évitaient comme si elle transportait la peste. Son équipage était composé d'une bande de bras cassés dont personne n'avait voulu.

Tovrov, pensif, se disait qu'il pourrait toujours abriter le second dans ses propres quartiers, libérant les cabines d'officiers pour les passagers. Il lança un regard en direction de l'enveloppe. L'argent pourrait l'aider à se retirer dans un joli pavillon en bord de mer, plutôt que de finir misérablement ses jours dans une maison de retraite pour marins.

« Nous appareillons dans trois jours, avec la marée nocturne, annonça le commandant de *L'Etoile*, enfin décidé.

— Vous êtes un véritable patriote », le complimenta Federoff, les yeux brillant de larmes. Puis, désignant l'enveloppe : « Ceci représente la moitié de la somme. Je vous remettrai le solde à l'arrivée des passagers. »

Le capitaine glissa prestement l'argent à l'intérieur de son manteau. « Combien de passagers ? »

Federoff suivit du regard deux matelots qui entraient dans le café et s'installaient, puis, baissant le ton : « À peu près une douzaine. Il y a un supplément, dans ce que je vous ai donné, pour la nourriture. Faites vos achats dans différents magasins pour ne pas éveiller de soupçons. Je dois y aller, maintenant... »

Il se leva et, d'une voix assez forte pour que tout le monde l'entende, annonça, solennel : « Eh bien, mon cher ami, j'espère que, dorénavant, vous comprendrez mieux la réglementation de nos douanes ! Bonne soirée ! »

L'après-midi du départ, Federoff vint faire un tour sur le bateau pour confirmer l'opération : les passagers arriveraient tard le soir, le capitaine les accueillerait sans témoins.

Peu avant minuit, alors que Tovrov arpentait, seul, le pont noyé dans la brume, un véhicule s'arrêta dans un crissement de pneus au bout de la passerelle. Au ronflement particulier de l'engin, le marin devina qu'il s'agissait d'un camion. Les phares et le moteur s'éteignirent. Des portières claquèrent... Le silence fit place aux murmures et au piétinement de bottes sur le pavé mouillé.

Une silhouette élancée, revêtue d'une grande houppelande à capuche, gravit la passerelle, prit pied sur le pont et vint à la rencontre du capitaine. Tovrov sentit un regard invisible transpercer le sien. Puis, une profonde voix d'homme résonna dans l'ombre du capuchon.

« Où se trouve le quartier des passagers ?

— Je vais vous montrer, répliqua Tovrov.

— Non, *dites*-le-moi.

— Très bien. Les cabines sont sur le pont supérieur. Voilà l'échelle.

— Où sont les membres d'équipage ?

— Tous couchés...

— Veillez à ce qu'ils le restent. Attendez ici. »

L'homme parvint jusqu'à l'échelle et grimpa sur le pont des cabines d'officiers, sous la timonerie. Quelques minutes plus tard, revenu de son inspection... « C'est à peine mieux qu'une étable, constata-t-il. Nous montons à bord. Restez à l'écart... Là-bas. »

Il désigna la proue, puis sauta sur le quai.

Tovrov était vexé de recevoir des ordres sur son propre navire, mais à la pensée de l'argent enfermé dans son coffre, il décida de laisser faire. Il était suffisamment avisé pour ne pas discuter avec cet inconnu qui le prenait de haut ; il alla docilement s'installer à la proue du bateau.

Jusqu'alors blottis les uns contre les autres, les arrivants se séparèrent pour monter sur le navire, en file indienne. Tovrov surprit la voix ensommeillée d'un enfant, qu'un adulte exhortait au silence pendant que les premiers passagers prenaient possession de leurs quartiers. D'autres suivaient, trimbalant des boîtes ou des cantines. À entendre les grognements et les jurons, l'officier déduisit que les bagages étaient lourds. Dernière personne à grimper à bord, Federoff haletait, peu habitué à ce genre d'effort.

« Eh bien, mon cher, attaqua-t-il avec entrain, tout en frappant ses mains gantées l'une contre l'autre pour se réchauffer. Voilà une bonne chose de faite. Vous êtes parés ?

— On appareille quand vous en donnez l'ordre.

— Considérez que c'est fait. Voici le reste de la prime. » Il tendit à Tovrov une nouvelle enveloppe, pleine de billets neufs et craquants. Puis, de façon assez inattendue, il prit le capitaine dans ses bras, l'étreignit affectueusement, et l'embrassa sur les deux joues. « Notre mère Russie vous sera éternellement redevable, glissa-t-il dans un murmure. Cette nuit, vous écrivez l'histoire. » Il relâcha Tovrov, abasourdi, et descendit la passerelle. Peu après, le camion démarra et disparut dans les ténèbres.

Le capitaine porta l'argent à son nez, respira l'odeur des billets comme il l'eût fait d'un bouquet de roses, puis le rangea dans son pardessus et rejoignit la salle des cartes, derrière la timonerie. De là, il ouvrit la porte de sa cabine et fit lever Sergeï, son second. Le capitaine demanda au jeune Géorgien de réveiller l'équipage et de larguer les amarres. Marmonnant dans sa barbe, celui-ci obéit aux ordres.

Une poignée d'épaves humaines sortit en titubant sur le pont, dans un état d'ébriété plus ou moins avancé. Tovrov veillait depuis la timonerie à ce que les câbles d'amarrage soient bien largués et la passerelle retirée. L'équipage se composait d'une douzaine d'hommes en tout, y compris deux nouveaux, engagés de dernière minute comme chauffeurs à la « casse », le surnom donné à la chambre des machines. Le mécanicien en chef, particulièrement compétent, demeurait d'une inébranlable fidélité au capitaine. En vrai magicien, il usait de sa burette d'huile comme d'une baguette, insufflant la vie aux tas de ferrailles qui permettaient à *L'Etoile* d'avancer. Les chaudières, allumées depuis quelques heures, avaient atteint un niveau de pression satisfaisant... Tout semblait prêt.

Tovrov prit la barre, le télégraphe cliqueta et le bateau s'éloigna du quai. Tandis que *L'Etoile d'Odessa* sortait lentement de la rade plongée dans le brouillard, les gens se signaient à son passage et psalmodiaient d'anciennes prières pour éloigner les démons. Elle paraissait flotter au-dessus de l'eau, tel un vaisseau fantôme condamné à errer sur les mers, à la recherche de matelots disparus pour former son équipage. Comme pour parfaire cette vision irréelle, ses lumières, nimbées d'un halo vaporeux, donnaient l'impression qu'un feu Saint-Elme dansait au milieu du gréement.

Serein, le capitaine manœuvrait le navire à travers le canal tortueux et entre les bateaux, aussi à l'aise qu'un poisson dans l'eau. Des années de traversées, d'Odessa à Constantinople, avaient gravé l'itinéraire dans sa mémoire, et il savait parfaitement se diriger sans l'aide de cartes ou autres signalisations.

Les propriétaires français de *L'Etoile* avaient volontairement négligé son entretien pendant des années, espérant pour toucher la prime d'assurance qu'une bonne tempête l'enverrait par le fond. La rouille suintait des dalots comme autant de plaies sanglantes, et grêlait de taches la peinture cloquée des cloisons. Les mâts et les grues montraient, un peu partout, des traces inquiétantes de corrosion. Bateau ivre, le navire donnait de la gîte à bâbord où l'eau d'une fuite s'était accumulée. Les moteurs de *L'Etoile*, usés, nécessitaient une révision aussi complète qu'urgente, et sifflaient comme un asthmatique. L'âcre nuage de fumée noire, dispensée par l'unique cheminée, empestait le soufre, une véritable émanation des enfers. Zombie des mers, *L'Etoile* s'obstinait à fendre laborieusement les flots, longtemps après qu'on aurait dû la déclarer cliniquement morte.

Tovrov savait très bien que *L'Etoile* était le dernier bâtiment placé sous son commandement. Pourtant, il s'appliquait à conserver une apparence impeccable. Chaque matin, il lustrait ses chaussures noires à fine semelle ; sa chemise blanche, bien qu'un peu jaunie, était propre, et il s'efforçait de garder un pli régulier à son pantalon élimé. Seuls les talents cosmétiques d'un embaumeur auraient pu améliorer son aspect. Tard le soir, en revanche, une nourriture chiche et le manque de sommeil aidant, ses joues creusées accentuaient la proéminence de son long nez, veiné de rouge, et sa peau adoptait la couleur grise d'un parchemin.

Le second retourna dormir, et les membres de l'équipage s'installèrent dans leurs couchettes pendant que les chauffeurs de la première équipe chargeaient les chaudières. Le capitaine alluma une cigarette turque, si forte qu'elle provoqua une quinte de toux qui le plia en deux. Il s'en remettait à peine quand il perçut un vif courant d'air froid s'engouffrant par une porte ouverte. Il releva la tête, comprenant qu'il n'était plus seul. Un homme immense se tenait dans l'embrasure, encadré par de fines écharpes de brume. Une vision théâtrale. Il fit un pas à l'intérieur et referma derrière lui.

« Lumière ! » ordonna-t-il de cette voix de baryton qui l'identifia comme le premier personnage à être monté à bord.

Tovrov tira le cordon de l'ampoule nue qui pendait au plafond. L'homme avait rejeté sa capuche. Il était grand, mince, et coiffé d'un chapeau de fourrure blanche, une *papakha*, qu'il portait avec désinvolture. Une cicatrice pâle balafrait sa joue droite, au niveau du menton. Les morsures de l'hiver entamaient sa peau rougie, et des gouttes d'eau scintillaient sur ses cheveux et sa barbe noirs. Une taie voilait sa prunelle gauche, séquelle de maladie ou de blessure, et son bon œil, fixe et grand ouvert, lui donnait l'air d'un cyclope asymétrique.

L'ouverture de sa cape fourrée dévoilait un holster, et il tenait un fusil à la main. Une cartouchière en bandoulière et un sabre à la hanche complétaient un tableau auquel s'ajoutaient une tunique grise maculée de boue et de longues bottes en cuir noir. Son habit et son allure ne laissaient aucun doute sur son identité : un Cosaque… Un de ces guerriers redoutables peuplant les bords de la mer Noire… Tovrov, horrifié, se raidit soudain. Il rendait les Cosaques responsables du décès de sa famille et évitait, autant que possible, ces cavaliers belliqueux qui prenaient un plaisir sadique à semer la terreur.

L'homme balaya la timonerie du regard. « Seul ?

— Le second dort, là-bas dans le fond, répondit Tovrov, avec un mouvement de la tête. Il est saoul et n'entend rien. » Il triturait une cigarette et en offrit une au Cosaque.

« Je suis le major Peter Yakelev, se présenta-t-il, tout en refusant la cigarette d'un geste de la main. Vous ferez ce qu'on vous dira de faire, capitaine Tovrov.

— Vous pouvez avoir entière confiance en moi, major.

— Je ne fais confiance à personne. » Il se rapprocha et cracha littéralement ses paroles. « Ni aux Russes blancs ni aux Rouges. Ni aux Allemands ni aux Anglais.

Ils sont *tous* contre nous. Certains Cosaques ont même rejoint le camp des bolcheviques. » Il scruta le visage du capitaine, à la recherche d'éventuels signes de défiance. Rassuré par l'expression atone de son vis-à-vis, il tendit vers lui ses doigts épais.

« Cigarette », grogna-t-il. Tovrov lui donna le paquet.

Le major en alluma une et avala goulûment la fumée comme s'il s'agissait d'un élixir. Le vieux marin était intrigué par les intonations du soldat. Son père avait travaillé comme cocher pour un riche terrien, et il connaissait bien le langage cultivé de l'élite russe. Cet homme paraissait tout droit sorti des steppes, mais il s'exprimait avec un accent recherché. Or Tovrov savait que des officiers issus des classes supérieures, et entraînés à l'académie militaire, étaient souvent choisis pour commander les troupes cosaques.

Observateur, il nota les traces évidentes d'une grande lassitude sur le visage déjà marqué de son interlocuteur, et un léger affaissement des épaules.

« Un long voyage ? » s'enquit-il.

Le major sourit sans humour. « Oui, un long voyage… très dur. » Il rejeta deux traits jumeaux de fumée par les narines, et exhiba un flacon de vodka dont il but une gorgée. Puis il regarda autour de lui, et déclara : « Ce bateau pue.

— *L'Etoile* est une vieille, très vieille dame, mais elle a un cœur énorme.

— Il n'empêche que votre vieille dame pue, rétorqua le Cosaque, insensible.

— Quand vous aurez mon âge, vous apprendrez à faire taire votre odorat et à prendre ce qu'on vous donne. »

Le major hurla de rire et tapa si fort dans le dos de Tovrov que ce dernier crut sentir des lames effilées transpercer ses poumons malades, déclenchant une nouvelle quinte de toux. Le soldat offrit la flasque à son hôte, qui réussit à avaler une gorgée. Une vodka d'excellente qualité, rien à voir avec le tord-boyaux habituel. Le liquide brûlant atténua quelque peu sa toux ; il rendit le flacon et reprit la barre.

Yakelev demanda : « Que vous a dit Federoff, exactement ?

— Eh bien… juste qu'on transportait une cargaison et des passagers d'une importance extrême pour la Russie.

— Vous n'êtes pas curieux ? »

Tovrov haussa les épaules. « Je sais ce qui se passe à l'Ouest. Je suppose qu'il s'agit de bureaucrates fuyant les bolcheviques, avec leur famille et le peu de bagages qu'ils pouvaient emporter. »

Yakelev sourit. « Oui, c'est une belle histoire… »

Enhardi, Tovrov voulut en savoir plus. « Si je peux me permettre, pourquoi avoir choisi *L'Etoile d'Odessa* ? Il y avait quand même des navires plus neufs et plus adaptés au transport des passagers ?

— Utilisez votre cerveau, capitaine, rétorqua Yakelev, condescendant. Qui irait suspecter ce vieux chaland de cacher des personnes importantes ? » Puis, contemplant la nuit à travers la fenêtre : « Combien de temps jusqu'à Constantinople ?

— Deux jours et deux nuits, si tout se passe bien.

— Assurez-vous que ce soit le cas.

— Je ferai de mon mieux. Autre chose ?

— Oui. Dites à votre équipage de rester à l'écart des passagers. Une cuisinière viendra préparer les repas. Personne ne lui parlera. Nous sommes six gardes, en tout, de service vingt-quatre heures sur vingt-quatre. Quiconque approchera les cabines sans permission sera abattu sur-le-champ. » Joignant le geste à la parole, il flatta ostensiblement la crosse de son pistolet.

« Je veillerai moi-même à ce que tout le monde soit

informé, enchaîna le capitaine. Les seuls à utiliser le pont sont Sergeï, mon second, et moi-même.

— Sergeï... L'ivrogne ? »

Tovrov acquiesça. Le Cosaque secoua la tête, incrédule, son œil valide balayant la timonerie, puis il s'en alla soudain, comme il était apparu.

Le capitaine contempla la porte ouverte en se grattant le menton. Des passagers qui embarquent avec leurs propres gardes ne peuvent être d'insignifiants bureaucrates, pensa-t-il. Il devait convoyer des gens haut placés, peut-être même des membres de la cour... De toute façon, ça ne me regarde pas, décida-t-il en reprenant son travail. Il vérifia le cap sur le compas, régla le gouvernail et sortit à bâbord se rafraîchir les idées.

Les terres qui entouraient la mer exhalaient des effluves champêtres et boisés dans l'atmosphère humide.

Tovrov dressa l'oreille, s'efforçant d'écouter plus loin que le ronflement irrégulier des machines. Toutes ces années à naviguer avaient aiguisé ses sens. Un bateau inconnu avançait dans la purée de pois... Qui d'autre pouvait se montrer assez stupide pour prendre la mer, une nuit pareille ? La vodka lui jouait-elle des tours ?

Soudain, un bruit nouveau couvrit ceux du navire. Une mélodie s'élevait des quartiers des passagers. Quelqu'un jouait du concertina et des voix masculines l'accompagnaient en chœur. C'était l'hymne national russe, *Baje Tsaria Krani...* « Dieu sauve le Tsar. » Les intonations mélancoliques mirent du vague à l'âme du capitaine, qui rentra dans la timonerie pour ne plus les entendre.

L'aube naissante dissipa la brume, et le second, les yeux vitreux, s'avança d'une démarche trébuchante vers le capitaine pour le relayer. Ce dernier lui indiqua la route puis s'en fut prendre l'air, en bâillant dans la lumière du petit matin. Accoudé au bastingage, face à la mer d'un bleu satiné, Tovrov se frotta les yeux et comprit que son instinct ne l'avait pas trompé. Un chalutier voguait parallèlement au long sillage de *L'Etoile*. Il contempla l'embarcation quelques minutes, frissonna, et partit faire un tour d'inspection, informant chaque membre d'équipage de l'interdiction d'approcher le quartier des officiers.

Satisfait de sa ronde, le capitaine se traîna jusqu'à sa couche et s'allongea tout habillé. Il avait ordonné à Sergeï de le réveiller sans faute au moindre soupçon d'alerte ; néanmoins, passé maître dans l'art du « petit somme », il se leva à plusieurs reprises pour aussitôt se rendormir profondément. Aux alentours de midi, il se réveilla et se rendit au mess où il mangea un morceau de pain avec du fromage, ainsi qu'une saucisse achetée avec son nouveau pactole. Une femme corpulente occupait le coin cuisine, penchée au-dessus du fourneau. Elle était accompagnée d'un imposant Cosaque, l'air sévère, qui l'aidait à porter les marmites fumantes destinées aux passagers. Son repas terminé, Tovrov releva le second pour la pause déjeuner. Au fur et à mesure que la journée avançait, le chalutier se laissa distancer jusqu'à n'être plus qu'un point parmi tant d'autres à l'horizon.

Glissant sur une mer d'huile qui miroitait au soleil, *L'Etoile* semblait rajeunir. Impatient de rejoindre Constantinople, Tovrov donna l'ordre de forcer l'allure au maximum.

Mais le vaisseau finit par payer la rançon de son délabrement…

L'heure du souper approchait quand un moteur tomba en panne. Des heures durant, le second et le chef mécanicien cherchèrent à le réparer, en vain… Ils ne réussirent qu'à se couvrir de graisse. Le capitaine, réalisant la vanité de leurs efforts, décida de pousser à plein régime le seul moteur en état de marche.

Le major, qui faisait les cent pas dans la timonerie, beugla comme un taureau blessé quand le capitaine lui exposa le problème. Tovrov l'assura qu'ils rejoindraient bien Constantinople, mais pas aussi vite que prévu. Avec un jour de retard, sans doute.

Yakelev brandit ses poings et fixa le capitaine d'un œil mauvais. Tovrov s'attendait à être réduit en goulasch, mais son interlocuteur effectuant une soudaine volte-face et quittant la cabine en coup de vent, il reprit sa respiration, un moment coupée, et se plongea dans ses cartes. Le navire avançait à la moitié de sa vitesse normale, mais au moins il avançait. Le capitaine s'agenouilla devant l'icône de saint Basile, pendue au mur, et pria pour que le moteur restant tienne le coup.

Yakelev s'était calmé quand il revint, et donna des nouvelles des passagers. Ils allaient bien, mais ils iraient encore mieux si ce bac à rouille puant les amenait à bon port. Un peu plus tard, le brouillard fit son apparition et le capitaine dut encore réduire la vitesse de quelques nœuds, avec l'espoir que le Cosaque dorme et ne s'en rende pas compte.

Tovrov avait une manie typique des vieux loups de mer, il était toujours aux aguets. Son regard passait d'un objet à l'autre, vérifiant le compas et le baromètre des douzaines de fois par heure ; entre-temps, il courait d'un bord à l'autre, guettant la météo et l'état de la mer. Aux environs d'une heure du matin, il se rendit sur le pont bâbord… et son sang se figea. Un bâtiment les rattrapait… Il écouta avec une attention soutenue. Il se rapprochait, très vite.

Tovrov était peut-être un homme simple, mais pas un homme stupide. Il décrocha le téléphone qui reliait le pont à la cabine des officiers. Yakelev prit la communication.

« Qu'est-ce que vous voulez ? demanda-t-il sèchement.

— Il faut qu'on parle, répondit Tovrov.

— Plus tard.

— Non, c'est trop important. On doit parler maintenant.

— Très bien. Descendez au quartier des passagers. Ne vous en faites pas – le soldat émit un ricanement sardonique –, j'essaierai de ne pas vous tirer dessus. »

Le capitaine raccrocha et réveilla Sergeï qui empestait l'alcool. Il lui versa une tasse de café, très noir.

« Garde le cap au sud. Je reviens dans quelques minutes. Au moindre écart, je te supprime la vodka jusqu'à Constantinople. »

Tovrov dévala les quelques marches et poussa la porte avec prudence, s'attendant à se voir truffé de plomb. Yakelev se tenait debout, les jambes écartées et les mains sur les hanches. Quatre Cosaques dormaient à même le sol, un autre, assis en tailleur, s'appuyait au chambranle, un fusil en équilibre sur les genoux.

« Vous m'avez réveillé ! » Le major toisait le marin d'un air accusateur.

Ce dernier l'encouragea à sortir : « Suivez-moi, s'il vous plaît. » Ils descendirent sur le pont principal, toujours plongé dans le brouillard, et se frayèrent un chemin jusqu'à la poupe. Le capitaine se pencha en avant, scrutant l'obscurité laiteuse qui engloutissait le sillage de *L'Etoile*. Une poignée de secondes durant, il prêta une oreille attentive à tout autre son que le bouillonnement familier de l'eau.

« On nous suit », affirma-t-il.

Yakelev le regarda, dubitatif, puis il mit sa main en conque derrière l'oreille et fit mine d'écouter à son tour.

« Vous délirez... Je n'entends rien que le bruit de votre stupide bateau.

— Vous êtes un Cosaque, expliqua Tovrov, vous en savez long sur les chevaux ?

— Encore heureux !... » Yakelev renifla avec dédain. « Quel homme ne s'y connaîtrait pas !

— Moi, par exemple. Mais s'il y a bien une chose que je connais, c'est la navigation. Et je vous dis que nous sommes suivis. Je sais même qu'un des pistons du moteur de cette embarcation est défectueux. Je pense qu'il s'agit du chalutier que j'ai vu ce matin.

— Et alors ? C'est la mer, non ? Autant que je sache, elle est pleine de poissons.

— Il n'y a pas de poissons aussi loin des côtes. » Il écouta à nouveau. « Pas de doute, on a affaire au même bateau et il nous vient droit dessus. »

Le major lâcha un chapelet de jurons tout en martelant le bastingage.

« Vous devez le semer !

— Impossible ! Pas avec un moteur en panne. »

Yakelev empoigna d'une seule main le revers du manteau de Tovrov et le souleva de quelques centimètres.

« Ne me dites pas ce qui est possible ou non ! gronda-t-il. Il nous a fallu des semaines pour venir de Kiev. La température était de trente degrés en dessous de zéro. Le vent nous lacérait le visage comme un fouet. Il y avait un *burin*, un blizzard comme je n'en avais jamais vu. J'étais à la tête d'une *sontia*[1] entière de cent Cosaques. Ces pauvres diables sont tout ce qui me reste. J'ai dû en laisser la majorité pour surveiller nos arrières quand nous avons traversé les lignes allemandes. Si les Tartares ne nous avaient pas

1. « Escadron ».

aidés, nous serions tous morts. Nous avons réussi à nous en sortir. Alors, vous aussi réussirez à nous tirer de là. »

Tovrov réprima une envie de tousser. « En ce cas, je suggère de changer de cap et d'éteindre les lumières.

— Eh bien, faites-le », ordonna Yakelev, relâchant son étreinte de fer.

Le capitaine reprit son souffle et fonça vers la passerelle, l'officier à ses basques. Alors qu'ils approchaient de l'échelle menant à la timonerie, un carré de lumière apparut sur le pont supérieur. Plusieurs personnes sortaient sur la plate-forme. Comme elles se trouvaient à contre-jour, l'ombre cachait leurs visages.

« À l'intérieur ! cria Yakelev.

— Nous avons besoin d'air, expliqua une femme à l'accent allemand. On étouffe dans la cabine.

— S'il vous plaît, madame. » La voix du major se fit douce, presque suppliante.

« Vos désirs sont des ordres », répondit-elle après un instant d'hésitation. Elle était manifestement réticente, mais elle reconduisit les autres à l'intérieur. Au moment où elle se retournait, Tovrov remarqua son profil, le menton énergique et le bout du nez légèrement courbé…

Un garde surgit et appela son chef à la clémence. « Je n'ai pas pu les retenir, major.

— Rentre vite et enferme-toi avant que tout le monde entende tes pitoyables excuses. »

Le garde disparut en claquant la porte. Pensif, Tovrov fixait la plate-forme vide quand les doigts du major s'enfoncèrent dans son bras.

« Vous n'avez rien vu, capitaine. » La voix de Yakelev était basse et rauque.

« Ces gens…

— Rien ! Vous m'entendez ? Rien ! Bonté divine… Je n'ai pas envie de vous tuer. »

Tovrov s'apprêtait à répondre mais les mots restèrent coincés dans sa gorge. Il avait senti un changement anormal dans la direction du navire, et il arracha brusquement son bras à l'emprise du Cosaque. « Je dois aller sur la passerelle.

— Qu'est-ce qui ne va pas ?

— Il n'y a personne à la barre. Vous ne vous en rendez pas compte ? Mon abruti de second est sans doute encore saoul. »

Tovrov grimpa seul à la timonerie. À la lumière de l'habitacle, il vit le gouvernail tourner lentement, de gauche à droite, comme mû par des mains invisibles. Le capitaine fit un pas en avant et trébucha sur quelque chose de mou. Il jura, croyant son second ivre mort. Quand enfin il éclaira la pièce, il comprit à quel point il s'était trompé.

Le jeune officier gisait, à plat ventre, la tête baignant dans une mare de sang. La colère de Tovrov se transforma en angoisse. Il s'agenouilla à côté de Sergeï et le retourna. Une profonde entaille, semblable à deux lèvres grimaçant un rictus macabre, barrait la gorge, tranchée net, du malheureux.

Les yeux écarquillés d'horreur, le capitaine se releva et s'écarta du cadavre, juste assez pour se heurter à un mur de chair et d'os. Il se retourna et reconnut le major.

« Qu'est-il arrivé ? s'enquit ce dernier.

— Incroyable ! Quelqu'un a tué le second. »

Yakelev poussa d'un coup de botte le corps sans vie. « Qui peut avoir fait ça ?

— Personne…

— Personne n'a égorgé votre second comme un porc ? Reprenez-vous, mon vieux ! »

Tovrov secouait la tête, incapable de quitter des yeux le corps de Sergeï. « Je veux dire que je connais bien tout l'équipage… » Il fit une pause. « Tous, sauf les deux nouveaux.

— *Quels* nouveaux ? » L'œil de Yakelev lançait des éclairs.

« Je les ai engagés il y a deux jours, comme chauffeurs. Ils se trouvaient dans le bar quand je parlais avec Federoff ; ils sont venus me voir plus tard, ils cherchaient du boulot. Ils avaient l'air de vrais voyous, mais j'étais un peu juste en personnel... »

Tout en jurant, l'officier se saisit de son pistolet, écarta le capitaine et se précipita au-dehors, hurlant des ordres à ses hommes. Tovrov jeta un dernier regard à son second, se promettant de lutter jusqu'au bout si pareille mésaventure lui arrivait. Il attacha le gouvernail, regagna sa cabine et, les mains tremblantes, composa la combinaison du coffre. Il en retira un Mauser 7.63 automatique, déplia l'étoffe de velours uni qui protégeait le revolver, acquis des années auparavant dans une boutique de troc, en prévision d'une éventuelle mutinerie. Il remplit le chargeur, glissa l'arme dans sa ceinture et sortit discrètement.

Chemin faisant, il lança un coup d'œil à travers le hublot de la porte d'accès aux quartiers des passagers : le couloir était vide. Il poursuivit prudemment sa descente jusqu'au pont principal. Arrivé là, il avança à pas de loup. À l'abri des lumières éclairant le pont, il pouvait observer les Cosaques, accroupis près du bastingage.

Soudain, un petit objet noir, surgi du néant par-dessus le plat-bord, rebondit sur le pont mouillé, traînant derrière lui une gerbe d'étincelles.

« Grenade ! » hurla quelqu'un.

Plus rapide que du vif-argent, Yakelev plongea sur le projectile, roula sur le dos et réussit à balancer l'« ananas » par-dessus bord, d'où il venait. Une explosion retentit, suivie de cris de douleur, rapidement couverts par des rafales de fusils. Les Cosaques répondaient à l'attaque en tirant au jugé, dans le brouillard. Un garde, penché en avant, tentait de trancher les cordages de plusieurs grappins, quand le moteur d'un bateau gronda, sous l'effet d'une puissante accélération. Les Cosaques ne cessèrent le feu qu'une fois l'embarcation hors de portée.

Le major se retourna, en position de tir. Puis un sourire illumina son visage quand il reconnut l'homme qui venait vers lui.

« Vous feriez mieux de vous séparer de ce joujou avant de vous blesser, capitaine. »

Tovrov remit le revolver en place et s'approcha de Yakelev.

« Que se passe-t-il ?

— Vous aviez raison, on nous suit bel et bien. Un chalutier nous a accostés et des malpolis ont essayé de s'inviter à bord... Nous avons dû leur apprendre les bonnes manières... Un de vos chauffeurs leur envoyait des signaux lumineux... jusqu'à ce que nous lui plantions un couteau dans le cœur. » Il désigna un corps étendu sur le pont.

« Nous avons offert à nos visiteurs un accueil chaleureux », renchérit un autre Cosaque, approuvé par ses compagnons dans un grand éclat de rire. Ils se saisirent du cadavre et le jetèrent à la mer. Le capitaine s'apprêtait à demander des nouvelles du deuxième chauffeur... Trop tard.

Celui-ci annonça son arrivée avec une violence meurtrière. Une première rafale coupa court à l'hilarité des soldats, et quatre hommes s'écroulèrent, comme fauchés par une lame invisible. Une deuxième frappa Yakelev en pleine poitrine. L'impact, d'une violence terrible, projeta le major contre la cloison. Refusant de se rendre, il réunit suffisamment d'énergie pour repousser le capitaine à l'abri des tirs. Le dernier garde se coucha sur le ventre et ouvrit le feu, tout en rampant sur le pont. Il fut tué alors qu'il cherchait refuge derrière une bouche d'aération.

Pendant cet accrochage, Tovrov et le major réussirent à battre en retraite, mais après quelques mètres, les genoux de Yakelev lâchèrent et sa grande carcasse chuta lourdement. Du sang imprégnait sa tunique. Il fit signe au capitaine qui approcha l'oreille de son visage.

« Prenez soin de la famille, s'efforça-t-il d'articuler, d'une voix faible et gutturale. Elle doit vivre. » Puis, agrippant la veste de Tovrov : « Souvenez-vous-en. Sans un tsar, la Russie ne peut exister. » Il cligna de l'œil, l'air étonné de se retrouver ainsi allongé. Un gargouillis s'échappa de ses lèvres ourlées d'écume. « Putain de navire... donnez-moi un cheval et... » La vie quitta son œil féroce, son menton tomba en avant et ses mains devinrent molles...

Juste à cet instant, le vaisseau fut ébranlé par une explosion gigantesque. Plié en deux, Tovrov courut au bastingage pour apercevoir le chalutier à cent mètres de là. Un éclair jaillit d'un canon, et un nouvel obus heurta le cargo de plein fouet, le secouant violemment. Un bruit sourd, venu des entrailles du bâtiment, se fit entendre au moment où les réservoirs de combustible prenaient feu. Des jets de fioul en flammes jaillirent des citernes pour se répandre en nappes à la surface de l'eau. Le second chauffeur décida alors de s'enfuir. Il traversa le pont en courant, lança son fusil par-dessus bord, puis enjamba le bastingage et se jeta à la mer en un endroit épargné par le feu et nagea vers le chalutier. Mais il avait sous-estimé la vitesse de propagation du carburant en flammes qui le rattrapa presque aussitôt. Ses cris furent vite étouffés par le crépitement de l'incendie.

La canonnade avait délogé les derniers membres de l'équipage de leur cachette. Ils se précipitèrent, en désespoir de cause, vers le canot de sauvetage situé à l'opposé de l'incendie. Tovrov se préparait à les suivre quand les derniers mots de Yakelev lui revinrent en mémoire. Malgré ses poumons ravagés qui l'empêchaient de respirer, il grimpa en haletant aux quartiers des passagers et ouvrit la porte en grand. Un spectacle désolant l'attendait. Quatre adolescentes se blottissaient l'une contre l'autre, recroquevillées contre le mur, imitées par la cuisinière. Une femme d'âge moyen, les yeux d'un gris-bleu triste, se tenait debout devant elles, dans une attitude protectrice. Elle avait un long nez fin, légèrement aquilin, et le menton ferme mais délicat. Elle serrait fortement les lèvres, en signe de détermination. Il aurait pu s'agir de n'importe quel groupe de réfugiés, pétrifiés de terreur ; mais Tovrov savait qu'il n'en était rien. Il hésita un moment sur la forme, avant de leur adresser la parole.

« Madame, se décida-t-il enfin. Vous et les enfants devez vous rendre au canot de sauvetage.

— Qui êtes-vous ? demanda-t-elle, avec cet accent allemand que l'officier avait déjà remarqué.

— Capitaine Tovrov. Je commande ce vaisseau.

— Dites-moi ce qu'il se passe. Que signifie tout ce bruit ?

— Vos gardes sont tous morts, madame, et nous sommes assaillis. Il faut abandonner le navire. »

La femme jeta un regard attendri aux filles et sembla y puiser une énergie nouvelle.

« Capitaine Tovrov, si vous parvenez à nous sauver, ma famille et moi-même, vous serez grassement récompensé.

— Je ferai de mon mieux, madame. »

Elle approuva d'un mouvement de tête. « Allez-y, nous vous suivons. »

Tovrov vérifia si la voie était libre, retint la porte pour les laisser passer et leur fit traverser le pont, loin du feu. *L'Etoile* penchait dangereusement d'un côté, et la gîte compliqua sérieusement l'escalade, sur un sol métallique très glissant. Ils tombèrent, se relevèrent, chacun poussant l'autre pour l'aider à avancer. L'équipage s'empilait déjà dans le canot, bataillant pour manœuvrer les arcs-boutants. Prenant la direction des opérations, le capitaine ordonna aux hommes d'aider la famille. Quand tout le monde fut à bord, il demanda aux matelots de se montrer prudents en amorçant la descente. Il redoutait que la gîte empêchât les bossoirs de fonctionner, mais l'embarcation commença à descendre normalement, même si elle butait contre la coque.

Le canot de sauvetage se trouvait à quelques mètres de la surface quand un des marins cria. Le chalutier avait contourné le cargo et pointait son canon droit sur l'esquif. Il tira, et un obus fit exploser une des extrémités de la barque. L'air fut plein d'éclats de bois, de morceaux d'acier brûlant… et de débris humains.

Tovrov entoura du bras une adolescente, placée à ses côtés. Il la serrait toujours contre lui quand il pénétra dans l'eau glacée, hurlant le nom de sa fille décédée. Puis, avisant le couvercle en bois d'une écoutille flottant tout près, il commença à s'en approcher. Nageant en silence pour ne pas alerter l'ennemi, il entraîna la jeune fille à demi consciente et l'aida à monter sur le frêle radeau improvisé, qu'il poussa au loin. Le couvercle et son précieux chargement dérivèrent doucement, au large des lumières de *L'Etoile* mourante, et s'enfoncèrent dans la nuit. Alors, épuisé et transi, sans plus rien à quoi s'accrocher, le vieux capitaine s'abandonna à l'étreinte glaciale des eaux sombres, et se laissa couler… emportant avec lui le rêve d'un joli pavillon en bord de mer.

Chapitre 1

De nos jours, au large des côtes du Maine

Leroy Jenkins remontait une nasse à homards couverte de bernacles à bord de son bateau, le *Kestrel*, quand il leva les yeux et vit l'immense navire à l'horizon. Il attrapa délicatement un couple de crustacés gras et furibonds, leur lia les pinces et les jeta dans un seau. Il appâta le piège avec une tête de poisson, le remit à l'eau et partit chercher ses jumelles dans la cabine de pilotage. Il scruta le large et sa bouche s'arrondit en une expression de surprise silencieuse…

Un géant ! D'un œil expert, Jenkins examina le vaisseau, de l'étrave à l'étambot. Avant de prendre sa retraite et pêcher le homard, il avait pendant des années enseigné l'océanographie à l'Université du Maine et passé la plupart de ses vacances d'été sur des bateaux à étudier l'océan. Mais il n'avait encore jamais contemplé de navire comme celui-ci, long de quelque cent quatre-vingts mètres et hérissé de grues et autres mâts de charge. Un bâtiment d'exploration ou d'extraction maritime, pensa Jenkins, qui l'observa jusqu'à sa disparition complète. Puis il s'en fut vérifier les nasses restantes.

Grand, élancé, l'ancien professeur ne paraissait pas ses soixante ans passés. Ses traits rugueux reflétaient de façon étonnante le relief rocailleux des côtes de son Maine natal. Un sourire barra son visage buriné, alors qu'il relevait le dernier piège. En ce jour radieux, la nature se montrait d'une générosité exceptionnelle !... Une excavation découverte par hasard, deux mois auparavant, s'avérait constituer un filon inépuisable, où les homards foisonnaient tant qu'il y revenait régulièrement. Bien sûr, il lui fallait s'éloigner un peu trop du littoral, mais par chance, le *Kestrel*, une embarcation d'une bonne dizaine de mètres et tout en bois, supportait la pleine mer, même chargée à ras bord. Sur le chemin du retour, il mit le pilote automatique et descendit s'octroyer une récompense méritée, en l'occurrence ce qu'enfant il appelait un *Dagwood Sandwich*.

Il avait à peine étalé une tranche de mortadelle sur la pile de jambon, fromage et salami, qu'il entendit un *boum* étouffé. Cela ressemblait à un coup de tonnerre, mais venant des profondeurs.

Son bateau fut secoué si violemment que les pots de moutarde et de mayonnaise tombèrent du comptoir. Jenkins lança son couteau dans l'évier et se précipita sur le pont. Il se demanda si l'hélice avait cassé ou s'il avait heurté un tronc d'arbre à la dérive, mais tout paraissait en ordre.

La mer était calme, presque plate. Plus tôt dans la journée, il avait même comparé sa surface bleue à un tableau de Rothko.

Les vibrations cessèrent. Il interrogea du regard les alentours, haussa les épaules puis retourna à sa cuisine. Il termina de préparer son sandwich, nettoya un peu et sortit pour manger. Il attacha un couple de homards qui tentait de s'échapper puis, alors qu'il s'installait dans la timonerie, il éprouva la sensation aussi déplaisante que soudaine de se trouver dans un ascenseur devenu fou, quand celui-ci démarre trop vite pour avaler les étages. Il s'agrippa au treuil mécanique pour ne pas perdre l'équilibre tandis que l'embarcation plongeait dans le vide pour léviter, aussitôt après, plus haut encore, et piquer à nouveau. Elle répéta ce cycle infernal une troisième fois avant de s'enfoncer dans l'eau où elle fut ballottée avec fureur.

Au bout de quelques minutes, le mouvement cessa, le bateau se stabilisa et Jenkins crut discerner, au loin, une ondulation anormale. Récupérant ses jumelles, il balaya la mer des yeux et, comme il ajustait le focus, il repéra trois énormes sillons noirs qui s'étendaient du nord au sud. Les rangées de vagues se dirigeaient vers la côte. Cette vision réveilla un souvenir endormi au fond de sa mémoire… « Ce n'est pas possible… » Son esprit voyagea jusqu'à ce jour de juillet 1998, au large de la Papouasie-Nouvelle-Guinée… Il se trouvait alors sur un vaisseau d'étude océanographique quand une mystérieuse explosion se produisit. Les appareils d'enregistrement sismique s'affolèrent, témoins d'une perturbation dans les fonds marins. Reconnaissant les symptômes d'un *tsunami*, les scientifiques présents sur le navire tentèrent d'avertir les villages côtiers, mais beaucoup de ceux-ci n'étaient malheureusement pas équipés en moyens de communication.

Les lames gigantesques les avaient aplatis comme un monstrueux rouleau compresseur, occasionnant des dégâts terribles, à la démesure de l'événement. Jenkins n'oublierait jamais la vision des corps empalés sur les branches de mangliers ni celle des crocodiles en train de se repaître des cadavres.

La radio grésilla puis résonna du concert des voix de pêcheurs victimes de l'incident, toutes affligées d'un épais accent du Maine. « Ouah ! » s'exclama quelqu'un. Jenkins reconnut son voisin, Elwood Smaley. « Vous avez entendu ce putain de grondement ?

— On aurait dit un bang supersonique, mais sous l'eau, renchérit un autre.

— Quelqu'un a-t-il ressenti ces grosses vagues ? demanda un troisième homme.

— Ouais, répliqua Homer Gudgeon, un vieux pêcheur de homards taciturne. J'ai cru un moment que je me trouvais sur des montagnes russes ! »

Jenkins entendit à peine les nouveaux intervenants. Il dénicha une calculette de poche au fond d'un tiroir, fit une estimation de la distance entre deux vagues, de la hauteur des crêtes, effectua quelques calculs et contempla les résultats avec effarement. Puis il sauta sur son téléphone portable, réservé aux conversations personnelles, et composa un numéro.

Le timbre éraillé de Charlie Howes, chef de la police de Rocky Cove, lui répondit.

« Charlie, Dieu merci te voilà !

— Dans la voiture de patrouille, Roy, en route pour le poste de police. Tu m'appelles pour frimer au sujet de ta victoire aux échecs, hier soir ?

— Une autre fois, dit Jenkins. Je me trouve à l'est de Rocky Point. Ecoute, Charlie, le temps presse, une grande lame se dirige droit sur vous. »

Il entendit un gloussement, à l'autre bout du fil. « Bon Dieu, Roy, les vagues sont le lot quotidien des villes comme la nôtre.

— Non, pas comme celle-là. Tu dois faire évacuer tout le bord de mer, en particulier le nouveau motel. »

L'espace d'un instant, il pensa que son interlocuteur avait raccroché. Puis, le fameux éclat de rire de Charlie Howes explosa. « Je ne savais pas qu'on était le 1er avril, aujourd'hui... »

Exaspéré, Jenkins haussa le ton. « Charlie, je ne plaisante pas. Cette lame va s'écraser sur le port. J'ignore encore avec quelle force, mais le motel est en plein sur sa trajectoire. »

Le policier s'esclaffa à nouveau. « Nom d'une pipe,

j'en connais plus d'un qui se réjouiraient de voir le Harbor View emporté par les flots. »

L'édifice de deux étages, monté sur pilotis et qui s'avançait dans le port, était un objet de controverse depuis des mois. Sa construction n'avait commencé qu'après une âpre bataille, un coûteux procès intenté par les promoteurs et, beaucoup le soupçonnaient en tout cas, la corruption de plusieurs fonctionnaires municipaux.

« Eh bien, leur vœu ne va pas tarder à être exaucé, mais tu dois d'abord vider le motel de ses occupants.

— Bonté divine, Roy, au moins cent personnes séjournent là-bas. Je ne peux pas tous les tirer du lit sans raison valable. Je perdrais mon boulot. Sans compter que je serais la risée de tous. »

Le scientifique vérifia sa montre et, dans un soupir, égrena un chapelet de jurons. Il n'avait pas voulu paniquer le chef de la police, mais l'imminence du danger lui fit perdre sa réserve.

« Nom de Dieu, espèce de vieil imbécile ! Tu te sentiras comment si une centaine de personnes perdent la vie parce que Monsieur avait peur qu'on se moque de lui ?

— T'es sérieux, n'est-ce pas, Roy ?

— Tu sais ce que je faisais avant de me mettre à la pêche au homard ?

— Ouais, tu enseignais à l'université d'Orono.

— Exactement. Je dirigeais même le département d'océanographie. Où l'on étudiait le processus des vagues. T'as déjà entendu parler de la "tempête parfaite" ? Eh bien, le raz de marée parfait est en chemin. J'ai calculé qu'il frappera la côte dans vingt-cinq minutes. Je me fous de savoir ce que tu donneras comme explications aux gens du motel. T'as qu'à leur dire qu'il y a une fuite de gaz, une alerte à la bombe, n'importe quoi. Mais arrange-toi pour qu'ils décampent rapidement et aillent vite fait se réfugier sur les hauteurs. Et fais-le maintenant.

— Okay, Roy. Okay.

— Qu'y a-t-il d'ouvert sur Main Street ?

— Le café. Le fils de Jacoby assure la ronde de nuit, je vais lui demander d'y faire un saut, et d'inspecter le môle.

— Vérifie que tout le monde ait déguerpi d'ici quinze minutes. Cela vaut aussi pour toi, et Ed Jacoby.

— Je n'y manquerai pas. Je te remercie, Roy. Enfin, je crois. Au revoir. »

L'inquiétude soulevait le cœur de Jenkins alors que son esprit se transportait du côté de Rocky Point. La ville, de mille deux cents âmes, s'élevait à la façon d'un amphithéâtre, ses maisons groupées au flanc d'une petite colline donnant sur l'arrondi du port. Ce dernier était relativement protégé, mais les habitants, déjà victimes de deux ouragans, avaient compris l'intérêt de construire loin de la côte. Les anciennes bâtisses maritimes en brique rouge offraient aujourd'hui aux touristes le visage accueillant de restaurants et de petites boutiques portuaires. La jetée et le motel dominaient le bassin. Jenkins mit les gaz et pria pour que l'alerte ait été donnée à temps.

Charlie Howes regretta aussitôt d'avoir accédé à la requête pressante de Roy et se sentit envahi par le doute. Quelle barbe ! Il connaissait Jenkins depuis tout petit. Dans leur classe, Roy était l'élève le plus brillant et, en tant qu'ami, il ne l'avait jamais déçu. Pourtant... Oh, et puis mince ! Après tout, la retraite lui tendait les bras.

Howes brancha le gyrophare, enfonça l'accélérateur et démarra dans un crissement de pneus, direction le bord de mer. En route, il appela son adjoint sur la radio, lui ordonna d'évacuer le café et de remonter

Main Street, le haut-parleur au maximum, afin de conseiller aux gens de se réfugier sur les hauteurs. Le chef de la police n'ignorait rien des habitudes matinales de sa ville. À cette heure, il savait qui se préparait à déjeuner et qui promenait son chien… Par chance, la plupart des magasins n'ouvraient qu'après dix heures.

Pour le motel, il fallait se montrer fin stratège. Howes réquisitionna deux bus scolaires encore vides et demanda aux chauffeurs de le suivre. La voiture de patrouille s'arrêta brutalement sous l'auvent du Harbor View et le policier s'avança vers la porte d'entrée en maugréant. Howes avait su rester neutre dans l'affaire du motel. Bien sûr, l'édifice jurait avec le paysage environnant, mais il allait aussi créer des emplois pour les locaux, tout le monde à Rocky Point n'aspirant pas à devenir pêcheur. D'un autre côté, il n'aimait pas la manière employée pour faire accepter le projet. Il ne pouvait rien prouver, mais il était certain que quelques généreux pots-de-vin avaient arrosé la mairie.

Le promoteur, un autochtone du nom de Jack Shrager, pilleur de terrains dénué de scrupules, construisait des immeubles en copropriété le long de la rivière qui se jetait dans le port, souillant la beauté tranquille du bourg. Shrager n'employait jamais de personnel local, lui préférant des étrangers qu'il exploitait sans vergogne.

Le réceptionniste, un jeune Jamaïcain, leva les yeux. Son visage fin et mat prit une expression de surprise à la vue de Howes qui, surgissant dans le hall, se mit à crier : « Faites sortir tout le monde ! Ceci est une situation d'urgence !

— Quel est le problème, monsieur ?

— Paraît qu'y a une bombe ici. »

Le réceptionniste déglutit avec effort, se retourna vers le standard et commença à appeler les chambres.

« Je vous donne dix minutes, insista Howes. Des bus vous attendent à l'entrée. J'veux plus voir âme qui vive dans ces murs, et cela vaut aussi pour vous. Si quiconque refuse de bouger, dites-lui que je le jetterai en prison. »

Charlie Howes enfila le couloir le plus proche et frappa sur toutes les portes. « Police ! Vous devez évacuer ce bâtiment tout de suite. Il vous reste dix minutes ! hurlait-il à la face des clients, abrutis de sommeil, qui lui ouvraient. Nous avons une alerte à la bombe. Ne perdez pas de temps à rassembler vos bagages. »

Il répéta le message jusqu'à l'enrouement complet de sa voix. Les corridors se remplirent de personnes en pyjama et robe de chambre, ou enroulées dans des couvertures. Un homme hâlé, à la mine renfrognée, sorti d'une chambre. « Qu'est-ce que c'est que ce bordel ? » grogna Jack Shrager.

Howes prit une profonde inspiration : « Le motel est menacé par une bombe, Jack. Il faut partir avec les autres. »

Une jeune femme blonde passa la tête dans le chambranle : « Quelque chose ne va pas, mon lapin ?

— Il y a une bombe dans l'hôtel », répondit le policier, plus catégorique cette fois.

Blêmissant, la blondinette fit un pas dans le couloir, une nuisette de soie légère pour tout vêtement. Shrager tenta de la retenir, mais elle réussit à se dégager.

« Je ne resterai pas une minute de plus, affirma-t-elle, péremptoire.

— Et moi, je ne bougerai pas », répondit Shrager en claquant la porte derrière lui.

Contrarié, Howes secoua la tête puis guida la femme jusqu'à la foule qui se hâtait vers l'extérieur. Là, il vit les bus, presque pleins, et encouragea les chauffeurs.

« Je compte sur vous pour décamper dans cinq minutes. Ensuite, roulez jusqu'au sommet de la colline la plus élevée. »

Il se glissa derrière le volant de sa voiture et se dirigea vers le môle. L'adjoint tentait de raisonner trois pêcheurs. Howes comprit ce qui se passait et cria par la fenêtre : « Allez poser vos culs dans ces pick-up et foncez jusqu'en haut de Hill Street, sinon je vous arrête.

— Putain, Charlie, mais qu'est-ce qui se passe ? »

Howes baissa d'un ton. « Ecoute, Buck, tu me connais. Fais ce que je dis, je t'expliquerai après. »

Le pêcheur opina et grimpa dans sa camionnette, imité par ses deux collègues. Howes demanda à son adjoint de les suivre, puis il inspecta une dernière fois la jetée où il récupéra un vieillard en train de fouiller les poubelles, à la recherche de bouteilles et de canettes en aluminium. Enfin il ratissa Main Street et, rassuré, prit la direction du sommet de Hill Street. Bien que transis dans l'air frais du petit matin, certains lancèrent quelques remarques désobligeantes à son passage. Le policier ignora leurs insultes, jaillit de son véhicule et descendit à pied, un bout de la rue pentue qui menait au port. Maintenant que le taux d'adrénaline avait baissé, il se sentait épuisé. Rien ne se produisait... Il regarda sa montre. Cinq minutes passèrent, tout comme ses rêves d'une retraite paisible, avec pension de policier.

Là je suis mort, pensa-t-il, trempé de sueur malgré le froid.

Alors il vit la mer s'élever au-dessus de la ligne d'horizon et entendit ce qui ressemblait à un grondement de tonnerre lointain. Les habitants se turent. Une ombre insolite envahit soudain l'entrée du chenal et le port se vida – on put en voir le fond –, l'espace d'une poignée de secondes. Puis l'eau déferla de toute part, en rugissant comme un 747 au décollage, et les flots soulevèrent les bateaux de pêche amarrés, tels des jouets…

Le phénomène s'amplifia. Deux vagues immenses se succédèrent, chaque fois plus énormes, pour se ruer à l'assaut des terres. Quand elles se retirèrent, la digue et le motel avaient disparu.

Le Rocky Point qui accueillit le retour de Jenkins ne ressemblait en rien à celui qu'il avait quitté aux aurores. Les embarcations qui mouillaient dans la rade gisaient maintenant pêle-mêle le long du rivage, en un amas enchevêtré de bois et de fibre de verre. Les plus légères s'étaient retrouvées propulsées sur Main Street. Les vitrines des magasins, brisées, semblaient victimes d'une horde de vandales. On distinguait à peine l'eau, recouverte d'algues et de débris divers. Il flottait dans l'air des exhalaisons pestilentielles de vase remuée, mélangées à l'odeur nauséabonde de poisson mort. Le motel était anéanti, seuls les piliers de la jetée avaient résisté, ainsi que le massif mur de soutènement en béton, presque intact. Jenkins mit le cap en direction de la silhouette qui agitait les bras sur le mur rescapé. Howes attrapa les amarres, les attacha et grimpa à bord du *Kestrel*.

« Des blessés ? demanda Jenkins, balayant du regard le port et la ville.

— Jack Shrager a été tué. Autant qu'je sache, il est le seul. Nous avons réussi à évacuer tout le motel.

— Merci pour ta confiance. Je voulais aussi m'excuser de t'avoir traité de vieil imbécile. »

Le policier soupira. « Et tu aurais eu raison si j'étais resté assis sur mon cul à ne rien faire.

— Dis-moi ce que tu as vu », le pria Jenkins. Le scientifique l'emportait sur le bon Samaritain.

Howes se lança dans une narration détaillée. « On

se tenait tout en haut de Hill Street. Ça grondait et ça ressemblait à un gros orage, quand, soudain, le port s'est totalement vidé, comme lorsqu'un gamin retire la bonde d'une baignoire. Je pouvais réellement voir le fond. Cela a duré quelques secondes avant que l'eau ne jaillisse dans un vrombissement de supersonique.

— L'image est bien choisie. En effet, en plein océan, un *tsunami* atteint presque les mille kilomètres heure.

— Putain de vitesse ! s'exclama le chef.

— Heureusement, il ralentit à l'approche des terres et quand il arrive au contact d'eaux moins profondes. Mais la puissance de la vague, elle, ne diminue pas avec la vitesse.

— Ce n'est pas du tout comme je l'avais imaginé. Tu sais, un mur de flotte d'une quinzaine de mètres… On aurait plutôt dit une énorme déferlante. J'ai compté trois vagues, chacune plus haute que la précédente. Neuf mètres, peut-être. Elles se sont explosées sur le motel et la jetée, et ont inondé Main Street. » Il frissonna. « Je sais que tu es professeur, Roy ; mais comment as-tu su *exactement* ce qui allait se produire ?

— Je l'avais déjà vu au large de la Nouvelle-Guinée. Nous procédions à diverses recherches quand un glissement de terrain subaquatique a généré un *tsunami* d'environ neuf à dix-huit mètres. Une série de vagues a fait littéralement décoller notre bateau, comme aujourd'hui. On a prévenu tout le monde, et beaucoup ont pu se réfugier sur les hauteurs. Malgré cela, plus de deux mille personnes ont disparu. »

La gorge du policier se noua. « C'est plus que le nombre d'habitants de cette ville. » Il parut réfléchir un instant aux paroles du professeur. « Tu penses vraiment qu'un tremblement de terre a pu causer un tel merdier ? J'croyais que ça n'arrivait que dans le Pacifique.

— En principe, oui. » Jenkins fronça les sourcils et laissa son regard errer sur l'océan. « C'est incompréhensible.

— Autre chose de difficile à imaginer : comment j'vais pouvoir expliquer l'évacuation du motel pour une alerte à la bombe ?

— Tu ne crois pas qu'ils ont d'autres chats à fouetter en ce moment ? »

Charlie Howes contempla un moment la ville et la foule qui descendait prudemment la colline pour se rendre au port, puis il secoua la tête.

« Ouais, dit-il. T'as sans doute raison. »

Chapitre 2

La mer Egée

Le mini-sous-marin de recherche NR-1 se balançait doucement sur les vagues, au large des côtes turques, presque invisible à l'exception de son kiosque, couleur mandarine. Le capitaine Joe Logan se tenait debout, les jambes écartées sur le pont à fleur d'eau, agrippé à l'une des ailes horizontales saillant de chaque côté du kiosque. Comme à son habitude, avant chaque immersion, il effectuait une dernière vérification visuelle.

Logan examina les quarante-quatre mètres de l'étroite coque noire. Satisfait de son inspection, il ôta sa casquette de base-ball bleu marine et l'agita en direction du *Carolyn Chouest,* dont les couleurs crème et orange se distinguaient à quelque quatre cents mètres de là. La superstructure de l'imposant vaisseau d'assistance s'élevait sur plusieurs niveaux, comme les étages d'un immeuble. Une grue massive, capable de soulever plusieurs tonnes, se dressait à bâbord.

Le capitaine grimpa en haut du kiosque et se glissa dans l'ouverture circulaire, large d'à peine quatre-vingts centimètres… Son gilet de sauvetage rendait l'exercice encore plus ardu et il lui fallut se tortiller comme un ver pour se faufiler à l'intérieur… Il fit courir ses doigts le long du joint d'étanchéité pour s'assurer de sa propreté avant de fermer le couvercle du sas, puis il descendit au minuscule poste de commande. La profusion de cadrans, indicateurs de niveau et instruments divers confinait d'autant plus l'espace, déjà restreint, que ceux-ci couvraient chaque centimètre carré de mur et de plafond.

Le capitaine était un homme d'apparence modeste qui pouvait aisément passer pour un professeur d'université. En réalité, physicien nucléaire de formation, Logan avait commandé plusieurs bateaux avant de se voir confier la responsabilité du NR-1. De taille et de corpulence moyennes, il commençait à perdre ses cheveux blonds et son menton accusait un début d'empâtement. La marine avait éradiqué depuis longtemps l'image du héros longiligne, à la John Wayne, qui dirige son vaisseau avec un dilettantisme musclé très en vogue à Hollywood. L'informatisation des commandes de mise à feu, le guidage au laser et autres missiles « intelligents » avaient transformé les navires de la marine en engins redoutables, trop compliqués et onéreux pour en abandonner la direction à des cow-boys. Logan, lui, possédait une intelligence aiguë et la capacité d'analyser le problème technique le plus complexe en un éclair.

Le NR-1 était certainement le plus petit vaisseau qu'il ait jamais commandé mais aucun n'avait atteint un tel niveau de sophistication dans le domaine de l'électronique. Bien que construit en 1969, le submersible subissait régulièrement des transformations dans le but de le perfectionner et, malgré une technologie de pointe, il utilisait encore des techniques anciennes mais ayant fait leurs preuves. Un épais câble de remorquage, long de cent soixante-cinq mètres, raccordait le pont du navire d'assistance à une grosse boule métallique, étreinte par deux puissantes mâchoires d'acier, à l'avant du sous-marin.

Logan donna l'ordre de relâcher le câble ; puis il se tourna en souriant vers un quinquagénaire corpulent et barbu : « Bienvenue à bord du plus petit sous-marin nucléaire du monde, docteur Pulaski. Toutes mes excuses pour l'étroitesse des lieux. La protection du réacteur nucléaire occupe la majeure partie du sous-marin. Néanmoins je suppose que vous préférez la claustrophobie aux radiations, et que vous avez déjà effectué une visite guidée. »

Pulaski sourit. « Oui, on m'a même indiqué la procédure à suivre pour utiliser les toilettes. » Il parlait avec un léger accent.

« Comme il vous faudra sans doute faire la queue, ne buvez pas trop de café… L'équipage se compose de dix hommes, vous risquez donc de trouver souvent les WC occupés.

— Si j'ai bien compris, vous pouvez rester immergés jusqu'à trente jours, reprit Pulaski. Je peux difficilement imaginer ce que l'on doit ressentir à huit cents mètres de profondeur pendant une telle durée.

— Je suis le premier à admettre que même la plus simple des tâches, comme se doucher ou cuisiner, relève parfois du challenge, répliqua Logan. Une chance pour vous que cette immersion ne dure que quelques heures. » Il regarda sa montre. « Nous descendons à trente mètres, dans un premier temps, pour vérifier que tous les systèmes fonctionnent. Si tout va bien, nous plongerons. »

Logan traversa un couloir à peine plus large que ses épaules et pointa du doigt une petite plate-forme rembourrée, derrière les deux sièges du poste de commande.

« C'est l'endroit où je m'assois, en principe, pendant les opérations. Vous l'occuperez aujourd'hui, moi je prendrai la place du copilote. » Puis, se tournant vers le premier pilote : « Je vous présente le docteur Pulaski, archéologue marin de l'Université de Caroline du Nord. »

Le militaire hocha la tête et Logan s'installa à sa droite. Un impressionnant ensemble d'instruments et d'écrans vidéo lui faisait face. «Nos yeux, expliqua-t-il en désignant la rangée des moniteurs de contrôle. Et voilà la proue vue à travers l'œil de la caméra avant.»

Le capitaine étudia le panneau de contrôle lumineux et, après une brève discussion avec le pilote, signala par radio au vaisseau d'assistance qu'ils étaient parés pour l'immersion. Ensuite il ordonna la descente et la stabilisation à trente mètres. Les pompes se mirent à bourdonner tandis que l'eau commençait à remplir les réservoirs de plongée. Le ballottement cessa comme le submersible s'enfonçait sous les vagues. Sa proue pointue disparut dans un geyser de bulles folles pour resurgir presque aussitôt, masse sombre sur l'azur aquatique.

L'équipage vérifia les différents systèmes pendant que le capitaine testait l'UQC, un téléphone sans fil fonctionnant sous l'eau et connecté au navire d'assistance. La qualité de la transmission donnait à la voix du correspondant un timbre métallique et un débit un rien languissant mais les mots résonnaient de façon claire et distincte.

Une fois rassuré sur le parfait état de marche du vaisseau, le capitaine lança: «Plongée, plongée!»

Alors les occupants éprouvèrent une légère sensation de mouvement. Les moniteurs s'emplirent des images d'une eau d'un bleu tirant peu à peu vers le noir à mesure que la lumière du soleil faiblissait, si bien que le capitaine réclama qu'on allume l'éclairage extérieur. Un silence presque total accompagnait la descente. Le pilote maniait un «manche à balai» identique à celui utilisé dans les avions spécialisés dans le piqué, et le capitaine ne quittait pas des yeux l'indicateur de profondeur. Arrivé à quinze mètres du fond, Logan ordonna la stabilisation de l'engin.

Le pilote se tourna vers Pulaski: « Nous sommes tout près du site repéré par télédétection. Nous allons effectuer un balayage radar grâce au scanner sonar latéral. Nous pouvons programmer une configuration de recherche dans l'ordinateur. Ainsi le sous-marin va poursuivre son petit bonhomme de chemin, en pilotage automatique, pendant que nous nous installerons à notre aise, tranquilles. Cela épargne beaucoup de stress à l'équipage.

— Incroyable ! s'exclama Pulaski. Je suis quand même surpris que ce remarquable vaisseau n'analyse pas nos trouvailles, n'écrive aucun rapport et ne défende pas nos conclusions face aux critiques de collègues jaloux.

— On y travaille », répondit Logan, impassible.

Pulaski secoua la tête, feignant la consternation. « Je ferais mieux de trouver un autre boulot. À ce train-là, la race des archéologues marins file tout droit vers l'extinction, sans même une vieille actrice sur le retour pour la protéger. Il ne leur reste plus qu'à enfiler des pantoufles et passer leurs journées à s'abrutir devant des écrans de contrôle en buvant de la tisane.

— Un grief de plus à l'encontre de la guerre froide... »

Emerveillé, Pulaski ne perdait rien du spectacle. « Je n'aurais jamais imaginé qu'un jour j'effectuerais des fouilles dans un submersible conçu pour espionner l'Union soviétique.

— Vous ne pouviez rien deviner tant le secret sur l'existence de ce vaisseau est bien gardé. Le plus étonnant concerne le coût de cette petite merveille, quatre-vingt-dix millions de dollars, entièrement passé sous silence. Voilà une dépense justifiée, si vous voulez mon avis. Maintenant que la marine a autorisé l'usage du NR-1 à des fins non militaires, nous possédons un incroyable outil destiné à la seule recherche.

— Si j'ai bien compris, on l'a utilisé lors du désastre de la navette spatiale *Challenger* ? » demanda Pulaski.

Logan confirma : « Grâce à lui, on a retrouvé des pièces et des éléments décisifs permettant à la NASA de déterminer les failles dans le fonctionnement de la navette et de la rendre ainsi apte à voler en toute sécurité. Il a aussi permis le sauvetage d'un F-14 englouti et la récupération d'un missile air-air égaré que nous ne voulions surtout pas voir tomber entre des mains inconnues. Quant aux affaires impliquant les Russes, beaucoup sont encore classées top secret.

— Que pouvez-vous me dire à propos du bras mécanique ?

— Le manipulateur opère exactement comme un bras humain, avec toutes ses articulations. La carène du sous-marin est équipée de deux roues en caoutchouc. Cela n'en fait pas pour autant une Harley Davidson, mais, grâce à elles, nous roulons, au sens propre du terme. Et pendant que le vaisseau s'appuie sur le fond de l'océan, le bras peut travailler dans un rayon de trois mètres.

— Fascinant ! s'écria Pulaski, au comble de l'excitation. Et sa puissance ?

— Capable de soulever des objets de près de cent kilos.

— Est-il outillé pour couper ?

— Ses mâchoires peuvent sectionner une corde ou un câble, et même travailler au chalumeau si nécessaire. Vous voyez, comme j'aime à le répéter, nous avons là le nec plus ultra de la polyvalence.

— À l'évidence, oui », rétorqua Pulaski, satisfait.

Le submersible s'activait depuis un moment, selon un schéma de fouille classique, se déplaçant d'avant en arrière, le long d'une série de lignes parallèles, comme lorsqu'on tond une pelouse. Les moniteurs affichaient l'image d'un fond de mer changeant au gré des mouvements du sous-marin, sans qu'aucune végétation apparaisse.

Logan prit la parole : « Nous devrions nous approcher de la zone détectée depuis la surface. » Puis, désignant l'écran : « Tiens donc. On dirait que notre scanner latéral a fait une touche. » Il se tourna vers le pilote : « Reprenez le contrôle manuel et virez de vingt degrés à bâbord. »

Accompagné de faibles sursauts dus aux micropropulseurs, le NR-1 glissa légèrement sur la gauche. Un jeu de vingt-quatre lumières extérieures illumina le sol marin, tel un soleil artificiel. Le pilote ajusta les réservoirs de flottabilité jusqu'à obtenir une parfaite stabilité.

« On ne bouge plus, commanda Logan. Nous entrons en contact visuel avec notre cible. » Il se pencha en avant et scruta l'écran, attentif, son visage baigné par une douce clarté bleu-vert. Alors que le vaisseau avançait, des formes arrondies apparurent sur le moniteur, d'abord isolées, puis en groupe.

« Il s'agit de concentrations d'amphores, expliqua Pulaski. Les jarres de terre cuite destinées au transport du vin et autres liquides ont souvent été découvertes sur des épaves anciennes.

— Grâce aux appareils photo et aux caméras vidéo, nous préparons à votre intention un enregistrement en trois dimensions, que vous analyserez plus tard, précisa Logan. Voulez-vous que nous récupérions quelque chose ?

— Oui, ce serait formidable. Pouvez-vous remonter une amphore ? Peut-être une de cette pile. »

Logan donna l'ordre au pilote d'immobiliser le submersible à même le fond, près d'un amoncellement d'amphores. Les quatre cents tonnes du vaisseau touchèrent le sol avec la légèreté d'une plume, et poursuivirent leur route en roulant. Le capitaine appela l'équipe de fouille.

Deux hommes approchèrent et soulevèrent le couvercle d'un sas situé derrière la salle des commandes, dévoilant ainsi un petit puits dans lequel trois hublots en plexiglas de dix centimètres d'épaisseur offraient une vue très nette du fond de l'océan. Un des hommes se faufila dans l'espace et veilla à ce que le vaisseau ne heurte pas la pile de jarres. Une fois arrivé à bonne distance, le NR-1 s'arrêta. Le bras articulé était situé tout à l'avant de la carène. Utilisant une télécommande, l'homme dans le puits fit fonctionner les mâchoires, et le bras opéra une rotation au niveau de l'épaule.

La main mécanique agrippa doucement une amphore par le col, la souleva et la déposa dans un panier, sous la proue. On rentra le bras et Logan ordonna à l'équipage de remonter le sous-marin sans oublier de prendre une dernière série de photos. Puis il appela le bateau d'assistance, décrivit leur trouvaille, annonça que le NR-1 s'apprêtait à faire surface et réclama la mise en route du sonar afin de localiser le bâtiment de façon exacte. L'écho d'un *ping... ping* cadencé résonna à travers le submersible, à intervalles réguliers.

« Préparez-vous à émerger », commanda Logan au pilote.

Le Dr Pulaski se tenait debout, juste derrière le siège du capitaine. « Je ne pense pas », proféra-t-il, soudain.

Tout à la manœuvre, Logan n'écoutait qu'à moitié. « Excusez-moi, docteur. Qu'avez-vous dit ?

— Je disais que nous n'allions pas refaire surface. »

Logan fit tourner sa chaise sur elle-même, amusé. « J'espère que vous n'avez pas pris mes fanfaronnades sur notre capacité à rester sous l'eau pendant un mois au pied de la lettre. Nos réserves de vivres ne dureraient que quelques jours. »

Pulaski glissa une main sous son coupe-vent et en sortit un pistolet Tokarev TT-33. S'exprimant avec calme, il menaça : « Vous ferez ce que je demande ou je tuerai le pilote. » Joignant le geste à la parole, il appuya le canon sur la nuque du marin.

Logan fixa d'abord ses yeux sur l'arme puis sur le visage de Pulaski qui reflétait une détermination impitoyable.

« Qui êtes-vous ? demanda-t-il.

— Qui je suis n'a aucune importance. Vous allez m'obéir, et je ne le répéterai pas.

— Très bien, répondit Logan, la voix rauque. Qu'attendez-vous de moi ?

— Rompez dès maintenant tout contact avec le navire d'assistance. » Pulaski observa attentivement Logan qui éteignait tous les commutateurs radio. « Merci, approuva-t-il en regardant l'heure. À présent, informez l'équipage que le sous-marin est détourné. Prévenez les hommes que quiconque s'approchera d'ici sans permission sera abattu. »

L'officier lança un regard furieux à Pulaski tout en s'installant face au système de communication interne. « Ici votre capitaine. Un homme armé se trouve dans le poste de pilotage. Nous sommes, à cet instant, sous ses ordres. Nous ferons tout ce qu'il dit. Restez éloignés de la salle des commandes. Il ne s'agit pas d'une plaisanterie. Je répète : ceci n'est pas une plaisanterie. Restez à vos postes. Ne vous approchez pas du poste de pilotage. »

Des voix étonnées parvenaient de la section arrière, aussi le capitaine lança une seconde fois son avertissement, afin de s'assurer que ses hommes le prenaient au sérieux.

« Excellent ! s'exclama Pulaski. Maintenant, vous allez remonter jusqu'à une profondeur de cent cinquante mètres.

— Vous l'avez entendu », indiqua Logan au pilote, répugnant manifestement à donner un ordre direct.

Ce dernier semblait tétanisé sur son siège. Les paroles de Logan le sortirent de sa stupeur. Il s'approcha des commandes et entreprit de pomper l'eau des divers ballasts. Jouant sur les niveaux, il éleva le nez du sous-marin et entama la remontée, maîtrisant les petites secousses du propulseur principal. À cent cinquante mètres de la surface, il stabilisa le NR-1.

« Okay, lâcha Logan. Et maintenant ? » Ses yeux étincelaient de colère. Pulaski jeta un œil à sa montre comme un voyageur s'inquiétant du retard de son train. « Maintenant, on attend. » Il éloigna le pistolet du pilote, tout en le gardant dans sa ligne de mire, prêt à tirer.

Dix minutes passèrent. Puis quinze. Logan se sentait à bout de patience. « Si cela ne vous dérange pas trop, pouvez-vous m'expliquer ce qu'on attend ? »

Pulaski posa un doigt sur ses lèvres. « Vous verrez bien », répliqua-t-il avec un mystérieux sourire.

Quelques minutes s'écoulèrent encore. La tension était suffocante. Le capitaine, fixant le moniteur de la caméra avant, s'interrogeait sur l'identité réelle de cet homme et ses projets. La réponse à ses questions ne se fit pas attendre. Une ombre immense apparut au-dessus de la proue du NR-1.

Logan se pencha pour scruter l'écran : « Qu'est-ce que c'est que ce truc ? »

L'ombre géante glissa sous le submersible tel un monstrueux requin s'apprêtant à attaquer les flancs de sa proie. Un terrible fracas métallique résonna d'un bout à l'autre du NR-1, comme si celui-ci venait d'être frappé par une masse gigantesque. Le bâtiment trembla sous le choc et s'éleva de quelques mètres.

« Nous avons été touchés ! hurla le pilote, se jetant, d'instinct, sur les commandes.

— Pas un geste ! » aboya Pulaski, en pointant son arme.

La main du marin se figea et son regard se perdit dans la contemplation du plafond. Les occupants du sous-marin entendaient des crissements et des frottements, comme si d'énormes insectes d'acier rampaient sur la coque.

Pulaski rayonnait de plaisir. « Le comité de réception vient d'arriver. »

Le bruit persista quelques minutes avant de s'arrêter net, aussitôt remplacé par les vibrations de puissants moteurs. L'indicateur de vitesse du tableau de bord commença à grimper bien que les micropropulseurs n'aient pas été mis en route.

« On bouge, constata le pilote avec inquiétude, les yeux rivés sur l'aiguille du cadran. Que dois-je faire ? » Il se tourna vers le capitaine. Ils avaient atteint les vingt nœuds et continuaient d'accélérer.

« Rien du tout », répondit Pulaski. Puis, s'adressant à Logan : « Capitaine, j'ai un message pour vos hommes.

— Et que voulez-vous que je leur dise ? »

Pulaski sourit. « Cela me paraît plutôt évident, ironisa-t-il. Enjoignez-leur de s'asseoir et de bien profiter du voyage. »

Chapitre 3

La mer Noire

Le Zodiac filait en direction du rivage éloigné, les cinq mètres de son fond plat cognant contre les vagues sur un rythme saccadé de tam-tam. Accroupie à l'avant, les mains agrippées à un bout, de peur de basculer par-dessus bord, Kaela Dorn ressemblait à une figure de proue finement sculptée. Les embruns picotaient son visage hâlé et ruisselaient le long de sa chevelure, mais elle ne se retourna qu'une seule fois pour crier un ordre à l'homme agenouillé à la barre.

« Mehmet, bouge-moi cet engin, mets les gaz ! » Elle faisait tournoyer sa main comme si elle tenait un lasso imaginaire.

Le vieux Turc rabougri répondit par un sourire édenté plus large que sa figure. Il poussa la manette et le Zodiac bondit par-dessus la première vague pour claquer la suivante avec une force à vous soulever le cœur. Kaela s'accrocha de plus belle en riant avec délices.

Les deux hommes, bringuebalés dans le canot comme des dés dans un shaker, paraissaient moins enthousiastes. Ils se cramponnaient pour éviter d'être jetés à la mer, leurs mâchoires claquant à chaque secousse. Ni l'un ni l'autre ne fut surpris d'entendre Kaela demander à Mehmet d'accélérer. Depuis trois mois qu'ils travaillaient avec la jeune reporter sur la série télévisée *Mystères insondables*, ils avaient appris à s'accommoder de sa témérité.

Mickey Lombardo, le doyen de l'équipe, natif de New York, était trapu, avec des bras d'une grande force, acquise au fil de ses innombrables voyages à travers le monde, où il avait soulevé et trimbalé son imposant matériel de son et lumière. Une vague avait éteint le cigare serré entre ses lèvres quelques secondes après le début de leur « traversée sauvage ». Son assistant, Hank Simpson, un don juan des plages australiennes, blond et musclé, répondait au surnom, trouvé par Lombardo, de « Dundee ».

Le jour où ils avaient appris qu'ils travailleraient désormais en étroite collaboration avec la belle journaliste, aucun d'eux n'avait cru en pareille aubaine. C'était avant que Kaela ne les entraîne dans une grotte tapissée d'excréments de chauves-souris, la descente des rapides dans l'enfer vert de l'Amazonie et leur intrusion au beau milieu d'une cérémonie vaudoue en Haïti. Lombardo disait de Kaela qu'elle était l'illustration vivante du vieil adage : « Sois prudent quand tu fais un vœu, il pourrait se réaliser. » Elle s'était révélée le parfait croisement entre Amélia Earhart et Wonder Woman, du coup leur attirance pour elle avait diminué en proportion égale avec l'accroissement de leur respect pour son audace. Au lieu de considérer Kaela comme une conquête éventuelle, ils la couvaient maintenant comme une petite sœur précoce qu'il fallait protéger contre sa propre impétuosité.

Par ailleurs, nul ne pouvait taxer Lombardo et Dundee de mauviettes. Les équipes opérant sur *Mystères insondables* devaient manifester une forme physique irréprochable, ainsi qu'une agressivité certaine pour mener une aventure à bien, et, de préférence, ne rien avoir dans le crâne. L'émission changeait souvent de personnel et les tournages affichaient un taux de blessures élevé. Avec l'importance accordée aux histoires à haut risque, la série se montrait assez dure avec les membres de la production. En fait, les mésaventures des différentes équipes, plus encore que son sujet principal, devenaient souvent le thème de chaque épisode. Il s'agissait là de la continuation logique de l'aventure « vécue » inspirée par le succès de l'émission « Le Survivant » et ses clones... Un reporter ou un technicien tombait à l'eau ou était poursuivi par des cannibales ? L'histoire n'en devenait que plus exaltante et les sponsors se frottaient les mains ! Tant qu'on ne perdait ou ne détériorait pas de matériel coûteux, la direction se fichait bien de la dangerosité des conditions de travail...

Le trio avait atterri à Istanbul quelques jours plus tôt pour se lancer à la recherche de l'arche de Noé. La quête de l'arche était d'une banalité telle que même les pires journaux à sensation la reléguaient en dernières pages, à côté des ultimes apparitions d'Elvis ou du monstre du loch Ness ; du coup, Kaela restait sur le qui-vive, attentive à tout ce qui pouvait constituer un bon sujet au cas où celui-là capoterait. La première journée, alors qu'elle se renseignait sur la possibilité d'affréter un bateau de pêche, elle engagea la conversation avec un vieux marin russe, haut en couleur, rencontré sur les quais. Il avait jadis servi dans un submersible lance-missiles soviétique et lui parla d'une base de sous-marins abandonnée. Après avoir suggéré que quelques billets pourraient lui rafraîchir une mémoire défaillante, il lui dessina même une carte montrant son emplacement en un point éloigné de la mer Noire.

Quand la journaliste retrouva ses collègues et leur dévoila fiévreusement son histoire, ils s'empressèrent d'organiser le voyage. La base abandonnée offrait une excellente alternative si la recherche de l'arche de Noé s'avérait un échec, ce qui était fort probable. En outre, le bateau de pêche permettrait de se rendre à une entrevue sur un vaisseau de recherche de la National Underwater and Marine Agency[1].

Le capitaine Kemal, patron du chalutier, payé à la journée, prétendait avoir entendu parler, lui aussi, de la base et se ferait un plaisir de les y accompagner avant de les emmener rejoindre le navire de la NUMA. Cependant, comme ils approchaient de la base, l'embarcation connut un ennui mécanique et le capitaine souhaita rentrer au port. Il avait déjà eu un problème similaire et cela ne lui prendrait que quelques heures pour réparer, une fois trouvée la pièce de rechange. Kaela en décida autrement... Elle le persuada de les déposer, elle et ses compagnons, et de venir les récupérer le lendemain. Mehmet, cousin du capitaine, se porta volontaire pour les conduire à terre, avec le Zodiac.

Or, à cet instant même, le canot à moteur arrivait en vue d'une immense plage de sable qui s'élevait progressivement jusqu'à la ligne de crête des dunes. Les vagues grossissaient et leur fréquence augmentait, aussi Mehmet réduisit-il la vitesse de moitié. Le vieux matelot russe avait parlé d'une base souterraine, près d'un centre d'études scientifiques abandonné ; il leur faudrait rechercher des traces de prises d'air. Kaela essuya ses lunettes et plissa les yeux en direction des collines herbues, sans apercevoir le moindre signe de présence humaine. La campagne paraissait aussi austère que déserte et la jeune femme commença à se demander s'ils ne s'étaient pas un peu trop emballés. Les petits comptables de *Mystères insondables* n'appréciaient guère les dépenses inutiles.

1. NUMA : Agence nationale maritime et sous-marine. *(N.d.T.)*

« Tu vois quelque chose ? » Lombardo hurlait pour dominer le bourdonnement du moteur.

« Pas de panneaux d'affichage, si c'est ce que tu veux savoir.

— Nous ne nous trouvons peut-être pas au bon endroit.

— Le capitaine Kemal dit que si, tout comme la carte du Russe.

— Combien as-tu payé cet escroc pour le plan ?

— Cent dollars. »

Lombardo esquissa une grimace. « Je me demande combien de fois il l'a vendu. »

Kaela pointa du doigt l'intérieur des terres. « Cette hauteur, là-bas, semble très prometteuse. »

Pffuit…

Un bruit étrange. La journaliste fit une brusque volte-face. Elle remarqua alors le petit trou irrégulier qui ornait la toile caoutchoutée, à trente centimètres à droite de sa tête. Elle pensa qu'une des nombreuses rustines parsemant les boudins gonflables venait de sauter sous les chocs que subissait le Zodiac. Elle pivota sur elle-même pour le signaler à Mehmet mais le Turc avait une expression bizarre sur le visage, et étreignait sa poitrine de la main. Il se recroquevilla, comme s'il manquait d'air puis bascula par-dessus bord. Sans personne à la barre, le bateau se mit de travers et fut pris par une déferlante. La première vague souleva le canot de biais, la suivante le retourna comme une crêpe, jetant les passagers à la mer.

Kaela vit le ciel tourbillonner avant de plonger dans la froidure de l'eau. Elle s'enfonça d'un bon mètre et, quand elle émergea en crachotant, elle ne vit que… l'obscurité. Elle se trouvait sous l'embarcation renversée. Elle plongea pour resurgir à l'air libre. Le crâne chauve de Lombardo remonta tout à coup à la surface, suivi de Dundee.

« Ça va bien ? » cria-t-elle tout en s'approchant à petites brasses.

Lombardo cracha les restes de son cigare. « Nom de Dieu, qu'est-ce qui s'est passé ?

— Je crois qu'on a tiré sur Mehmet.

— Tiré ? T'es sûre ?

— Il a porté la main à sa poitrine et s'est écroulé. »

Lombardo dans son sillage, elle nagea jusqu'à l'avant du bateau. « Voilà l'impact de la première balle, une seconde avant que la deuxième ne frappe Mehmet.

— Bon sang ! s'exclama Lombardo, caressant d'un doigt incrédule l'orifice. Pauvre vieux… »

Dundee les rejoignit et tous trois se laissèrent dériver, accrochés à l'épave. Ils décidèrent de ne pas s'éloigner de ce radeau improvisé, où Kemal pourrait les retrouver, plutôt que de s'aventurer à terre. Le Zodiac s'enfonçait dans l'eau, mais certaines parties, toujours gonflées d'air, lui permettaient de flotter encore. Plusieurs fois, ils tentèrent de le remettre à l'endroit, mais le poids du hors-bord, combiné au manque d'adhérence des parois arrondies et mouillées, rendait la tâche impossible. Ils s'épuisaient vite et les vagues les poussaient inexorablement vers le rivage.

« Je n'en peux plus, se désola Lombardo, après un ultime et vain effort qui les laissa à bout de souffle. On dirait bien qu'on y fonce tout droit, après tout.

— Qu'est-ce qu'on fait si les mecs qui ont tiré sur nous traînent encore dans les parages ? s'inquiéta Dundee.

— On écoute ta suggestion, si toutefois…

— Je pense que l'endroit d'où les tirs sont partis se situe à peu près en face de nous, trancha Kaela. Cachons-nous sous le bateau, et essayons de l'éloigner de la ligne de mire.

— On n'a pas franchement le choix», admit Lombardo avant de s'abriter sous le canot.

Quand les autres le rejoignirent, il souriait. «Regardez ça, dit-il, empoignant les sacs hermétiques suspendus aux sièges où on les avait attachés. Les caméras sont intactes.»

Kaela éclata d'un rire qui résonna dans cet espace clos. «Comment devons-nous réagir si quelqu'un pointe son flingue sur nous, Mickey ? On le prend en photo ?

— Tu admettras qu'on tient là un bon sujet. Qu'est-ce que t'en penses, Dundee ?

— J'en pense que vous deux, les Ricains, vous êtes complètement timbrés ! Mais moi aussi, sinon je ne me trouverais pas ici, avec vous. Dis-moi, mon *amur* (il s'adressait à Kaela), ton pote ruskof ne parlait-il pas d'un lieu abandonné ?

— Il a affirmé que les Russes s'étaient barrés depuis longtemps.

— Il s'agit peut-être d'une de ces îles, comme celles du Pacifique où les soldats japonais se cachaient dans la jungle, sans savoir que la guerre était finie, suggéra Lombardo. Si ça se trouve, ces gars ignorent que la guerre froide est terminée.» À l'évidence, cette perspective le séduisait beaucoup.

«Ça me paraît bien farfelu, quand même, objecta Kaela, plus terre à terre.

— Ouais, d'accord, mais as-tu une meilleure idée sur l'identité de nos charmants hôtes ?

— Non, aucune... Mais si on ne fait rien, on le saura vite. Bougez pas, je vais jeter un coup d'œil.» La jeune femme disparut un instant. À son retour, elle annonça : «La plage semble déserte. Je propose qu'on pousse ce canot sur la droite. Sinon, on va dériver en plein dessus.»

Ils s'agrippèrent à l'embarcation et entreprirent de

battre les pieds en cadence. Le Zodiac bougea un peu mais les rouleaux réduisirent leurs efforts à néant. Le grondement étouffé des vagues se brisant sur la plage enflait. Comme les coups de feu avaient cessé depuis déjà un bon moment, les trois naufragés commencèrent à envisager le départ des tireurs. Cet optimisme se serait vite évanoui s'ils avaient pu voir au-delà des hautes herbes couronnant les dunes. Une ligne de sabres affûtés se dressait dans la lumière du soleil, telles les lames d'une moissonneuse géante, prêtes à les découper en lambeaux dès qu'ils fouleraient leur territoire.

Chapitre 4

Haut dans le ciel, un avion turquoise aux allures de canoë ailé tournoyait, avec une lenteur calculée, au-dessus du Zodiac retourné. Solidement charpenté, l'homme aux commandes de l'ULM effectua un délicat virage sur l'aile et observa la plage à travers ses lunettes d'aviateur. Il plissait ses yeux d'un bleu des mers du Sud pour ne pas être ébloui par la réverbération du soleil. Son visage, au teint cuivré, reflétait une grande surprise. Un instant auparavant, il avait vu des nageurs, à côté du canot gonflable renversé. Après un bref coup d'œil alentour pour prendre ses repères, il ne pouvait que constater leur disparition.

Kurt Austin filait le Zodiac depuis un moment, tel un flic des airs lancé à la poursuite d'un chauffard, et il avait vu l'embarcation se retourner, sans comprendre pourquoi. La mer semblait plutôt calme et aucun rocher ou autre écueil n'était visible. Austin se demandait si le bateau pneumatique, ou même le chalutier qu'il avait aperçus s'éloignant de la côte, avaient un rapport avec les gens de la télévision qu'il recherchait. Sans doute pas. Ceux-ci devaient se trouver en route vers l'*Argo*, afin de rencontrer comme prévu le navire de la NUMA, et pas à proximité de ce terrain sauvage et désolé.

En marge de ses responsabilités de chef de l'équipe des Missions spéciales à la NUMA, Austin occupait, pour un temps, le poste d'expert-océanographe à bord de l'*Argo*. Ses coéquipiers, Joe Zavala, Paul et Gamay Trout, avaient bénéficié de diverses affectations peu astreignantes, sur des opérations éparpillées en divers endroits des Etats-Unis. Après que l'équipe eut croisé le fer avec les tueurs à gages d'un cartel avide de s'adjuger le monopole de l'exploitation mondiale des ressources naturelles d'eau fraîche, James Sandecker, le directeur de la NUMA, avait insisté pour qu'ils prennent des « vacances studieuses ». On l'avait vu particulièrement inquiet de l'attachement qu'Austin portait à une brillantissime scientifique brésilienne, d'une rare beauté, qui s'était sacrifiée pour conjurer la conspiration.

Pour l'heure, l'*Argo* voguait sur la mer Noire, recueillant des informations sur l'action des vents et marées pour une banque de données internationale. Avec sa maîtrise de direction systématisée de l'université de Washington et sa vaste connaissance pratique en tant que plongeur et investigateur sous-marin, Austin s'était montré d'un précieux secours dans l'installation des instruments sophistiqués de télédétection.

En mer, une fois les machines en place, ses compétences s'avérèrent toutefois moins indispensables. Il lut quelques livres de philosophie, choisis dans son importante bibliothèque et emportés à tout hasard, mais, gagné par le désœuvrement, l'homme d'action commençait à bouillir. Le vaisseau lui apparaissait comme une prison entourée de douves, larges et profondes. Conscient de son vague à l'âme, et des bonnes intentions de Sandecker, Austin n'imaginait son salut que dans une activité mentale et physique débordante, pas dans l'atmosphère ouatée d'un bateau de croisière.

Les très sérieux scientifiques du bord n'avaient cessé de râler à propos de la visite imminente de l'équipe de télévision. Ils la considéraient comme l'intrusion d'une bande de crétins qui les empêcheraient de travailler en leur posant des questions idiotes. Et le fait qu'ils bossent pour une émission à l'affût du sensationnel n'arrangeait pas les choses. Austin, lui, pensait le contraire. Il attendait leur venue avec impatience, y voyant une agréable diversion à la monotonie ambiante.

Les gens de la télé auraient dû les rejoindre ce matin-là, mais jamais on ne les vit arriver, et toute tentative de liaison par radio se révéla inutile. Après le déjeuner, Austin était monté à la timonerie soumettre une idée au commandant. Celui-ci, le capitaine Joe Atwood, semblait réellement vexé par le manque de parole et de tact des journalistes. Il arpentait la passerelle, ne s'arrêtant que pour scruter l'océan à l'aide de jumelles. L'*Argo* était censé lever l'ancre pour une autre destination, et le capitaine n'appréciait pas du tout ce contretemps.

« Des nouvelles de nos invités ? » s'enquit Austin, bien que l'expression renfrognée d'Atwood se passât de commentaire.

Atwood jeta un regard mauvais à sa montre. « Je pense qu'ils se sont égarés, déclara-t-il sèchement. La prochaine fois que les abrutis des Affaires publiques me demandent de divertir quelques allumés de la télé, je leur répondrai de se carrer leur requête là où le soleil ne brille jamais. »

L'humeur du capitaine ne permettait sans doute pas qu'on lui rappelle le rôle tenu par le département des Affaires publiques de la NUMA, en particulier son habileté à mettre en avant les prouesses de l'agence, encourageant ainsi la générosité du Congrès et le déblocage de subventions pour des projets tels que les recherches en mer Noire.

Austin se porta néanmoins volontaire : « J'ai une

suggestion... Je me sens un peu inutile. Alors, que diriez-vous si j'allais effectuer un petit tour dans les parages, histoire de les localiser ? »

L'air grognon du capitaine s'effaça devant une moue plutôt ironique et avisée : « Ouais, ouais... Je vois très bien où vous voulez en venir, Austin. Vous voulez essayer le Gooney depuis votre arrivée parmi nous.

— Cela me permettrait de faire d'une pierre deux coups. Je pourrais en même temps tester l'oiseau en vol et rechercher vos imprévisibles hôtes. » Et cela fournirait un excellent antidote à son « mal des cabines »...

Atwood se passa les doigts dans les cheveux, d'un roux clair. « Okay, mon ami. Je vous donne le feu vert. Mais pensez à nous communiquer votre position tous les quarts d'heure. J'ai assez de soucis comme ça avec l'absence des journalistes. Je ne veux pas non plus vous courir après dans toute la mer Noire. »

Austin remercia le capitaine, et descendit en sautillant préparer le Gooney. L'hydravion ULM avait été élaboré comme une extension du champ visuel du bateau. Le radar, installé sur la plupart des navires de la NUMA, pouvait repérer un moucheron à seize kilomètres de distance, mais rien, parfois, ne remplaçait l'œil humain. Joe Zavala, dont l'esprit, touché par la grâce dès qu'il s'agissait de mécanique, avait entièrement conçu l'avion. Il avait demandé à Austin de prendre son bébé à bord de l'*Argo* et d'expérimenter sa bonne tenue en l'air. Mais le vaisseau ne s'étant presque jamais arrêté jusqu'à aujourd'hui, Austin n'avait pas trouvé de bonne occasion pour prier le capitaine de stopper les machines le temps d'accomplir un test de pilotage.

L'avion à une place devait son nom au *gooney*, surnom donné par les marins à l'albatros, oiseau marin fameux pour la majesté de son vol autant que sa maladresse au moment de l'envol ou du retour sur terre. Austin inspecta l'appareil dans son hangar, sur le pont. La ligne, à l'aspect tronqué et un peu disgracieux, ne le dérangeait pas. Austin avait déjà piloté des ULM et seules lui importaient la légèreté et la souplesse de manœuvre.

Les lettres *NUMA*, peintes en noir, s'étalaient sur le flanc. Le fond plat de la coque en fibre de verre donnait au nez l'apparence d'un canoë renversé, et les flotteurs, en fibre de verre également, étaient maintenus par des supports d'aluminium de chaque côté de cette dernière. Fixé aux flotteurs et encadrant la coque, on découvrait le train d'atterrissage manuel escamotable qui permettait au Gooney de se poser aussi bien sur des voies navigables que sur des pistes normales.

L'avion fut halé sur le pont, puis on déploya et verrouilla ses ailes de neuf mètres en Dacron. Austin s'installa sans effort dans le confortable cockpit, et quelques matelots poussèrent le Gooney le long de la vaste rampe inclinée à la poupe de l'*Argo*, jusqu'à la mer.

Austin démarra le groupe moteur, rejeta le cordage de sécurité et vogua un certain temps sur les flots, afin d'éprouver les commandes. L'appareil se comportait à merveille en milieu aquatique, restait à vérifier ses bonnes dispositions en plein ciel. Il dirigea le Gooney sur une aire d'envol imaginaire et mit les gaz. Mû par les quarante chevaux de son moteur, le Gooney décolla sans hésiter. L'ULM rasa la crête des vagues sur une trentaine de mètres, puis s'éleva jusqu'à survoler le vaisseau. Austin décrivit un cercle complet autour de l'*Argo*, pencha une aile puis l'autre en guise de salut, avant de s'éloigner en direction du détroit du Bosphore, reliant les mers Noire et de Marmara. Il pensait que les gens de la télé, basés à Istanbul, emprunteraient le même chemin en sens inverse.

Le moteur Rotax à deux temps, deux cylindres, animant l'hélice montée à l'arrière, pouvait propulser l'avion au nez émoussé à une vitesse de pointe de cent kilomètres heure. Pas vraiment supersonique, l'engin se maniait toutefois comme dans un rêve, virant, grimpant et plongeant sans l'esquisse d'un décrochage. Austin se sentait aussi libre que l'oiseau de mer qu'il avait vu tournoyer au-dessus de l'*Argo*, en quête de restes. Avec une vitesse de croisière de quatre-vingt-dix kilomètres heure, il volait à une altitude de trois cents mètres environ, d'où il pouvait balayer du regard plusieurs kilomètres à la ronde. Le réservoir, d'une contenance de dix-neuf litres, procurait une autonomie d'à peu près deux cent cinquante kilomètres.

L'air était aussi clair que le plus fin cristal et le soleil éclatant lustrait d'argent la surface ridée de l'eau. Austin établit un système de recherche rudimentaire consistant à effectuer une série de courses parallèles qui couvriraient un maximum de territoire en un minimum de temps. L'équipe de télé avait envoyé un court message radio avant de quitter Istanbul, demandant la position de l'*Argo* et donnant l'heure approximative de son arrivée. Elle disait voyager à bord d'un bateau de pêche. Austin vit bien plusieurs chalutiers, mais aucun ne paraissait en route pour l'*Argo*.

Les allers-retours épuisèrent vite le carburant. Il ne restait plus qu'un tiers de réservoir, juste assez pour retourner à l'*Argo*… avec une étroite marge d'erreur. Le pilote vérifia le compas et s'apprêtait à faire demi-tour quand il repéra le sillage d'un hors-bord se rapprochant de la côte russe avec célérité. Curieux, il décida d'aller faire un tour du côté de la terre ferme. Il descendit à une centaine de mètres des flots ; il avait presque rattrapé le canot quand celui-ci, happé par une lame, chavira soudain.

Alors qu'il tournait au-dessus de la scène, réfléchissant à la meilleure décision à prendre, Austin remarqua le comportement étrange du bateau renversé. Bien que chahuté par les vagues, il se rapprochait du rivage… en biais.

Austin se saisit du micro et l'alluma.

« Gooney à l'*Argo*, navire de la NUMA. Répondez, s'il vous plaît.

— Ici l'*Argo*. » Austin reconnut la voix du capitaine. « Comment se comporte notre petit oiseau de mer ?

— Comme un ptérodactyle apprivoisé. Il vole pratiquement tout seul. Je me laisse emporter.

— Heureux de l'entendre. Des nouvelles de ces insondables crétins de *Mystères insondables* ? »

Gardant les yeux sur l'embarcation, Austin répondit : « Le seul mystère, ici, nous vient d'un Zodiac retourné. J'ai aperçu des personnes s'y accrocher, mais elles ont disparu.

— Quelle est votre position ?

— Je me trouve au bord de la côte. » Austin scrutait une bande de terrain escarpé, avançant dans la mer. « Je suis en train d'observer des falaises, pas très hautes, séparées d'une plage par des dunes. Je regarde un promontoire de roches dont la découpe me rappelle le profil de l'amiral Sandecker. Avec la barbe et tout le reste.

— Je demanderai au navigateur. Il connaît ces eaux comme sa poche. » Après une pause, la voix retentit à nouveau : « C'est le cap de l'Imam, censé représenter le visage d'un saint homme.

— Le bateau a dérivé au milieu des déferlantes. Trop agité pour amerrir.

— Qu'attendez-vous de nous ?

— Je vais me rapprocher pour jeter un coup d'œil. J'aurai besoin d'aide si je rencontre quelqu'un. Le Gooney n'est pas conçu pour le transport de passagers.

— Nous nous mettons en route. Nous serons sur place dans à peu près soixante minutes.

— Compris. Je vais me poser et voir si je déniche un petit bar qui serve un Stoli Martini décent. »

Austin éteignit le micro et s'inquiéta du Zodiac. Il esquissa un sourire. Il n'avait pas rêvé. Trois nageurs s'étaient détachés du canot et tentaient de rejoindre la plage. L'ULM atterrissait mieux dans le vent et, justement, le vent venait du large. Austin réduisit l'altitude à trente mètres et guida l'appareil droit sur le rivage, visant une longue dune, en pente douce jusqu'à la plage. Il envisageait de faire demi-tour au-dessus de la dune, puis d'amener l'avion, en souplesse, sur le sable.

Le Gooney survola les silhouettes en train de se débattre au milieu des rouleaux. Les nageurs progressaient, se laissant porter par les vagues pour économiser leurs forces. Austin venait à peine de remarquer un ensemble de constructions basses, à l'intérieur des terres, quand un bref reflet lumineux, au sol, attira son attention. Le Gooney, petit bijou de technologie, pouvait virer sur une pièce de monnaie. Profitant de cette maniabilité, Austin enfonça les commandes de la gouverne et l'avion tourna sur lui-même, telle une libellule, offrant à son pilote une vue plongeante sur la vallée peu profonde, derrière la dune.

Cachés par le monticule, une douzaine d'hommes à cheval, alignés de front, brandissaient haut leurs épées. L'éclat rouge argenté aperçu par Austin venait du soleil se réfléchissant sur les lames. La soudaine et bruyante apparition du Gooney alarma les bêtes qui se mirent à ruer en tout sens pendant que leurs maîtres s'échinaient à les calmer. Austin ne put qu'entrevoir la scène, en passant, il surplombait la plage à nouveau. Les nageurs se trouvaient à quelques brasses de la grève.

Tout à coup, des morceaux de Dacron commencèrent à voler autour de son visage. Les cavaliers n'étaient pas armés que d'épées. Une des ailes paraissait lacérée par des griffes impitoyables – pas de doute, on lui tirait dessus. Le mince cockpit en fibre de verre n'offrait aucune protection contre les balles. Pire encore, Austin avait le réservoir d'essence presque sous les fesses. Pour l'instant, les tireurs se montraient assez maladroits, mais si par malheur un projectile atteignait l'hélice, le Gooney tomberait comme un canard blessé. Il appuya sur le manche, et l'engin plongea. Malgré les écouteurs, il entendit le son aigu d'une balle heurtant une barre en aluminium. Il ressentit alors une vive douleur à la tempe droite. Un fragment de métal l'avait touché et du sang coulait sur sa figure. Il attacha son foulard autour du front pour stopper l'hémorragie.

La même salve avait détruit un des flotteurs d'aile. Austin enfonça le manche le plus bas possible, l'ULM amorça une chute vertigineuse et s'inclina dangereusement, déséquilibré par la perte du flotteur qu'Austin dut compenser en penchant de tout son poids d'un côté. Il s'éloigna ainsi jusqu'au large, hors de portée des assaillants, et parvint à virer de façon à se retrouver parallèlement au rivage.

Les naufragés avaient réussi à gagner la plage, à plat ventre, quand le tir d'artillerie commença. Ils se relevèrent et s'enfuirent à toutes jambes, en longeant le bord de l'eau. Austin repéra une femme mince et bronzée, en compagnie de deux hommes, l'un petit et l'autre grand. Tout en courant, ils jetaient de brefs coups d'œil en arrière afin de ne pas perdre de vue le Gooney. Ils aperçurent alors les cavaliers qui franchissaient le sommet de la dune, leur épée pointée vers le ciel. Stimulé par cette nouvelle menace, le trio tenta d'accélérer, en pure perte tant le sable mou rendait la tâche impossible. Les assaillants n'allaient faire qu'une bouchée de ces fugitifs sans défense, coincés entre l'océan et leurs bourreaux. La plage, vaste étendue découverte, n'offrait aucun abri…

Les cavaliers éperonnèrent leurs montures, galopant le long de la dune avant de fondre sur leur proie. Austin fouilla d'une main la mallette de secours, placée derrière son siège, et en retira un pistolet d'alarme Orion 25 mm utilisé d'ordinaire par les bateaux offshore. Il introduisit dans le magasin une cartouche Red Meteor, d'une grande intensité lumineuse. Puis il mit les gaz à fond. Le Gooney tanguait de façon inquiétante, mais il fonça néanmoins sur la plage à plus de cent kilomètres heure.

Les fuyards se jetèrent au sol au passage de l'ULM, qui bourdonnait comme un gigantesque frelon en colère. Austin agissait sans réfléchir, en vrai robot. Tout en coinçant le levier de commande entre ses genoux, il prit appui sur le rebord arrondi de l'écran de plexiglas qui tenait lieu de pare-brise et visa au beau milieu des tueurs. Il pressa la détente et la fusée éclairante fila telle une comète miniature.

L'inclinaison fâcheuse de l'appareil lui fit rater sa cible. Le projectile s'écrasa sur la dune, un bon mètre en dessous de la crête herbue et explosa dans une gerbe d'étincelles.

Les chevaux les plus proches de la déflagration reculèrent, paniqués. Ceux qui avaient réussi à garder leur calme le perdirent quand l'ULM frôla leur crinière.

Austin effectua un rapide demi-tour pour renouveler sa tentative. La scène chaotique qui se déroulait au sommet de la dune lui rappela *Guernica*, la fameuse fresque de Picasso… Difficile de savoir où finissait la monture et où commençait le cavalier. Avec un sourire sinistre mais déterminé, il glissa une nouvelle cartouche dans le pistolet et repartit à l'attaque, cherchant cette fois à prendre l'ennemi à revers…

Un réseau de fines zébrures concentriques apparut sur le pare-brise, preuve évidente d'un impact de balle. Austin sentit d'ailleurs une balle siffler à son oreille. Il parvint pourtant à rester appliqué le temps de braquer son arme et de presser la détente.

La seconde fusée partit comme l'éclair droit sur l'attroupement des assaillants désorientés, et percuta l'un d'eux dans un jaillissement de phosphore embrasé. Il tomba, mais son pied restant coincé dans l'étrier, il fut entraîné par son cheval.

Soucieux de ne pas s'éterniser, Austin se replia précipitamment vers le large… pour mieux rebrousser chemin. Il contourna ainsi le champ de bataille jusqu'à se retrouver derrière la dune. L'herbe, en flammes, dégageait une épaisse fumée dont les volutes noirâtres s'élevaient peu à peu dans le ciel. Les cavaliers désarçonnés essayaient de rouler de côté pour ne pas se faire piétiner. Ceux qui avaient d'eux-mêmes mis pied à terre empoignaient leurs rênes avec fermeté et tentaient de calmer leurs bêtes terrifiées. Les chevaux se heurtaient les uns les autres, ce qui ne faisait qu'accroître leur panique

Un cavalier solitaire se sépara du groupe et poussa son cheval au galop. Kaela et ses amis, alertés par le tonnerre des sabots, se retournèrent pour le voir fondre sur eux, sabre au clair. Austin brandit le pistolet d'alarme, mais l'ULM, de plus en plus instable, ne lui permettait pas de viser avec exactitude. Plein de ressources, il choisit alors de plonger. Le Gooney piqua du nez, se redressa adroitement à moins de deux mètres des coureurs, et fonça droit sur l'assaillant, un barbu rouquin de forte carrure. À la dernière seconde, Austin tira sur le manche. Le flotteur manqua d'un rien la tête de l'homme, mais le cheval, hennissant de terreur, se cabra et s'emballa. Le tueur se cramponna ferme pour ne pas tomber, alors que sa monture, livrée à elle-même, escaladait la dune et se lançait à la poursuite des autres cavaliers. Ceux-ci avaient abandonné toute velléité guerrière, et ne pensaient qu'à se réfugier au plus vite dans les bois.

Austin, quant à lui menait un combat perdu d'avance pour maintenir en vol l'ULM endommagé. Il s'assit sur le rebord du cockpit, la moitié du corps dans le vide, à la manière d'un barreur de voilier par grand vent. En serrant les dents, il se prépara à l'atterrissage forcé qu'il savait inévitable.

Chapitre 5

Kaela Dorn retint sa respiration quand elle vit l'étrange petit avion effectuer un plongeon en vrille. À la dernière seconde, l'engin se redressa d'un coup, en un sauvage défi aux lois de la pesanteur. Il s'élança alors dans les airs, pour mieux piquer à nouveau, tel un cerf-volant au bout de son fil. Puis il amorça un palier, malgré le tremblement inquiétant de ses ailes, tanguant et zigzaguant comme sur les rails d'un Grand Huit invisible.

Le pilote parvint enfin à reprendre le contrôle apparent de la machine et entreprit une manœuvre d'atterrissage en douceur. Tout paraissait se dérouler à merveille quand, au moment de toucher le sol, l'aile gauche s'inclina brusquement et s'enfonça dans le sable fin. Elle cassa net au point de jointure avec le fuselage, et l'appareil heurta la plage, glissa sur plusieurs mètres avant de s'arrêter en grinçant, la queue pointée vers le ciel. Le moteur se tut, et le silence s'installa, à peine perturbé par le clapotis des vagues et le crépitement de l'herbe en feu.

La journaliste et ses collègues regardaient, bouche bée, l'engin accidenté. Ils étaient trop épuisés pour bouger, vidés par leur nage forcée, encore pantelants des efforts fournis pour échapper à la mort. Kaela semblait la plus en forme des trois bien qu'elle ne sentît plus ses jambes. Quand l'ULM était apparu pour la première fois, ils ignoraient s'il s'agissait d'un ami ou d'un ennemi, mais ils avaient tout de suite compris les intentions des cavaliers avec leurs cris bestiaux et leurs épées brandies : ils voulaient du sang.

L'avion évoquait à présent un oiseau s'étant approché trop près d'un ventilateur, et il paraissait impossible que son pilote fût sain et sauf, mais quelqu'un bougea dans le cockpit... Austin passa une jambe puis l'autre par-dessus l'habitacle et s'en extirpa. Il semblait sauf, puisqu'il faisait déjà le tour de l'appareil, les mains sur les hanches, pour en inspecter les dégâts. Il cogna du pied une roue voilée, comme un acheteur méfiant vérifie une voiture d'occasion, et secoua la tête. Il se retourna enfin vers l'équipe de télévision, la salua d'un geste amical, et se dirigea vers elle, la démarche affectée d'une légère claudication.

Lombardo et Dundee se rapprochèrent de Kaela et l'encadrèrent de façon protectrice. Elle n'y prit garde, trop occupée à jauger l'étranger d'un œil intéressé. Il faisait plus d'un mètre quatre-vingts, était bâti comme un videur de boîte de nuit. Ses puissantes épaules remplissaient son sweat-shirt bleu marine. Il portait un short tabac qui mettait en valeur ses jambes d'athlète. Comme il se rapprochait, il ôta sa casquette de baseball, révélant une chevelure argentée, presque platine. Son visage hâlé était lisse, à l'exception de fines ridules rieuses aux coins des yeux et de la bouche. Kaela estima qu'il devait avoir une quarantaine d'années.

Du sang poissait le foulard qui ceignait son front et avait coulé le long de sa joue. Bien qu'éprouvé par les récentes péripéties, il semblait tout juste sorti d'une partie de tennis.

« Bonjour, dit-il avec un large sourire. Tout le monde va bien ?

— Ça devrait aller, merci, répondit Kaela, circonspecte. Et vous ? Vous saignez... »

Austin toucha sa blessure, le regard absent. « Juste une petite coupure. Je suis encore entier, du moins je pense. » Il agita son pouce en direction de l'épave de l'ULM. « J'aimerais pouvoir en dire autant de mon véhicule. Ils ne les font plus aussi solides qu'avant, de nos jours. Vous n'auriez pas un rouleau de chatterton, par hasard ? »

Kaela esquissa un sourire à son tour. « À mon avis, votre avion a largement dépassé le stade du chatterton. Je crois que la formule utilisée par les assurances est : "Bon pour la casse". »

L'étranger grimaça : « J'ai bien peur que vous ayez raison, mademoiselle... ?

— Dorn. Kaela Dorn. Voici mon producteur, Mickey Lombardo, et son assistant, Hank Simpson. Nous travaillons sur l'émission *Mystères insondables*.

— Je m'en doutais. Je m'appelle Kurt Austin. Je suis de la NUMA.

— La NUMA... » Lombardo fit un pas en avant et secoua la main d'Austin avec vigueur. « Bon sang, on est bien contents de vous voir ! Une chance que vous soyez passé par ici...

— Cela ne relève pas que de la chance, corrigea Austin. Je vous cherchais. Vous étiez censés nous rejoindre sur l'*Argo*, ce matin.

— Vraiment désolés, s'excusa Lombardo. On a fait un détour pour vérifier une histoire d'ancienne base de sous-marins russes, supposée se trouver dans les parages.

— J'ignore si cela adoucira l'humeur du commandant. Vous avez bouleversé son programme et retardé notre départ. Vous nous auriez épargné quelques soucis en nous signalant le changement de vos plans. » Austin souriait, mais une légère irritation perçait dans le ton de sa voix.

« Je plaide coupable, intervint Kaela. À l'origine,

cela ne devait prendre que quelques heures. Nous voulions vous appeler une fois en mer, mais la radio à bord du bateau de location fonctionnait mal. Le capitaine a dû rentrer au port pour réparer le moteur, avec l'intention de donner la radio à régler et de vous contacter.

— Probablement le chalutier que j'ai repéré en train de s'éloigner d'ici… »

Elle acquiesça. « Il allait nous récupérer demain dans la matinée. Merci de nous avoir sauvé la vie. Je vous demande pardon pour tous les ennuis que nous vous avons occasionnés.

— Pas de problème », répliqua Austin, désireux de ne pas embarrasser plus longtemps le groupe à l'apparence misérable qui se tenait devant lui. Il contemplait l'ULM disloqué. « Peut-être une petite question… comment le canot a-t-il chaviré ?

— Quelqu'un, à terre, nous a tiré dessus et tué le Turc qui nous conduisait ici, expliqua Kaela. Puis une vague nous a pris de travers et renversés. Nous nous sommes cachés sous le Zodiac et avons tenté de l'empêcher de s'échouer sur la plage, mais les rouleaux nous y ramenaient inexorablement. » Elle regarda en direction de la dune où elle avait aperçu, pour la première fois, les assaillants. « Savez-vous qui étaient ces hommes à cheval ? »

Austin ne répondit pas et, bien qu'il semblât étudier son visage, Kaela se rendit compte que son T-shirt et son short humides moulaient son corps. Gênée, elle tira sur le devant de son maillot, couvert de sable, mais le tissu se plaqua à nouveau sur sa peau. Remarquant sa confusion, Austin se tourna pour observer la fumée qui s'élevait de la dune.

« J'ai dans l'idée qu'on n'avait pas affaire à la randonnée du club équestre local, dit-il. Allons jeter un coup d'œil. »

Il grimpa sans effort la pente sablonneuse, suivi des autres, la démarche douloureuse et hésitante. L'incendie achevait de se consumer. Ils déambulèrent à travers les cendres et les brins d'herbe noircis, au sommet de la dune. Austin aperçut le reflet scintillant du soleil sur un objet, au sol. Il s'en approcha, intrigué. Il s'agissait d'un sabre. Il ramassa l'arme, la soupesa et en éprouva l'équilibre. Le poids de la longue lame courbée avait été calculé à la perfection, afin de donner au bras une puissance de frappe idéale. Les muscles de ses mâchoires se contractèrent alors qu'Austin essayait d'imaginer les terribles dommages corporels que pouvait infliger le fil de cette épée, aussi tranchant qu'un rasoir. Il examinait les caractères cyrilliques gravés à l'eau-forte dans la lame quand l'Australien appela. Dundee, debout au milieu des hautes herbes d'une parcelle de terrain intacte, fixait quelque chose à ses pieds.

« Qu'y a-t-il ? demanda Austin.

— Un mort. »

Austin planta le sabre dans le sol et se fraya un chemin à travers la végétation touffue. Dundee désignait le corps d'un homme, allongé sur le dos, les yeux vitreux. Une moustache et une barbe fournies, noires et pleines de sable, lui mangeaient la figure. Il pouvait avoir entre quarante et cinquante ans. Sa tête était inclinée de façon bizarre, presque à angle droit. Du sang souillait un côté de son visage, aux traits creusés.

« Je suppose qu'il est tombé de cheval pendant le combat et qu'il a reçu un coup à la tête », avança Austin. De nature humaniste, il ne ressentait pourtant aucune pitié pour le cavalier décédé.

Lombardo avait récupéré sa caméra dans le Zodiac, au sec sur la plage, et filmait le champ de bataille. Accompagné de Kaela, il rejoignit les autres, curieux de savoir ce qui les occupait. Lombardo modula un léger sifflement de surprise. « Dire que je ne sais jamais comment me déguiser pour Halloween ! On tourne un remake de *Guerre et Paix* ici, ou quoi ? »

Austin s'agenouilla près du cadavre. « On le croirait tout droit sorti du *Magicien d'Oz*. »

Le défunt était vêtu d'un long manteau gris poussière, boutonné sur le devant, et d'un pantalon large serré dans des bottes sombres. Sa toque de fourrure noire gisait à un mètre de là. Des épaulettes rouges décoraient chacune de ses épaules. Un étui à revolver et un fourreau pendaient à la large ceinture de cuir qui entourait sa taille. Une cartouchière barrait sa poitrine et il portait une dague gainée, en sautoir, au bout d'une cordelette.

« Vous parlez d'un arsenal ambulant, ce type ! » s'exclama Dundee, abasourdi.

Austin inspecta l'herbe tout autour du corps. Deux mètres plus loin, il trouva un fusil, en immobilisa le fût contre son cou et fit jouer la culasse mobile, bien huilée. Comme la lame du sabre, le canon était gravé d'une écriture en alphabet cyrillique. Austin, collectionneur de pistolets de duel, possédait une connaissance des armes à feu anciennes assez vaste. Le fusil, un Moisin-Nagant plus que centenaire, semblait en parfait état. Il remercia le ciel de ne pas avoir rencontré des tueurs équipés d'armes automatiques. Une seule kalachnikov les aurait réduits en morceaux, lui et le Gooney.

Austin tendit le fusil à Dundee et fouilla les poches du mort. Rien. Il dégrafa du chapeau l'emblème métallique en forme d'étoile et la mit dans son short. Lombardo avait fini de filmer les lieux du combat, et Kaela suggéra d'effectuer quelques prises du côté des bâtisses en parpaing d'un étage, à l'intérieur des terres.

« Pas super, comme idée », objecta Austin, en montrant du doigt les traces de sabots menant aux constructions. Il se faisait du souci à l'idée d'un éventuel retour des cavaliers, mais n'avait rien dit dans la mesure où ils ne pouvaient pas grand-chose pour l'empêcher. « En fait, je propose que nous partions d'ici au plus vite. » Il posa le fusil sur son épaule, récupéra le sabre et commença à rebrousser chemin, en direction de la plage. Kaela le rattrapa au sommet de la dune.

« Vous avez une idée de ce qui se passe ici ? l'interrogea-t-elle, à bout de souffle. Pourquoi ces hommes voulaient-ils nous tuer ?

— Vous en savez autant que moi. Je pensais qu'ils tournaient un film jusqu'à ce que l'un d'eux me prenne pour cible.

— Une chance pour nous qu'ils aient aussi mal visé. » Elle s'interrompit. Austin était en train d'étudier son visage comme il l'avait fait quelques instants plus tôt. « Qu'est-ce qu'il y a ?

— J'ose à peine vous le dire.

— Il me paraît difficile de vous imaginer dans l'embarras. Vous n'avez rien d'un timide. »

Austin secoua la tête. « Eh bien, d'une certaine manière, on pourrait dire que nous nous sommes déjà rencontrés.

— Excusez-moi, mais je m'en souviendrais.

— Pas sûr. Croyez-moi, quand je vous dis que vous ressemblez à s'y méprendre à une princesse que j'ai vue, jadis, peinte sur le mur d'un temple égyptien. »

Elancée, Kaela devait une bonne partie de sa taille à ses jambes, longues et galbées. Elle avait la peau douce et brune, et une longue chevelure d'ébène, aux boucles fines. Ses lèvres charnues lui dessinaient une bouche presque parfaite et ses yeux luisaient d'un ambre profond. Femme séduisante exerçant une profession d'homme, elle croyait tout connaître de la flatterie masculine en matière de compliments, mais celui-ci, par sa nouveauté, l'intrigua. Elle jeta à Austin un regard amusé. « C'est drôle, j'étais en train de penser que vous aviez l'air d'un pirate du capitaine Kidd. »

Austin éclata de rire et passa les doigts dans ses cheveux ébouriffés. « Je suppose qu'aujourd'hui je pourrais effectivement passer pour un pirate, mais je ne plaisante pas. Vous êtes le sosie de la jeune femme du temple, en beaucoup moins âgé, cependant. Si je ne me trompe pas, son portrait date de quatre mille ans avant Jésus-Christ.

— J'ai à peu près tout entendu à mon sujet, dit-elle, mais on ne m'avait encore jamais comparée à une momie égyptienne. Merci pour le compliment, si c'en était un… Et pour votre intervention. Je ne sais si nous pourrons, un jour, vous payer en retour, monsieur Austin.

— Commencez déjà par m'appeler Kurt. Et moi, puis-je vous appeler Kaela ? »

Elle sourit : « Bien sûr.

— Bon, maintenant que nous sommes de vieux amis, que diriez-vous si je vous invitais à dîner ? »

Elle balaya des yeux la côte déserte. « Qu'aviez-vous en tête, une ou deux idées de recettes pêchées dans le manuel des boy-scouts ? Racines et fruits des bois ?

— Je n'ai été que louveteau, et partir en quête de ce genre de nourriture n'est pas mon fort. Je pensais plutôt à quelque chose comme du *canard à l'orange*. Je vous promets de nous dégoter une table sympa avec vue sur la mer.

— Ici ? s'exclama-t-elle, jouant le jeu.

— Non, là. » Il désigna le large, où un navire à la coque turquoise faisait route dans leur direction. « *Chez Argo*… On prétend que le chef officiait au Four Seasons avant que la NUMA ne le débauche.

— Ma mère n'a pas élevé des enfants stupides. Je serais folle de refuser une telle invitation. » Consciente de son apparence négligée, Kaela se plaignit: « J'ai peur de ne pas être assez habillée pour un repas chic.

— Je suis persuadé qu'on vous trouvera une tenue appropriée sur le bateau. Je le demanderai quand j'appellerai pour la réservation. Ma radio est la seule chose qui n'ait pas été détruite lors de l'atterrissage. Vous devriez rassembler vos amis pendant que j'envoie un petit bonjour au vaisseau, mais je vous conseille de les presser. Nous sommes en territoire russe et je n'ai pas mon passeport. Nous ne devrions pas abuser de leur accueil… »

Kaela suivit Austin du regard tandis qu'il s'éloignait vers l'ULM accidenté. Elle tenait peut-être un sujet. Qui était ce type ? Pas un imbécile en tout cas. Elle héla Mike et Dundee et leur enjoignit d'en finir avec le tournage. Puis elle se dépêcha de rattraper Austin.

Chapitre 6

Moscou, Russie

Manifestant un sang-froid à toute épreuve, Viktor Petrov reposa le téléphone sur son support, décrispa les muscles de ses doigts et regarda dans le vide. Il s'abîma dans ses pensées un moment puis abandonna son bureau et s'approcha de la fenêtre. Comme il contemplait la ville, laissant son regard s'attarder au loin sur les flèches de la cathédrale de Saint-Basile, sa main se souleva et effleura sa joue droite. Il sentit à peine le contact de ses doigts sur les chairs parcheminées de la vilaine cicatrice qui couvrait sa peau, devenue insensible. Combien de temps cela faisait-il ? Quinze ans. Bizarre… Après toutes ces années, un simple coup de fil et la terrible douleur se réveillait.

Petrov observa la foule des piétons grouillant dans la chaleur de l'été et se languit de l'hiver. Comme beaucoup de ses compatriotes, il éprouvait un fort attachement pour la neige. L'hiver russe, si rude et impitoyable, avait protégé le pays des armées de Napoléon et de Hitler. Mais l'amour de Petrov pour la neige était plus prosaïque. L'hiver escamotait les défauts de la ville, étouffait ses bruits et en dissimulait la corruption sous un tapis blanc de pureté.

Il retourna à son bureau métallique tout cabossé, le plus imposant des objets de cette petite pièce morose.

Sur un côté reposait le téléphone, un ancien modèle à cadran circulaire, noir et lourd. Un fax occupait l'autre. Dans un coin, un classeur à casier vide jouait les figurants.

L'office exigu était l'un des douzaines de boxes améliorés qui composaient le dixième étage labyrinthique du bâtiment de l'Agriculture, un gratte-ciel grisâtre et la parfaite illustration du manque de génie de l'architecture socialiste. Peints en petites lettres sur la porte, on pouvait lire les mots : SERVICE DE DÉRATISATION SIBÉRIEN. Petrov recevait rarement des visites. De temps en temps, une âme égarée entrait par erreur dans le bureau, pour s'entendre dire que le Service de dératisation sibérien avait déménagé.

Malgré son environnement spartiate, Petrov exerçait une influence considérable dans le gouvernement russe. La clef de ce pouvoir résidait dans un strict incognito. Il se rappela les jours anciens, quand la *Pravda* avait consciencieusement publié les photos des dirigeants du Soviet suprême assistant au défilé du 9 Mai depuis le mausolée de Lénine. Le plus petit soupçon sur un éventuel aspirant à la succession du despote en place signifiait alors la liquidation de l'infortuné. Petrov, lui, maîtrisait avec talent l'art de se fondre dans le décor, et incarnait l'équivalent bureaucratique d'un de ces êtres de légende, capables de se transformer à volonté. Grâce à son habileté consommée à éviter toute étiquette, il avait survécu à trois Premiers ministres et à un nombre incalculable de membres du Politburo. Il ne s'était pas exposé au moindre photographe depuis des années. Les clichés agrafés dans ses dossiers personnels représentaient des personnes décédées. Il résistait, depuis toujours, aux tentatives pour lui attribuer un titre, quel qu'il soit. Au cours des diverses évolutions de sa longue carrière, on ne lui connaissait pas d'autre fonction que celle de *conseiller*.

Conformément à cette façade, Petrov enveloppait son physique athlétique d'un de ces larges costumes gris qui étaient depuis longtemps l'uniforme des vieillards anonymes du Kremlin. Il portait ses cheveux poivre et sel par-dessus le col de sa chemise bon marché, comme s'il n'était pas assez riche pour s'offrir une coupe correcte. Le verre, ordinaire, de ses lunettes à fine monture de simple métal avait pour seul dessein de lui composer une allure professorale. Toutefois, le déguisement montrait des limites. S'il savait masquer sa cicatrice, aucun tour de passe-passe ne pouvait dissimuler la vivacité de l'intelligence qui illuminait son regard bleu ardoise, et son profil ciselé exprimait une détermination implacable.

Celui qui l'avait appelé était un jeune homme sérieux, du nom d'Alekseï, recruté comme agent par Petrov lui-même. « Il y a du nouveau dans le Sud », annonça-t-il au comble de l'excitation.

L'évocation d'un des quatre points cardinaux correspondait à un code verbal et rudimentaire avertissant Petrov de la situation géographique approximative d'un problème dans le maelström d'assassinats, homicides, rébellions et autres troubles qui secouaient les confins du vieil Empire soviétique. Petrov s'attendait à de nouveaux ennuis en provenance de la République de Géorgie.

« Allez-y, encouragea Petrov, peu enthousiaste.

— Un navire américain a violé l'espace maritime russe en mer Noire, plus tôt dans la journée.

— Quelle sorte de navire ? » demanda Petrov, sans se donner beaucoup de peine pour cacher son irritation. Des pensées bien plus pesantes le préoccupaient.

« Il s'agissait d'un bâtiment de recherche de la NUMA.

— La NUMA ? » Petrov serra le téléphone comme

un étau. « Continuez, enjoignit-il d'une voix qu'il s'efforçait de garder calme.

— Nos observateurs ont identifié un vaisseau nommé l'*Argo*. J'en ai vérifié le permis. Le bateau est seulement autorisé à conduire des opérations en pleine mer. Plusieurs communications ont été enregistrées entre le navire et un avion dont le pilote indiquait son intention d'entrer en territoire russe.

— Et a-t-il traversé nos frontières ?

— Nous l'ignorons, monsieur. Les radars n'ont rien signalé.

— Bien, on ne peut parler de réelle invasion, Alekseï. N'est-ce pas un litige que l'on devrait traiter avec le secrétariat d'Etat aux Affaires étrangères américain ?

— Pas dans ce cas précis, monsieur. L'appareil a indiqué ses positions, ce qui nous a permis de déterminer sa trajectoire. Il survolait le Département 3-31 quand le pilote a décidé d'un rendez-vous avec le bateau. »

Les lèvres de Petrov s'entrouvrirent en un juron silencieux… « Vous êtes *certain* de leur position ?

— Absolument.

— Où se trouve le vaisseau de la NUMA à présent ?

— La gendarmerie maritime a dépêché un hélicoptère sur les lieux. Le navire a quitté les eaux territoriales russes et semble en route pour Istanbul. Nous continuons le contrôle des messages radio.

— Et l'avion ?

— Aucun signe de vie.

— Je suppose que les gendarmes ont effectué une inspection minutieuse sur les lieux de l'atterrissage.

— Oui, monsieur. Le détachement sur place a signalé une zone, d'un demi-hectare, d'herbe calcinée, et repéré de nombreuses traces de pas ainsi que des empreintes laissées par des chevaux. »

Des chevaux... Une sensation d'impuissance et de rage confondues submergea Petrov.

« J'exige que vous suiviez la progression du navire. S'il fait escale, placez-le sous surveillance, vingt-quatre heures sur vingt-quatre. Prévenez-moi dès que vous avez du nouveau le concernant.

— Bien, monsieur. Ce sera tout ?

— Faxez-moi le détail des conversations entre le pilote et le vaisseau.

— Tout de suite. »

Petrov complimenta l'agent pour son efficacité et raccrocha. Le télécopieur se mit à bourdonner quelques minutes plus tard et accoucha de plusieurs feuillets. Petrov étudia la transcription à double interligne des échanges entre le capitaine de l'*Argo* et l'homme dans l'avion. Ses doigts se raidirent quand il lut la première phrase :

« Austin à *Argo.* »

Austin. Cela ne se pouvait pas...

Petrov prit une profonde inspiration pour calmer ses nerfs. Aux Etats-Unis, Austin était un nom répandu, et NUMA, une organisation pléthorique. Il tenta de se persuader qu'il s'agissait d'une pure coïncidence, mais à la lecture de la transcription, ses lèvres s'ourlèrent en un rictus sinistre. Le ton badin du pilote ne laissait guère planer de doute quant à son identité. L'allusion irrévérencieuse au directeur de la NUMA balaya les dernières incertitudes. Il lisait du Kurt Austin « pur jus ».

Petrov se saisit d'un classeur poussiéreux pour en extraire une chemise en carton marquée *NUMA, Kurt Austin*. Les pages usées du dossier lui rappelèrent qu'il le connaissait par cœur. Austin était né à Seattle, où son père possédait une compagnie, très prospère, spécialisée dans le remorquage et le renflouage des navires. La mer avait forgé sa personnalité aventureuse. En effet, dès ses premiers pas, il apprit à naviguer, puis, avec l'âge, il se prit de passion pour les courses de hors-bord, même si plus tard il préféra se tourner vers l'aviron, sur le Potomac. Il vivait dans un hangar à bateaux aménagé sous les Palisades de Washington DC, à un kilomètre environ du siège de la CIA, à Langley. Il adorait la philosophie, collectionnait les pistolets de duel, écoutait du jazz progressif…

Petrov poursuivit sa lecture, même si ses yeux relevaient à peine les mots. Après des études et une maîtrise en Direction systématisée à l'université de Washington, Austin s'était inscrit à la célèbre école de plongée de Seattle pour y suivre une formation afin de passer professionnel. Il travailla quelque temps sur des plates-formes pétrolières en mer du Nord puis revint à Seattle, dans l'entreprise de son père, avant d'écouter les sirènes gouvernementales et en particulier une branche peu connue de la CIA, spécialisée dans l'espionnage sous-marin. À la fin de la guerre froide, le service fut dissous par la CIA et le directeur de la NUMA, l'amiral James Sandecker, embaucha Austin pour diriger une équipe de Missions spéciales, affectée à la recherche océanographique.

Les parcours respectifs d'Austin et Petrov n'auraient pu être plus différents. Comme chez l'Américain, l'eau de mer coulait dans ses veines, mais Petrov avait connu des débuts plus modestes : il était l'unique fils d'un pauvre pêcheur… Jeune pionnier, son intelligence et ses capacités physiques l'avaient fait remarquer par un commissaire politique en visite qui l'emmena à Moscou et en fit un pupille de la Nation. Il ne revit jamais ni ses parents, ni ses sœurs. De toute façon, ils ne lui manquaient pas ; la République des soviets devint sa nouvelle famille. Il fut envoyé dans les meilleurs écoles soviétiques et excella dans le domaine de l'ingénierie. Il travailla un moment au KGB en tant qu'officier sous-marinier, puis évolua vers l'espionnage dans les forces navales. Comme Austin, Petrov avait servi dans une branche peu connue des services secrets maritimes. À la différence du groupe d'Austin, concentré sur l'investigation océanographique, celui de Petrov avait l'autorisation de s'acquitter de ses tâches par *n'importe quel* moyen, y compris la force.

Leurs chemins s'étaient croisés une première fois, après qu'un sous-marin israélien clandestin eut coulé un navire porte-conteneurs iranien qui transportait des armes nucléaires.

Petrov avait reçu l'ordre de récupérer les armes coûte que coûte : le bateau pouvait susciter de réels tracas, dans la mesure où les engins avaient eux-mêmes été volés à l'arsenal soviétique. De leur côté, les Etats-Unis jouaient les équilibristes entre leurs alliés arabes et Israël, et Washington redoutait que, si l'Iran apprenait la façon dont son vaisseau avait été détruit, il ne déclarât une « guerre sainte » qui gagnerait toute la région. Le gouvernement US avait placé Austin à la tête d'une équipe, avec mission de récupérer l'épave et de détruire toute preuve compromettante.

Les navires soviétique et américain étaient arrivés sur les lieux du naufrage en même temps, et bien entendu aucun n'avait voulu céder le passage à l'autre. Au bout de quelques jours, cet affrontement stérile durait encore. Des vaisseaux de guerre des deux pays rôdaient à l'horizon. La tension était à son comble… Un matin, alors qu'il attendait des ordres de Moscou, Petrov fut appelé sur le pont pour entendre un message en provenance du bateau adverse.

« Ici le vaisseau américain *Talon* qui appelle le navire

de relevage soviétique inconnu. Répondez, s'il vous plaît. » L'interlocuteur parlait en russe, avec un accent prononcé.

« Navire de relevage soviétique à *Talon,* lança Petrov dans l'anglais mâtiné d'américain qu'on lui avait enseigné dans les écoles nationales.

— Cela vous ennuie si on parle anglais ? demanda l'Américain. Mon russe paraît un peu rouillé.

— Pas du tout. Je présume que vous nous avez contactés pour nous prévenir de votre départ.

— Non, en fait j'appelais pour vérifier vos réserves de caviar. »

Petrov sourit : « Largement approvisionnées, merci. Maintenant, laissez-moi vous poser une question. Quand comptez-vous partir ?

— Je crains que vous ne maîtrisiez pas aussi bien l'anglais que je l'imaginais. Nous n'avons aucune intention de quitter les eaux internationales.

— Alors, vous assumerez la responsabilité des éventuelles répercussions.

— Désolé, mais nous n'accepterons pas la moindre répercussion.

— Nous n'avons donc pas d'autre solution que de forcer la situation.

— Voyons si nous pouvons régler ce problème à l'amiable, *tovaritch*, répliqua l'Américain d'un ton naturel. Nous savons tous les deux ce que contient cette épave et les dommages que cela pourrait causer à nos pays respectifs. Voilà donc ma suggestion : nous nous retirons le temps que vous descendiez récupérer… heu, disons… les objets volés. Nous vous donnerons même un coup de main, si vous le désirez. Quand vous avez terminé, vous vous en allez et nous nous occupons des preuves. Qu'en dites-vous ?

— Voici une proposition intéressante.

— Je le pense.

— D'accord. Mais pourquoi devrais-je vous faire confiance ?

— Les paroles s'envolent… Les *actes* restent. J'ai déjà donné l'ordre de reculer de huit cents mètres. »

Petrov regarda le navire américain lever l'ancre et se repositionner loin du site. Il estima que, malgré ses manières plutôt légères, son interlocuteur semblait déterminé à mener sa mission à bien. La seule alternative à un arrangement résidait dans l'usage de la force. Petrov n'était pas joueur ; si l'Américain revenait sur sa parole, il pourrait toujours utiliser les troupes armées de son vaisseau, et la marine soviétique se tenait prête. Quelles qu'en fussent les conséquences, il ne semblait cependant pas judicieux de laisser s'envenimer la situation.

« Très bien, dit-il. Une fois que nous en aurons fini, nous rentrerons à la maison et vous laisserons la place.

— Ça me paraît correct. Au fait, comment vous appelez-vous ? J'aime bien savoir avec qui je fais affaire. »

La question prit Petrov de court. En un sens, il n'avait pas de nom, hormis celui que le gouvernement lui avait attribué. Il haussa les épaules et répondit : « Vous pouvez m'appeler Ivan. »

Cette déclaration fut accueillie par un grand éclat de rire. « Je parie que la moitié des gars de votre bateau se nomment Ivan. Okay, vous pouvez m'appeler John Doe[1]. » Il souhaita bonne chance en russe à Ivan et raccrocha.

Petrov ne perdit pas de temps pour envoyer des plongeurs au porte-conteneurs. Le trou provoqué par l'impact de la torpille facilitait l'accès par la coque et deux engins nucléaires furent dégagés. Il y eut

1. Aux Etats-Unis, « John Doe » est le nom qu'on donne aux cadavres non identifiés. (*N.d.T.*)

quelques instants de frayeur quand le câble de levage se retrouva coincé à cause des courants, mais le travail s'acheva en moins de vingt-quatre heures. Petrov donna l'ordre d'évacuer les lieux et en informa les Américains. Les navires se croisèrent à quelque cent mètres de distance. Petrov se tenait sur le pont et observait l'autre vaisseau à travers des jumelles. Il remarqua ainsi un homme robuste, aux cheveux gris, en train de le regarder, lui aussi. À un moment, l'Américain abaissa ses propres jumelles et lui fit un signe. Petrov l'ignora.

Leur rencontre suivante fut beaucoup moins amicale. Un avion de ligne commerciale, propriété d'un pays du tiers-monde, avait été mystérieusement abattu au-dessus du golfe Persique. La psychose de la guerre froide, qui dévorait les nations concernées, se manifestait une nouvelle fois, sous un de ses aspects les plus redoutables, la paranoïa. Pour des raisons aussi vagues que farfelues, chaque pays soupçonnait l'autre de complicité. À nouveau, Petrov et Austin localisèrent l'avion en même temps. Le bateau de Petrov frôla la collision avec le bâtiment américain, et s'écarta au dernier moment, de sorte qu'Austin put observer la fourmilière de soldats armés jusqu'aux dents sur le pont. Austin contacta Petrov pour lui enjoindre d'améliorer sa conduite sous peine de contravention, et s'obstina dans le refus de bouger. Un incident international fut évité de justesse grâce à l'intervention des navires du pays auquel appartenait l'avion qu'ils venaient récupérer.

Comme les vaisseaux rivaux s'éloignaient dans des directions opposées, Austin envoya un message radio d'adieu : « Au revoir, Ivan. À la prochaine. »

À l'époque, Petrov avait le sang chaud, et cet Américain arrogant possédait le don de l'énerver. « Priez pour que cela n'arrive jamais», le ton glacé du Russe faisait peur à entendre. «Aucun de nous n'en apprécierait les conséquences.»

Huit mois plus tard, la mise en garde de Petrov se concrétisa.

Pendant la guerre froide, les Etats-Unis mirent sur pied une opération d'espionnage très osée. Une fois le secret dévoilé, des années après, un écrivain la surnomma *Blind Man's Bluff* [1], un jeu de duperie dangereux, animé par divers commandants de submersibles et leurs hommes, au cours duquel ils devaient approcher leurs sous-marins à quelques kilomètres de la côte russe pour recueillir des informations. Un des plans consistait à installer un système d'écoute à proximité des câbles de communication immergés.

Dans son terne bureau moscovite, Petrov alluma un des fins cigares confectionnés pour lui à La Havane, et en souffla une grosse bouffée. Son esprit s'évada dans le passé et, dans les volutes de fumée qui se dissipaient sous ses yeux, il revit les brumes matinales s'élevant au-dessus de la sombre surface glacée de la mer de Barents, alors que son bateau fendait les eaux à toute vitesse.

Il était allé à Moscou afin d'essayer de soutirer des fonds, pour de nouveaux équipements, à un *apparatchik* haut placé qui se plaignait d'un budget trop étroit. Un des assistants de Petrov l'avait appelé pour lui signaler qu'il venait d'intercepter un étrange message venant d'un submersible inconnu, proche des rivages russes. Le message, codé, était court, comme si son expéditeur l'avait conçu dans l'urgence. Les spécialistes soviétiques essayaient de le déchiffrer. La seule raison qui inciterait quelqu'un à courir un tel risque ne

---

1. Le «bluff de l'aveugle», jeu de mots formé sur l'expression *Blind Mind Bluff*, équivalent du «Colin-maillard». (*N.d.T.*)

pouvait qu'être une situation fâcheuse, pensa Petrov, tandis que le bureaucrate débitait des inepties. Petrov se tenait informé de la présence des submersibles américains dans la mer de Barents ; se pouvait-il que l'un d'eux fût dans une situation fâcheuse ?

Il interrompit l'entrevue et sauta dans un avion pour Mourmansk où son bateau l'attendait. Ce dernier, outre son matériel scientifique, avait été équipé de grenades sous-marines et de canons, que complétait un groupe de fusiliers marins armés et très bien entraînés. Le temps que son navire se mette en route, le code avait été décrypté. Le message consistait en un seul mot : *Echoué*. Il ordonna à tous les bateaux et avions de se mettre à l'affût du moindre vaisseau inconnu, sur ou sous l'eau.

Malgré la vigilance soviétique, le *Talon* réalisa l'opération de sauvetage idéale. Le bâtiment américain arriva, pendant la nuit, avec à son bord un expert en langue russe qui donna une fausse identification lorsqu'un radar repéra le vaisseau. Cette dernière n'était pas parfaite, mais elle permit de gagner du temps. Un autre sous-marin américain, à l'hélice volontairement bruyante, attira ailleurs l'attention des Russes. Le submersible échoué gisait par cent mètres de fond, victime d'une explosion électrique. L'équipage d'une centaine d'hommes fut sauvé en l'espace de quelques heures, grâce à l'utilisation d'une cloche de plongée spéciale.

Quand Petrov finit par découvrir la duperie, il se hâta avec son navire sur le site du sauvetage. Le bateau suivit le câble de communication jusqu'à ce que les indicateurs du magnétomètre indiquent la présence d'une énorme masse de matériaux ferreux. Il ne pouvait s'agir que du sous-marin américain… Un vaisseau se dépêchait de quitter les lieux, et Petrov reconnut le *Talon*. En anglais, il héla le bâtiment, par son nom, et lui intima l'ordre de s'arrêter.

Une voix familière lui répondit, sur la radio.

« Ivan, c'est toi ? demanda l'homme qui se faisait appeler John Doe. Quel plaisir de t'entendre à nouveau !

— Préparez-vous à être abordés... Sinon, nous vous coulons. »

Un rugissement de rire éclata. « Putain, Ivan, je croyais les Russes bien meilleurs aux échecs !

— Moi, c'est le poker que je préfère...

— Où, manifestement, tu as appris à bluffer. Bien essayé, camarade.

— C'est le dernier avertissement. Des avions vont vous survoler d'ici à cinq minutes, et votre bateau sera détruit si vous ne vous arrêtez pas !

— Trop peu et trop tard. Nous allons atteindre les eaux internationales dans *trois* minutes. De plus, nos secrétariats d'Etat aux Affaires étrangères et à la Défense sont au courant de la situation. On dirait que la chance t'a abandonné.

— Je ne crois pas. Nous gardons votre submersible et son contenu, Mr Doe. Nos scientifiques vont s'en donner à cœur joie pour disséquer votre équipement top secret.

— Cela n'arrivera pas, mon vieux.

— Je pense que si. Le *Glomar Explorer* n'est pas l'unique bateau capable de remonter un sous-marin à la surface. » Petrov se référait au précédent sauvetage d'un sous-marin soviétique par les Américains.

« Si j'étais toi, je ne m'approcherais pas de ce vaisseau. Il est entièrement miné.

— Qui bluffe, maintenant, Mr Doe ?

— Je suis on ne peut plus sérieux, Ivan. Le submersible transporte cent kilos d'explosifs HBX au cas où il se retrouverait dans une situation comme celle-ci.

— Et en quoi ma mort vous importe ?

— Ecoute, Ivan, la guerre froide ne va pas durer indéfiniment. Un jour, on va se rencontrer par hasard dans un bar et tu me paieras un Stolichnaya Martini. » Le ton de sa voix devint plus grave. « Je ne plaisante pas. Ce truc va s'autodétruire dans une vingtaine de minutes. J'ai réglé moi-même la minuterie.

— Vous mentez.

— Les gens comme nous ne se mentent pas, mon vieux. »

À son tour, Ivan se mit à rire. « Vous avez regardé trop d'épisodes de *Mission impossible*, mon vieux. »

Petrov éteignit la radio. Les Américains n'avaient pas disposé du temps nécessaire pour évacuer l'équipage et placer les charges... Il ignorait le niveau de compétence d'Austin. Il aurait pu attendre vingt minutes pour vérifier les dires de son adversaire, mais il bouillait de colère. Sa rage l'emporta sur la raison. Il possédait à bord un sous-marin de poche, pour une personne, qu'il était possible de préparer en un rien de temps pour une exploration de reconnaissance, aussi Petrov donna-t-il l'ordre de le tenir prêt à plonger.

Assis à son bureau, des années plus tard, il examinait la lueur gris-rouge des cendres de son cigare. Quel jeune crétin impétueux ! Dans son engin en forme de bombe, il avait avalé les paliers comme un ogre. En un temps record, il s'était retrouvé au fond, ses projecteurs braqués sur l'épave noire... et sur le dispositif d'écoutes, près du câble. Il s'était posé à côté. Alors que son bras mécanique rétractable agrippait le dispositif en question, un éclair fulgurant l'avait aveuglé, aussitôt suivi d'un coup de tonnerre étouffé... Une sensation de flottement dans l'espace... Puis le trou noir.

Quand il s'était réveillé, Petrov se trouvait dans un hôpital soviétique puant le désinfectant, une jambe brisée en extension, et le côté droit de la figure, que des multiples débris de plastique ou de métal avaient labouré, couvert de bandages. Projeté hors de l'eau par l'explosion, le mini-sous-marin avait été récupéré. Il contenait le corps meurtri et inconscient de Petrov. Pour finir, il devrait porter un Sonotone jusqu'à la guérison de ses tympans endommagés. Après huit semaines d'hôpital, il était parti s'installer, sous la surveillance médicale d'une infirmière, dans sa *datcha*, la maison de campagne qu'il possédait en dehors de Moscou.

Petrov lisait Tolstoï dans un fauteuil de sa véranda quand l'infirmière lui avait apporté un bouquet d'œillets bleus, blancs et rouges avec une petite carte glissée au milieu.

En pensant à ce jour, Petrov sortit une enveloppe du dossier. La carte qu'il en retira avait jauni avec le temps, mais les grandes majuscules en anglais étaient clairement visibles.

« Désolé pour ce qui t'est arrivé, Ivan. Je t'avais pourtant bien prévenu. Soigne-toi vite, qu'on prenne ce verre ensemble. Je paye la première tournée. John Doe. »

Cet Austin avait failli mettre un terme à sa vie et à sa carrière. Aujourd'hui, le même homme venait fouiner à l'endroit même où Petrov avait mis au point un plan minutieux qu'il risquait de faire avorter. Austin ne pouvait connaître les dangers auxquels il s'exposait en se mêlant à ce qui ne le regardait pas... Ni la précarité de la situation actuelle de la Russie... Au cours de son histoire, sa nation s'était souvent retrouvée affligée de leaders insensibles, incompétents voire psychopathes. Petrov, comme des milliers d'autres anonymes, obéissait aux ordres de ses maîtres, sans poser de question, et contribuait ainsi à les maintenir au pouvoir. Ces derniers temps, son pays, si fragile, semblait prêt à une nouvelle orgie d'autodestruction. L'agitation et la violence qui tourmentaient l'âme de la mère Russie se propageraient bientôt à travers tout le territoire, de la Sibérie orientale à Saint-Pétersbourg.

Petrov relut le mot d'Austin puis se saisit du téléphone.

« Oui, monsieur, répondit l'assistant de confiance qui occupait un bureau dans une autre partie du bâtiment de l'Agriculture.

— Je veux un avion prêt à décoller pour Istanbul dans une heure. » Petrov donna aussi l'ordre d'appeler sa maîtresse afin d'annuler leur dîner.

« Y a-t-il un message particulier que je puisse transmettre à mademoiselle Kostikov ? » demanda l'assistant.

Petrov réfléchit un moment à la question. « Oui. Dites-lui que je dois retourner une faveur à un vieil ami. »

Chapitre 7

Novorossisk, la mer Noire

Le barbu était assis, dans la position du lotus, sur la moquette de la cabine plongée dans la pénombre, ses mains calleuses de paysan posées sur les genoux avec nonchalance. Figé dans cette position depuis plus de deux heures, le seul signe de vie qu'il laissait percevoir était un léger gonflement de son étroite poitrine. Son pouls, à peine discernable et son rythme cardiaque léthargique auraient alarmé un spécialiste. Ses yeux, aux paupières lourdes, paraissaient clos, mais il ne dormait pas… sans pour autant être éveillé. Son nez proéminent surmontait des lèvres épaisses, ourlées en un sourire béat. Cette pose méditative cachait cependant les méandres d'un esprit torturé où se bousculaient les pensées les plus ténébreuses.

On frappa un coup discret à la porte. Il demeura impassible. Le visiteur insista, plus fort cette fois.

« Oui », répondit l'homme en russe. Sa voix profonde et sépulcrale résonnait de façon sinistre.

La porte s'entrouvrit et un jeune steward glissa un œil prudent dans la pièce. La lumière blafarde du corridor éclairait la face de l'individu. Le steward récita alors, mentalement, une prière que sa grand-mère lui avait enseignée pour éloigner les démons.

Puis, rassemblant tout son courage, il osa : « Excusez l'interruption, monsieur…

— Qu'est-ce que c'est ?

— M. Razov demande à vous voir dans la cabine principale. »

L'homme tourna son visage émacié et ouvrit les yeux… de grands yeux enfoncés et brillants, d'un jaune pâle et d'une fixité qui lui donnaient le regard hypnotique de certains prédateurs.

Un silence, puis : « Dites-lui que j'arrive.

— Oui, monsieur. » Envoûté par ce regard implacable, le steward sentit ses jambes se dérober sous lui. Il trouva toutefois la force de pivoter sur ses talons et de se ruer dans le couloir en claquant la porte derrière lui.

L'inquiétant personnage déplia son mètre quatre-vingt-quinze et se redressa. Il portait une tunique à ceinture en coton noir. Le col militaire de sa chemise lui serrait le cou, et les jambes de son pantalon étaient prises dans des bottes de cuir noir lustrées. Ses cheveux brun foncé recouvraient ses oreilles et semblaient se fondre dans la barbe pleine qui lui tombait sur la poitrine.

Il fit quelques exercices pour assouplir ses muscles, un par un, et remplit ses poumons avides de longues inspirations. Une fois ses fonctions vitales rétablies, il ouvrit la porte de la cabine, baissa la tête et sortit dans le corridor. Marchant à pas feutrés, il suivit la galerie et grimpa sur le pont du long yacht de cent vingt mètres. Les membres de l'équipage s'écartèrent sur son passage.

Le yacht avait été conçu avec un pont simple et spacieux et une superstructure aérodynamique basse, qui réduisait la résistance au vent. Reprenant les plans d'un bateau de charge rapide, le vaisseau était pourvu d'une coque en V qui coupait les vagues et une poupe concave réduisant la traînée. Animé par des turbines à gaz et un système novateur de propulsion par jet d'eau, le navire pouvait atteindre deux fois la vitesse des bateaux d'une taille comparable.

Le barbu se présenta à une porte, l'ouvrit sans frapper et pénétra dans une immense et luxueuse cabine, aussi grande qu'un appartement. Il traversa le coin salon, avec ses sofas, ses chaises et une table aux dimensions médiévales. Les sols étaient recouverts d'antiques tapis persans, chacun valant une petite fortune. Accrochés aux murs, des chefs-d'œuvre sans prix, pour la plupart volés dans des musées et des collections privées. Au fond de la pièce, trônait un bureau massif, fait de l'acajou le plus fin, incrusté d'or et de perles. Derrière le bureau, la paroi s'ornait d'un logo stylisé représentant un chapeau de fourrure militaire barré d'un sabre, sous lequel on pouvait lire, imprimés en caractères cyrilliques, les mots : INDUSTRIES ATAMAN. Assis au bureau, Mikhaïl Razov, président d'Ataman, discutait au téléphone.

Bien qu'il chuchotât presque, on discernait une froide menace dans l'apparente douceur de son timbre de voix. Sa face blême aurait pu être sculptée dans du marbre de Carrare, mais personne ne pouvait confondre son profil, dur et anguleux, avec l'œuvre d'un sculpteur de la Renaissance. Ce visage-là représentait l'ultime vision que d'innombrables victimes avaient emportée dans la tombe.

Deux chiens-loups, blancs et maigres, reposaient à ses pieds. Quand le visiteur approcha, ils commencèrent à gronder. Razov raccrocha et fit taire les bêtes qui rampèrent sous le bureau. Razov opéra alors une métamorphose stupéfiante. Une chaleur inattendue emplit ses yeux gris ardoise, les lèvres cruelles s'ouvrirent sur un large sourire et ses traits, taillés à coups de serpe, s'adoucirent. Ainsi transformé, Razov pouvait passer pour le tonton gâteau idéal. Les criminels de carrière comme lui devenaient des comédiens accomplis s'ils vivaient assez longtemps. Razov avait cultivé ses aptitudes naturelles d'homme-caméléon sous la tutelle d'acteurs professionnels. Il était capable de se transformer, à la demande, de voyou criminel en homme d'affaires impitoyable, hôte accueillant ou orateur charismatique…

Ses puissantes épaules et ses cuisses musclées témoignaient de débuts plus modestes. Né dans les steppes bordant la mer Noire, fils d'un Cosaque éleveur de chevaux, Razov chevauchait depuis qu'il avait l'âge de tenir sur une selle. Vif d'esprit, il s'aperçut assez tôt des inconvénients du métier harassant de fermier, qui avait tué sa mère et ruinait la santé de son père. Il partit pour la ville où il mit ses muscles au service d'un gang de racketteurs. Ses talents de briseur d'os et de tueur lui rapportèrent vite des sommes élevées. Il ne se rappelait plus combien de fois il avait tiré une balle dans le genou d'un commerçant récalcitrant ou dans la tête d'un endetté en retard de remboursement. Il ne se souvenait pas non plus du nombre de prostituées rebelles qu'il avait étranglées. Comble de l'ironie, il s'était servi de sa récente fortune pour acheter sa propre maison close.

Après avoir éliminé ses employeurs, il prit rapidement le contrôle du réseau de bordels. Il fit protéger ses biens par une armée privée de brutes épaisses sans pitié et se lança dans le jeu, la drogue et le prêt à usure. Grâce à de généreux pots-de-vin et quelques exécutions bien choisies, Razov n'eut bientôt plus rien à redouter des autorités soviétiques et devint multimillionnaire. Il incarnait l'image même du parrain russe, et il paraissait devoir continuer à prospérer jusqu'à ce qu'un rival plus agressif se manifeste.

Le barbu s'avança et s'arrêta devant le bureau de Razov, ses mains jointes collées contre le ventre : « Vous avez demandé à me voir, Mikhaïl ?

— Boris, mon cher ami et conseiller. Désolé d'avoir troublé votre méditation, mais j'ai reçu d'importantes nouvelles.

— Le test a réussi, alors ? »

Razov hocha la tête. « Les premières constatations des dégâts sont assez impressionnantes, si on considère la faible ampleur de l'expérience. » Il pressa un bouton et un serveur surgit, comme par magie, portant un plateau avec une bouteille de vodka et deux verres. Razov les remplit et en tendit un à Boris. Il renvoya le garçon, désigna un siège puis s'assit en face et leva son verre pour porter un toast.

La grosse pomme d'Adam de Boris tressauta sous l'effet de la boisson avalée bruyamment. Il engloutit sa vodka comme une tisane et s'essuya la bouche du dos de sa main poilue. « Combien de morts ? demanda-t-il impatient.

— Un ou deux, répondit Razov en haussant les épaules. Il semblerait qu'ils aient été prévenus. »

Les yeux étranges du moine étincelèrent d'une colère haineuse. « Une taupe ?

— Non… Simple imprévu. Un pêcheur a averti les habitants et le port a été évacué.

— Quel dommage ! déclara Boris, la voix affectée par une tristesse sincère. Nous devons nous assurer qu'un tel accident ne se reproduise pas lors de notre prochain essai. »

Razov acquiesça et pointa du doigt un grand écran, contrôlé par ordinateur, qui occupait l'un des murs. Le moniteur affichait une carte du monde. De petites lumières clignotantes indiquaient les positions disséminées de la flotte d'Ataman. À l'aide d'une télécommande, il zooma sur la carte pour rapprocher une ligne de points lumineux rassemblés au large de la côte Est des Etats-Unis.

« Nos atouts se mettent en place. » Son regard se refroidit. « Je peux vous assurer qu'une fois notre travail accompli, il y aura un grand nombre de victimes à déplorer… et bien plus encore. »

Boris sourit. « Alors notre projet nord-américain est enfin sur pied ? »

Razov emplit les verres à nouveau. Il paraissait troublé. « Oui et non. Il reste quelques sujets d'une importance vitale dont je veux discuter avec vous. Ils concernent nos plans. Nous nous confrontons à un problème inattendu. Notre site de la mer Noire a été l'objet d'une intrusion.

— Moscou est au courant de nos activités ?

— Les crétins de Moscou ignorent tout de notre plan, répliqua Razov, d'un ton méprisant. Non, il ne s'agissait pas du gouvernement central. Une équipe de télévision américaine a déboulé près de notre vieux parc de sous-marins.

— Des *Américains* ? » Le moine leva les bras au plafond. « Un don du ciel, dit-il, les yeux brillants. J'espère que leurs cous ont senti les lames de nos Gardiens.

— Au contraire. Il y a bel et bien eu un combat mais les Gardiens ont été repoussés. Certains ont péri durant la bataille.

— Comment est-ce possible, Mikhaïl ? Nos Gardiens sont entraînés à tuer sans merci.

— Vrai… De superbes cavaliers et de véritables guerriers cosaques, aux armes traditionnelles mais efficaces…

— Alors, comment un groupe de journalistes désarmés a-t-il pu leur résister ?

— Ils n'étaient pas seuls, précisa Razov, grognon. Ils auraient reçu l'aide d'un avion.

— Militaire ? »

Razov secoua la tête. « Mes sources affirment que l'avion a décollé d'un bateau nommé *Argo*. Le vaisseau est censé mener une enquête scientifique en mer Noire pour la NUMA.

— C'est quoi cette NUMA ?

— J'oubliais que vous viviez à l'écart du monde extérieur depuis des années. L'Agence nationale maritime et sous-marine est la plus vaste organisation d'exploration océanique au monde. Elle possède des milliers de scientifiques et d'ingénieurs répartis un peu partout sur la surface du globe. Le pilote de l'avion, celui qui a tué les Gardiens, en fait partie. »

Boris quitta son siège et se mit à arpenter la cabine. « Voilà qui est inquiétant… Comment des scientifiques ou des ingénieurs peuvent-ils vaincre des guerriers armés ?

— Bonne question. Mais j'en ignore la réponse. Ce que je sais, par contre, c'est que l'on ne va pas en rester là. J'ai ordonné les préparatifs du déménagement de nos opérations. Pendant ce temps, nous posterons des gardes supplémentaires. J'ai pris la liberté de les équiper d'armes plus contemporaines, et je vous prie de m'en excuser. Je sais la valeur que vous attachez à la pureté de nos traditions et à leur perpétuation.

— Je comprends la nécessité de se tenir prêts pour affronter les forces impures. Qu'en est-il de votre informateur à Washington ?

— Son pouvoir est limité, mais je lui ai demandé de faire de son mieux sans mettre sa position en danger.

— Il nous faut savoir, avec exactitude, à qui et à quoi nous avons affaire, trancha Boris. Cette NUMA n'est peut-être pas ce que l'on croit.

— D'accord. Ce serait de la folie de les sous-estimer, à l'instar des Gardiens.

— Dites-m'en plus à propos de ces reporters.

— On m'a confirmé qu'ils travaillaient pour une chaîne américaine. Deux hommes et une femme. »

Boris réfléchit en triturant sa barbe. « Il ne s'agit pas d'un accident… Le programme de télévision et la NUMA doivent être une couverture pour une mission spéciale. Où se trouvent-ils en ce moment ?

— Sur l'*Argo*, en route pour Istanbul. J'ai envoyé un bateau les suivre.

— Pouvons-nous détruire le vaisseau de la NUMA ?

— Aussi facilement qu'écraser un insecte, mais pour l'heure je ne pense pas que ce soit prudent. Cela attirerait l'attention sur notre entreprise en mer Noire.

— Alors nous attendrons.

— Tout à fait d'accord. Une fois l'opération Mer Noire achevée, nous pourrons nous venger.

— Je m'en remets à votre sagesse, Mikhaïl. »

Le sourire de Razov dégageait une chaleur… reptilienne. « Non, Boris, c'est *vous* le sage. Mes compétences ne vont pas au-delà de la politique et du business, vous, vous avez la vision, dans toute sa majesté, de notre formidable avenir.

— Une vision que vous porterez sur vos épaules comme l'unique défenseur de notre cause face à la corruption et au matérialisme qui gangrènent cette grande nation qui fut la nôtre. Nous devons montrer à la terre entière que notre cause est juste. Rien ne saura nous empêcher d'anéantir la décadence là où nous la trouverons.

— Je veux vous montrer quelque chose », dit Razov. Il enfonça un bouton sur son bureau. « Voici mon plus récent discours devant l'armée. »

Une image apparut sur l'écran : Razov en train de parler dans un hall immense. Le public était composé d'hommes en uniformes des divers services armés russes. Razov, monté sur l'estrade, avait conquis l'audience en quelques minutes. Au fil de son discours, il semblait grandir, tirant le meilleur parti de sa voix profonde, de son physique impressionnant et de ses convictions, pour exhorter la foule :

« Nous avons le devoir d'honorer le credo guerrier de nos frères cosaques. Notre peuple s'est débarrassé du joug de l'Empire ottoman et a vaincu Napoléon. Les Cosaques se sont emparés d'Azov pour Pierre le Grand et ont défendu les frontières de la Russie contre les intrus pendant des siècles. Aujourd'hui, forts de sept millions d'hommes, avec votre aide, nous allons détruire les ennemis qui évoluent en notre sein même, les financiers, les criminels et les politiciens, capables et coupables d'écraser notre pays sous le talon de leurs bottes. »

En un rien de temps la foule était debout, en transe, manifestation effrayante d'hystérie collective. Les hommes se précipitaient sur le podium, les yeux exorbités, les bras tendus, pour toucher l'orateur. Ils voulaient ne faire qu'un avec lui et scandaient : « Razov… Razov… Razov… » Il éteignit la télévision.

« Vous avez bien appris, Mikhaïl, le complimenta Boris.

— Non, Boris. C'est vous qui m'avez bien instruit.

— Je vous ai à peine enseigné comment vous attirer les passions de notre peuple.

— Cela n'est rien en comparaison de ce qui est encore à venir. Mais beaucoup de choses dépendent de notre travail en mer Noire. Je discutais avec les gens de notre navire de relevage lors de votre arrivée. Ils rencontrent pas mal de difficultés, mais ils touchent au but. Chacun sait que sa vie dépend du succès final. Et je n'accepterai pas d'échec.

— Souhaitez-vous que je regarde dans le futur ?

— Oui, dites-moi ce que vous voyez. »

Boris pencha la tête et toucha ses sourcils du bout des doigts. Ses yeux devinrent vitreux… Il commença à parler, d'une voix caverneuse : « Je prédis que le jour viendra où vous prendrez les rênes en tant que nouveau tsar de notre mère Russie. Tous nos ennemis seront vaincus. Les Etats-Unis seront les premiers à courber l'échine sous le glaive de la vertu.

— Que voyez-vous d'autre ? »

Son front se plissa, comme sous l'effet d'une douleur, et sa voix sembla s'éteindre. « Froid et obscurité. La mort sous la mer. » Il avança son bras et agrippa celui de Razov, lui enfonçant ses ongles dans la chair. « Je vois de la lumière. » Ses lèvres épaisses se retroussèrent en un sourire contemplatif. « Le succès est à portée de main. » La vie réapparut dans ses yeux de glace. « Les fantômes de nos morts vont bientôt accorder leur bénédiction à notre cause. Ils vous implorent de les venger. »

Razov avait été un gangster prospère et un citadin actif. Sorti de son élément, il ne valait plus grand-chose. Il repensa à sa première rencontre avec Boris… Il errait depuis des jours, perdu et affamé dans la campagne austère, quand il était tombé sur un convoi de paysans. Il en compta des douzaines, frêles et malades, certains incapables d'avancer et soutenus par d'autres. Quand Razov leur demanda où ils allaient, ils répondirent qu'ils se rendaient au monastère pour être guéris par le « Fou ». N'ayant rien de mieux à faire, il les suivit. Il vit les estropiés jeter leurs béquilles et marcher… Il écouta les aveugles raconter ce qu'ils voyaient. Alors qu'il s'approchait à son tour de Boris, le moine l'avait fixé comme s'ils se connaissaient depuis toujours, et avait déclaré : « Je vous attendais, mon fils. »

Sous le regard insistant de ces yeux remarquables, Razov avait raconté son histoire, sans la moindre retenue… Le choc éprouvé à l'écoute des dernières paroles de son père mourant, son retrait volontaire de la civilisation et ses vagabondages dans la région sauvage qui borde la mer Noire. Boris lui demanda de rester après le départ des paysans, et ils parlèrent la nuit entière. Quand Razov voulut savoir où se trouvaient les autres moines, Boris lui répondit juste: « Ils ne valaient rien. » Razov devina l'horrible vérité, mais cela ne faisait aucune différence. Quand il retourna au monde civilisé, la silhouette étrange de Boris l'accompagnait. Depuis, le moine barbu ne l'avait pas quitté.

Pendant son absence, de nouveau mafieux s'étaient aventurés sur le territoire de Razov. Suivant les conseils de Boris, il fit circuler la nouvelle de son abandon des « affaires », et s'assura que son passé sordide ne revînt pas le hanter. En premier lieu, il changea de nom, et, après plusieurs assassinats, incendies criminels et autres explosions, il avait effacé la plupart des indices le reliant à ses antécédents de hors-la-loi. Utilisant les millions déposés sur un compte suisse et les méthodes musclées qui, naguère, l'avaient bien servi, il était devenu l'actionnaire principal d'exploitations minières qui échappaient au contrôle communiste. Très vite, il décida d'élargir le champ de ses investissements au domaine maritime.

De fins observateurs notèrent qu'un profond et mystérieux lien unissait les deux hommes. Razov consultait Boris pour toutes les décisions importantes et le récompensait généreusement. Quant au moine, il constituait lui-même un véritable cas d'étude sur le dédoublement de la personnalité. Sur le yacht, sa luxueuse cabine était meublée, en tout et pour tout, d'un lit de camp sur lequel il passait des heures à méditer. Il pouvait rester des jours sans se laver. Quelquefois, cependant, quand le bateau mouillait dans un port, il disparaissait. Razov l'avait fait suivre pour apprendre que le moine employait son temps à fréquenter les bordels les plus minables. Boris semblait se débattre entre les deux facettes de son personnage, le moine ascétique et le sybarite meurtrier.

Malgré sa folie, le moine se montrait un conseiller avisé, d'une intelligence supérieure et rationnelle qui l'emportait sur la démence. En l'occurrence, à propos de la NUMA, Boris avait raison. Elle représentait une menace sérieuse.

Chapitre 8

La mer Noire

Naviguant dans les eaux de l'*Argo* des légendes mythiques, le bateau de la NUMA traversait la mer Noire en direction du Bosphore, le détroit qui sépare les rives européennes et asiatiques d'Istanbul. À la différence de Jason, qui rapporta chez lui la Toison d'or, tout ce que ramenait Austin, en guise de trophées, consistait en une éraflure à la tête, une équipe de reporters télé débraillés… et une foule de questions encore sans réponses.

L'évacuation de la plage russe s'était déroulée sans accroc. Le capitaine Atwood avait envoyé une navette pour transporter Austin et les autres à bord de l'*Argo*. Récupérer le Gooney s'avéra plus facile que prévu ; il s'agissait surtout de ramasser les pièces. Austin se demanda comment il allait annoncer à Zavala que sa petite merveille d'ULM tenait, à présent, dans une boîte à chaussures.

Lors du dernier trajet vers la plage, Austin repéra un objet flottant non identifié. Il s'agissait, en fait, du corps de Mehmet, le timonier turc. Ils le remontèrent dans l'embarcation. Cette douloureuse découverte rappela à Austin la partie mortelle qu'il venait de jouer. Un mauvais lancer de dés et c'était son corps qu'on aurait repêché et enveloppé dans une bâche.

Austin fit soigner sa blessure par le médecin de bord, puis, après une bonne douche, enfila des vêtements propres. Il avait invité Kaela à le rejoindre au mess pour dîner, une fois qu'elle se serait reposée. Austin dénicha une table près d'une grande vitre, avec vue sur le pont arrière. Le regard perdu dans le sillage d'écume du vaisseau, il essayait de trouver un sens à l'affrontement de la plage quand Kaela apparut.

La journaliste portait un jean et un chemisier bleu délavé, empruntés à une scientifique à l'évidence moins grande et plus enrobée. Confortable, mais sans doute inélégante sur n'importe quelle autre femme, cette tenue rehaussait d'une touche de sophistication subtile la grâce naturelle de Kaela. Elle fit une entrée au mess digne des revues de mode parisienne d'avant-garde.

Elle sourit à Austin et s'approcha de la table. « Mmm… Ça sent bon.

— Vous avez de la chance. Le chef a décidé de cuisiner italien. Asseyez-vous. »

Elle s'exécuta et ferma les yeux. « Ne me dites rien. » Elle inhala les effluves en provenance de la cuisine. « Alors… Salade de truffes et de pleurotes en hors-d'œuvre, suivie d'un risotto aux cèpes…

— Pas tout à fait. » Austin s'éclaircit la gorge. « Ce soir, nous aurons le plaisir et l'honneur de déguster une… pizza. Au choix : champignons, ou pepperoni si vous préférez la *carne*. »

Kaela ouvrit grand les yeux et les fixa sur Austin. « Qu'est-il advenu du chef quatre étoiles ? »

Austin s'efforça d'adopter une expression innocente et angélique, mais ses traits virils refusèrent de coopérer. « J'avoue. J'ai exagéré. Mes intentions étaient pourtant très honorables. Je voulais vous remonter le moral, là-bas, sur la plage.

— Et vous… » Kaela émit un petit rire. « Vous aviez

la tête de quelqu'un qui venait d'essayer de passer à travers une porte vitrée. Je suis heureuse de voir que vous allez mieux.

— C'est étonnant les miracles que l'on peut accomplir avec une aiguille, du fil et du coton… »

Kaela jeta un coup d'œil par-dessus le comptoir. « Comment est la pizza ?

— Presque aussi bonne que chez Spago. Surtout si vous l'accompagnez d'un nectar comme celui-ci. » Il se pencha sous la table et en remonta une bouteille de chianti Classico Brunello. « J'en ai acheté une caisse lors de notre escale à Venise.

— Vous êtes plein de surprises, n'est-ce pas ? le complimenta Kaela en s'esclaffant.

— Je vous prie de m'excuser si le repas n'est pas exactement le festin annoncé, mais vous conviendrez que la table avec vue sur la mer correspond à ce que j'avais promis.

— Rien à dire de ce côté-là. Le panorama est spectaculaire. » Elle se leva et déclara : « Maintenant, si vous ouvrez la bouteille, je vais chercher notre dîner. » Elle attrapa un plateau et prit place dans la file d'attente. Elle revint quelques minutes plus tard avec une pizza et une salade César pour chacun. Austin l'attendait pour servir le vin. Leurs verres pleins, ils attaquèrent le repas avec plaisir.

« Cette pizza est incroyable ! » s'exclama Kaela. Elle but une gorgée de chianti, l'air rêveur. Soudain, elle balaya la salle du regard comme si elle avait perdu quelque chose. « Vous avez vu Mickey et Dundee ?

— J'ai oublié de vous prévenir. Les garçons ont mangé plus tôt puis sont montés sur le pont effectuer quelques prises de vues. Il semblerait qu'ils aient réussi à adoucir l'humeur bougonne du capitaine Atwood.

— La caméra a tendance à réveiller le cabot qui sommeille en chacun de nous. »

Austin remplit les verres à nouveau. « Parlez-moi un peu de votre sujet sur l'arche de Noé.

— C'est la combinaison habituelle de balivernes et de faits avérés que *Mystères insondables* conditionne pour un public télé de masse. On réalise un montage de vieilles images floues, avec des séquences nouvelles, et on ajoute des commentaires dramatiques. On met le paquet sur la musique de fond, on laisse entendre que le gouvernement dissimule des preuves et on insiste sur les dangers encourus par l'équipe. Les téléspectateurs adorent !

— Le danger était bien réel, cette fois.

— Oui, en effet. » Kaela réfléchit un instant. « Voilà pourquoi je me sens si mal à propos de Mehmet. C'était mon idée d'aller visiter cette ancienne base de sous-marins.

— Ne vous condamnez pas trop vite. Vous ne pouviez pas deviner qu'on allait vous tirer dessus.

— Quand même… A-t-on pu contacter le capitaine Kemal ?

— Le commandant a parlé avec lui tout à l'heure. Sa radio semble fonctionner à présent. Atwood lui a annoncé la mauvaise nouvelle.

— Pauvre Mehmet. Je ne cesse de revoir cette scène en boucle. Sa famille doit être effondrée. » Austin essaya de lui faire oublier, avec tact, une situation qui l'obsédait.

« Si vous recherchez l'arche de Noé, ne feriez-vous pas mieux de fouiner dans les parages du mont Ararat ? »

Kaela sauta sur l'opportunité. « Non, pas forcément. Avez-vous entendu parler des découvertes de William Ryan et Walter Pitman ?

— Des géologues de l'université de Columbia qui, si je ne m'abuse, prétendaient qu'à l'origine la mer Noire était un lac d'eau douce jusqu'à ce que la Méditerranée ne submerge le Bosphore… Les peuples qui vivaient le long des côtes avaient dû courir pour sauver leurs vies.

— Alors vous savez que la saga de l'inondation, transmise par des générations de bardes et de poètes, pourrait avoir inspiré la légende de Noé et de son arche. Ce qui signifie que l'arche a navigué dans ces eaux. Ce serait donc une vraie perte de temps de trimbaler nos caméras jusqu'au mont Ararat. Qu'en pensez-vous ? »

Austin se laissa aller en arrière et plongea son regard dans les magnifiques yeux ambrés de Kaela. Ils pétillaient d'intelligence et de gaieté.

« Je vous répondrai par une question personnelle.

— Laissez-moi deviner. Vous voulez savoir comment une prétendue bonne journaliste a pu échouer sur l'équivalent télévisuel du pire des magazines à sensation… »

Austin ajouta *perspicacité* à la liste des admirables qualités de Kaela. « J'ai vu votre émission. Dans l'épisode que j'ai regardé, on avait retrouvé le yeti dans le loch Ness, en train d'élever l'enfant né de ses amours avec une extraterrestre.

— Cela doit dater d'avant mon époque, mais vous avez raison. *Mystères insondables* atteint des sommets dans le domaine de la télé-poubelle… »

Austin écarta les mains. « Alors ?

— C'est une longue histoire.

— Nous avons tout le temps nécessaire pour en parler. Je vais demander au sommelier de s'assurer que votre verre ne soit jamais vide.

— Voilà la meilleure offre de toute la journée. » Elle posa son menton sur l'une de ses mains et regarda Austin avec insistance. Ses grands yeux ne manifestaient aucune timidité. « Je vous raconterai mon histoire si vous faites de même.

— Okay, allez-y. »

Elle but une autre gorgée de chianti. « Je suis née à Oakland, en Californie. Mes parents m'ont appelée Katherine, du prénom de ma grand-mère paternelle, et Ella, à cause d'Ella Fitzgerald, la chanteuse préférée de maman. Mon nom de famille était Doran. J'ai raccourci le tout en Kaela Dorn quand je suis entrée à la télévision. Ma mère travaillait comme professeur de ballet dans un centre de la communauté afro-américaine et mon père, hippie irlando-américain aux cheveux longs, fumeur d'herbe, était venu à Berkeley pour protester contre la guerre du Viêt-nam et tout le reste.

— Il y en avait pas mal comme lui dans les sixties. »

Elle approuva. « Finalement, papa a rangé ses perles et ses bongos, et maintenant il enseigne l'histoire contemporaine américaine à Berkeley, et s'est spécialisé dans les mouvements de protestation des années 1960 et 1970. Il a toujours sa barbe, mais beaucoup plus blanche qu'avant.

— Cela arrive aux meilleurs d'entre nous, l'interrompit Austin en montrant du doigt sa chevelure d'un gris acier prématuré.

— Enfant, j'étais une espèce de rebelle. La faute à papa. Un jour, maman a déboulé à l'angle de la rue, où je zonais avec un gang, et elle m'a traînée jusqu'à ses classes de ballet où elle pouvait garder un œil sur moi. J'ai échangé mes couleurs de *gangsta* contre un tutu. Je me défendais bien comme danseuse. »

La femme assise en face d'Austin paraissait née pour la danse. « Cela m'aurait surpris que vous fussiez moins gracieuse qu'une Pavlova.

— Merci, dit-elle. J'étais assez bonne, je vous le concède, mais faire des pointes sur le *Casse-Noisette* de Tchaïkovski ne satisfaisait pas ma soif d'aventure. Encore la faute à papa… Grand voyageur devant l'Eternel, il avait pas mal vagabondé entre le Soudan et l'Inde avant de filer à l'ouest pour persuader le gouvernement, à lui seul, de retirer nos troupes du Viêtnam. Pour en revenir à nos moutons, j'allai donc à Berkeley étudier la littérature anglaise, puis on m'accepta en tant que stagiaire à la station de télé locale qui voulait remplir son quota d'employés issus des minorités. Mais je me fatiguai vite de lire sur un prompteur des comptes rendus sanglants d'accidents de voitures. Quand j'entendis parler d'une ouverture sur *Mystères insondables*, je sautai sur cette occasion de me rendre dans des endroits exotiques, originaux, et recevoir en échange un bon salaire… Voilà, vous savez tout sur moi. Et vous alors ? Comment en êtes-vous venu à sauver les jeunes femmes en détresse et leurs amis ? »

Austin proposa une version condensée de sa biographie, omettant l'épisode de la CIA et rectifiant certains faits et dates pour paraître plausible. Kaela écouta avec attention, et si elle le soupçonnait de manipuler la vérité, elle n'en montra rien.

« Je ne suis pas surprise que vous aimiez les hors-bord ou que vous collectionniez des pistolets de duel, ou même que vous écoutiez du jazz progressif. Je suis plus étonnée, en revanche, que vous ayez étudié la philosophie.

— Etudier est un bien grand mot. Disons que j'ai lu quelques livres sur le sujet. » Il s'arrêta, pensif, puis reprit : « "Nul ne saurait imaginer quoi que ce soit de si étrange et si invraisemblable qui n'ait déjà été dit par un philosophe ou un autre." René Descartes… à quelques mots près.

— Okay… Et en langage courant, cela donne quoi ?

— Eh bien… dans mon travail, je vois beaucoup de choses et de gens étranges. Cela me rassure de savoir que, en ce qui concerne la philosophie, il n'y a rien de nouveau sous le soleil. La cupidité, l'avarice, le mal. Et inversement, la bonté, la générosité, l'amour. Platon disait que... » Austin prit soudain conscience de l'expression interdite de Kaela. « Désolé. On croirait entendre un prof.

— Je n'ai encore jamais rencontré de professeur qui tombe du ciel pour combattre, seul, une bande de coupeurs de gorges. » Elle le considéra avec intérêt. « Dites-moi, votre équipe de Missions spéciales, qu'est-ce que c'est, au juste ? Quelqu'un m'en a parlé avant que je vienne ici.

— Bon... Nous sommes quatre, chacun avec un domaine de compétence particulier. Joe Zavala est un ingénieur du génie maritime qui conçoit beaucoup de nos véhicules. L'ULM que j'utilisais était son œuvre. Il peut piloter n'importe quoi, sous ou au-dessus de la mer. Paul Trout est un géologue des grands fonds, diplômé de l'Institut Woods Hole Oceanographic and Scripps. Sa femme, Gamay, est plongeuse et biologiste marin avec une formation d'archéologue de l'océan.

— Impressionnant. Mais vous ne m'avez toujours pas précisé le rôle de votre équipe.

— Tout dépend. En général, on s'occupe de missions sous-marines différentes des opérations habituelles. » Austin négligea de mentionner que ces missions particulières étaient souvent menées en secret, à l'écart des sphères d'influence gouvernementale.

Kaela claqua les doigts. « Bien sûr. *Maintenant*, je me rappelle. La tombe de Christophe Colomb dans le Yucatán. Vous étiez impliqué dans sa découverte.

— En quelque sorte. C'était une opération de la NUMA.

— Fascinant ! s'extasia Kaela. J'aimerais réaliser un sujet sur votre équipe.

— Le département des Affaires publiques de la NUMA adorerait ça. Une publicité favorable aurait un impact précieux avant de présenter nos ambitions budgétaires au Congrès. Donnez-leur un coup de fil quand vous rentrerez. Je serai heureux de vous aider.

— Merci, j'apprécie beaucoup.

— Maintenant, laissez-moi vous poser une question. Que pensez-vous faire des séquences filmées en Russie ?

— Je me le demande, répondit-elle en fronçant les sourcils. Nous n'avons pas grand-chose, à part le cadavre d'un type habillé comme le portier d'un night-club russe. » Elle éclata de rire. « Quoique le manque de faits réels n'ait jamais découragé *Mystères insondables* pour inventer une histoire !

— Il s'agit peut-être d'un de ces extraterrestres que vous vous débrouillez toujours pour dénicher… proposa Austin.

— Pas avec une telle épée. » Kaela frissonna en y repensant. « Sérieusement, Kurt, vous avez une idée sur toute cette affaire ? Qui étaient ces mecs, et pourquoi se montraient-ils aussi irritables au sujet d'une vieille base de sous-marins, laissée-pour-compte de la guerre froide ? »

Austin secoua la tête. « Je n'ai pas de réponse.

— Vous avez dû y réfléchir…

— Bien sûr. Pas besoin de s'appeler Sherlock Holmes pour conclure qu'il y a là-bas quelque chose qu'on ne veut pas nous laisser voir. Mais j'ignore ce dont il s'agit.

— Il n'y a qu'une seule façon de le savoir, affirma Kaela. Retourner sur les lieux.

— Je ne crois pas que cela soit raisonnable. » Austin exposa les motifs de son inquiétude en les énumérant à l'aide de ses doigts. « Un : nous pouvons nous asseoir ici et nous moquer d'une bande de types habillés comme dans une production de *Boris Godounov*, mais n'oublions pas que c'est grâce à un énorme coup de chance si nous sommes encore en vie. Deux : vu que vous ne possédez pas de visas russes, vous pénétreriez dans le pays illégalement. Trois : vous ne disposez d'aucun moyen pour vous y rendre… »

Kaela récapitula chaque point sur ses propres doigts. « J'apprécie votre sollicitude, mais un : nous serions mieux préparés que la première fois et nous dégagerions au moindre danger. Deux : l'absence de visa ne vous a pas empêché d'atterrir sur le sol russe. Et trois : si je ne peux pas convaincre le capitaine Kemal d'y retourner, je suis sûre que d'autres pêcheurs apprécieront de gagner en deux jours l'équivalent d'une année de dur labeur. »

Austin se croisa les mains derrière la tête. « Vous ne vous découragez jamais ?

— Je n'ai pas l'intention de passer ma vie à travailler pour *Mystères insondables*. Une histoire comme celle-ci m'ouvrirait grand les portes d'une des principales chaînes.

— Autant pour mon incroyable pouvoir de persuasion, dit Austin. Comme votre décision semble prise, peut-être puis-je au moins vous convaincre de m'accompagner pour un tour d'Istanbul, la nuit. Le palais Topkapi est une curiosité, et vous y verrez quelques belles boutiques près de la mosquée de Süleymaniye où vous pourrez choisir des cadeaux pour vos parents. Et il me paraîtrait agréable de ponctuer la soirée par un dîner à bord d'un des bateaux Lufer.

— Un autre chef quatre étoiles ?

— Pas tout à fait, mais le décor est spécial.

— Je suis descendue à l'hôtel Marmara sur le square Taksim.

— Je connais. Que diriez-vous de dix-neuf heures, le jour où nous accostons ?

— J'ai hâte d'y être. »

Austin ne vit pas beaucoup Kaela le reste du voyage ;

elle s'activait, aidée de ses deux collègues, à interviewer le capitaine et l'équipage, ou à préparer le sujet sur Noé. Il contacta le siège de la NUMA, remplit un rapport sur l'incident russe et passa le reste de son temps à essayer de remonter le Gooney. L'*Argo* était rapide, et ils arrivèrent vite aux abords d'Istanbul, naviguant entre les villages et vieux forts qui longeaient le Bosphore.

Ces deux dernières heures de traversée engendraient rarement la monotonie. Long de trente kilomètres, l'étroit passage du Bosphore est considéré comme le détroit le plus dangereux au monde. Le capitaine Atwood, aux commandes de l'*Argo*, se faufilait entre les pétroliers, les ferries et les paquebots, tout en effectuant les douze changements de cap nécessaires durant la dernière étape du voyage. Le fort courant qui sévit entre la mer Noire et celle de Marmara rendait la tâche encore plus intéressante ! Tous, à bord, lâchèrent un soupir de soulagement quand le vaisseau dépassa les terminaux de ferries et les quais des bateaux de croisière, pour aller s'amarrer le long d'une jetée près du pont de Galata.

Depuis le navire, Austin observait l'équipe de télévision en train d'entasser son matériel dans un taxi. Kaela agita la main à son intention, et le taxi démarra. Austin s'imprégna du spectacle grandiose qu'offraient le pont, gardien de l'entrée de la Corne d'Or, et le tentaculaire palais Topkapi, bâti pour le sultan Mehmet II dans la deuxième moitié du XVe siècle. Au loin, il distinguait les minarets de Sainte-Sophie et la mosquée Bleue.

Austin regagna sa cabine et s'occupa de la paperasserie en retard. Puis il se doucha et échangea son short et son sweat-shirt contre un pantalon sport et un pull léger en coton. L'heure de son rendez-vous approchant, il descendit la passerelle et se dirigea vers la première rue où il héla un taxi. Celui-ci s'arrêta à côté de lui. Il s'agissait d'une ancienne Chevrolet, des années 1950. Des gens se trouvaient déjà dans la voiture, ce qui l'identifia comme un *dolmus*, mot turc signifiant « farci ». À l'inverse des taxis ordinaires, les *dolmus* empilaient autant de passagers qu'ils le pouvaient.

Austin s'installa à l'arrière, entre deux autres personnes, dont un gros monsieur qui choisit de s'asseoir sur un strapontin. Un quatrième passager occupait le siège avant. Austin demanda au chauffeur de l'emmener à Taksim. Il avait visité Istanbul à plusieurs reprises lors de missions pour la NUMA et connaissait assez bien la ville. Alors que le taxi prenait un chemin détourné, Austin pensa qu'il agissait ainsi pour arranger les autres personnes. Mais aucune ne descendit. Quand la voiture commença à s'éloigner de Taksim, Austin, qui soupçonnait le chauffeur de vouloir faire grimper le prix de la course, se pencha en avant et lui demanda où il allait.

Le conducteur ne lui prêta aucune attention mais l'homme assis à ses côtés se retourna. Il avait un large visage de brute que même sa propre mère ne pourrait aimer. Austin observa son vis-à-vis une petite seconde avant de poser son regard sur le revolver que celui-ci tenait à la main.

« Silence ! » grogna l'homme.

Son voisin tira Austin en arrière et pointa la longue lame d'un couteau sur son œil droit. Le chauffeur écrasa l'accélérateur et s'échappa de la voie à grande circulation pour plonger dans un dédale de ruelles sombres et pavées.

S'éloignant du front de mer, ils contournèrent Karakoy et les brigades de police qui contrôlaient les feux. Austin jeta un regard plein de mélancolie aux lumières du restaurant installé au sommet de la tour de Galata.

Puis le taxi enfila d'abord l'Istikal Caddesi, slalomant entre les voitures, dépassant les boîtes de nuit, cinémas et autres bordels non réglementés qui bordent l'avenue libertine. Ensuite, il quitta la rue principale et escalada une colline menant au Bozoglu, qui abritait toutes les ambassades européennes sous l'Empire ottoman, et exécuta une série de virages en faisant crisser les pneus.

La voiture ne dévia pas de sa trajectoire, malgré tout, et Austin comprit qu'il avait affaire à un professionnel qui connaissait les limites de son véhicule.

On ne lui avait pas bandé les yeux et Austin s'interrogea : lui avait-on réservé un aller simple pour l'oubli éternel ? Comme le taxi continuait de virer un coup à gauche, un coup à droite dans le labyrinthe stambouliote, il comprit que le bandeau était inutile ; il n'avait déjà aucune idée de l'endroit où il se trouvait.

Le fait qu'ils ne l'aient pas tué le consolait tout juste. Il savait d'instinct que ces hommes n'hésiteraient pas à user de leur arme. Au bout de quelques minutes, durant lesquelles les lumières de la ville s'étaient muées en une lueur lointaine, la voiture s'enfonça dans une rue obscure, jonchée de détritus, puis s'arrêta dans une allée à peine plus large qu'elle. Les « compagnons » d'Austin le firent sortir et le pressèrent contre un mur pendant qu'ils lui liaient les mains dans le dos avec un ruban adhésif. Ensuite ils le poussèrent dans l'embrasure d'une porte puis le long d'un couloir sombre, pour terminer dans l'entrée d'un vieil immeuble abritant des bureaux. La saleté recouvrait le sol en marbre. Sur un mur, un grand panneau en cuivre noirci par la patine et la crasse signalait les différents services et leurs étages. L'odeur d'oignons frits et le cri étouffé d'un bébé témoignaient de l'utilisation des bureaux comme habitations. Des squatteurs, sans doute…

Les ravisseurs bousculèrent Austin à l'intérieur d'un ascenseur et se placèrent derrière lui. Ces hommes étaient massifs, aussi carrés et grands que lui, si bien que, dans cet espace exigu, Austin avait la figure collée contre la grille en fer forgé. Il se demanda si l'ascenseur ne datait pas de l'époque des sultans et essaya de ne pas penser aux câbles endommagés alors que l'engin, agité de secousses, montait doucement, dans un bruit de ferraille, jusqu'au troisième et dernier étage. L'expérience était plus éprouvante encore que le trajet dans le taxi fonçant à tombeau ouvert. L'ascenseur s'arrêta enfin dans un craquement inquiétant, et un des gorilles lui gronda à l'oreille : « Dehors ! »

Il avança dans un hall qui ne devait pas coûter cher en électricité. Une des armoires à glace empoigna, en le tordant, le pan arrière de la chemise d'Austin qu'il utilisa pour le guider… et l'arrêter brutalement. Une porte s'ouvrit et l'homme de la NUMA se retrouva, bien malgré lui, à l'intérieur. Il régnait une odeur de vieux papier et d'huile de machine, émanation fantôme d'une période de prospérité révolue. Il sentit une pression sur les épaules et le contact d'une chaise sur le haut des mollets. Il s'assit et plissa les yeux pour percer l'obscurité jusqu'au moment où l'éclat soudain d'un spot l'aveugla. Il cligna les paupières, comme le suspect pendant un interrogatoire serré dans un vieux film noir.

Une voix parlant anglais s'éleva derrière le projecteur.

« Content de vous voir, monsieur Austin. Merci d'être venu. »

Quelque chose dans cette voix lui semblait familier, mais Austin n'arrivait pas à s'en souvenir.

« Comment aurais-je pu résister à une telle invitation ? »

Un petit rire sec retentit dans la pénombre. « Les années ne vous ont pas changé, n'est-ce pas ?

— Je vous connais ? » Un souvenir furtif effleura la mémoire d'Austin.

« Je suis vexé que vous ne me remettiez pas. Je voulais vous remercier en personne pour l'adorable bouquet que vous avez envoyé pour adoucir ma convalescence. Je crois que vous aviez signé la carte du nom de John Doe. »

Austin sursauta. « Incroyable ! s'exclama-t-il, avec un curieux mélange de plaisir et d'appréhension. Ivan ! »

Chapitre 9

Le spot s'éteignit avec un bruit sec et une lampe de bureau portable s'alluma, illuminant le visage d'un homme dans la quarantaine. Il avait le front large, les pommettes hautes et aurait pu être séduisant sans l'impressionnante cicatrice qui barrait sa joue gauche.

« N'ayez pas peur, monsieur Austin, dit Petrov. Je ne suis pas le Fantôme de l'Opéra. »

L'esprit d'Austin voyagea quinze ans en arrière, dans la mer de Barents. Il se souvint des eaux glaciales pénétrant sa combinaison chauffée tandis qu'il réglait la minuterie des cent kilos d'explosifs. Que le Russe soit encore en vie relevait du miracle.

« Désolé pour le sous-marin piégé, Ivan. Je vous avais pourtant bien conseillé de vous éloigner.

— Ne vous excusez pas. Un simple incident de guerre. » Après un court silence, Petrov reprit. « Je voulais vous poser cette question depuis toujours. Supposons que nos places aient été inversées. Auriez-vous écouté ma mise en garde ? »

Austin réfléchit un instant avant de répondre : « J'aurais sans doute, tout comme vous, pris l'avertissement pour une diversion. J'aime à penser que la prudence l'aurait emporté sur la bravoure, mais je ne puis l'affirmer. C'était il y a longtemps.

— Oui, il y a très longtemps. » Les lèvres de Petrov

s'étirèrent en un sourire triste. « Evidemment, la prudence ne l'a pas emporté sur mon impatience juvénile. J'étais impétueux, à l'époque. Ne vous en faites pas, je ne nourris aucune animosité à votre égard et ne vous tiens pas rigueur de ma propre bêtise. Je vous aurais tué depuis des lustres si je vous avais jugé responsable. Comme je le disais, *c'est la guerre.* Dans un sens, vous êtes aussi défiguré que moi, mais vous ne pouvez pas voir les cicatrices qui couvrent votre cœur. La guerre a fait de nous des hommes durs.

— Si je me souviens bien, la guerre froide est terminée. J'ai une suggestion. Pourquoi ne pas demander à vos amis de nous conduire au bar du Palace Hotel ? Nous pourrons parler du bon vieux temps devant un verre.

— Plus tard, monsieur Austin, plus tard… Nous devons discuter d'un sujet d'une extrême gravité. » Le ton de Petrov était devenu très grave, et ses yeux semblaient vouloir transpercer Austin. « Je désirerais savoir ce que vous faisiez près de la base de sous-marins soviétique abandonnée, en mer Noire.

— On dirait que j'étais naïf d'imaginer que notre brève visite passerait inaperçue.

— Pas du tout. Il s'agit d'une partie déserte de la côte. En d'autres circonstances, vous auriez pu débarquer une division entière de Marines sans être détectés. Nous avons maintenu une surveillance étroite sur la région pendant des mois, malgré cela vous nous avez pris au dépourvu. Nous savons, grâce à l'interception de messages radio, que vous avez atterri dans une espèce d'avion et que le bateau de la NUMA est venu vous récupérer. S'il vous plaît, dites-moi ce que vous faisiez sur le territoire russe. Prenez votre temps. Je ne suis pas pressé.

— Je serai heureux de vous renseigner. » Austin se tortilla sur son siège. « Ça pourrait aider ma mémoire de ne pas être assis sur mes poignets. Pourriez-vous desserrer le chatterton ? »

Petrov réfléchit un instant puis hocha la tête. « Je vous considère comme un homme dangereux, monsieur Austin. S'il vous plaît, ne tentez rien de stupide. »

Petrov donna un ordre bref en russe. Quelqu'un s'approcha par-derrière. Austin sentit le froid d'une lame contre ses poignets et l'adhésif fut sectionné d'un seul coup.

« Maintenant, nous vous écoutons, monsieur Austin. »

Austin se massa les avant-bras pour stimuler la circulation. « J'étais sur le navire de recherche océanographique de la NUMA, l'*Argo*, dirigeant une étude sur le mouvement et l'influence des vagues en mer Noire. Trois reporters de la télévision américaine devaient nous retrouver sur le bateau, mais ils entendirent parler de la vieille base avant de quitter Istanbul. Ils décidèrent alors d'aller vérifier sur place de quoi il retournait sans nous signaler leur changement de plans. Comme on ne les voyait pas arriver, je suis parti à leur recherche. Des hommes, depuis le rivage, abattirent le pêcheur turc qui conduisait les journalistes à terre, et tentèrent de les tuer, eux aussi.

— Parlez-moi de ces tueurs.

— Il y en avait à peu près une douzaine, à cheval, vêtus d'uniformes cosaques. Ils portaient même des sabres et de vieux, très vieux fusils.

— Ensuite ? »

Austin se lança dans une description détaillée de la bataille. Petrov écoutait, impassible, et connaissant d'expérience la débrouillardise d'Austin, il ne fut pas surpris par l'issue du combat.

« Un ULM ! reprit Petrov en gloussant. Une tactique ingénieuse, utiliser votre pistolet d'alarme ! »

Austin haussa les épaules. « J'ai eu de la chance, ils n'étaient armés que de vieilles pétoires. Sans cela, mon histoire n'aurait pas connu cette *happy end*, comme on les aime à Hollywood.

— Vous ne pouviez pas savoir, depuis le ciel, qu'ils se servaient de vieux fusils. J'imagine que vous avez atterri.

— Façon de parler. Vieux ou pas, ces fusils ont transformé les ailes en passoires. Et je me suis posé en catastrophe.

— Qu'avez-vous noté à part les armes ? N'omettez aucun détail, surtout.

— Nous avons trouvé le corps d'un des assaillants, derrière la dune.

— Était-il habillé comme les autres ?

— Oui. Chapeau de fourrure, pantalon large. J'ai trouvé cela sur lui. » Il fouilla sa poche et en sortit l'insigne arraché à la toque du défunt Cosaque.

Petrov étudia la broche, le visage impassible, et la tendit à un de ses hommes. « Continuez, je vous prie.

— Après m'être assuré que les gens de la télé allaient bien, j'ai appelé mon bateau. Il est venu nous chercher, et nous sommes partis aussi vite que possible.

— Nous n'avons pas trouvé trace du cadavre ou des armes, affirma Petrov.

— J'ignore ce qu'il lui est arrivé. Il a sans doute été récupéré par ses amis, après notre départ. Quant aux armes, nous les avons prises avec nous.

— C'est du vol, monsieur Austin.

— Je préfère le terme de *butin de guerre*. »

Petrov balaya la réplique d'Austin d'un geste de la main. « Aucune importance. Qu'en est-il de cette équipe de télévision ? Ont-ils filmé la scène ?

— Ils étaient bien trop occupés à sauver leur peau. Ils ont filmé le cadavre, mais sans information à son sujet, je doute qu'ils puissent en tirer grand-chose.

— J'espère pour eux que vous dites la vérité.

— Laissez-moi vous poser une question, sans vouloir abuser, Ivan.

— C'est moi qui pose les questions.

— Je m'en suis rendu compte, mais c'est là le moins que vous puissiez faire en retour des belles fleurs que je vous ai envoyées.

— Nous sommes quittes, voyez-vous. Je vous ai déjà offert le plus beau des cadeaux, la vie… J'aurais pu vous tuer. Mais allez-y. Je vous autorise une question.

— Que signifie ce bordel ? »

Un mince sourire retroussa les lèvres de Petrov, et il se saisit du paquet de cigarettes posé devant lui. Il en sortit une, avec grand soin, qu'il porta à la bouche et alluma, puis il souffla la fumée par les narines. L'odeur du tabac se répandit dans la pièce, chassant les relents qui y flottaient encore.

« Que savez-vous de la situation politique actuelle de la Russie ?

— Ce que j'en lis dans les journaux. Ce n'est un secret pour personne, votre pays connaît de gros problèmes. Votre économie est chancelante, le crime organisé et la corruption y règnent, plus qu'à Chicago du temps d'Al Capone, vos soldats, mal payés, sont malheureux, votre système de soins médicaux court au désastre et les mouvement indépendantistes ainsi que les conflits internes rongent vos frontières. En revanche, vous pouvez compter sur une main-d'œuvre éduquée et énergique, et sur des ressources naturelles abondantes. Si vous arrêtez de vous tirer dans les pattes, vous vous en sortirez sans laisser trop de plumes, mais cela prendra du temps.

— Voilà le résumé assez juste d'un scénario compliqué. En temps normal, je dirais que vous avez raison, que nous nous tirerons d'affaire. Notre peuple est habitué à l'adversité. Il l'adore, en fait. Mais il y a des forces en mouvement bien plus puissantes que tout ce que nous avons évoqué jusqu'à présent.

— Quelle sorte de forces ?

— Les pires de toutes. Les passions humaines, emportées dans un tourbillon de nationalisme exacerbé, par les vents du cynisme, du désarroi et du désespoir.

— Vous avez déjà connu des mouvements nationalistes.

— Oui, mais nous étions parvenus à les marginaliser, à faire chanter les leaders ou à les diaboliser en les faisant passer pour des fanatiques, avant qu'ils deviennent trop populaires et rassemblent de nouveaux partisans. Là, c'est différent. Le nouveau mouvement a surgi des steppes de la Russie du Sud, le long de la mer Noire où vivent les néo-Cosaques.

— Cosaques ? Comme ceux que j'ai eu le plaisir de rencontrer l'autre jour ?

— En effet. À l'origine, les Cosaques étaient des hors-la-loi et des fugitifs, des nomades qui migrèrent dans le sud de la Russie et l'Ukraine, où ils fondèrent une fédération libre. Ils étaient réputés pour leur adresse à cheval, talent qui aida Pierre le Grand à vaincre les Turcs ottomans. Avec le temps, ils devinrent une sorte de corps d'armée. Les Cosaques combattirent comme cavaliers d'élite pour les tsars, qui les utilisèrent afin de terroriser les révolutionnaires, les grévistes et les minorités.

Puis la révolution bolchevique éclata, le tsar tomba et les Cosaques finirent à Paris comme chauffeurs de taxi, observa Austin.

— Tous n'eurent pas cette chance. Certains rejoignirent les bolcheviques, d'autres devinrent les dévoués défenseurs du dernier bastion de la Russie impériale, même après l'assassinat du tsar et de sa famille. Staline essaya de les neutraliser ou de les éliminer, mais n'y parvint qu'en partie. Aujourd'hui, les Cosaques forment une caste guerrière qui s'imagine incarner les splendeurs d'une mère Russie pure. Il y a un mot pour cela, *Kazachestvo*, le "cosaquisme". L'idée qu'ils sont les élus, désignés par un pouvoir supérieur pour dominer les races inférieures. »

Austin commençait à s'impatienter : « Les Cosaques ne sont pas les premiers à penser avoir été choisis pour remettre de l'ordre dans le monde. L'histoire fourmille de groupes de ce genre, plus ou moins éphémères, mais laissant derrière eux un grand nombre de cadavres.

— C'est exact. La différence vient du fait que ces groupes ne seront jamais que des chapitres dans un livre d'histoire, tandis que les Cosaques et leur foi aveugle sont bien vivants, eux. » Petrov se pencha en avant sur son bureau et regarda Austin dans les yeux. « La Russie est devenue un endroit violent, et la violence coule dans les veines des Cosaques. On assiste au réveil tonitruant du *Kazachestvo*. Les néo-Cosaques se sont emparés de parcelles du territoire russe autour de la mer Noire. Ils ignorent le gouvernement de Moscou, qu'ils savent faible et impuissant. Ils ont constitué des armées privées et offrent leurs services comme mercenaires. Leur audace a conquis la loyauté de bien des Russes, vite fatigués du capitalisme et de la liberté. Beaucoup, au parlement comme dans la rue, aspirent à un nationalisme réactionnaire qui restaurerait les splendeurs de la Russie. Il y a des unités constituées uniquement de Cosaques dans l'armée russe, avec leurs propres grades et uniformes. Ils ont déclaré l'avènement d'une Nouvelle Russie, aux abords de la mer Noire, qui commence à se développer dans d'autres régions, et est forte aujourd'hui de sept millions d'hommes. Cette broche que vous avez trouvée est l'emblème de leur mouvement. L'astre qu'on y voit représente le soleil d'une nouvelle aube pour la Russie.

— Ils restent une minorité, Ivan. Quels dégâts peuvent-ils causer ?

— Les bolcheviques aussi procédaient d'une minorité, mais ils connaissaient les aspirations profondes des Russes, ils savaient que les soldats ne supportaient plus la guerre et que les paysans voulaient des terres.

— Les bolcheviques avaient Lénine.

— Nous sommes d'accord, et je vous remercie de le rappeler, répliqua Petrov, avec un sourire sans joie. C'est on ne peut plus juste. La Révolution aurait tourné court si elle n'avait été dirigée par un chef impitoyable qui unifia le pays et écrasa les opposants sous son pouce. » Le sourire s'évanouit. « Les Cosaques possèdent un leader semblable. Il s'appelle Mikhaïl Razov, armateur et magnat de l'industrie minière, immensément riche et propriétaire d'un cartel nommé Industries Ataman. Il se voue corps et âme à la résurrection de la Grande Russie. Il soutient les idéaux cosaques de virilité et de force brute. Il prétend que le meilleur moyen d'annihiler la corruption est la mitraillette. Il agit en parfait paranoïaque, qui croit que la terre entière veut sa peau.

— L'argent et le pouvoir forment une association puissante.

— Cela va bien au-delà. » Petrov alluma une autre cigarette. Austin s'étonna de voir la main qui tenait l'allumette trembler. « Il se fait conseiller par un moine du nom de Boris, un homme au magnétisme animal et à la réputation de devin. Il exerce une influence maléfique sur Razov et le soutient lorsqu'il se réclame de la descendance du tsar, en remontant à Pierre le Grand.

— Il me semblait pourtant que le tsar Nicolas était le dernier Romanov.

— Des doutes persistent.

— Et alors, je peux bien prétendre être le roi d'Espagne, je ne vais pas m'asseoir sur son trône pour autant.

— Razov dit qu'il en détient la preuve.

— L'ADN ?

— Ça m'étonnerait qu'il accepte une prise de sang.

— Vous avez peut-être là un sérieux problème sur les bras, concéda Austin. Vous voilà confrontés à un mouvement radical, un leader charismatique guidé par un prophète, et une filiation impériale… Je dois admettre que cela ressemble à la formule idéale pour une révolution. »

Petrov acquiesça, solennel. « Il n'y a pas de *peut-être* ici. La Russie se trouve au bord d'une renaissance néo-cosaque qui risque de balayer le pays, et de ruiner tous nos acquis. Le tsar et sa famille ont déjà été canonisés. Et Razov se tient prêt à assumer la fonction sacrée de tsar. » Il sourit. « Combien de politiciens peuvent prétendre descendre d'un saint ?

— La plupart se prennent pour des saints. Mais je comprends ce que vous voulez dire… Et quel rôle tenez-vous là-dedans, Ivan ? Faites-vous partie du KGB ?

— Le KGB a été infiltré par les hommes de Razov. Je dirige un groupuscule interne dont le travail consiste à surveiller ceux qui menacent la stabilité de la Russie. Nous en rendons compte au Président lui-même. Mais je ne vous ai raconté qu'un aspect de l'histoire. Elle vous concerne, aussi, monsieur Austin. Razov considère les Etats-Unis comme la tête d'une obscure conspiration internationale, en grande partie responsable des maux de la Russie. Il croit que l'Amérique use délibérément de son pouvoir dans le monde pour maintenir une Russie pauvre et rétrograde. Bien des membres du Parlement partagent son opinion.

— L'Amérique a une longue liste d'ennemis. Ça va de pair avec le statut de superpuissance par excellence.

— Vous pouvez ajouter le nom de Razov à votre liste. Mais cela n'est pas une question de seule politique – il agit aussi à titre personnel. Sa fiancée a été tuée dans le bombardement américain de Belgrade, il y a quelques années. J'ai cru comprendre qu'Irina était une femme magnifique et qu'il pleure encore sa perte. Alors je vous conjure de le prendre au sérieux, d'autant que nous possédons des informations selon lesquelles il s'apprêterait à vous causer grand tort.

— Dans quel sens ? »

Petrov écarta les mains. « Nous l'ignorons. Nous savons seulement qu'il a donné un nom à son projet : Opération Troïka.

— Alors vous perdez votre temps et le mien. Vous feriez mieux d'utiliser les voies diplomatiques pour avertir les autorités supérieures américaines.

— Nous les avons déjà mises au courant. Nous leur avons signalé que nous désirions qu'elles évitent toute action superflue.

— Je ne peux pas imaginer que la Maison-Blanche et le Pentagone puissent négliger une menace comme celle-ci… plus maintenant. Ils ont appris, par la force des choses, à prendre ce genre d'avertissement au sérieux.

— Oui, bien qu'ils n'apprécient guère notre position. Nous leur avons indiqué que, s'ils répliquaient avec maladresse, ils ruineraient nos efforts et s'assureraient la mise à exécution immédiate de la menace, quelle qu'elle soit.

— Qu'en est-il du lien entre cette menace et la base désaffectée ?

— Tirez vos propres conclusions. Le parc fut construit pour des sous-marins lance-missiles à portée intermédiaire. Ceux-ci parcouraient la mer Noire, principalement pour intimider les leaders turcs qui permettaient aux Américains d'y établir leurs propres bases. On s'en désintéressa après la chute de l'Union soviétique, et plus personne ne s'en soucia pendant des années. Puis vint Razov, qui loua l'endroit au gouvernement. Depuis, on y a constaté d'incessants va-et-vient de ses bateaux. Les Cosaques que vous avez affrontés campent sur place et servent de gardiens.

— Pourquoi ces costumes extravagants et ces vieilles armes ?

— Pour être en symbiose parfaite avec le symbolisme de sa cause. Razov a choisi d'équiper ses hommes comme s'ils servaient encore dans la cavalerie du tsar. Attention, ne vous y fiez pas. Il a également récupéré tout l'arsenal moderne de l'ancien régime.

— Pourquoi n'avez-vous rien fait contre ces gens-là ?

— Nous attendions le bon moment. Et vous vous en êtes mêlés…

— Désolé d'avoir gâché votre travail de surveillance. Quelqu'un allait se faire tuer et avait besoin d'aide.

— Nous pensons qu'il envisage une attaque contre les Etats-Unis avant même de prendre le pouvoir.

— Je peux vous aider à découvrir ce qu'il manigance. »

Petrov secoua la tête avec vigueur. « La dernière chose que nous souhaitons, c'est de voir des cow-boys américains charger avec leurs six-coups.

— Et moi de même. Je suis un scientifique de la NUMA, maintenant.

— Vous manquez de franchise. Nous connaissons votre réputation et votre allergie au règlement. Je sais tout de votre équipe de Missions spéciales. Mon bureau possède les comptes rendus de presse sur le rôle de votre équipe dans la conspiration de l'*Andrea*

Doria, et le complot concernant la tentative de monopole des ressources mondiales d'eau douce.

— Nous aimons bien employer notre temps libre.

— Alors, trouvez une occupation utile à votre science de la mer. »

Austin se croisa les bras sur la poitrine. « Si je comprends bien, Ivan, vous voulez que nous comptions les poissons pendant que votre cinglé prépare un attentat terroriste contre notre pays.

— Nous avons bien l'intention d'empêcher Razov de parvenir à ses fins. Votre intervention a peut-être déjà ruiné toutes nos chances de le contenir. Si vous ne restez pas en dehors, je vous considérerai comme un ennemi du peuple russe et agirai en conséquence.

— Merci du conseil. » Austin jeta un regard à sa montre. « Je m'en veux de mettre un terme à notre réunion, mais je suis en retard pour dîner avec une charmante jeune femme. Donc, si vous en avez terminé…

— Oui, j'ai fini. » Petrov aboya un ordre en russe. Les hommes qui assuraient la garde d'Austin le tirèrent de son siège et tentèrent de le pousser vers la sortie. Il resta ferme sur ses jambes. « Ce fut un plaisir de vous revoir, Ivan. Désolé pour nos rencontres précédentes.

— Le passé est le passé. C'est le futur qui nous concerne tous les deux, maintenant. » Petrov caressa sa cicatrice. « Vous savez, monsieur Austin, vous m'avez enseigné une leçon que je ne suis pas près d'oublier.

— Laquelle ?

— Connais ton ennemi. »

Austin fut bousculé tout le long du couloir mal éclairé, jusque dans le mémorable ascenseur branlant. Une poignée de minutes après, il se trouvait dans le taxi. Le chauffeur fonçait à toute allure. Très vite, ils s'arrêtèrent à l'endroit exact où on l'avait kidnappé.

« Dégage ! » lui intima, avec égards, le conducteur.

Austin se sentit soulagé. Il dut sauter en arrière pour empêcher la voiture de lui écraser les pieds, alors qu'elle démarrait en trombe, en faisant hurler ses pneus. Il regarda les feux arrière disparaître à l'angle d'une rue, puis marcha jusqu'à l'*Argo*. De retour à bord, il appela l'hôtel de Kaela. N'obtenant pas de réponse dans sa chambre, il demanda à la réception si Mlle Dorn avait laissé un message.

« Oui, monsieur, en effet, répondit l'employé.

— Pourriez-vous me le lire, s'il vous plaît.

— Bien sûr, le voici : *"Attendu une heure. Quelque chose de plus important a dû vous retenir. Partie dîner avec les garçons. Kaela."* »

Austin se renfrogna. Le message ne parlait pas d'un éventuel nouveau rendez-vous. Il lui faudrait recoller les morceaux le lendemain matin. En attendant, il monta sur le pont de l'*Argo* qu'il arpenta de long en large en essayant de se remémorer chaque détail de sa conversation avec Ivan. Au fil de sa déambulation ses lèvres se serraient, exprimant une détermination grandissante. Comment diable pourrait-il ignorer une menace sur son pays ? La meilleure façon pour qu'Austin fasse quelque chose était de lui dire de *ne pas* le faire. Il retourna à sa cabine et composa un numéro sur son portable.

À huit mille kilomètres de là, José « Joe » Zavala décrocha le téléphone cellulaire qui ronronnait dans son support, sur le tableau de bord de la Corvette 1961 décapotable, et répondit par un chaleureux « allô ». Au terme d'une réflexion optimiste sur l'état actuel du monde, Zavala conduisait le cœur léger. Il était jeune, en bonne santé, et travaillait sur un projet peu contraignant qui lui laissait beaucoup de temps libre. Une agréable blondinette, analyste en statistique pour le secrétariat d'Etat au Commerce, se tenait à ses côtés. Ils roulaient sous le soleil, le long d'un chemin vicinal aux abords de Mac Lean, en Virginie, en route pour un après-midi bucolique avec balade champêtre et visite des environs, avant un dîner aux chandelles dans une vieille auberge romantique. L'air chaud ébouriffait plaisamment ses épais cheveux noirs. Après le repas, ils retourneraient à Arlington, dans l'immeuble de l'ancienne bibliothèque de quartier où il vivait, pour un dernier verre. Ensuite, qui sait ? Le nombre de possibilités était infini. Cela pouvait marquer le début d'une longue relation, *longue* n'étant pas un terme absolu dans le monde de Zavala.

Quand il entendit la voix de son ami et collègue, Zavala ne put s'empêcher de manifester sa joie. Un grand sourire dévoila ses dents blanches. « *Buenas tardes*, Kurt, vieil *amigo*. Comment se passent les vacances ?

— Terminées. Tout comme les tiennes, désolé de te l'apprendre. »

Le sourire de Joe s'effaça et une expression douloureuse le remplaça sur son beau visage au teint mat pendant qu'Austin lui dressait les plans de son avenir immédiat. Avec un énorme soupir, il reposa le téléphone, plongea un regard attristé dans les yeux bleus, rêveurs et dociles, de son amie et annonça : « J'ai peur d'avoir de mauvaises nouvelles. Ma grand-mère vient juste de mourir. »

Pendant que Zavala essayait d'adoucir la déception de la jeune femme en improvisant une liste de promesses extravagantes, Paul Trout, tel une mante religieuse, penchait sa silhouette longiligne au-dessus d'une table de laboratoire au Woods Hole Oceanographic Institution, dans le Massachusetts. Il examinait des échantillons de boue abyssale, en provenance de l'océan Atlantique. Bien qu'il s'agisse d'un travail salissant, la blouse blanche de Trout était immaculée. Il portait, comme toujours, un nœud papillon et ses fins cheveux bruns étaient peignés en arrière, avec la raie au milieu.

Trout avait grandi à Woods Hole, avec un père pêcheur au Cape Cod, et il retournait à ses racines chaque fois qu'il le pouvait. Il avait développé une amitié avec beaucoup de scientifiques de l'institut réputé dans le monde entier, et il leur offrait souvent ses talents de géologue des profondeurs.

Trout fut interrompu dans son extrême concentration par l'énoncé de son nom. Toujours courbé pour étudier l'échantillon, il releva juste les yeux et vit la technicienne qui le cherchait.

« Un appel pour vous, docteur Trout », annonça-t-elle en lui tendant le sans-fil. L'esprit encore au fond de l'océan quand il entendit la voix d'Austin, Trout pensa que le chef de l'équipe des Missions spéciales téléphonait du QG de la NUMA.

« Kurt, tu es déjà rentré à la maison ?

— Non. En fait je me trouve à Istanbul où tu vas me rejoindre d'ici vingt-quatre heures. J'ai un boulot pour toi en mer Noire. »

Trout cligna ses yeux noisette. « Istanbul ? La mer Noire ? » Sa réaction contrastait, de façon saisissante, avec celle de Zavala. « J'ai toujours voulu travailler là-bas. Mes collègues vont être verts de jalousie.

— Quand peux-tu partir ?

— Je suis dans la boue jusqu'aux oreilles, mais je file à Washington dès que tu raccroches. »

Un temps de silence lui succéda pendant lequel Austin imaginait son ami dans une mare de boue. Habitué à ses excentricités de Yankee, Austin décida de se passer des détails. Il demanda simplement : « Tu peux prévenir Gamay ?

— Avec joie, ô mon capitaine. À demain. »

Six mètres sous l'eau, à l'est de Marathon, dans les Keys de Floride, l'épouse de Trout, Gamay, découpait un gros corail aux allures de cerveau, à l'aide d'un couteau de plongée. Elle en cassa un petit morceau qu'elle déposa dans le filet qui pendait à sa ceinture de plomb. Gamay passait une partie de ses vacances studieuses en tant que biologiste marin pour un groupe de défense de l'environnement, étudiant la détérioration des bancs de corail dans les Keys. Les nouvelles n'étaient pas bonnes. L'état du corail empirait d'une année sur l'autre. Les bancs qui n'avaient pas été détruits dans leur totalité par le trop-plein empoisonné des eaux de la Floride du Sud montraient de grosses taches marron ou des traces de décoloration. Rien à voir avec les couleurs vibrantes des récifs sains des Caraïbes ou de la mer Rouge. Un bruit perçant et répété la stoppa net. On la demandait en surface. Gamay rengaina le couteau, augmenta l'air dans son compensateur de flottabilité et, battant l'eau de ses palmes, s'éleva au-dessus des coraux. Elle émergea près du bateau de location et tenta d'ouvrir les yeux, aveuglée par le soleil de Floride. Le capitaine, un vieux conchyliculteur, surnommé Bud, du nom de sa bière favorite, tenait à la main un marteau à panne ronde qu'il utilisait pour cogner sur l'échelle métallique.

« La capitainerie vient d'appeler sur la radio ! cria Bud. Votre mari essaie de vous joindre. »

Gamay nagea jusqu'à l'échelle, tendit sa bouteille d'oxygène et sa ceinture de plomb, et grimpa à bord. Elle essora ses cheveux et s'essuya le visage. Elle était grande, très mince pour sa taille, et si elle perdait encore quelques kilos, elle pourrait ressembler à un de ces top-modèles dont la maigreur faisait fureur il y a quelques années. Elle sortit le fragment de corail de son sac et le donna à Bud pour un bref examen.

Il secoua la tête. « Ma petite affaire de plongée va faire faillite si ça continue. »

Bud avait raison. La guérison complète des récifs coralliens passait par une prise de conscience et un engagement de chacun, des conchyliculteurs au Congrès.

« Mon mari a-t-il laissé un message ? demanda Gamay.

— Ouais, faut que tu l'joignes *pronto*. Il a dit aussi qu'un dénommé Kurt avait appelé. On dirait que les vacances sont terminées. »

Elle sourit, de toute la blancheur éclatante de ses dents, et lança : « On dirait, en effet. »

Chapitre 10

Washington DC

Washington étouffait sous un soleil brûlant qui, associé à l'humidité ambiante, transformait la capitale fédérale en un bain de vapeur géant. Le conducteur de la jeep Cherokee turquoise secoua la tête avec stupéfaction à la vue des courageuses grappes de touristes qui ignoraient la chaleur épuisante. Seuls les chiens fous et les Anglais sortent au soleil de midi, pensa-t-il.

Quelques minutes plus tard, la jeep s'arrêta au portail de la Maison-Blanche, et l'homme au volant tendit une carte officielle de membre de la NUMA, où s'étalaient le nom et la photo de l'amiral James Sandecker. Tandis qu'un garde inspectait le dessous du véhicule, à l'aide d'un miroir au bout d'un manche, pour s'assurer qu'il ne cachait pas de bombe, l'autre rendit sa carte au conducteur, un homme d'apparence soignée, aux cheveux et à la barbiche d'un roux flamboyant.

« Bonjour, amiral Sandecker, dit le garde avec un large sourire. Content de vous revoir. Ça fait un bail… Comment allez-vous aujourd'hui, monsieur ?

— Très bien, Norman, répondit Sandecker. Vous avez bonne mine. Dolorès et les enfants vont bien ?

— Merci de vous en inquiéter, s'émut le garde, rayonnant de fierté. Dolorès a la grande forme. Les gosses travaillent bien à l'école. Jaimie veut entrer à la NUMA après l'Université.

— Parfait. Assurez-vous qu'elle demande à me parler en personne. L'agence reste toujours à l'affût de jeunes recrues pleines d'avenir. »

Le garde rit de bon cœur. « On n'y est pas encore. Elle n'a que quatorze ans. » Il pointa la Maison-Blanche du pouce. « Ils *vous* attendent tous, là-bas, amiral.

— Merci du renseignement. Faites mes amitiés à Dolorès, s'il vous plaît. »

Pendant que, depuis le portail, le garde lui adressait un geste amical de la main, Sandecker pensait que se montrer avenant présentait bien plus que des avantages immédiats. En discutant d'une manière chaleureuse avec les gardes, les secrétaires, les réceptionnistes et le reste du petit personnel, il installait un réseau d'informations de première main sur toute la ville. Ses lèvres se refermèrent sur un mince sourire. Le clin d'œil complice de Norman avait prévenu Sandecker que son arrivée, programmée après celle des autres, permettait à ceux-ci de conférer entre eux en son absence. Réputé pour sa ponctualité, une habitude acquise à l'Ecole navale des Etats-Unis et rodée pendant des années au service de la patrie, il se présentait, sans jamais faillir, une minute pile avant un meeting.

Un homme de grande taille, portant costume et lunettes noirs, et à l'expression monolithique, image de marque des services secrets, vérifia à nouveau l'identité de Sandecker, lui indiqua une place de stationnement et chuchota dans son talkie-walkie. Il accompagna l'amiral jusqu'à une entrée où une jeune assistante souriante vint à sa rencontre pour l'escorter, le long des couloirs silencieux, jusqu'à une porte gardée par un Marine aux joues creuses. Ce dernier ouvrit la porte et Sandecker pénétra dans la salle du Conseil.

Averti par l'agent secret de l'arrivée imminente de Sandecker, le Président Dean Cooper Wallace attendait, prêt à accueillir l'amiral d'une vigoureuse poignée de main. Le chef d'Etat était connu comme le plus fervent « serreur de doigts » à occuper la Maison-Blanche depuis Lyndon Johnson.

« J'ai grand plaisir à vous revoir, amiral, attaqua Wallace. Merci d'avoir pu vous libérer si vite. » Il serrait la main de Sandecker comme un candidat cherchant à s'attirer des votes lors d'une fête patronale. Sandecker parvint enfin à lui faire lâcher prise et répondit par une offensive de charme très personnelle. Il fit le tour de la table et salua chacun par son prénom, interrogeant qui sur sa femme, qui sur ses enfants ou sa dernière partie de golf. Il témoigna une attention toute particulière à son ami Erwin Le Grand, le longiligne directeur de la CIA.

Le responsable de la NUMA mesurait à peine un mètre soixante, mais sa seule présence diffusait dans la grande pièce une formidable énergie communicative. Le Président, se rendant compte que Sandecker lui faisait de l'ombre, attrapa l'amiral par le bras et le guida ainsi jusqu'à un siège, à la longue table de conférence.

« Je vous ai réservé la place d'honneur. »

Sandecker se glissa dans son fauteuil, à la gauche du Président. Il savait que cette place à côté du chef d'Etat n'avait rien d'un accident mais révélait l'intention délibérée de le flatter. Malgré des manières simples rappelant parfois l'acteur Andy Griffith, Wallace était un politicien roué. Comme toujours, le vice-Président Sid Sparkman s'assit à sa droite.

Wallace prit place à son tour et sourit. « Je racontais aux garçons, ici présents, une histoire de pêche. La dernière fois que j'étais dans l'Ouest, j'avais ferré une vieille truite grosse comme une baleine… M'a cassé net la canne et s'est échappée, la garce. Je suppose que la vieille mémère ignorait qu'elle avait au bout du fil le commandant en chef des Etats-Unis. »

Les hommes autour de la table répondirent au trait d'esprit par des rires bruyants, le plus fort venant du vice-Président. Sandecker gloussa poliment. Il avait toujours entretenu d'excellentes relations avec les différents occupants de la Maison-Blanche depuis qu'il dirigeait la NUMA. Quelles qu'aient été ses convictions politiques, chaque Président respectait son autorité à Washington, et son influence dans les universités et les grandes compagnies des Etats-Unis ou d'ailleurs. Sandecker ne faisait pas l'unanimité, mais même ses adversaires admiraient son honnêteté absolue.

Il échangea un sourire avec le vice-Président. Plus âgé que Wallace de quelques années, Sparkman était l'éminence grise de la Maison-Blanche, exerçant son pouvoir en privé, dissimulant ses machinations machiavéliques et sa brutalité derrière une bonhomie joviale. L'ancien joueur de football américain universitaire, millionnaire, avait forgé sa fortune par ses propres moyens. Sandecker n'ignorait pas que le vice-Président éprouvait en secret, à l'égard de Wallace, le mépris que manifestent les self-made-men pour ceux qui ont hérité leur richesse et leurs relations.

« J'espère que ces messieurs ne m'en voudront pas si on se met au travail », déclara le Président, vêtu d'une simple chemise écossaise, d'un blazer bleu marine et d'un pantalon kaki. « Air Force One a fait le plein pour m'emmener au Montana traquer cette truite. » Il regarda sa montre avec ostentation. « Je laisse maintenant la parole au secrétaire d'Etat. »

Un homme grand, à la tête de rapace et à la chevelure blanche peignée avec tant de soin qu'elle ressemblait à un casque, balaya la salle de ses yeux perçants. Nelson Tingley, selon Sandecker, paraissait « trop beau pour être vrai ». Tingley n'avait pas été un mauvais sénateur, mais sa position au gouvernement lui était montée à la tête et il se prenait pour le Bismarck des temps modernes... À la vérité, il s'entretenait peu avec Wallace mais voyait souvent Sparkman, son véritable interlocuteur à la Maison-Blanche. Par conséquent, il se mettait en avant dès qu'une opportunité se présentait.

« Merci, monsieur le Président, dit-il de cette voix sonore qui, des années durant, avait résonné dans l'enceinte du Sénat américain. Je suis sûr, messieurs, que vous connaissez tous la gravité de la situation en Russie. Dans les semaines à venir, voire dans quelques jours, nous pouvons nous attendre à la chute du Président légalement élu de ce pays. L'économie n'a jamais connu de telles difficultés et la Russie risque de ne pouvoir honorer ses engagements auprès des autres nations.

— Parlez-leur de l'armée, suggéra Wallace.

— J'en serai ravi, monsieur le Président. Les forces armées russes sont sur les dents. L'opinion est lasse de la corruption au sein du gouvernement et de l'omnipotence du crime organisé. Le sentiment nationaliste et l'animosité à l'encontre des Etats-Unis et de l'Europe sont à leur paroxysme. En bref, la Russie se trouve réduite à l'état de poudrière prête à exploser au moindre incident. » Il s'arrêta le temps que chacun s'imprègne de ses paroles et il jeta un regard en direction de Sandecker. Tingley était réputé pour son obstructionnisme et Sandecker ne se sentait pas prêt à supporter un sermon interminable. Aussi, décida-t-il de couper l'herbe sous les pieds du secrétaire :

« Je suppose que vous voulez parler de l'incident en mer Noire impliquant la NUMA ? » demanda-t-il d'un ton léger.

Le secrétaire, pris de court, ne se découragea pas pour autant : « Sauf le respect que je vous dois, amiral, je ne saurais qualifier l'incursion dans l'espace aérien et maritime d'un pays, ainsi que la violation de sa souveraineté territoriale, d'"incident".

— Pas plus que je ne la qualifierais de "violation", monsieur le secrétaire. Comme vous le savez, je considère cette rencontre comme suffisamment importante pour soumettre sur-le-champ un rapport complet au secrétariat d'Etat aux Affaires étrangères, afin qu'il ne soit pas pris au dépourvu au cas où le gouvernement russe se plaindrait. Mais relatons les faits, voulez-vous ? » Sandecker semblait aussi calme qu'un bouddhiste en train de se reposer. « Une équipe de télévision américaine perd son bateau dans une fusillade, et le pêcheur turc qui les conduit se fait tuer. Dès lors, ils n'ont d'autre choix que de nager jusqu'au rivage. Ils vont se faire attaquer quand un ingénieur de la NUMA, parti à leur recherche, vient les sauver. Plus tard, tous sont secourus par un navire de la NUMA...

— Et tout cela sans suivre la filière officielle, riposta le secrétaire.

— Je n'oublie pas le climat incendiaire de la Russie, mais je souhaite que nous n'exagérions pas la situation. L'incident n'a duré que quelques heures. Les journalistes se sont montrés négligents en s'aventurant dans des eaux nationales, mais ils n'ont causé de tort à personne. »

Tingley, théâtral, ouvrit un dossier orné de l'emblème du secrétariat d'Etat aux Affaires étrangères. « Pas selon ce rapport émanant de votre agence. En plus du pêcheur turc, un nationaliste russe au moins a trouvé la mort, et d'autres ont peut-être été blessés dans ce que vous appelez un "incident".

— Le gouvernement russe a-t-il émis une protestation à travers la filière officielle, comme vous dites ? »

Le conseiller en Sécurité nationale, un nommé Rogers, se pencha en avant. « À ce jour, ni les Russes ni les Turcs ne se sont manifestés.

— Alors j'estime qu'il s'agit d'une tempête dans un verre d'eau, déclara Sandecker. Si les Russes se plaignent d'une brèche dans leur souveraineté territoriale, je serai heureux de leur exposer les faits, d'adresser des excuses personnelles à l'ambassadeur russe, avec qui j'ai lié connaissance au cours de missions communes menées par la NUMA et son pays, et lui assurer qu'il n'y aura pas de récidive… »

Le secrétaire Tingley, tout en regardant le Président, adressa à Sandecker des propos trempés dans le vitriol : « Ne le prenez pas personnellement, amiral, mais j'espère que nous n'allons pas nous retrouver avec une bande de groupies des mers nous dictant la conduite à suivre en matière de politique étrangère. »

Le commentaire acide, censé être drôle, ne fit rire personne, encore moins Sandecker, qui n'appréciait pas de voir la NUMA décrite comme « une bande de groupies des mers ».

Sandecker esquissa un sourire de barracuda alors qu'une froideur glaciale envahissait ses yeux bleus et autoritaires, comme s'il s'apprêtait à réduire Tingley en charpie.

Le vice-Président, afin de prévenir tout affrontement, martela la table de ses doigts repliés. « Il me semble que ces messieurs ont présenté leurs arguments avec honnêteté et conviction. Nous ne voulons pas empiéter plus longtemps sur le temps si précieux du Président. Je suis persuadé que l'amiral tiendra compte des remarques du secrétaire et que le secrétaire Tingley acceptera les explications et les promesses de la NUMA.»

Tingley ouvrit la bouche pour répliquer, mais Sandecker profita habilement de l'issue ménagée par Sparkman.

«Vous me voyez heureux d'avoir pu régler, en toute amitié, le différend qui nous opposait, le secrétaire et moi.»

Le Président, qui détestait les situations de conflit, avait suivi les débats, l'air affligé. Il sourit et dit: «Merci, messieurs. Maintenant que vous vous êtes entendus, j'aimerais vous entretenir d'un problème bien plus important.

— La disparition du sous-marin NR-1?» suggéra Sandecker.

Le Président le dévisagea, incrédule, puis éclata de rire. «J'entends dire tous les jours que vous avez des yeux derrière la tête. Auriez-vous aussi une oreille sur chaque mur de ce bâtiment? Comment diantre savez-vous cela? Je croyais qu'il s'agissait d'un dossier top secret…» Il balaya son équipe d'un regard réprobateur. «De vraies tombes…

— Pas plus de fuite que de mystère à ce propos, monsieur le Président. Beaucoup de nos agents entretiennent un contact étroit et quotidien avec la marine, propriétaire du NR-1, et quelques-uns des hommes de bord du sous-marin ont travaillé à la NUMA. Le père du capitaine Logan est un vieil ami et un ancien collègue. Les familles, inquiètes du sort de leur parent, m'ont contacté pour connaître les mesures prises à ce sujet. Ils ont conclu que j'étais au courant du projet.

— Nous vous devons des excuses, admit le Président. Nous essayons de garder cette affaire pour nous tant que nous ne progressons pas.

— Bien sûr, répondit Sandecker. Le sous-marin a-t-il coulé?

— Nous avons conduit des recherches minutieuses. Il n'a pas coulé.

— Je ne comprends pas. Que lui est-il arrivé ? »

Le Président posa les yeux sur le directeur de la CIA. « À Langley on pense que le NR-1 a été détourné.

— Rien qui puisse confirmer cette théorie ? Une demande de rançon, par exemple…

— Non. Rien.

— Alors pourquoi n'avoir pas rendu publique la disparition du sous-marin ? Cela pourrait nous aider à retrouver sa trace. Inutile de rappeler à qui que ce soit dans cette pièce qu'il y a un équipage, dont la vie se joue peut-être en ce moment. Sans parler des millions de dollars dépensés au développement du projet. »

Le vice-Président prit la parole. « Nous ne pensons pas que tout dévoiler serve les intérêts des hommes à bord.

— Il me semble pourtant que diffuser un bulletin d'alerte international jouerait en leur faveur.

— En temps normal, oui. Mais c'est très compliqué, amiral, expliqua le Président. Nous pensons que cela mettrait leur vie en danger.

— Peut-être », dit Sandecker sans conviction. Il retint l'attention de Wallace en lui adressant un regard intense. « Je suppose que vous avez un plan ? »

Le Président, mal à l'aise, oscilla dans son fauteuil. « Sid, vous avez une réponse pour l'amiral ?

— Nous essayons de nous montrer optimistes, mais il est possible que tous les membres de l'équipage soient morts, déclara Sparkman.

— Vous possédez des éléments qui étayent cette conclusion ?

— Aucun. Mais il faut envisager cette possibilité.

— Je ne puis accepter cette *possibilité* comme une raison valable pour rester les bras croisés. »

Le secrétaire d'Etat bouillait telle une marmite sur un poêle brûlant. A l'énoncé de ce qu'il considérait comme une insulte, il déborda.

« Nous ne restons pas les bras croisés, amiral. Le gouvernement russe nous a demandé de rester en dehors de tout ça pour l'instant. Il a des indices lui permettant de mener à bien l'enquête. Nous ne pourrions que le gêner, surtout avec la montée en puissance du nationalisme. N'est-ce pas, monsieur le Président ?

— Ne me dites pas que vous croyez les Russes responsables de la disparition du sous-marin ? » s'enquit Sandecker, ignorant Tingley et s'adressant au Président.

Wallace se tourna de nouveau vers Sparkman. « Sid, vous vous occupez de cette affaire depuis le premier jour. Pouvez-vous renseigner l'amiral ?

— Bien sûr, monsieur le Président. J'en serais ravi. Amiral, peu après la disparition du NR-1, nous avons été contactés par des sources à l'intérieur même du gouvernement russe. Celles-ci se prétendent capables de retrouver le NR-1 et son équipage. Elles pensent que notre affaire est liée aux troubles qui agitent leur pays. Je me trouve dans l'impossibilité de vous en dire plus pour l'instant. Je ne peux qu'implorer votre indulgence et votre patience.

— Je ne parviens pas à suivre votre raisonnement, déclara Sandecker tout en cherchant à sonder son interlocuteur. En somme, nous devrions faire confiance à un gouvernement en passe de s'écrouler pour protéger nos compatriotes ? Il me semble que les gros bonnets russes vont davantage se préoccuper du moyen de sauver leurs fesses plutôt que rechercher un sous-marin scientifique américain. »

Le vice-Président acquiesça d'un hochement de tête. « Quoi qu'il en soit, nous avons accepté d'attendre. Même avec leurs soucis, les Russes sont les mieux placés pour traiter ce problème impliquant leurs ressortissants. »

Le directeur de la CIA, Le Grand, s'était tu jusque-là. « Cela m'ennuie de l'avouer, mais il a raison, James. »

Sandecker sourit. On avait dû convoquer Le Grand pour jouer le gentil flic au côté du méchant Tingley. L'amiral savait jouer, lui aussi. Il fronça ses sourcils comme s'il s'apprêtait à prendre une décision pénible. « Je vois que mon bon ami Erwin vous apporte son soutien. Très bien… Je n'insisterai donc pas. »

Un silence pesant s'installa dans la salle du Conseil, comme si personne n'arrivait à croire que Sandecker pût abdiquer sans véritable combat.

« Merci, James, lança le Président Wallace. Nous avons eu l'occasion de discuter avant votre arrivée. Nous comprenons que la tentation de faire intervenir la NUMA soit grande, surtout si l'on tient compte de votre implication affective dans cette affaire.

— Vous me demandez donc de tenir la NUMA à distance du lieu de la disparition…

— Pour le moment, amiral.

— Alors, je puis vous assurer que la NUMA ne recherchera pas le NR-1. Néanmoins, faites-moi savoir, s'il vous plaît, si et quand nous pouvons nous rendre utiles.

— Bien sûr, amiral, comptez sur nous. » Le Président remercia chacun pour sa présence et se leva. Sandecker lui souhaita bonne pêche et quitta la salle, permettant ainsi aux autres de discuter de la réunion ; ce dont ils ne se priveraient pas, Sandecker le savait. Un assistant l'attendait pour l'escorter jusqu'à une porte latérale. Comme il allait franchir le portail, quelques minutes plus tard, le garde lui adressa un sourire.

« Comment était-ce, aujourd'hui, monsieur ? Chaud ?

— Mon imagination doit me jouer des tours, Norman, répondit Sandecker, l'air moqueur. Mais la température me paraît toujours plus élevée dans cette partie de Washington. » Il salua le garde d'un geste dégagé et s'engouffra dans la circulation.

Sur le chemin du retour, Sandecker composa un numéro sur son téléphone cellulaire. « Rudi, s'il vous plaît, retrouvez-moi dans mon bureau dans dix minutes. »

Il pénétra dans un garage sous l'immense immeuble de trente étages qui servait de QG aux opérations internationales de la NUMA et prit un ascenseur jusqu'à son bureau, au dernier étage. Il se trouvait derrière la grande table de travail, fabriquée dans le couvercle d'écoutille d'un forceur de blocus de la Confédération, quand Rudi Gunn arriva, une mallette à la main.

Sandecker désigna un siège à son adjoint. Gunn, un petit homme mince, aux épaules étroites, affecté d'un début de calvitie et affublé d'épaisses lunettes à monture d'écaille, écouta attentivement le compte rendu de la réunion à la Maison-Blanche que lui fit Sandecker.

« Alors, nous arrêtons les recherches ? » demanda-t-il.

Les yeux de Sandecker étincelèrent. « Vous voulez rire ? Ce n'est pas un malheureux coup de semonce qui va me faire baisser les bras et hisser le drapeau blanc ! Je ne vous ai donc rien appris ?

— J'ai déjà bien avancé dans l'étude de l'hypothèse que vous aviez formulée. Celle qui voudrait que la seule chose capable d'enlever un NR-1 sous le nez du navire d'assistance soit un sous-marin plus gros. Tous les pays possèdent des sous-marins assez grands pour contenir un NR-1, dit Gunn. J'ai demandé à Yaeger de nous dégager quelques profils. » Hiram Yaeger était le petit génie en informatique de la NUMA et le gestionnaire de sa vaste banque de données. « Nous nous sommes concentrés sur “l’URSS” pour leur inclination à construire des engins monstrueux. Ma première pensée s’est portée sur quelque chose comme le Typhon. »

Sandecker recula dans sa chaise et caressa son menton. « Sa longueur dépassant les cent cinquante mètres, un Typhon pourrait sans problème transporter notre mini-sous-marin sur son dos.

— Tout à fait d’accord. Ces engins ont été conçus pour lancer des missiles depuis le cercle arctique. On a pu transformer le pont à missiles, plat, afin d’accueillir d’autres types de cargaisons. Mais il y a un *hic*. J’ai vérifié, il ne manque aucun des six Typhon, tous localisés.

— Très bien. Mais je sais que vous n’êtes pas homme à abandonner sur un échec. Alors… Que me proposez-vous ? »

Gunn ouvrit sa mallette et en retira un dossier. Il tendit une photo à Sandecker.

« Voilà un sous-marin soviétique de la catégorie *India*, en route pour le Pacifique depuis sa base de la flotte septentrionale. » Gunn fit passer plusieurs feuilles de papier à Sandecker. « Voilà quelques schémas. Il s’agit d’un vaisseau à double propulsion, long de cent cinq mètres et conçu, *a priori*, pour les sauvetages au fond de l’eau. Cette zone à demi encastrée, à l’arrière du kiosque, a été calculée pour le transport de deux mini-sous-marins de plongée en eaux profondes. Pendant la guerre, ils les utilisaient pour les opérations clandestines des brigades des forces spéciales *Spetsnaz*. Les Russes n’ont construit que deux sous-marins *India*, soi-disant détruits à la fin de la guerre froide. On a pu vérifier que l’un d’eux avait bel et bien terminé à la casse. Quant à la destination finale du second, nous l'ignorons. Je pense qu'il a été utilisé pour détourner le NR-1.

— Vous paraissez assez sûr de vous, Rudi. Rappelez-vous, notre théorie repose sur une simple hypothèse. »

Gunn sourit. « Puis-je emprunter votre magnétoscope ?

— Faites comme chez vous. »

Gunn fouilla une nouvelle fois sa mallette et en sortit une cassette vidéo. Il se dirigea vers un panneau mural, ouvrit la porte d'une niche abritant un magnétoscope dans lequel il introduisit la cassette.

« Comme vous le savez, le NR-1 avait la capacité d'émettre une image télé du sol marin, précisa Gunn.

— J'ai moi-même approuvé les fonds consacrés par la NUMA au NR-1. L'image est envoyée à un satellite qui la diffuse dans les salles de classe du monde entier. Super-programme éducatif. Cela montre aux jeunes à quel point l'océan présente plus d'intérêt que MTV. Si j'ai bien compris, le programme a été couronné de succès.

— Un magnifique succès, en l'occurrence, puisque cette image a été transmise par le NR-1 le jour où il a disparu. »

Gunn pressa le bouton de lecture sur la télécommande. L'écran devint flou avant de virer au vert d'eau. Puis l'intense lumière de projecteurs illumina une étroite coque noire. Aucun bruit… La date et l'heure s'affichaient dans un coin.

Sandecker était assis sur le bord de sa table de travail. « On dirait une vue de la proue prise par la caméra du kiosque, avança-t-il.

— Exact. Continuez à regarder. Attention… *Là !* »

L'ombre d'une sorte d'immense requin apparut sous la coque. Quelque chose de bien plus gros que le

NR-1 venait de surgir par en dessous. Puis, une poignée de minutes plus tard, le sous-marin se mit à avancer à grande vitesse jusqu'à ce que l'écran soit envahi par les bulles… et redevienne flou.

« Ces images étaient transmises par le NR-1 via le satellite au moment précis de sa disparition. La caméra a tourné un petit moment, comme vous pouvez le constater, avant d'être coupée.

— Fascinant ! s'extasia Sandecker. Montrez-le-moi à nouveau, s'il vous plaît. »

Gunn repassa la cassette.

« La Maison-Blanche possède-t-elle une copie de cette vidéo ? s'inquiéta Sandecker.

— La transmission est parvenue directement à la NUMA. Ça m'étonnerait qu'ils l'aient vue.

— Bon travail, Rudi, le félicita l'amiral. Il manque une pièce importante au puzzle, néanmoins. » Il ouvrit sa cave à cigares – il les recevait directement de la République dominicaine où un planteur local sélectionnait les feuilles et les faisait rouler pour lui –, en retira deux qu'il plaça l'un sur l'autre. « Imaginons que celui du dessous soit beaucoup plus grand que celui du dessus. Il remonte sous le petit vaisseau. Que se passe-t-il alors ? » Il ôta le cigare du haut. « Vous voyez où je veux en venir ? Il y a des chances que le petit sous-marin ne se laisse pas manœuvrer.

— C'est vrai, sauf si…

— Sauf si le NR-1 a coopéré. Et le capitaine Logan ne l'aurait jamais permis, à moins qu'on l'y ait forcé.

— Nous pensons la même chose. »

Sandecker tendit un cigare à Gunn et serra l'autre entre ses dents. Ils les allumèrent et s'assirent dans un nuage de fumée parfumée.

« Je crois savoir qu'un scientifique invité se trouvait à bord du NR-1, avança Sandecker, après un instant de réflexion.

— Tout à fait. J'ai la liste complète du bord.

— Vérifiez les antécédents de chacun. Passez-les au peigne fin, en particulier ceux du scientifique. En attendant, essayons de repérer le sous-marin *India*. La marine garde des notes sur tous les sous-marins russes opérationnels, mais je veux que personne ne sache que la NUMA est toujours sur le coup.

— Je vais voir si Yaeger peut pirater le système informatique de l'US Navy. »

Sandecker semblait étudier la cendre rougeoyante de son cigare.

— Rudi, quelle surprise d'entendre cela de la bouche même d'un officier de la marine. Premier de sa classe à l'académie, qui plus est. »

Gunn essaya sans succès de paraître angélique. « Aux grands maux, les grands remèdes.

— Je suis heureux de vous l'entendre dire. Austin m'a appelé d'Istanbul. Il réunit l'équipe des Missions spéciales pour aller visiter la base de sous-marins désaffectée.

— Pense-t-il qu'il y ait un lien avec le NR-1 ?

— Il ne savait rien au sujet du sous-marin manquant jusqu'à ce que je le lui dise. Non, apparemment il a rencontré un vieil ami russe qui lui a indiqué que la base pourrait être reliée à une menace possible contre les Etats-Unis.

— Activité terroriste ?

— J'ai posé la même question à Kurt. Il sait juste ce que le Russe lui a raconté, à savoir qu'un danger planait sur les Etats-Unis. Un magnat de l'industrie minière nommé Razov semble être impliqué, et la vieille base contient peut-être la clé de l'énigme. On peut en général se fier à l'instinct de Kurt. Cette menace ne fait que renforcer ma décision d'impliquer la NUMA.

— On peut inspecter la région par l'image satellite.

— Nous avons besoin d'yeux sur place.

— Et que faites-vous de votre promesse au Président ?

— Je lui ai seulement promis de ne pas rechercher le NR-1. Je n'ai jamais rien dit au sujet de la base de sous-marins soviétiques. Et puis... » L'amiral s'interrompit pour cligner de l'œil à l'intention de Gunn : « Austin se trouve sans doute hors de portée, à cette heure.

— J'ai ouï dire qu'une perturbation due à l'activité de taches solaires avait interrompu toute possibilité de communication.

— Nous continuerons d'essayer d'établir un contact, bien sûr. Le Président est parti pêcher à la mouche dans le Montana, mais il faut envisager son retour immédiat si le gouvernement russe venait à tomber. »

Gunn semblait soucieux. « S'il existe une menace réelle, ne jugez-vous pas souhaitable d'en avertir le Président ? »

Sandecker marcha jusqu'à la fenêtre et parut se perdre dans les eaux sombres du Potomac. Un instant après, il revint à son bureau et demanda : « Savez-vous comment Sid Sparkman a bâti sa fortune ?

— Bien sûr, il a gagné des milliards dans l'industrie minière.

— Très juste. Tout comme Razov...

— Coïncidence ?

— Peut-être. Peut-être pas. Dans certaines branches industrielles, il y a souvent un réseau international de relations privilégiées entre personnes de même condition. Il n'est pas interdit de penser qu'ils se connaissent. Sauf si la menace devient imminente, je propose que cette conversation reste entre nous.

— Etes-vous en train de suggérer...

— Qu'il y a un lien ? Je ne peux pas me permettre d'aller aussi loin. Pas encore. »

Gunn pinça les lèvres, l'air grave. « J'espère que Kurt et son équipe ne vont pas se fourrer dans le pétrin. »

Sandecker esquissa un sourire sardonique, le regard implacable. « Ce ne serait pas la première fois. »

Chapitre 11

La mer Noire

Austin déambulait le long du Bosphore, passé le terminal des ferries et les fringants vaisseaux des voyagistes. Une forte odeur de poisson pourri lui confirma qu'il approchait de la zone ouvrière. Les escadrilles bruyantes de mouettes grandissaient en nombre à l'approche de la flottille disparate des bateaux de pêche amarrés aux docks. Avec leurs boiseries à la peinture écaillée et leur structure métallique rongée, ces « bacs à rouille » éreintés par les vagues semblaient flotter encore par un miracle de la physique. Austin s'arrêta à la seule exception du lot, un bateau en bois d'apparence solide, témoignant d'un entretien héroïque. La coque noire et la timonerie blanche resplendissaient sous la lumière stambouliote et les cuivres étincelaient.

Austin retira de sa poche une feuille de papier pliée et compara le mot griffonné, *Turgut*, avec le nom peint en blanc sur la poupe. Il opina, le sourire aux lèvres. Il appréciait le capitaine Kemal sans le connaître. Turgut était un célèbre amiral du XVIe siècle, pendant le règne de Süleyman le Magnifique. Quiconque pouvait appeler un antique bateau de pêche du nom d'une si grande personnalité de la marine manifestait un bon sens de l'humour et de l'histoire.

Le pont était désert mis à part un homme, vêtu d'un costume croisé noir. Assis sur un rouleau de grosse corde, il raccommodait un filet étalé sur ses genoux.

Austin le salua en turc. « *Meraba*. Puis-je monter à bord ? »

L'homme leva les yeux. « *Meraba* », répondit-il, invitant Austin à le rejoindre d'un signe de la main.

Austin escalada une courte passerelle et mit pied sur le pont. Le chalutier faisait environ quinze mètres de long, avec un large barrot pour la stabilité, qui servait de plate-forme de pêche. Austin balaya du regard le *Turgut*, évaluant les efforts extraordinaires déployés pour conserver en bon état un bateau qui paraissait dater de l'Empire ottoman, lui aussi. Il s'approcha de l'individu assis et annonça : « Je recherche le capitaine Kemal.

— Je suis Kemal », dit le Turc. Ses doigts agiles volaient sur les mailles sans manquer une boucle.

Le capitaine était un homme menu, dans la cinquantaine. Il avait un visage étroit, au teint olive, cuivré par le soleil et le vent, et portait une calotte brodée sur des cheveux poivre et sel. Rasé de près, il conservait toutefois une petite moustache à la Charlot, qui semblait accrochée à son nez proéminent. Une radio portable, à ses pieds, répandait les plaintes lancinantes d'une douce musique turque.

« Je m'appelle Kurt Austin. Je fais partie de la NUMA. Je me trouvais sur l'*Argo*, le navire de la NUMA, quand nous avons trouvé le corps de votre cousin Mehmet. »

Kemal hocha la tête, l'air solennel, et repoussa le filet. « Les funérailles de Mehmet ont eu lieu ce matin », déclara-t-il dans un anglais parfait. Il tira sur sa manche pour montrer qu'il portait son meilleur et… unique costume.

« On m'a mis au courant sur l'*Argo*. J'espère que je ne vous dérange pas en venant aussi tôt. »

Le capitaine secoua la tête et désigna un amas de filets.

« Asseyez-vous, s'il vous plaît, monsieur Austin.

— Vous parlez très bien anglais.

— Merci. J'ai travaillé, dans ma jeunesse, comme cuisinier pour l'armée de l'air américaine, dans une base près d'Ankara. » Il sourit, exhibant une brillante dent en or. « La paye était bonne, j'ai bossé dur et j'ai économisé l'argent pour acheter ce bateau.

— J'ai remarqué que vous l'aviez baptisé du nom d'un amiral célèbre. »

Kemal leva un sourcil broussailleux, impressionné. « Turgut fut un grand héros pour notre peuple.

— Je sais, j'ai lu sa biographie. »

Le capitaine étudia Kurt de ses yeux enfoncés, d'un marron liquide.

« Remerciez votre NUMA pour moi. Cela aurait été vraiment terrible pour la famille de Mehmet si elle n'avait pas eu le corps pour l'enterrer.

— Je ne manquerai pas de faire part de votre reconnaissance au capitaine Atwood et à l'équipage de l'*Argo*. Au fait, j'ai eu vos coordonnées par Mlle Dorn. »

Le capitaine se fendit d'un grand sourire. « La belle demoiselle de la télé m'a rendu visite hier soir. Elle m'a assuré que la veuve de Mehmet serait dédommagée. Ça ne ramènera pas Mehmet, mais cela représente plus qu'il n'aurait jamais gagné dans toute une vie. » Il dodelina de la tête, et son visage s'illumina. « Dieu est grand.

— J'ai appelé son hôtel plus tôt, on m'a répondu que Mlle Dorn avait réglé sa note.

— Elle est partie à Paris. Elle veut louer mon bateau, à nouveau, mais elle doit obtenir la permission de ses patrons. »

Austin apprit la nouvelle du départ de Kaela avec des sentiments mitigés. Il regrettait de ne pas avoir eu la chance de la connaître mieux, mais la charmante journaliste l'aurait sans doute distrait dans sa mission.

« Qu'a-t-elle dit d'autre ?

— Elle m'a raconté ce qui était arrivé à Mehmet… Que des hommes à cheval leur avaient tiré dessus et tué mon cousin. » Il se renfrogna. « Ces hommes sont mauvais. Mehmet n'avait jamais fait de mal à personne.

— Oui, vous avez raison. Ils sont *très* mauvais.

— Elle m'a parlé de votre intervention dans le petit avion. Combien en avez-vous tué ?

— Je ne suis sûr de rien, mais il y avait un cadavre.

— Bon. Vous savez qui ils sont ?

— Non, mais je ferai tout pour le découvrir. »

Kemal écarquilla les yeux. « Vous allez retourner là-bas ?

— Si je trouve un bateau pour m'y emmener.

— Mais vous avez le navire de la NUMA…

— Cela ne me semble pas une bonne idée d'utiliser un bâtiment gouvernemental. » Austin regarda autour du *Turgut*. « Il me faut quelque chose de discret, qui n'attire pas l'attention. »

Une lueur se fit jour dans les yeux sombres de Kemal. « Quelque chose qui ressemblerait à… un chalutier par exemple ? »

Austin sourit : « Oui, quelque chose qui ressemblerait à un chalutier. »

Le capitaine étudia les traits d'Austin, puis il se leva pour aller dans la timonerie. Il réapparut avec une grande bouteille et deux tasses à café ébréchées. Il déboucha la bouteille, versa des doses généreuses, et tendit une tasse à Austin.

Il se leva, brandit haut son breuvage et porta un toast. « À Mehmet. »

Les deux hommes trinquèrent et Kemal avala une lampée généreuse, d'un trait, avec autant de naturel que s'il s'agissait d'eau fraîche.

Austin reconnut, à son odeur de réglisse, la puissante « eau de feu » turque appelée *raki*, et bien qu'à l'ordinaire il ne boive jamais d'alcool avant l'heure de l'apéritif, il ne voulut pas se montrer impoli. Il prit une timide gorgée de l'alcool brûlant, qu'il ingurgita avec une infinie précaution, pensant qu'il ne devait pas être plus douloureux d'avaler du verre pilé.

Kemal descendit une autre rasade conséquente et, au grand soulagement d'Austin, laissa sa tasse de côté.

Il fixa Austin dans les yeux. « Pourquoi voulez-vous retourner là-bas ? Vous pourriez vous faire tuer, vous aussi.

— Possible, mais ça ne devrait pas arriver. La première fois, nous n'étions ni prévenus ni armés. Cette fois, nous le serons. »

Kemal pesa le pour et le contre. Austin appréciait le fait que le capitaine ne soit pas du genre à prendre des décisions hâtives. Son calme pourrait s'avérer très utile. Le Turc plongea le regard au fond de sa tasse. « Je me sens responsable de la mort de Mehmet. Je l'ai laissé accompagner les gens de la télé pour de simples avantages financiers.

— Personne ne pouvait prévoir qu'on lui tirerait dessus.

— Bien sûr, vous avez raison. J'ai pêché beaucoup de fois là-bas, sans rencontrer le moindre problème.

— Vous y retourneriez ?

— Pas pour de l'argent, non. »

Austin était déçu mais pas surpris. « Je comprends, capitaine. Cela peut être dangereux, même si nous partons bien préparés.

— Pff ! » Kemal cracha par terre. « Je n'ai pas peur. J'ai dit que je n'irais pas là-bas pour de l'argent. Vous avez tué ce porc, je suis votre obligé. » Il rejeta l'amorce de protestation d'Austin par un geste de la main. « Le *Turgut* est à votre disposition, annonça-t-il, aussi grandiloquent que s'il proposait les services du *Queen Elizabeth II*.

— Vous n'avez aucune dette envers moi. »

Le capitaine avança le menton et parla de façon posée, afin de s'assurer qu'Austin ne se méprenne pas sur ses intentions : « Les hommes qui ont tué mon cousin, eux, doivent payer. Je m'y connais dans ce genre d'affaires. Plus jeune, je faisais de la contrebande ; je ne me suis jamais laissé prendre. » Il frappa le sol du talon, proposant à l'admiration d'Austin un sourire de quatorze carats. « Double moteur Diesel, précisa-t-il avec fierté. Vitesse de croisière : trente nœuds. Quand désirez-vous lever l'ancre ?

— J'attends trois autres personnes en provenance des Etats-Unis aujourd'hui. Il me faut aussi réunir un peu d'équipement. Que pensez-vous de demain matin ?

— Le bateau sera prêt, le réservoir plein, à l'aube.

— Et pour l'équipage ? questionna Austin. Je ne souhaite pas mettre la vie de qui que ce soit en danger après ce qui est arrivé à Mehmet.

— Merci. Je garderai deux hommes dignes de confiance. Je les préviendrai des risques pour qu'ils puissent décider de leur venue en toute connaissance de cause. Je sais déjà ce qu'ils répondront. Ils sont, eux aussi, des cousins de Mehmet. »

Ils conclurent le marché par une poignée de main. Austin affirma qu'il se présenterait aux aurores et il s'en alla avant que Kemal ne propose un dernier verre de *raki* pour sceller définitivement leur association. Sa tête tournait sur le chemin du retour, mais le temps d'arriver à l'*Argo*, la fraîcheur du Bosphore aidant, il avait éliminé les dernières vapeurs d'alcool.

Il monta à la passerelle de commandement pour trouver Atwood absorbé dans l'étude de cartes marines.

« Comment va la star de télévision ?

— Je vois que vous avez entendu parler du talent naturel dont je fais preuve devant les caméras, répliqua le capitaine. Okay, je l'admets, poursuivit-il, l'air penaud. J'ai pris du bon temps à tourner avec cette bande d'allumés. Mais je pense qu'ils vont supprimer ma jolie frimousse au profit de l'adorable Mlle Dorn.

— Vous les en blâmeriez ?

— Vous plaisantez ? Jamais de la vie ! En revanche, je suis surpris que vous n'ayez rien tenté avec elle. Vous perdez la main ?

— Mon cœur appartient à la NUMA, déclama Austin, la main sur la poitrine, puis, reprenant son sérieux : Ce qui m'amène ici, d'ailleurs. J'apprécierais que vous m'aidiez sans poser de question. »

Le capitaine inclina la tête. Il connaissait Austin depuis longtemps et savait qu'il n'était pas homme à abandonner la partie.

« Nous ferons ce que nous pourrons, tant que cela ne met pas l'*Argo* ou son équipage en danger.

— Ne vous en faites pas. J'ai juste besoin que vous me prêtiez du matériel. »

Austin énuméra la liste des objets nécessaires et demanda qu'ils soient embarqués sur le *Turgut*. Le capitaine lui assura que sa requête ne posait aucun problème. Pendant qu'Atwood ordonnait que l'on réunît l'équipement, Austin se rendit à sa cabine et brancha son ordinateur portable. Il se connecta par Internet à une compagnie d'image-satellite commerciale, et commanda les photos d'un site géographique sur la côte russe de la mer Noire. Il les examina avec la plus grande minutie et ne fut pas surpris de ne rien découvrir. Les Soviétiques n'allaient quand même pas faire la publicité de leur base secrète !

Il composa un numéro sur son téléphone Globalstar. Il était encore tôt aux Etats-Unis, mais il se rappelait l'époque où il travaillait pour la CIA et pensait bien trouver Sam Leahy à son bureau.

« Quel temps fait-il à Langley ? » attaqua Austin, dès qu'il entendit la voix grave de Leahy.

Un silence, puis : « Vous avez dû vous tromper de numéro, mon gars. Si vous voulez connaître le putain de bulletin météo, appelez donc la NUMA. Bon Dieu, il paraît que les petits malins de la NUMA savent tout sur tout.

— Presque tout, Sam. C'est pour ça que je sollicite ton aide.

— J'étais sûr que tu reviendrais en rampant à la Compagnie. Ça fait plaisir de t'entendre. Comment vas-tu, vieux chien de mer ?

— Je vais bien. Ils te gardent toujours attaché à ton bureau ?

— Plus pour longtemps. Je prends ma retraite dans six mois. Après, j'achète un bateau et j'organise des parties de pêche sur le Chesapeake. Je pourrais avoir besoin d'un second si, un jour, t'en as marre de la jungle de Washington.

— Voilà qui est tentant. Inscris-moi pour une balade. Pour l'instant, il me faut surtout des informations. Que sais-tu à propos des bases de sous-marins soviétiques ?

— Vaste sujet. Tu aimerais savoir quelque chose en particulier ?

— Oui. De quelle manière étaient-elles construites ?

— Pour commencer, elles étaient *immenses*. Il fallait qu'elles le soient pour héberger des bébés comme les Typhon. Longs de cent soixante-dix mètres et larges de vingt-trois, ces monstres étaient armés de vingt missiles nucléaires chacun. Comme les Russes voulaient les protéger contre les attaques nucléaires, ils ont créé des bases profondes. Ils ont appris ça des Allemands, dont les bassins protégés avaient bien résisté pendant les bombardements des Alliés. En fait, c'est bête comme chou. Ils creusaient un tunnel au pied d'une colline avec des explosifs, ensuite ils renforçaient les parois par une couche très épaisse de béton armé.

— Il me faudrait des données sur *où* et *comment* on peut trouver ces bases.

— Je devrais pouvoir les récupérer. »

Austin, inquiet, perçut comme une incertitude dans la réponse. « Ça m'aiderait vraiment si tu pouvais, toi aussi, creuser au maximum.

— Pas de problème. Beaucoup de ces dossiers ne sont plus classés secrets de toute façon. Mais tu n'échapperas pas à la partie de pêche, je compte sur toi. »

Austin se sentit soulagé. Il s'attendait à ce que Leahy lui annonce son obligation d'en référer à ses supérieurs. « Tu fournis les appâts et j'apporterai les bières. »

Austin donna son adresse e-mail à Leahy, le remercia avec chaleur et raccrocha. Il régla quelques problèmes de logistique sur son ordinateur, puis sortit vérifier les préparatifs de son voyage avec le capitaine Kemal. Le matériel qu'il avait commandé reposait sur le pont, bien rangé dans des boîtes et prêt à partir. Un camion était en route pour faire le transbordement sur le *Turgut*. Austin avait accompli tout ce qu'il pouvait en attendant des nouvelles de l'équipe des Missions spéciales. L'attente ne dura pas. Tandis qu'il effectuait un inventaire du matériel, son téléphone sonna. C'était Joe Zavala.

« Nous sommes à l'aéroport.

— Vous en avez mis du temps ! »

Zavala soupira bruyamment : « Bonjour la gratitude... Tu m'as arraché à l'étreinte de la plus belle femme sur cette planète.

— Chaque femme avec qui tu sors est toujours la plus belle.

— Que veux-tu ? Je suis un homme comblé.

— Un jour, tu me remercieras de t'avoir sauvé des liens sacrés du mariage.

— Mariage ! Voilà qui donne à réfléchir. Ne plaisante jamais avec ça.

— Nous parlerons de ta vie amoureuse après. Vous en avez encore pour longtemps ?

— Gamay cherche un taxi pendant que Paul se coltine les bagages. Nous serons là avant que tu finisses d'épeler Constantinople. »

Moins d'une heure plus tard, Zavala et les Trout arrivaient à l'hôtel. Après une brève réunion, Zavala attaqua : « On se demandait si tu pourrais nous donner un indice sur les raisons qui nous ont poussés à traverser la moitié du globe à la vitesse grand V.

— Votre sourire me manquait ?

— Ouais... répondit Zavala. C'est pour ça que tu m'as prié d'apporter ton flingue et mon propre distributeur de métal.

— Je dois admettre que j'ai un bon motif, mais je ne mens pas quand je vous dis à quel point je suis content de vous voir. »

Austin lança un regard aux autres membres de l'équipe des Missions spéciales et son visage s'illumina devant leur expression impatiente. Puis il entreprit enfin de dévoiler son plan de bataille.

Chapitre 12

Rocky Point, Maine

Sur l'immense écran d'ordinateur, l'image ressemblait au profil d'une très grande tortue. Leroy Jenkins cliqua sur la souris jusqu'à obtenir une carapace aussi plate que si elle venait de passer sous un rouleau compresseur. Il effectua ensuite quelques estimations à partir des chiffres sur le moniteur, puis il explosa dans une de ces cascades de jurons obscènes qu'il réservait, en général, aux lignes emmêlées de ses nasses à homards. Il tourna le dos à l'ordinateur et fit pivoter son siège pour s'installer face à une large baie vitrée. Depuis son emplacement au sommet de la colline, la haute maison à clin offrait une vue imprenable sur la rade et l'océan.

Le port grouillait d'activité. Des chargeuses-pelleteuses ramassaient les débris épars pour remplir les camions-bennes alignés en file indienne. Les chariots élévateurs, utilisés d'ordinaire pour hisser les bateaux dans les entrepôts à plusieurs niveaux où ils passaient l'hiver au sec, cueillaient les épaves de voitures dans le parking, et les alignaient de façon à ce que leurs propriétaires puissent les reconnaître. On avait fait venir des grues pour récupérer, sur la digue, les restes du motel.

Le bateau de Jenkins, amarré à l'embarcadère, tenait compagnie à ses semblables qui avaient eu la chance de ne pas se trouver sur le chemin de la lame de fond. Jenkins se frotta les yeux et retourna à l'ordinateur pour y entrer de nouvelles données chiffrées. Après quelques minutes, il secoua la tête, au comble de la frustration. Il avait parcouru le procédé de modélisation des dizaines de fois, introduisant différentes combinaisons de données, et les résultats demeuraient incompréhensibles. Jenkins se sentit soulagé quand la sonnette retentit. Il sortit dans le couloir et cria « Entrez ! » depuis le haut des escaliers.

La porte s'ouvrit et Charlie Howes pénétra à l'intérieur. « J'te dérange pas ? s'enquit le shérif.

— Bien au contraire, Charlie. Monte. J'étais en train de tripatouiller l'ordinateur. »

Le policier grimpa à l'étage. « T'as fait du bon boulot avec cette maison, complimenta-t-il, admirant, autour de lui, l'espace ordonné avec ses classeurs bien rangés et ses bibliothèques.

— Merci, Charlie, mais je n'y suis pour rien. » Il attrapa la photo encadrée d'une séduisante quadragénaire qui souriait depuis le cockpit d'un voilier. « Mary savait que la pêche au homard ne suffirait pas à préserver mon cerveau de la fossilisation. Installer mon bureau dans le grenier était son idée. Tu te souviens de ses talents de décoratrice et ses doigts de fée ? Elle aurait pu transformer une toile d'araignée en résille d'or.

— Elle avait déjà accompli un sacré travail en gommant les aspects les plus rugueux de ta personnalité. »

Jenkins rigola. « Vu l'ampleur de la tâche, je considère cela comme un miracle. » Il jeta un coup d'œil par la fenêtre. « Ils avancent vite en bas.

— Le nettoyage du port a vraiment été rapide. On a craint une fuite des réservoirs de fuel, mais les gens de la Protection de l'environnement s'en sont occupés. Quant à moi, faut que je m'débarrasse des journalistes. Ils commencent à devenir gênants, de toute façon, avec les types des assurances qui déboulent de tous les côtés. » Howes se tourna vers l'ordinateur. « J'vois que tu bosses. T'as pu trouver quelque chose ?

— J'ai essayé. Prends un siège et regarde. Ton intuition de détective pourrait m'être d'un grand secours. »

Malgré ses manières un peu rustres, le chef de la police locale était loin d'être un péquenaud pour autant. Il possédait une maîtrise en sciences criminelles de l'Université du Maine. Manifestant son scepticisme par un reniflement sonore, il approcha un tabouret de Jenkins et loucha sur le moniteur.

« C'est quoi ce truc qui ressemble à une couleuvre enceinte ? »

Jenkins leva un sourcil. « Rorschach s'en donnerait à cœur joie avec toi. Que sais-tu des *tsunamis* ?

— Je sais que je ne veux plus en voir un seul pour le restant de mes jours !

— Bon début. Laisse-moi mettre mon chapeau de professeur, et je te donne un cours intensif. » Il écrivit les mots « *tsu* » et « *nami* » sur une feuille de bloc-notes. « Ces mots désignent les caractères japonais pour « port » et « vague ». Une conférence internationale adopta le terme en 1963 pour éviter toute confusion.

— Je les ai toujours entendu appeler raz de marée.

— C'était le terme populaire, mais ce n'est pas tout à fait exact. Les marées découlent des forces gravitationnelles comme la lune, le soleil ou les planètes. Même nous, scientifiques, nous trompions. Nous les nommions “vagues de séisme maritime”, ce qui impliquait que les tremblements de terre provoquaient tous les *tsunamis*, alors qu'ils ne représentent qu'*une seule* des causes.

— Tu penses qu'une *secousse* est à l'origine de ce merdier ?

— Oui. Non. Peut-être. » Jenkins s'amusa de la réaction confuse du policier et arracha une feuille du bloc.

« Voilà le vrai coupable. » Il tenait le papier à l'horizontale. « Imagine qu'il s'agisse du fond de l'océan. » Il abaissa les deux bouts de la feuille de façon à ce que le milieu forme une bosse. « Une secousse sismique provient du choc entre deux plaques tectoniques qui déforme le sol marin. Cette bosse propulse une colonne d'eau à la surface. Après quoi l'eau essaie de retrouver son équilibre.

— Oh là là ! Tu m'embrouilles. »

Jenkins réfléchit un moment. « Tiens, tu prends Joe Johnson, le poivrot de service, titubant jusque chez lui après avoir écumé les bars de la ville. La raison pour laquelle il zigzague vient du fait que l'alcool affecte son équilibre. Il doit s'y prendre à plusieurs reprises pour ne pas partir dans la mauvaise direction. Parfois, il ne peut pas s'arrêter, il se cogne contre un mur et s'assomme. » Il se renfrogna. « D'accord, c'est une comparaison fumeuse.

— Je crois que j'ai pigé.

— Figure-toi que Joe est la colonne d'eau, et le mur, la côte du Maine. À la seule différence que là, c'est le mur qui morfle, pas Joe.

— Comment se fait-il que chaque vague ne soit pas un raz de… pardon, un *tsunami* potentiel ?

— Je savais que ta logique policière allait resurgir. *Deux* raisons. Le temps et la distance. L'intervalle entre chaque vague qui s'échoue sur la plage se situe entre cinq et vingt secondes. Avec un *tsunami*, cette période peut durer entre dix minutes et deux heures. La distance entre les vagues s'appelle la longueur d'onde. Les vagues de plage peuvent être séparées de quatre-vingt-dix à cent quatre-vingts mètres. Lors d'un *tsunami*, tu peux compter quatre cent quatre-vingts *kilomètres*, voire plus…

— J'ai vu des vagues de plage particulièrement destructrices.

— Moi aussi. Mais une vague ordinaire qui s'écrase sur la plage n'a qu'une vie courte et une vitesse qui varie entre quinze et trente kilomètres heure. Ton *tsunami* a bénéficié de centaines de kilomètres et de plusieurs heures pour accumuler de l'énergie. Plus profonde est l'eau, plus rapide est la vague. C'est pourquoi un *tsunami* peut atteindre près de mille kilomètres heure en traversant l'océan, même si les bateaux ne le sentent pas et si on ne peut pas le voir du ciel. Laisse-moi te donner un exemple. En 1960, une secousse un peu au large du Chili envoya une vague à travers tout le Pacifique. La vague ne mesurait pas plus d'un mètre de haut. Vingt-deux heures plus tard, quand elle s'écrasa sur la côte du Japon, elle atteignait une hauteur de sept mètres et tua deux cents personnes. La vague a rebondi autour du Pacifique pendant des jours, causant des ravages partout où elle frappait.

— Si c'est juste une ride sur l'océan, comment as-tu pigé qu'il s'agissait d'une grosse vague ?

— J'étais en train de pêcher le homard sur le haut-fond, à un endroit peu profond en comparaison. La vague a ralenti quand elle a heurté le bas-fond, puis s'est mise à monter. Elle avançait plus lentement, mais toute l'énergie accumulée était encore là… Et cette énergie doit se libérer quelque part. Quand la vague approche de la côte, le bébé se transforme en ogre. Quelquefois elle devient gigantesque. Parfois elle se réduit à plusieurs séries de déferlantes, ou encore un mascaret, c'est-à-dire une longue déferlante avec des paliers et une sorte de rupture abrupte sur le devant, qui peut aspirer toute l'eau, pour mieux la recracher.

— C'est ce qu'on a eu ici. Comme si quelqu'un avait ouvert la bonde du port. »

Jenkins acquiesça. « Les *tsunamis* sont fascinants car ils s'adaptent au relief ambiant. Les récifs, les baies, les estuaires peuvent en affecter l'impact et par là même les dégâts. Il arrive aussi que les vagues montent en crêtes, culminant à une trentaine de mètres, mais en général, elles déferlent. Tout dépend des obstacles rencontrés. Elles sont capables d'envelopper un cap et de détruire le côté opposé d'une île. Quand elles se font comprimer, elles deviennent encore plus dangereuses parce que toute leur énergie se retrouve concentrée dans un espace restreint. » À travers la fenêtre, il pointa la rivière qui s'écoulait dans le port. Les berges élevées étaient jonchées de débris. « Elles peuvent même remonter les cours d'eau, comme ici.

— Une bonne chose que les résidences de Jack Schrager, construites en bordure de rivière, aient été inoccupées, sinon à la place des bouts de bois, on aurait vu un bon nombre de cadavres flotter dans la rade. Quelle putain de chance que t'aies vu les vagues et réalisé le danger que nous courions !

— Plutôt, oui ! » Jenkins cliqua sur la souris de l'ordinateur et fit apparaître une mappemonde avec des flèches désignant divers pays. « Entre 1990 et l'année 2000, les *tsunamis* tuèrent plus de quatre mille personnes et engendrèrent des milliards de dollars de dommages. » Il pianota sur l'écran. « Celui-ci, en Papouasie-Nouvelle-Guinée, fut horrible. La vague mesurait quatorze mètres quand elle s'écrasa sur trente kilomètres de côte, causant la mort de plus de deux mille personnes. »

Jenkins fit disparaître la carte et s'orienta sur une simulation. « Voici l'animation d'une vague générée par un tremblement de terre et qui attaque un village japonais en 1923. On voit beaucoup de grosses vagues dans le Pacifique. Cet océan est entouré par le "cercle de feu", une ceinture de volcans, et toutes ces plaques tectoniques qui ne cessent de bouger.

— J'voudrais pas paraître borné, mais c'est l'Atlantique qui nous intéresse, pas le Pacifique, et la côte du Maine, pas le Japon. J'ai vécu ici toute ma vie sans jamais entendre parler de tremblement de terre.

— Il y a sûrement plus de secousses mineures que tu ne l'imagines, mais je suis d'accord avec toi, c'est pourquoi j'ai commencé à réfléchir à d'autres causes possibles. Les *tsunamis* provoqués par des glissements de terrain sont moins communs. Mais tu as aussi les éruptions volcaniques et les grosses météorites.

— Pas trop de volcans dans les parages, que je sache.

— Tant mieux. Le volcan Krakatoa engendra des vagues mesurant plus de trente mètres de hauteur et fit des milliers de victimes en 1883. Si un astéroïde de huit kilomètres de diamètre tombait au milieu de l'Atlantique, il générerait une vague suffisamment grande pour submerger le nord de la côte Est des Etats-Unis. New York serait rayé de la carte.

— Reste le glissement de terrain…

— Que nous appelons *affaissement*. Ici… Je vais te montrer. » Jenkins sortit un nouveau planisphère sur le moniteur. « Voilà la baie d'Izmir, en Turquie, victime d'une vague générée par un affaissement qui provoqua des dommages colossaux.

— Qu'est-ce qui a occasionné l'affaissement ?

— Un tremblement de terre. » Jenkins pouffa de rire. « Je sais, on en revient à se demander qui est la poule et qui est l'œuf. En principe, un affaissement est suscité par un séisme. Et notre vague de Rocky Point me pose une sérieuse énigme : il y a bien eu un affaissement mais aucune secousse tellurique.

— Tu es sûr ?

— Certain. J'ai appelé les scientifiques de l'Observatoire de Weston dans le Massachusetts. Ils conservent des notes sur les perturbations sismiques dans la région. Ils ont perçu les grondements qui accompagnent un affaissement, mais pas de séisme préalable, comme je l'aurais cru. J'ai entendu une formidable explosion sous-marine juste avant de voir quoi que ce soit. *A priori*, un mouvement du sol marin a bel et bien eu lieu à l'est du Maine, mais sans la collision habituelle des plaques tectoniques. J'en ai discuté avec des experts en *tsunami* de tout le pays. Aucun n'a jamais entendu parler d'une chose pareille.

— Alors, on sèche.

— Pas tout a fait. » Jenkins ramena le profil de la vague à l'écran. « J'ai créé une simulation de notre vague. C'est assez sommaire. Même avec les informations les plus complètes, l'étude mathématique des vagues demeure compliquée. Il faut prendre en compte des facteurs comme la vitesse, la hauteur et la force de destruction. Ensuite tu as la configuration de la côte dont les contours peuvent dévier ou disperser la vague. Tu dois aussi calculer les effets du ressac sur les vagues suivantes.

— Ça paraît impossible.

— Presque, mais pas complètement. Il y a quelques années, des scientifiques utilisèrent des techniques de modélisation mathématique assistées par ordinateur pour résoudre le mystère de la disparition de la civilisation sur l'île de Crète. Regarde cette carte maritime de la côte du Maine. Voici le port. L'impact le plus violent s'est produit à plusieurs kilomètres d'ici, où des pêcheurs ont vu des vagues se briser par-dessus New Comb's Rocks. »

Howes siffla. « Ces falaises font au moins quinze mètres de haut ! »

Jenkins acquiesça et désigna la carte. Une flèche indiquait le continent. « L'essentiel de la force destructrice de la vague se trouvait concentré un peu au nord de Rocky Point. Heureusement, parce que, malgré ma mise en garde, les choses auraient été bien pires ici, dans la baie. Je ne sais même pas si cette maison aurait été à l'abri. »

Le shérif pâlit. « Toute la ville y serait passée. »

Jenkins se pencha en avant et observa l'écran. « Incroyable. Regarde la trajectoire rectiligne de cette saloperie. Tout comme la petite vague qu'un gosse s'amuse à faire dans une baignoire. »

Howes tapota l'écran. « C'est là que tout a commencé ?

— Ouais. Mais il s'agit juste d'une estimation, fondée sur des preuves indirectes.

— J'ai suivi un cours de reconstitution d'accidents. C'est dingue ce qu'on arrive à découvrir sur la vitesse et l'impact grâce aux traces de pneus et aux phares cassés.

— Je suis convaincu que l'origine de la vague se situe à environ deux cent cinquante kilomètres à l'est.

— Et que vas-tu faire maintenant ? »

Jenkins se massa les épaules endolories par la tension. « D'abord je vais mettre du thé à infuser. Ensuite on va se taper une bonne partie d'échecs. »

Chapitre 13

La mer Noire

Alors que le *Turgut* approchait la côte russe, Austin observait le rivage désert à travers ses jumelles à stabilisateur gyroscopique, attentif à tout mouvement suspect. Tout paraissait tranquille. Le vent et la marée avaient effacé les traces de pas dans le sable. Des petites touffes vertes, de nouvelle pousse, germaient au milieu des parcelles d'herbe calcinée. Devant ce paysage si paisible, difficile d'imaginer le jeu mortel auquel il avait participé quelques jours auparavant.

La plage mesurait un peu moins de deux kilomètres, flanquée de deux promontoires semblables à des accoudoirs de canapé. Excepté la falaise, sculptée par le vent et la mer à l'image du profil anguleux d'un vieillard, le littoral ne présentait rien de remarquable. Un voile de brume flottait sur les dunes. Austin se souvint que les terres cachées par la crête herbue descendaient jusqu'aux constructions abandonnées, derrière lesquelles s'étalait une plaine rocailleuse, bordée par des bois et une chaîne ondulante de basses collines.

Une odeur de corde brûlée alerta Austin. Retroussant les narines, il abaissa ses jumelles et se tourna vers Kemal. Le capitaine retira le bout de cigare noir et tordu qu'il gardait coincé entre ses dents jaunies par le tabac, et le pointa en direction de la plage.

« Alors, monsieur Austin, rien d'anormal ?

— Aussi calme qu'une tombe, capitaine.

— Ce calme-là ne me dit rien qui vaille. » Il exhala deux nuages de fumée par le nez. « Quand j'étais contrebandier, je n'aimais pas du tout les plages aussi tranquilles que celle-ci. Même pas un oiseau. Vous êtes sûr de vouloir y aller maintenant ?

— Malheureusement, on n'a pas le choix. En revanche, je pensais que le brouillard se serait dissipé. »

Kemal plissa les yeux. « Encore une heure, deux peut-être.

— Trop long. On ne va pas attendre. »

Le capitaine agita son cigare en l'air, dans une gerbe de cendres incandescentes. « Mes hommes sont prêts. »

Austin hocha la tête, repensant à sa conversation avec Kemal, lors de leur première rencontre. Austin avait demandé au capitaine s'il connaissait le marin russe qui avait vendu à Kaela Dorn la carte indiquant le site de la base.

« Il s'appelle Valentin, avait répondu le capitaine sans hésiter. Les autres pêcheurs l'emploient quand ils ont besoin d'aide. Mlle Dorn l'a bien payé pour son fameux secret. » Il secoua la tête, l'air consterné. « Tous les pêcheurs savent où se trouve le parc à sous-marins.

— Les gens connaissent l'emplacement de la base ?

— Bien sûr. » Kemal avait affiché une expression de supériorité amusée. « Les pêcheurs savent tout. Ils observent le temps, l'eau, les oiseaux, les autres bateaux... » Il tapota, de l'index, le coin de son œil droit. « Si vous ne faites pas attention, alors c'est le danger qui vous guette. »

La révélation de Kemal n'avait pas surpris Austin outre mesure. Il avait travaillé avec des pêcheurs lors de diverses missions et il admirait leur sens de l'observation pour tout ce qui concernait la mer. Un bon pêcheur se devait d'être à la fois biologiste, météorologue, mécanicien et marin. Leur train de vie, leur survie même, dépendaient de cette somme de connaissances pratiques. Et en tant qu'ancien contrebandier, Kemal avait dû se montrer plus vigilant encore qu'un pêcheur quelconque. « Vous pêchez dans ces eaux depuis longtemps ?

— Des années ! Jadis, on voyait des bateaux de tous les pays. Des turcs, des russes… Même des bulgares parfois. La pêche est bonne ici. Des gros bancs de thons viennent tout près pour se nourrir. Personne ne nous embête. Et puis un jour, les Russes déboulent avec des patrouilleurs et des soldats armés de mitraillettes. Ils racontent aux pêcheurs qu'ils se trouvent dans une zone scientifique et qu'ils exécuteront quiconque s'approchera. Certains pêcheurs ne les croyaient pas jusqu'à ce qu'ils se fassent tirer dessus. Du coup, on est restés à l'écart. On travaille au large, où personne ne nous ennuie. Parfois, des pêcheurs aperçoivent des périscopes. J'ai moi-même vu un gros aileron d'acier frôler le *Turgut*.

— Un kiosque de sous-marin ?

— Oui. Il voulait sortir à l'air libre, je suppose, répondit Kemal. Et puis la Russie se désagrège. Les sous-marins arrêtent de venir. Tout le monde dit que la marine russe est dissoute. Un jour je tente ma chance, je suis de près un banc de poissons. » Il tenait la roue d'un gouvernail invisible pour mimer l'action. « Je me tiens prêt à dégager s'ils arrivent. Mais personne ne m'arrête. Depuis je viens pêcher ici sans qu'on me dérange. » Il haussa les épaules tristement. « Quand les gens de la télévision demandent l'aide de Mehmet, je ne pense pas que ça pose de problème.

— Etes-vous déjà allé à terre pour inspecter les alentours ?

— Non. Ce qu'il y a là-bas n'était pas mon affaire…

avant que Mehmet ne se fasse tuer. » Il cracha par-dessus bord. « Maintenant, *c'est* mon affaire. »

L'histoire de Kemal corroborait le rapport envoyé à Austin par son ami Leahy. Selon les dossiers de la CIA, la construction du bassin avait commencé dans les années 1950. Un avion de reconnaissance U-2 photographia le site. Les Etats-Unis surveillèrent étroitement l'évolution des travaux. L'homologue turc de la CIA confirma les rapports sur le trafic sous-marin. Des postes d'écoute américains déterminèrent que le bassin était placé sous le commandement de la Flotte de la mer Noire, basée à Sébastopol. La zone scientifique avait été conçue pour effectuer des recherches maritimes susceptibles de faciliter le travail de la flotte.

L'activité militaire baissa d'intensité après la fin de la guerre froide. L'aire scientifique fut abandonnée. La CIA aurait économisé des milliards pour la surveillance si elle avait contacté Kemal et ses amis. Malheureusement, le seul point sur lequel le Turc se trompait, en imaginant la base déserte, avait coûté la vie à son cousin.

Comme le *Turgut* arrivait à un kilomètre de la côte, Austin demanda au capitaine de jeter l'ancre. Kemal hurla un ordre à son équipage. Une minute plus tard, le bateau s'arrêtait, les gaz coupés, en vibrant du frottement métallique de la chaîne de mouillage. Quand l'ancre plongea dans l'eau, Kemal s'excusa et s'en fut superviser l'installation des chaluts.

Zavala apparut de l'autre côté du bateau, où il préparait le matériel de plongée. Austin remarqua le mégot de cigarillo tordu serré entre les lèvres de Zavala. « Je vois que tu as fait une descente dans la cave à cigares du capitaine...

— Il a insisté. Je ne voulais pas le vexer. » Zavala exhiba l'objet du délit, le bras tendu. « Je crois bien qu'ils fabriquent ces trucs avec de vieux pneus, mais je commence à m'habituer à leur goût, ajouta-t-il en riant. L'équipement est prêt. »

Austin suivit Zavala à bâbord où la timonerie les abritait des regards indiscrets. Deux rangées de bouteilles d'oxygène doubles, les ceintures de plomb, masques, gants, bottes, palmes, et deux costumes de plongée Viking Pro, manufacturés aux normes de l'OTAN, reposaient sur le pont, soigneusement étalés. Deux propulseurs sous-marins, modèle Torpedo 2000, au carénage jaune, en fibre de verre, brillaient sous le soleil. Montés en tandem, les engins en forme de torpille atteignaient une vitesse de huit kilomètres heure, avec une autonomie d'environ une heure.

Ils se glissèrent dans leurs costumes, enfilèrent les bouteilles à oxygène en s'aidant mutuellement, et procédèrent à une dernière inspection. Puis ils avancèrent en se dandinant jusqu'au bastingage, de cette démarche typique des plongeurs hors de l'eau.

« Aucune question ? » demanda Austin.

Zavala jeta son mégot. « Elaborer un plan de plongée et respecter le plan. Plonger, regarder, sortir, rester disponible. Improviser si nécessaire. »

Le bref résumé des consignes aurait pu s'adapter à n'importe quelle mission dirigée par Austin. Ce dernier possédait une foi inébranlable en la simplicité et la rigueur d'exécution. Pour lui, la complexité d'un plan augmentait ses chances d'échec, mais il connaissait, d'expérience, l'impossibilité d'anticiper chaque situation si les détails manquaient. Son corps musclé était couvert de cicatrices, cruels témoignages, que les projets les mieux aboutis pouvaient échouer face à l'imprévu. Pour parer à toute éventualité, ils emportaient donc des revolvers et un supplément de munitions dans leur plastron à larges poches hermétiques, ainsi qu'un système de communication amphibie, sans doute superflu… Ils envahissaient le territoire d'un pays étranger. S'ils rencontraient le moindre problème, ils se retrouveraient livrés à eux-mêmes.

« Tu as oublié une chose », déclara Austin.

Zavala regarda ses fesses en rigolant : « Couvrir tes arrières ?

— Ça, c'est toujours une excellente idée ! Mais je pensais plutôt à ceci : nous ne sommes ni *Mission impossible*, ni des kamikazes. Nous sommes de simples curieux, qui veulent rentrer sains et saufs, quitte à vendre chèrement leur peau s'il le faut.

— Bien parlé ! s'exclama Zavala. Ma peau et moi sommes très attachés l'un à l'autre. »

Austin ne souligna pas la plaisanterie et leva le pouce en direction du capitaine. Il retenait son masque et les poches de son plastron pour qu'ils ne se soulèvent pas et il sauta palmes premières dans la mer d'un bleu sombre, s'enfonçant d'un ou deux mètres avant que son système de flottabilité automatique le ramène à l'air libre. Zavala émergea non loin. Tandis qu'ils se laissaient bercer par la légère houle, ils s'assurèrent du bon fonctionnement de leur régulateur, puis Austin fit signe à Kemal. Le capitaine abaissa les Torpedo 2000 et les posa en douceur à la surface de l'eau. Les marins installaient les chaluts côté terre. Du rivage, le *Turgut* ressemblait à n'importe quel autre bateau de pêche en plein travail. Austin rappela à Kemal de laisser la radio en marche et de filer à la moindre alerte. Il ne souhaitait pas de nouvelles funérailles à la famille du capitaine.

Kemal lui rendit un sourire signifiant qu'il n'avait aucune intention de suivre ses conseils, et il leur souhaita bonne chance en turc et en anglais. Austin mordit l'embout de son régulateur, se plia en deux et, d'un coup de palmes, disparut au fond de l'eau. Zavala le suivit l'instant d'après. À six mètres de profondeur, ils se stabilisèrent et testèrent le système de communication sans fil Divelink.

« Prêt à envahir la Russie ? demanda Austin.

— Je ne peux plus attendre ! » répondit Zavala. Sa voix résonnait comme celle de Donald dans les écouteurs d'Austin. « La Russie possède certaines des plus belles femmes au monde. Yeux verts, pommettes hautes, lèvres succulentes…

— Mets ta libido débridée de côté, José. On ne va pas au Club Med. Quand on rentrera à la maison, tu pourras te commander une fiancée russe sur Internet.

— Merci d'asperger d'eau froide le bouillonnement de mes pensées les plus lascives.

— En parlant d'eau froide, on a plus d'un kilomètre à faire, alors je suggère qu'on se bouge. »

Austin vérifia son compas-bracelet et tendit son pouce vers le littoral. Ils mirent le contact des propulseurs. Les moteurs électriques s'animèrent dans un doux ronronnement, et les Torpedo 2000 bondirent en avant, entraînant les plongeurs à travers les flots vert pâle. Leur présence affola une multitude de bancs de poissons qui se dispersèrent dans tous les sens, et les deux hommes comprirent pourquoi Kemal et ses collègues n'avaient pas hésité à risquer leur vie pour pêcher à cet endroit.

À l'approche de la barre de plage, l'eau devint trouble. Austin dirigea le Torpedo 2000 sur le fond sablonneux, Zavala dans son sillage.

« T'as une idée de ce qu'on recherche ? demanda Zavala en louchant sur la pente abrupte et graveleuse qui rejoignait la plage.

— Une enseigne au néon avec les mots : "C'est ici" aiderait bien. Mais je me contenterai de quelque chose de semblable à un portail de garage. »

Zavala alluma sa puissante torche de plongée Phantom et en projeta le faisceau sur la pente.

« Je ne vois même pas une poignée de porte.
— Nous perdons notre temps ici. Ils n'auraient jamais pu construire sur la plage. Il leur fallait du granit pour la voûte. Allons voir du côté des falaises. Je prends celle de droite. »

Zavala salua Austin et, avec l'aisance d'un pilote-né, effectua un gracieux demi-tour et se rua à l'assaut des ténèbres. Austin partit dans la direction opposée. L'instant d'après, la voix d'un canard chantant une version détonante de *Guantanamera* remplit les écouteurs d'Austin.

Celui-ci longea la berge sous-marine jusqu'à ce que le sable et le gravier laissent la place à la roche solide. La voix de Zavala s'affaiblit avec la distance, pour le plus grand bonheur d'Austin, qui ne souhaitait toutefois pas se trouver trop éloigné de son camarade. Il ne rencontra rien qui ressemblât à une entrée et s'apprêtait à rappeler Zavala quand Joe interrompit sa chanson d'un retentissant « Ouah !

— Tu peux répéter ?

— J'ai quelque chose, Kurt », répondit Zavala, tout excité.

Austin fit décrire un arc de cercle au Torpedo 2000. Il passa la plage en un éclair et fila droit sur le petit point argenté qui scintillait comme une luciole un soir d'été. Zavala faisait du surplace et attendait Austin, sa torche en position clignotante. Quand ce dernier fut tout près, il régla la lumière en faisceau continu qu'il pointa sur la partie immergée du cap de l'Imam.

Austin regarda l'immense tas de rochers et de cailloux, comparable à un glissement de terrain dans une vallée glaciaire. Le fond de mer était jonché d'éclats de roche et de béton, conséquence manifeste d'une grosse explosion.

« J'ai connu mieux comme paillasson », dit Austin.

Agitant ses palmes en cadence, il remonta le long de l'éboulement. Si c'était là l'entrée du parc à sous-marins, aucun ne l'utiliserait de sitôt. Il eut beau le parcourir de haut en bas à la recherche d'une ouverture, le bloc ne présentait pas la moindre faille.

Zavala flottait à ses côtés. « Autant pour mes rêves de beautés russes. »

Austin étudia les rochers, puis il nagea jusqu'à une sorte de dalle mesurant environ deux mètres de haut et un de large, érigée telle une pierre tombale géante, dans une position quasi verticale. Une paire de tiges métalliques dépassaient du sommet, comme les antennes d'un insecte.

« Si nous arrivions à basculer cette plaque en avant, nous provoquerions peut-être un éboulement qui ouvrirait cette merde.

— Bonne idée. Dommage que nous ayons oublié la dynamite.

— Nous n'en aurons pas forcément besoin. Tu te rappelles ce que disait Archimède ?

— Bien sûr, c'est le patron du resto grec au coin de ma rue. Il dit toujours : "Sur place ou à emporter ?"

— Je parle de l'autre Archimède.

— Ah ! Celui-là. Il a dit : "Eurêka !"

— Il disait aussi : "Donnez-moi un point d'appui, et je soulèverai le monde." »

Zavala regarda les tiges d'acier. « Archimède s'intéressait de près aux leviers et aux supports, si je me souviens bien.

— Eurêka ! » s'écria Austin, nageant jusqu'au faîte de l'éboulement pour se retrouver au-dessus de la dalle. Il se glissa entre le béton et la falaise, appuya son corps sur le mur et posa les pieds sur une des tiges. Zavala l'imita de son côté.

« Voyons si on peut soulever une petite partie du monde, annonça Austin. Je compte jusqu'à trois. »

Ils poussèrent sur les barres et la plaque se souleva de quelques centimètres avant de retrouver sa place initiale. Ils réajustèrent les réservoirs d'oxygène qui les gênaient et recommencèrent. Cette fois la dalle bougea de façon conséquente. Un court instant, elle donna l'impression de vouloir se renverser, mais malgré les efforts des deux hommes elle retomba en place.

Zavala suggéra de mettre les pieds plus haut sur les tiges. Ils les posèrent à l'extrémité des barres, redressèrent le dos et poussèrent de toute leur force. Cette fois, la dalle bascula si vite qu'elle faillit les emporter dans son élan. Elle s'écrasa au ralenti, se cassa en deux en rebondissant, avant de s'immobiliser dans un tourbillon de boue. Plusieurs blocs de pierre suivirent, occasionnant un nouvel éboulement.

« Primaire, mais efficace », déclara Austin. Il se laissa couler au bas de la pile et stoppa devant l'ouverture qu'ils venaient de dégager. Il éclaira le trou avec sa torche, puis tenta de s'introduire à l'intérieur. Les bonbonnes d'oxygène l'en empêchèrent. Il les ôta, garda juste le régulateur en bouche, puis se glissa dans le trou, les pieds en premier, tirant les réservoirs derrière lui. Zavala le suivit de la même manière.

Ils se retrouvèrent bientôt coincés dans un espace restreint, entre les rochers et deux immenses portes en acier trempé. Ces dernières étaient scellées, mais la force de l'explosion avait plié l'angle supérieur de l'une d'elles, comme la page cornée d'un livre. La fente ainsi dégagée était suffisamment large pour livrer passage aux deux hommes et leurs réservoirs. Une fois de l'autre côté, leurs torches n'éclairèrent que le néant, à l'exception, toutefois, d'une zone plus claire au-dessus de leurs têtes. Ils s'élevèrent sur plusieurs mètres, jusqu'à une surface rocheuse. En nageant à quelques centimètres sous le plafond ils progressèrent silencieusement dans l'eau sombre.

À un moment, le plafond disparut et ils purent remonter à l'air libre, dans l'obscurité la plus complète. Austin libéra l'embout du régulateur et prit une profonde inspiration. Malgré des relents de moisi, l'air était respirable. Ils allumèrent leurs torches pour découvrir un mini-lac artificiel. Ils nagèrent jusqu'à une échelle, se hissèrent sur le bord et promenèrent les lumières alentour, dévoilant le périmètre d'un bassin rectangulaire.

« Hello, murmura Austin. Quelqu'un a oublié son canard en caoutchouc dans la baignoire. »

Le faisceau de sa torche éclaira les contours d'un sous-marin, au sec, de l'autre côté du bassin.

Ils ôtèrent leur équipement et le disposèrent en petits tas bien rangés et faciles d'accès, en cas de repli rapide. Ils enlevèrent tout, sauf leurs combinaisons, ne conservant que leurs armes, des munitions, les jumelles, les torches et, dans le cas d'Austin, un émetteur radio en bandoulière. Il essaya d'appeler Kemal, mais les épais murs de béton rendaient la transmission impossible. Au cours de l'exploration de la salle, ils suivirent une série de voies d'écartement étroites, courant autour du périmètre du bassin et se poursuivant au-delà des pompes d'alimentation et des conduites d'eau et d'électricité.

Des portiques et des grues flottantes fixées au plafond servaient au levage de lourds fardeaux et à hisser les sous-marins, pour leur entretien en cale sèche. C'était le cas de celui-ci, un gros vaisseau d'environ cent dix mètres de long, selon une estimation d'Austin. Ils grimpèrent à bord pour l'explorer de fond en comble. Le pont arrière du kiosque, long, plat et encastré, avait une forme inhabituelle. Ils escaladèrent le kiosque et ouvrirent le sas d'entrée. Une odeur de nourriture rance, de crasse et de carburant s'échappa de l'ouverture.

En tant qu'expert en véhicules sous-marins, Zavala

se porta volontaire pour l'inspection ; quant à Austin, il fit le guet à l'extérieur. Un court instant plus tard, Zavala était de retour.

« Personne à la maison, annonça-t-il, d'une voix qui résonna dans l'immense salle.

— Rien du tout ?

— Je n'ai pas dit ça. » Zavala tendit à Austin une casquette de base-ball bleu marine. « J'ai trouvé ça dans une cabine. »

Austin examina les lettres brodées en blanc sur le devant de la casquette. *NR-1*. « Voilà qui suscite plus de questions que de réponses.

— Le bâtiment lui-même n'a rien de mystérieux, déclara Zavala. C'est un Diesel, construit à une fin précise. Pas de torpilles. Il est sans doute très rapide à la surface d'après ce que je vois, et ces stabilisateurs doivent lui assurer une excellente maniabilité sous l'eau. Le pont a été modifié pour le transport de cargaisons diverses... ou de sous-marins.

— Comme le NR-1 ?

— Facile. Mais pourquoi, alors, bloquer les portes d'entrée du parc ?

— Ils n'ont plus besoin de ce gros bébé. Quelle meilleure façon de cacher les indices ? Voyons plutôt si nous pouvons trouver le propriétaire de cette casquette », dit Austin, enfouissant le couvre-chef sous sa combinaison.

N'ayant plus rien à découvrir sur le sous-marin, ils retournèrent à leur matériel. Des rails menaient à un double portail d'acier d'environ trois mètres cinquante de haut. Pour ne pas avoir tout le temps à ouvrir et fermer les grandes portes, on avait pratiqué une plus petite entrée, juste à côté. Zavala essaya la poignée.

« C'est ouvert, on a du bol.

— Ne te réjouis pas si vite. Il s'agit peut-être de l'antre de l'araignée, attendant ses proies.

— T'en fais pas», répliqua Zavala en exhibant un Heckler & Koch, de calibre 9 mm modifié par ses soins de telle sorte qu'il pouvait tirer trois rafales à la suite. «J'ai apporté de l'insecticide.»

Austin retira de son holster en cuir sa propre marque de répulsif, un Ruger Redhawk, fabriqué sur commande par la Bowen Classic Arms Company, solide revolver calibré pour des cartouches spéciale .50. Il tenait bien en main la crosse en bois de serpent, une rare essence d'Amérique du Sud. Le canon épais ne mesurait que douze centimètres, mais ce revolver singulier possédait un punch mortel.

Ils ouvrirent la porte et pénétrèrent dans une salle aux dimensions moitié moins importantes que le parc à sous-marins. Une voie ferrée de garage, occupée par six gros wagons de marchandises fonctionnant au propane, courait au milieu de la pièce depuis la salle principale et se divisait, des deux côtés, en différentes ramifications qui, chacune, terminait sa course par un portail cintré donnant accès à une salle secondaire.

S'invitant dans la pièce la plus proche, Zavala et Austin y trouvèrent des étagères chargées de pièces détachées. Les autres réserves contenaient des outils, du matériel de lutte contre les incendies ou servaient d'atelier. L'une d'elles, séparée des autres par une lourde porte en acier trempé, était remplie d'explosifs destinés à la démolition et d'armes de poing.

Ils retournèrent dans la salle principale et se dirigèrent vers un ascenseur. À côté de celui-ci, un renfoncement dissimulait une cage d'escalier. Une odeur de chou cuit s'y répandait depuis l'étage. Ils gravirent les marches pour arriver à un palier fermé, à peine éclairé au sol par une lumière diffuse, qui filtrait sous une nouvelle porte.

Austin y colla son oreille et écouta. Comme il n'entendait rien, il entrouvrit de quelques centimètres et finit par ouvrir en grand… et en silence. Il s'avança et fit signe à Zavala de le suivre. Les deux hommes se trouvaient dans un couloir illuminé par des spots encastrés dans le plafond, suffisamment large pour que quatre personnes puissent y marcher de front. Le décor rappelait, non sans originalité, le style spartiate, d'un abri antibombe, tout en béton, en vogue au niveau inférieur.

Encore des portes… Toutes du même côté…

La première ouvrait sur une chambre froide, regorgeant de viandes et de légumes, et reliée à un garde-manger bien approvisionné en boîtes de conserve et articles d'épicerie. Ils entrèrent ensuite dans une grande cuisine équipée d'un four à pain, contiguë à un réfectoire meublé de longues tables et de bancs, où flottaient les effluves puissants du dernier repas.

Austin s'approcha d'une table, ramassa quelques miettes et posa le doigt sur une trace de verre humide.

« Fais gaffe, dit-il. Certains habitués traînent peut-être encore dans les parages… »

Une autre porte communiquait avec un nouveau passage et un dortoir désert, où Austin compta une cinquantaine de lits, tous défaits. Les casiers à chaussures étaient vides. Comme une petite salle de jeux jouxtait le dortoir, Austin s'approcha d'un échiquier, étudia les pièces un court instant, puis déplaça le cavalier noir.

« Echec et mat », murmura-t-il pour lui-même.

Ils retournèrent ensuite vers l'escalier pour monter à l'étage supérieur. Contrairement à la caserne du bas, le sol y était revêtu d'une épaisse moquette, et les murs lambrissés de bois sombre. Ils explorèrent une demi-douzaine de cabinets et de salles de conférences. Des cartes maritimes jaunies tapissaient les murs, mais les bureaux étaient propres et les classeurs vides.

« On doit se trouver dans le poste de commandement de la base », avança Austin.

Zavala balaya du regard les lieux inhabités, l'air inquiet. « Le dernier ordre donné ici doit remonter à longtemps. Je ne sais pas pourquoi mais j'ai la chair de poule. On devrait peut-être appeler *SOS Fantômes...* »

Austin grogna : « Les gars qui m'ont tiré dessus l'autre jour ne ressemblaient en rien à des ectoplasmes ! »

Laissant le poste de commandement, ils s'en furent visiter les pièces de l'autre côté du couloir principal. Ils se contentèrent de jeter un œil dans ce qui ressemblait au quartier des officiers, avec des chambres à deux lits. Puis, ils suivirent un nouveau corridor qui menait à une immense et luxueuse suite. Les parquets cirés, en chêne massif, disparaissaient presque sous les tapis orientaux, finement tissés, et les meubles semblaient tous façonnés dans des bois d'ébène ou d'acajou. La décoration, parfaite symbiose entre les tendances byzantine et orientale, témoignait d'un goût marqué pour les tissus rouges et les franges dorées.

Zavala admirait une des nombreuses peintures de femmes voluptueuses et dénudées qui couvraient les murs.

« Rappelle-moi, à notre retour, de redécorer mon appart'en style harem moderne. »

Austin avait du mal à imaginer un commandant de sous-marin soviétique dans ce décor décadent. « On dirait la représentation, au cinéma, d'un bordel victorien. »

Malgré leur ton badin, les deux hommes se sentaient mal à l'aise. Austin se remémorait la violence de l'accueil dont il avait été victime lors de sa première visite et le calme apparent des lieux le faisait frissonner. Poursuivant leur exploration, ils se retrouvèrent devant une épaisse porte en bois clouté, bardée de lanières de cuir décoratives, semblable au portail d'un donjon médiéval. Un grand *R* stylisé était gravé dessus.

Zavala examina l'antique serrure, puis il fouilla une des poches de son plastron et en sortit une trousse en cuir souple qu'il déplia, dévoilant un kit du parfait cambrioleur, probablement illégal dans la plupart des pays du globe. Il choisit une espèce de grand crochet.

« Le passe-partout standard devrait faire l'affaire. » Il caressa les dessins de la porte et les solides charnières en fer forgé.

« Il doit y avoir quelque chose de valeur de l'autre côté mais je m'étonne que ce ne soit pas mieux verrouillé. » Il se pencha en avant et introduisit le précieux passe dans la serrure, le remua avec délicatesse et le tourna d'un coup sec. Le verrou était bien lubrifié et le pêne dormant se retira avec un *clunk* sonore.

Austin posa son oreille sur le bois sombre. N'entendant rien, il allait se saisir de la poignée décorée quand il suspendit son geste, se demandant si des caméras cachées n'avaient pas épié chacun de leurs pas dans ce labyrinthe. Une bande d'assassins pouvait très bien les attendre, tapie dans l'autre pièce. L'idée d'une balle ou d'un poignard dans l'œil lui donna la nausée. Pourtant ses lèvres se refermèrent sur un rictus sinistre. Après tout, être touché au cœur le tuerait aussi certainement qu'à l'œil…

Austin ne parvenait pas à se souvenir de l'auteur de la phrase : « La meilleure défense, c'est l'attaque », mais il avait toujours considéré cette maxime comme le meilleur des conseils. Il arma donc son Bowen, fit signe à Zavala de le couvrir, puis appuya sur la poignée, ouvrit en grand la porte et s'avança à l'intérieur.

Chapitre 14

Le taxi, une Lada noire toute cabossée, bringuebalait sur le chemin de terre, chaque boulon de son vieux châssis cliquetant de désespoir. Le sentier accidenté serpentait à travers la forêt de pins jusqu'à un lotissement de chalets rustiques, en retrait des bords de la mer Noire. L'automobile tressautait encore, gémissant sur ses amortisseurs fatigués, après que Paul et Gamay Trout eurent réussi à s'extirper de la banquette arrière défoncée. Ils détachèrent leurs sacs marins de la galerie et réglèrent la course au chauffeur. Le taxi démarra dans un nuage de poussière alors que la porte d'un chalet voisin s'ouvrait avec fracas. Un homme aux allures d'ours fonça sur eux, en grognant si fort qu'il fit presque trembler les pommes de pin.

« Trout ! Je n'en crois pas mes yeux ! » Il se jeta sur Paul pour le serrer très fort dans ses bras. « Comme c'est bon de te revoir, mon ami ! » Il administrait de grandes tapes dans le dos de Trout.

« J… uis… tent… voir moi… si, Vlad », parvint à répondre un Trout haletant, à la recherche d'un oxygène qui paraissait le fuir à chaque nouvel assaut de son chaleureux ami. « … oici… femme, Gamay… may. Gamay, je te présente le professeur Vladimir Orlov, pff… »

Orlov tendit une main de la taille d'un jambon et tenta de claquer les talons de ses sandales en caoutchouc. « Je suis heureux de faire votre connaissance, Gamay. Votre mari m'a souvent parlé de son adorable et brillante épouse, entre deux bières au Captain Kidd.

— Moi, j'ai l'impression de déjà vous connaître, professeur Orlov. Paul ne cesse d'évoquer les bons moments que vous avez passés ensemble à Woods Hole.

— Nous avons beaucoup de merveilleux souvenirs communs, votre époux et moi. » Il se tourna vers Paul. « Elle est aussi belle et charmante que je l'avais imaginé. Tu es un homme chanceux.

— Merci. Et tu seras content de savoir que ton tabouret de bar trépigne d'impatience en attendant ton retour.

— Le tout, c'est de savoir quand. Comment vont les affaires à l'Oceanographic ?

— J'y étais il y a moins d'une semaine. J'essaie toujours de retourner chez moi entre deux missions de la NUMA. Woods Hole n'a pas changé depuis l'année que tu y as passée.

— Je t'envie. Comme beaucoup de pays pauvres, la Russie se montre bien trop radine avec le budget alloué à la recherche scientifique. Même une institution aussi réputée que l'Université d'Etat de Rostov se voit contrainte de mendier des fonds. Encore heureux que le gouvernement nous laisse utiliser ce site comme centre de recherche. »

Gamay lança un regard périphérique sur les maisonnettes et la source d'eau fraîche qui jaillissait à travers les arbres. « C'est merveilleux ! Ça me rappelle les vieilles communautés campagnardes des bords des Grands Lacs où j'ai grandi.

— La marine soviétique s'en servait comme autant de petits nids d'amour pour les gradés et leurs épouses en permission. Il y a un court de tennis, mais le revêtement ressemble un peu au sol lunaire. Nous avons fait venir des étudiants qui ont fait du bon travail en retapant les chalets. Le site est parfait pour les séminaires ou l'isolement, comme c'est le cas en ce moment. Nous autres scientifiques nous retirons ici dans le seul but de réfléchir en toute sérénité. » Il attrapa leurs sacs. « Suivez-moi, je vais vous accompagner jusqu'à votre chalet. »

Orlov les guida le long d'une sente tapissée d'aiguilles de pins et s'arrêta devant un chalet fraîchement repeint en vert et blanc lumineux. Il gravit les quelques marches qui menaient au porche, posa les sacs et ouvrit la porte. Le cottage n'abritait qu'une seule grande pièce avec des lits superposés pour quatre personnes, une table en bois rudimentaire au centre, un évier à pompe et une gazinière de camping sur le côté. Orlov alla droit à l'évier et manœuvra la poignée.

« L'eau est pure et froide. Assurez-vous d'en garder toujours un peu dans cette boîte à café pour amorcer la pompe. Vous trouverez une douche à l'extérieur. Les WC sont juste derrière la maison. C'est un peu primitif, j'en ai bien peur. »

Gamay inspecta la pièce. « Ça me semble tout à fait confortable. » Paul enchaîna : « Nous nous sommes invités, Vladimir. Nous devrions nous montrer reconnaissants de ne pas dormir sous une tente.

— N'importe quoi ! Je ne veux plus entendre de pareilles sornettes. Bon, vous voudrez sans doute défaire vos bagages et enfiler quelque chose de confortable. » Le professeur portait un large short noir et un débardeur rouge. « Comme vous le voyez, nous sommes plutôt décontractés. Quand vous serez prêts, suivez le sentier en sens inverse jusqu'à la grande clairière. Je vous y attendrai avec des rafraîchissements. »

Orlov parti, les Trout remplirent l'évier et firent un brin de toilette. Gamay échangea son élégant pantalon et son pull en coton contre un short bleu et un

T-shirt du Scripps Oceanographic Institute, où elle avait fait la rencontre de Paul, alors étudiant. Ce dernier était vêtu d'un blazer infroissable L.L. Bean bleu marine, d'un pantalon marron et d'un de ces nœuds papillons de couleurs vives qu'il affectionnait. Il enfila un short marron neuf, un polo bleu et des sandales tout-terrain Teva. Puis, ils rebroussèrent chemin à travers la pinède pour atteindre la clairière.

Orlov était installé à une table de camping, à l'ombre d'une tonnelle. Il discutait avec un couple qu'il présenta comme étant Natacha et Leo Arbikov, deux physiciens dans la quarantaine. Ils parlaient peu anglais mais leurs sourires étincelants et leurs adorables mimiques remplaçaient bien des mots. Orlov raconta que plusieurs scientifiques et étudiants dans des domaines divers couraient les bois, les uns pour réaliser des expériences, les autres tout simplement à la recherche d'un endroit paisible pour lire. Puis il ouvrit une glacière monumentale d'où il retira des boîtes plastiques pleines de fruits, caviar, poisson fumé et bortsch froid, une carafe d'eau et une bouteille de vodka. Les Trout goûtèrent un peu à tout, mais ils burent de l'eau, repoussant les boissons fortes à plus tard. Orlov, lui, n'hésita pas à se servir un verre de vodka, sans que son comportement en soit affecté pour autant.

« Ça facilite ma concentration », déclara-t-il avec un bon gros rire, engloutissant dans la foulée une généreuse cuillerée de caviar. Il balança une autre de ses tapes phénoménales dans le dos de Trout. « C'est tellement incroyable de te voir, mon ami. Je suis heureux que tu aies appelé.

— C'est formidable de te revoir, Vlad, bien que ce ne soit pas évident de te joindre.

— Il n'y a qu'un seul téléphone, ici, pour nous relier à l'extérieur. Voilà toute la beauté de cet endroit. C'est

Le Monde perdu… À la différence près qu'ici, *nous* sommes les dinosaures.» Il rugit de rire à sa propre plaisanterie. «On ne gagne pas grand-chose, mais on peut poursuivre nos travaux sans presque rien dépenser.» Il leva la bouteille, fit claquer sa langue et se servit deux doigts supplémentaires de vodka. «Assez causé de moi. Dites-moi ce qui vous amène en mer Noire.

— Tu as entendu parler du navire de recherche de la NUMA, l'*Argo* ?

— Oh, oui. Je suis même monté à bord, il y a quelques années. Un bateau magnifique. Je n'en attendais pas moins de la NUMA.»

Paul acquiesça d'un hochement de tête. «Gamay et moi-même opérons des recherches en rapport avec la plus récente des investigations de l'*Argo*. Je me suis souvenu que tu étais à l'université, et j'ai pensé à t'appeler pour te signaler notre présence dans les parages.»

Pendant que lui et Zavala rendaient visite à la base de sous-marins, Austin avait demandé aux Trout d'enquêter sur les Industries Ataman. Le siège du groupe se trouvait dans la ville portuaire de Novorossisk, au nord-est de la mer Noire. Trout pensa tout de suite à Orlov, qui avait visité, dans le cadre de son travail, le Woods Hole Oceanographic Institution, parce qu'il enseignait à l'université de Rostov, tout près de Novorossisk. Quand il l'avait appelé, le professeur avait décrété qu'il ne leur pardonnerait jamais s'ils ne venaient pas le voir.

«Vous n'avez pas rencontré de problème pour me rejoindre ? se renseigna Orlov.

— Aucun. Nous avons eu la chance de pouvoir prendre un vol commercial pour Novorossisk sans réserver à l'avance. L'université a envoyé un taxi nous récupérer à l'aéroport, et nous voilà.» Il regarda autour de lui le paysage bucolique. «Laisse-moi prendre mes repères. Nous nous trouvons entre Rostov et Novorossisk ?

— Exact. Novorossisk est le port terminal pétrolier des gisements du Caucase. C'est aussi une ville de héros, pleine de monuments plus laids les uns que les autres, célébrant la résistance héroïque du peuple pendant la Grande Guerre patriotique. » Orlov se tourna vers Gamay. « Paul m'a loué vos talents de biologiste marin. Quelle sorte de travaux avez-vous effectués ?

— Avant de venir ici, j'étais dans les Keys de Floride, pour examiner les coraux endommagés par la pollution d'un trop-plein industriel. »

Orlov secoua la tête. « On dirait que les Russes ne sont pas les seuls barbares de l'écologie. Je suis impliqué dans une étude sur la pollution en mer Noire. Et toi, Paul ?

— Je me trouvais à Woods Hole où je travaillais comme consultant pour une étude sur l'exploitation minière dans l'océan. Je pense avoir lu qu'un des principaux sujets d'inquiétude dans ce domaine concernait justement Novorossisk. »

La duplicité n'était pas un des points forts de Trout. D'une franchise typiquement yankee, il se sentait mal à l'aise à l'idée de manipuler la vérité, en particulier avec un vieil ami. Trout décida qu'en lançant quelques lignes dans le flot de la conversation, Orlov finirait bien par mordre à l'hameçon. Ce qui ne tarda guère.

« Exploitation minière ? Tu veux sans doute parler des Industries Ataman.

— Le nom m'est familier, en effet. J'ai dû lire quelque chose là-dessus.

— Je serais surpris du contraire. Ataman, c'est énorme… Ils ont débuté comme groupe d'exploitation des mines souterraines, mais ils ont vite réalisé le potentiel du sol marin. Aujourd'hui leur flotte parcourt les mers du globe.

— Bien joué, avec la demande mondiale de combustible.

— Oui, tu as raison, mais beaucoup ignorent qu'Ataman est au premier rang en matière de recherche pour extraire l'hydrate de méthane des fonds de l'océan.

— Je n'ai pas le souvenir d'avoir lu une quelconque allusion à cela dans les brochures spécialisées.

— Tout ce qui touche Ataman est plus ou moins occulté. Le capitalisme russe est encore à l'état sauvage. Nous n'avons pas toutes les lois que possède votre pays sur l'information aux actionnaires. Je doute que cela change grand-chose, de toute façon. Avec les milliers de personnes qu'emploie Ataman, il est très difficile de garder un secret. Ataman a réuni une flotte entière de vaisseaux monstrueux, dans le but de les utiliser pour l'extraction de la "glace de feu".

— La "glace de feu" ? s'étonna Gamay.

— C'est le terme choisi pour l'hydrate de méthane, un composé du méthane, expliqua Paul. Le sol marin du monde entier abrite des poches de cette substance. On dirait de la neige glacée, mais inflammable. »

Orlov intervint. « Tout le monde sait que les scientifiques russes prétendent avoir tout inventé, depuis l'ampoule électrique jusqu'à l'ordinateur, mais dans ce cas précis, je dois avouer qu'ils ont raison. Le premier gisement naturel a été trouvé en Sibérie, où on le connaissait sous le nom de "gaz des marais". Des chercheurs américains ont repris le travail de nos glorieux scientifiques et découvert des hydrates sous l'océan.

— Au large de la Caroline du Sud, si je me souviens bien, précisa Trout. Woods Hole a effectué différentes explorations sous-marines avec le submersible de prospection *Alvin*, et repéré des mofettes s'échappant des sédiments le long de failles dans le fond de l'océan.

— Quelles en sont les applications économiques ? » s'enquit Gamay.

Orlov alla se servir une nouvelle dose de vodka avant de se raviser et de mettre la bouteille de côté. « Le potentiel est formidable. Les gisements du globe peuvent générer plus d'énergie que tous les autres combustibles fossiles réunis.

— Vous le voyez remplacer le pétrole et le gaz, alors ?

— Ni plus ni moins que la revue *Scientific American* qui l'a appelé "le combustible du futur". Il rapporterait des milliards et des milliards, ce qui explique pourquoi tant de gens s'intéressent à son extraction. Néanmoins, les problèmes techniques sont incommensurables. La substance s'avère instable et se décompose rapidement hors de ses conditions naturelles de profondeur et de pression extrêmes. Mais celui qui parviendra à contrôler ces réactions pourra contrôler les réserves d'énergie du monde entier. Sur ce point, Ataman a une longueur d'avance sur les autres. » Le large front d'Orlov se plissa en une expression d'inquiétude. « Ce qui n'est guère rassurant, conclut-il.

— Pourquoi cela ? demanda Paul.

— Ataman appartient en totalité à un homme d'affaires ambitieux, du nom de Mikhaïl Razov.

— Il doit être fabuleusement riche, dit Gamay.

— Ça va bien au-delà de la richesse. Razov est un homme complexe. Pendant que ses affaires se négocient dans le secret le plus total, le personnage lui-même semble représenter une menace de plus en plus forte pour la Russie. Il critique le gouvernement au grand jour et suscite une admiration populaire qui ne cesse de croître, jusqu'à devenir un véritable culte.

— Un magnat avec des ambitions politiques n'a rien d'étrange, même aux Etats-Unis, intervint Gamay. Nous avons souvent élu des hommes riches comme gouverneurs, sénateurs ou présidents.

— Eh bien, si l'on donne le pouvoir à quelqu'un comme Razov, que Dieu nous protège ! C'est un nationaliste fanatique qui ne parle que de restaurer la belle époque.

— Je croyais le communisme mort.

— Oh, il l'est… mais uniquement pour être remplacé par une autre forme d'oligarchie. Razov est convaincu que la Russie a connu ses plus belles heures de gloire sous le règne des tsars : Pierre le Grand, Ivan le Terrible… Mais il ne se montre pas très clair en ce qui concerne les détails, ce qui effraie beaucoup de gens. Il dit juste qu'il veut voir l'esprit de l'ancien empire incarné dans la Nouvelle Russie.

— Ce genre de types, ça va et ça vient, dit Paul.

— Je l'espère. Mais cette fois, j'en suis moins sûr. Il émane de sa personne un puissant magnétisme, et son message simpliste trouve, dans mon pauvre pays, un écho inquiétant.

— Ataman est le nom d'une ville, ou d'une région ? » s'enquit Gamay.

Orlov sourit. « C'est un terme russe pour désigner un chef cosaque. Razov est un Cosaque de naissance, et j'imagine qu'il se complaît dans l'image du chef de la Compagnie. Il passe le plus clair de son temps sur un yacht magnifique, le *Kazachestvo*. Ce qui se traduit grosso modo par "Cosaquisme", avec le putain de poing sur la poitrine et tout le reste… Vous devriez voir le bateau ! Un palace flottant à quelques kilomètres d'ici. »

Orlov exhiba sa dent en or. « Assez, maintenant, avec la politique. Nous avons des sujets de discussion plus plaisants à aborder. Mais d'abord, je dois m'excuser. J'ai un travail que je dois terminer sans faute. Cela ne prendra qu'une heure ou deux. Après je serai à votre entière disposition. En attendant, vous pourriez aller bronzer sur la plage, si ça vous tente.

— Je suis sûr que nous trouverons quelque chose à faire.

— Parfait. » Il se leva, serra la main de Trout et embrassa Gamay. « On se retrouve ici en fin d'après-midi ; après, on parlera toute la nuit. » Le couple de scientifiques prit aussi congé et les Trout se retrouvèrent seuls. Paul proposa une visite à la plage.

Le trajet jusqu'à la mer d'un bleu sombre fut l'occasion d'une petite balade à pied en pleine nature. Un baigneur solitaire nageait à une trentaine de mètres du rivage. La plage, pleine de cailloux, n'incitait guère à la bronzette, et les chaises de plage en métal étaient brûlantes. Néanmoins, Gamay chercha une place pour s'étendre, alors que Paul optait pour une promenade face à la mer. Il revint après quelques minutes.

« J'ai trouvé quelque chose d'intéressant », annonça-t-il. Il la guida derrière un coude dans les rochers, où un bateau avait été mis au sec. La peinture blanche s'écaillait sur la coque en bois. À part ça, l'embarcation semblait en bon état. Le moteur hors-bord, un Yamaha, paraissait fonctionner et il y avait de l'essence dans le réservoir.

Gamay lut dans les pensées de son époux. « Envisages-tu d'aller faire un tour ? »

Trout haussa les épaules et jeta un coup d'œil en direction du jeune homme, âgé d'une vingtaine d'années, qui sortait de l'eau. « Demandons à ce gars si c'est possible. »

Ils se dirigèrent vers le nageur en train de se sécher. Quand ils le saluèrent, le garçon sourit. « Vous êtes les Américains ? »

Paul acquiesça et se présenta, ainsi que Gamay.

« Je m'appelle Youri Orlov, répondit le Russe. Vous connaissez mon père, moi je suis étudiant à l'université. » Il parlait anglais avec un accent américain.

Ils échangèrent une poignée de main. Il était grand et dégingandé, avec une tignasse couleur paille qui lui tombait sur le front, et de grands yeux bleus mis en valeur par des lunettes à monture d'écaille.

« On voulait savoir s'il serait possible de faire un tour en bateau, demanda Paul.

— Bien sûr, répondit Youri, rayonnant. Que ne ferais-je pas pour être agréable aux amis de mon père ? »

Il poussa le bateau dans l'eau jusqu'à la bonne profondeur et tira sur le cordon du moteur. Ce dernier toussa, mais refusa de démarrer. « Ce moteur est têtu », s'excusa Youri. Il se frotta les mains, vérifia l'arrivée d'essence, secoua le réservoir et essaya à nouveau. Cette fois, le moteur crachota avant de laisser entendre un ronflement régulier. Les Trout montèrent dans le canot, Youri donna une poussée, sauta à bord et mit le cap au large.

Chapitre 15

Les yeux d'Austin mirent quelques secondes pour s'habituer à la pénombre. L'entêtante odeur d'encens évoquait l'image d'une ancienne chapelle byzantine, dans un monastère qu'il avait visité à Mystra, au sommet d'une colline dominant la ville grecque de Sparte. D'antiques appliques à gaz, en cuivre, vitrail et or, produisaient une lumière faible et vacillante, qui suffisait cependant à éclairer les splendides icônes peintes sur les murs de plâtre brut. Le plafond voûté était renforcé par d'épaisses poutres en bois. Au fond de la pièce, une chaise à haut dossier faisait face à un autel.

Ils entrèrent pour inspecter les lieux. L'autel était couvert d'un drap violet, sur lequel on avait brodé, au fil d'or, la lettre *R*. Au milieu de l'autel, un brûleur d'encens dégageait une fumée douceâtre dont les volutes parfumées voilaient légèrement une grande photo en noir et blanc, fixée au mur dans un cadre en or lui aussi, et éclairée par la lumière jaune d'une lampe murale.

Sept personnes figuraient sur la photographie, deux adultes et cinq enfants dont la ressemblance était saisissante. Nul doute qu'il s'agissait là d'un portrait de famille.

Debout, sur le côté gauche, un homme barbu portait une casquette à visière et un uniforme militaire de cérémonie, garni d'élégants passepoils. Plusieurs médailles ornaient sa poitrine.

Un jeune et mince garçon au teint pâle, vêtu d'un costume de marin, se tenait devant lui. À ses côtés, trois adolescentes et une fillette se serraient autour d'une femme d'âge moyen, assise. Les traits de chacun des enfants combinaient le front haut du père et le visage large de la mère. En arrière-plan, on distinguait un pied cylindrique sur lequel reposait une magnifique couronne.

Cette dernière paraissait massive et on ne l'avait pas conçue, à l'évidence, pour être portée très longtemps. Elle était incrustée de rubis, diamants et émeraudes. Même sur la photo noir et blanc, les pierres brillaient de mille feux. Un aigle à deux têtes, en or, surmontait un globe.

« Cette petite babiole doit valoir une fortune », dit Zavala. Il s'approcha et étudia les visages sombres. « Ils ont l'air si malheureux.

— Peut-être savaient-ils ce qui les attendait », avança Austin. Il caressa l'étoffe brodée de l'autel. « *R* comme Romanov. » Il observa autour de lui la chambre funéraire. « Nous sommes dans un mausolée construit à la mémoire du tsar Nicolas II et sa famille. Le garçon sur la photo aurait porté la couronne si lui et les siens n'avaient pas été assassinés. »

Austin s'assit sur la chaise, face à l'autel. Alors qu'il se penchait en arrière, un chœur de voix mâles, profondes et graves, retentit, diffusé par des haut-parleurs invisibles. Le chant religieux se répandit dans la chambre en se répercutant sur les murs. Austin jaillit de la chaise comme un diable hors de sa boîte, le revolver au poing. La musique obsédante s'arrêta.

Zavala remarqua l'air inquiet de son ami et réprima un rire. « Nerveux, mon ami ?

— Astucieux », nota Austin. Il appuya sa main sur le dossier de la chaise et le chant reprit, pour s'arrêter une fois la main ôtée. « Un système de pression active le déclenchement de la musique. Voilà qui donne un nouveau sens au terme de “chaise musicale”. Tu veux l’essayer ?

— Non merci. Je préfère la salsa.

— Rappelle-moi d’installer un “fauteuil musical” de ce type pour écouter ma collection de jazz progressif. » Austin regarda la porte. « On s’en va d’ici. Même un rat ne serait pas assez con pour se faire prendre dans un piège pareil. »

Ils quittèrent le mausolée des Romanov et retournèrent à la cage d’escalier. Ils montèrent un niveau et se retrouvèrent dans une espèce de caserne semblable à celle du premier étage. Mais si le dortoir du bas était bien rangé, les couvertures froissées sur des matelas sales témoignaient ici d’une grande négligence. Des mégots de cigarettes et des verres en plastique jonchaient le plancher. Une odeur forte, presque palpable, de sueur et de pourriture imprégnait les lieux.

« Pouah ! » s’écria Zavala.

Austin fronça le nez. « Vois le bon côté des choses ; on n’aura pas besoin d’un limier pour suivre la piste. »

Ils enfilèrent un large corridor qui s’élevait en spirale, comme certains parkings souterrains. Après quelques minutes, un courant d’air frais balaya leur visage et chassa les effluves faisandés qui les accompagnaient depuis le dortoir. Un rai de lumière naturelle, provenant d’une partie cachée du couloir, éclaira les zones d’ombre laissées par les plafonniers.

Le passage aboutissait sur une porte en acier entrouverte. Une rampe courte menait à l’intérieur de ce qui pouvait passer pour un entrepôt ou un garage. Le sol de ciment, taché d’huile, était parsemé d’excréments de petits animaux. Austin récupéra une vieille copie jaunie de la *Pravda*, sur une pile de détritus. Le visage aux sourcils broussailleux de Leonid Brejnev souriait sur la couverture.

Austin jeta le journal et s'approcha d'une fenêtre. Toute trace de verre ayant disparu de son cadre en aluminium, celle-ci offrait une vue très nette de l'extérieur, où s'élevaient plusieurs constructions métalliques. L'entrepôt faisait partie du complexe de bâtiments abandonnés qu'Austin avait pu observer du ciel. La rouille rongeait les façades ondulées et les joints étaient déformés. De grandes touffes d'herbe avaient envahi les allées en pierre.

Zavala siffla pour capter l'attention d'Austin. Il regardait dehors, lui aussi, mais de l'autre côté du hangar. Se frayant un chemin à travers les ordures, Austin le rejoignit et se pencha à la fenêtre. L'entrepôt reposait sur une butte surplombant un terrain vague de forme à peu près rectangulaire, et enfoncé d'un mètre environ, tel un porte-savon géant. Tout au bout, des cages de football rouillées dépassaient des herbes folles. Austin supposa que les équipages des sous-marins l'utilisaient comme terrain de sport quand ils avaient un moment de détente.

Pour l'heure, des hommes à cheval se postaient sur trois côtés du terrain. Seul le côté le plus proche du hangar et des constructions restait ouvert. Austin reconnut les uniformes que portait le gang de Cosaques qui lui avaient tiré dessus. Là, ils étaient au moins trois fois plus nombreux, tous tournés face au terrain.

« Tu ne m'avais pas dit qu'il s'agissait d'un club de polo, plaisanta Zavala en tentant vainement de prendre l'accent anglais.

— Je voulais te faire la surprise », répondit Austin, le regard soudain rivé sur un groupe de personnes, l'air effrayé, assemblées en troupeau au centre du terrain. « Nous sommes dans les temps pour la dernière période de jeu. Suis-moi et je te présenterai aux gars dont j'ai fait la connaissance lors de ma première visite. »

Austin et Zavala se glissèrent hors de l'entrepôt et

s'aplatirent pour ramper jusqu'au bord du terrain, là où l'herbe se raréfiait. Austin repoussa une grande touffe qui lui gênait la vue, alors que trois cavaliers sortaient des rangs, un de chaque côté. En poussant des cris terrifiants, les Cosaques foncèrent sur les prisonniers blottis les uns contre les autres. Ils stoppèrent à la dernière seconde et commencèrent à parader autour du groupe, en cercles de plus en plus rapprochés, comme des Apaches attaquant une diligence. La poussière volait sous les sabots des chevaux et les cavaliers se dressèrent sur leurs selles en faisant claquer des fouets.

Austin comprit vite la règle du jeu. Les Cosaques essayaient de disperser le groupe pour mieux en traquer les membres un par un, laissant ainsi un côté ouvert afin de tenter un éventuel fugitif. Mais la stratégie ne fonctionnait pas. À chaque nouvelle charge, leurs proies se resserraient, comme des zèbres acculés par des lions affamés.

En glapissant, les cavaliers reprirent leur place sur le bord du terrain. Austin s'attendait à une nouvelle attaque, avec peut-être davantage de Cosaques. Mais un seul cavalier sortit des rangs et mit son cheval au trot, comme pour une parade.

Austin couvrit les lentilles de ses jumelles, afin d'éviter un reflet malheureux. Le Cosaque était vêtu de la désormais familière tunique grise à grosse ceinture, du large pantalon et des bottes noirs, de la toque en fourrure, et ce, malgré la chaleur. Deux cartouchières se croisaient sur sa poitrine. Il montait un grand et lourd cheval à la robe anthracite.

Austin étudiait la longue barbe rouge de l'inquiétant personnage quand il lâcha un ricanement mauvais. La dernière fois qu'il avait vu le géant cosaque, c'était par-dessus le canon d'un pistolet d'alarme. « Tiens, tiens, comme on se retrouve...

— Ce garçon soigné serait-il un ami à toi ?

— Une vague connaissance. Nous nous sommes naguère rencontrés de manière fortuite. »

Prenant tout son temps, le Cosaque effectua plusieurs tours de terrain, au trot, en se pavanant devant ses collègues qui l'encourageaient par des cris. Soudain, il tira son sabre, le brandit en l'air et poussa un hurlement rauque. Eperonnant sa monture, il fonça comme un obus droit sur le groupe. Au dernier moment, il tira sur les rênes et s'arrêta net. Le grand cheval se cabra, les naseaux fumants. Le groupe recula de façon désordonnée pour éviter les sabots et échapper au poids de l'immense animal. Dans la confusion, un homme trébucha et tomba, à l'écart des autres. Il se releva et tenta de regagner la sécurité toute relative du groupe, mais le Cosaque s'intercala. L'homme ébaucha un mouvement à droite et bondit à gauche. Le Cosaque anticipa la feinte et l'empêcha d'avancer, tel un chien de berger face à un mouton rebelle. Ne voyant plus d'autre issue, le malheureux détala en direction du côté ouvert.

On pouvait lire beaucoup de détermination sur le visage du fugitif, même s'il savait le cheval plus rapide que lui. Le Cosaque ne tenta pas tout de suite de le poursuivre, au contraire, il retourna parader devant ses camarades… Mais, alors que le fuyard approchait de l'ouverture, le cavalier et sa monture firent volte-face. L'animal prit d'abord le trot, puis un petit galop. Levant à nouveau son épée, le Cosaque éperonna son cheval et ils partirent au grand galop.

Alerté par les vibrations du sol, le fugitif bomba le torse, tel un sprinter sur la ligne d'arrivée et il tira sur ses bras dans l'espoir de gagner un peu de vitesse. Peine perdue. Dans un martèlement de sabots, le Cosaque se pencha sur le côté et, d'un large geste, frappa de son épée la nuque du pauvre hère. Ses jambes plièrent et il s'écroula face contre terre. Austin sentit la colère et la frustration monter en lui. L'attaque, trop rapide et d'une lâcheté rare, ne lui avait pas donné le temps de réagir. Le Cosaque, content de lui, éclata de rire, et s'en retourna paresseusement défier les prisonniers.

Austin leva son Bowen et visa le large dos du cavalier. Il allait presser la détente quand il capta un mouvement du coin de l'œil. À sa grande surprise, le corps allongé commençait à remuer. Le fuyard se redressa avec peine, d'abord sur les mains et les genoux, puis il finit par se relever. Le Cosaque avait joué avec sa proie, utilisant le plat de son épée, pour faire durer le plaisir.

Ses congénères se mirent à crier. « Barbe Rouge » feignit l'incompréhension, puis il fit faire un demi-tour à son cheval, avec une lenteur calculée. Il écarta les bras, jouant l'étonnement devant la résurrection de sa victime… et repartit à l'assaut.

Le fugitif avait presque atteint l'extrémité du terrain. Austin savait que le Cosaque ne le laisserait jamais gagner les bâtiments où il serait plus difficile de l'attraper. Le prochain coup d'épée serait fatal.

Zavala perdit patience. « La partie est terminée », gronda-t-il. Il amena son Heckler & Koch dans la position classique du tir couché et le pointa sur la poitrine du Cosaque.

Austin baissa le canon de la main et dit : « Non. » Puis il se redressa.

Quand le prisonnier en fuite vit Austin jaillir de sa cachette et lui barrer le chemin, son visage ruisselant de sueur se décomposa et il s'arrêta en dérapant. « Barbe Rouge » aperçut Austin en même temps. Il ralentit, se pencha sur le pommeau de sa selle et fixa du regard l'homme à la forte carrure et aux cheveux d'un gris étrange, presque métallisé. Austin pouvait voir la haine brûler dans ses yeux injectés de sang. Le cheval, énervé, piaffa et gratta le sol du sabot. Perdant tout intérêt pour le fuyard, le Cosaque se cala sur sa selle et obligea son cheval à effectuer une pirouette. Puis il fit semblant de charger, pour mieux reculer quand Austin, immobile, ne montra aucun signe de capitulation.

Austin se tenait debout, les mains dans le dos, comme un enfant qui cache des bonbons. Il déplia son bras gauche et, d'un signe de la main, invita le Cosaque à s'approcher. L'expression d'étonnement du cavalier se mua en un large sourire aux dents écartées. Il aimait ce nouveau jeu. Il se rapprocha, toujours sur ses gardes.

Austin lui fit signe à nouveau, de façon plus véhémente. Intrigué, le Cosaque s'approcha encore. Austin le provoqua de façon délibérée. Le cavalier émit un grognement et se rua à l'attaque.

Souriant avec arrogance, Austin attendit qu'il lui soit impossible de rater sa cible puis, d'un geste souple, ramena le Bowen devant lui. Tenant le solide revolver à deux mains, il visa le *X* formé par les cartouchières croisées du Cosaque.

« De la part de Mehmet », dit-il en pressant la détente. Le revolver aboya une fois. La lourde balle défonça le sternum du cavalier et brisa sa cage thoracique ; des fragments d'os lui perforèrent le cœur. Le Cosaque mourut avant même de lâcher les rênes. Le cheval fonça sur Austin comme un bolide en folie, ses yeux révulsés de panique. Austin se maudit de ne pas avoir tiré plus tôt.

Terrorisé par l'homme dressé sur sa route, le cheval fit un bond de côté. Son arrière-train heurta Austin avec la force d'un bélier et le fit décoller de terre. Il retomba de tout son poids sur son flanc gauche et roula. Quand Austin s'arrêta, il essaya de se relever mais ne put que s'agenouiller. Il était couvert de poussière, et trempé d'un côté par la sueur du cheval. Zavala lui porta secours et l'aida à se mettre debout. Sa vision, un instant voilée, redevint normale. Austin s'attendait à voir les Cosaques leur fondre dessus.

Au lieu de quoi, le temps semblait s'être arrêté.

Abasourdis par la chute de leur chef, les cavaliers demeuraient immobiles sur leurs selles, comme des statues dans un parc. Les prisonniers paraissaient pétrifiés, eux aussi. Austin cracha un peu de terre. Avec lenteur et détermination, il marcha droit jusqu'à son revolver et le ramassa. Il cria au fuyard de filer à l'entrepôt. L'ordre sembla le réveiller et l'homme commença à courir.

Le temps reprit son vol.

En voyant leur ami libéré, les prisonniers l'imitèrent et s'éparpillèrent dans le plus grand désordre. Austin et Zavala les encouragèrent de la voix et leur indiquèrent le hangar. Leur chef mort et les proies dans la nature, les Cosaques s'unirent en un seul cri bestial et se lancèrent au triple galop, sabre au clair en direction d'Austin et Zavala. Les deux hommes restèrent cois un instant, fascinés par la beauté infernale de la charge cosaque.

« Ouah ! cria Zavala par-dessus le vacarme des sabots. On se croirait dans un vieux western.

— Espérons que ce ne soit pas une reprise de *La Dernière Bataille de Custer* », répliqua Austin, un mince sourire aux lèvres.

L'instant d'après, Austin leva son Bowen et tira. Le cavalier en tête tomba de cheval. Le Heckler & Koch de Zavala « sursauta » à plusieurs reprises et un autre Cosaque s'écrasa au sol. Les assaillants avançaient sans réduire leur allure, conscients de leur avantage numérique et de leur vitesse. Les revolvers firent feu ensemble et deux nouveaux cavaliers s'écroulèrent.

Les Cosaques étaient intrépides mais pas suicidaires. D'abord un, puis un autre, puis tous se penchèrent hors de leurs selles et s'accrochèrent aux cous de leurs chevaux de sorte qu'ils ne représentaient plus une cible facile pour adversaires. Tandis qu'Austin et Zavala s'adaptaient à la nouvelle stratégie, un cheval s'arrêta soudain, s'affala et roula sur le flanc.

Austin pensa que l'animal avait trébuché. C'est alors qu'il vit son cavalier leur tirer dessus en se protégeant derrière sa monture. D'autres l'imitèrent. Les Cosaques encore à cheval se séparaient pour une manœuvre d'encerclement. Austin et Zavala se jetèrent au sol. Les balles volaient au-dessus de leurs têtes comme des guêpes en colère.

« Des automatiques ! glapit Zavala. Tu disais que ces gars n'utilisaient que des fusils de chasse et des tromblons…

— Je ne pouvais pas deviner qu'ils visiteraient le salon de l'Armement !

— Et les vérifications de base ? »

La réponse d'Austin fut emportée par les rafales d'armes automatiques. Les deux hommes tirèrent chacun une dernière salve, plus spectaculaire qu'efficace, puis ils quittèrent la butte en rampant jusqu'au hangar. Les Cosaques criblèrent de balles la crête et, croyant avoir éliminé l'ennemi, enfourchèrent leurs montures et reprirent la charge là où ils l'avaient laissée.

À l'abri dans l'entrepôt, Austin et Zavala firent feu depuis les fenêtres et deux autres cavaliers tombèrent. Comprenant que l'adversaire était toujours en vie, les Cosaques tournèrent le dos au champ de bataille et se regroupèrent au centre du terrain.

Profitant du répit, Austin quitta la fenêtre pour passer en revue les hommes réfugiés dans le hangar. Il ne se rappelait pas avoir rencontré un groupe de personnes aussi sales et débraillées. Leurs combinaisons brunes étaient crasseuses, et une barbe de plusieurs jours cachait en partie leurs traits creusés. Le premier fugitif, qui avait subi le courroux du chef cosaque, s'avança et prit la parole. Son uniforme, déchiré aux genoux et aux coudes, était couvert de poussière. Pourtant, il portait la tête haute comme s'il s'apprêtait à défiler.

Il fit un bref salut à Austin. « Enseigne de vaisseau de deuxième classe Steven Kreisman, du sous-marin de l'US Navy, NR-1. »

Austin plongea la main dans sa combinaison, où il gardait la casquette récupérée par Zavala. « Vous pouvez peut-être rendre cela à son propriétaire, dit-il en tendant le couvre-chef.

— Elle appartient au capitaine. Où l'avez-vous prise ? s'étonna Kreisman en regardant la casquette comme s'il la voyait pour la première fois.

— Mon partenaire l'a trouvée dans un sous-marin russe.

— Mais qui êtes-vous, les gars ? demanda Kreisman qui semblait perdre sa belle assurance.

— Je m'appelle Kurt Austin et, là-bas, à la fenêtre, c'est Joe Zavala, mon collègue. Nous sommes de la NUMA. »

L'enseigne ouvrit la bouche à s'en décrocher la mâchoire. Avec leur regard dur et leurs revolvers encore fumants, les deux hommes ressemblaient davantage à des commandos qu'à des océanologues distingués.

« J'ignorais que la NUMA avait son équipe de choc, dit-il, l'air aussi stupéfait qu'admiratif.

— Sans doute parce qu'il n'y en a pas. Comment vous sentez-vous ?

— À peu près comme si un bulldozer m'était passé sur le corps, à part ça je vais bien. » Il se massa le cou à l'endroit où le sabre l'avait touché. « Je ne porterai pas de cravate pendant quelque temps… Au fait, je vais peut-être vous paraître stupide, monsieur Austin, mais vous et votre ami, que faites-vous ici ?

— Vous d'abord. La dernière fois que j'en ai entendu parler, le NR-1 effectuait des fouilles au fond de la mer Egée. »

Les épaules du jeune soldat s'affaissèrent légèrement. « C'est une longue histoire… » Il soupira avec lassitude.

« Nous ne disposons pas de beaucoup de temps. Alors racontez-moi l'essentiel en trente secondes. »

Kreisman, surpris par le ton pressant d'Austin, émit un petit rire. « Je ferai de mon mieux. »

Il prit une profonde inspiration et livra une version condensée des événements.

« Un scientifique invité à bord, du nom de Pulaski, nous a menacés d'une arme et a détourné le NR-1. Un sous-marin géant nous a transportés sur son dos. Un truc *incroyable* ! » Il arrêta le cours de sa narration, persuadé de s'attirer le scepticisme de son auditeur. Voyant qu'Austin l'écoutait avec intérêt, il poursuivit. « Ils ont transféré l'équipage dans un navire de relevage. Ensuite, ils nous ont fait bosser sur l'épave d'un vieux cargo. Un travail de récupération délicat, avec les bras articulés. Après, le gros sous-marin nous a amenés ici. Ils ont gardé le capitaine et le pilote du NR-1. On nous a retenus prisonniers dans un sous-sol. Quand ils nous ont remontés, aujourd'hui, nous pensions retourner au NR-1. À la place, ils nous ont attroupés sur le terrain de football. Les gardes qui nous avaient surveillés jusque-là ont disparu, et ces cow-boys en chapeaux de fourrure ont commencé leur numéro. » Il se frotta de nouveau le cou. « Qui sont ces fils de putes ? »

Zavala fit signe à Austin de le rejoindre. « Désolé, dit ce dernier. Je crois que nos trente secondes sont écoulées. »

Il se dirigea vers la fenêtre, et Zavala lui tendit les jumelles. « Les membres du club de polo semblent avoir une petite dispute », annonça-t-il sur un ton plein de compassion.

Austin observa les Cosaques à la jumelle. Ils étaient toujours réunis sur le terrain. Certains avaient quitté leurs montures et agitaient les bras en l'air.

Baissant les lorgnettes, Austin déclara : « Ils échangent peut-être des recettes de bortsch, mais je pense plutôt qu'ils viennent d'ajouter notre nom en tête de la liste des invités à la grande soirée coupe-chou. »

Zavala fit la grimace. « Tu as décidément l'art et la manière de rassurer. Comment pouvons-nous décliner l'invitation sans les vexer ? »

Austin se frotta le menton, signe d'une intense réflexion, puis déclara : « Deux options s'offrent à nous. On peut courir jusqu'à la plage et nager le plus loin possible, en espérant que nos amis aux chapeaux de fourrure ne se rendent compte de rien, trop occupés à se disputer. Ou on s'échappe par le trou dans la falaise.

— Tu as conscience, comme moi, des obstacles que l'on va rencontrer, objecta Zavala. S'ils nous chopent à découvert, on est cuits. Et si on retourne au bassin, nous n'avons que deux équipements de plongée, pas plus. »

Austin hocha la tête. « Alors faisons les deux. Toi et l'équipage vous courez jusqu'à la plage. Moi je reste ici, et si les Cosaques commencent à bouger, je les attire dans la base, où, à pied, ils ne seront pas à leur avantage. Je m'enfuirai par la galerie sous le bassin. Un peu comme un poisson qui s'échappe par un trou dans les mailles du filet.

— Ce serait moins risqué si chacun surveillait les arrières de l'autre.

— Quelqu'un doit couvrir les sous-mariniers. Ils ont l'air plutôt épuisés. »

L'enseigne Kreisman s'était rapproché. « Veuillez m'excuser, mais je n'ai pas pu m'empêcher de vous écouter. J'ai suivi un entraînement spécial quand j'ai rejoint la marine. D'accord, je suis lessivé, mais je n'ai pas oublié l'exercice. Je peux faire sortir les hommes d'ici. »

Austin jaugea la détermination de Kreisman. À son air résolu, il estima inutile de s'opposer à la volonté du jeune soldat.

« Okay, à vous de jouer. Courez à la plage et nagez au large. Un chalutier vous récupérera. Nous attendrons ici pour vous couvrir aussi longtemps que possible. Il faut y aller, maintenant. »

Si l'enseigne se demandait comment Austin pouvait avoir arrangé leur sauvetage en mer, il n'en montra rien. Après un rapide salut, il réunit ses camarades. Ils s'échappèrent ensuite par une fenêtre, à l'arrière de l'entrepôt. Pendant que Zavala les escortait jusqu'à la plage, Austin fit le guet. Les Cosaques semblaient toujours désorganisés. Il se saisit de sa radio portable et appela le capitaine Kemal.

« Comment allez-vous ? s'inquiéta le capitaine. Nous avons entendu des coups de feu.

— Ça va. S'il vous plaît, prêtez-moi toute votre attention, capitaine. Dans un moment, vous allez voir des hommes nager dans votre direction. Approchez autant que vous le pouvez du rivage et récupérez-les.

— Mais vous et Joe ?

— Nous reviendrons par où nous sommes venus. Mouillez au large et attendez-nous. » Il coupa la communication. Quelque chose avait surpris son regard.

Joe le rejoignit une poignée de minutes plus tard. « Je suis allé jusqu'à la dune. À présent, ils devraient se trouver dans l'eau.

— J'ai prévenu Kemal. » Il désigna le ciel, où le

soleil se reflétait sur quelque chose de métallique. « Que penses-tu de ça ? » L'objet atteignait, maintenant, la taille d'un gros insecte, et ils pouvaient entendre le battement rythmé des rotors.

« Tu ne m'avais pas dit que les Cosaques possédaient une flotte aérienne… »

Austin observa aux jumelles l'hélicoptère qui fonçait dans leur direction. « Nom de Dieu ! » Lombardo se penchait par la porte ouverte, muni d'une caméra vidéo. « Quel petit crétin ! »

Tandis que Zavala s'apprêtait à regarder lui aussi, l'hélicoptère exécuta un demi-tour, exposant ainsi le côté opposé. Joe étudia la deuxième silhouette, dans l'encadrement de la porte, puis fixa Austin, l'air étonné.

« Faut que t'ailles chez l'ophtalmo, mon pote. » Il lui rendit les jumelles.

Cette fois, Austin jura encore plus fort. Le beau visage brun de Kaela, ses cheveux d'ébène flottant au vent, se détachait clairement. L'hélicoptère survolait maintenant le terrain. Echaudée par sa mésaventure précédente, l'équipe de télévision devait avoir conseillé au pilote de se tenir à une distance prudente du sol. Ils ignoraient cependant que les cavaliers avaient échangé leurs antiques fusils contre des armes automatiques. Dès que les Cosaques aperçurent l'hélicoptère, ils ne perdirent pas de temps pour ouvrir un feu fourni. Quelques secondes après le moteur commença à perdre de l'huile et laissa échapper un gros nuage de fumée noire ; l'hélicoptère sursauta, comme un oiseau blessé, puis tomba du ciel.

Les rotors avaient tant ralenti que chaque pale était visible, néanmoins la rotation restait suffisante pour créer un effet parachute. L'impact fut assez violent pour briser le train d'atterrissage, mais le fuselage demeura intact. Cinq secondes au plus après le choc,

Kaela, Lombardo, Dundee et une autre personne jaillissaient de l'engin en s'ébrouant.

Les Cosaques repérèrent tout de suite l'équipe et le pilote, encore étourdis. Leur rage et leur frustration explosèrent alors, avec la fureur d'un volcan qui s'éveille. Ils se jetèrent sur leurs selles et, dans un galop endiablé, chargèrent en bloc les quatre infortunés.

Le sang d'Austin se figea. Les Cosaques n'étaient déjà plus qu'à quelques mètres de leurs cibles. Il était trop tard pour les sauver, mais Austin se lança quand même, en courant, à la rescousse des reporters, l'arme au poing. Il se trouvait encore à une centaine de mètres quand les Cosaques commencèrent à s'écrouler, éjectés de leurs selles, tels des épis de blé cueillis par une faux géante et invisible.

La horde impitoyable, si sûre d'elle jusqu'alors, faiblit, s'éparpilla, puis renonça à toute attaque. Les cavaliers se bousculaient dans la confusion la plus totale; il en tombait encore.

Austin aperçut un mouvement à la lisière des bois bordant le terrain. Des hommes en uniformes noirs sortaient de derrière les arbres. Ils se mirent en marche, sans se presser. Leur arme bien calée contre l'épaule, ils avançaient, implacables, en tirant sur les Cosaques désorientés. Ces derniers, paniqués, s'enfuirent au galop vers des bois plus lointains.

Les hommes en noir poursuivirent implacablement leur marche, sur la piste des fuyards. À l'exception d'un seul, qui se détacha des autres pour aller à la rencontre d'Austin et Zavala. Austin remarqua qu'il boitait. Comme l'homme s'approchait, Zavala leva son revolver, d'un geste automatique. Austin posa sa main sur le canon et abaissa l'arme en douceur.

Petrov s'arrêta à quelques mètres d'eux. La cicatrice, pâle, ressortait sur sa peau rougie par le soleil.

« Bonjour, monsieur Austin. C'est un plaisir de vous retrouver.

— Bonjour, Ivan. Vous ne savez pas à quel point je suis heureux de vous voir.

— Je pense que si, répondit Petrov en riant. Vous et votre ami devriez vous joindre à moi pour un bon verre de vodka. Nous pourrons parler du bon temps, passé et à venir. »

Austin se tourna vers Zavala et acquiesça. Petrov en tête, les trois hommes partirent en direction du terrain de football.

Chapitre 16

Avec sa silhouette longiligne et son intelligence vive, Youri Orlov rappelait à Paul Trout sa jeunesse, quand, adolescent, il traînait autour des océanologues au Woods Hole Oceanographic Institution. Avec sa façon de se tenir à la poupe, une main sur la barre, l'étudiant russe ressemblait à n'importe quel pêcheur du Cape Cod. Tout ce qu'il manquait au garçon pour compléter le tableau était une casquette de base-ball des Red Sox et un gros labrador noir.

Youri avait tout de suite pris les commandes du bateau. Il l'avait manœuvré jusqu'à une centaine de mètres au large pour s'arrêter en laissant le moteur tourner.

« Je vous remercie de m'avoir autorisé à sortir avec vous, docteur Paul et docteur Gamay. Je suis très honoré de me trouver en compagnie de scientifiques aussi réputés que vous deux. Je vous envie de travailler pour la NUMA. Mon père m'a tout dit au sujet de ses expériences aux Etats-Unis. »

Les Trout sourirent, même si le jeune homme avait contrecarré leur projet d'exploration des environs. Il débordait d'enthousiasme juvénile, et ses grands yeux bleus brillaient d'excitation derrière ses épaisses lunettes.

« Ton père m'a souvent parlé de sa famille, en Russie, raconta Paul. Je me souviens qu'il montrait des photos de toi et ta mère. Tu étais bien plus jeune, c'est pourquoi je ne t'ai pas reconnu, aujourd'hui.

— Beaucoup de gens disent que je ressemble plus à ma mère. »

Trout approuva d'un signe de tête. Pendant son séjour à Woods Hole, le scientifique russe combattait le mal du pays en contemplant les photos de sa famille qu'il conservait dans son portefeuille et faisait circuler autour de lui avec fierté. Trout se rappela avoir été frappé par le contraste entre le professeur aux allures de gros nounours et Svetlana, son épouse, grande et mince.

« J'ai adoré travailler avec ton père. C'est un homme aussi brillant que charmant. J'espère avoir l'opportunité de travailler à nouveau avec lui, un jour. »

Youri s'illumina. « La prochaine fois que le professeur va aux Etats-Unis, il a promis de m'emmener. »

Le fait que Youri appelle son père « le professeur » fit sourire Trout. « Tu ne devrais pas rencontrer de problème. Ton anglais est excellent.

— Merci. Mes parents avaient l'habitude d'héberger des étudiants américains pour les vacances, dans le cadre d'échanges scolaires. » Il pointa du doigt la direction opposée à celle que les Trout voulaient prendre. « La côte est très jolie de ce côté. Vous aimez observer les oiseaux ? »

Gamay ne voulait pas se détourner de la mission. « En fait, Youri, dit-elle avec douceur, nous espérions aller à Novorossisk. »

Une expression d'étonnement amusé passa sur le jeune visage de Youri. « Novorossisk ? Vous êtes sûrs ? La côte, de l'autre côté, est bien plus belle. »

Paul abonda dans le sens de son épouse. « Nous avons souvent l'occasion d'observer les oiseaux dans la campagne de Virginie, mais en tant que géologue marin, je m'intéresse de près à l'exploitation des mines en haute mer. Et je crois savoir que le siège d'une des plus grandes compagnies d'extraction minière en milieu marin se trouve à Novorossisk.

— Absolument. Vous voulez parler des Industries Ataman. Elles sont énormes. Je prépare une licence en Exploitation écologique des sous-sols, et je pense postuler chez elles après l'université.

— Alors tu comprendras pourquoi cela m'intéresserait d'aller jeter un œil sur leurs installations.

— Tout à fait. Dommage que je ne l'aie pas su plus tôt. On aurait pu arranger une visite guidée. Depuis la mer, on ne peut pas se faire une idée exacte de l'ampleur de l'exploitation. » Youri les regarda, finalement soulagé. « J'aime les oiseaux, moi aussi, mais pas tant que ça… »

Gamay ajouta : « Je suis une spécialiste de biologie marine. Mon domaine à moi, c'est les poissons et les plantes, mais je pense que cela serait réellement intéressant d'aller à Novorossisk.

— Bien. On y va, alors », décida Paul.

Youri accéléra et amorça un long et lent virage. Il maintint le cap à environ quatre cents mètres du rivage, en longeant la côte. Après un moment, les bois s'éclaircirent, pour laisser la place à une chaîne ondulante de collines. La plâge, quant à elle, disparut au profit de vastes étendues marécageuses, bordées de grands roseaux, et aux méandres de plusieurs petites rivières.

Paul et Gamay étaient assis de front, au centre du hors-bord qui fendait les flots étincelant sous le soleil. Le bateau mesurait à peu près cinq mètres de long et ressemblait à un tonneau, avec ses planches croisées et sa proue bombée. En guide avisé et disert, Youri les mitraillait de détails et de renseignements sur le littoral désignant, çà et là, un point particulier dans les terres. Les Trout manifestaient leur intérêt par des hochements de tête appréciateurs, même si le ronflement du moteur et le bruit des vagues qui claquaient sur la coque couvraient l'essentiel des paroles de Youri.

Si les Trout nourrissaient une certaine appréhension à l'égard de la présence un peu envahissante de Youri, elle se dissipa vite. Le garçon se révéla un don du ciel. Lui seul savait comment maintenir en marche un moteur aussi capricieux, et sa connaissance du terrain s'avéra inestimable. Sans lui, il leur aurait été impossible de naviguer dans le port avec un trafic aussi intense, de même qu'ils n'auraient jamais pu trouver Ataman. À mesure qu'ils avançaient à l'intérieur de la baie de Zemes, l'importance du port de Novorossisk dans l'économie russe devenait plus évidente. Les cargos, pétroliers, remorqueurs, paquebots et ferries de toutes sortes, se croisaient dans un ballet incessant.

Youri gardait l'embarcation à distance du sillage des gros bateaux. Le béton avait remplacé la campagne et, à travers le brouillard toxique qui flottait sur le port, on distinguait d'immenses cheminées fumantes, des gratte-ciel et autres silos à céréales. Youri ralentit pour maintenir une allure prudente. « Novorossisk est une ville historique, dit-il. Vous ne pouvez pas faire trois mètres sans rencontrer un monument. La Révolution russe a pris fin ici, quand les bateaux alliés évacuèrent l'Armée blanche, en 1920. Elle est aussi un des plus grands ports de Russie. Le pétrole est acheminé ici par pipelines, depuis les puits au nord du Caucase. Là-bas, vous voyez le Shesharis Oil Harbor. »

Paul examinait les eaux d'un bleu sombre. « La rade est très profonde, si j'en juge par la taille de ces navires.

— Novorossisk ne gèle pas en hiver. C'est le port de prédilection pour les cargaisons circulant entre la Russie, la Méditerranée et le reste de l'Europe. Il est également assez pratique pour l'Asie, le golfe Persique et l'Afrique. Les installations portuaires sont du dernier cri. On compte cinq grands secteurs : trois zones consacrées à la manutention des marchandises sèches, le port pétrolier et le terminal des passagers. Vous êtes venus en avion, vous savez donc que le réseau aérien international relie l'aéroport au monde entier.

— Je comprends pourquoi le siège d'Ataman se trouve ici, nota Gamay, tandis qu'elle observait l'agitation de la baie.

— Je vais vous le montrer. »

Youri accéléra et vira en direction d'une large échancrure dans le littoral. Six longs môles en béton avançaient dans la mer. Plusieurs navires étaient amarrés aux quais. S'élevant derrière les jetées, un complexe tentaculaire de bâtiments industriels s'étendait à perte de vue, hérissé de grues à portique, de mâts de charges et de passerelles de gros transporteurs. Des chariots élévateurs et des tracteurs se déplaçaient le long des môles, tels des insectes géants.

« Où se trouve Ataman, dans tout ça ? » demanda Gamay.

Le visage de Youri s'éclaira d'un grand sourire et il balaya l'air devant lui d'un geste ample du bras. « Ataman, c'est tout ça. »

Gamay émit un sifflement d'admiration et de surprise mêlées. « Incroyable ! Cet endroit a la taille d'un port à lui tout seul. Et pas un petit !

— Ataman possède sa propre flotte de remorqueurs, ses propres réserves d'eau et de carburant, des réservoirs pour les eaux usées et les déchets, expliqua Youri. Vous voyez les grues gigantesques, là-bas ? C'est le chantier naval d'Ataman. Ils construisent eux-mêmes tous leurs vaisseaux. Ils en contrôlent ainsi la conception et les coûts. » Il fronça les sourcils et regarda autour de lui comme s'il avait égaré quelque chose. « C'est drôle, le port est presque vide. »

Paul échangea un regard perplexe avec sa femme. « Ça ne me paraît pas vide, à moi. Ça grouille d'activité. Et je vois cinq très gros navires amarrés, là.

— Ça ? Mais ce sont les *petits* bateaux d'Ataman. Je voulais vous montrer leurs plates-formes de forage mobiles. On dirait qu'elles peuvent traverser toute la terre en forant. Chacune est une ville à elle seule.

— Peut-être qu'ils les utilisent en ce moment.

— Ouais, peut-être… » Youri ne semblait pas convaincu. « Mais je ne pense pas. Ataman a tellement de navires, il en reste toujours quelques-uns, qu'ils équipent ou entretiennent. Même avec tous ces quais, ils manquent de place pour s'occuper de toute la flotte en même temps. » Il scruta le littoral jusqu'à ce qu'il trouve ce qu'il cherchait. « Vous voulez voir quelque chose de presque aussi intéressant ? »

Youri ne changea pas de cap et ils poursuivirent dans la même direction. Une fois passé les quais principaux, ils se dirigèrent vers un plus petit môle. Un yacht luxueux et long de cent vingt mètres y était amarré. Des moulures noires rehaussaient la belle coque blanche. La superstructure avait une ligne inhabituellement pure, avec une coque en V profond pour mieux couper à travers les vagues et une large poupe concave.

« Ouah ! s'écria Youri. J'avais entendu parler de ce bébé, mais c'est la première fois que je le vois.

— Quel luxe ! apprécia Paul.

— Il appartient à Razov, le grand patron d'Ataman. On raconte qu'il vit sur son bateau, d'où il dirige ses affaires. » Youri manœuvra la barre tandis que Gamay actionnait l'obturateur de son appareil et prenait plusieurs photos. « Pouvons-nous faire le tour du bateau ? »

Youri répondit en tirant sur le gouvernail pour les amener derrière le yacht. Gamay leva l'appareil photo. Elle s'apprêtait à presser le bouton quand elle perçut un mouvement sur le pont où une silhouette se détachait. Elle régla le zoom au maximum de sa puissance. « Mon Dieu ! souffla-t-elle.

— Que se passe-t-il ? » s'inquiéta Paul.

Elle lui tendit l'appareil. « Regarde. »

Paul mit l'œil sur le viseur et examina le pont sans voir personne.

« Le pont est désert, maintenant. Qu'as-tu aperçu ? »

Gamay ne s'effrayait pas aisément, mais elle ne put réprimer un frisson. « Un homme grand, avec de longs cheveux noirs et une barbe. Il m'a fixée d'un regard que je n'oublierai pas de sitôt. C'était le visage le plus terrifiant que j'aie jamais vu. »

Une jeep fonçait en direction du quai, le long d'un chemin d'accès, et l'instinct de Trout s'éveilla soudain. Il observa, à travers l'objectif de l'appareil photo, le véhicule qui roulait à présent sur le quai. Très calme, il déclara : « Nous avons de la compagnie. Filons d'ici. »

La voiture s'arrêta dans un crissement de pneus. Six hommes, en uniformes et armés, en jaillirent, coururent jusqu'au bateau, sautèrent sur la passerelle et grimpèrent à bord. Youri, qui avait hésité un moment, tourna à fond la poignée d'accélérateur et dirigea le canot sur la baie.

La proue se souleva et le bateau glissa sur l'eau à une vitesse respectable, malgré son lourd profil. On put soudain distinguer les éclairs d'armes à feu par-dessus le bastingage. Les impacts de balles dessinèrent une ligne de petits geysers dans l'eau. Paul cria aux autres de se baisser. Une rafale toucha le bateau, arrachant un éclat de bois à une moulure. Quelques secondes plus tard, ils se trouvaient hors de portée.

Le danger n'était pas écarté pour autant. Un autre véhicule avait suivi le premier et les hommes qui en descendirent en se bousculant se précipitèrent sur le quai où des hors-bord attendaient, amarrés.

Youri mit le cap sur le chenal, très fréquenté, croisant les eaux d'un gros cargo qui sortait de la baie. Le petit bateau bondit comme un dauphin lorsqu'il traversa le sillage du navire, mais s'en sortit sans dommage. Youri amena le canot sur le côté du cargo afin de l'utiliser comme écran. Une fois en sécurité, à distance respectable des Industries Ataman, il s'éloigna du navire et prit le chemin du retour en longeant le littoral. En cours de route, Paul suggéra d'attendre un moment dans une crique pour s'assurer qu'on ne les suivait pas. Après dix minutes d'attente, ils repartirent le cœur plus léger.

La figure de Youri était rouge d'excitation. « Eh ben ! On s'est bien amusés. Je savais que beaucoup d'entreprises possédaient leurs propres armées pour se protéger de la mafia russe, mais c'est la première fois que j'en voyais. »

Paul se sentit coupable d'avoir fait courir un tel risque au fils de son vieil ami. Gamay et lui devaient une explication à Youri, sans trop en dévoiler pour autant et mettre sa vie en danger. Gamay envoya du regard un message silencieux à son époux, lui signifiant qu'elle savait comment s'y prendre.

« Youri, attaqua-t-elle, nous avons un service à te demander. Nous aimerions que tu ne parles à personne de ce qui s'est passé là-bas.

— Je suppose que votre visite à mon père n'est pas purement amicale. »

Gamay acquiesça. « La NUMA nous a envoyés ici pour surveiller les Industries Ataman, suspectées d'être impliquées dans une sombre affaire. Nous avions prévu de le faire discrètement, sans éveiller leurs soupçons.

Nous n'aurions jamais imaginé qu'ils puissent se montrer aussi susceptibles.

— On se serait crus dans un film de James Bond ! » Youri souriait aux anges.

« Sauf qu'il ne s'agit pas d'une fiction. Mais bien de la réalité. »

Le ton apaisant de Gamay se révéla plus convaincant que n'importe quel discours grandiloquent dont elle savait Paul tout à fait capable.

Youri essayait de rester sérieux. « Je me tiendrai tranquille, mais ça va être dur de ne rien dire aux copains. » Il soupira. « De toute façon, ils ne me croiraient pas. »

Paul enchaîna. « Nous te raconterons tout dès que nous connaîtrons le fin mot de l'histoire. Je t'assure que tu seras le premier au courant. Ça marche ? » Il tendit sa main.

« Ça marche », répondit Youri, heureux de faire partie du complot. Tous les trois échangèrent une poignée de main.

Le soleil avait disparu derrière l'horizon et les ombres s'épaississaient quand ils arrivèrent en vue des lumières du camp, qui scintillaient au loin. Ils soupirèrent tous de soulagement tandis que le bateau se rapprochait de la plage. Ils se seraient sentis moins rassurés s'ils avaient su que le petit point noir, gros comme un oiseau et volant haut dans le ciel au-dessus d'eux, était en réalité un hélicoptère équipé d'instruments d'optique particulièrement puissants.

Le Pr Orlov les attendait sur la plage. Il pénétra dans l'eau et tira le bateau sur le rivage. « Salut, mes amis. Je vois que vous avez fait la connaissance de mon fils Youri. » Gamay préféra prendre la parole.

« Il a été assez gentil pour nous emmener visiter les alentours. » Elle glissa sur le côté du canot et usa de son corps pour cacher le trou creusé par la balle. « Nous avons eu une longue discussion à propos du présent et de l'avenir.

— Le présent, c'est que vous allez vous dépêcher de retourner à votre chalet et vous préparer pour le dîner. L'avenir est un superbe repas au cours duquel nous évoquerons le passé. Même quand le confort est succinct, il ne faut pas se laisser aller. » Il caressa sa panse généreuse.

Le professeur escorta les Trout jusqu'à la grande clairière et les pria d'être de retour trente minutes plus tard, si possible avec une faim de loup. Puis il chahuta un moment avec son fils. Alors qu'il s'éloignait, Youri tourna la tête et leur adressa un clin d'œil. Le message était clair. Leur secret serait bien gardé.

Paul et Gamay s'en furent à leur chalet, et se douchèrent avec bonheur. Gamay enfila un jean de marque qui mettait en valeur ses longues jambes, et une veste sur un caraco lilas. Paul n'abandonnait jamais ses tenues d'une élégance méticuleuse et quelque peu excentrique. Il avait opté pour un large pantalon brun avec une chemise vert pâle à la *Gatsby le Magnifique* et, bien sûr, un nœud papillon violet.

Certains habitants du camp étaient déjà assemblés autour de la grande table de pique-nique. Le couple rencontré plus tôt accueillit les Trout et leur présenta un physicien à la haute stature et au regard intense, qui ressemblait à l'écrivain Alexandre Soljénitsyne, ainsi qu'un couple de jeunes mariés, tous deux étudiants en ingénierie à l'université de Rostov. La table était mise avec une nappe brodée et de la vaisselle colorée. Des lanternes japonaises donnaient au décor un air de fête.

Le visage d'Orlov s'illumina d'un magnifique sourire à la vue des Trout. « Ah, mes invités américains. Vous êtes superbe, Gamay ; quant à toi Paul, tu es toujours aussi beau. Un nouveau nœud papillon ? Tu dois en avoir une réserve inépuisable.

— J'ai bien peur que mon addiction ne finisse par me ruiner. Tu ne connaîtrais pas, par hasard, quelqu'un qui confectionne des nœuds papillons jetables et bon marché ? »

Le professeur éclata de rire et traduisit pour les autres. Puis il dirigea les Trout jusqu'à la place qui leur était réservée, se frotta les mains de plaisir et s'en alla dans son chalet chercher les plats. Le dîner était composé de *pirojkis* au saumon, une sorte de chausson salé russe, accompagnés de riz et d'un bortsch clair. Le professeur sortit une caisse de champagne russe, mis en bouteille aux environs d'Abrau-Dyourso. Même sans vodka et sans une langue commune à tous, le dîner ne manqua pas d'animation et se prolongea tard dans la soirée. Vers minuit, les Trout se levèrent de table et demandèrent la permission de se retirer.

« La fête débute à peine ! » brailla Orlov. La figure rougie par l'alcool, il transpirait à grosses gouttes après avoir régalé les autres convives avec son interprétation d'une chanson paillarde tirée du folklore russe.

« S'il te plaît, continue sans nous. » Paul s'excusa. « Nous sortons d'une longue journée, et elle commence à se faire sentir.

— Bien sûr, vous devez être fourbus. J'ai dû vous sembler un bien mauvais hôte avec mes malheureuses tentatives de chanteur. »

Paul lui tapota la bedaine. « Tu as été merveilleux. Mais j'ai vieilli depuis l'époque où nous buvions toute la nuit au Capitain Kidd.

— En fait, tu manques d'entraînement, mon ami. Une semaine ici et tu retrouveras la forme. » Il serra les deux Trout dans ses bras. « Mais je comprends. Désirez-vous que Youri vous accompagne ?

— Merci, professeur. Nous y arriverons tout seuls, répondit Gamay. À demain matin. »

Orlov les laissa s'échapper non sans les avoir au préalable embrassés une dernière fois. Alors qu'ils suivaient le chemin menant à leur chalet, les Trout pouvaient entendre Orlov se lancer dans une version inspirée, mais à peine reconnaissable, de « Que doit-on faire avec le marin saoul ? »

« Oh là là ! Demain, Vlad va avoir une belle gueule de bois, dit Gamay.

— Il n'y a pas plus fêtard qu'un fêtard russe. »

Ils rirent de bon cœur et gravirent les marches du perron, épuisés. Ils n'avaient pas exagéré en prétextant la fatigue. Ils se brossèrent les dents, se déshabillèrent et se glissèrent dans les draps frais. Ils s'endormirent en quelques minutes. Gamay, qui avait le sommeil léger, se réveilla en pleine nuit, se dressa dans le lit et écouta. Quelque chose l'avait alertée… Des voix. Aiguës et excitées. Elle secoua Paul.

« Qu'est-ce qu'il y a ? maugréa-t-il, la voix pâteuse.

— Ecoute. On dirait… des enfants qui jouent. »

À cet instant, un hurlement de terreur retentit dans les bois.

« Ça, c'est pas un gosse », affirma Paul déjà hors du lit. Il attrapa son pantalon sur une chaise et sauta dedans, évitant la chute de justesse. Gamay enfila un short et un T-shirt en un éclair. Ils sortirent en trombe sur le porche et aperçurent tout de suite la lueur rouge à travers les arbres. Une forte odeur de fumée flottait dans l'air.

« Un des chalets est en feu ! » cria Paul.

Ils se précipitèrent pieds nus sur le sentier, renversant presque Youri qui courait dans la direction opposée.

« Que se passe-t-il ? demanda Paul.

— Taisez-vous, répliqua Youri à bout de souffle. Il faut se cacher. Par là. »

Les Trout jetèrent un bref coup d'œil du côté de l'incendie puis ils emboîtèrent le pas à Youri qui avançait rapidement, à grandes enjambées. Quand ils furent loin, au beau milieu des sapins, Youri saisit Gamay par le bras, l'obligea à s'asseoir sur un doux tapis d'aiguilles de pins et recommanda à Paul de s'accroupir. Ils pouvaient entendre le craquement des branches et des brindilles cassées, ainsi que plusieurs voix masculines. Paul voulut se lever, mais Youri le tira vers le bas. Après quelques minutes, les craquements cessèrent.

« Je dormais dans le chalet de mon père », dit Youri dans l'obscurité. La tension rendait sa voix rauque. « Des hommes sont arrivés.

— Qui étaient-ils ?

— Je ne sais pas. Ils portaient des cagoules. Ils nous ont sortis de nos lits. Ils voulaient savoir où se trouvaient la femme aux cheveux roux et son compagnon. Mon père leur a dit que vous étiez rentrés chez vous. Ils ne l'ont pas cru et ils l'ont frappé. Il m'a crié en anglais d'aller vous prévenir. J'ai profité d'un moment d'inattention de leur part pour m'enfuir.

— Tu as pu les compter ?

— Une douzaine peut-être. Je sais pas, difficile à dire dans le noir. Ils ont dû venir par la mer. Notre chalet est juste à côté de l'entrée du camp. S'ils étaient arrivés par la route, nous les aurions entendus.

— Nous devons aider ton père.

— Je connais un moyen. Allons-y. »

Paul agrippa Youri par l'arrière de son short et Gamay empoigna l'autre main de son mari tandis qu'ils se frayaient un chemin à travers les bois, empruntant un sentier détourné. La fumée devint plus épaisse. Bientôt, ils en aperçurent la source : le chalet du professeur. Ils avancèrent avec précaution dans la clairière où des étudiants arrosaient la maison avec des tuyaux fonctionnant grâce à un générateur. Ils ne pouvaient sauver le chalet, mais leurs efforts empêchaient l'incendie de gagner la forêt voisine et les autres bâtiments. Les plus âgés s'étaient regroupés. Youri parla en russe au grand physicien, puis se tourna vers les Trout.

« Il dit que les hommes sont partis. Il les a vus prendre un bateau. »

Le groupe s'écarta pour révéler Orlov, allongé sur le sol, la figure couverte de sang. Gamay s'agenouilla aussitôt, approcha son oreille de la bouche du professeur et prit son pouls, sur la jugulaire. Puis elle examina ses bras et ses jambes.

« Pourrait-on l'installer sur quelque chose de plus confortable ? » demanda-t-elle.

Le professeur fut porté jusque sur la table du dîner. On le couvrit d'une nappe. À la demande de Gamay, on amena une carafe d'eau chaude et des serviettes. Elle épongea doucement le sang du visage du professeur, ainsi que son crâne dégarni.

« Les blessures ne saignent plus, on dirait. Comme elles sont sur la tête, elles impressionnent mais n'ont rien de grave. Vlad saigne aussi de la bouche, mais je ne pense pas que cela provienne d'une hémorragie interne. »

Les mâchoires de Paul se durcirent devant la situation fâcheuse de son vieux collègue. « Quelqu'un l'a pris pour un punching-ball… »

Le professeur remua et murmura quelques paroles en russe. Youri se pencha sur lui, et se releva en souriant. « Il dit qu'il a besoin d'un verre de vodka. »

Une sorte de neige rougeoyante tombait autour d'eux, en provenance du feu tout proche, et la fumée rendait l'air difficile à respirer. Paul proposa de transporter son père vers un endroit mieux abrité. Trois hommes l'aidèrent à porter le professeur jusqu'au chalet le plus éloigné de l'incendie. Ils l'installèrent sur un lit, couvrirent son corps de couvertures et lui apportèrent un verre de vodka.

« Désolé, ce n'est pas du champagne », s'excusa Gamay tandis qu'elle soulevait sa tête afin de lui offrir une gorgée d'alcool.

La vodka dégoulina le long de son menton, mais il en avala assez pour que ses joues rosissent. Paul approcha une chaise du lit. « Tu penses pouvoir parler ?

— Continue à me verser de la vodka et je parlerai toute la nuit. » Orlov reprenait du poil de la bête. « Comment va mon chalet ?

— Les étudiants n'ont pas pu le sauver, mais ils ont empêché le feu de se propager », le renseigna Youri.

Un sourire satisfait apparut sur les lèvres enflées du professeur. « Une des premières choses que j'ai organisées ici a été la brigade antifeu. On pompe l'eau directement de la mer.

— Racontez-nous ce qui s'est passé, le pria Gamay qui tamponnait le front du professeur avec un linge humide.

— On dormait quand des hommes sont entrés, commença-t-il en détachant les mots. On ne ferme jamais le verrou, ici. Ils voulaient savoir où se trouvaient les personnes du bateau. Au début, je n'ai rien compris, avant de réaliser qu'ils vous cherchaient. Alors, bien sûr, j'ai dit que je l'ignorais. Ils m'ont frappé jusqu'à ce que je perde conscience.

— J'ai couru prévenir les Trout, enchaîna Youri. Je ne voulais pas te laisser seul longtemps. Ils sont partis à notre recherche : nous nous sommes cachés dans les bois jusqu'à leur départ. »

Orlov leva le bras et posa la main sur l'épaule de son fils. « Tu as très bien réagi. »

Il réclama plus de vodka. Boire paraissait lui clarifier les idées, et remettre de l'ordre dans ses pensées.

Il regarda Paul droit dans les yeux: « Eh bien, mon ami, il semblerait que Gamay et toi, en très peu de temps, vous vous soyez fait des amis intéressants. Pendant votre petite visite des environs, peut-être ? J'ai l'impression que vous avez observé de drôles d'oiseaux…

— Je suis vraiment désolé. J'ai bien peur que nous soyons les premiers responsables, avoua Paul. On n'avait pas prévu cela. Et nous avons fait de ton fils notre complice, pour couronner le tout. »

Paul raconta à Orlov que la NUMA surveillait de près Ataman, et lui narra les mésaventures qui avaient émaillé leur voyage en canot.

« Ataman ! répéta Orlov. Dans un sens, je ne suis pas surpris par leur réaction. Les gros cartels se croient au-dessus des lois. »

Gamay intervint. « Il y avait un homme étrange sur le yacht, le visage allongé, de longs cheveux noirs et une barbe. Était-ce Razov ?

— Non, ça ne lui ressemble pas. Son ami plutôt. Le moine fou…

— Pardon ?

— Il s'appelle Boris. Personne ne connaît son nom de famille, s'il en a un. Il serait l'éminence grise de Razov, son mentor. Peu de gens ont eu l'occasion de le voir. Vous êtes très chanceux.

— Je ne sais pas si "chanceux" est le terme qui convient. » Gamay fut parcourue d'un frisson. « Je suis persuadée qu'il nous a vus, lui aussi.

— C'est probablement lui qui a appelé les molosses », suggéra Paul.

Orlov grogna. « Voilà bien la Russie d'aujourd'hui… Des brutes conseillées par des moines fous. Je ne peux pas croire qu'un personnage comme Razov soit devenu une figure politique aussi puissante dans notre pays. Et pourtant…

— Je me demande comment ils savaient où nous trouver, s'inquiéta Paul. Je suis sûr que Youri les a semés.

— La question que je me pose moi, c'est : qu'avaient-ils l'intention de faire *après* nous avoir trouvés ? » Gamay se pencha vers le professeur et son fils. « Nous vous présentons nos excuses les plus sincères pour ce qui est arrivé. Je vous en prie, dites-nous comment nous pouvons nous rattraper.

— Eh bien, un petit coup de main pour reconstruire mon chalet serait le bienvenu, répliqua Orlov après réflexion.

— Cela va sans dire, assura Paul. Autre chose ? »

Orlov plissa le nez. « Une seule. Comme vous le savez, Youri aimerait visiter les Etats-Unis.

— Considère que c'est arrangé… à condition que tu l'accompagnes. »

Le professeur ne put plus contenir sa joie. « Prépare-toi à un marchandage sans merci, mon ami.

— Je suis un vieux Yankee coriace, ne l'oublie pas. Nous partirons demain à la première heure.

— Tu es sûr de ne pas pouvoir rester plus longtemps ?

— Je crois préférable pour tout le monde que nous partions. »

Ils discutèrent jusqu'à ce que la lassitude gagne le professeur qui plongea dans un sommeil profond.

Les Trout et Youri se relayèrent le reste de la nuit pour monter la garde. Le jour se leva sans nouveaux incidents et, après un petit déjeuner sur le pouce, les Trout firent leurs adieux. Avant de s'engouffrer dans le même taxi qu'à l'aller, ils jurèrent de tout arranger pour la venue de Youri et de son père dans quelques mois.

Tandis que la Lada cahotait sur le chemin caillouteux, Gamay jeta un dernier regard, à travers la lunette arrière, aux restes calcinés du chalet. De la fumée flottait encore au-dessus du camp. « Nous en aurons des choses à dire à Kurt, au retour. »

Les yeux de Paul cillèrent avec malice. « Tel que je connais Kurt, il en aura encore plus à nous raconter. »

Chapitre 17

L'homme qu'Austin ne connaissait que sous le nom d'Ivan contemplait, émerveillé, le mausolée des Romanov. Austin venait juste de lui montrer le mécanisme de la chaise déclenchant les chants religieux. « Voilà qui est assez extraordinaire, s'extasia-t-il, laissant son regard errer dans la pièce. Vous avez fait une trouvaille remarquable. »

Un sourire au coin des lèvres, Austin répliqua : « Alors, vous pardonnez aux cow-boys d'avoir débarqué avec leurs six-coups ?

— Monsieur Austin, je n'en attendais pas moins de vous ; mieux, je l'espérais.

— Vous êtes un personnage étrange, Ivan, remarqua Austin, en secouant la tête.

— Peut-être, mais en l'occurrence j'ai agi en toute logique. » Il écarta son pouce et son index. « N'oubliez pas que j'ai un dossier épais comme ça sur vous, qui vient renforcer mon expérience personnelle de vos méthodes. Je savais qu'une mise en garde représentait le plus sûr moyen de vous amener ici.

— Pourquoi tant de machiavélisme ? Pourquoi ne pas simplement m'inviter à votre fête ? Je suis d'une compagnie agréable…

— Réfléchissez un peu. Si j'avais demandé votre aide à Istanbul, vu l'historique de nos relations, que m'auriez-vous répondu ?

— Je dois bien avouer que je l'ignore, répliqua Austin en haussant les épaules.

— Moi, je le sais. Vous auriez considéré ma requête comme un piège, un moyen ingénieux de me venger du souvenir de nos rencontres passées. » Il toucha sa cicatrice.

« Les Russes sont réputés pour leur talent aux échecs. Et vous devez admettre que la vengeance peut se révéler une puissante source de motivation, répondit Austin.

— J'ai appris à contrôler mes passions et à exploiter celles des autres, pour mieux les vaincre. Il y a une autre raison à ma retenue. J'imagine que si j'avais réclamé votre assistance, vous en auriez référé à vos supérieurs. Et votre gouvernement n'aurait jamais accepté cette mission.

— Comment pouvez-vous en être si sûr ?

— Certains de vos compatriotes soutiennent le soulèvement des forces obscures en Russie. »

Austin écarquilla les yeux. « J'en connais ?

— Probablement, mais comme je doute que vous me croyiez, je tairai ces informations… pour l'instant.

— Et qu'est-ce qui vous permet de penser que j'ai agi sans permission officielle ?

— Il apparaît très improbable que votre gouvernement couvre l'invasion clandestine d'un territoire étranger.

— Aux dernières nouvelles, la NUMA serait encore une institution gouvernementale.

— D'autres noms que le vôtre figurent dans mon fichier, monsieur Austin. Je possède des dossiers sur tous les membres importants de la NUMA, depuis votre partenaire Joe Zavala jusqu'à l'amiral Sandecker. Nous savons tous les deux que le bon amiral n'autoriserait jamais une opération indépendante. » Le Russe sourit. « Sauf sous son contrôle, bien sûr.

— Je vois que vous avez bien travaillé, admit Austin.

— Connaître la face cachée de la NUMA était vital pour associer l'agence à notre action.

— Je ne comprends pas. Pourquoi impliquer la NUMA ?

— L'ennemi a infiltré les services secrets de nos deux pays. Ces commandos, qui m'accompagnaient aujourd'hui, servent sous mes ordres depuis des années. Malgré tout, une seule personne suffit à compromettre l'unité la plus soudée. L'intégrité de la NUMA est au-dessus de tout reproche. Et j'ai besoin des moyens de communications et de transports internationaux dont dispose votre agence, ainsi que de vos incroyables équipements de recherche et de renseignements.

— Merci pour cet éloge, mais je ne sais pas si je peux vous aider. Je ne suis qu'un simple employé de l'agence.

— Pas d'hypocrisie, je vous prie, monsieur Austin. Vous n'auriez jamais pu entreprendre cette mission sans l'accord tacite de l'amiral Sandecker et de Gunn. »

Austin était impressionné par la connaissance d'Ivan concernant le fonctionnement de la NUMA. « Même si je dois admettre que vous avez raison sur ce point, je n'ai pas pour autant le pouvoir de vous accorder tout ce que vous voulez.

— Quand la menace qui pèse sur votre pays se concrétisera, vous réagirez de façon différente. Nous avons besoin l'un de l'autre.

— On verra cela plus tard. Vous ne m'avez toujours pas expliqué en quoi consistait cette menace.

— Parce que je l'ignore.

— Vous êtes pourtant convaincu de sa réalité.

— Oh oui, monsieur Austin. Connaissant les acteurs de ce drame, je peux affirmer qu'elle est très réelle. »

Austin ne savait toujours pas s'il devait croire Ivan, mais il ne pouvait mettre en doute le sérieux du Russe. « Peut-être qu'un des Cosaques aurait quelque chose à nous raconter. »

Les lèvres de Petrov se pincèrent. « Vous et moi aurions dû y songer plus tôt. Leur chef était le géant à la barbe rousse. Et les morts, quel dommage, ne racontent pas d'histoires.

— Désolé, mais les circonstances n'ont pas permis de lui en laisser le temps… Au fait, je suis curieux. Depuis combien de temps vous cachiez-vous dans les bois avec vos hommes ?

— Depuis l'aube. Nous avions atterri quelques kilomètres plus haut à l'intérieur des terres et fait le reste du chemin à pied, de nuit. Quand j'ai vu le chalutier arriver, j'ai tout de suite deviné que vous vous trouviez à bord. En revanche nous ne savions pas que vous aviez débarqué et quelle ne fut pas notre surprise de vous voir surgir de nulle part. Mes félicitations pour cette incursion menée avec brio ! »

Austin ignora le compliment. « Alors vous n'avez rien manqué des ennuis rencontrés par l'équipage du sous-marin ?

— Nous avons découvert les prisonniers quand on les a attroupés et emmenés jusqu'au terrain. Pour répondre à votre question… inexprimée, oui, nous serions intervenus. Mes hommes se tenaient prêts à passer à l'attaque. Mais vous et votre ami avez fait une apparition en tous points remarquable ; dès lors, notre intervention ne semblait plus nécessaire. En contemplant les dégâts que vous avez causés, j'ai pensé un instant qu'une patrouille de Marines vous avait aidés. De toute façon, je ne crois pas que les Cosaques aient grand-chose à nous apprendre. Ils ne sont que des voyous méprisables dont le seul rôle consistait à garder cette base. » Petrov marcha jusqu'à l'autel et toucha la photographie. « Le dernier des tsars, dit-il.

— Drôle de casque, plaisanta Austin en désignant la couronne sertie de joyaux.

— "Quiconque portera la couronne d'Ivan le Terrible régnera sur la Russie" », déclara Petrov. Il sourit devant l'air perplexe d'Austin. « Un vieux proverbe russe. Ne cherchez pas de prophétie cachée derrière ces mots, il faut les prendre au premier degré : la personne suffisamment forte pour supporter un tel poids sur la tête, et assez féroce pour s'emparer de la couronne, saura faire bon usage de ces qualités pour gouverner ce pays.

— Où se trouve la couronne aujourd'hui ?

— Elle a disparu, tout comme la plupart des trésors du tsar, pendant la Révolution. Quand les membres du gouvernement blanc arrivèrent à Iekaterinbourg, où le tsar fut probablement assassiné, ils découvrirent une liste d'objets appartenant à la famille impériale. Certains furent récupérés, mais on prétend que la liste ne représentait qu'une petite partie des bijoux et autres articles de valeur emportés en exil par la famille. Les objets les plus précieux, telle la couronne, n'ont toujours pas été retrouvés.

— Y avait-il une liste des joyaux manquants ?

— Les bolcheviques ont établi une liste de ce genre, mais personne ne l'a jamais vue. On suppose que le KGB la détenait avant la chute du communisme. J'ai enquêté et je pense que la liste existe encore, mais où ? c'est un mystère.

— Comment saviez-vous pour la couronne, sans la liste ?

— J'ai vu cette photo, et quelques autres. La couronne est composée de deux parties, qui représentent les empires de l'Est et de l'Ouest. L'aigle à deux têtes était l'emblème des Romanov. Le globe symbolise la puissance terrestre.

— Elle doit valoir une fortune.

— La valeur de la couronne ne se mesure ni en dollars ni en roubles. Cette couronne et le reste du trésor résultent de la sueur et du labeur des serfs russes qui vénéraient le tsar comme un dieu. Le tsar était l'homme le plus fortuné au monde. Il puisait sa richesse dans les revenus que lui procuraient les terres de la Couronne, plus d'un million et demi de kilomètres carrés, avec des mines d'or et d'argent, et il possédait des richesses incroyables. Nos souverains se complaisaient de manière indécente, voire barbare, dans le luxe et l'éclat de l'or et des gemmes. Tsar ne signifie pas "César" en russe par hasard. Les émirs et les shahs leur offraient des cadeaux somptueux.

— La famille qu'on voit sur la photo n'a pourtant pas l'air très heureux, malgré sa fortune.

— Elle voyait cette couronne comme une fatalité plutôt qu'une bénédiction. L'empire était promis au frêle garçon, Alexandre, bien qu'il n'eût sans doute pas vécu assez longtemps pour succéder à son père. Il était hémophile, le saviez-vous ? Une véritable tare au cœur de la royauté européenne, avec tous ses mariages consanguins. De toute façon, d'autres parents auraient revendiqué le trône.

— Qui a construit ce mausolée à votre avis ?

— Dans un premier temps, j'ai pensé à Razov. Je le voyais bien assis là, imaginant qu'un jour il régnerait sur la Russie. Mais la décoration décadente de l'appartement, dans le bâtiment principal, m'a laissé perplexe, car il ne correspond pas à la personnalité et aux convictions ascétiques de Razov. En revanche, le bruit court que le moine se complaît dans la débauche. Sa ressemblance, aussi étrange qu'inquiétante, avec Raspoutine se retrouve jusque dans son style de vie dépravé. Je pense que Boris a occupé les lieux plus souvent que Razov, qui voudrait un retour en force du passé et de ses valeurs.

— Il y a presque une inversion des rôles…

— Peu importe, mais une chose est sûre : il faut les contrôler tous les deux. » Les yeux dans ceux d'Austin, Petrov ajouta : « Et vous devez m'aider. »

Austin ne cachait pas son scepticisme. « Je vais y réfléchir. Pour le moment, j'aimerais respirer un peu d'air frais. »

Petrov agrippa le bras d'Austin. « Peut-être qu'un de vos compatriotes saura mieux vous convaincre. Vous vous souvenez des paroles du grand patriote américain Thomas Paine : "Je ne défends pas quelques hectares de terrain, mais une cause". » Le dossier de Petrov sur Austin devait mentionner le nombre important de livres de philosophie qui garnissaient les rayons de sa bibliothèque…

« Et quelle est votre cause, Ivan ?

— Sans doute la même que la vôtre.

— Ne le prenez pas mal, mais je ne vous vois pas agiter l'étendard de la maternité, de la tarte aux pommes et du mode de vie américain.

— De ce côté-là, j'ai déjà bien donné lorsque, jeune pionnier, je brandissais le drapeau frappé de la faucille et du marteau à l'occasion des défilés du 9 Mai. Mais là n'est pas la question. Le problème qui se pose à nous est autrement plus grave. Oubliez un peu nos confrontations passées et jugez-moi sur le présent, de sorte que nos deux pays puissent encore avoir un avenir. »

Austin nota que le regard de Petrov s'adoucissait. Peut-être l'homme était-il humain, après tout. « J'ai l'impression que nous sommes liés l'un à l'autre, qu'on le veuille ou non.

— Alors, vous travaillerez avec moi ?

— Je ne peux pas parler au nom de la NUMA, mais je ferai ce que je peux. » Austin tendit la main à Petrov, adoptant un court instant le ton familier dont il avait usé lors de leurs toutes premières rencontres : « Allez viens, partenaire, je vais te montrer un truc qui devrait te plaire. » Il conduisit Petrov à travers le labyrinthe qui menait au bassin. Le Russe reconnut tout de suite le sous-marin. « C'est un *India*, expliqua-t-il, il a été conçu pour transporter les submersibles utilisés par les forces d'opérations spéciales.

— À votre avis, comment est-il arrivé ici ?

— Il existe un marché très prospère dans le domaine de l'armement soviétique…

— On n'achète pas un sous-marin comme on achète un AK-47. Il y a tout de même une… légère différence.

— Mon pays a toujours fait les choses en grand. Pour un prix raisonnable, vous pourriez probablement vous payer un cuirassé. Comme vous le savez, pendant la guerre froide, l'Union soviétique a mis en circulation des dizaines d'énormes sous-marins. Depuis, la plupart ont été fichus au placard ou envoyés à la ferraille. Mais étant donné l'état regrettable de nos forces armées, tout paraît possible. Nous tenons peut-être là une piste intéressante. Je ne pense pas qu'on puisse faire une telle acquisition sans que personne soit au courant. Je vais mener une enquête discrète. Maintenant, parlez-moi de l'équipage de votre NR-1. Que vous ont appris ses hommes ?

— J'ai discuté avec l'un d'eux. Le vaisseau a été détourné par un type se faisant passer pour un scientifique, puis transporté sur le dos de ce sous-marin et employé pour récupérer la cargaison dans l'épave d'un vieux navire de charge. Le fait qu'ils aient gardé le capitaine et le pilote semble indiquer qu'ils projettent d'utiliser à nouveau le NR-1. » Austin frappa du talon le sol en pierre. « Vous devriez chercher à qui appartient cet endroit.

— Je m'en suis déjà occupé. La base demeure la propriété du gouvernement russe. Mais elle a été louée il y a deux ans à une compagnie privée qui souhaitait, *a priori*, la transformer en usine de traitement du poisson.

— D'après ce que j'ai vu, le locataire manifestait un grand intérêt pour ce qui se trouvait sous le sol plutôt qu'à la surface. Vous êtes-vous renseigné sur la compagnie ?

— Oui. Cela confirme nos soupçons, puisqu'il s'agit d'une société écran d'Ataman. »

Austin releva la tête. « Pourquoi ne suis-je pas surpris ? Bon, on devrait remonter, avant que Joe ne s'inquiète. »

Ils suivirent l'entrelacs de couloirs et d'escaliers jusqu'à la surface, soulagés de se sentir baignés par la lumière du soleil et de respirer l'air frais du dehors. Austin s'étonna de voir le terrain de football nettoyé de toutes traces du carnage. Petrov devança sa question. « Avant de descendre, j'ai ordonné à mes hommes d'emporter les cadavres dans les bois pour les y enterrer.

— Voilà une attention honorable.

— Désolé de vous décevoir mais, en fait d'honorabilité, je voulais surtout ne laisser aucun signe visible du ciel. » Ils traversèrent le terrain en direction de l'épave de l'hélicoptère. « J'ai pris soin des morts... » Petrov lança un regard vers l'appareil : « Je vous confie les vivants. » Que l'hélicoptère ait pu atterrir sans plus de dégâts relevait du miracle. Les Cosaques avaient visé un peu haut, et le dessus du cockpit ainsi que le carter étaient criblés de balles. Kaela, assise par terre, les jambes croisées, écrivait en sténo dans un carnet. Austin prit un air charmeur et s'avança. Sentant une présence, Kaela leva les yeux.

« Le monde est petit... » Si l'approche d'Austin ne brillait pas par sa subtilité, son sourire de séducteur étincelait de blancheur. Kaela le transperça du regard. Sans se décourager, Austin s'affala à ses côtés.

« J'apprécie que vous vous jetiez ainsi dans la gueule du loup, à seule fin de trouver l'occasion qui nous permette d'envisager, à nouveau, un dîner en tête à tête.

— C'est vous qui ne vous êtes jamais présenté à l'hôtel d'Istanbul !

— Exact. Voilà pourquoi je suis si heureux d'avoir la chance de pouvoir m'excuser et renouveler mon invitation. »

Kaela fronça les sourcils. « Vous excuser de m'avoir posé un lapin ou de débaucher le capitaine Kemal ? »

Kaela montrait une résistance inattendue. L'amadouer et la séduire s'avérait plus compliqué qu'Austin ne l'avait imaginé.

« D'accord. Procédons par ordre. D'abord, je vous demande pardon pour le rendez-vous manqué. J'ai été retenu de façon imprévue et n'ai pu me rendre à votre hôtel. Quant au capitaine Kemal, vous auriez dû, à mon humble avis, réserver son bateau en lui versant des arrhes ou en lui faisant une promesse quelconque, avant de partir pour Paris.

— S'il vous plaît… Epargnez-moi la leçon. Je n'ai pas envisagé une seule seconde que vous puissiez me le dérober, surtout après m'avoir avertie de ne pas pointer mon nez dans cet endroit parce que c'était trop dangereux, et qu'il s'agirait d'une violation du territoire russe.

— Admettez que j'avais raison à propos des risques. » Austin désigna de la main l'hélicoptère endommagé.

Kaela prit une profonde inspiration et lâcha, sur un ton posé : « Je vous le concède. Mais je parierais que personne ne vous a conviés, vous et votre ami de la NUMA, à venir ici pour prendre une tasse de thé et des petits fours.

— Ce n'est pas faux, mais pas tout à fait exact.

— Je croirais entendre ma mère, soupira-t-elle,

avec une expression feinte de dégoût. J'accepte vos excuses pour le dîner… Par chance, mes producteurs m'ont attribué un budget suffisant pour louer un hélicoptère, de sorte que je n'aurais pas embauché le capitaine Kemal. Quoi qu'il en soit, vous m'êtes toujours redevable. »

Austin nota le pétillement de ses yeux d'ambre et comprit qu'elle le faisait marcher, profitant d'une situation à son avantage.

« Vous jouez avec moi comme un chat avec une souris, ou je me trompe ? »

Kaela renversa la tête en arrière et éclata de rire. « En tout cas, j'essaie. Vous le méritez bien après le coup du sourire ravageur et un cliché aussi bidon que : "Le monde est petit"… Quel beau parleur ! Vous aviez sans doute prévu de me demander ensuite mon signe astrologique… Eh bien, je suis Capricorne, si ça vous intéresse.

— Je ne voulais pourtant pas passer pour un dragueur de comptoir… En attendant, je suis Poissons.

— Poissons ? Le signe parfait pour travailler à la NUMA… » Elle posa son carnet. « Je vous déconseille les bars de célibataires. Avec ce genre d'approche, vous rentreriez seul tous les soirs. »

Austin se dit qu'il aimait vraiment beaucoup cette femme. Elle était coriace et féminine à la fois, possédait un solide sens de l'humour et une grande intelligence. Et ces qualités, qu'il admirait, lui semblaient un don du ciel enveloppé dans le plus adorable des papiers cadeaux.

« Okay, maintenant que vous m'avez coincé entre vos griffes, vous pouvez vous amuser avec moi. Mais jusqu'à un certain point ! Qu'attend de moi votre petit esprit tortueux ?

— La vérité, pour commencer. Que faites-vous ici, par exemple ? Et qui sont les durs à cuire en costume noir ? Et pourquoi les gens d'ici se montrent-ils aussi agressifs ?

— C'est pour votre histoire ?

— Peut-être. Mais je veux savoir, tout simplement parce que… je veux savoir. La curiosité représente le meilleur des outils du bon reporter. »

Austin ne prisait pas trop le mensonge, mais il ne voulait pas mêler Kaela et sa bande à une affaire aussi dangereuse. Le sort leur avait été favorable déjà deux fois. La troisième pourrait se révéler fatale.

« Vous n'êtes pas la seule à éprouver cette curiosité. Après ma première confrontation avec les Cosaques, je voulais en apprendre davantage. Je pensais que je le devais aussi à Mehmet.

— Et alors, y a-t-il une base de sous-marins ici ?

— Oui, assez vaste d'ailleurs.

— Je le savais. Je veux y aller.

— Je n'y vois pas d'inconvénients, mais vous risquez de rencontrer un obstacle de taille en la personne du gentleman que vous apercevez là-bas. » Ivan, de retour des bois, traversait le terrain où il était allé vérifier le travail de ses hommes.

« Qui est-ce ?

— Il s'appelle Ivan. C'est le grand chef.

— Militaire ?

— Pourquoi ne pas lui demander vous-même ? »

Kaela s'empara de son carnet et bondit sur ses pieds. « Je vais me gêner… » Elle se hâta vers Petrov et l'intercepta. Austin observa la scène avec intérêt. Tour à tour timide ou aguicheuse, suave ou provocante, Kaela maîtrisait le langage du corps avec un art consommé. Pour arriver à ses fins, elle déroula toutes les ficelles de sa féminité, posant d'abord sur une jambe, puis sur l'autre, une hanche en avant, effleurant d'une main délicate la poitrine de Petrov et l'aveuglant de son merveilleux sourire…

Ivan se tenait droit, les bras croisés, imperturbable. Quand elle eut terminé, il prit brièvement la parole. Kaela se raidit soudain, les épaules hautes, et se pencha en avant, l'air furieux, son front touchant presque celui de Petrov. Puis elle pivota sur ses talons et, d'un pas résolu, revint vers Austin.

« Quel petit bonhomme obtus, fulmina-t-elle. Il prétend que la base, propriété du gouvernement russe, est interdite au public. Pour finir, Monsieur suggère que je m'arrange avec vous pour quitter les lieux au plus vite sous peine de représailles. » Son visage s'éclaira. « De toute façon, on peut traiter le sujet, j'ai assez de séquences filmées. »

Elle s'en fut à longues enjambées jusqu'à l'hélicoptère et s'adressa à Lombardo et Dundee qui fouillaient dans les décombres. Leur conversation déjà animée monta d'un ton quand Lombardo montra à la jeune femme un assemblage hétéroclite de métal et de plastique, restes de la défunte caméra. Kaela retourna vers Austin en traînant les pieds.

« J'ai bien peur d'avoir à quémander une fois encore votre aide pour le retour », dit-elle sans enthousiasme.

Austin aperçut Joe Zavala qui se dirigeait vers eux depuis la plage où il s'était assuré que l'équipage du NR-1 avait rejoint le chalutier. Austin s'excusa et l'entraîna à l'écart.

Zavala parla le premier. « J'ai contacté Kemal par radio, ils sont tous sains et saufs.

— Bonne nouvelle. En revanche, nous avons un problème. Kaela et ses collègues comptent sur nous pour les ramener, et je ne veux pas qu'ils approchent les gars du NR-1. »

Zavala lança un regard admiratif à la journaliste. « Alors tu seras content d'apprendre que l'*Argo* gardait un œil sur nous et surveillait nos communications radio. Je viens de discuter avec le capitaine Atwood ;

ils ont envoyé une embarcation pour transporter les soldats au navire de recherche. Le bateau de Kemal est tout à nous. »

Austin émit un petit rire mauvais. « Peux-tu envoyer un message à l'*Argo* pour qu'il nous récupère, nous aussi ? Ensuite appelle le capitaine Kemal, dis-lui qu'on va nous transférer sur l'*Argo* et demande-lui si cela ne le dérange pas de prendre quelques passagers à notre place.

— Oui, mon commandant ! » Zavala effectua un salut militaire.

Pendant que Joe prévenait le chalutier, Austin s'en alla avertir Kaela et ses amis qu'il leur avait arrangé un retour en première classe.

Chapitre 18

Le voyage en avion de Novorossisk à Istanbul fut un vrai cauchemar. Pour commencer, le départ avait été retardé à cause d'ennuis techniques non précisés. Les Trout avaient patienté une heure dans la cabine bondée et surchauffée, avant de changer d'avion. Une fois en vol, les passagers qui avaient osé s'attaquer au plateau-repas et à sa viande aux origines indéfinies payèrent le prix de leur audace quand l'appareil rencontra de violentes turbulences.

Pour comble de malheur, un seul cabinet de toilette fonctionnait.

Sortis indemnes de ce voyage au bout de l'enfer, Paul et Gamay se crurent enfin en sécurité au sol. Cruelle méprise ! Ils ne pouvaient se douter que le chauffeur du taxi qu'ils prirent à l'aéroport conduirait comme s'il avait signé un pacte avec la mort…

Quand Paul lui demanda de ralentir, le fou du volant appuya sur l'accélérateur.

« Quelque chose a dû s'égarer dans la traduction ! cria Gamay, pour couvrir le crissement des pneus.

— La faute, sans doute, à mon accent de la Nouvelle-Angleterre ! hurla Paul.

— Ne t'en fais pas. » L'air déterminé, Gamay poursuivit. « Après ce que nous venons de vivre, rien, pas même la mort, ne viendra m'empêcher de prendre une bonne douche, suivie d'un Martini-gin et de faire une longue sieste. »

Le taxi faillit heurter le portier de l'hôtel, avancé – l'imprudent – au milieu du trottoir, qui dut son salut à un saut en arrière digne d'un matador face au taureau. Le véhicule s'immobilisa enfin, après un bruyant dérapage contrôlé, à une bonne dizaine de mètres de l'entrée du Marmara Istanbul Hotel, sur Taksim Square. Les Trout jaillirent du taxi, réglèrent la course au chauffard souriant et entreprirent, d'une démarche un peu hésitante, la traversée du hall immense.

Le réceptionniste, tiré à quatre épingles, arborait une chevelure lisse et une moustache effilée qui lui donnaient un faux air d'Hercule Poirot. Quand il vit les Trout s'approcher, il arbora un sourire étincelant. « Quel plaisir de vous revoir, docteurs Trout. J'espère que vous avez apprécié votre séjour à Ephèse. » Avant de quitter l'hôtel pour Novorossisk, les Trout avaient claironné leur intention d'aller visiter les ruines antiques de la cité ionienne.

« Oui, merci. Le temple d'Artémis est absolument fascinant ! » L'enthousiasme de Gamay semblait tout à fait authentique. L'employé exhiba une dentition parfaite et tendit à Paul les clés de leur chambre ainsi qu'une enveloppe. « C'est arrivé plus tôt dans la journée. »

Paul ouvrit l'enveloppe, déplia la feuille de papier qu'elle contenait, et la tendit à Gamay. Elle lut la phrase unique imprimée sur vélin à en-tête de l'hôtel : « Contactez-moi dès que possible. A. »

Un numéro de téléphone suivait le bref message.

« Le devoir nous appelle », dit Paul.

Gamay leva les yeux au ciel. « Et parfois le devoir appelle au plus mauvais moment ! » Elle arracha les clés des mains de son mari et s'éloigna en direction de l'ascenseur.

Arrivés dans leur chambre, Paul proposa à Gamay de prendre sa douche pendant qu'il joignait Austin. Elle sauta sur l'offre sans l'ombre d'une hésitation et partit dans la salle de bains, laissant tomber un à un derrière elle ses vêtements et sa lingerie fine. Sachant qu'un apéritif leur ferait le plus grand bien, Paul appela le service d'étage et commanda un plein shaker de Martini-gin extra-dry. Le plateau arriva au moment où la douche s'arrêtait de couler. Paul remplit un verre et frappa à la porte de la salle de bains qui s'ouvrit dans un nuage de vapeur tandis qu'une main s'emparait du breuvage. Il se servit un Martini, allongea ses longues jambes sur un pouf et but une gorgée réconfortante. En connaisseur, il trouva le cocktail satisfaisant… pour la Turquie. Ragaillardi, il composa le numéro d'Austin.

« Nous sommes de retour à Istanbul, annonça Trout en entendant la voix de Kurt à l'autre bout du fil. J'ai eu ton mot.

— Impeccable. Comment s'est déroulé votre voyage ?

— Instructif et bourré de surprises. » Trout fit un résumé des événements à Austin.

« D'après la description du yacht de Razov, je dirais qu'il s'agit d'un FastShip. Vraisemblablement propulsé par des turbines à gaz qui peuvent lui permettre d'atteindre une vitesse deux fois supérieure à celle des bateaux de même tonnage. Brillant. Razov peut déplacer son centre d'opération n'importe où sur le globe en quelques jours. Je suis heureux que personne n'ait été blessé, mais j'ai de la peine pour le professeur et son chalet. Dès que je raccroche, je prends des dispositions auprès de la NUMA pour qu'on envoie une invitation officielle à Orlov et son fils.

— Ils seront ravis. Et toi, si tu me parlais de votre petite excursion ?

— Comme vous deux, nous avons reçu un accueil

des plus chaleureux, mais je ne recommanderais pas le site à Look Voyage. Je te raconterai quand on se verra.

— J'ai hâte d'en connaître les détails.

— Rassure-toi, je ne te ferai pas patienter longtemps. Je me trouve sur l'*Argo* et je recherche, pour une mission urgente, un géologue des grands fonds et un biologiste marin qui travailleraient pour une bouchée de pain.

— Par manque de chance, je connais un couple de bons à rien qui correspond en tout point à cette description.

— Je savais pouvoir compter sur vous. Je m'occupe de votre transport. Dans combien de temps serez-vous prêts ?

— On vient à peine d'arriver à l'hôtel, on n'aura donc pas à préparer les bagages. » Paul jeta un regard attendri vers la porte de la salle de bains. Gamay chantait, pas très juste d'ailleurs, une version de *Gonna wash that man right of my hair*. « Tu nous laisses finir nos Martinis ?

— Tu plaisantes ? Buvez-en même un autre à ma santé ! Au fait, un VIP américain vous accompagnera. Il atterrit dans deux heures.

— Merveilleux ! Nous allons voyager avec le sénateur Claghorn, ses six mentons, et sa longue mèche rabattue sur le côté. »

Austin éclata de rire. « Incroyable, Paul. Tu dois être devin. Comment savais-tu qu'il s'agissait de ce bon sénateur ?

— Un coup de bol. Je ferai part de la nouvelle à Gamay. À ce soir. »

Paul nota l'heure et le lieu du départ. Comme il raccrochait, Gamay sortit de la salle de bains, une serviette enroulée autour de son corps mince, une autre sur la tête, et un verre à moitié vide à la main. La douche et le cocktail avaient adouci son humeur si bien que, quand Paul lui annonça qu'il leur fallait reprendre la route, Gamay accueillit la nouvelle avec un sourire et déclara que Kurt et Joe lui manquaient.

Paul alla se doucher à son tour, et Gamay commanda des chiches-kebabs d'agneau avec du riz pilaf. On leur apporta le repas alors qu'ils entamaient leur deuxième Martini. Après le dîner, ils s'habillèrent puis, rafraîchis et repus, ils prirent un nouveau taxi pour l'aéroport. Le chauffeur n'avait pas de tendance suicidaire et, excepté l'intense trafic habituel, le trajet s'effectua sans encombre.

Sur les recommandations d'Austin, ils se firent arrêter à l'écart du terminal principal, devant une section réservée aux petites lignes privées. Ils se dirigèrent vers un hangar dont les projecteurs se reflétaient sur la peinture turquoise d'un hélicoptère de taille moyenne. Les lettres NUMA s'étalaient en noir de chaque côté de l'engin. Les moteurs chauffaient et les rotors tournaient au ralenti tandis que le pilote, debout sur le tarmac, parlait avec un homme. Bien que ce dernier leur tournât le dos, les Trout reconnurent tout de suite les épaules et les hanches étroites ainsi que les cheveux clairsemés de l'adjoint du directeur de la NUMA. Rudi Gunn se retourna, les salua d'un grand sourire et agita son pouce en direction de l'appareil.

« On vous dépose quelque part ? »

Gamay regarda Paul. « Alors, c'est ça le sénateur au sextuple menton, qui cache sa calvitie sous une grande mèche ? »

Trout s'en tira par une pirouette. « Bonté divine, Rudi, vous avez un sacré toupet de ne pas nous avoir dit que le gros bonnet, c'était vous !

— Je ne voulais pas gâcher votre plaisir. L'amiral Sandecker a pensé que je pourrais vous être utile si la situation se compliquait. Je me trouvais à Athènes, où je représentais la NUMA lors d'une conférence sur l'archéologie marine. Un saut de puce en jet privé. L'hélicoptère, quant à lui, nous a été affecté après une opération à l'est de la mer Egée. Sandecker a estimé qu'il était temps que je m'implique à fond dans cette mission, surtout après l'appel de Kurt concernant le colis qu'il devait délivrer.

— Le colis ?

— Je vous dirai tout ce que je sais en chemin. On y va ? »

Ils grimpèrent dans l'appareil et s'installèrent sur leurs sièges dans une cabine spacieuse. Les moteurs montèrent en régime et trois minutes plus tard le Sikorsky S-76C s'élevait rapidement dans les airs. En peu de temps, les lumières de l'immense cité à cheval sur deux continents scintillaient sous eux comme les millions d'étoiles d'une étrange constellation. Propulsé par ses moteurs jumeaux Arriel, l'hélicoptère prit la direction du nord à une vitesse de croisière de deux cent quatre-vingts kilomètres heure.

La voix du pilote leur parvint dans les écouteurs, avec ces intonations traînantes et chaleureuses, typiques du sud des Etats-Unis.

« Bonjour tout le monde ! Je m'appelle Mike et je vous invite à profiter du confort. Il devrait y avoir assez de place pour allonger les jambes. Cet hélicoptère a été conçu pour assister les plates-formes pétrolières, on peut donc le comparer à un bus volant. Il contient jusqu'à douze passagers et vous avez de la chance de faire partie du vol aller car on risque d'afficher complet au retour. Vous trouverez une Thermos de café brûlant près de la cloison. Servez-vous et, surtout, n'hésitez pas à m'indiquer si vous avez besoin de quoi que ce soit. Maintenant, installez-vous et bon voyage. »

Gunn servit et fit passer les cafés. « C'est bon de vous voir tous les deux. Désolé pour l'interruption de vos vacances. Officiellement vous êtes toujours en congé, moi, je suis assis dans un auditorium du musée national grec d'Archéologie et cette réunion n'a, bien sûr, pas lieu.

— Que s'est-il passé, Rudi ? demanda Paul. On a eu très peu d'informations.

— Je ne connais pas tous les détails, mais voilà ce que nous savons. Il y a de cela plusieurs jours, l'amiral Sandecker a été invité à la Maison-Blanche pour une réunion avec le Président et ses conseillers. La Maison-Blanche s'inquiétait de la détérioration de la situation en Russie.

« Certains proches du Président ont réprimandé Sandecker pour avoir laissé Kurt violer la souveraineté territoriale russe lors de son intervention près de la base de sous-marins soviétique abandonnée. Ils redoutaient que cela procure des arguments aux forces de l'opposition russe contre leur gouvernement, en train de lutter pour sa propre survie. L'amiral s'est excusé, signalant qu'il s'agissait d'un simple accident et a offert de parler directement aux autorités russes. Son offre a été rejetée. Il s'est renseigné alors sur l'attitude de la Maison-Blanche à propos du NR-1. Fait étrange, on avait omis d'avertir Sandecker de la disparition du sous-marin. »

Paul s'esclaffa : « S'imaginer que l'amiral n'apprenne rien était parfaitement idiot de leur part. »

Gamay secoua la tête. « C'est tout de même incroyable que le NR-1 ait pu s'évanouir dans la nature sans laisser de trace ! À croire qu'il a été avalé par un monstre marin.

— Vous n'êtes pas loin de la vérité. Le NR-1 a été dérobé et transporté sur le pont d'un sous-marin plus gros.

— C'est encore plus farfelu que la théorie du monstre marin, répliqua Gamay.

— Nous essayions de comprendre ce qui s'était passé quand Kurt a appelé pour nous apprendre qu'un informateur lui avait affirmé que le magnat de l'industrie minière Mikhaïl Razov se trouvait à l'origine de l'agitation politique en Russie. D'après la Maison-Blanche, il existe un lien entre la disparition du NR-1 et le chaos à Moscou. De surcroît, la compagnie de Razov, les Industries Ataman, a loué la base au gouvernement russe. »

Gamay interrompit Gunn. « Voilà pourquoi Kurt nous a envoyés à Novorossisk pour inspecter les usines de Razov.

— Vous pensez que le NR-1 a été transporté dans la vieille base ? intervint Paul.

— Nous y avons songé. Mais nous avions un autre sujet d'inquiétude. La source de Kurt a également prétendu que Razov était compromis dans un complot contre les Etats-Unis.

— Quelle sorte de complot ? demanda Paul.

— Nous l'ignorons. Sandecker considère l'information comme très sérieuse. Quand Kurt a proposé de réunir l'équipe des Missions spéciales et projeté de retourner à la base, l'amiral a donné son accord officieux. Kurt a dû vous préciser que la mission était, euh, officieuse...

— Il nous l'a fait comprendre de façon un peu plus colorée, s'esclaffa Gamay.

— Je vous crois sur parole, rétorqua Rudi, amusé. La Maison-Blanche a spécifié à l'amiral Sandecker de rester en dehors de l'enquête sur le NR-1. Inutile de préciser que l'amiral a réussi à contourner le problème par une subtilité technique. Il a accepté de ne pas rechercher le submersible, mais il n'a pas parlé du parc à sous-marins.

— Je suis choquée, choquée. » Gamay feignit l'indignation en parodiant Ingrid Bergman dans *Casablanca*.

« Moi aussi, insista Paul. Qui aurait cru une chose pareille ?

— Je prends bonne note de vos sarcasmes. Mais vous comprenez la situation… Nous avons dû protéger l'intégrité de l'amiral, afin de lui laisser une marge de manœuvre.

— C'est risqué, avança Paul. Si je peux me permettre, voilà la NUMA assise sur un baril de poudre.

— Sandecker s'en rend bien compte, mais pour l'instant, les dieux qui veillent sur la mer Noire se montrent bienveillants. » Le visage de Gunn s'éclaira d'un petit sourire énigmatique que Gamay ne manqua pas de remarquer :

« Vous me faites penser au chat qui a avalé le canari… Visiblement, Kurt a de bonnes nouvelles.

— Très bonnes. Lui et Joe ont retrouvé l'équipage du NR-1, le fameux colis dont je vous parlais. Ils étaient gardés en captivité dans la base. Ils sont sur l'*Argo*, à présent.

— Excellent, mais je ne comprends pas… » Paul fronçait les sourcils. « Les Russes les retenaient prisonniers ?

— C'est plus compliqué que ça, en fait. Le capitaine et le pilote demeurent introuvables, tout comme le NR-1 d'ailleurs. On va questionner l'équipage et Kurt veut que nous l'assistions tous.

— Retrouver ces soldats représente une sacrée victoire pour la NUMA et l'amiral, observa Paul.

— Malheureusement, on ne peut en tirer aucune gloire, et je ne sais pas comment on va l'annoncer dans la mesure où tout s'est fait officieusement. Les huiles ont d'ailleurs passé sous silence le détournement du sous-marin.

— Difficile de garder un secret à Washington, remarqua Paul. Je crains que cette affaire n'apparaisse au grand jour tôt ou tard.

— Tout à fait d'accord. D'ailleurs, si nous avons prévenu la marine que nous avions découvert les hommes du NR-1 sains et saufs, nous nous sommes montrés avares de détails. De plus, on ne va pas pouvoir s'en tirer avec cette stratégie très longtemps. C'est pourquoi le brainstorming avec l'équipage revêt une importance considérable. Nous devons résoudre cette affaire au plus vite. Bon, maintenant, si on reprenait un peu de café pendant que vous me racontez votre expérience avec Ataman. »

Gamay se porta volontaire pour remplir les tasses. « Je laisse Paul dessiner les grandes lignes, je me réserve les commentaires pittoresques. »

Gunn écouta leur histoire sans les interrompre. Les Trout savaient d'expérience que celui-ci absorberait chaque mot, son don d'analyse étant légendaire. Premier de sa classe à l'Ecole navale américaine, il avait jadis occupé le grade de capitaine de frégate et, avant de devenir l'adjoint de Sandecker, supervisait les départements de logistique et de recherche océanographique de la NUMA.

À la fin de leur récit, Gunn les mitrailla de questions. Il montra un intérêt particulier pour Boris, le moine fou, et la réflexion de Youri sur l'absence des plates-formes de forage mobiles. Pour lui, la réaction violente de Razov était facile à expliquer. Razov cachait des choses et ne voulait voir personne fouiner dans ses affaires. Quant à Boris et les plates-formes manquantes, ils demeuraient un mystère. Il recula dans son siège, ajusta ses lunettes à monture d'écaille sur son nez crochu, décontracta ses doigts et s'absorba dans ses pensées.

La voix du pilote rompit sa concentration. « Nous nous apprêtons à survoler l'*Argo*. Si vous regardez sur votre droite, vous verrez le navire. »

L'*Argo* avait allumé toutes ses lumières pour les accueillir. Il ressemblait à un arbre de Noël géant flottant sur la mer d'un noir d'encre. L'hélicoptère se stabilisa au-dessus du vaisseau avant d'amorcer sa lente descente vers le grand *X* clignotant qui marquait la zone d'atterrissage. Il se posa à la perfection, tout en douceur. Les rotors ralentirent, et le copilote vint ouvrir la porte. Les passagers remercièrent l'équipage et descendirent le marche-pied en clignant les yeux, aveuglés par les puissants projecteurs qui illuminaient la nuit comme autant de soleils ; le jour semblait s'être levé sur l'*Argo*.

Avec ses larges épaules et sa chevelure argentée, Austin se distinguait sans peine au milieu de la foule réunie pour souhaiter la bienvenue aux arrivants. Il s'avança à leur rencontre, serra la main de Gunn et enlaça les Trout.

« J'espère que vous avez pu finir vos Martinis », dit-il.

Gamay sourit et lui donna un baiser sonore sur la joue. « Nous avons eu le temps d'en boire deux chacun, merci.

— Désolé de vous avoir arrachés à votre hôtel à peine débarqués d'avion. » Il les guida jusqu'à la cafétéria, et leur apporta trois grands verres remplis de glaçons et de jus de citrons fraîchement pressés. « Joe joue les nounous auprès des membres de l'équipage du NR-1 dans la salle de conférences. Nous irons écouter leur histoire dans quinze minutes. Les garçons sont impatients de rentrer chez eux, et je les ai priés de nous consacrer une heure, pendant qu'on préparait l'hélicoptère. »

Tandis qu'Austin leur contait par le menu le sauvetage des hommes du NR-1, Gunn, amusé, arrondit sa bouche en cul de poule.

« Loin de moi l'idée de diminuer vos mérites et les dangers que vous décrivez, Kurt, mais on se croirait dans un film de *La Panthère rose*, avec tous ces gens qui courent partout.

— Ah ! Je m'imaginais plus en inspecteur Harry qu'en inspecteur Clouzot… répondit Austin songeur. Pff… Un jour, je repenserai à cette aventure de fous et je rigolerai bien. » Il passa les doigts dans sa chevelure. « En attendant, si mes cheveux avaient pu blanchir encore, ils l'auraient fait.

— Je suis intrigué par ce Russe que vous appelez Ivan. » Gunn avait retrouvé son sérieux. « Comment le connaissez-vous ?

— Nos routes se sont croisées quand je travaillais pour la CIA.

— Ami ou ennemi ?

— Je dirais ami, pour le moment. À mon avis, il n'agira qu'en fonction des intérêts de la Russie. Nous avons affaire à un personnage retors et rusé… et s'il a survécu à toutes les purges pratiquées dans les services secrets soviétiques et russes, ce n'est pas un enfant de chœur.

— Voilà un bon résumé. Mais malgré son passé douteux, vous croyez qu'on peut lui faire confiance ?

— Pour l'instant… et pour une excellente raison.

— Laquelle ?

— Il est tout ce qu'on a. »

Chapitre 19

Du groupe de pauvres hères hagards et trempés que le capitaine Kemal avait récupéré dans l'eau et qu'on avait ensuite transféré sur l'*Argo*, il ne restait rien. Il avait cédé la place à une bande de joyeux sous-mariniers, prêts à rire de leurs propres épreuves, ce dont ils ne se privaient pas quand Austin et les autres débarquèrent dans la salle de conférences.

Une fois à bord de l'*Argo*, les hommes d'équipage du NR-1 avaient été examinés par l'équipe médicale du navire, nourris de mets riches et succulents, et vêtus de bleus de travail de la NUMA. Excepté quelques égratignures, il ne subsistait guère de traces visibles de leur calvaire. Le capitaine Atwood, l'enseigne Kreisman et Joe Zavala attendaient, assis sur une table en métal, au centre de la pièce. Joe se fendit d'un large sourire en voyant ses collègues de la NUMA franchir le seuil. Il se leva, s'empressa d'aller échanger des poignées de main avec Gunn et Trout, et embrassa Gamay sur la joue. Après les brèves présentations d'usage, Austin prit la parole dans un vacarme d'applaudissements et de sifflets enthousiastes. « Dans quelques heures, vous serez à Istanbul où un jet vous ramènera à la maison. Vos parents ont été prévenus. » De nouveau, les bravos fusèrent. « Vous devez avoir hâte de prendre le chemin du retour mais, auparavant, j'ai un service à vous demander. Nous ne connaissons que de vagues épisodes de votre remarquable aventure. Pendant que l'hélicoptère fait le plein, nous aimerions entendre votre histoire du début à la fin. »

L'enseigne Kreisman se leva et déclara : « C'est la moindre des choses. Je parle au nom de l'équipage qui vous remercie, vous et Joe, de nous avoir sortis sains et saufs du pétrin.

— Rappelez-moi d'emmener un char de combat Bradley, la prochaine fois », plaisanta Austin. Il laissa s'apaiser les rires. « Si vous n'y voyez aucun inconvénient, Kreisman, je jouerai les Perry Mason, cela nous fera gagner du temps.

— Pas de problème, monsieur.

— Bien, commençons par le début, s'il vous plaît. »

Kreisman s'installa devant une carte marine représentant l'est de la mer Egée. « Notre mission consistait à visiter des sites archéologiques marins au large de la côte turque. Ici. » Il posa un doigt sur la carte. « En plus de l'équipage habituel sous les ordres du capitaine Logan, nous transportions un scientifique invité se faisant appeler docteur Josef Pulaski, et qui travaillait, selon ses dires, au MIT. »

Gunn leva la main. « Une précision. Après avoir appris que le NR-1 avait été détourné, nous avons parcouru la liste des gens devant se trouver à bord, et trouvé le nom de Pulaski. Nous avons vérifié auprès du MIT ; ils n'ont jamais entendu parler de lui.

— Dommage que nous ne l'ayons pas vérifié nous-mêmes avant qu'il monte à bord. » L'enseigne secoua la tête. « Quoi qu'il en soit, la mission était un grand succès, nous avions récupéré plusieurs amphores grâce au bras manipulateur. Ensuite, alors que nous nous apprêtions à remonter à la surface, Pulaski a sorti un revolver. La plupart des membres de l'équipage se trouvaient à l'extérieur de la salle des commandes et n'ont rien vu. Le capitaine nous a avertis par le système de communication interne de nous tenir éloignés sous peine d'être exécutés par Pulaski. Le sous-marin a alors entamé sa remontée, pour se stabiliser à environ cent cinquante mètres de la surface.

— Pendant combien de temps ? demanda Austin.

— À peu près vingt-cinq minutes. Puis, une ombre gigantesque est apparue sur les moniteurs, semblable à une baleine ou un grand requin venus des profondeurs, et elle s'est glissée sous le NR-1. Un fracas métallique terrible a retenti tandis que le submersible subissait une violente secousse. Tous ceux qui ne se tenaient pas agrippés à un support quelconque ont été projetés au sol. Tout de suite après, nous avons entendu des frottements et des grattements sur la coque. Il s'agissait de plongeurs, nous pouvions les voir sur les écrans. Une espèce de clown a même fait coucou à la caméra ! Un instant plus tard, les plongeurs avaient disparu et nous foncions à travers l'océan.

— Où se trouvaient le capitaine, le pilote et Pulaski pendant ce temps ? questionna Austin.

— Dans la salle des commandes.

— Le capitaine a-t-il dit autre chose ?

— Oui. Il a réclamé du café et des sandwiches.

— Que faisait le vaisseau d'assistance à ce moment-là ?

— Nous l'avons entendu appeler sur la radio jusqu'à ce que Pulaski ordonne de couper toute communication. Je suppose qu'il nous a suivis tant que nous nous trouvions à portée de radar.

— Avez-vous une idée de la durée de votre trajet sous l'eau ?

— Plusieurs heures. Quand nous avons émergé, il faisait aussi noir que dans un tunnel… Pas une lumière… Des hommes armés ont alors déboulé à l'intérieur du NR-1.

— Des Russes ?

— On n'en sait rien, mais je crois bien qu'ils étaient équipés de kalachnikov AK-47. Ils portaient des tenues de camouflage et se comportaient en soldats professionnels. Pas comme ces enfoirés à cheval que vous avez affrontés pour nous sauver… Ceux-là se taisaient. Seul Pulaski parlait. Il nous a enjoints de sortir du NR-1, et nous a fait grimper sur le pont d'un gros sous-marin.

— Une estimation de sa longueur ? » intervint Gunn.

Kreisman regarda ses camarades. « À votre avis, les gars ? »

Un autre marin prit la parole : « J'ai servi sur un sous-marin nucléaire quand j'ai rejoint la marine. À en juger par sa largeur, environ dix mètres, je comparerais la longueur de ce bébé à celle d'un SNLE[1] Los Angeles, c'est-à-dire aux alentours de 110 mètres.

— Le NR-1 est long de quarante-cinq mètres seulement. Ils pouvaient sans problème vous transporter sur leur pont tout en gardant une soixantaine de mètres d'espace libre », précisa Austin.

Le marin acquiesça d'un signe de tête. « Ce sous-marin-là était plus long que notre vaisseau d'assistance. »

Austin balaya la pièce du regard. « Quelqu'un a-t-il aperçu des marques ? »

Personne ne répondit. « Trop sombre et pas de lune, expliqua Kreisman.

— Donc, ils vous ont transférés dans le grand sous-marin ?

— Correct, ils nous ont enfermés dans une cabine. Même superposés, il n'y avait pas assez de lits pour nous tous, du coup nous avons dormi à tour de rôle. De temps en temps, ils nous apportaient à manger. On

1. Sous-marin nucléaire Lanceur d'Engins. *(N.d.T.)*

est restés sous l'eau pendant vingt-quatre heures. Quand on a émergé, il faisait nuit. Mais l'air semblait différent de celui de la mer Egée. Il ne possédait pas cette salinité à laquelle nous étions habitués. Un peu comme celui des Grands Lacs.

— Parle-leur des bruits de bateaux qu'on a entendus avant ça, dit l'un des sous-mariniers.

— Ah oui ! J'avais oublié. Autant pour moi… Ça s'est produit avant qu'on ne remonte. La cabine était silencieuse quand certains des gars ont cru entendre à travers la coque le son de plusieurs moteurs de navires. Nous avons tous collé une oreille sur la cloison. Pas de doute, ils avaient raison.

— Vous vous trouviez dans une zone de trafic maritime intense ?

— C'est ce que nous avons pensé. Peu à peu, le bruit s'est éteint. Plusieurs heures après, on a émergé à côté d'un vaisseau de surface. Il devait nous attendre. On nous a poussés sur le bateau puis dans une autre cabine, qui fut notre petit nid douillet pendant trois jours.

— Ils vous ont maintenus à l'intérieur durant les trois jours ? s'indigna Austin.

— Certes non ! Au petit matin, on nous a rassemblés sur le pont. Des types armés de fusils nous surveillaient et le gros sous-marin avait disparu. Pulaski, lui, était bien là, avec son sourire à vous glacer le sang.

— *"Bondjourre, messieurs."* » Kriesman imitait l'accent de Pulaski. « *"En rremerrciement de la délicieuse crroisièrre que nous venons de vous offrrirr, nous allons vous demander d'effectuer un petit trravail pourr nous."* Nous devions descendre récupérer du matériel dans une épave. Pulaski et un autre truand du même acabit nous accompagnaient. Alors on s'est entassés dans le NR-1 qui se trouvait juste à côté du vaisseau, lequel servait de ravitailleur, et on a plongé.

— À quelle profondeur ?

— Cent vingt mètres et plus. Un jeu d'enfant pour le NR-1. Nous avons noté que la densité de l'eau était différente, du coup il nous a fallu moins de lest pour l'immersion. Le fond de l'eau, en grande partie vaseux, descendait en pente douce avant de s'enfoncer brutalement dans une vallée ou un canyon sous-marin au versant abrupt. L'épave reposait là, toute proche de la fosse.

— Y avait-il un nom sur la coque du bateau ?

— On ne voyait rien au milieu des algues et des bernacles qui recouvraient le bâtiment. La proue regardait vers le haut, un peu comme sur les photos du *Titanic.*

— Décrivez-moi la position du bateau.

— Il gisait au bas de la pente, penché de façon inquiétante au bord du gouffre. Il ne semblait plus attendre qu'une bonne poussée pour se renverser. On pouvait observer un grand trou à tribord.

— Pouviez-vous voir à l'intérieur du trou ?

— Non, un amas de débris l'encombrait et nous ne sommes pas restés devant plus d'une minute. Ils étaient bien plus intéressés par l'autre côté et avaient équipé le bras mécanique d'un chalumeau. Nous nous sommes posés sur le pont incliné. Nous avons eu du mal à stabiliser le sous-marin. Nous redoutions qu'à la moindre fausse manœuvre le bateau roule sur le flanc et bascule dans l'abysse. Ensuite, ils ont ordonné de couper un carré dans la superstructure.

— Pas dans la cale ? s'étonna Austin. C'est pourtant là que la cargaison aurait dû se trouver.

— Nous nous sommes fait la même réflexion, mais nous ne pouvions qu'obéir. On a donc pratiqué une ouverture de trois mètres sur trois, la rouille qui rongeait le métal nous facilitant la tâche. Il fallait se montrer précautionneux et précis, comme pour une opération chirurgicale. Une secousse un peu trop forte, et nous perdions le “patient”; nous en étions tous conscients. On pouvait voir les vieilles couchettes et les matelas… Pulaski et son comparse ont commencé à s’agiter. Ils jacassaient et gesticulaient au-dessus d’un plan de l’épave en leur possession.

— En russe…

— Ça y ressemblait. Apparemment, on avait découpé au mauvais endroit. La deuxième tentative fut la bonne. Nous avions dévoilé une cabine assez spacieuse et remplie de grandes boîtes métalliques, de la taille de ces anciennes cantines que l’on trouve chez les antiquaires.

— Combien de boîtes ?

— À peu près une douzaine, éparpillées aux quatre coins de la pièce. Pulaski nous a alors enjoint de les dégager avec le manipulateur du NR-1. On en a bavé. Elles étaient lourdes et exerçaient une forte tension sur le bras mécanique. Enfin, nous avons réussi à les extraire et on a appelé le navire de surface pour qu’il nous envoie des filins munis de crochets. Une fois les cantines bien attachées, nous avons laissé le bateau les hisser à l’aide d’un treuil puissant pendant qu’on surveillait le déroulement des opérations, en léger retrait. »

Austin, spécialiste des sauvetages et renflouages en eau profonde, appréciait. « Je n’aurais pas fait mieux.

— Une idée du capitaine Logan. » Kreisman rougit de confusion. « Nous nous trouvions dans la situation des soldats britanniques dans ce film, euh… *Le Pont de la rivière Kwaï* ? Nous avons donné le meilleur de nous-mêmes. Une question d’amour-propre, je suppose.

— N’ayez aucune honte. Ils vous auraient sans doute tués si vous vous étiez montrés récalcitrants.

— Le capitaine pensait comme vous. On a travaillé par équipes, de nuit comme de jour. Il y a eu quelques anicroches, bien sûr, mais rien d'inhabituel vu la difficulté de la tâche, et on a évacué tout ce qu'ils désiraient récupérer.

— Connaissez-vous le contenu des cantines ?

— Non, mais il s'est passé quelque chose de bizarre. Ils nous avaient mis à l'écart, mais nous pouvions les entendre forcer l'ouverture des boîtes avec des leviers. Ils paraissaient très excités. Puis, plus rien, le silence... Soudain des cris ont retenti. Manifestement, ils se disputaient. Peu après, Pulaski a fait irruption, hurlant après nous en russe, comme s'il nous jugeait responsables des raisons de sa colère. Il semblait très fâché, mais je crois qu'en réalité il était effrayé. »

Kriesman chercha du regard l'assentiment de ses camarades. Tous l'approuvèrent.

« Pas d'explication sur l'origine de leur prise de bec ? »

L'enseigne secoua la tête. « Nous sommes redescendus à la cabine, et quand ils sont venus nous chercher plus tard, il faisait nuit à nouveau. Le grand sous-marin était de retour et un deuxième navire attendait tout près. Nous ne pouvions le voir, à cause de l'obscurité, mais son moteur ronflait comme celui d'un gros bateau. Ils nous ont poussés à bord du sous-marin, excepté le capitaine et le pilote, et nous avons rejoint, avec joie, notre "suite" en première classe. Le voyage, moins long que le premier, s'est effectué sous l'eau. Quand on nous a autorisés à sortir, nous nous sommes retrouvés dans un endroit aussi vaste qu'un hangar à avions.

— Le bassin à sous-marins... Qu'est-il advenu du NR-1 ?

— Nous l'ignorons. Il était toujours arrimé au navire de relevage quand nous sommes partis. J'espère que le capitaine et le pilote vont bien... »

Le jeune homme semblait consterné. « Pourquoi nous garder prisonniers et pas eux ?

— Ils doivent avoir d'autres travaux à confier au NR-1, ou ils veulent juste des otages. Que s'est-il passé ensuite ?

— Ils nous ont installés dans une nouvelle cabine, qui ne valait guère mieux qu'une porcherie ! Nous sommes restés là deux jours, morts d'ennui. La seule distraction nous est venue de ce qui ressemblait à une grosse explosion souterraine.

— Ils condamnaient l'entrée du bassin.

— Pourquoi auraient-ils fait ça ?

— La base ayant été découverte, ils voulaient s'assurer que personne ne puisse découvrir le moindre indice. Le grand sous-marin utilisé pour transporter le NR-1 a rempli sa mission. Je ne serais pas surpris qu'ils aient prévu de boucher l'entrée supérieure plus tard. Peut-être même avec vous à l'intérieur. Une fois dans la base, qui vous surveillait ?

— La même équipe que sur le bateau. Des types armés, en treillis. Ils nous ont donné du pain noir et de l'eau, avant de nous enfermer. La relève a ensuite été assurée par les cavaliers, avec leurs chapeaux de fourrure à la con et leurs pantalons bouffants. Les premiers gardes étaient des fillettes comparés à ceux-là. Ils ont frappé deux de mes collègues histoire de rigoler un peu, nous ont traînés dehors et attroupés sur le terrain de foot. Vous connaissez la suite. »

Austin s'adressa à la cantonade. « Des questions ? »

Gunn le remplaça au pied levé dans le rôle de Perry Mason. « Avez-vous pu jeter un coup d'œil sur le récepteur GPS quand vous vous trouviez sur le NR-1 ?

— Ils nous tenaient éloignés de tous les instruments indicateurs de position, avant de les éteindre pour être sûrs que nous ne les voyions pas.

— Et merde ! s'exclama Gunn, déclenchant l'hilarité de l'équipage. J'ai loupé quelque chose de drôle ? »

Un sous-marinier blond et mince, dans les vingt-cinq ans, se leva et se présenta comme le matelot breveté Ted Mac Cormack. Il fit passer une feuille de papier de l'autre côté de la table. « Voilà les coordonnées GPS de l'épave.

— Comment pouvez-vous l'affirmer ? » Gunn étudiait les graphiques.

Mac Cormack tendit le bras, exhibant ce qui ressemblait à une énorme montre digitale. « Un cadeau de ma femme. Nous nous sommes mariés juste avant mon embarquement. Elle a une carte marine à la maison, alors, quand je l'ai appelée, elle a pu repérer exactement où nous nous trouvions.

— Nous nous moquions de Mac en prétendant qu'il était tenu en laisse, intervint Kreisman. Plus maintenant.

— Quand on nous a détournés, j'ai fait glisser ce gadget le plus haut possible sur mon bras et je l'ai gardé bien caché sous la manche, reprit Mac Cormack. Ils ne nous ont jamais fouillés. Ils nous jugeaient inoffensifs, je suppose. »

La montre Protek GPS était une merveille de la miniaturisation, décrite par son fabricant comme le plus petit récepteur GPS du monde. Elle pouvait donner la position de celui qui le portait n'importe où sur la planète, à quelques mètres près.

Austin offrit son plus beau sourire. « Et maintenant, pour le plaisir… » Il regarda chacune des personnes présentes. « Et maintenant, donc, il ne me reste plus qu'à citer les paroles immortelles de Bugs Bunny, *"That's all, folks !"* Merci pour votre aide. Et bon voyage ! »

L'équipage du NR-1 se leva comme un seul homme et se rua vers la sortie comme s'il avait le diable aux trousses. Austin se tourna vers ses amis de la NUMA.

Paul ouvrit son ordinateur portable et se connecta à un modem permettant de projeter des documents sur un grand écran installé, en l'occurrence, au fond de la salle. Gamay se plaça à côté de l'écran, un pointeur laser à la main. Paul fit apparaître une carte de la mer Noire et des terres environnantes.

« Bienvenue en mer Noire, un des plus fascinants points d'eau au monde. » Gamay ouvrit les débats et suivit les contours du littoral avec le point rouge lumineux. « Cette mer s'étend sur plus de mille kilomètres d'est en ouest et un peu moins de cinq cent cinquante du nord au sud, alors qu'en son *milieu*, de la pointe de la Crimée à la Turquie, elle ne fait que deux cent trente kilomètres. Malgré ses petites dimensions, elle jouit d'une très mauvaise réputation. Les Grecs l'appelaient *Axenos*, ce qui signifie "inhospitalière". Les Turcs du Moyen Age se montrèrent plus directs en la nommant *Karaderez*, "mer de la mort".

— Facile à retenir, déclara Zavala. Et empreint d'une certaine poésie.

— Je les vois bien utiliser ce slogan comme pub dans le *New York Times* : "La mer Noire, un havre de paix… éternelle" », plaisanta Austin.

Gamay leur jeta un regard noir. « N'êtes-vous donc jamais sérieux tous les deux ?

— On s'évite, répondit Austin. Désolé pour l'interruption, maîtresse. Voulez-vous bien continuer ?

— Merci. Malgré sa mauvaise presse, la mer Noire accueille de nombreux visiteurs. Jason l'a traversée sur l'*Argo* original pour aller chercher la Toison d'or. Itinéraire stratégique et privilégié des navires marchands pendant des millénaires, elle a également assuré la prospérité de générations de pêcheurs. À l'époque de l'ère glaciaire, elle était un grand lac d'eau douce. Mais aux alentours de l'an 6000 avant Jésus-Christ, un barrage naturel se rompit et les eaux de la Méditerranée l'envahirent. Le niveau du lac s'éleva alors de plusieurs centaines de mètres.

— Le Déluge de Noé, l'interrompit Austin.

— Certains le pensent, en effet. Les habitants des bords du lac fuirent pour sauver leur vie. » Gamay sourit. « J'ignore s'ils l'ont fait sur une arche... La seule certitude, c'est que l'eau de mer a submergé et, on peut le dire, étouffé le lac, situation aggravée par l'apport du limon des différentes rivières qui s'y jettent. » Elle fit signe à Paul qui projeta sur l'écran un profil de la mer Noire.

« Ceci vous donne une idée de son incroyable profondeur. Un plateau continental, vestige sans doute de l'ancien littoral, court le long de sa périphérie. Plus large aux abords de l'Ukraine, il cède la place, de façon brutale, à une immense fosse, profonde de deux mille cent mètres. Là où la mer n'est pas profonde, la faune et la flore abondent. Mais en dessous de cent soixante-dix mètres, il n'y a plus d'oxygène et donc plus de vie. C'est le plus grand volume d'eau morte au monde. Pire, les abysses sont saturés de sulfate d'hydrogène. Une seule bouffée de ce gaz peut vous tuer. Si cette masse de poison remontait un jour à la surface, elle dégagerait un nuage qui détruirait toute forme de vie à l'intérieur et tout autour de la mer.

— Les Turcs ne plaisantaient pas en parlant de mer de la mort », nota Zavala.

Paul projeta une carte, soulignant de petits points le pourtour du plateau. « Kreisman a dit que l'épave se trouvait à environ cent vingt mètres de fond. Sans doute donc au bord de la plate-forme continentale. Plus profond, il n'en serait rien resté. Les navires en bois résistent aux grandes profondeurs parce qu'il n'y a pas d'oxygène pour maintenir en vie les vers, mais les substances chimiques rongent entièrement le métal.

— Et le bateau aurait été réduit à l'état de molécules, précisa Austin.

— Exact. Cette gorge, dont parlait Kreisman, est sans doute l'ancien et vaste lit d'une rivière. Le plateau continental a une faible déclivité et descend doucement en direction du large, ce qui colle à la description de l'enseigne. Plus bas, la décomposition des matières organiques a formé des poches de méthane. Et si, *a priori*, un homme-grenouille semble protégé contre les risques éventuels, il existera toujours un danger indéniable à plonger dans cet environnement empoisonné. »

Alors qu'il s'était contenté d'écouter avec attention, Gunn se leva et emprunta le pointeur laser.

« Voyons un peu ce que nous avons. Le NR-1 a été détourné ici. » Il fit voyager le point rouge de la mer Egée jusqu'au Bosphore. « Ils ont entendu les bruits de bateaux pendant la traversée du détroit. » Gunn promena ensuite le pointeur le long du bord de la plate-forme continentale. « Et notre mystérieux navire se trouve ici, si l'on en croit le GPS. »

Utilisant son curseur, Paul dessina un *X* à l'endroit indiqué par Gunn.

« Ils se sont donné beaucoup de mal pour aller fouiller l'épave, dit Austin. Je suis presque sûr qu'elle contient encore des indices nous permettant de démêler tout ou partie de ce sacré sac d'embrouilles. »

Gunn se tourna vers le capitaine. « Quand pouvons-nous lever l'ancre et nous mettre en route ? »

Atwood était resté silencieux pendant la narration de Kreisman et la discussion de l'équipe de la NUMA. Il sourit et annonça : « Vous étiez tellement plongés dans la mer Noire que vous n'avez rien remarqué quand j'ai appelé la passerelle de commandement. Nous sommes déjà en route. On devrait arriver à destination tôt dans la matinée ».

La vibration des moteurs se faisait à peine sentir. Gunn poussa son siège. « Je vais me coucher. Demain sera une rude et longue journée. »

Austin salua tout le monde et avertit Joe qu'il le rejoindrait plus tard. Une fois seul, il s'assit à la table et examina les traits et les gribouillis sur la carte projetée à l'écran comme s'il s'agissait de hiéroglyphes que seul Champollion pourrait déchiffrer. Son regard se fixa sur le *X* marquant la position du mystérieux navire.

Il récapitula, en les triant, les événements qui l'avaient amené ici, sur le vaisseau de la NUMA, à la poursuite de… de *quoi* justement ?

Il s'imagina, un instant, dans une fosse à serpents, essayant de distinguer les reptiles inoffensifs des venimeux. Il éteignit les lumières et quitta la salle de conférences pour se rendre à sa cabine. En chemin, une pensée le déprima. Peut-être étaient-ils *tous* venimeux…

Chapitre 20

L'aube grise qui s'immisçait dans la cabine par le hublot réveilla Austin. Il jeta un œil du côté de Zavala, allongé sur la couchette voisine et perdu, sans aucun doute, dans ses rêves peuplés de Corvette rouges et de splendides statisticiennes blondes. Austin envia la capacité de son compagnon à s'effondrer, dormir à poings fermés la nuit entière, et s'éveiller frais et dispos, prêt à l'action. Son propre sommeil avait été agité, perturbé par un tourbillon de pensées, comme si son esprit cherchait des réponses cachées dans les méandres du subconscient.

Austin se leva avec peine, se traîna jusqu'au lavabo et s'aspergea la figure d'eau froide. Il s'habilla en vitesse, enfilant un jean, un épais sweat-shirt et un coupe-vent, puis il sortit prendre l'air. Une brise matinale glacée, venue du large, lui cingla le visage et acheva de dissiper les derniers lambeaux de sommeil qui lui embrumaient encore les idées. Un croissant de soleil parut à l'horizon et ses doux rayons baignèrent les nuages d'une lumière cuivrée.

L'*Argo* filait à quinze nœuds. Austin agrippa le bastingage et observa la surface opaque de la mer, tout en écoutant le chuintement apaisant des vagues sur la coque. Il admira, songeur, le ballet aérien des mouettes. Devant le spectacle coloré qu'offrait la nature, il était difficile de croire que, quelques centaines de mètres plus bas, la mort régnait. La mer Noire était le plus grand réservoir d'eau sans vie du globe, mais Austin connaissait un abîme bien plus redoutable : celui, insondable et tourmenté, de l'esprit humain. Il frissonna et s'en retourna à l'intérieur.

Comme il pénétrait dans la chaleur du mess, la bonne odeur de café, d'œufs au plat et de bacon lui mit l'eau à la bouche et du baume au cœur. À l'exception de la mer, omniprésente, la cafétéria de l'*Argo* présentait l'aspect convivial des bistrots de village, où les habitants se retrouvent au petit déjeuner devant de grandes tasses à café marquées à leurs noms. Les hommes qui avaient assuré la garde de nuit occupaient quelques tables, les yeux rougis de fatigue.

Austin choisit un café à emporter. Sur le chemin de la passerelle de commandement, il rencontra les Trout, qui s'étaient déjà restaurés et se promenaient. Ensemble ils montèrent à la timonerie, où les fenêtres panoramiques proposaient une vue splendide sur le pont et la proue.

Rudi Gunn, lève-tôt depuis ses années passées dans la marine, se tenait près d'une console couverte d'instruments et de moniteurs divers, en grande discussion avec le capitaine Atwood. Il offrit à ses collègues un grand sourire de bienvenue. « Bonjour tout le monde ! J'allais descendre vous chercher. Le capitaine révisait ses plans pour la recherche de l'épave.

— Je suis impatient de les entendre, dit Austin. Nous y serons bientôt ? »

Atwood désigna un écran circulaire avec des cercles concentriques gravés dans le verre. Des points noirs indiquaient les relevés du GPS, fournis par une antenne qui recevait les informations d'un réseau de vingt-quatre satellites en orbite autour de la Terre, à une altitude approchant les vingt mille mètres. Un affichage digital, à côté de l'écran, calculait la latitude et la longitude. Le système pouvait localiser la cible avec une marge d'erreur de neuf à quatorze mètres.

« Si les indications de la montre GPS du sous-marinier s'avèrent exactes, nous devrions arriver sur place dans une quinzaine de minutes.

— Vous ne plaisantiez pas quand vous prétendiez que nous y serions tôt dans la matinée, remarqua Austin.

— L'*Argo* ressemble peut-être à un percheron, mais il a les gènes d'un pur-sang.

— Quel est le plan d'action ?

— Nous allons délimiter la zone de recherche grâce au sonar à balayage latéral de notre UUV[1], puis nous irons voir de plus près. L'équipage est en bas, en train de tout préparer. » L'UUV était un des développements les plus sophistiqués de l'exploration sous-marine.

Paul demanda à voir la carte marine. Le capitaine fit coulisser le rideau bleu qui séparait la timonerie de la salle des cartes, plus petite. Une grande représentation de la mer Noire s'étalait sur toute la table. « Nous sommes ici », montra Atwood en posant le doigt sur un point, au large de la côte occidentale.

Trout inclina sa grande carcasse sur la carte. « Nous nous trouvons sur le bord d'un plateau sous-marin peu profond qui longe le littoral en passant par la Roumanie et le delta du Danube, le Bosphore et autour de la Crimée, au nord. » Il se tourna vers son épouse. « Gamay va nous renseigner sur les aspects archéologiques et biologiques. »

Celle-ci enchaîna. « La plate-forme évoquée par Paul regorge de poissons. Elle héberge des saumons, des esturgeons bélugas, des turbots, etc. On y ren-

---

1. *Unmanned Untethered Vehicle* : véhicule non habité télécommandé ou robotisé. (*N.d.T.*)

contre aussi des dauphins et des thons, même si leur nombre a diminué. Certains prétendent que les Turcs, à force d'y pêcher, épuisent la faune, d'autres affirment que la responsabilité en incomberait plutôt à l'Union européenne, via la pollution du Danube. Personne ne discute, en revanche, le fait qu'à partir d'une profondeur d'environ cent quarante mètres, toute vie cesse. Quatre-vingt-dix pour cent de cette mer est stérile. Avec la baisse du nombre de poissons, des phénomènes comme les marées rouges ou les invasions de méduses sont apparus. Les gens commencent aujourd'hui à se sentir suffisamment concernés pour agir.

— Voilà comment la NUMA s'est retrouvée impliquée, ajouta le capitaine Atwood. Nous récoltons des informations pour un projet commun aux Russes et aux Turcs.

— Je me demandais pourquoi vous n'aviez pas invité à bord de représentants de chaque pays, intervint Paul.

— Lors des voyages précédents, les observateurs gouvernementaux passaient l'essentiel de leur temps à dire aux bateaux où ils ne pouvaient pas conduire de recherches ! L'amiral Sandecker a insisté pour qu'on nous donne carte blanche lorsque le secours de la NUMA a été requis. Ce qui signifie : pas d'observateurs pour cette étude préliminaire. Entre son prestige et leur désespoir, il a réussi à faire valoir ses arguments.

— Ces pays ont toutes les raisons d'être désespérés, précisa Gamay. La pollution crée des conditions pour un changement radical de l'environnement. Si l'eau morte remonte à la surface, rien de ce qui se trouve dans ou autour de la mer ne survivra.

— Rien de tel que la menace d'une extinction pour que les gens remuent enfin leurs fesses, remarqua Gunn.

— Ça marcherait avec moi », renchérit Austin.

Avec son doigt, Trout dessina un cercle sur la carte. « Le fond, ici, doit être constitué d'une couche de boue noire recouvrant l'argile qui marque le passage de l'ancien lac à la mer actuelle. Quand on s'aventure au-delà du bord de la plate-forme, on découvre de profonds canyons sous-marins creusés dans la forte pente du plateau. Il y a dix mille ans, le niveau de la mer était de trois cents mètres inférieur à celui d'aujourd'hui. La théorie du Déluge suggère que cent cinquante-cinq mille quatre cents kilomètres carrés ont été inondés par les eaux de la Méditerranée.

— Ce qui a rendu les propriétaires d'embarcations très populaires », crut bon d'ajouter Austin.

Gamay l'ignora. « Cela nous concerne tout particulièrement. Comme Paul l'a expliqué hier soir, les vers de bateaux ne peuvent survivre en eau profonde, d'où une parfaite conservation des épaves en bois, même âgées de plusieurs milliers d'années. Les navires en métal, eux, se désintègrent. »

Un marin appela le capitaine dans la timonerie et Atwood s'excusa. Une minute plus tard, il revint, le visage éclairé d'un immense sourire.

« Tout se déroule comme prévu. Notre mystérieux vaisseau devrait se trouver juste en dessous de l'antenne radio. »

Gunn s'exclama : « Rappelez-moi d'envoyer un bouquet de fleurs à la jeune femme qui a offert au matelot une montre GPS. »

Austin regarda la mer qui s'étendait jusqu'à l'horizon et pensa au temps qu'ils auraient pu perdre à rechercher l'épave.

« J'ai une meilleure idée : envoyons-lui la serre entière. »

Zavala arriva et tous descendirent sur le pont de tribord, où le soleil se reflétait sur la coque métallique d'une sorte de petite torpille reposant sur son support en aluminium. L'homme qui débranchait un modem d'ordinateur fixé à l'appareil s'appelait Mark Murphy, l'expert de l'*Argo* en UUV. Murphy, anticonformiste authentique, avait toujours refusé le bleu de travail de la NUMA, pour porter son propre uniforme : jean délavé coupé aux genoux, chemise en peau de chamois portée sur un T-shirt, brodequins et casquette de base-ball à courte visière. On pouvait lire le mot *Argonaute*, imprimé sur la casquette et le T-shirt. Il frôlait les cinquante ans, et malgré une épaisse barbe poivre et sel, son visage rougi par le soleil s'illuminait d'un enthousiasme juvénile.

Il vit Zavala, le regard rivé sur l'engin et l'encouragea : « Faites-vous plaisir.

— Merci. » Zavala caressa les larges bandes peintes en vert, jaune et noir sur le métal et siffla d'admiration. « Sexy… *Très* sexy.

— Veuillez excuser mon ami. » Austin réprima une envie de rire. « Il n'est pas allé à terre depuis au moins vingt-quatre heures.

— Je comprends très bien, répliqua Murphy. Ce bébé est une vraie… bombe. Attendez de le voir à l'œuvre. »

Austin ne se montra pas surpris d'entendre les deux hommes s'étendre sur les mérites du *bébé*. Zavala, brillant ingénieur marin, avait conçu ou dirigé la construction de nombreux véhicules submersibles. Murphy en était le spécialiste sur l'*Argo*. Et les lignes pures de l'UUV, si mignon dans son berceau d'aluminium, leur procuraient un sujet de conversation, aussi animée que les courbes sensuelles de l'anatomie féminine.

Austin comprenait leur passion. L'UUV ne mesurait pas plus d'un mètre cinquante-sept, pour dix-neuf centimètres de diamètre et pesait environ trente-six kilos. L'appareil représentait la pointe de la technologie en matière d'exploration subaquatique. Ce mini-véhicule pouvait opérer de façon indépendante, avec l'aide d'un simple contrôle à distance. Il était développé par le Woods Hole Oceanographic Institution qui l'avait surnommé SAHRV, initiales de Semi-Autonomous Hydrographic Reconnaissance Vehicle[1].

« Nous n'allons pas tarder à effectuer le lancement, annonça Murphy. Nous avons mis à l'eau deux transducteurs, un de chaque côté de la zone à étudier, afin d'installer le réseau de navigation. Le véhicule communique en permanence avec les transducteurs qui lui indiquent sa position à chaque instant. Les données récupérées sont enregistrées sur disque dur et téléchargées ensuite.

— Pourquoi ne pas transmettre les informations par télémesure directement au navire ? demanda Austin.

— Nous pourrions le faire, mais dans l'eau les données mettraient trop de temps à nous parvenir. J'ai programmé le véhicule de façon à opérer à haute résolution, sur dix bandes de trente mètres chacune, pour commencer. L'UUV avancera à une vitesse de cinq nœuds et demi, à environ vingt-sept mètres du fond. Pour éviter tout risque de collision, les sonars lui permettront de passer au-dessus ou de contourner les gros obstacles. »

Murphy enclencha un dispositif magnétique sur le côté du véhicule. L'hélice électrique, en acier inoxydable, vrombit doucement. Aidé d'un autre membre de l'équipage, Murphy déposa avec délicatesse le support dans l'eau.

L'*Argo* disposait d'une véritable panoplie de treuils et de grues pour manier la grande variété d'instruments électroniques et de submersibles, habités ou

---

1. Véhicule semi-autonome de reconnaissance hydrographique. (*N.d.T.*)

non, que les scientifiques du bord plongeaient dans la mer. Une des grues, si puissante qu'elle aurait pu soulever une maison, était également pourvue de chaînons faibles, censés rompre sous l'effet de charges ou de tensions trop importantes risquant de faire chavirer le bateau.

On descendait le matériel lourd sur le côté, et on le passait, pour le ranger, à travers une ouverture pratiquée dans le ventre de l'*Argo*, sous la ligne de flottaison, accédant à la *moon pool*[1] et se fermant par d'immenses portes coulissantes. Mais pour l'UUV, pas de ces manipulations délicates. Il s'agissait juste de le mettre à l'eau.

Une fois dans la mer, le véhicule fila comme un poisson qu'on vient de libérer de l'hameçon. Il s'éloigna du vaisseau et commença à décrire, un peu plus loin, un cercle préprogrammé de neuf mètres de diamètre.

« Il va tourner quatre fois comme ça, afin d'étalonner le compas, expliqua Murphy. Le véhicule communique à présent avec le réseau de navigation, et se repère par triangulation. » Tandis qu'ils le contemplaient, l'UUV acheva un dernier cercle avant de disparaître sous l'eau. « Il va attaquer la première bande.

— Et maintenant, que fait-on ? » demanda Austin.

Murphy afficha un grand sourire. « Pause café et beignets. »

1. Littéralement, bassin lunaire.

Chapitre 21

Le véhicule effectuait ses allées et venues au-dessus du sol marin pendant que le tracé de sa course apparaissait sur un moniteur. Une fois sa tâche achevée, il se dirigea automatiquement sur un troisième transducteur resté collé au navire et émergea. On le hissa à bord pour le déposer sur le pont. Murphy le connecta à un modem et transféra toutes les données sur son ordinateur portable. Puis il prit l'ordinateur sous le bras et l'emporta à la salle de conférences, suivi des autres.

Là, il le brancha sur le grand écran. Les images du sonar à haute résolution, retransmises par le logiciel SeaSone, se combinèrent avec celles du fond de l'eau, enregistrées par l'UUV. Les latitude, longitude et position s'affichèrent sur la droite de l'écran, tandis que Murphy réduisait la luminosité.

Le sol marin semblait nu, excepté, çà et là, un bloc de roche, et des zones plus ou moins foncées signalant différents sédiments. À mi-parcours de la quatrième bande, le sonar capta un écho, matérialisé par deux lignes droites se rejoignant pour former un angle aigu. Tous les yeux se fixèrent sur le centre de l'écran tandis que l'UUV finissait sa course, faisait demi-tour et reprenait le même chemin en sens inverse. Murphy figea l'image.

« Dans le mille ! » s'exclama-t-il.

La silhouette caractéristique d'un vaisseau se détachait de façon nette. En cliquant sur la souris, l'expert zooma sur la cible. Les taches sombres et claires se muèrent en autant de portes, écoutilles et hublots. L'ordinateur calcula les dimensions du navire. « Soixante-seize mètres de long », annonça Murphy.

Austin désigna une ombre sur la coque. « Pouvez-vous faire un gros plan là-dessus ? »

Murphy s'exécuta, et la partie repérée par Austin apparut dans un carré, sur un côté de l'écran. Le scientifique joua sur la définition de l'affichage jusqu'à ce que le trou dans le flanc de l'épave, près de la ligne de flottaison, fût parfaitement visible.

Il imprima une copie laser en couleur de la zone de recherche et des informations recueillies, qu'il étala sur la table. « Le bateau se trouve à cent trente-sept mètres de la surface, précisa-t-il. Voilà où le fond commence à descendre vers le canyon, à quatre-vingt-onze mètres. L'épave repose sur la pente, juste au bord des lèvres de cette "bouche de l'enfer". Nous avons de la chance, quelques dizaines de mètres plus bas, et elle était réduite à néant par la détérioration du métal.

— Bon travail, Murphy », le félicita Atwood. Puis, se tournant vers les autres : « J'ai une équipe prête à mettre un ROV[1] à l'eau. » Un véhicule-robot… Ils passèrent tous dans un petit local qui hébergeait les consoles de contrôle des véhicules de ce genre. Atwood montra du doigt une console d'ordinateur et demanda à Gunn : « Daigneriez-vous prendre les commandes, capitaine de frégate ? »

L'allure académique de Gunn masquait un tempérament d'homme d'action, et son rôle de spectateur depuis leur arrivée à bord ne lui convenait guère. Il

1. *Robotic vehicle.*

possédait une grande expérience dans le maniement des ROV et il ne se fit donc pas prier. « Avec grand plaisir. Merci, capitaine.

— À vous de jouer. »

Gunn s'assit derrière la console de commande, se familiarisa avec les instruments et éprouva la sensibilité du manche qui contrôlait le ROV. Puis il se frotta les mains en souriant.

« Prêt pour la mise à l'eau. »

Le capitaine dégrafa une petite radio de sa ceinture et donna un ordre. L'instant d'après, l'écran tremblota et s'illumina d'une vue de la *moon pool*, transmise par la caméra vidéo intégrée à l'avant du ROV. La caméra sembla se remplir d'eau au moment où l'on immergeait le ROV dans le bassin, puis on put observer un plongeur en train de décrocher le filin en acier de la grue, arrimé à l'appareil. Celui-ci disparut, cédant la place à un nuage de bulles et au bleu sombre de la mer, alors que le ROV s'enfonçait en douceur sous le navire.

Un câble de trois cents mètres, gainé de Kevlar, reliait le ROV Benthos Stingray au vaisseau, transmettait les commandes de Gunn au système d'exploitation, et les images vidéo à l'écran. L'*Argo* transportait des ROV plus grands et plus puissants, mais fort des leçons tirées de l'expérience du NR-1, Atwood avait pensé qu'un plus petit véhicule se montrerait moins délicat à manœuvrer dans les espaces restreints. L'engin se présentait sous la forme d'une grosse valise. D'une taille assez réduite pour un ROV, il était néanmoins équipé d'un caméscope, d'un appareil photo numérique et d'un bras manipulateur.

Maniant le manche d'une main experte, Gunn orienta le ROV vers le bas, avant d'amorcer une longue descente. Le véhicule n'aurait plus, ensuite, qu'à utiliser le réseau de navigation installé pour l'UUV afin de se diriger droit sur la cible. La couleur de l'eau s'assombrissait à mesure que le ROV s'éloignait de la surface pailletée de soleil. Gunn alluma les deux phares halogènes à quartz, de cent cinquante watts chacun, mais malgré leur puissance les faisceaux furent engloutis par les ténèbres.

Le ROV descendit en souplesse jusqu'à quatre-vingt-onze mètres et se stabilisa à quelques brasses du fond. Le véhicule résista à un léger courant qui maintint sa vitesse à moins d'un nœud, tandis qu'il avançait au-dessus d'un sol marin noir et boueux. Soudain, le fond s'affaissa et le ROV parut planer au-dessus de l'abysse, provoquant une légère sensation de malaise parmi les personnes présentes dans le local. Gunn inclina l'avant du ROV et maintint le cap, parallèlement à la pente abrupte. Le sonar à balayage latéral dessina les contours de la cible sur un moniteur particulier, jusqu'à se trouver assez près pour une inspection visuelle. Gunn actionna alors les micropropulseurs verticaux, et le véhicule s'éleva au-dessus du bâtiment.

Le vaisseau reposait sur le bord pentu du canyon, la carène enfoncée dans la boue. Le ROV s'enfonça encore de quelques mètres, se promena le long du navire, devant le pont principal, et dépassa une rangée de hublots, certains ouverts, d'autres brisés. Vision fantomatique, l'épave était presque entièrement recouverte de bernacles et l'apparition du spectre d'un matelot hurlant son désespoir et sa solitude n'aurait sans doute surpris personne. Ici et là, on remarquait des taches rougeâtres laissées par la peinture antirouille. Il ne subsistait rien, ou si peu, de la vieille timonerie toute en bois, et les ponts, aux planchers vermoulus, pourrissaient dans l'indifférence de ce monde d'ombre et de silence. Aucun canot de sauvetage ne pendait aux bossoirs dont les haubans métalliques n'accrochaient plus que des algues. Seul un tas de ferraille rongée rappelait l'existence d'une cheminée n'ayant pas survécu au naufrage.

Oubliée de tous, l'épave n'offrait qu'un lieu de promenade labyrinthique aux bancs de poissons qui se faufilaient dans les couloirs arpentés jadis par les occupants du bord. Pour Austin, fasciné par ce spectacle, cette masse de métal rouillé, immobile et abandonnée, avait quelque chose de vivant. Austin pouvait presque entendre le grincement des trappes ouvertes ainsi que le ronflement des machines, pendant que le bateau fendait les flots. Il imaginait le timonier, les pieds bien ancrés sur un caillebotis, les mains agrippées au gouvernail et la tête haute, pendant que l'équipage s'affairait sur les ponts ou combattait l'inévitable routine qui régit la vie des marins.

Au sortir de sa rêverie, Austin demanda à Gunn de diriger le ROV sur la poupe. Comme l'enseigne Kriesman l'avait décrite, celle-ci était couverte de crustacés et d'une végétation qui cachaient le nom du bâtiment. Le véhicule fouilla les moindres recoins de la coque, sous la houlette de Gunn qui espérait découvrir une marque quelconque, mais ne trouva rien.

Austin se retourna alors vers Gamay. « Peut-être notre archéologue nous fournira-t-elle des renseignements sur cette vieille dame… »

Gamay se pinça le menton et se mit à réfléchir, les yeux rivés sur l'écran.

« J'étais spécialisée dans les vaisseaux romains et grecs, et si tu me demandais d'identifier une birème ou une trirème, je pourrais sans doute t'aider. Là, je pars un peu à l'aventure. » La caméra montrait un plan du milieu du navire, là où le placage en acier s'était déformé avec la corrosion et où nul bernacle n'apparaissait. « Ces plaques d'acier sont rivetées. Aux alentours de 1940, les constructeurs de navires sont passés au soudage, plus solide et plus fiable. Les bômes laissent à penser qu'il s'agit d'un cargo, plutôt ancien à en juger par sa ligne, et construit, je pense, vers la fin du XIXe siècle ou au début du XXe. »

Austin demanda à Gunn de diriger le ROV sur le côté abîmé de l'épave. Le vaisseau penchait tellement que, vu sous cet angle, il donnait l'impression de pouvoir basculer à tout moment. Gunn amena le ROV juste devant le trou, si bien que ce dernier remplit presque tout l'écran. Les phares, braqués sur les entrailles du navire, éclairèrent des tuyaux tordus et des colonnes d'acier.

« Rudi, pouvez-vous déterminer les causes de tels dommages ? demanda Austin.

— D'après la façon dont les bords sont recourbés, je dirais qu'un projectile a heurté la salle des machines. Trop haut pour une torpille. Plutôt l'obus d'un gros canon.

— Mais qui voudrait couler un vieux bateau de marchandises inoffensif ? s'étonna Zavala.

— Peut-être quelqu'un qui ne le croyait pas si inoffensif que ça, répondit Austin. Jetons un œil sur la cabine dont l'enseigne Kreisman nous a parlé. »

Gunn modifia les commandes, et le ROV s'éleva par-dessus les ponts. À voir le sourire qui illuminait son visage, il était évident que Rudi s'amusait comme un fou. Il fit effectuer un demi-tour au véhicule, en prenant soin de ne pas accrocher le câble après le mât de misaine ou les bômes. Le ROV dépassa la passerelle de commandement, s'arrêta et se stabilisa en face d'une ouverture rectangulaire et obscure. En comparaison des contours éclatés du trou dans la coque, les bords de cette cavité, découpée au chalumeau, semblaient très réguliers. Gunn avança un peu le ROV. Le faisceau des phares révéla le cadre d'une couchette, ainsi que les vestiges d'une chaise et d'un bureau en métal, renversés.

« On peut regarder à l'intérieur ? demanda Austin.

— Le courant risque de rendre les choses difficiles, mais je vais essayer quand même. » Gunn manœuvra le véhicule de gauche à droite jusqu'à l'amener en face de l'ouverture, et le ROV pénétra sans problème dans l'épave. Au bout de quelques secondes d'une exploration stérile, et après que le bras manipulateur du véhicule eut soulevé un nuage de fins débris de métal rouillé, le ROV refusa d'avancer. Gunn attendit que les particules en suspension retombent pour constater qu'un entrelacement de fils avait accroché une saillie de son enveloppe de protection et retenait l'engin. En jouant sur les commandes du ROV, il parvint à le dégager.

Gunn s'adressa à Austin. « Qu'en penses-tu ?

— Je pense que toutes les choses de valeur ont déjà été récupérées. Nous allons devoir faire la lumière sur cette histoire grâce à l'épave elle-même, et pas à son contenu. » Il désigna, sur l'écran, une étagère murale. « C'est quoi, ça ? »

L'œil aiguisé d'Austin avait repéré un objet sombre et de forme carrée. Gunn utilisa le bras mécanique pour écarter une pile de détritus et tenta plusieurs fois d'attraper l'objet, sans succès. Il s'obstinait à échapper au manipulateur, comme la savonnette tombée dans le bain qui vous glisse entre les mains chaque fois que vous croyez l'attraper. Déterminé, Gunn serra les dents et réussit à le pousser, pour le bloquer dans un coin où il n'eut plus qu'à le cueillir. Après quoi il retira le ROV de la cabine et le bras articulé amena l'objet convoité dans le faisceau des phares. La pince retenait dans ses mâchoires une boîte, petite et plate.

« Je la rapporte ici », dit Gunn. Il inversa la direction

du ROV et le fit revenir à toute allure. Quelques minutes plus tard, les lumières de la *moon pool* apparurent sur l'écran. Le capitaine ordonna que l'on conserve l'objet dans l'eau de mer et qu'on l'envoie dans la salle de contrôle des véhicules. L'instant d'après, un technicien arriva, portant un seau en plastique blanc. Sa formation d'archéologue marin la désignant comme la seule spécialiste du bord, Gamay réclama un pinceau. Elle sortit la boîte du seau et la déposa doucement sur le sol. Puis, à petits coups délicats de pinceau, elle nettoya la patine noire d'une zone large comme l'ongle d'un pouce, pour révéler un métal clair à l'éclat terni.

« De l'argent », annonça-t-elle et elle poursuivit sa tâche, jusqu'à obtenir une moitié de couvercle propre. Un motif façonné au repoussoir, et représentant un aigle à deux têtes le décorait. Gamay examina le fermoir. « Je pourrais sans doute l'ouvrir, mais je n'ose pas, de peur de détruire son contenu au contact de l'air. Sa préservation nécessite la plus grande attention et un équipement particulier. » Elle interrogea des yeux le capitaine.

« L'*Argo* est équipé de façon très primaire pour mener des recherches de ce type, expliqua Atwood. Un autre navire de la NUMA, le *Sea Hunter*, effectue en ce moment des fouilles archéologiques pas très loin. Il pourrait peut-être nous aider.

— J'en suis sûr. J'ai travaillé sur le *Sea Hunter* il y a deux ans, déclara Austin. C'est le bateau jumeau de l'*Argo*, non ?

— Oui. Les deux vaisseaux sont presque identiques.

— On devrait y porter la boîte au plus tôt. En attendant, je ferai de mon mieux pour la stabiliser dans l'eau de mer. » Gamay jeta un regard plein d'envie sur la boîte. « Merde ! Maintenant je suis *vraiment* curieuse d'en connaître le contenu.

— Et si on la radiographiait à l'infirmerie ? suggéra Austin. Cela pourrait en partie satisfaire ta curiosité. »

Gamay replaça avec soin la boîte dans le seau. « Kurt, tu es génial.

— Attends d'écouter ma prochaine suggestion avant de m'envoyer des fleurs… » Et Austin dévoila son plan.

« Cela vaut la peine d'essayer », dit Atwood qui alluma sa radio portable.

Cinq minutes plus tard, le ROV était de nouveau à l'eau, Gunn aux manettes. Venu de l'arrière du navire, il fila droit sur l'épave. Gunn manœuvra le manche, et le bras mécanique se déplia pour s'allonger jusqu'à être tout à fait visible dans la lumière éblouissante des phares halogènes. Observer Gamay en train de nettoyer la boîte avait donné des idées à Austin. C'est pourquoi le manipulateur se retrouvait affublé d'une brosse métallique utilisée d'ordinaire pour préparer la coque de l'*Argo* à recevoir une nouvelle couche de peinture.

Le ROV effectua plusieurs tentatives pour arracher les bernacles. Mais, selon le principe newtonien de l'égalité de l'action et de la réaction, chaque coup de brosse sur la coque repoussait le ROV loin de celle-ci. Le bateau luttait pour conserver son anonymat. Au bout de trois quarts d'heure, ils n'avaient réussi à dégager qu'une zone de trente centimètres de diamètre. Seule une partie de lettre blanche en relief était lisible, un *O* peut-être… Ou l'une des vingt-cinq autres lettres de l'alphabet. Ce qui représentait, à l'évidence, un progrès considérable…

« Autant pour mes brillantes idées », se lamenta Austin.

Gunn se montrait tout aussi frustré. Des perles de sueur coulaient sur son front luisant. En conflit ouvert avec les lois de la physique et ses illustres théoriciens, il essayait de combattre la réaction de poussée en augmentant la puissance des micropropulseurs du véhicule. À un moment donné, il perdit le contrôle et le ROV heurta durement la coque. Une sorte d'écorce, d'un demi-mètre de large, se détacha de la surface de l'épave, révélant la lettre *S*.

« Il y a une concrétion sous les algues, expliqua Gamay. C'est pourquoi on n'y arrive pas avec la simple brosse.

— Peut-on en enlever un autre morceau en cognant contre la coque ? » questionna Austin. Il se tourna vers le capitaine. « Avec votre permission, bien sûr. »

Atwood haussa les épaules. « Bon Dieu, je suis aussi impatient que vous de savoir ce que cache ce vieux rafiot. Si cela ne coûte que quelques bosses ou entailles à un appareil de la NUMA pour y parvenir, allons-y. »

Sa figure s'empourpra comme il se souvenait que le directeur adjoint de l'Agence était assis à ses côtés, aux commandes du véhicule. Mais Gunn n'avait aucun scrupule. Le visage crispé, il donnait des coups de bélier avec le ROV, encore et encore, comme s'il voulait forcer la porte d'un château fort. Des éclats de la concrétion commencèrent à voler partout, dévoilant d'autres lettres. L'impact d'un coup particulièrement appuyé fit tomber un grand pan de l'écorce, et le nom du vaisseau apparut, dans son intégralité, en écriture cyrillique.

Austin étudia les lettres éclairées par le ROV et secoua la tête.

« Mon russe est aussi rouillé que cette épave, mais je crois que le vaisseau a pour nom *L'Etoile d'Odessa*.

— Jamais entendu parler, dit Atwood, et vous ?

— Moi non plus… Mais j'en connais un qui doit pouvoir nous renseigner. »

Chapitre 22

Washington DC

Julian Perlmutter s'était dépensé toute la journée à rechercher un cuirassé à deux coques de la guerre de Sécession pour le Smithsonian Institute, et ce travail lui avait creusé l'appétit. En fait, presque *tout* affamait Perlmutter. Une personne ordinaire confrontée à cette situation se serait contentée d'un sandwich. Pas Perlmutter. Il assouvit sa dépendance à la cuisine allemande avec une généreuse assiette de jarret de porc et de choucroute, accompagnée d'un léger riesling tiré de sa formidable cave, forte de quelque quatre mille bouteilles. Il utilisa enfin l'argenterie et la vaisselle en porcelaine du paquebot français *Normandie*. Il était au comble de l'extase. Sa belle humeur persista même quand le téléphone retentit d'une sonnerie évoquant une sirène de bateau.

Il essuya sa bouche et son épaisse barbe grise avec une serviette en lin ornée d'un monogramme, puis il empoigna le combiné d'une main potelée. « Julian Perlmutter à l'appareil, annonça-t-il d'un ton enjoué. Veuillez vous montrer bref et concis.

— Désolé. J'ai dû me tromper de numéro, enchaîna la voix au bout du fil. L'individu que je souhaitais joindre n'aurait jamais répondu aussi poliment.

— Ah ! Ah ! » L'intonation de Perlmutter grimpa

dans les aigus. « Tu peux te montrer désolé, Kurt. Qu'est-il arrivé à l'*imam ?*

— Inconnu au bataillon… As-tu essayé le service des personnes disparues à Istanbul ?

— Attention, hein ! On ne plaisante pas sur un sujet aussi important, espèce de jeune impertinent ! tonna Perlmutter, le teint rubicond, ses yeux bleu ciel pétillant de malice. Tu sais très bien que tu m'as promis de rapporter la recette originale de l'*imam bayidi*, traduit librement par l'“imam se pâme”, parce que le brave homme défaillait de plaisir chaque fois qu'il goûtait ce plat délicieux. Tu t'en souviens, n'est-ce pas ? »

Austin veillait à rester dans les bonnes grâces de Perlmutter en lui cherchant des recettes authentiques au cours de ses voyages à travers le monde. « Bien sûr que je me suis rappelé. J'ai même essayé de persuader un des plus grands chefs d'Istanbul de me divulguer sa recette, et je te l'enverrai dès que je serai parvenu à le convaincre. Je ne voudrais surtout pas te voir dépérir. »

Perlmutter éclata d'un rire énorme, amplifié par ses cent quatre-vingts kilos de chair et de graisse. « Pas de danger que ça m'arrive. Tu es toujours en Turquie ?

— Dans les parages… Je me trouve en pleine mer Noire, sur un vaisseau de la NUMA.

— Toujours en vacances ?

— Non, elles sont terminées. J'ai remis le bleu de travail plus tôt que prévu et j'ai besoin de toi. Pourrais-tu récolter des informations sur un vieux cargo russe, du nom de *L'Etoile d'Odessa* ? Il a fait naufrage en mer Noire, mais j'ignore quand. C'est tout ce que je peux te dire pour l'instant.

— Découvrir la trace d'un antique bâtiment russe coulé en mer Noire dans des circonstances mystérieuses et à une date inconnue ? Un jeu d'enfant, étant donné l'abondance de détails dont tu m'as submergé... » Perlmutter maîtrisait l'humour pince-sans-rire avec un certain brio. « Soyons sérieux, dis-moi tout ce que tu sais à son sujet, s'il te plaît. » Perlmutter nota les rares renseignements qu'Austin put lui fournir. « Je ferai de mon mieux... si bien sûr j'arrive à me sustenter de façon satisfaisante, condition que tu peux aisément remplir en m'obtenant une certaine recette.... »

Austin assura à nouveau Perlmutter que sa recette lui parviendrait bientôt et raccrocha. Il se sentait coupable de cacher la vérité à son ami. Dans le feu de l'action, il avait oublié la promesse faite à Perlmutter. Il se tourna vers Atwood. « Quelqu'un en cuisine s'y connaît-il en gastronomie turque ? »

Pendant qu'Austin s'engageait dans la quête de l'*imam*, à des milliers de kilomètres de là, dans son loft de la rue du Nord, situé derrière deux hôtels particuliers de Georgetown aux façades enfouies sous la vigne vierge, Perlmutter rayonnait de bonheur. Malgré ses réticences dues au manque d'information, il savourait le challenge à l'avance. Le Smithsonian attendrait, même si l'idée d'un obscur cuirassé à double coque l'intriguait. Il balaya du regard les piles de livres qui envahissaient l'espace de l'immense local, à la fois salle de séjour, chambre à coucher et bureau. Bien qu'il ressemblât au cauchemar d'un bibliothécaire, l'appartement de Perlmutter contenait la plus remarquable collection d'ouvrages sur l'histoire de la navigation jamais réunie.

Perlmutter avait déjà lu tous les volumes au moins deux fois et sa mémoire encyclopédique avait enregistré un nombre de faits et de dates étourdissant. Il pouvait choisir au hasard un ouvrage, en caresser le dos et se rappeler presque chacune de ses pages.

Il fronça les sourcils, plongé dans ses pensées; quelque chose le contrariait. Il était sûr d'avoir entendu mentionner *L'Etoile d'Odessa* avant qu'Austin n'en parle, mais pour une fois, sa mémoire refusait d'obtempérer. Il allait en savoir plus d'ici cinq minutes, sinon… Il fouilla ses piles de livres et de magazines, en marmonnant dans sa barbe. Nom d'un chien, s'il pouvait s'en souvenir ! La faute de l'âge, sans doute… Il continua de chercher pendant une heure avant d'abandonner. Il choisit alors une carte de visite parmi les dizaines qu'il conservait et composa l'indicatif international suivi d'un numéro à Londres.

L'instant d'après, un accent britannique prononcé résonnait dans l'écouteur : « Bibliothèque Guildhall. »

Perlmutter se présenta et demanda à parler à une catalogueuse adjointe à qui il avait eu affaire plusieurs fois auparavant. Comme beaucoup d'institutions anglaises, la bibliothèque Guildhall existait depuis plusieurs siècles. Fondée en 1423, elle était connue dans le monde entier pour sa collection d'ouvrages historiques, remontant au XIe siècle.

La bibliothèque possédait également la collection sur l'art culinaire et l'œnologie la plus complète du Royaume-Uni, ce qui avait bien entendu retenu l'attention de Perlmutter. Mais c'était surtout à la quantité astronomique de dossiers et d'écrits sur la navigation de Guildhall qu'il avait recours lors de ses recherches. La tradition navale anglaise, et le nombre important des colonies et comptoirs de l'Empire britannique, faisaient de cette collection une véritable mine d'informations sur les territoires maritimes du monde entier.

La catalogueuse, une charmante jeune femme nommée Elizabeth Bosworth, prit la communication. « Julian ! Quel plaisir de vous entendre !

— Vous m'en voyez ravi, Elizabeth. J'espère que vous allez bien.

— Très bien, merci. J'ai été assez occupée ces jours-ci à indexer les transactions commerciales, au

XVIIIe siècle, des vaisseaux coloniaux répertoriés à l'époque.

— J'espère que je n'appelle pas au mauvais moment.

— Bien sûr que non, Julian. Le sujet est fascinant mais le travail a tendance à devenir plutôt monotone. Que puis-je pour vous ?

— J'essaie de retrouver la trace d'un vieux cargo russe, du nom de *L'Etoile d'Odessa* et je me demandais si vous pouviez consulter le dossier de la Lloyd's pour moi. »

La bibliothèque Guildhall conservait pour le géant de l'assurance maritime internationale toutes les archives sur la navigation antérieures à 1885. La Lloyd's of London avait été créée en 1881 pour instaurer un système universel de renseignements et de surveillance dans les principaux ports du globe. Pour atteindre son but, elle avait mis en place un réseau d'agents. À la fin du siècle, la compagnie en comptait plus de quatre cents, et cinq cents sous-agents disséminés dans le monde. Leurs rapports sur les accidents de navigation, les armateurs, les transports maritimes et les voyages étaient contenus dans les dossiers de la bibliothèque, où ils restaient accessibles aux historiens tel Perlmutter.

« Je serai enchantée de la consulter pour vous », lui assura Bosworth. Son enthousiasme n'était dû qu'en partie aux généreuses gratifications que, en plus de la cotisation habituelle, Perlmutter avait coutume d'accorder à la bibliothèque. Elle partageait aussi son amour pour l'histoire des mers et admirait sa collection de livres. Plus d'une fois, elle avait elle-même requis son aide.

En s'excusant du manque de détails, Perlmutter lui exposa les faits relatés par Austin. Bosworth promit de le rappeler dès que possible. Perlmutter raccrocha et retourna à ses recherches pour le Smithsonian. Avec sa persévérance légendaire, il parvint à dénicher un croquis du cuirassé confédéré. Il tapait un rapport sur son ordinateur quand le téléphone sonna. C'était Bosworth.

« Julian, j'ai trouvé quelques références à *L'Etoile d'Odessa*. Je vous les faxe.

— Merci beaucoup, Elizabeth. En signe de ma reconnaissance, la prochaine fois que je viens à Londres, je vous emmène déjeuner chez Simpson, dans le quartier du Strand.

— J'en prends bonne note... Vous savez où me trouver. »

Ils échangèrent les civilités d'usage et, une minute plus tard, le télécopieur bourdonnait et débitait plusieurs feuilles de papier. Perlmutter examina celle du dessus, un compte rendu de l'agent de la Lloyd's à Novorossisk, un certain A. Zubrin, daté de février 1917.

« Ceci pour signaler que *L'Etoile d'Odessa*, navire de commerce de dix mille tonnes, transportant une cargaison de charbon du Caucase, et en route pour Constantinople depuis Odessa, courant février 1918, n'est jamais arrivée à destination. On la considère désormais comme perdue. Confirmation de G. Bozdag, agent de la Lloyd's à Constantinople. Aucun port de la mer Noire n'a rapporté sa présence. Vaisseau appartenant à Fauchet Ltd. de Marseille, France, qui a déposé une demande d'indemnisation. La dernière expertise, en date de juin 1916, a révélé un état déplorable nécessitant diverses réparations. Prière d'en tenir compte pour le règlement. »

Les autres feuilles comprenaient une correspondance à trois entre l'agent, le siège londonien et les propriétaires français qui exigeaient le règlement intégral des indemnités. La Lloyd's résistait, dénonçant le délabrement et la dangerosité du bateau, mais acceptait finalement de payer le tiers de la somme réclamée, soit un peu plus que la valeur totale de la cargaison.

Perlmutter se tourna vers une bibliothèque qui atteignait le plafond et en extirpa un épais volume à la couverture usée en tissu grenat. Il parcourut le registre des compagnies maritimes françaises. Fauchet avait cessé toute activité en 1922. Perlmutter grogna. Rien d'étonnant, vu la négligence de ses patrons. Il choisit un document parmi ceux de Bosworth qu'il n'avait pas encore étudiés. Celui-ci représentait la copie d'une critique parue dans un *London Times* des années 1930, et intitulée: «Un ancien capitaine de vaisseau révèle les secrets de la mer Noire». L'historien laissa l'article de côté pour consulter le billet joint à son attention par Bosworth.

«Cher Julian, j'espère que ceci vous aidera. J'ai trouvé une allusion à votre bateau mystérieux dans un sommaire d'archives transmises à la bibliothèque lors de la succession de lord Dodson, qui a servi pendant des années au ministère britannique des Affaires étrangères. Il s'agissait d'un manuscrit contenant les Mémoires de Dodson, mais les héritiers l'ont récupéré, semble-t-il. Il est aussi fait mention de *L'Etoile d'Odessa* dans le livre *Vie en mer Noire*. Nous en possédons une copie que je peux vous envoyer en Chronopost si vous le désirez.»

Perlmutter posa la note et se dirigea vers une étagère croulant sous le poids des volumes de toutes tailles. Ses doigts boudinés coururent le long d'une rangée de livres et en extirpèrent un ouvrage petit et mince, relié cuir et décoré à la feuille d'or.

« Ah ! » s'exclama Perlmutter, triomphal. S'il avait pu danser, il aurait exécuté un pas de deux. Remis de son absence de mémoire, il griffonna quelques mots sur une feuille qu'il se dépêcha d'insérer dans le fax. *« Ne vous embêtez pas avec le bouquin, je l'ai déjà. Merci. »* Pendant que la machine transmettait le message, Perlmutter s'installa dans un confortable fauteuil. À ses côtés, une carafe de thé glacé à l'hibiscus, une assiette de crackers et un ramequin débordant d'une coûteuse crème de truffes blanches. Il se plongea dans la lecture.

Un capitaine de vaisseau russe, nommé Popov, avait écrit ce livre en 1936. Il témoignait d'un sens du détail et de l'humour tout à fait plaisant, et Perlmutter se surprit plusieurs fois à sourire au récit des aventures de Popov, en lutte contre les éléments déchaînés, les voies d'eau, les pirates et les bandits, les marchands sans scrupules, les bureaucrates corrompus et les mutineries…

Le chapitre le plus poignant s'intitulait « La Petite Sirène ». Popov commandait, à l'époque, un navire de commerce transportant une cargaison de bois à travers la mer Noire. Une nuit, l'homme de vigie aperçut un éclat lumineux au loin, et entendit comme le grondement distant du tonnerre, ce qui l'étonna tant le ciel était limpide. Pensant tout de suite à un vaisseau en péril, Popov, toujours prêt à voguer au secours de la veuve et l'orphelin, décida d'aller lui prêter main forte.

« Quand nous arrivâmes quelques minutes après, il ne restait plus du navire qu'une large nappe de fioul, et un épais nuage de fumée noire et âcre, en suspension au-dessus de l'eau. Des débris de toutes sortes flottaient alentour, et parmi eux, comble de l'horreur, des corps brûlés et mutilés. Malgré mes prières, mon équipage refusa de récupérer les cadavres, alléguant le mauvais sort qu'ils allaient nous attirer et l'inutilité d'une telle démarche. Je fis arrêter les machines et nous tendîmes l'oreille… Rien, excepté le silence. Soudain, un son strident nous alerta, semblable au cri d'une mouette. J'entraînai mon second avec moi et nous mîmes un canot à la mer. Nous nous frayâmes un chemin au milieu du spectacle de désolation qui s'offrait à nos regards attristés, en direction du bruit. Imaginez notre surprise lorsque apparurent, dans le halo de notre lanterne, les tresses d'or d'une enfant, agrippée au couvercle en bois d'une écoutille. Si nous étions survenus quelques minutes plus tard, elle serait morte de froid dans ces eaux sombres et glacées. Nous l'aidâmes à grimper à bord de notre embarcation et nettoyâmes son délicat minois, souillé par le fioul. Mon second s'exclama : “Elle ressemble à une sirène !” Mes hommes d'équipage, voyant notre charmant fardeau, oublièrent les sentiments rebelles qui les avaient animés plus tôt et s'empressèrent auprès de la jeune fille. Une fois rétablie, elle manifesta une excellente éducation et une grande facilité d'expression, aussi à l'aise dans la langue de Molière, avec l'un de nos marins d'origine française, que dans celle de Tolstoï. De son aventure, elle ne semblait garder que de vagues souvenirs. Elle raconta qu'elle voyageait avec sa famille sur un bateau nommé *L'Etoile d'Odessa*. Bien qu'elle sût le nom du navire, elle ne pouvait se rappeler le sien, mais pensait qu'il pouvait s'agir de Maria. De même, elle avait tout oublié de sa vie avant le naufrage, et des circonstances de celui-ci. Les vieux loups de mer endurcis du bord n'auraient pu se montrer plus tendres à son égard et l'appelaient “la petite sirène”. »

Le capitaine rapporta l'incident quand il rentra au

port, mais, étrangement, il ne parla pas de l'adolescente. Il expliquait cette omission dans l'épilogue.

« Certains de mes chers lecteurs se demandent sans doute ce qu'il est advenu de la petite sirène. Maintenant que bien des années ont passé, je me sens libre de dévoiler la vérité. Quand je trouvai la jeune fille, flottant à demi consciente sur les flots, j'étais marié depuis cinq ans. Durant tout ce temps, ma femme chérie n'avait pu nous donner un enfant. À mon retour du Caucase, nous adoptâmes Maria. Elle fut notre soleil et notre joie de vivre à tous les deux, jusqu'au décès de mon épouse. Elle devint elle-même une adorable jeune femme, qui se maria un jour et donna naissance à plusieurs enfants. Aujourd'hui retraité, je crois le moment venu de révéler au monde le précieux cadeau dont la mer m'a gratifié, après m'avoir infligé tant d'épreuves au fil des ans. »

Perlmutter posa le livre et se saisit de l'article du *Times*. Le journaliste s'était montré critique à l'égard du style, mais intrigué par l'histoire de la sirène, qu'il résumait de façon détaillée. Perlmutter supposa qu'un employé zélé et observateur de la Lloyd's avait remarqué la référence à *L'Etoile d'Odessa* et avait joint l'article au dossier sur le bateau disparu.

Perlmutter, complètement fasciné par le récit du capitaine, en avait oublié son en-cas. Il remédia vite à la situation en tartinant l'équivalent de vingt dollars de truffes sur un cracker. À nouveau dans le réel, Perlmutter regarda par la fenêtre tout en savourant le mets délicat, au goût si particulier. Il se rappela alors le commentaire de Bosworth à propos de lord Dodson. Il relut la note et se demanda pourquoi la famille Dodson avait récupéré les archives de la bibliothèque. Malgré sa corpulence, presque anormale, Perlmutter était un homme d'action. Il empoigna le téléphone et contacta ses relations londoniennes. En quelques minutes, il apprit que le petit-fils de lord Dodson, lui-même un lord, vivait encore, dans les Costwold Hills. Perlmutter obtint son numéro personnel mais sa source lui fit jurer de ne pas dévoiler son identité, sous peine de manger au McDonald's... Perlmutter appela et se présenta à la personne qui décrocha.

« Enchanté. Lord Dodson à l'appareil. Vous dites que vous êtes historien, spécialiste de la navigation ? » Il semblait perplexe mais conservait un ton courtois malgré cet accent snob et parfois irritant qui caractérise l'aristocratie ou la haute bourgeoisie anglaises.

« C'est exact. J'effectue en ce moment des recherches sur un vaisseau nommé *L'Etoile d'Odessa* et je suis tombé par hasard sur un document mentionnant les Mémoires de votre grand-père. La bibliothèque aurait retiré le manuscrit des archives, obéissant à la requête de votre famille. Je voulais savoir quand ce manuscrit réintégrerait Guildhall. »

Après un long silence, Dodson répondit : « Jamais ! Je veux dire... Certains de ces textes revêtent un caractère trop personnel. Vous devez comprendre... monsieur Perlman. » On le sentait mal à l'aise.

« Perl*mutter*, si vous n'y voyez pas d'inconvénient, lord Dodson. Je suis persuadé que les éléments historiques peuvent être séparés des personnels.

— Je suis désolé, monsieur Perlmutter. » Dodson paraissait avoir retrouvé une certaine contenance. « On ne peut les dissocier. Et il ne servirait les intérêts de personne que ce manuscrit soit rendu public.

— Pardonnez-moi si j'insiste mais, si j'ai bien saisi, lord Dodson a légué tout son manuscrit aux archives de la bibliothèque.

— Oui. Mais vous savez... Mon grand-père était d'une droiture exceptionnelle. » Comprenant la comparaison involontaire avec son propre caractère, Dodson enchaîna : « En fait, il était surtout naïf à bien des égards.

— Il ne devait tout de même pas être si naïf pour occuper un poste aussi important au ministère des Affaires étrangères. »

Dodson fut secoué d'un rire nerveux. « Vous autres, Américains, pouvez vous montrer diablement obstinés. Ecoutez, monsieur Perlmutter, je ne désire pas me montrer grossier, mais je dois interrompre cette conversation. Merci de l'attention que vous nous portez. Au revoir. »

Le téléphone se tut. Perlmutter le fixa du regard un moment, et secoua la tête. Bizarre, bizarre... Pourquoi une question innocente contrariait-elle à ce point le vieux lord ? Quel douloureux secret se cachait là après tant d'années ? Bon, au moins avait-il essayé... Il composa le numéro d'Austin. Il préférait laisser aux autres le soin de déterminer pourquoi *L'Etoile*... mystérieuse, embarrassait encore quelqu'un, quatre-vingts ans après son naufrage en mer Noire.

Chapitre 23

Moscou, Russie

Le night-club se trouvait à quelques pas du parc Gorky, dans une allée étroite autrefois infestée de rats, puis refuge de clochards imprégnés de vodka, qui utilisaient les couvercles de poubelles en guise d'oreillers. Depuis, les ivrognes avaient laissé la place à des hordes juvéniles paraissant débarquer d'une autre planète.

La foule s'attroupait chaque soir devant une porte bleue éclairée par un seul spot. Cette porte, sans enseigne, n'était autre que l'entrée d'un des points chauds et branchés des nuits de Moscou, si populaire qu'on ne s'était même pas donné la peine de lui chercher un nom.

Le fondateur du club, un jeune Moscovite audacieux, avait vite compris le parti qu'il pouvait en tirer, en mélangeant la crème des très vulgaires nouveaux riches de la capitale et la culture pop occidentale la plus kitch. Il s'était inspiré, pour son projet, du Studio 54, une discothèque new-yorkaise célèbre à l'aube des années 1980, très fermée à l'époque, complètement aujourd'hui… et qui faisait les gros titres de la presse internationale avant de couler pour fraude fiscale et trafic de stupéfiants. Le club était situé dans une sorte de cave, naguère un atelier dirigé par l'Etat où de pauvres ouvriers sous-payés peinaient et suaient pour fabriquer des imitations de jeans américains. Les noctambules admis dans cet antre dansaient sur les rythmes d'une musique frénétique à la lumière éprouvante des stroboscopes, et hallucinaient de concert sous l'effet des drogues de synthèse fournies par la mafia russe. Cette dernière avait repris les rênes du club après le décès de son propriétaire, suite à une crise de saturnisme aigu aussi opportune que particulière, puisque le médecin légiste avait conclu à une « intoxication par plombs ».

Petrov se tenait un peu à l'écart de la file d'attente et l'examinait. Les aspirants clients portaient des costumes extravagants pour attirer l'attention de l'imposant portier tout en cuir noir, obstacle de taille à l'extase sous influence. Petrov promena son regard sur cette foule étonnante et pitoyable qu'il finit par fendre, en jouant des épaules, pour se frayer un chemin. Il bouscula au passage une jeune femme vêtue d'un dos-nu aussi diaphane que son teint et d'un minishort qui lui rentrait dans les fesses, ainsi que son compagnon habillé, si l'on peut dire, d'un bikini en feuille d'aluminium. Le videur regarda s'avancer l'étranger comme un pitbull observe un chat attiré par sa gamelle. Petrov s'arrêta juste avant l'entrée et tendit au cerbère un message plié dans une enveloppe.

Ce dernier lut le mot de ses petits yeux suspicieux, empocha le billet de cent dollars qui l'accompagnait et appela un autre garde pour le remplacer. Il disparut derrière la porte bleue et revint en compagnie d'un homme trapu, d'âge moyen, engoncé dans un uniforme d'officier de la marine soviétique, avec bottes et casquette à haute visière. La poitrine de l'officier était couverte de plus de décorations qu'on ne saurait en gagner en plusieurs vies, l'année du troisième millénaire. Le portier désigna Petrov du doigt.

Le soldat étudia ses traits, l'air renfrogné. Puis une lueur anima ses yeux aux lourdes paupières comme il reconnaissait Petrov. Il lui fit signe d'entrer. Les puissantes vibrations de la musique surprirent Ivan. Sur l'immense piste de danse bondée, les corps se trémoussaient dans un ensemble presque parfait, sur les rythmes monotones de la techno, diffusée à plein volume par des dizaines d'enceintes semblant dater de Woodstock. Petrov fut soulagé quand l'officier de marine le guida jusqu'à une réserve où, une fois la porte fermée, le son étouffé devenait supportable.

« Je viens ici de temps en temps, pour échapper à ce boucan. » La voix autoritaire dont se souvenait Petrov était devenue rauque, et l'haleine de l'homme exhalait des relents de vodka éventée. Ses lèvres épaisses s'entrouvrirent sur un léger sourire. « Je vous croyais mort, *tovaritch*.

— C'est un miracle que je sois encore vivant, amiral, répliqua Petrov, inspectant l'uniforme de haut en bas. Il existe pire que la mort. »

Le sourire de l'amiral s'évanouit. « Inutile de me dire à quel point je vous déçois. Je le vois bien dans vos yeux. Mais je ne suis pas plus vil que celui qui voudrait s'amuser aux dépens d'un vieux camarade.

— Je comprends. Mais l'amusement n'est en aucun cas la raison de ma présence ici. Je suis venu réclamer votre aide et vous offrir la mienne. »

L'amiral éclata d'un rire imbibé. « Quelle aide puis-je donc vous apporter ? Je ne suis rien qu'un pauvre clown. La pourriture qui dirige cet endroit me garde ici pour divertir ses habitués et leur rappeler un passé douloureux pas si lointain… Bon, il n'était pas douloureux pour tout le monde, je l'avoue.

— C'est vrai, mon ami. Mais il n'était pas non plus agréable pour tout le monde. » Petrov effleura la cicatrice qui le défigurait. « Dans le temps, nous étions redoutés et respectés.

— Par nos ennemis, précisa Ivan. Notre propre gouvernement nous méprisait, et il s'empressa de nous oublier dès qu'il n'y eut plus de sales besognes à effectuer. Votre marine, autrefois si fière… De la merde ! Les héros comme vous en sont réduits à *ça.* »

Les épaules de l'amiral s'affaissèrent sous les épaulettes tape-à-l'œil. Petrov réalisa qu'il était allé trop loin.

« Désolé, amiral. »

Le militaire sortit un paquet de Marlboro de sa poche et en offrit une à Petrov, qui la refusa. « Oui, je sais que vous êtes désolé, nous le sommes tous. » Il alluma une cigarette. « Bien, assez parlé du passé. Ce qui est fait est fait. Vous ne désirez pas une pute, par hasard ? Mon rôle ne consiste pas uniquement à amuser la galerie. Je touche une commission et je bénéficie d'une remise pour ma consommation personnelle. Le capitalisme n'est-il pas merveilleux ? »

Petrov sourit en se remémorant la vivacité d'esprit de l'amiral à l'époque où tous les deux opéraient sur des missions secrètes. Avec les changements de gouvernements, les critiques ouvertes de l'amiral n'avaient pas été bien perçues par la nouvelle génération de bureaucrates, très susceptible. Petrov avait survécu grâce à ses qualités d'homme-caméléon, qui lui offraient une position privilégiée d'observateur invisible. L'amiral, à trop vouloir s'élever au-dessus de la mêlée, avait précipité sa chute… Sa déchéance était à l'image de celle de sa marine chérie.

« Plus tard, peut-être. Pour l'heure, j'ai besoin d'informations concernant un élément du patrimoine des forces navales. »

L'amiral plissa les yeux, perplexe. « Pff ! Il s'agit d'un domaine assez vaste. »

Petrov prononça un seul mot : « *India*.

— Le sous-marin ? Tiens, tiens. Pourquoi vous intéresse-t-il ?

— Il est préférable que vous l'ignoriez, amiral.

— Vous voulez dire que cela représente un risque ? Alors, ce genre de renseignement doit posséder une valeur certaine.

— Je suis prêt à payer pour l'obtenir. »

Le visage de l'officier s'assombrit et son regard se voila de tristesse. « Ecoutez-moi. J'ai atteint un stade où je ne vaux pas mieux que les prostituées qui se font payer des verres de faux champagne par leurs clients. » Il soupira. « En ce qui concerne vos questions, je ferai de mon mieux pour y répondre.

— Merci, amiral. J'ai vu un *India*, une fois, dans sa base, mais je ne suis jamais monté à bord. J'ai cru comprendre qu'il avait été conçu pour mener à bien des opérations semblables aux miennes.

— "Harmonie" est un juron dans les forces armées, et cela n'importe où dans le monde. Demandez aux Américains combien d'argent ils ont gaspillé dans le doublonnage parce que l'armée de terre, l'US Navy et le corps des Marines voulaient leurs propres versions des mêmes systèmes d'armes. Nous n'échappions pas à la règle. La marine soviétique ne souhaitait absolument pas partager ses atouts avec qui que ce soit, encore moins avec un groupe comme le vôtre, qui échappait à son contrôle. » Il sourit. « Qui échappait au contrôle de tout le monde !

— Il paraît que l'*India* était conçu pour les sauvetages sous-marins.

— La bonne blague ! Combien d'équipages de submersibles ont-ils été sauvés par cet engin ? Je vais vous le dire, moi. » Il dessina un cercle avec son pouce et son index. « Zéro. Il avait pourtant la capacité de le faire. L'*India* transportait deux dépanneuses d'immersion profonde sur une plate-forme creuse, à l'arrière du kiosque. Elles pouvaient se fixer sur le sas de secours d'un submersible naufragé, mais leur véritable fonction n'était pas de sauver des pauvres marins du fond de l'océan. En réalité, elles étaient conçues pour l'espionnage et le transport des *Spetsnaz*.

— Les forces spéciales ?

— Oui. Quand nous sommes allés fouiner au large de la Suède, nous avions même emporté des véhicules blindés amphibies à chenilles. Ils pouvaient ramper sur le sol marin. Un sacré vaisseau, l'*India*... Rapide et très maniable.

— La presse spécialisée a toujours prétendu qu'on en avait construit deux.

— Exact. La flotte septentrionale en possédait un, la méridionale un autre. Parfois ils se rejoignaient pour des opérations spéciales.

— Que sont-ils devenus ?

— Nous avons perdu la guerre froide et on les a retirés du service, en attendant de les démolir.

— Ils sont donc détruits ? »

L'amiral sourit. « Oui, bien sûr... »

Petrov répondit par un haussement de sourcil.

« Sur le papier du moins, reprit l'amiral. Vous savez, tout le monde s'effraie à l'idée de voir des armes nucléaires tomber entre les mains de fous furieux. De notre côté, nous avons vendu la moitié de notre armement conventionnel, qui peut s'avérer tout aussi dangereux selon les circonstances. Et personne n'en parle jamais.

— Moi, j'en parle. Où sont les sous-marins *India* ?

— L'un des deux n'existe plus. L'autre a été vendu à un particulier.

— Vous connaissez son nom ?

— Naturellement. Mais quelle importance ? Il ne s'agit que d'un prête-nom. Il peut y avoir une ribambelle d'avocats entre l'acheteur et celui qui a fourni l'argent.

— Mais vous soupçonnez quelqu'un en particulier ?

— Je suis persuadé que l'*India* n'est pas sorti du pays. L'acheteur représentait un groupe appelé Industries Volga, qui possédait un bureau à Moscou. Mais qui sait où se trouvait la maison mère ? Tout le monde s'en foutait… Il payait en espèces. »

Petrov secoua la tête. « Comment quelqu'un peut-il déplacer une machine de guerre de cent six mètres de long aussi facilement ?

— Ça arrive tout le temps. Vous avez juste besoin d'une poignée d'officiers fauchés. Ils sont beaucoup à ne pouvoir vivre des promesses de l'armée, qui ne les a pas payés depuis un an. Après quoi, vous vous assurez la complicité de quelques-uns des minables qui travaillent pour le gouvernement, et le tour est joué. Les pires de tous sont les anciens communistes.

— Comme nous ?

— Foutaises ! Nous brandissions le drapeau rouge, sans jamais pour autant défendre l'idéologie. Je sais que vous ne croyiez pas à ces conneries. On le faisait parce que ça nous excitait et que quelqu'un d'autre payait l'addition.

— Il me faut des noms.

— Comment pourrais-je oublier ? L'ordure qui a touché des millions en vendant tout ce matériel de guerre m'a demandé si je voulais m'associer à lui. J'ai répondu non, que ce n'était pas honnête de vendre les biens d'autrui pour son propre compte. Peu de temps après, j'étais viré de la marine… Personne ne voulait m'embaucher… Voilà comment je me suis retrouvé ici. »

L'amiral se laissait envahir par l'amertume. « Les noms, s'il vous plaît, amiral.

— Pardonnez-moi, se reprit-il. Ces dernières

années n'ont pas été faciles. Il y a cinq protagonistes dans cette affaire. » Il dévoila les identités.

« Je les connais tous, dit Petrov. Des petits fonctionnaires merdeux du parti qui ont fait fortune en grattant les os de l'Union soviétique.

— C'est comme ça, on n'y peut rien, mon ami. Bien, cela vous suffit ? Je n'en sais pas plus. Les clients d'ici ne parlent pas de secrets militaires. De toute façon, j'ai été heureux de vous revoir. Mes employeurs veulent que je fasse le tour des tables toutes les demi-heures. Alors, si vous voulez m'excuser, je vais retourner travailler.

— Peut-être pas. » Petrov glissa la main dans la poche intérieure de son costume et en retira une enveloppe marron. « Quel est votre vœu le plus cher ?

— À part ressusciter mon épouse et persuader mes enfants que ma fréquentation en vaut la peine ? » L'amiral réfléchit un moment. « J'aimerais m'installer aux Etats-Unis. En Floride. Je m'assiérais au soleil et ne parlerais qu'à ceux qui le souhaiteraient.

— Jolie coïncidence ! Dans cette enveloppe vous trouverez un aller simple en avion pour Fort Lauderdale – départ demain matin –, un passeport avec visa, et les papiers d'immigration nécessaires pour un séjour définitif. Il y a aussi de l'argent pour vous nourrir, et le nom d'un monsieur à la recherche d'un investisseur pour acheter des parts dans sa compagnie de pêche. Il a tout spécialement besoin d'une personne ayant l'expérience de la mer. La taille de sa flotte, par contre, n'a rien de comparable avec celle que vous commandiez. »

Une expression douloureuse déforma les traits de l'amiral. « Par pitié, ne vous moquez pas de moi… pas d'un vieux camarade.

— Je ne plaisante pas. » Petrov lui tendit l'enveloppe. « Considérez ceci comme un paiement tardif des services rendus à la patrie. »

L'amiral se saisit de l'enveloppe et en examina le contenu. Puis il releva la tête, les yeux embués de larmes.

« Comment saviez-vous ?

— Pour la Floride ? La rumeur…

— Je ne sais comment vous remercier.

— Vous l'avez déjà fait. Maintenant je dois partir, et vous devez informer vos patrons de votre démission.

— Les informer ? Je pars d'ici dès que j'ai changé de vêtements.

— Bonne idée. Restez prudent, vu la somme d'argent que vous transportez. Ah, j'oubliais. Une dernière chose. »

L'amiral se figea, se demandant le prix à payer pour une telle aubaine. « Quoi ?

— N'oubliez pas d'utiliser de l'écran total quand vous serez en mer. »

L'amiral se jeta dans les bras de Petrov et le serra avec force. Puis il balança sa casquette à travers la pièce. La veste et les médailles suivirent dans un cliquetis de ferraille.

Petrov s'éclipsa. Il s'autorisa un rare sourire comme il franchissait la sortie du club. Il serra la main du portier, en lui glissant un deuxième billet de cent dollars. Il se sentait d'humeur généreuse. Le portier lui ouvrit, de manière assez brutale, un chemin dans la foule, et Petrov, malgré sa claudication, remonta l'allée d'un pas vif avant de disparaître dans la nuit.

Chapitre 24

L'appel du capitaine Atwood arriva alors que l'hélicoptère de la NUMA survolait la mer Noire, en route pour Istanbul. Austin prenait des notes dans un calepin quand la voix familière crachota dans son casque.

« Kurt, vous êtes là ? Dépêchez-vous, s'il vous plaît. » Atwood semblait agité.

« Je vous manque déjà, capitaine ? plaisanta Austin. Ça me touche beaucoup.

— Je dois admettre que la vie à bord est plus calme depuis que vous êtes parti, mais je ne vous appelle pas pour cette raison. J'ai tenté de contacter le *Sea Hunter*... sans le moindre succès.

— À quelle heure l'avez-vous appelé pour la dernière fois ?

— J'ai eu quelqu'un hier soir, à qui j'ai annoncé votre venue pour ce matin. Tout allait bien. J'ai essayé juste après votre départ, pour les prévenir que vous aviez décollé. Pas de réponse. Nous avons renouvelé les tentatives à intervalles réguliers. Je viens encore d'appeler il y a deux minutes à peine. Toujours rien.

— Etrange... » Austin posa les yeux sur le seau étanche coincé entre ses pieds où reposait, immergée dans l'eau de mer, la boîte à bijoux en argent de *L'Etoile d'Odessa*. À la demande de Gamay, Atwood s'était mis en relation avec le *Sea Hunter* pour demander si un de ses scientifiques pourrait jeter un coup d'œil à la boîte et son contenu. Le capitaine du *Sea Hunter* lui avait appris la fin de la mission en mer Noire. Il voguait en direction d'Istanbul où il serait heureux d'accueillir Austin.

« C'est plus qu'étrange, c'est dingue. Vous y comprenez quelque chose ? »

Austin réfléchit aux raisons possibles de ce silence. Aucune ne tenait la route. Tous les vaisseaux de la NUMA étaient équipés des moyens de communication dernier cri, et disposaient même d'installations superflues. En outre, ils maintenaient entre eux un contact constant.

« Je ne sais pas, capitaine. Avez-vous appelé le siège pour vérifier si quelqu'un avait des nouvelles du bateau ?

— Oui. On m'a répondu que les dernières remontaient à hier. Le *Sea Hunter* avait découvert des vestiges datant de l'âge de bronze et rentrait au port.

— Un instant, capitaine. » Austin héla le pilote. « Combien de temps peut-on tenir avec ce qu'il reste de carburant ?

— On aborde la côte turque… On est peu chargés… Je pense pouvoir voler encore… Disons quarante-cinq minutes avant de nous écraser au sol. Envie de se balader ?

— Peut-être. » Austin lança un regard à Rudi Gunn qui n'avait rien perdu de sa discussion avec le capitaine Atwood. Gunn acquiesça en silence. *Ce qui doit être fait…* Austin reprit la conversation avec Atwood pour lui dire qu'ils allaient rechercher le *Sea Hunter*. Puis il transmit au pilote la dernière position connue du navire. L'hélicoptère pencha de côté et partit en diagonale.

Zavala se redressa et ouvrit grands les yeux. Il avait mis le casque de son baladeur et s'était complètement absorbé dans l'écoute d'un CD de musique latino-américaine. Pilote expérimenté, il pouvait voler les yeux fermés. Dès qu'il sentit le changement dans la course de l'appareil, il ôta ses écouteurs et regarda par le hublot, étonné.

« On fait un détour ? » Austin lui expliqua la situation. Il appela ensuite l'*Argo* et demanda au capitaine d'avertir les Trout de ce qui se passait. Paul et Gamay étaient restés à bord du bateau pour effectuer un relevé topographique du sol marin dans la région de l'épave, avant de retourner à Istanbul avec le navire trois ou quatre jours plus tard.

Austin ferma les yeux et s'employa à rassembler ses souvenirs du *Sea Hunter*. Deux ans auparavant, il avait navigué sur ce vaisseau au cours d'une enquête dans les Caraïbes. Il visualisa le bâtiment sans effort dans la mesure où il ressemblait à s'y méprendre à l'*Argo*. Les deux navires avaient été construits dans le même chantier naval, à Bath, dans le Maine. Les soixante et un mètres de coque étaient peints en bleu turquoise, comme tous les vaisseaux de recherche de la NUMA. Divers types et tailles de grues hérissaient le pont arrière, une cheminée fuselée crevait le toit du château couleur crème, et l'immense antenne de radio s'élevait, tel un mât, à l'avant du navire.

Il visita, en pensée, les moindres recoins du bâtiment. Le vaisseau voyageait d'ordinaire avec douze hommes d'équipage, et pouvait héberger autant de scientifiques. Tout là-haut, dans la timonerie, il imagina le débonnaire commandant du *Hunter*, le capitaine Lloyd Brewer, à la fois marin et scientifique d'une grande compétence, qui n'aurait jamais ignoré l'appel d'un autre navire de la NUMA.

Le pilote volait au jugé, en suivant une ligne entre la dernière position connue du *Sea Hunter* et sa destination. Austin s'installa devant un des hublots de l'hélicoptère, et Zavala pressa son nez sur celui du côté opposé. Quant à Gunn, il s'en fut surveiller la mer depuis le cockpit. Ils virent des bateaux de toutes sortes, dont le nombre diminuait à mesure qu'ils s'éloignaient d'Istanbul... Mais pas celui qui les intéressait.

Austin consulta sa montre et appela le pilote sur l'interphone. « On en est où ?

— Il va bientôt falloir rentrer.

— Vous pouvez nous accorder encore cinq minutes ? » Silence. « On peut aller jusqu'à dix, mais pas plus, sinon il faudra apprendre à marcher sur l'eau. »

Austin pria le pilote de faire au mieux et il se perdit dans une rêverie d'où émergeait une vieille prière de marins : « O Seigneur, la mer est si grande et mon bateau si petit. » La voix de Zavala le ramena soudain à la réalité. « Kurt ! Viens voir, à deux heures. »

Austin s'approcha et suivit son index du regard. Une ombre massive se découpait sur l'horizon doré. Le pilote, qui avait entendu l'exclamation de Zavala, obliqua vers la droite et mit le cap sur la silhouette indiquée. Très vite, le soleil éclaira une coque bleu-vert au milieu de laquelle le mot NUMA se détachait en lettres noires.

« Le *Sea Hunter* ! s'écria Austin qui l'avait aussitôt reconnu.

— Je n'aperçois pas de sillage, remarqua Gunn. Il semble à l'arrêt. »

L'hélicoptère descendit jusqu'à provoquer des remous à la surface de l'eau. Il survola le navire en évitant de justesse le mât de misaine, fit demi-tour et se stabilisa un peu plus loin. En temps normal, il aurait dû être accueilli par des signes de mains et des visages tournés vers le ciel. Là, rien... ni personne. Le seul mouvement à bord venait du drapeau, agité dans tous les sens. Le pilote avança l'appareil pour se retrouver juste au-dessus du bâtiment. Il inclina l'hélicoptère d'un côté, puis de l'autre, pour que tous puissent bénéficier d'une vue plongeante. Mus par les deux turbos, les rotors faisaient un raffut d'enfer.

« Si avec ce vacarme on ne réveille pas Neptune, on aura du bol, dit Gunn. Mais en bas, pas un chat… Les ancres ne sont pas jetées, et on dirait que le bateau dérive.

— Vous pouvez les appeler sur la radio ? demanda Austin.

— Je vais tenter le coup. »

Le navire ne répondait pas. « J'aimerais pouvoir poser cet oiseau pour vous, mais il y a vraiment trop de bordel sur le pont. »

Un vaisseau de recherche n'était en fait qu'une plate-forme flottante qui permettait aux scientifiques d'y installer tous les instruments et engins submersibles dont ils avaient besoin. Plusieurs missions de recherches pouvaient d'ailleurs se dérouler en même temps. Les ponts étaient conçus dans un souci de flexibilité, avec des taquets, des bagues et des anneaux qui permettaient d'attacher le matériel à l'aide de câbles ou de chaînes. Parfois, on y entreposait des conteneurs qui servaient d'annexes aux laboratoires.

Le pont de l'*Argo* était plutôt dégagé, avec une aire d'atterrissage pour l'hélicoptère. Mais sur le *Sea Hunter*, cet espace était utilisé par les mini-laboratoires.

Austin balaya le pont du regard et s'intéressa à un conteneur. « Jusqu'où pouvez-vous descendre ?

— Douze mètres, peut-être dix. Après, le rotor risquerait de heurter le mât, et on serait bien embêtés.

— L'hélico est équipé d'un treuil ?

— Bien sûr. On l'utilise surtout pour transporter les colis trop gros qui ne rentrent pas dans la soute. »

Zavala s'était montré très attentif à la discussion. Depuis le temps qu'il connaissait Austin et sa façon de penser, il savait exactement où il voulait en venir. Il attrapa donc son sac à dos et se prépara. Austin expliqua au pilote ce qu'ils s'apprêtaient à faire, puis il vérifia le chargeur du Bowen avant de le fourrer dans son propre sac.

Le copilote sortit du cockpit et ouvrit la porte latérale. L'air s'engouffra dans la cabine. Gunn l'aida à dérouler un câble jusqu'au-delà de l'entrée où Austin les attendait, assis, les jambes dans le vide. Une fois l'appareil descendu au maximum de ses possibilités, Austin se laissa glisser le long du câble jusqu'à un gros mousqueton dans lequel il enfila un pied. Le souffle dégagé par les rotors le secouait mais il tint bon. Depuis le cockpit, le pilote ne pouvait voir Austin. Il suivit donc les consignes que le copilote lui hurlait depuis la porte contre laquelle il se tenait accroupi. L'hélicoptère descendit encore de quelques centimètres. S'agrippant d'une seule main au câble qui tournoyait au-dessus du pont encombré, Austin pointa du doigt le conteneur le moins éloigné et fit signe au copilote de s'en approcher. L'appareil avança de quelques mètres jusqu'à surplomber le conteneur. Austin baissa le pouce. Libéré de son tambour, le câble commença à se dérouler. Lorsqu'il se trouva à moins d'un mètre du conteneur, Austin décida de sauter. Il atterrit sur le toit métallique et roula en avant pour absorber le choc et surtout pour éviter les dangereux soubresauts du mousqueton.

Une fois le câble remonté, Austin se redressa et agita le bras au-dessus de la tête pour signaler que tout était en ordre. Zavala ne perdit pas de temps et se lança à son tour. La réception s'avéra un peu délicate, et sans l'aide d'Austin qui le tira en arrière, il n'aurait pu éviter la chute.

Une fois rassuré, le pilote mit les gaz et l'hélicoptère ne fut bientôt plus qu'un point à l'horizon. En le suivant des yeux, Austin pria pour qu'il ait assez de carburant jusqu'à Istanbul…

Du haut de leur perchoir, les deux compères avaient une bonne vue du navire… Celui-ci semblait complètement désert. Ils se passèrent une crème antiseptique sur les paumes irritées par la brûlure du câble, et descendirent sur le pont. Prudent, Austin décida qu'ils se déplaceraient l'un à bâbord, l'autre à tribord, prêts à utiliser leurs armes. Ils avancèrent ainsi avec prudence, le revolver au poing. Hormis le claquement des pavillons et drapeaux, un silence de mort régnait sur le *Sea Hunter*.

Ils arrivèrent en même temps sur le pont principal. Zavala avait l'air de tomber des nues. « Rien, Kurt. On croirait la *Marie Céleste*. Tu as trouvé quelque chose ? »

Austin lui fit signe de le suivre sur le pont de tribord. Il s'agenouilla à côté d'une trace sombre, qui s'étirait depuis une porte latérale jusqu'au bastingage. Austin toucha du bout du doigt la tache poisseuse.

« J'espère que ce n'est pas ce que je pense, dit Zavala.

— Si tu penses à du sang, tu as malheureusement raison. On a traîné un corps ici, plusieurs même, et on les a jetés par-dessus bord. Il y a du sang sur la balustrade. »

Le cœur serré, Austin se releva et franchit le seuil de la porte, suivi de Zavala. Le contraste avec la température extérieure était saisissant… mais pas autant que le spectacle qui les attendait. Ils inspectèrent le mess, la bibliothèque et le laboratoire principal avant de grimper au labo supérieur et à la passerelle de commandement. Partout, le désordre, et partout… du sang. Des mares de sang sur le sol, des éclaboussures plein les murs… Même les plafonds étaient souillés. Les agents de la NUMA comprirent tout de suite que le *Sea Hunter* avait été le théâtre d'un véritable carnage. Les traits d'Austin se raidirent, il connaissait la plupart des personnes qui se trouvaient à bord.

Les nerfs à fleur de peau, ils s'attardèrent dans la timonerie. Le sol était jonché de cartes marines, de documents divers et de morceaux de verre, vestiges des fenêtres toutes brisées. Austin s'empara du micro de la radio, arraché à son socle et de toute façon inutile, dans la mesure où la console était criblée de balles.

« Maintenant on sait pourquoi ils ne répondaient pas », dit-il sans humour.

Zavala murmura en espagnol : « Charles Manson et sa bande n'auraient pas fait pire.

— On devrait vérifier les cabines », proposa Austin.

Ils descendirent deux niveaux dans un silence de tombe, visitèrent les chambres de l'équipage et des scientifiques, dans le même état que les étages, et tout aussi désertes. Pour finir, ils s'arrêtèrent devant une porte marquée « Réserves ».

Austin la poussa doucement, glissa une main sur le côté du chambranle et chercha l'interrupteur à tâtons. La lumière éclaira une pièce épargnée par la fureur des meurtriers, où des piles de cartons s'entassaient au milieu de la pièce sur des palettes en bois. Une allée étroite en faisait le tour et permettait d'accéder, dans un coin, à un monte-charge relié à la cuisine.

Austin entendit soudain un son étouffé et son doigt se crispa sur la détente. Ils prirent chacun un côté de la pièce. Zavala se déplaçait tout en souplesse et paraissait glisser sur le sol, sans bruit, tel un fantôme. Austin quant à lui, se colla au mur, progressant avec précaution. Ils se retrouvèrent face à face, aux deux extrémités d'une rangée de cartons de tomates en conserve. Le son reprit, plus fort cette fois, comme les pleurs d'un petit animal. Ils se rapprochèrent l'un de l'autre. Austin posa un doigt sur ses lèvres avant de le pointer en direction d'un étroit passage entre les boîtes. De faibles gémissements s'en échappaient.

Par gestes, Austin intima l'ordre à Zavala de ne plus

bouger. Tenant son arme à deux mains, il fit un pas en avant et balaya l'air de ses bras pour amener le Bowen pointé entre les cartons. Il lâcha un juron en réalisant qu'il avait failli tirer sur une jeune femme, recroquevillée dans un espace d'à peine cinquante centimètres de large.

La pauvre faisait peine à voir. Les jambes repliées contre la poitrine et la tête posée sur ses genoux serrés, elle dissimulait son visage derrière de longues boucles brunes. Quand elle leva vers Austin ses yeux humides et rougis par les larmes, son nez coulait. Elle entrouvrit alors les lèvres et libéra une longue plainte saccadée où le même son nasal revenait sans cesse.

Quand Austin comprit que la jeune femme répétait « non » encore et encore, il rengaina son revolver et s'accroupit face à elle.

« Ça va, n'ayez pas peur. Nous travaillons pour la NUMA, vous comprenez ? »

Elle dévisagea Austin et murmura : « NUMA.

— C'est ça. Je suis Kurt Austin. » Joe s'était placé derrière lui. « Et voici Joe Zavala. Nous venons de l'*Argo*. Vous sentez-vous capable de nous raconter ce qui s'est passé ? »

Elle secoua la tête pour toute réponse.

« On devrait monter sur le pont respirer un peu d'air », suggéra Zavala.

Elle secoua à nouveau la tête. La tâche s'annonçait délicate. Bien calée dans le passage, elle refusait obstinément de bouger. Impossible de la forcer à sortir sans prendre le risque de lui faire mal, et de la traumatiser plus qu'elle ne l'était déjà.

Austin lui tendit une main amicale. Elle la regarda pendant une minute, puis elle tendit la sienne et lui caressa le bout des doigts, comme pour s'assurer de sa réalité. Le contact physique parut la tirer de son cauchemar.

« J'ai passé quelque temps sur ce navire, il y a deux ans. Je connais très bien le capitaine Brewer. » Austin parlait avec douceur.

Elle étudia son visage un moment et une lueur soudaine éclaira son regard. « Je vous ai vu une fois au siège de la NUMA.

— C'est probable. Vous travaillez dans quel département ?

— Dans aucun. Je m'appelle Jan Montague. J'enseigne à l'université du Texas et je suis un hôte scientifique.

— Vous voulez bien sortir de là, Jan ? Ça ne doit pas être très confortable. »

Elle grimaça. « Je commençais à me prendre pour une sardine. »

La note d'humour était un bon signe. Austin l'aida à s'extraire de sa cachette et la confia à Zavala qui lui demanda si elle n'avait rien de cassé.

« Non, ça va. Merci. Je peux marcher toute seule... » Elle fit quelques pas avant de s'accrocher au bras de Joe. « Mais peut-être pas tout de suite... »

Ils montèrent sur le pont arrière. Jan s'assit sur un rouleau de cordes, cillant des paupières dans la lumière du soleil. Zavala lui offrit une flasque de tequila qu'il conservait dans son sac, à fin médicale, comme il aimait à le répéter. L'alcool ramena un peu de rose aux joues de Jan et ranima la flamme de ses yeux hagards. Austin, patient, attendit qu'elle parle sans qu'on l'y incite.

Elle observa les vagues, en silence, avant d'ouvrir la bouche.

« Ils sont venus de la mer.

— Qui ?

— Les tueurs. Ils sont arrivés à l'aube. La plupart d'entre nous dormaient.

— Qu'avaient-ils comme bateau ?

— Je l'ignore. Ils étaient juste… là. Je n'ai jamais vu de bateau. »

L'effet conjugué du soleil et de la tequila, ajouté à la présence chaleureuse des deux hommes, réchauffaient le cœur de la jeune scientifique. Elle se lança dans le récit détaillé des événements.

« J'étais couchée quand ils ont surgi dans la cabine et m'ont tirée du lit. Ils portaient un uniforme étrange, avec des pantalons bouffants et de grandes bottes. Ils ont tué ma collègue de chambrée d'une balle dans la tête, sans prévenir… J'entendais des coups de feu dans tout le navire.

— Se sont-ils présentés ?

— Ils ne disaient pas un mot. Ils ont juste continué à massacrer tout le monde, froidement. Un seul parlait.

— Racontez-moi tout. »

D'une main tremblante elle se saisit de la bouteille de tequila et en but une nouvelle gorgée. « Il était grand, très grand, et maigre, les traits presque émaciés… Le visage pâle, comme s'il ne voyait jamais la lumière du jour, une longue barbe et des cheveux emmêlés qu'il ne devait jamais peigner. » Elle fronça les narines de dégoût. « En plus, il puait comme s'il n'avait pas pris de douche depuis des mois.

— Comment était-il habillé ?

— Tout en noir, à la façon d'un prêtre… Mais le pire chez lui était ses yeux. » Elle frissonna. « Immenses et tout ronds, ils lui dévoraient la figure… D'une fixité effrayante, ils ne clignaient jamais. On aurait dit des yeux de poisson mort, sans aucune émotion. Comme s'ils abritaient le néant.

— Vous disiez qu'il vous avait parlé.

— J'avais dû m'évanouir. Quand je me suis réveillée, j'étais allongée sur ma couchette et il se penchait sur moi. Son haleine sentait la mort et la pourriture. J'étais écœurée. J'aurais aimé m'évanouir encore… Je n'entendais plus de bruit, si ce n'est cette voix si calme, douce comme le sifflement d'un serpent… Hypnotique. Il m'affirma avoir tué tout le monde sur le vaisseau à part moi. Il me laissait la vie sauve pour délivrer un message. » Sa voix s'étrangla. Prise de sanglots, elle s'arrêta un moment, mais sa colère l'aida à se ressaisir. « Il voulait que la NUMA sache qu'il ne faisait que se venger, qu'on ne pouvait tuer ses gardes ni violer une "enceinte sacrée" impunément. Il ajouta qu'il voulait Kurt Austin.

— Vous êtes sûre qu'il m'a appelé par mon nom ?

— Comment aurais-je pu me méprendre sur ces paroles ! Je ne les oublierai jamais… Je lui ai répondu que vous n'étiez pas là. Ils savaient que vous vous trouviez sur l'*Argo*. Je lui ai dit que ce navire n'était pas l'*Argo*. Il envoya alors ses hommes vérifier. Quand il comprit qu'ils s'étaient trompés de bateau, il entra dans une rage folle. Il m'a demandé d'informer la NUMA et les Etats-Unis qu'il s'agissait d'une simple démonstration des forces dévastatrices qui allaient s'abattre sur nous.

— Autre chose ?

— C'est tout ce que je me rappelle. » Elle parut soudain accuser le contrecoup de ses émotions.

Austin la remercia et partit récupérer son sac qui traînait sur le pont. Il en sortit son mobile Globalstar. Trois secondes après, il parlait avec Gunn.

« Vous êtes toujours en l'air ?

— À peine. Il ne doit plus rester que des vapeurs de carburant dans le réservoir, mais on y arrivera. Vous et Joe allez bien ?

— Nous, ça va. »

Gunn comprit tout de suite, au ton et à la réponse énigmatique d'Austin, qu'un événement s'était produit. « Quelle est la situation sur le *Sea Hunter* ?

— Je préfère ne pas en parler au téléphone, mais ça ne peut pas être pire.

— On vous a envoyé des secours. J'ai discuté avec Sandecker et il a appelé ses amis de la marine. Ils vous sont reconnaissants d'avoir sauvé l'équipage du NR-1. Quand il leur a dit que vous aviez besoin d'aide, ils ont demandé le concours d'un croiseur, qui effectue des exercices pour l'OTAN dans la région.

— Au point où on en est, j'aurais préféré un porte-avions, mais je saurai me contenter d'un croiseur.

— Le vaisseau vous aura rejoints dans moins de deux heures. Vous avez besoin d'autre chose ? »

Le regard et la voix d'Austin se durcirent. « Mouais. J'aimerais passer cinq minutes en compagnie d'un certain fanatique aux yeux globuleux. »

Chapitre 25

L'US Navy avait décidé de sortir le grand jeu. Mais, sur le *Sea Hunter*, rien de concret ne pouvait être entrepris avant l'arrivée d'une équipe d'enquêteurs. Austin n'avait pas besoin d'un expert en criminalistique pour lui expliquer la chronologie des événements à bord du bateau endormi. Les assaillants étaient arrivés par la mer, avaient investi sans bruit le vaisseau et massacré systématiquement ses occupants, à l'exception d'un témoin laissé en vie dans un but bien précis. Le maniaque qui dirigeait les opérations avait évoqué la vengeance comme prétexte au carnage, et laissé un message à l'intention de ceux qu'il visait.

Austin avait pris contact avec le siège de la NUMA pour qu'on émette un avis d'alerte destiné à chacun des navires de l'agence, en particulier à ceux opérant dans la zone méditerranéenne. Bien que Zavala prétendît que personne ne pouvait prévoir l'attaque du *Sea Hunter*, il se sentait responsable des événements. Il pouvait à peine contrôler sa colère. Zavala, qui reconnaissait l'expression froide et distante d'Austin, comprit que son ami en faisait une affaire personnelle. Et s'il n'avait vu lui-même ce dont Boris et ses sbires étaient capables, il les aurait plaints.

Le voyage de retour à Istanbul sur le croiseur de la marine se déroula sans histoire. Austin et Zavala arrivèrent à leur hôtel au petit matin. Un paquet Chronopost en provenance des Etats-Unis attendait Kurt à la réception. Il l'emporta dans sa chambre et sourit en lisant la note qui l'accompagnait. *« Ci-joint des renseignements sur* L'Etoile d'Odessa. *T'en enverrai plus si j'en découvre de nouveaux. Tu n'as pas* oublié *ce que tu me dois ? P. »* Austin appela le concierge de l'hôtel et lui promit un pourboire royal s'il lui dénichait une recette de l'*imam bayadi* et la transmettait à Perlmutter. Puis il examina les documents concernant *L'Etoile d'Odessa.*

Le dossier de la Lloyd's était édifiant, mais Austin ne savait quoi penser de l'histoire de la petite sirène, aussi la classa-t-il dans un des tiroirs de sa mémoire. En revanche, le compte rendu de l'étrange conversation entre Perlmutter et Dodson le captiva. Curieux tout de même… Pourquoi un lord anglais raccrocherait-il au nez de Perlmutter ? Pour une vieille épave abandonnée, *L'Etoile d'Odessa* déclenchait des réactions aussi fortes qu'inattendues… Au seul énoncé de son nom, Dodson s'était enveloppé dans une chape de silence.

Austin empoigna le téléphone et appela la chambre de Zavala.

« Encore deux bricoles à glisser dans une valise et je suis prêt, attaqua Joe.

— Ravi de l'entendre. Que dirais-tu d'un léger détour par l'Angleterre ? Il faut que tu aies une discussion avec quelqu'un. Je le ferais bien moi-même, mais je dois rentrer à Washington pour présenter un rapport à Sandecker. » En outre, Austin n'ignorait rien de l'impatience qu'il manifestait trop souvent et de la pression que provoquait, parfois, sa simple présence. Il en avait conclu que Zavala, et son sens inné de la diplomatie, se montrerait certainement plus persuasif avec une source d'informations sur la défensive.

«*No problema.* J'irai peut-être à Chelsea, rendre visite à une très bonne amie…

— Qui déplorera d'apprendre que tu n'as pas une minute à lui consacrer. Car ça ne peut pas attendre.» Le ton d'Austin ne souffrait aucune contestation. «J'aimerais que tu lises un truc. Je te l'apporte.»

Austin se rendit dans la chambre de Zavala, voisine de la sienne. Pendant que ce dernier s'imprégnait du dossier de Perlmutter, Austin rappela le concierge afin qu'il trouve une place pour Joe dans le prochain vol pour Londres. Celui-ci lui apprit qu'il venait de faxer la recette à Perlmutter et lui assura qu'il allait s'occuper de la réservation. Austin connaissait deux façons d'obtenir satisfaction à Istanbul : la voie officielle, et la voie officieuse, qui reposait sur un réseau de parents et d'amis, et l'échange de faveurs. Le concierge se révéla efficace puisqu'il obtint la dernière place disponible sur le prochain vol à destination de Londres, lequel partait d'Istanbul deux heures plus tard.

Une fois la lecture des documents terminée, et sur les conseils d'Austin, Zavala décrocha le téléphone et appela Dodson. Il se présenta comme un chercheur de la NUMA, annonça au lord son arrivée dans la capitale le lendemain, son désir de s'entretenir avec lui de l'implication des Dodson dans la flotte britannique au cours de l'histoire et au service de la Couronne. La ruse était grossière, mais Dodson parut s'en accommoder. Il serait libre toute la journée et il donna à Joe des indications sur son adresse.

Tandis que l'avion de la British Airways amorçait sa descente sur l'aéroport d'Heathrow, Zavala contemplait Londres, l'air pensif. Il se demandait si la belle journaliste aux cheveux auburn, avec qui il avait eu une relation naguère, habitait toujours Chelsea, et il songea combien il lui aurait été agréable de l'inviter à un dîner romantique. Avec une détermination héroïque, il rejeta cette douloureuse pensée. Abuser un aristocrate britannique réticent pour qu'il dévoile un vieux secret de famille s'avérait suffisamment délicat pour s'abstenir de toute distraction féminine.

Après un rapide contrôle de douane, Zavala loua une voiture et prit la route des Costwolds, dans la région historique du Gloucester, à quelques heures de Londres. Il pria pour que les petits comptables de la NUMA ne fassent pas une crise cardiaque quand ils découvriraient sa note de frais, et le prix de la location d'une Jaguar cabriolet. Il se rassura en se disant qu'un petit caprice représentait bien peu en comparaison du marasme amoureux dans lequel la NUMA le plongeait. À ce rythme, ruminait-il, il finirait dans un monastère.

Délaissant la route nationale, il s'engagea dans un lacis de voies secondaires et de chemins tortueux, où il put apprécier les performances sportives de son véhicule tout en prenant garde à bien conduire à gauche. La campagne environnante, d'une beauté à couper le souffle, ressemblait à une toile impressionniste. Les prairies et les collines ondoyantes d'un vert presque surnaturel, les solides bâtisses de pierres couleur miel qui bordaient les villages et mouchetaient le paysage, cette harmonie des tons et des reflets, créaient une ambiance propice au repos de l'âme, et aidaient Joe à oublier l'horreur des derniers jours et ses déboires sentimentaux.

Lord Dodson vivait dans un minuscule hameau, semblable à ceux qu'on imaginait à la lecture des vieux romans anglais. La maison de Dodson se dressait, à l'écart des autres, en amont d'une route étroite et sinueuse, à peine plus large que l'automobile. Zavala suivit une allée de graviers, bordée de haies touffues. Il s'arrêta à côté d'un vieux pick-up Morris

Minor, garé devant une belle maison de deux étages en moellons naturels d'un brun léger chaleureux, et recouverte d'un toit d'ardoises. La demeure ne ressemblait en rien au manoir digne d'un lord anglais auquel s'attendait Zavala. Un mur en pierre s'érigeait tout autour de la maison, protégeant différents parterres de fleurs multicolores. Un individu, vêtu d'un pantalon en coton rapiécé et d'une chemise de travail délavée, arrachait des mauvaises herbes. Pensant qu'il s'agissait du jardinier, Zavala sortit de la voiture et dit : « Excusez-moi. Je cherche sir Nigel Dodson. »

Une barbe blanche de plusieurs jours garnissait les joues et le menton de l'homme, qui ôta ses gros gants pleins de terre et tendit une main à la poigne solide. « C'est moi, déclara-t-il, à la grande surprise de Zavala. Vous devez être le monsieur américain qui a appelé hier. »

Zavala espérait que Dodson n'avait pas remarqué sa gêne. Durant leur bref échange téléphonique, Zavala avait noté l'accent aristocratique de son interlocuteur et s'était imaginé un vieil Anglais en costume de tweed, aux traits anguleux et à la grosse moustache aux pointes relevées. Dodson était fin, petit et presque chauve. Il avait probablement plus de soixante-dix ans, mais il dégageait l'énergie d'un homme de vingt ans de moins.

« Ce sont des orchidées ? » demanda Zavala dont la maison familiale, à Santa Fe, était entourée par les fleurs.

« En effet. Des orchidées grenouilles, sans doute à cause de leurs petites taches. Celles-là sont des *orchis pyramidal.* » Dodson leva un sourcil, réalisant lui aussi que l'idée qu'il s'était faite de l'Américain venait de voler en éclats. « Je suis étonné que vous les ayez reconnues. Elles ne ressemblent pas aux grosses plantes charnues qui viennent à l'esprit de la plupart des gens quand on leur parle d'orchidées.

— Mon père nourrissait une passion pour les fleurs. Certaines de ces espèces me sont familières.

— Bien. Je vous en montrerai d'autres quand nous aurons fini… Mais vous devez avoir soif après un si long voyage, monsieur Zavala. Vous arrivez d'Istanbul, n'est-ce pas ? Je n'y suis pas allé depuis des années… Quelle ville fascinante ! » Il entraîna Joe derrière la maison, jusqu'à un grand patio dallé auquel on accédait de l'intérieur par des portes-fenêtres ouvertes. Il appela sa domestique, une forte femme au visage rougeaud, du nom de Jenna. Elle regarda Zavala d'un air condescendant et leur apporta du thé glacé. Ils s'assirent sous une pergola orientale mangée par le lierre. L'immense pelouse, aussi bien entretenue qu'un parcours de golf, descendait en pente douce vers une rivière paresseuse et une vaste étendue de marais. Une barque se balançait mollement, attachée à un embarcadère miniature.

Dodson buvait son thé à petites gorgées en savourant la vue. « Le paradis. *Mon* paradis. » Il se tourna vers son hôte. « Alors, monsieur Zavala… Votre visite a-t-elle un rapport avec la conversation que j'ai eue au téléphone avec M. Perlmutter, voici quelques jours ?

— D'une certaine façon…

— Hmm. Je me suis renseigné. Il semble que M. Perlmutter soit très respecté dans son domaine. En quoi puis-je vous aider ?

— Perlmutter effectuait des recherches pour la NUMA quand le nom de votre grand-père lui est apparu. Il était déconcerté par votre réticence à évoquer le manuscrit de lord Dodson. Et je le suis tout autant.

— J'ai peur de m'être montré un peu abrupt avec M. Perlmutter. Veuillez lui présenter mes excuses à l'occasion. Sa requête m'a pris de court. » Il se tut et laissa son regard errer sur le toit du cottage. « Avez-vous une idée de l'âge de cette demeure ? »

Zavala étudia les pierres usées par les intempéries et les cheminées massives. « Je me jette à l'eau, répondit-il en souriant. Elle est vieille...

— Je vois que vous êtes un homme prudent. J'aime ça. Oui, elle est *très* vieille. Ce village remonte à l'âge du fer... Le manoir Dodson original, que vous ne pouvez pas voir derrière ces arbres, fut construit au XVIIe siècle. Je n'ai pas d'héritiers à qui le transmettre et je n'avais pas les moyens de l'entretenir, de toute manière. Alors je l'ai légué au National Trust et j'ai gardé ce cottage. Il repose sur des fondations datant de l'époque d'Auguste ; je peux vous montrer les nombres en chiffres romains gravés dans les pierres de la cave. La structure actuelle remonte au XVe siècle, celui de la découverte de votre pays.

— Je ne suis pas sûr de comprendre où vous voulez en venir. »

Dodson se pencha en avant comme un vieux professeur d'Oxford s'adressant à un étudiant attardé. « Ce pays ne pense pas en termes de décennies ou même de siècles, comme en Amérique, mais en millénaires. Quatre-vingts ans est à peine une seconde sur le cadran d'une horloge. Et il existe des familles puissantes qui pourraient encore prendre ombrage des révélations de mon grand-père. »

Zavala hocha la tête. « Je respecte vos scrupules et je n'insisterai pas, mais n'y a-t-il rien que vous puissiez me confier ? »

Les yeux de Dodson brillaient d'excitation. « Je suis prêt à vous raconter tout ce que vous voulez savoir, jeune homme.

— Pardon ? » Zavala était venu dans l'espoir de trouver quelques pépites, il ne s'attendait pas à ce que Dodson lui offrît la mine d'or tout entière.

« Après l'appel de M. Perlmutter, j'ai beaucoup réfléchi. Dans son testament, mon grand-père léguait ses écrits à Guildhall pour qu'ils soient mis à la disposition du public à la fin du XXe siècle. Même moi, je ne les avais jamais vus. Mon père en avait la responsabilité et celle-ci m'échut à sa mort. L'étude de notaire chargée d'assurer l'exécution du testament de mon grand-père en avait la garde, et je n'avais pas eu l'opportunité de les lire avant qu'ils aient été remis à la bibliothèque… d'où je les ai retirés après avoir lu les explications de mon grand-père quant à son rôle dans cette affaire. Quoi qu'il en soit, j'ai décidé aujourd'hui d'honorer ses dernières volontés, quelles qu'en soient les conséquences. "Au diable les torpilles. En avant, toute !"

— L'amiral Farragut à la bataille de Mobile Bay…

— Vous vous défendez, vous aussi, en histoire de la navigation.

— Les exigences du métier…

— Cela me fait penser à une question que je voulais vous poser. Pour quelles raisons la NUMA se montre-t-elle aussi intéressée par cette histoire ?

— Un de nos vaisseaux de recherche a retrouvé l'épave d'un vieux cargo nommé *L'Etoile d'Odessa* en mer Noire. »

Dodson recula sur sa chaise et secoua la tête. « *L'Etoile d'Odessa*. Alors voilà ce qu'elle est devenue… Mon grand-père supposait qu'elle s'était laissé prendre dans une de ces terribles tempêtes qui sévissent dans ces eaux maudites.

— Pas tout à fait, non. Elle a été coulée par un tir d'obus. »

Dodson n'aurait pas affiché une plus grande stupéfaction si Zavala lui avait jeté sa tasse de thé à la figure. Il ne mit pas longtemps à se ressaisir. « Ne bougez pas. J'ai une autre surprise pour vous. » Il disparut dans la maison et revint avec ce qui ressemblait à un épais manuscrit. « Je dois aller au village récupérer quelques plants pour mon jardin. Vous aurez tout le temps nécessaire pour vous imprégner de cette lecture. Nous en parlerons à mon retour. Jenna s'occupera de vous si vous désirez du thé ou une boisson plus corsée. Il vous suffira d'agiter cette clochette. »

Zavala regarda la vieille camionnette cabossée s'éloigner en bringuebalant dans l'allée. Il s'étonnait que Dodson ait confié le manuscrit à un parfait étranger, mais, en y repensant, Jenna paraissait capable de le retenir s'il faisait mine de s'approcher de la Jaguar, un paquet à la main. Il dénoua le gros ruban noir qui liait les pages jaunies et commença à les feuilleter. Les lettres calligraphiées témoignaient de l'éducation de leur auteur, mais certains signes semblaient indiquer que celui-ci avait écrit dans l'urgence. Jointe au manuscrit, une traduction anglaise du texte original rédigé en caractères cyrilliques combla Zavala.

La première page contenait un court paragraphe : « *Ceci est le journal du major Pete Yakelev, capitaine dans la Garde royale cosaque du tsar. Je jure devant Dieu, sur mon serment d'officier, que ce que je m'apprête à raconter est la stricte vérité.* » Zavala tourna la page. « *Odessa, 1918. Assis dans ma modeste chambre, les doigts engourdis par le froid, je repense à tout ce que j'ai enduré au cours des dernières semaines. La perfidie bolchevique, le froid indescriptible et la faim ont décimé mon escadron. De la bande, forte de cent loyaux Cosaques, il ne reste qu'une poignée de braves. Mais l'histoire de ces vaillants sauveurs de notre mère Russie, gardiens de la flamme de Pierre le Grand, sera écrite dans le sang. Nos propres privations ne sont rien en comparaison de celles subies par la charmante dame et ses quatre filles qui, par la grâce de Dieu, sont venues se placer sous notre protection. Dieu protège le tsar! Dans quelques heures, nous allons quitter notre pays pour toujours et fendre les flots jusqu'à Constantinople. Ceci marque la fin d'une histoire et le commencement d'une autre...»*

Zavala était transporté par le récit. Malgré un style un peu emphatique, le capitaine racontait une aventure passionnante qui emmena Joe loin de la campagne anglaise baignée de soleil, pour le plonger dans le terrible hiver russe. Il parcourut les steppes arides balayées par le souffle impitoyable et les hurlements du blizzard, galopa au milieu de forêts sinistres où la mort guettait dans l'ombre, et brava la traîtrise tapie dans la plus humble des cabanes... Il frissonna presque de froid tandis qu'il lisait le compte rendu des épreuves que le capitaine et ses hommes avaient affrontées en traversant les territoires hostiles qui menaient à la mer. Une silhouette sombre se dessina sur les pages. Zavala leva la tête pour voir Dodson, debout face à lui, qui lui souriait d'un air amusé.

«Fascinant, n'est-ce pas?»

Joe se frotta les yeux, puis regarda sa montre. Deux heures s'étaient écoulées. «Incroyable. Qu'est-ce que ça veut dire?»

Le vieil Anglais sonna la cloche. «L'heure du thé.»

La gouvernante apporta une théière fumante accompagnée d'un plateau de sandwiches au concombre et de scones. Dodson remplit les tasses, puis se pencha en arrière et s'assouplit les doigts.

«Mon grand-père occupait la fonction de chef de cabinet au ministère des Affaires étrangères du roi George V. Le roi et lui étaient d'anciens compagnons de beuveries, et tous deux coureurs de jupons. Il connaissait à peu près toutes les têtes couronnées d'Europe, y compris le tsar Nicolas II, cousin de George. Nicolas était un homme menu, bien que ses ancêtres fussent des géants, et d'une intelligence limitée. Mon grand-père avait l'habitude de dire que "Nick" n'était pas un mauvais garçon, mais encore moins une lumière.

— Cette description conviendrait à la moitié des leaders politiques dans le monde d'aujourd'hui.

— Je ne vous contredirai pas. Nicolas était tout de même plus bête que la moyenne et totalement inapte à gouverner. Pourtant, il exerçait une autorité absolue sur plus de cent trente millions d'individus et bénéficiait des revenus des deux millions six cent mille kilomètres carrés de terres de la Couronne et de mines d'or. En gros, il était l'homme le plus riche du monde. Il possédait huit palais grandioses et on dit qu'il pesait entre neuf et dix milliards de dollars. Pour finir, chef suprême de l'Eglise, les paysans voyaient en lui le bras droit du Seigneur.

— N'importe qui aurait trouvé une telle charge écrasante.

— Je vous l'accorde. Mais il était incapable de gouverner, haïssant sa fonction de tsar, excepté l'opportunité qu'elle lui offrait de jouer au soldat. Il aurait préféré passer ses jours dans une maison de campagne anglaise comme celle-ci. Malheureusement, ça ne devait jamais arriver.

— La Révolution russe…

— En effet. Mais il vous faut savoir qu'avant même la Révolution, les conservateurs de son entourage ne voulaient plus de lui. Ils redoutaient que l'implication de la Russie dans la Grande Guerre, avec la mobilisation des forces armées, ne laissât le champ libre à un soulèvement populaire. De plus, ils détestaient Raspoutine, le moine fou, pour son influence néfaste sur la tsarine. Cette situation engendra une série de manifestations, des rationnements alimentaires, une inflation terrible, des grèves, des fuites de capitaux et la colère provoquée par la mort des millions de jeunes Russes, victimes de cette guerre insensée. En bon autocrate qu'il était, Nicolas réagit de façon disproportionnée aux protestations. Ses troupes se retournèrent contre lui et il abdiqua après qu'on lui eut fait comprendre que c'était pour son pays la meilleure solution. Le gouvernement provisoire le fit arrêter et garder à vue avec sa famille, dans leur palais de Tsarskoïe Selo, en dehors de Saint-Pétersbourg. Puis Lénine et ses bolcheviques, remarquablement organisés, renversèrent le gouvernement provisoire et la Russie entama sa longue et tragique expérience du marxisme.

— Et Lénine et les communistes héritèrent du tsar et de sa famille…

— Oui, on peut dire ça. Lénine organisa le transfert de la famille impériale et quelques-uns de leurs serviteurs à Tobolsk d'abord, puis à Iekaterinbourg, un centre de mines d'or dans l'Oural. C'est là qu'en juillet 1918 ils furent tous massacrés… en principe. Lénine était sous la pression des plus durs de ses lieutenants, qui voulaient l'élimination de toute la famille sans exception. Les Allemands, en paix avec la Russie depuis mars, insistèrent pour que l'on épargnât les femmes, considérant la mort du tsar comme une affaire interne à la Russie. Lénine ordonna que seuls Nicolas et son fils soient tués, et il cacha la vérité. Tout le monde sembla se satisfaire de la version officielle.

— Quel rôle tenait votre grand-père dans cette histoire ?

— Le roi lui ordonna de surveiller les événements de près. Le roi George et le tsar étaient cousins, après tout. Mon grand-père envoya un agent de confiance parlant russe nommé Grimley, Albert Grimley, pour déterminer ce qui s'était passé. On pourrait considérer Grimley comme le James Bond de son temps. Il arriva à Iekaterinbourg peu après que l'Armée blanche en eut chassé les communistes. Il parla à l'officier militaire qui enquêtait sur les meurtres. Il trouva des traces de balles et du sang, mais aucun corps. L'officier confia à Grimley qu'au plus deux des Romanov avaient été tués : le tsar et Alexis, son héritier sur le trône. Après quoi les supérieurs de l'officier supprimèrent cette révélation des rapports.

— Pourquoi cela ?

— Les Blancs étaient commandés par un général monarchiste réactionnaire, qui s'imaginait investi d'une mission divine pour sauver la Russie du désastre. Il voulait que l'opinion croie que les bolcheviques avaient assassiné femmes et enfants. Il en faisait ainsi des martyrs, bien plus utiles à sa cause que s'ils vivaient encore.

— Qu'est-il advenu des femmes ?

— Tout est dans le rapport de Grimley. Il y suggère que la tsarine et ses quatre filles furent déplacées avant l'exécution des mâles. Les communistes étaient confrontés à des troubles militaires, et Lénine pouvait vouloir compter sur une monnaie d'échange, en cas de coup dur. Certains chercheurs pensent que l'impératrice Alexandra et ses filles furent conduites dans une ville appelée Perm, et qu'elles y restèrent jusqu'à la prise de celle-ci par les Blancs. Des témoins affirmèrent que les femmes Romanov avaient été évacuées avec leur trésor personnel et des caisses de lingots d'or accumulées par les communistes. Puis tout ce beau monde et ses précieux bagages se seraient évaporés dans la nature pendant, d'après des documents officiels, un voyage en train pour Moscou. Les Soviétiques enterrèrent toute information complémentaire. Si le bruit s'était répandu que Lénine avait négocié avec les Allemands le destin des Romanov, son image en aurait été ternie…

— Qu'est-il arrivé au trésor ?

— On n'en a jamais retrouvé qu'une petite partie.

— Votre grand-père a-t-il informé le roi des conclusions de son agent ?

— Il a rédigé un rapport dans lequel il stipulait que, selon toute vraisemblance, la mère et ses filles étaient encore en vie. Il réclamait de l'aide pour mettre au point un plan de secours. Le roi George joua les Ponce Pilate, se désintéressant de l'affaire malgré les liens de parenté qui l'unissaient à Nicolas. Souvenez-vous… ou apprenez, que le Kaiser abhorré était, lui aussi, le cousin de George et Nicolas. Loyauté et royauté ne font pas toujours bon ménage. Chez les grands, rien n'est plus facile à dénouer que des liens familiaux. Le roi redoutait de froisser la gauche britannique en offrant l'asile aux femmes Romanov. La tsarine, née Alix de Hesse, était allemande, et l'Allemagne était l'ennemi.

— Alors personne n'a tenté de les sauver ?

— Quelques Anglais ont bien essayé, mais leur entreprise se solda par un échec car la famille avait été déplacée une nouvelle fois. Il y eut aussi deux tentatives menées par les Cosaques, aidés par les Allemands, qui souhaitaient restaurer la maison impériale russe. Le Kaiser devait se sentir coupable d'avoir favorisé l'ascension de Lénine et son combat contre le tsar, afin de déstabiliser l'armée russe, en particulier sur le front oriental. Le complot le plus intéressant consistait à enlever la famille et lui faire traverser en secret l'Ukraine, occupée par les Allemands, puis la mer Noire sur un vaisseau neutre.

— Pourquoi a-t-il échoué ?

— Mais il n'a pas échoué…

— Elles ont été sauvées ?

— Oui, mais pas par les Allemands. Les Cosaques ne leur faisaient pas confiance. Quelque part en route, sans doute au cours du fameux voyage à Moscou, la bande d'intrépides Cosaques, dont la première tentative pour la sauver avait avorté, réussit à kidnapper la famille et à se frayer un chemin, parsemé d'embûches certes, jusqu'à la mer Noire. »

Zavala se saisit du manuscrit. « Major Yakelev ? »

Dodson sourit. « Cet officier cosaque devait déborder de ressources et de volonté. Il reste en revanche très vague à propos des circonstances dans lesquelles les femmes furent placées sous sa protection. Il projetait d'en faire le récit une fois hors de Russie. Il avait prévu de publier son Journal quand les Romanov se montreraient au grand jour, en Europe de l'Ouest. Le manuscrit les aurait accompagnées, leur attirant la compassion et la sympathie du monde entier. Le texte se retrouva en la possession de mon grand-père, et comme on n'entendit plus jamais parler de la famille, il le conserva, faute de mieux.

— Qui peut avoir coulé le navire ?

— C'est là que ça se corse, répondit Dodson, en grimaçant. D'autant plus que, jusqu'à ce jour, j'ignorais qu'on l'avait bombardé. » Il prit une profonde respiration. « Comme mon grand-père le raconte dans ses écrits, la famille devait être emmenée en Turquie, où un U-boat devait les récupérer pour les faire sortir du pays. La Turquie était l'alliée de l'Allemagne. La Grande-Bretagne, avertie du projet, avait accepté de ne pas attaquer le U-boat pendant son parcours à destination de l'Europe occidentale.

— C'était généreux de la part des Britanniques. »

Dodson s'esclaffa. « Oh, pas tant que ça. On avait affaire à une vraie bande de renards, dont la générosité était basée sur la certitude que les bolcheviques captureraient la tsarine et ses filles.

— Un pari bien osé…

— Pas tout à fait. C'est l'Angleterre elle-même qui prévint Lénine et ses acolytes de la fuite des femmes à bord de *L'Etoile d'Odessa*.

— Et votre grand-père le savait ?

— Il s'y opposa farouchement, mais ses arguments furent rejetés.

— Par qui ?

— Par le roi George. »

Zavala prit un air entendu. « Je comprends, maintenant, votre réticence à rendre cette information publique. Certaines personnes pourraient ne pas apprécier d'apprendre que le roi était un traître ; un indic doublé d'un complice de meurtre.

— Je ne sais pas si j'irais jusqu'à considérer le roi comme un criminel, bien qu'il ait agi de façon répréhensible. Je mettrais plutôt ça sur le compte de la naïveté, car George n'imagina jamais un seul instant que Lénine pût se montrer assez cruel et impitoyable pour ordonner un tel massacre. Grand-père disait le roi persuadé que les femmes seraient envoyées dans un couvent. Les bolcheviques lui avaient sans doute donné l'impression qu'elles n'avaient pas à craindre pour leurs vies. »

Ils restèrent assis un moment, perdus dans leurs pensées, et bercés par le gazouillis des oiseaux.

Zavala fut le premier à rompre le silence.

« Un fait me trouble. Il y a quelques années, les Russes déterrèrent des os que des experts identifièrent comme ceux de la famille Romanov.

— Les Soviétiques maîtrisaient l'art de créer de toutes pièces des indices ou des preuves. Je suppose qu'ils ont dû transmettre ce talent à leurs successeurs. C'est peut-être vrai concernant les os du tsar, mais les restes du garçon, Alexis, et de sa sœur la grande-duchesse Maria, n'ont jamais été retrouvés.

— Maria ?

— Oui, l'avant-dernier-né des enfants de Nicolas. Pourquoi ? »

Zavala alla jusqu'à sa voiture et revint avec le dossier de Perlmutter. Il en feuilleta le contenu et en sortit l'extrait du livre sur la petite sirène qu'il tendit à Dodson. Le vieil Anglais chaussa une paire de bésicles. Tandis qu'il s'absorbait dans la lecture du texte de Popov, son expression devint grave.

« Stupéfiant ! Si le capitaine dit vrai, la lignée des Romanov ne s'est pas éteinte ! Maria s'est mariée et a eu des enfants…

— Je l'interprète aussi comme ça.

— Vous savez ce que cela signifie ? Quelque part, il y aurait un héritier légitime du tsar. » Il se passa la main sur le crâne. « Mon Dieu, quelle catastrophe !

— Je ne suis pas sûr de vous comprendre. »

Dodson se reprit. « La Russie traverse une grave crise, économique, politique, sociale… et d'identité. Et la flamme du nationalisme fait bouillir ce chaudron. Ceux qui rêvent de connaître les splendeurs de l'époque de Pierre le Grand et des tsars ont éveillé la nostalgie du peuple russe, mais tout ce qu'ils ont à se mettre sous la dent se résume au souvenir d'un temps révolu, ou plutôt à l'idée qu'ils s'en font. La révélation de l'existence d'un authentique héritier du tsar pourrait aviver la flamme et tout embraser en offrant une espérance nouvelle. Nous parlons d'un pays qui contrôle encore des armes de destruction massive et une part importante des ressources naturelles internationales. Le monde serait en danger si la Russie basculait dans une guerre civile et écoutait les sirènes d'un démagogue fanatique. La complicité de la Grande-Bretagne dans le complot contre le tsar pourrait nourrir les sentiments paranoïaques à l'encontre de l'Occident. » Dodson plongea son regard dans celui de Zavala. « Avertissez vos supérieurs qu'ils doivent se montrer discrets. Sinon, les conséquences de telles révélations pourraient s'avérer terribles. »

Zavala était sidéré par la réaction affective de cet Anglais si réservé. « Oui, bien sûr. Je n'y manquerai pas. »

Mais Dodson semblait avoir oublié jusqu'à la présence de Zavala. « Le tsar est mort, murmura-t-il. Longue vie au tsar. »

Chapitre 26

Washington DC

Leroy Jenkins reprit sa respiration alors qu'il quittait la chaleur écrasante de Washington pour l'agréable fraîcheur du hall de l'immeuble géant qui surplombait le Potomac. Vue de l'extérieur, la tour de verre de trente étages l'impressionnait déjà, mais rien n'aurait pu le préparer à la vision saisissante qui l'accueillit à son arrivée au siège de la NUMA. Il allongea le cou pour découvrir la mezzanine qui courait autour de l'atrium, puis son regard erra de la chute d'eau, qui plongeait dans un bassin rempli de poissons exotiques, à l'énorme mappemonde sphérique qui s'élevait au-dessus du sol en marbre vert océan.

Souriant comme un enfant dans un magasin de jouets, il attaqua la longue traversée de l'immense hall, slalomant entre les groupes de touristes accrochés aux basques de guides à l'uniforme impeccable. Plusieurs jeunes et jolies réceptionnistes attendaient derrière un long comptoir d'information. L'une d'elles vit Jenkins s'approcher et lui adressa un sourire éblouissant.

« Puis-je vous aider ? »

Jenkins se figea. Pendant le vol depuis Portland, il avait répété ce qu'il dirait en arrivant à la NUMA. Et maintenant, sa langue lui paraissait si lourde qu'il se sentait incapable de prononcer une parole.

Le fait de se trouver au cœur de la plus grande agence de sciences océanographiques du monde le paralysait. En tant qu'océanographe, il avait toujours rêvé de visiter La Mecque des sciences de la mer, mais ses devoirs d'enseignant et, plus tard, la longue maladie de sa femme l'en avaient toujours empêché. À présent, il n'aimait plus quitter le Maine de peur que, comme il disait en plaisantant, ses branchies ne se referment pour de bon s'il restait trop longtemps éloigné de l'océan.

L'air semblait pétiller d'une énergie électrique. À l'exception des touristes, toutes les personnes qu'il voyait se cramponnaient à un ordinateur portable. Pas une ne portait quoi que ce soit de semblable à la vieille mallette abîmée dont il tenait la poignée d'une main moite. Jenkins se sentait mal à l'aise dans son pantalon kaki froissé, ses mocassins usés et sa chemise de travail d'un bleu passé, mouillée par la transpiration. Il ôta sa casquette de pêcheur marron et sortit de sa poche un bandana rouge pour essuyer la sueur de son front. Il le regretta aussitôt quand il comprit à quel point cela lui donnait l'air d'un péquenot. Il remit le bandana à sa place.

« Vous désirez voir quelqu'un en particulier ?

— Oui, mais j'ai peur de ne pas savoir qui. » Jenkins ébaucha un pauvre sourire. « Je suis désolé de ne pas être plus précis. »

La réceptionniste avait l'habitude. « Vous n'êtes pas le premier à rester vague. Cet endroit a tendance à intimider les gens et je suis là pour les aider. Pourriez-vous m'indiquer votre nom ?

— Sûr, c'est Roy Jenkins. Enfin... Docteur Leroy Jenkins. J'enseignais l'océanographie à l'Université du Maine avant de prendre ma retraite, il y a quelques années.

— Bon, ça nous donne une piste. Souhaiteriez-vous parler à quelqu'un du département d'océanographie, docteur Jenkins ? »

Entendre son titre lui donna du courage. « Je ne suis pas sûr. J'ai des questions assez spécifiques.

— Commençons par l'océanographie... »

La jeune femme prit le téléphone, pressa un bouton et échangea une brève conversation. « Allez-y, docteur Jenkins. Ma collègue du neuvième étage vous attend. » Elle l'éblouit à nouveau de son fabuleux sourire et dirigea son regard sur la personne suivante.

Jenkins partit en direction des ascenseurs. En pénétrant dans l'un d'eux, il se demandait s'il avait fait tout ce chemin pour se ridiculiser devant un jeune titulaire de doctorat plein de condescendance. Trop tard, maintenant, pensa-t-il, alors que l'ascenseur filait vers le ciel.

Au dixième étage de l'immeuble, Hiram Yaeger était installé devant une console en forme de fer à cheval, les yeux fixés sur un écran géant d'ordinateur paraissant flotter dans l'air. L'image d'un individu aux sourcils broussailleux, et penché sur un échiquier, occupait tout le moniteur. Yaeger regarda le personnage déplacer la tour blanche de deux cases. Il étudia la tablette un moment, puis il lança, triomphal : « Le fou prend la reine. Echec et mat. »

Son adversaire sur l'écran haussa les épaules en soupirant, puis il renversa son roi d'une pichenette et déclara d'une voix aux intonations slaves : « Merci pour la partie, Hiram. À charge de revanche. » Le moniteur s'éteignit et seule subsista une légère lueur vert pâle.

Assis à côté de Yaeger, un homme d'âge moyen le félicita. « Très impressionnant. Anatoli Karpov n'est pas le premier venu.

— J'ai triché, Hank. Quand j'ai programmé toutes les parties de Karpov dans la banque de données de Max, j'ai annexé un tableau de réponses basées sur la stratégie de Bobby Fischer. Fischer s'est substitué à moi chaque fois que je m'apprêtais à faire une connerie.

— Cela ressemble à de la magie, pour moi, répliqua Hank Reed. Tiens, ça n'a rien à voir, mais je me demande bien ce que sont devenus nos sandwiches au pastrami. » Il se pourlécha les lèvres. « Tu sais quoi ? Je pense que je pourrais travailler pour la NUMA sans être payé du moment qu'on me laisse utiliser la cafétéria. »

Yaeger acquiesça d'un hochement de tête. « Allez, au boulot maintenant. Si le livreur n'arrive pas d'ici cinq minutes, je téléphone.

— Ça me va. Au fait, Austin a-t-il précisé pourquoi il voulait ce truc ? »

Yaeger se mit à rire. « Kurt est le joueur de poker par excellence. Il ne dévoile jamais son jeu avant d'abattre ses cartes. »

Austin avait appelé plus tôt et s'était annoncé par un chaleureux : « Bonjour. » Puis, allant droit au but, il avait attaqué. « Il me faut l'aide de Max. Est-elle de bonne humeur ?

— Max est toujours de bonne humeur, Kurt. Tant que j'étancherai sa soif de cocktails électroniques, elle agira selon mon bon vouloir... Elle pense que je l'aime pour son intelligence et non pour son corps, chuchota-t-il en souriant.

— J'ignorais que Max avait un corps.

— Elle en possède toute une gamme. Mae West, Marilyn Monroe, Angelina Jolie, Jennifer Lopez... Tous ceux que je programme.

— S'il te plaît, paie-lui quelques verres et demande-lui de me sortir tout ce qu'elle sait sur les hydrates de méthane. »

Austin n'avait cessé de penser aux hydrates de méthane depuis que les Trout lui avaient appris que les

Industries Ataman projetaient de les extraire du sol marin.

« Je te prépare ça pour le début d'après-midi, si ça te va.

— Bien. De toute façon je serai occupé toute la matinée avec Sandecker. »

Yaeger n'essaya même pas de savoir pourquoi Austin désirait ces informations. Il en avait besoin, et cela seul importait.

Les gens qui rencontraient Yaeger pour la première fois peinaient à croire que ce rescapé des seventies, en T-shirt et jean Levi's troué, était un génie de l'informatique. Il suffisait de l'observer quelques minutes en plein travail pour comprendre les raisons qui avaient amené l'amiral Sandecker à lui confier la direction du centre de données océanologiques et océanographiques de la NUMA. Depuis sa console, il avait accès à une vaste banque de données sur l'histoire et la technologie relatives à l'océan, et à toute information liée au monde marin.

Maîtriser, sans s'égarer, la montagne de données dont il avait la responsabilité nécessitait du talent, de l'habileté et du discernement… Yaeger savait que si Max ressortait toutes les références aux hydrates de méthane répertoriées, il étoufferait sous une avalanche d'informations. Il avait besoin de quelqu'un pour orienter les recherches. Hank Reed s'imposa à son esprit.

Reed se trouvait dans son laboratoire quand Yaeger le contacta. « Salut, Hank. J'aurais besoin de tes compétences géochimiques. Tu penses que je peux t'arracher à tes becs Bunsen pour un moment ?

— Ne me dis pas que le mage informaticien attitré de la NUMA réclame l'aide d'un simple mortel ! Qu'est-ce qui ne va pas ? Ta machine je-sais-tout a pété un fusible ?

— Que nenni… Max sait vraiment tout, et c'est bien pour ça que de temps en temps la compagnie d'un ignare me repose. Allez, je te paye à déjeuner.

— Flatteries et nourriture. Comment résister ? Tu as gagné, j'arrive. »

Reed entra dans le centre de données, un chaud sourire aux lèvres. L'échange de piques faisait partie d'un jeu qui les amusait beaucoup, lui et Yaeger. Ils étaient, en fait, les meilleurs amis du monde, unis par la même extravagance. Avec sa queue-de-cheval grisonnante et ses binocles de grand-mère, Yaeger paraissait tout droit sorti de la comédie musicale *Hair*. Le docteur Henry Reed, quant à lui, se reconnaissait à sa figure toute ronde de chérubin, et à son incroyable touffe de cheveux blonds, qui rehaussait quelque peu sa petite taille – il mesurait un mètre cinquante – et semblait peignée avec une fourche. D'épaisses lunettes rondes, perchées sur son nez minuscule, lui donnaient un air de hibou bienveillant. Il prit la chaise que lui tendait Yaeger et frotta ses mains potelées l'une contre l'autre.

« Gratte ta guitare magique, Froggy. »

Yaeger leva les yeux par-dessus ses bésicles. « Hein ?

— Ça vient d'une vieille émission, je ne me rappelle pas laquelle. Froggy était… aucune importance. Tu ignores sans doute ce qu'est une radio. »

Yaeger sourit. « Mais non. Ma grand-mère m'en a parlé. Une télévision sans images, si j'ai bien compris. » Il se cala sur sa chaise, les mains derrière la tête, et dit : « Max, dis bonjour à mon pote, le Dr Reed. »

Une voix féminine susurra dans les haut-parleurs disposés de façon stratégique autour de la pièce :

« Hello, docteur Reed. Quel plaisir de vous revoir… »

Comme les portes se refermaient en douceur derrière lui, Roy Jenkins trouva étrange d'être le seul à sortir de l'ascenseur. Il regarda les numéros sur le mur et jura. Il était bel et bien devenu un de ces professeurs tête en l'air qu'il avait toujours méprisés. La réceptionniste avait dit le neuvième étage, il se trouvait au dixième.

Au lieu des couloirs, boxes et bureaux auxquels il s'attendait, une immense cage en verre occupait tout l'étage. Il faillit faire demi-tour, mais la curiosité scientifique l'emporta. Il passa devant des rangées d'ordinateurs aux lumières clignotantes, regardant à droite et à gauche, prêtant l'oreille aux murmures électroniques. Il aurait tout aussi bien pu débarquer sur une planète peuplée uniquement de machines.

Il fut soulagé à la vue des deux hommes assis derrière la large console lumineuse, au centre de la salle d'ordinateurs. Ils paraissaient absorbés dans la contemplation d'un grand écran semblant suspendu par des câbles invisibles, et sur lequel Jenkins aperçut l'image en couleur d'une femme aux yeux noisette, cheveux auburn et au généreux décolleté.

La femme parlait, mais plus étonnant encore, un des hommes, celui à la queue-de-cheval, lui répondait. S'imaginant débarquer au beau milieu d'une projection à caractère très privé, Jenkins s'apprêtait à s'esquiver quand l'autre homme, qui arborait la plus étrange des coiffures, le vit et lui adressa un grand sourire.

« Enfin, nos sandwiches au pastrami ! s'exclama-t-il.

— Pardon ? »

Reed se rendit compte que Jenkins portait une mallette au lieu d'un sac en papier. Il l'étudia de la tête aux pieds et comprit son erreur.

« Je suppose que vous n'êtes pas envoyé par la cafétéria, dit-il d'un air triste.

— Mon nom est Leroy Jenkins. Je suis désolé de vous déranger... Je me suis trompé d'étage et je dois avouer que je me suis permis de visiter un peu. »

Il montra la salle, autour de lui. « Quel est donc cet endroit ?

— Le centre informatique de la NUMA », répondit le personnage au catogan. Rasé de frais, il avait un visage presque enfantin, le nez mince et les yeux gris. « Max peut répondre, à peu de chose près, à toutes les questions que vous lui poserez.

— Max ? »

Yaeger désigna l'écran. « Je m'appelle Hiram Yaeger, et voici Hank Reed. Cette adorable personne, là-haut, est un hologramme. Sa voix est une version féminine de la mienne. Au début, j'utilisais ma propre figure, mais j'en ai eu marre de me voir tous les jours, alors j'ai pensé à une jolie femme, mon épouse en l'occurrence. »

Max sourit. « Merci du compliment, Hiram.

— Je t'en prie... Max est aussi brillante que belle. Demandez-lui ce que vous voulez. Max, je te présente M. Jenkins. »

L'image afficha un merveilleux sourire : « Ravie de vous rencontrer, monsieur Jenkins. »

Je suis resté trop longtemps à l'écart de la civilisation, pensa Jenkins. « En fait, c'est docteur Jenkins. Je suis océanologue. » Il prit une profonde inspiration. « J'ai peur que mes questions ne soient assez compliquées. Elles concernent les hydrates de méthane. »

Yaeger et Reed échangèrent un regard.

Max soupira. « Est-il vraiment nécessaire que je me répète ?

— Rien de personnel, docteur Jenkins. Max vient de travailler une heure sur le sujet », expliqua Yaeger. Il enfonça la touche de téléphone correspondant à la cafétéria et se tourna vers Leroy. « Nous aimerions que vous vous joigniez à nous pour déjeuner. »

Reed se pencha en avant. « Je recommande le pastrami... Une expérience inoubliable. »

Le sandwich était aussi délicieux que promis. Jenkins réalisa qu'à l'exception du sachet de cacahuètes offert dans l'avion, il n'avait rien dans le ventre. Il but une gorgée de Coca pour faire descendre le repas et regarda les autres qui attendaient en silence.

« Ça va vous paraître dingue, commença-t-il.

— Dingue est notre deuxième prénom », le coupa Yaeger. Reed approuva. Bien que les deux compères ressemblent l'un à un baba cool allumé et l'autre à un lutin coiffé avec un pétard, tous deux respiraient l'intelligence. Plus important, ils manifestaient un intérêt sincère pour son histoire.

« Okay, je vous aurai prévenus… Bon. Je me suis retiré de l'enseignement voilà quelques années, et j'ai acheté un bateau pour pêcher le homard à Rocky Point, ma ville natale.

— Aha ! Un pêcheur… intervint Reed. Je le savais. »

Jenkins sourit, puis reprit. « Vous avez dû entendre parler du *tsunami* qui nous a frappés il n'y a pas si longtemps.

— Oui, une horrible tragédie, acquiesça Reed.

— Ça aurait pu être pire. » Jenkins expliqua comment il avait averti la ville.

« Heureusement que vous étiez là, dit Yaeger. Mais une chose me tracasse pourtant. D'après ce que je sais, jamais un phénomène semblable ne s'était produit auparavant. La Nouvelle-Angleterre ne borde aucune faille sismique, comme le Japon ou la Californie…

— Le seul phénomène comparable que j'ai pu retrouver est la grosse vague causée par le tremblement de terre de Grand Banks, en 1929. L'épicentre se trouvait sous l'océan, sur le plateau continental, au sud de Terre-Neuve et à l'est de la Nouvelle-Ecosse. Le séisme fut ressenti au Canada et dans la Nouvelle-Angleterre, mais sa source se situant à quatre cents kilomètres des terres les plus proches, les dégâts furent négligeables: routes bloquées par des glissements de terrain, cheminées cassées et vaisselle ébréchée… La vague, en revanche…

— Eh bien?

— Il y avait deux navires près de l'épicentre. Ils ressentirent des vibrations si violentes qu'ils crurent avoir perdu une hélice, ou même heurté une épave ou une barre. Le séisme généra une grosse vague qui s'écrasa sur le littoral, au sud de Terre-Neuve, trois heures plus tard, remontant les rivières et les criques des petits villages de pêche sur près de cent kilomètres de côte. Les dommages les plus importants furent causés dans une baie en forme de coin, sur la péninsule de Burin. Le *tsunami* atteignit neuf mètres de hauteur au milieu de la baie, abîma les docks ainsi que des bâtiments, et tua plus de vingt-cinq personnes.

— Ça ressemble à ce qui est arrivé à Rocky Point.

— Comme un jumeau. Grâce à Dieu, le nombre de morts et de blessés n'est pas comparable. Mais j'ai découvert une similitude importante. Les deux vagues semblent avoir été causées par d'énormes affaissements du sol marin. On sait que, dans le Grand Banks, un séisme a provoqué le désastre, rompant une douzaine de câbles marins en divers endroits.» Il reprit son souffle. «Et voici la grande différence: l'affaissement de Rocky Point n'a pas été provoqué, *a priori*, par une secousse tellurique.

— Intéressant. Y a-t-il des relevés sismiques?

— J'ai vérifié auprès de l'observatoire de Weston, près de Boston. Le séisme des Grands Bancs atteignit une magnitude de 7,2. Les relevés de Rocky Point sont plus confus… Un choc a bel et bien eu lieu, mais il n'entre pas dans le schéma classique d'un séisme.

— Laissez-moi m'assurer que j'ai bien compris. Vous prétendez que l'affaissement de Rocky Point n'est pas dû à un tremblement de terre…

— Tout à fait. En résumé, je sais ce qui n'a pas causé l'affaissement mais j'ignore ce qui a bien pu le faire. »

Yaeger regarda Jenkins par-dessus ses lunettes. « Qui a commencé, la poule ou l'œuf ?

— Oui, tout est là. Et justement, j'ai lu un article concernant les gisements d'hydrate de méthane en bordure de la plate-forme continentale et je me demandais si l'instabilité de ces poches de gaz aurait pu provoquer l'affaissement.

— C'est possible, en effet, affirma Reed. Il y a des poches énormes d'hydrate de méthane au large des deux côtes. On a par exemple trouvé des gisements importants dans les eaux de l'Oregon ou du New Jersey. Connaissez-vous le Blake Ridge ?

— Bien sûr. Il s'agit d'un promontoire sous-marin à environ trois cent vingt kilomètres au sud-est des Etats-Unis.

— Au large de la Caroline du Nord, pour être précis. Le promontoire est bourré d'hydrate de méthane. Certains pensent qu'on a affaire à une véritable cocotte-minute. Des recherches ont révélé la présence de cratères grêlant le fond de l'océan, dans lesquels les cristaux ont fondu et se sont échappés en libérant du gaz méthane. »

Jenkins se gratta la tête. « Je suis désolé d'avouer mon ignorance en matière d'hydrates. J'essaie de me tenir au courant en lisant des revues professionnelles depuis que j'ai quitté l'Université, mais entre la pêche au homard et diverses autres activités, j'ai l'impression de manquer de temps.

— C'est un champ d'exploitation assez nouveau. Etes-vous familier de la composition chimique de l'hydrate de méthane ?

— Il est composé de molécules de gaz naturel prises dans la glace ?

— Oui. Certains l'ont surnommé “glace de feu”. Il

a été découvert au XIXe siècle, mais nous le connaissons mal. Les premiers gisements naturels furent trouvés sous le pergélisol en Sibérie et en Amérique du Nord – on l'appelait alors le gaz des marais. Puis dans les années 1970, un couple de scientifiques de l'université de Columbia découvrit des poches sous le sol marin alors qu'ils effectuaient des études sismologiques autour du Blake Ridge. Dans les années 1980, le submersible du Woods Hole *Alvin* mit en évidence des cheminées sous-marines formées dans la roche par des fuites de méthane. Je faisais partie de la première importante mission de recherche, en 1995, durant laquelle nous découvrîmes les gisements *dans* le Blake Ridge. Et ce n'est qu'une infime partie du potentiel mondial.

— Où se trouvent les gisements majeurs ?

— Principalement le long des pentes les plus basses des plates-formes continentales du globe, où le sol marin s'enfonce de façon vertigineuse, passant d'un coup d'une centaine à plusieurs milliers de mètres de profondeur. En plus des poches américaines, il y en a d'importantes au Costa Rica, au Japon, en Inde et sous le pergélisol arctique. La masse totale des gisements est stupéfiante. Les estimations les plus récentes l'évaluent à dix mille gigatonnes, soit le double des réserves connues de charbon, pétrole et gaz naturel réunis. »

Jenkins émit un léger sifflement. « En attente de l'épuisement de nos gisements de pétrole.

— J'aimerais que ce soit aussi simple, soupira Reed. Quelques problèmes techniques doivent être résolus à tout prix avant de l'extraire.

— Ce serait dangereux de forer ?

— Les petits forages à fins expérimentales ou scientifiques ne présentent pas de danger. Remonter des hydrates à la surface pour chauffer votre maison, ou pour votre voiture, constitue un autre problème. L'environnement est très hostile dans les grands fonds où l'on trouve la glace de feu. De plus, elle devient effervescente quand on la remonte. Pour finir, les nappes peuvent se situer à quelques centaines de mètres sous le sol marin.

— Ce n'est donc pas un quartier recommandable aux plates-formes de forage.

— Ah non ! Même si beaucoup de pays et de compagnies planchent sur le sujet. Une méthode consiste à propulser de la vapeur ou de l'eau dans le trou de forage. L'hydrate fond et dégage du méthane. Ensuite vous pompez le méthane à la surface du sol marin par un autre trou. Mais séparer l'hydrate du sol marin déstabilise ce dernier…

— Et c'en est fait de votre coûteux pipeline.

— Possible. D'autres méthodes sont en cours d'étude, mais pour l'instant aucune ne donne entière satisfaction.

— On dirait qu'il va falloir marcher sur des œufs pour extraire ces satanés hydrates.

— Pire que ça… Mais revenons à votre première question.

— Les hydrates en tant que source de séismes et grosses vagues…

— C'est très plausible. On a des preuves que la fonte naturelle a déstabilisé des pentes du sol marin. On a recensé des affaissements sous-marins massifs au large de la côte Est des Etats-Unis, de l'Alaska, et d'autres pays. Les Russes ont découvert des champs d'hydrate instable au large de la Norvège. Ils pensent qu'une des plus grosses fuites jamais répertoriées a provoqué le glissement de terrain subaquatique de Storrega : il y a huit mille ans, plus d'un million trois cent cinquante mille mètres cubes de sédiments glissèrent pendant plusieurs kilomètres, sur la pente de la plate-forme continentale norvégienne.

— Je connais l'histoire de Storrega, déclara Jenkins.

— Alors vous savez que la gigantesque coulée de boue a causé d'inimaginables *tsunami*. En comparaison, les Grands Bancs et Rocky Point auraient ressemblé au mouvement de l'eau dans une baignoire. »

Jenkins acquiesça. « Et un affaissement causé par l'homme, est-ce possible ?

— Certainement. Une plate-forme de forage pourrait, par inadvertance, provoquer un éboulement dans la nappe et par là même un affaissement. »

Jenkins lâcha un long soupir. « Par inadvertance, oui. Mais ce processus pourrait-il être déclenché de façon délibérée ? »

Le ton de Jenkins capta leur attention. Reed demanda. « Qu'entendez-vous par là ? »

L'ancien professeur ne tenait plus en place sur sa chaise. « Depuis quelque temps, ça me rend dingue. Mon instinct est en conflit avec mes compétences scientifiques qui me conseillent de réunir des preuves avant de tirer une conclusion, surtout aussi folle que celle-ci. »

Reed se gratta le menton. « Je suis un scientifique, comme vous… et je ne peux franchir le gouffre entre l'hypothèse et la conclusion sans un pont constitué de faits. »

Yaeger se mêla à la discussion. « Que c'est poétique… Voyons si Max peut nous aider. Nous écoutais-tu, mon amour ? »

La superbe créature de synthèse réapparut. « Difficile de faire autrement avec les six microphones hypersensibles dont je suis équipée. Où puis-je vous emmener ? »

Yaeger se tourna vers les deux scientifiques. « Messieurs, elle est tout à vous. »

Reed avait déjà pensé aux questions qu'il allait

poser. « Max, s'il te plaît, montre-nous un panorama des gisements d'hydrate de méthane le long des côtes américaines. »

Le beau visage s'évanouit pour laisser place à une représentation tridimensionnelle du fond de l'océan, à l'est et à l'ouest des Etats-Unis. Des zones d'un rouge vif palpitaient dans le bleu miroitant de l'Atlantique et du Pacifique.

« Maintenant, isole la côte Est. »

Le littoral entre le Maine et les Keys de Floride apparut.

« Bien. Concentre-toi sur le Maine et montre-nous le plateau continental. »

Ils avaient le regard rivé sur la longue côte déchiquetée qui s'étirait depuis le Canada jusqu'au New Hampshire. Une ondulation apparaissait au large et traversait les zones rouges d'hydrate.

« Si je puis me permettre, intervint Jenkins, pourriez-vous mettre Rocky Point en évidence ? »

Une fleur bleue clignotante indiqua la ville du professeur. Le gros plan d'une vue aérienne de la bourgade et ses environs apparut dans le coin droit au bas de l'écran.

« Pas mal, nota Jenkins, admiratif.

— Merci. » Bien que désincarnée, la voix de Max se distinguait par une rare sensualité.

Jenkins donna à Max la position de son bateau lorsqu'il avait constaté la naissance du *tsunami*. La silhouette d'un bateau de pêche se dessina sur l'onde holographique.

« Nous avons besoin, à présent, d'un diagramme représentant les principales failles sous-marines. »

Un réseau enchevêtré de lignes blanches fit aussitôt son apparition.

Le bateau se trouvait entre Rocky Point et une faille à l'est de la ville.

« Super, Max, dit Yaeger. Pendant que tu es en mode profil, retournons sur le plateau continental, à l'épicentre du choc. »

Une coupe transversale du sol marin s'afficha sur l'écran, avec une ligne ondulée marquant la surface de l'océan et une autre, le fond. La plate-forme chutait à pic. Une faille épaisse traversait le bord du plateau, en direction de l'abîme et croisait le chemin d'un gisement d'hydrate de méthane, visible sous la croûte calcaire.

« Voilà la source du mal. Max, montre-nous ce qui arrive lors d'une fuite. »

Une mofette de méthane s'éleva du sol. Le fond de l'océan, au bord de la plate-forme, s'effondra. Une dépression cratériforme naquit à la surface de l'eau, juste au-dessus de l'affaissement. L'eau tenta de se stabiliser, créant une bosse qui s'en alla, grossissant, en direction de la côte.

« Voilà la genèse de la grosse vague, conclut Reed.

— Laissez moi essayer un truc. » Yaeger s'adressa à Max. « Tu as entendu ce qu'a dit le docteur Jenkins sur les relevés sismiques à cet endroit. S'il te plaît, ma chérie, donne-nous une simulation de ce qui est arrivé. »

Des rides, représentant les vagues, commencèrent à s'éloigner de la zone concernée. Max zooma sur la vague qui se dirigeait sur Rocky Point. Quand elle approcha de la côte, le gros plan de la ville emplit tout l'écran. La vague roula à l'intérieur du port, avala le rivage et remonta la rivière.

De sa propre initiative, Max divisa l'écran pour afficher une vue du profil de la vague. Le *tsunami* grandit à l'approche des terres, se transforma en une serre géante et s'abattit sur le port endormi. Un silence de mort s'installa dans la pièce, tandis que Max répétait inlassablement la scène, au ralenti et en accéléré.

Yaeger pivota sur sa chaise. « Des commentaires, messieurs ?

— On a établi les effets, remarqua Jenkins. Mais la grande question demeure : l'homme en est-il la cause ?

— C'est déjà arrivé, répondit Reed. Rappelez-vous ce que j'ai dit à propos de la plate-forme de forage…

— Max, je sais que vous avez travaillé dur, mais pourriez-vous me rendre un service ?

— Bien sûr, docteur Jenkins.

— Merci. Revenez en arrière sur la côte Est et montrez-nous les sites à risques, semblables à ceux du Maine. »

La carte apparut à nouveau, illuminée de cercles clignotants, de tailles diverses. Les plus gros se trouvaient au large de la Nouvelle-Angleterre, du New Jersey, de Washington, Charleston et Miami.

« Max, simulez, s'il vous plaît, ce qu'il arriverait si le plateau continental s'écroulait aux principales intersections de failles et de gisements d'hydrate de méthane. »

En un instant, des vagues s'éloignèrent des plus gros épicentres, grandirent jusqu'à atteindre une hauteur de neuf mètres et s'écrasèrent sur la côte, inondant les baies, remontant les rivières, et loin dans les terres.

Les yeux de Reed s'agitèrent derrière les verres épais de ses lunettes. « Adieu Boston, New York, Washington, Charleston et Miami.

— "Méth en excès et la mort apparaît" », murmura Yaeger. Devant les visages stupéfaits des deux hommes, plus âgés, il expliqua : « C'est un vieux dicton hippie, afin de mettre les gens en garde contre l'abus de méthamphétamines.

— C'est pire que n'importe quelle drogue, mon pote », répliqua Reed.

Jenkins s'éclaircit la gorge. « J'ai oublié de mentionner quelque chose. » Il leur raconta sa rencontre avec l'énorme vaisseau, le jour du *tsunami* de Rocky Point.

« Vous avez l'air de penser que le navire avait un rapport quelconque avec le glissement de terrain et le *tsunami* », dit Yaeger.

Jenkins acquiesça.

« Et vous avez pu l'identifier ?

— Oui. Le bâtiment était enregistré au Liberia, comme beaucoup d'autres d'ailleurs, et il s'appelait *Ataman Explorer I*. J'ai vérifié dans un dictionnaire. *Ataman* signifie : le chef d'une bande de Cosaques.

— *Ataman* ? Vous en êtes sûr ?

— Oui. Vous en avez entendu parler ?

— Possible. Combien de temps restez-vous à Washington, docteur Jenkins ? demanda Yaeger.

— Je ne sais pas. Aussi longtemps qu'il le faudra, je suppose. Pourquoi ? »

Yaeger se leva de son siège. « J'aimerais vous présenter deux amis… »

Chapitre 27

Le soleil arrosait de rayons la baie vitrée en verre teinté, inondant James Sandecker d'une lumière cuivrée. Son bureau, au dernier étage du siège de la NUMA, jouissait d'une vue exceptionnelle sur le Washington institutionnel. L'amiral se tenait devant l'immense fenêtre, immobile et pensif. Ses yeux bleus autoritaires balayaient la ville, depuis la Maison-Blanche jusqu'au dôme du Capitole, en passant par la grande flèche du monument de George Washington, tel un faucon à la recherche d'une proie.

Austin avait passé une grande partie de la matinée à mettre Sandecker au courant des événements de la mer Noire. L'amiral s'était montré fasciné par la description de la base de sous-marins, et intrigué par la rencontre avec Petrov. Il avait, dans le passé, connu lord Dodson, mais ignorait qu'il existât un lien entre *L'Etoile d'Odessa* et ce dernier. De temps en temps, il posait une question pour éclaircir un point particulier ou proposer sa propre théorie. Mais il écouta dans un silence absolu, en tortillant son bouc bien taillé, quand Austin lui relata les détails du massacre à bord du *Sea Hunter*. Quand Austin se tut, Sandecker se leva et marcha jusqu'à la baie vitrée.

Après un moment, il se tourna vers Austin et Gunn, assis dans des fauteuils en cuir, et déclara: « Dans toute ma vie d'amiral, je n'ai jamais perdu un vaisseau ou son équipe. Et ce n'est pas aujourd'hui, nom de Dieu, que je vais commencer. Ce fils de pute et son ami Razov vont payer pour le massacre de tout un équipage de la NUMA. »

La température de la pièce parut chuter d'une dizaine de degrés.

Sandecker revint s'asseoir derrière son bureau, en face d'Austin et de Gunn. « Comment va mademoiselle Montague ?

— Elle est solide, répondit Austin. Elle a insisté pour rester à bord pendant que l'équipage remplaçant ramenait le *Sea Hunter* au port.

— Arrangez-vous pour que je la rencontre à son retour.

— Je m'en occuperai. » Austin demanda : « Du nouveau du côté de la CIA ? »

Sandecker prit un cigare dans la petite cave sur son bureau, et l'alluma. « La CIA fait fausse route, le FBI est sceptique et l'armée ne bougera pas si on ne lui en donne pas l'ordre. Quant au secrétaire d'Etat, il ne me rappelle pas.

— Et la Maison-Blanche ?

— Le Président se montre certes compatissant et préoccupé. Mais je ne peux m'empêcher de percevoir la jubilation de certains membres du Conseil, qui pensent que ce massacre n'est qu'une juste punition pour avoir fourré notre nez dans les affaires des autres. Ils sont furieux que la NUMA ait sauvé l'équipage du NR-1.

— L'important c'est qu'il ait été sauvé, non ? » s'indigna Austin.

Sandecker recracha un nuage de fumée mauve, qui sembla s'éterniser dans la pièce. « Mon pauvre Kurt, je ne vais pas vous apprendre comment les gens fonctionnent dans cette ville… Vous savez bien que la gratitude n'existe pas dans le petit monde de Washington.

Nous leur avons coupé l'herbe sous le pied, et ils n'aiment pas ça. »

Gunn soupira. « Cela correspond, en gros, aux ragots que j'ai entendus. Certains prétendent même que notre incartade est la raison pour laquelle le NR-1, son capitaine et le pilote manquent encore à l'appel.

— Ainsi les autres agences ont trouvé en nous une excuse à leur incompétence... railla Sandecker. Mais je crains que, dorénavant, la NUMA ne puisse compter que sur elle-même pour régler le problème du *Sea Hunter*. A-t-on une piste qui nous conduise à ce salaud de Boris ?

— C'est un vrai feu follet, répondit Austin. Il vaut mieux se concentrer sur Razov. Aux dernières nouvelles, son yacht avait quitté la mer Noire et on essaie de retrouver sa trace.

— Il va falloir faire mieux que ça », répliqua Sandecker.

L'interphone de Sandecker émit un léger signal sonore, l'avertissant que sa secrétaire désirait lui parler.

« Je sais que vous êtes en conférence, amiral, mais MM. Yaeger et Reed sont ici avec un autre monsieur, et demandent à vous voir de toute urgence.

— Envoyez-les-moi, je vous en prie. »

Le moment d'après, la porte du bureau s'ouvrit et Yaeger entra, suivi du minuscule Dr Reed et d'un étranger. Sandecker reconnut tout de suite le pêcheur en Jenkins, et la main calleuse que lui tendit le professeur le conforta dans cette certitude.

Il accueillit chaleureusement les trois hommes et leur proposa de s'asseoir. « Eh bien, Hiram, quel événement particulier a bien pu vous arracher à votre sanctuaire ?

— Je crois que le Dr Jenkins vous l'expliquera mieux que moi. »

Jenkins surmonta la nervosité qui l'avait envahi en pénétrant dans le bureau du légendaire directeur de la NUMA et conta son histoire. Une fois le récit achevé, Reed donna son opinion de géochimiste pendant que Yaeger faisait circuler les copies des diagrammes que Max avait projetés sur l'écran. L'intérêt de Sandecker grandit au fil des minutes et, quand les trois hommes eurent terminé, il se pencha sur l'interphone. « S'il vous plaît, faites monter le Dr Wilkins, du département de géologie. »

Le Dr Elwood Wilkins arriva un court instant plus tard. Originaire du Midwest, l'homme était mince et réservé. Il ressemblait à un de ces acteurs de cinéma qui jouent toujours les rôles du gentil pharmacien ou du médecin de famille. Sandecker lui avança un siège et l'invita à prendre place près des autres. Il tendit les diagrammes à Wilkins et laissa le géologue les étudier un moment. Wilkins lut les documents et leva les yeux vers l'amiral.

Sandecker répondit à la question qu'il devinait dans le regard du scientifique. « Ces messieurs envisagent la possibilité d'un effondrement du plateau continental de la côte Est, qui engendrerait des *tsunamis* destructeurs. Bien que je tienne leur opinion en haute estime, ça ne peut pas faire de mal d'écouter l'avis d'un observateur neutre. Qu'en pensez-vous ? »

Wilkins sourit. « Oh, je ne crois pas au danger de voir Atlantic City devenir *Atlantis City*... dans un avenir proche. »

Sandecker dressa l'oreille.

« Mais, ajouta Wilkins, des recherches en cours semblent indiquer que la suggestion de ces messieurs est loin d'être farfelue. La roche, sous la couche supérieure du plateau continental, est d'une extrême porosité et, par conséquent, gorgée d'eau. Si la pression exercée par le fond de l'océan atteignait un stade critique, l'eau serait expulsée. Comme quand vous marchez sur un ballon plein d'eau. L'éclatement pourrait causer des affaissements qui déformeraient l'eau et enverraient des vagues géantes en direction des côtes. Quelques-uns de mes collègues, à l'université de Penn State, ont exécuté des modèles informatiques démontrant la réalité d'une telle possibilité.

— Ces affaissements seraient provoqués par un tremblement de terre ? l'interrogea Sandecker.

— Un séisme pourrait le faire, bien sûr.

— Serait-ce envisageable sur la côte Est ? » demanda Gunn.

Wilkins frappa du revers de la main les diagrammes de Max.

« Ces documents le démontrent assez clairement. La plate-forme continentale court sur tout le littoral. À divers endroits, le long de la pente, on constate la présence de grosses fissures et de cratères où le potentiel d'effondrement est plus important.

— Autre chose qu'un séisme peut-il engendrer de tels affaissements ? s'informa Gunn.

— Cela pourrait arriver spontanément. Je suis désolé de ne pouvoir entrer dans les détails, mais c'est un tout nouveau champ scientifique.

— Je pensais à une fuite d'hydrate de méthane.

— Pourquoi pas ? Si la couche d'hydrate était déstabilisée, alors oui, tout le bazar s'effondrerait et créerait vos vagues géantes. »

Sandecker comprit que Wilkins s'apprêtait à demander la raison de toutes ces questions et il coupa court à la discussion. « Merci, docteur. Vous nous avez été d'une grande aide, comme toujours. » Il poussa gentiment Wilkins vers la sortie, lui tapota l'épaule et le remercia à nouveau. De retour auprès des autres, il déclara : « J'espère que vous ne vous êtes pas sentis insultés par mon désir d'entendre l'avis de Wilkins. Il me fallait une opinion indépendante.

— Si j'ai bien compris, annonça Gunn, il y a toutes les chances pour que Razov ait appris comment provoquer un *tsunami*. La vague de Rocky Point était un galop d'essai. Et si nous ne nous trompons pas, il est capable de causer des dégâts terribles.

— L'*Ataman Explorer* est la clé de voûte de son entreprise de destruction, affirma Austin. Et nous devons le retrouver.

— C'est insuffisant. » Sandecker parla d'une voix où perçait une détermination tranquille mais implacable. « Nous devons monter à bord de ce navire ! »

Chapitre 28

Rocky Point, Maine

Avant la catastrophe, Rocky Point était une de ces jolies bourgades aux côtes rocheuses, typiques du Maine. Son port pittoresque et ses coquettes maisons à clin, aux toits couverts de bardeaux, figuraient dans un grand nombre de calendriers et la rue principale, bien propre, aurait pu servir de décor à un film de Frank Capra. Mais en ce jour, alors que le bateau de Jenkins quittait la rade, Austin en contemplait les ruines.

Les restaurants à homards en bordure des quais, la jetée et le motel si controversé avaient disparu, laissant pour tout souvenir quelques piles et colonnes qui dépassaient de la mer. Des bouées rondes fluorescentes dansaient sur l'eau et balisaient les sites d'épaves. Des grues agrippaient les restes d'embarcations naufragées pour les entreposer au sec… et des débris divers tourbillonnaient dans le sillage du *Kestrel*.

Si Austin s'était montré plus poète, il aurait évoqué l'âme de la ville, emportée par les flots… « Quelle merde ! » fut ce qu'il trouva de mieux à dire.

« Ç'aurait pu être pire », déclara, au diapason, le Rimbaud de la police locale, le shérif Charlie Howes, assis en poupe, à côté d'Austin.

« Ouais… Un missile nucléaire aurait pu la détruire, compléta ce dernier en secouant la tête.

— Ouais… » conclut Howes qui n'allait quand même pas laisser un étranger avoir le mot de la fin.

Austin avait été présenté au shérif quelques heures auparavant. Un jet de la NUMA avait déposé Austin, Paul Trout et Jenkins à l'aéroport de Portland. Jenkins avait appelé Charlie Howes qui attendait les trois hommes dans une voiture de patrouille, pour les emmener à Rocky Point.

Après la réunion avec Sandecker, Austin avait réussi à localiser l'*Ataman Explorer* et, une fois dans son bureau, il s'était muni d'une loupe pour étudier les photos satellite. Même si celles-ci avaient été prises à plusieurs milliers de mètres d'altitude, elles étaient nettes et détaillées. Il pouvait lire le nom du bateau sur la coque et voir des gens sur le pont.

Austin avait tout de suite été frappé par la ressemblance du navire avec le *Glomar Explorer*, le vaisseau de relevage construit en 1970 par Howard Hugues pour une mission secrète de la CIA, consistant à récupérer un sous-marin russe coulé. De grands derricks et des grues semblables à ceux du *Glomar* donnaient au pont l'allure d'une plate-forme de forage flottante.

Austin avait examiné le navire sur toute sa longueur, avec une attention particulière pour la zone où se dressaient les grues. Il avait fait quelques esquisses sur un bloc-notes et s'était penché en arrière dans son fauteuil, fier de lui. Et pour cause ! Il avait trouvé un moyen pour monter à bord de l'*Ataman Explorer*. Sachant que ce dernier fuirait à la moindre apparition d'un navire de la NUMA, ce ne serait pas facile, parce qu'il fallait s'approcher du bâtiment sans éveiller de soupçon. Il avait réfléchi au problème pendant un moment et s'était souvenu de son expérience en mer Noire avec le capitaine Kemal. Il s'était alors saisi du téléphone pour appeler Yaeger et lui demander où se trouvait Jenkins.

« Reed lui fait visiter l'immeuble de la NUMA. Il a offert à Jenkins de l'héberger cette nuit, avant son retour dans le Maine, prévu pour demain.

— Essaie de savoir où ils sont et passe-moi un coup de fil. »

Le téléphone d'Austin avait sonné quelques minutes plus tard et ce dernier avait exposé les grandes lignes de son plan à Jenkins, sans lui cacher les dangers qu'il présentait. Jenkins n'avait pas hésité une seconde et quand Austin s'était tu, il avait déclaré d'un ton ferme : « Je suis prêt à tout pour faire payer ces enfoirés qui ont ruiné ma ville. »

Austin avait souhaité une bonne visite à Jenkins, puis il avait donné deux appels téléphoniques. Le premier à la section transports de la NUMA pour réserver le jet et le deuxième au domicile des Trout, à Georgetown. Gamay avait laissé un message pour annoncer leur retour d'Istanbul et leur disponibilité. Austin avait mis Paul au courant des derniers événements.

Pendant ce temps-là, Jenkins avait contacté les pêcheurs de Rocky Point dont les bateaux flottaient encore et leur avait proposé un petit boulot. À la demande d'Austin, il avait dit aux pêcheurs que la NUMA cherchait des bateaux pour une étude sur les espèces vivant dans les grands fonds. En récompense, ils seraient très bien rémunérés, et la NUMA leur allouerait un budget pour réparer le port, sans passer par la paperasserie administrative.

Jenkins n'avait eu aucun mal à recruter des pêcheurs et quand le *Kestrel* quitta le port à l'aube, six autres bateaux de pêche au homard et des chalutiers le suivaient en file indienne. Charlie Howes avait insisté pour les accompagner et Jenkins en était heureux. Avant de rejoindre la police, le shérif avait pêché le homard pour vivre, et il n'avait rien perdu de son sens de la mer.

La flotte des pêcheurs passa le promontoire rocheux qui avait donné son nom à la ville et prit le large. L'océan était d'un vert émeraude lumineux. Quelques petits nuages parsemaient çà et là le ciel d'un azur profond et une brise légère caressait les visages. La file de bateaux mit le cap sur l'est, puis le sud, bercée par une faible houle. De temps en temps, Gamay appelait, depuis le siège de la NUMA, pour donner la position de l'*Ataman Explorer* que lui indiquaient les images satellite.

Austin notait les positions sur une carte marine représentant le golfe du Maine, vaste étendue entre la longue côte du Maine et le bras replié du Cape Cod. Le vaisseau semblait se mouvoir avec lenteur, à l'intérieur d'un grand cercle. Austin supposa qu'il s'agissait là d'un circuit d'attente avant, sans doute, une autre destination. Gamay utilisait un code simple de sorte que, si quelqu'un écoutait, il penserait entendre une conversation entre pêcheurs. Elle s'était lancée dans une imitation désastreuse du dialecte et de l'accent du Maine, que Jenkins et Howes ignoraient poliment… jusqu'au moment où ils ne purent plus se retenir.

« Quoi ? s'écria Jenkins, Qu'est-ce qu'elle a dit, là ? »

Howes secoua la tête. « J'ai vécu toute ma vie sur la côte Est, et putain, j'ai *jamais* entendu quelqu'un d'ici parler comme ça… Comprends pas la moitié de c'qu'elle raconte. »

Trout réprima un sourire. Bredouillant une excuse, il expliqua que Gamay avait vu trop d'épisodes de la série *Arabesque*, où l'héroïne, un écrivain, vit dans un Maine à la sauce hollywoodienne, avec son lot de clichés et d'erreurs. Jenkins lui coupa la parole. L'excitation perçait dans le ton de sa voix lorsqu'il annonça en désignant un point lumineux sur l'écran du radar : « Le voilà. J'en suis sûr. »

Austin regarda par-dessus l'épaule de Jenkins. La cible se situait au sud-est. « Ouais », dit-il.

Jenkins accéléra à fond, les autres bateaux suivirent. L'impatience n'était pas la seule raison qui le poussait à se hâter. Jenkins ne se laissait pas duper par l'humeur joueuse de l'océan. Il avait étudié la hauteur des vagues et la distance qui les séparait, avec l'œil expérimenté du pêcheur et du scientifique. « Le temps va se gâter », affirma-t-il.

Austin le savait. « J'ai écouté le bulletin météo à la radio...

— Je n'ai pas besoin des accents métalliques d'une voix d'ordinateur pour me dire qu'une tempête se prépare ! répliqua Jenkins, avec le sourire. Il suffit de savoir lire les signes. »

Depuis qu'ils avaient quitté Rocky Point, Jenkins avait vu les nuages s'accumuler et s'épaissir, et la couleur de la mer virer au gris anthracite. La brise aussi avait changé. « Si on se dépêche, on sera rentrés avant la tempête. En revanche, si la mer et le vent s'affolent, ça pourrait devenir dangereux de traîner un filet derrière soi et de le remonter.

— Je comprends, dit Austin. Paul et moi allons nous préparer.

— S'rait pas une mauvaise idée », intervint Howes. Sa voix, si décontractée d'ordinaire, était tendue. « On a d'la compagnie. »

Le policier montrait du doigt une forme, sombre et énorme, émergeant du brouillard qui venait de se lever. À mesure qu'elle se rapprochait, elle perdait son aspect spectral et ses contours se précisaient. La silhouette d'un navire immense se dessina. Le bâtiment était entièrement noir, depuis la ligne de flottaison jusqu'au sommet de l'unique et grande cheminée. Des derricks et des grues hérissaient le pont comme les piquants sur le dos d'un porc-épic. Sa peinture mate absorbait la lumière et rendait le vaisseau difficile à voir de loin. Elle lui donnait en outre un aspect diabolique assez effrayant, qui n'échappa pas aux pêcheurs.

La radio s'anima et résonna de voix excitées. Un des pêcheurs lança : « Nom d'un chien, Roy, qu'est-ce que c'est que ce truc ? On dirait un corbillard flottant.

— *Corbillard ?* s'exclama une autre voix. Ça ressemble à la putain d'entreprise de pompes funèbres tout entière, ouais ! »

Austin sourit en écoutant la discussion. N'importe qui, écoutant ces commentaires, saurait qu'ils n'avaient pas été préparés. Jenkins conseilla à ses camarades d'ouvrir l'œil afin d'éviter toute collision. De toute façon, ils avaient décidé de se tenir à bonne distance du monstrueux navire, dont Austin estima la vitesse à dix nœuds.

L'*Ataman Explorer* parut ralentir comme il se rapprochait. Un point noir se détacha du pont et commença à grossir, en bourdonnant comme un frelon dérangé dans son nid. Peu après, un hélicoptère noir survola la flotte des bateaux de pêche. Jenkins et Howes agitèrent les bras, en signe de bienveillance, à l'attention de l'appareil. Celui-ci survola le cortège de bateaux pendant quelques minutes, puis s'en retourna au vaisseau.

Depuis l'intérieur du poste de pilotage, où Trout et lui enfilaient leurs combinaisons de plongée, Austin, très calme, regarda l'appareil s'éloigner. « Je crois qu'on a passé le premier examen.

— C'était bien plus sympa comme réception que celle à laquelle on a eu droit, Gamay et moi, à Novorossisk.

— Tu peux remercier Jenkins. C'était son idée de faire venir un maximum de témoins afin d'obliger Ataman à rester tranquille. »

Austin se félicitait d'avoir écouté Jenkins quand il avait demandé de l'aide à ce dernier. Tout de suite d'accord, Jenkins avait avancé l'idée de se rendre auprès du vaisseau à plusieurs, pour une question de sécurité. Dès l'instant où l'*Ataman Explorer* naviguait dans une zone de pêche, il ne se montrerait pas suspicieux à l'encontre d'une bande de pêcheurs en train de tirer leurs chaluts. D'ailleurs, Austin pouvait voir une demi-douzaine de bateaux tendre les filets.

Il avait organisé l'infiltration du parc de sous-marins à partir du chalutier de Kemal. Mais pénétrer dans la base avait été facile en comparaison de ce qui les attendait aujourd'hui. À la différence des Cosaques, plus intéressés par le polo humain que la surveillance des lieux, des sentinelles vigilantes et bien armées montaient la garde sur le navire d'Ataman.

Austin s'impatientait quand l'occasion qu'il attendait se présenta. Le vaisseau s'arrêta, moteurs coupés. Jenkins utilisait le *Kestrel* comme chalutier quand il ne pêchait pas le homard, et le bateau était équipé d'un treuil à tambour et d'un câble de halage. Avec l'aide du chef, il mit le filet à l'eau. Le *Kestrel* accéléra un peu pour aller faire un tour dans les eaux de l'*Ataman Explorer* et approcher l'un de ses côtés, tout en respectant une distance voisine des cent mètres. La manœuvre offrit aux sentinelles une bonne opportunité d'inspecter le *Kestrel* de plus près. Ce qu'ils ne pouvaient voir, c'étaient les deux plongeurs dissimulés derrière le poste de pilotage. Jenkins mit le moteur au point mort et sortit sur le pont. Avec Howes, ils commencèrent à bricoler le treuil comme s'il y avait un problème. Pendant cette pause, Austin et Trout sautèrent à l'eau et plongèrent sous le bateau, pour éviter de se prendre dans le filet.

Jenkins devait ensuite traîner le chalut sur trois kilomètres et revenir sur l'autre flanc du navire. Ainsi, Austin et Trout disposeraient d'une heure pour monter à bord du vaisseau et en repartir. Ils resteraient en contact avec Jenkins grâce à un système de communication sous-marin, invisible de l'extérieur, Trout ayant installé un hydrophone sous la ligne de flottaison du *Kestrel*.

Ils nagèrent en eaux profondes, agitant leurs palmes d'un battement régulier et efficace qui leur permit de couvrir la distance qui les séparait du navire en un rien de temps.

La coque gigantesque se dégageait de l'obscurité et ressemblait au corps endormi d'une énorme baleine. Austin fit signe à Trout de descendre encore. Une fois sous le navire, ils allumèrent leurs torches et les dirigèrent vers le haut. Les milliers de tonnes d'acier noir au-dessus de leurs têtes les impressionnèrent plus qu'ils ne l'avaient imaginé.

« Je sais maintenant ce que ressent un insecte juste avant qu'un pied ne l'écrase, dit Trout.

— Je pensais la même chose mais je ne voulais pas te rendre nerveux.

— Trop tard. Par où on commence ?

— Si j'ai bien interprété les photos satellite, on devrait trouver ce qu'on cherche au milieu de la coque. »

Ils remontèrent lentement, le faisceau de leurs torches éclairant le ventre du vaisseau jusqu'à ce qu'Austin aperçoive les contours d'une ouverture étanche pratiquée sur toute la largeur du fond plat.

« Bingo ! » s'exclama-t-il.

Sur les photos satellite, Austin avait noté un espace ouvert au pied d'un des derricks. La bâche qui aurait dû le recouvrir n'était pas mise et Austin avait tout de suite reconnu l'ouverture supérieure d'une *moon pool*, comme celles dont étaient pourvus tous les navires de la NUMA.

Austin savait d'expérience que les portes seraient fermées pour ne pas freiner le vaisseau. Mais il se souvint que certains bâtiments de la NUMA possédaient une *moon pool* plus petite pour le lancement des ROV. Il en découvrit l'entrée – un rectangle régulier d'environ un mètre carré – sur le flanc gauche du vaisseau. Fermée, elle aussi…

Austin dégrafa le chalumeau Oxy-Arc de sa ceinture et en déroula le tuyau dont il tendit une extrémité à Trout. Celui-ci la connecta au réservoir d'oxygène qu'il transportait à cet effet. De son sac, attaché à la taille, Austin sortit deux puissants aimants munis de poignées qui adhérèrent aussitôt à la coque. Puis Trout et lui couvrirent leurs masques d'un écran en plastique sombre pour protéger leurs yeux de la flamme aveuglante. Pendant qu'Austin agrippait d'une main l'un des aimants, Trout alluma le chalumeau.

Austin put ainsi commencer à œuvrer, en espérant que la petite porte rectangulaire serait plus fine que le reste de la coque. Bien que le bateau fût immobile, l'eau bouillonnait tout autour, et créait de puissants remous. Avec l'aide de Trout, Austin avait jusque-là réussi à rester en place, mais un remous d'une violence particulière lui fit lâcher prise et quand, dans un réflexe, il essaya de se rattraper de l'autre main, il laissa échapper le chalumeau.

Trout connaissait les mêmes problèmes et il perdit, quant à lui, le réservoir d'oxygène. Ils parvinrent à se cramponner aux aimants, et arrachèrent leur écran de protection visuelle, juste à temps pour voir le chalumeau, encore allumé, s'engloutir dans les ténèbres.

Tous les jurons de marin qu'Austin avait appris au cours des années passées en mer retentirent dans les écouteurs de Trout. Une fois son répertoire épuisé, il soupira. « Pff ! Impossible de retenir le chalumeau.

— Tu as peut-être remarqué que j'ai perdu le réservoir… Dis-moi, je ne te connaissais pas si grossier. »

Austin parvint à rire. « Zavala m'a appris quelques jurons en espagnol ! Désolé de t'avoir fait venir pour rien.

— Si je n'étais pas en ce moment sous un navire géant en plein milieu de l'Atlantique, Gamay m'obligerait à poser du papier peint sur les murs de la maison, alors… Tu as un plan de rechange ?

— Peut-être que, si on frappe, ils ouvriront les portes. Ou bien on remonte à la surface, on trouve une échelle et on grimpe à bord.

— Pas franchement réalisable.

— Tu m'as demandé si j'avais des idées. Tu n'as pas précisé qu'elles devaient être réalisables. »

Austin s'apprêtait à donner le signal du départ quand Trout poussa un cri de surprise et pointa l'index vers le bas.

Il avait aperçu une faible clarté qui semblait s'élever des abysses. La source de la lueur devint peu à peu visible. Il s'agissait d'un petit sous-marin, lequel se stabilisa à une trentaine de mètres sous la coque du vaisseau d'Ataman.

« Incroyable ! s'écria Trout en reconnaissant la silhouette familière. Le NR-1 ! Qu'est-ce qu'il fabrique ici ?

— Plus important encore : où va-t-il ? » L'esprit vif d'Austin avait déjà de l'avance. « Allons faire une balade en bateau. »

Austin nagea jusqu'au submersible. Il avait plongé auparavant avec le NR-1 et se rappelait très bien la caméra montée sur le devant du kiosque. Trout et lui attrapèrent donc les barreaux de l'échelle placée à l'arrière de celui-ci. Quelques secondes après, un trait de lumière jaune apparut au-dessus de leurs têtes. Les portes de la *moon pool* coulissaient.

Trout leva les yeux vers l'ouverture lumineuse. « Je pense avoir déjà vu ça dans *X-Files*, quand les extraterrestres enlevaient un humain.

— C'est toujours agréable de rencontrer de nouveaux visages », répliqua Austin, les yeux rivés sur ce qui était à présent un immense carré étincelant.

Les propulseurs verticaux du sous-marin vrombirent, et le NR-1 s'éleva lentement. Austin et Trout se coulèrent le long du submersible avant qu'il ne fît surface dans la *moon pool.* Ils nagèrent en direction d'une zone peu éclairée. Arrivés au bord du bassin, ils sortirent la tête de l'eau avec d'infinies précautions. Dans l'ombre sécurisante, Austin prit le temps d'évaluer les dimensions du lieu. Le bassin mesurait environ soixante mètres de long et trente de large ; des coursives en grillage, accessibles par de courts escaliers à claire-voie, en entouraient le périmètre.

Des hommes en bleus de travail se penchaient pardessus les balustrades et regardaient le NR-1 émerger. Le grincement bruyant des pignons d'un engrenage résonna dans l'immense espace tandis que les portes se refermaient. D'épais câbles de halage terminés par des crochets d'acier descendirent du plafond alors que plusieurs plongeurs en combinaison se jetaient à l'eau. Ils glissèrent de larges et épaisses élingues sous la proue et la poupe du submersible, et les attachèrent ensuite aux crochets. De puissants treuils soulevèrent ensuite le vaisseau.

Les portes hydrauliques se refermèrent hermétiquement et d'invisibles pompes commencèrent à vider l'eau du bassin. Quelques minutes plus tard, c'était fait, et les treuils abaissaient le NR-1. Des dizaines d'hommes d'équipage envahirent alors le fond du bassin. Pendant que certains balayaient les algues et les poissons frétillants, d'autres immobilisaient le sous-marin à l'aide de cales et de filins d'acier afin d'éviter qu'il ne se renverse en cas de grosse mer. Des bouches d'aération assainirent l'atmosphère en envoyant de l'air frais.

Austin et Trout s'étaient rués sur une échelle pendant le pompage et ils se tenaient à présent suspendus au-dessus du bassin. Ils commençaient à avoir mal aux bras et aux doigts. Au même moment, en bas et dans la lumière, des hommes dressaient une autre échelle contre le sous-marin.

Le sas s'ouvrit dans le kiosque, et un individu à barbe blanche en sortit. Il portait un étui à revolver à la ceinture et correspondait à la description, donnée par l'enseigne Kreisman, de Pulaski, le faux scientifique qui avait détourné le NR-1. Deux autres personnages s'extirpèrent du sous-marin. Austin reconnut le capitaine Logan et son pilote d'après des photos qu'on lui avait montrées. Quatre hommes supplémentaires émergèrent à leur tour. Les visages durs et impassibles, ils portaient des fusils-mitrailleurs. Des gardes, à l'évidence. Tous quittèrent bientôt la salle. Tirant de gros sacs-poubelles, les derniers membres de l'équipe de nettoyage s'en allèrent aussi. Les lumières s'éteignirent à l'exception d'une ou deux, chargées de maintenir une pénombre étudiée.

« Et maintenant ? demanda Trout.

— On a le choix. En haut ou en bas. »

Trout regarda en bas puis il agrippa l'échelon au-dessus de sa tête et se mit à grimper. L'équipement de plongée devenait de plus en plus lourd au fil de l'escalade. Heureusement, il ne leur restait plus que cinq mètres à souffrir avant d'atteindre un étroit palier. Avec un grognement sonore, il se hissa par-dessus la balustrade et se débarrassa de ses bouteilles d'oxygène et de la ceinture de plomb. Il tendit la main à

Austin et tous deux purent enfin s'asseoir et reprendre leur souffle.

Chacun vérifia le revolver qu'il transportait dans un sac étanche, le Bowen pour Austin, un SIG-Sauer 9 mm pour Trout. Ils se levèrent et marchèrent jusqu'à une coursive qu'ils empruntèrent. Celle-ci débouchait sur un couloir bien éclairé et désert qui les emmena jusqu'à une grande alcôve abritant une structure en forme de dôme, d'un blanc brillant, et percée de petits hublots. Ils se trouvaient devant une chambre de décompression.

Après s'être assurés que personne ne l'utilisait, ils y cachèrent leur équipement. Ils ôtèrent ensuite leurs combinaisons et les rangèrent avec le reste. À proximité de la chambre de décompression, ils découvrirent un vestiaire avec, entre autres, des bleus de travail propres et bien pliés qui firent leur bonheur.

Enfin, façon de parler, parce que Paul et ses deux mètres six pour cent vingt-deux kilos n'était pas des plus faciles à habiller... Les jambes de son uniforme lui arrivaient en haut des chevilles, et ses bras dépassaient des manches. « À quoi je ressemble ? demanda-t-il.

— À un très grand épouvantail. À part ça, tu devrais pouvoir faire illusion pendant au moins dix secondes. »

Paul rentra la tête dans les épaules et plia les genoux. « Et comme ça ?

— Alors là, tu ressembles à Quasimodo.

— Avec tes cheveux, tu ne passes pas inaperçu toi non plus. Bon Dieu, espérons qu'on ne rencontrera que des aveugles... Bien, qu'est-ce qu'on fait maintenant ? »

Austin prit une casquette sur une pile, l'envoya à Trout et se coiffa d'une autre. Il rabattit la visière sur son front et annonça : « On va se balader. »

Chapitre 29

Austin s'arrêta à une intersection et regarda autour de lui, comme un touriste égaré. « Merde, je crois bien qu'on s'est paumés.

— On aurait dû semer des miettes de pain.

— Même si ce vaisseau fait une maison de l'ogre tout à fait honorable, nous ne sommes ni le Petit Poucet ni… oups ! » Austin désigna une porte sur la gauche. Il avait perçu le bruit d'une poignée qu'on tourne.

Trout recula, mais Austin lui attrapa le bras. « Trop tard, chuchota-t-il. Fais comme si on appartenait à l'équipage. » Il baissa la tête sur le grand bloc-notes récupéré dans le vestiaire, gardant la main droite à proximité du revolver caché à l'intérieur de son uniforme. Trout, un genou à terre, défit son lacet pour mieux le renouer.

La porte s'ouvrit, livrant le passage à deux hommes. Austin leva les yeux, leur adressa un sourire amical et s'assura qu'ils n'étaient pas armés. Les deux types différaient physiquement l'un de l'autre, mais chacun portait des lunettes et arborait une expression sérieuse. En pleine conversation, ils ne jetèrent un coup d'œil aux deux compères qu'au moment de changer de couloir.

Austin les regarda partir. « Tu peux te relever. Ces deux-là m'avaient l'air d'informaticiens et ne présentaient pas de danger majeur. On a néanmoins un gros problème… Il nous faudrait des jours pour bien fouiller ce navire, et nos magnifiques déguisements seraient vite démasqués. »

Trout se déplia et massa son genou. « Sans parler de mes pauvres articulations soumises à rude épreuve… Mais trêve de plaisanterie. Que fait-on à présent ? »

Austin parut voir quelque chose par-dessus la haute épaule de Trout, et un sourire décrispa ses lèvres. « Eh bien, commence par regarder derrière toi. »

Trout sourit à son tour en apercevant sur le mur le plan du vaisseau. « Il semblerait que nous ne soyons pas les seuls à avoir besoin de repères sur cette petite péniche. »

Austin examina le plan de près et tapa du doigt sur une pastille rouge qui indiquait l'intersection où ils se trouvaient. « Nous approchons d'une zone interdite. Voyons un peu ce qu'ils essaient de cacher. Si c'est interdit, on aura peut-être la chance de ne pas tomber sur les brutes de Razov. »

Austin avait à peine fini de parler qu'ils entendirent des voix rugueuses approcher. Sans l'ombre d'une hésitation, Austin s'avança vers la porte par laquelle les scientifiques étaient sortis et il essaya le loquet. La porte n'était pas verrouillée. Il invita Trout à le suivre. La pièce obscure sentait les produits chimiques et Austin supposa qu'ils se trouvaient dans un laboratoire. Il referma sans bruit derrière lui, laissant la porte à peine entrebâillée. Quelques secondes plus tard, deux gardes à la carrure impressionnante et munis d'armes automatiques passèrent, imperturbables, avant de s'éloigner. Austin alluma la lumière, juste assez longtemps pour s'assurer qu'il ne s'était pas trompé et que la pièce était bel et bien un laboratoire. Il vérifia que la voie était libre et ils se glissèrent prudemment dans le passage.

Silence… Austin désigna le couloir de droite. Tous

les sens en éveil, ils enfilèrent le corridor jusqu'à une nouvelle porte, qui leur barrait le chemin. Durant les années passées à la CIA, Austin avait étudié le russe. Même s'il ne le pratiquait plus, il lui en restait des notions suffisantes pour traduire les caractères cyrilliques imprimés sur la porte: *Réservé au personnel autorisé.* Il n'en fallait pas plus pour qu'il essaie de l'ouvrir. Verrouillée. Il plongea la main dans son sac et en retira une trousse de crochets de serrurier semblable à celle de Zavala, autre souvenir de son expérience à l'agence. Pendant que Trout faisait le guet, il s'escrima sur la serrure, et après divers essais infructueux, parvint à ses fins. Austin tourna la poignée et ils franchirent le seuil.

Avec sa console en forme de fer à cheval, la pièce ressemblait à la salle de commandes de Yaeger dans son centre informatique, mais en beaucoup plus petit. Au lieu de faire face à un hologramme parlant comme Max, l'informaticien du bord n'avait qu'un grand écran commandé par un clavier, relique archaïque que Yaeger aurait dédaignée.

Trout traversa la pièce et examina la configuration. Pour tout autre qu'Hiram, elle aurait paru relativement sophistiquée. Et c'était le cas pour Trout, considéré comme un informaticien de génie dans sa branche, spécialisé dans la modélisation des phénomènes affectant les grands fonds océaniques, mais qui ne jouait pas dans la même catégorie que Yaeger, bien seul sur son nuage, il est vrai.

« Alors ? » demanda Austin.

Trout haussa les épaules. « Je vais essayer. » Il installa sa grande carcasse dans un fauteuil pivotant et, tel un pianiste de concert à la recherche d'un accord perdu, laissa ses doigts jouer sur le clavier sans appuyer sur les touches. Une fois qu'Austin lui eut traduit le cyrillique, il prit une profonde inspiration et appuya sur la touche

Entrée. Le banc de poissons exotiques de l'économiseur d'écran cessa ses allées et venues sur le moniteur et laissa la place à une icône représentant le soleil. « Jusque-là, tout va bien, annonça-t-il. Je ne pense pas avoir déclenché d'alarme. »

Austin, penché sur l'épaule de Trout, lui administra une tape amicale dans le dos pour l'encourager.

Trout persévéra. Il cliqua sur l'icône, remplacée alors par différentes options. Pendant plusieurs minutes, il tapota sur les touches, en marmonnant. Puis il recula dans son siège et croisa les bras. « J'ai besoin du mot de passe pour l'ouvrir.

— Ça pourrait être n'importe quoi », râla Austin, frustré.

Trout acquiesça tristement. « Faut penser en russe. Il n'y a rien qui te vienne à l'esprit ? »

Au hasard, Austin lui conseilla de tenter le mot Cosaque. Comme cela ne marchait pas, il essaya Ataman. Rien. Une erreur supplémentaire et l'ordinateur se bloquerait. Il allait abandonner quand il se souvint de sa première conversation avec Petrov, à Istanbul. « Essaie Troïka. » Trout lâcha un triomphal « Ouiii !!! » Sa joie retomba aussitôt qu'il vit l'écran se remplir de mots. « Qu'est-ce que… Pff ! C'est l'équivalent russe du charabia… » Il essaya encore et encore. Des perles de sueur coulaient sur son front. Il se jeta en arrière dans le fauteuil et leva les bras au ciel.

« Excuse-moi, Kurt, cela dépasse mes compétences. » Il secoua la tête. « Il me faudrait un *hacker*. »

Austin n'eut pas à réfléchir longtemps. « Attends. J'ai mieux encore. »

Il sortit son portable Globalstar et composa un numéro. Quand il entendit Yaeger, Austin attaqua : « Salut, Hiram. Ecoute, je ne peux pas entrer dans les détails parce qu'on manque de temps, mais Paul a besoin de toi. »

Il tendit le téléphone à Trout. Les deux hommes se lancèrent tout de suite dans une grande discussion d'où émergeaient les mots coupe-feu, filtres en paquets, application, cheval de Troie, passerelle de connexion, tunnel et appâts. Trout rendit le portable à Austin.

« Voyons si je peux t'expliquer le problème, dit Yaeger. Imagine que l'ordinateur soit une pièce. Tu vas dans la pièce, mais elle est obscure, et tu ne peux pas lire ce qui est écrit sur le tableau. Alors tu allumes, ce qu'a fait Paul, mais tu ne peux toujours pas lire parce que c'est écrit dans un langage que tu ne comprends pas.

— Oui, d'accord. Mais on en fait quoi de tout ça ?

— Rien, j'en ai peur. Si je pouvais être là-bas avec Max pour résoudre ce puzzle… »

Austin répondit par un grognement, puis il regarda le téléphone. « On a peut-être la solution à portée de main. Tu vas me dire si c'est possible. »

Il expliqua ce à quoi il pensait et Yaeger affirma que c'était possible, à condition de disposer de l'équipement adéquat. Austin donna à nouveau le téléphone à Trout, qui se leva pour commencer à fouiller dans les tiroirs de la console et dans les placards. Il trouva des câbles qu'il relia entre eux avant d'en brancher une extrémité sur l'entrée de l'ordinateur. « Ce n'est pas le meilleur modem au monde, mais je vais tenter de le connecter au téléphone maintenant. » Il ôta le boîtier du portable et introduisit l'autre extrémité du câble à l'intérieur de l'appareil… Il composa ensuite un numéro.

L'écran de l'ordinateur devint fou l'espace d'une seconde. Des lettres et des chiffres affluèrent dans la confusion la plus totale. Puis l'écran se vida, et un message apparut. *« Nous sommes connectés. On attaque le téléchargement. Hiram et Max. »*

Austin regarda sa montre tout en faisant les cent pas. Il s'interrogeait sur le temps qu'il faudrait à

Yaeger pour accomplir sa tâche. Les minutes passaient et il redoutait d'avoir à déguerpir avant que le téléchargement fût terminé. Mais après dix minutes, une grosse tête stylisée jaune se mit à sourire sur l'écran. Elle portait des bésicles ressemblant étrangement à celles de Yaeger. *« Piratage effectué. Hiram et Max. »*

Ils se dépêchèrent de déconnecter le modem de fortune et de tout remettre en ordre. Austin sortit la tête par la porte entrouverte ; le couloir semblait désert. Ils retournèrent au plan du vaisseau. Là, ils choisirent un chemin plus court et plus facile pour aller à la *moon pool.* Jusqu'ici, ils s'étaient montrés chanceux ; cette fois encore ils ne virent personne. Le manque de surveillance étonnait Austin mais il ne s'en plaignait pas, bien au contraire.

Alors qu'ils se hâtaient vers la sortie, ils passèrent devant une porte et entendirent des voix parler en anglais. Des Américains, à en juger par l'accent. Austin essaya d'actionner la poignée, sans succès. À nouveau, il fit appel à la panoplie du petit cambrioleur.

La porte s'ouvrit sur une cabine à deux couchettes, l'une occupée par le capitaine Logan, l'autre par le pilote du NR-1. Ils interrompirent leur conversation au milieu d'une phrase et dévisagèrent les nouveaux arrivants avec une hostilité non dissimulée, imaginant se trouver face à des gardes venus les tourmenter.

Logan se tourna vers le pilote et dit : « Mais où vont-ils chercher des types pareils ?

— Je verrais bien le grand dans un champ, en train d'effrayer les corbeaux », répondit le pilote.

Logan émit un petit rire. « Le costume que porte le plus petit ne vient sûrement pas, lui non plus, de chez Armani.

— Armani était fermé, capitaine Logan. Il nous a fallu emprunter la garde-robe de l'équipage du navire. »

Logan prit un air soupçonneux. « Qui êtes-vous, bordel ?

— L'épouvantail du *Magicien d'Oz* est mon collègue, Paul Trout. Quant à moi, le petit, je suis Kurt Austin, mais vous pouvez m'appeler Dorothée. »

Le capitaine sauta hors de sa couchette. « Nom de Dieu, vous êtes américains !

— Je t'avais dit que nos déguisements ne tiendraient pas la route », rigola Austin à l'attention de Trout. Puis, à Logan : « Toutes nos excuses, vous ne pouviez pas deviner. Paul et moi faisons partie de l'équipe des Missions spéciales de la NUMA. »

Le capitaine jeta un coup d'œil vers la porte. « Nous n'avons pas entendu de combat. Vous avez pris le contrôle du vaisseau ? »

Austin et Trout échangèrent des regards amusés. « Désolés de vous décevoir. La Delta Force était occupée, alors on est venus seuls, expliqua Austin, en plaisantant.

— Je ne comprends pas. Comment ? »

Austin lui coupa la parole. « On vous expliquera une fois qu'on vous aura fait évader. »

Il fit un signe à Trout, qui entrouvrit juste assez la porte pour s'assurer qu'ils pouvaient tenter une sortie. La chance leur souriait encore. Avec Trout ouvrant la marche et Austin couvrant l'arrière, ils se dirigèrent vers les escaliers comme s'ils escortaient les sous-mariniers. La ruse s'avéra utile… et efficace quand, quelques secondes plus tard, ils rencontrèrent un garde solitaire qui avançait dans leur direction, son arme à l'épaule. Austin supposa, à son attitude décontractée, que l'homme rentrait rejoindre ses quartiers. À la vue de Trout, il sursauta et son front se plissa tandis qu'il essayait de comprendre pourquoi il ne reconnaissait pas un congénère d'une telle stature. Le capitaine s'arrêta quand il vit le garde, ne sachant que faire.

Austin aurait pu supprimer le garde, mais il préférait que leur visite passe, autant que possible, inaperçue. Il crocheta la cheville de Logan avec son pied et la tira en arrière. Le capitaine tomba à quatre pattes. La perplexité du garde se mua en amusement, il éclata de rire et dit quelque chose en russe. Il rit à nouveau quand Austin botta les fesses du capitaine.

Austin haussa les épaules et répondit au garde par un clin d'œil. Le Russe continua son chemin en riant et disparut au détour d'un couloir. Austin se baissa et aida Logan à se relever.

« Désolé, capitaine, s'excusa-t-il, embarrassé. Il commençait à se focaliser sur Paul et je devais détourner son attention. »

Logan s'essuya les mains sur son pantalon. « Le vaisseau placé sous mon commandement a été détourné, mon équipage kidnappé et ces brutes m'ont forcé à utiliser un sous-marin de l'US Navy pour leur propre usage, répliqua-t-il en souriant. Alors je suis prêt à en supporter beaucoup plus, si c'est le prix à payer pour sortir d'ici. »

Trout s'arrêta et examina une autre carte murale. « On dirait que la *moon pool* est divisée en deux sections. Une petite et une grande. Je suggère d'aller à la petite pour éviter les quartiers de l'équipage. »

Austin lui demanda de passer devant. À grandes enjambées, Trout les dirigea à travers les couloirs jusqu'à ce qu'ils arrivent devant une porte non verrouillée. De l'autre côté, une passerelle courait le long des murs d'une salle haute de plafond et trois fois moins grande que la *moon pool*.

« C'est quoi, ce truc ? » demanda la capitaine.

Il contemplait un engin cylindrique énorme, suspendu au plafond, d'environ un mètre vingt de diamètre et quinze de long. L'extrémité du bas était de forme conique, celle du haut était cerclée d'étranges saillies et laissait échapper un flot de câbles et tuyaux qui serpentaient jusqu'à l'intérieur du plafond.

« On dirait un missile balistique, déclara le pilote, sauf qu'il est pointé dans la mauvaise direction.

— S'il n'y avait que ça de mauvais ! s'exclama Trout. Les saillies qui l'entourent ne sont pas des ailerons mais des micropropulseurs... »

Austin était aussi fasciné que les autres, mais le temps manquait. « Gravez-le bien dans vos mémoires, messieurs, et on comparera nos impressions plus tard. »

Ils empruntèrent de nouveau le couloir, s'arrêtèrent au vestiaire où ils trouvèrent des combinaisons de plongée et des masques pour les hommes de la marine. Austin et Trout replièrent soigneusement leurs bleus de travail et les posèrent avec les autres. Ils se rendirent ensuite à la chambre de décompression où ils récupérèrent leur équipement, intact. Ils descendirent un court escalier menant à la salle qui abritait la petite *moon pool*. Trout étudia les commandes murales, enfonça un bouton et le fond du bassin coulissa. L'eau pénétra en giclant et une fraîcheur humide emplit la pièce.

Le pilote se pencha au-dessus du rectangle d'océan ténébreux et avala sa salive. « Vous voulez rire...

— Désolé que ce ne soit pas un jacuzzi, railla Austin. Mais à moins que vous ne connaissiez un moyen sûr de récupérer le NR-1, on n'a pas le choix.

— Merde, ça ne devrait pas être bien différent de l'entraînement à l'évasion du camp de Groton, dit Logan, non sans bravade...

— Nous n'avons pas de réservoir à oxygène supplémentaire, nous nagerons en duos dont les membres respireront ensemble. Ce ne sera pas long, à peine cent mètres. L'ouverture du bassin a probablement déclenché une alarme dans la timonerie, nous sommes donc pressés. »

Malgré ses fanfaronnades, le capitaine ne semblait pas très enthousiaste, mais il serra les dents, abaissa le capuchon et ajusta son masque. « Allons-y avant que je ne change d'avis », grogna-t-il.

Austin tendit au pilote le tuyau d'oxygène auxiliaire, appelé la *pieuvre*, Trout fit de même avec le capitaine. Quand tous furent prêts, Austin attrapa le bras du pilote et sauta.

Une fois éclairci le nuage de bulles qui les entourait, Austin vit Trout agiter sa torche à quelques mètres de lui et du pilote. Il commença à nager. Les battements de pieds du sous-marinier étaient irréguliers et la situation guère commode, mais ils parvinrent à s'éloigner de la masse imposante du vaisseau.

La mer était agitée et la proximité des tonnes de métal de l'*Ataman Explorer* rendait les compas inutiles. Les quatre hommes durent se fier à l'instinct d'Austin pour atteindre, sans s'égarer, le lieu de rendez-vous.

Quand ce dernier estima qu'ils avaient parcouru une centaine de mètres depuis le navire, il fit signe aux autres d'arrêter. En surplace à quinze mètres de profondeur, Austin ôta de sa ceinture une petite balise autogonflante munie d'un fil de nylon dont il attacha l'extrémité à son poignet. Il la regarda s'élever jusqu'à la surface où l'émetteur miniature dont elle était équipée allait permettre à Jenkins de les localiser.

Les minutes qui suivirent furent éprouvantes. Malgré les combinaisons, le froid mordait les zones exposées comme les mains et autour du masque. Les hommes du NR-1 avaient beau être courageux, la captivité les avait affaiblis. Austin se demanda ce qu'ils feraient si le *Kestrel* ne se montrait pas. Son accès de pessimisme fut de courte durée puisque la voix réconfortante de Jenkins retentit dans les écouteurs.

« J'ai mis le cap sur votre balise. Vous allez bien ?

— Ça va. On a pris un couple d'auto-stoppeurs et ils sont en train de virer au bleu.

— J'arrive. »

Austin fit signe aux autres de se préparer. Les sous-mariniers répondirent par des gestes de la main, dont la lenteur démontrait à quel point ils étaient fatigués. Ils allaient pourtant avoir besoin de toute leur énergie. Tous les quatre levèrent la tête au moment où le bruit étouffé d'un moteur se fit entendre.

Austin leva son pouce et, avec Trout, ils remontèrent en tirant derrière eux leurs compagnons épuisés. Austin garda son bras libre tendu au-dessus de lui, jusqu'à ce que ses doigts se referment sur le filet halé par un *Kestrel* voguant au ralenti. Les trois autres parvinrent à se cramponner à la poche du chalut.

Une fois rassuré, Austin cria à l'attention de Jenkins : « Tous à bord ! »

Le bateau prit de la vitesse et ils crurent qu'on leur arrachait les bras. Mais après le choc initial, l'allure se stabilisa et ils eurent l'impression de voler *dans* la mer. La force de l'eau faillit les emporter à plusieurs reprises, mais ils tinrent bon. Quand l'*Ataman Explorer* ne fut plus qu'un point à l'horizon, Jenkins mit le moteur au point mort.

« On remonte », avertit le professeur-pêcheur.

Austin et Trout agrippèrent de plus belle leur fardeau humain. La mer agitée les secouait dans tous les sens. Ils arrivèrent tout de même à se débarrasser de leurs réservoirs et des ceintures. Allégés de ce poids mort et encombrant, ils purent s'aider des vagues au lieu de les combattre.

Penché par-dessus la poupe, Jenkins contrôlait le treuil, gros tambour métallique sur lequel s'enroulait le filet quand il n'était pas dans l'eau. C'est ainsi qu'Austin et Trout avaient été halés de quelques mètres, mais le bateau tanguait violemment et la mer jouait d'eux comme d'un yo-yo. Ils ne remontaient que pour mieux descendre. L'échappement leur soufflait son haleine hydrocarburée en pleine figure et, pour couronner le tout, Austin s'était empêtré le bras droit dans les mailles du filet.

Jenkins réalisa leur désarroi, et la lame effilée d'un couteau de pêche miroita près du biceps d'Austin. Jenkins attrapa le poignet ainsi libéré, d'une main de fer. Manœuvrant le treuil de l'autre main, il tira Austin et rapprocha le pilote.

« Ils ont des drôles de tronches, les poissons qu'on pêche aujourd'hui ! » hurla-t-il pour couvrir le bruit du moteur et de l'océan.

Howes tenait la barre et faisait de son mieux pour maintenir la stabilité du *Kestrel*. « Ces bêtes-là sont trop p'tites, cria-t-il à son tour. On devrait les remettre à l'eau.

— Dans vos rêves… » s'exclama Austin comme il enjambait le barrot, manquant de tomber à l'intérieur du bateau.

Jenkins aida le pilote à grimper à bord. À trois, ils eurent vite fait de récupérer Trout et Logan. Les sous-mariniers traversèrent le pont, en titubant comme des marins saouls, pour aller se réfugier dans la timonerie. Le filet avait capturé plusieurs centaines de kilos de poissons, et le poids menaçait d'entraîner le bateau. Jenkins détestait l'idée de perdre le poisson et de laisser le chalut dans l'eau où il risquait de se prendre dans une hélice, mais il n'avait pas le choix. Il coupa les cordages et regarda le filet dériver. Puis il s'installa à la barre et mit les gaz.

Howes aida les autres à enlever leurs combinaisons, puis leur offrit des couvertures et du whiskey. Austin scruta l'horizon à travers l'écume soulevée par le *Kestrel*, mais le grand vaisseau noir avait disparu. Il ne vit pas trace, non plus, des bateaux qui les avaient accompagnés à l'aller et demanda où ils se trouvaient.

« Comme ça devenait risqué, je les ai renvoyés chez eux. On devrait être rentrés avant que la tempête se lève. Installez-vous bien et reposez-vous.

— Je voudrais bien savoir ce que nos hôtes vont dire quand ils découvriront notre évasion. » En prononçant ces paroles, Logan affichait un sourire carnassier.

« J'espère qu'ils penseront que vous avez tenté de vous échapper et que vous vous êtes noyés.

— En tout cas, merci de nous avoir secourus. Mon seul regret est de ne pas avoir pu repartir comme nous étions arrivés, dans le NR-1.

— Le plus important était de vous récupérer entiers. »

Trout tendit la bouteille de whiskey à Austin. « Buvons à la mission accomplie ! »

Austin porta la bouteille à ses lèvres et but une gorgée. L'alcool lui ôta le goût salé qu'il avait dans la bouche et le réchauffa. Il regarda dehors, au-delà du sillage mousseux, en pensant à l'énorme missile en possession de Razov.

« Malheureusement, soupira-t-il, le vrai travail vient à peine de commencer. »

Hiram Yaeger était encore au Centre à une heure avancée de la nuit. Il avait quitté sa place habituelle, derrière la console, pour aller s'asseoir dans un coin de l'immense salle d'ordinateurs, son visage éclairé par un simple écran. Il saisissait des commandes sur un clavier. Max n'aimait pas ça.

« Hiram, pourquoi n'utilisons-nous pas l'hologramme ?

— C'est un simple problème d'accès, Max, on n'a pas besoin de fioritures. On va juste à l'essentiel.

— Je me sens presque nue ici, dans mon armoire en plastique.

— Tu restes la plus belle à mes yeux..

— Flatteur ! Tu sais comment t'y prendre avec moi. Le problème, s'il te plaît.. »

Yaeger avait travaillé des heures sur les données transmises par Austin et Trout. Tout ce qu'il avait tenté s'était soldé par un échec partiel sinon total. Finalement, il avait décidé de condenser tous les petits résultats obtenus jusque-là dans une série de commandes qui devaient le débarrasser des parasites, et du superflu, pour aller droit au but… à l'essentiel.

Il saisit les commandes l'une après l'autre et attendit… Pas longtemps… Très vite, des mots en caractères cyrilliques apparurent. Il entra une commande d'utilisation d'un logiciel de traduction…

Yaeger se gratta la tête, perplexe. Ce qu'il voyait sur l'écran n'était rien d'autre qu'un menu gastronomique.

Soudain, le menu disparut pour laisser la place à un message de Max.

« Puis-je prendre votre commande, monsieur ?

— Qu'est-ce que ça signifie ?

— Je pourrais t'en dire plus si nous usions de l'hologramme. »

Yaeger cligna les yeux. Max essayait de le soudoyer. Il effectua quelques exercices d'assouplissement des épaules et de la nuque, endolories par le stress, laissa échapper un long soupir de lassitude et ramena les doigts sur le clavier.

Chapitre 30

Washington DC

Le jet privé de la NUMA atterrit sur l'une des pistes de l'aéroport national de Washington. Au contraire des vols réguliers qui suivent les navettes jusqu'à leurs terminaux respectifs, l'appareil turquoise roula jusqu'à une aire réservée dans la partie sud de l'aéroport, non loin d'un vieux hangar à avions au toit arrondi. Les moteurs hurlèrent avant de s'arrêter, et un trio de Suburban sport, bleu foncé, se détacha de l'ombre, tous feux éteints, pour venir s'aligner le long du jet. Deux gardes des Marines et un civil sortirent du premier véhicule. Pendant que les gardes prenaient place au pied de la passerelle, raides comme des piquets, le troisième homme, qui portait une serviette noire, escalada les marches quatre à quatre et frappa à la porte. Elle s'ouvrit dans la seconde et Austin sortit la tête.

« Je suis le capitaine Morris, docteur à l'hôpital militaire de la marine. Je suis venu examiner qui vous savez. » Il regarda à l'intérieur et vit le capitaine et le pilote écroulés sur leurs sièges. « Mon Dieu ! Sont-ils morts ?

— Ouais, ils sont morts… *ivres* morts, répondit Austin. On a célébré leur retour pendant le vol depuis Portland et ils ont un peu abusé. Ces jeunes Marines musclés vont bien monter nous aider à évacuer vos collègues… »

Le capitaine Morris appela les Marines, et ils parvinrent sans trop de mal à faire descendre les hommes du NR-1 jusqu'au tarmac. L'air frais de la nuit les réveilla. Ils remercièrent chaleureusement Austin et Trout, zigzaguèrent jusqu'au véhicule du milieu et se retournèrent pour lancer un dernier « Merc… hic ! » ému avant de s'engouffrer dans la Suburban. Les trois véhicules démarrèrent dans un crissement de pneus et s'enfoncèrent dans la nuit, laissant Austin et Trout dans un nuage de gaz d'échappement.

Leurs feux arrière étaient encore visibles quand une silhouette surgit de l'obscurité. Une voix familière et inimitable retentit alors. « Ça, c'est de la gratitude ! La marine aurait pu au moins appeler un taxi pour vous conduire chez vous… »

Austin jeta un dernier coup d'œil dans la direction qu'avaient prise les Suburban. « La marine n'aime pas les opérations marginales comme la nôtre. Elles mettent en relief l'incompétence de leurs coûteux services de renseignements et porte-avions…

— Ça leur passera, affirma, amusé, l'amiral Sandecker. Je peux vous emmener quelque part ?

— C'est la meilleure offre qu'on m'ait faite de toute la soirée. »

Austin et Trout montèrent dans la jeep Cherokee garée non loin. Sandecker méprisait les limousines, ou tout autre signe extérieur de pouvoir, et préférait conduire un 4 × 4 du parc de la NUMA. Le pilote et le copilote du jet finirent de verrouiller l'avion et Sandecker les ramena chez eux.

Austin avait appelé Sandecker depuis le Maine pour lui relater les événements. Tandis qu'il roulait sur le boulevard du George Washington Memorial, Sandecker les complimenta : « Je me répète, mais vous méritez une médaille pour être montés à bord de ce navire.

— Moi, c'est d'en partir que j'ai le plus apprécié, bien qu'il soit possible que je ne pêche plus jamais de ma vie maintenant que j'ai vu un chalut comme le voit une morue », précisa Trout avec son humour sobre, caractéristique de la Nouvelle-Angleterre.

Sandecker pouffa. « Vous êtes certains que personne sur le vaisseau d'Ataman ne soupçonnera une intervention extérieure dans l'évasion de leurs prisonniers ?

— Quelques hommes d'équipage se souviendront peut-être de nous avoir rencontrés et feront le rapprochement avec les combinaisons manquantes et la *moon pool* ouverte. Sinon, je doute fort qu'ils s'imaginent que quelqu'un soit assez fou pour faire ce qu'on a fait et réussir à s'en sortir.

— C'est aussi mon avis. Ils rapporteront la disparition des soldats de la marine à Razov mais ils envisageront la noyade ou l'hypothermie comme seules issues possibles. Et même s'ils suspectent une intrusion, ça m'étonnerait qu'ils en parlent à Razov, de peur d'y laisser la vie.

— Il pourrait apprendre la vérité quand la marine annoncera que tous les membres de l'équipage du NR-1 ont été délivrés.

— J'ai demandé au ministère de la Marine de ne rien dévoiler, et ça lui convient tout à fait. Les membres de l'équipage seront réunis avec leurs familles et immédiatement envoyés dans quelque retraite discrète en bord de mer… pour se reposer et se détendre.

— Cela nous fait gagner un peu de temps.

— Chaque minute nous sera utile. Passez une bonne nuit de sommeil, tous les deux. On se retrouve demain matin pour une réunion à la première heure. »

Sandecker conduisit Trout à sa maison de Georgetown, puis il emmena Austin à Fairfax. Celui-ci laissa tomber le sac de voyage dans l'entrée et fila dans son bureau-séjour, une pièce spacieuse aux meubles en bois d'ébène, et aux murs couverts d'étagères pour ses livres et sa collection d'albums de jazz progressif.

Il écouta ses messages et fut heureux de savoir que Zavala était rentré de Grande-Bretagne. Austin attrapa une grande boîte de bière dans le réfrigérateur et s'installa dans un fauteuil en cuir noir avec son téléphone. Joe répondit dès la première sonnerie. Zavala lui raconta en détail son entretien avec lord Dodson ; Austin lui résuma la visite de Jenkins à la NUMA, et la mission à bord de l'*Ataman Explorer*. Ils parlèrent longtemps.

Après avoir raccroché, Austin sortit sur le pont et remplit ses poumons de l'air du Potomac. Ce petit exercice lui éclaircit aussitôt les idées et il se mit à réfléchir au drame qui s'était déroulé en mer Noire, des décennies auparavant. La découverte de *L'Etoile d'Odessa* avait réveillé des voix endormies depuis plus de quatre-vingts ans.

D'après le rapport de Zavala, l'impératrice et ses filles fuyaient la Russie à bord de *L'Etoile* avec une partie du trésor des Romanov quand le navire avait été coulé. Et le trésor, si trésor il y avait, était sans doute à présent entre les mains de Razov. Austin n'était pas certain de comprendre pourquoi un homme plus riche que Crésus se donnait autant de peine pour s'approprier un hypothétique trésor.

La cupidité ne connaît pas de limites, conclut-il.

Mais le plus important était que la grande-duchesse Maria avait échappé à la fois au massacre et au naufrage. Lord Dodson se montrait préoccupé par le chaos politique que l'annonce d'une telle nouvelle pourrait engendrer. Austin se renfrogna à la pensée de la complicité de la Couronne britannique dans ce drame sordide. Si une telle duplicité pouvait encore embarrasser quelques familles, les acteurs de cet événement étaient tous morts depuis longtemps. La propension au mensonge des grands n'était plus, aujourd'hui, l'objet du même scandale qu'autrefois. Ce qui préoccupait le plus Austin était le mystérieux lien qui reliait cette histoire à Ataman, et l'éventuel complot contre les Etats-Unis.

Austin regarda sa montre. Il ne s'était pas rendu compte de l'heure et la fatigue se faisait sentir. Il se traîna jusqu'à sa chambre, dans la tourelle du vieil hangar à bateaux victorien, et s'effondra sur son lit. Sa tête n'avait pas encore touché l'oreiller qu'il dormait déjà.

Debout aux aurores, vêtu d'un T-shirt, d'un short et d'une casquette de base-ball, il se prépara un pot de café jamaïcain et descendit chercher sa yole de compétition Mass Aero, rangée sous la maison. Il soulevait les vingt kilos de l'embarcation en prévision de sa séance matinale d'aviron sur les eaux du Potomac, quand il entendit le téléphone sonner. Irrité qu'on puisse contrarier sa routine, il se précipita néanmoins au premier étage et arracha le combiné de son support.

« Nous y sommes arrivés. » La voix éraillée de Yaeger trahissait son épuisement. « Enfin… Max et moi on y est *presque* arrivés.

— Je devrais être heureux ou triste ?

— Peut-être bien les deux… J'ai fait bosser Max toute la nuit sur les données piratées. Elle a abattu un sacré boulot. Clique sur ton ordinateur, et tu verras ce que j'ai obtenu. »

Austin obtempéra. L'image qui s'afficha à l'écran montrait les différentes lignes, en russe, d'un document à la présentation soignée et stylisée.

« Qu'est-ce que c'est ?

— Un menu… La première ligne correspond au hors-d'œuvre, du caviar Béluga. Le reste consiste en une liste de plats pour une sorte de banquet russe. Perlmutter adorerait. Ça m'a l'air très appétissant, comparé à mes beignets et à mon jus de chaussettes.

— Je te paierai un petit déjeuner complet plus tard. Bon, si j'ai bien compris, tu me dis que Paul et moi, on a risqué nos vies et on s'est fait chier pour récupérer un menu russe qui commence par du caviar ?

— Oui et non. Le menu est en fait un ensemble de données cryptées en stéganographie, ce qui signifie : "écriture couverte". Il s'agit d'une méthode pour cacher des messages dans des images. Il faut un logiciel spécial. Et celui qui a sécurisé ce document est une pointure. Même Max s'y est cassé les dents. J'ai composé un nouveau programme qui ordonne les éléments du puzzle. Regarde. »

Une boîte de dialogue grise apparut.

« C'est quoi, ça ?

— Ça me demande le mot de passe.

— Et celui qu'on a utilisé pour entrer dans l'ordinateur du vaisseau ?

— Troïka a fait son temps. Cela m'a amené à ce que nous avons sous les yeux. Maintenant, j'ai besoin d'une nouvelle clé. »

Austin grogna. « Alors on est de retour à la case départ.

— Oui et non. J'ai programmé Max pour qu'elle parcoure tout l'inventaire des mots ou combinaisons de mots possibles. Elle trouvera la réponse… mais ça peut prendre des jours.

— J'ai peur que le temps nous soit compté.

— Alors j'ai une autre idée qui pourrait t'aider. Les données indiquent qu'il existe un centre de commande principal hors du navire. Trouve-le et nous aurons notre mot de passe. »

La tête d'Austin flottait, comme chaque fois qu'il finissait une conversation avec Yaeger. « Laisse-moi y réfléchir. Je te contacterai. »

Austin descendit terminer ce qu'il avait commencé. Il sortit la yole et la jeta à l'eau.

Après dix minutes d'échauffement, il atteignit une cadence régulière de vingt-quatre coups de rame par minute, une réelle performance.

Austin ramait sans gants, pour sentir la rivière chaque fois que les pelles plongeaient dans l'eau. Il voulait évacuer la colère qu'il éprouvait au souvenir du *Sea Hunter*, afin qu'elle ne le consume pas. Il glissa dans un état méditatif où sa rage sembla s'estomper sans disparaître pour autant. Après un moment, il fit demi-tour et rentra chez lui où il prit une longue douche, se rasa et opta pour une tenue sportive légère.

Une nuit de sommeil réparateur et une bonne suée sur le fleuve lui avaient restitué son énergie et sa lucidité. Il chassa toute pensée parasite pour se concentrer sur cette force de l'ombre, ce personnage occulte si puissant, à l'origine de toutes ses épreuves au cours des dernières semaines : Razov. Il devait trouver Razov. Le reste n'avait plus d'importance. Il s'empara du téléphone et appela Rudi Gunn, qu'il savait dans son bureau malgré l'heure matinale.

« Kurt, je pensais justement à vous. L'amiral Sandecker m'a rapporté le succès de votre mission. Félicitations, à vous et à Paul.

— Merci, Rudi, mais la mission est loin d'être terminée. Razov est la clé de tout. Je me demandais si vous n'auriez pas une idée sur l'endroit où il se cache.

— Si vous ne m'aviez pas contacté, c'est moi qui l'aurais fait. Eh bien, il ne se cache plus. Ce malade sort au grand jour… Lui et son yacht sont attendus à Boston d'un moment à l'autre.

— Comment avez-vous appris la nouvelle ? Espionnage ou satellite ?

— Ni l'un ni l'autre. Je l'ai lu dans la rubrique économie du *Washington Post*. Ecoutez plutôt: *"Le magnat russe de l'industrie minière Mikhaïl Razov arrivera aujourd'hui à Boston pour annoncer l'ouverture d'un centre du commerce international. Razov, qui est aussi une éminente personnalité politique dans son pays, sera l'hôte d'une réception à l'intention des hauts fonctionnaires de notre gouvernement et d'autres invités, ce soir, à bord de son yacht connu comme l'un des plus grands navires privés au monde. Cette étape fait partie d'une visite officielle des principaux ports de la côte Est."*

— C'est très prévenant de sa part de nous épargner du temps et de l'énergie.

— Cela ne correspond pas aux rumeurs que j'ai entendues à son propos. Vous avez une opinion sur ses véritables motivations ?

— Et si j'allais sur son bateau pour lui demander ?

— Vous êtes sérieux ?

— Bien sûr. Cela lui ferait peut-être du bien de savoir qu'on l'a à l'œil. Nous pouvons peut-être aller secouer l'arbre pour voir ce qu'il en tombe.

— Dès l'instant où vous ne restez pas dessous... »

Austin repensa à la suggestion de Yaeger et la nécessité de trouver le centre de commandes principal. Un homme comme Razov ne laisserait jamais rien d'important s'éloigner de son contrôle. Son yacht était à la fois sa maison et le siège de sa compagnie internationale.

« Nous ne devons pas laisser passer une telle opportunité. Je veux monter à bord de ce yacht.

— Nous pourrions vous arranger ça avec une accréditation de la NUMA.

— Ce serait comme agiter un chiffon rouge devant un taureau. J'ai une autre idée. Je vous rappelle. »

Austin raccrocha et chercha dans son portefeuille une carte de visite professionnelle dont il composa le numéro à New York.

« Mystères insondables », annonça la réceptionniste.

Il demanda si Kaela Dorn était rentrée.

« Je crois que oui. Qui dois-je annoncer ? »

Austin déclina son identité et se prépara à encaisser les coups. Il fut surpris par la chaleur du ton de Kaela. « Bonjour, monsieur Austin, debout de bonne heure !

— L'avenir appartient à ceux qui se lèvent tôt, m'a-t-on dit.

— Et moi qui adore faire la grasse matinée… soupira Kaela. Que puis-je pour vous ?

— D'abord, expliquez-moi pourquoi vous êtes aussi amicale ?

— Pourquoi ne le serais-je pas ? Vous m'avez sauvé la vie. Mieux encore, vous avez arrangé mon retour à Istanbul sur le bateau du capitaine Kemal.

— Qui n'est pas le *Queen Elisabeth II*, si je me souviens bien.

— Oui, et après… En chemin, le capitaine m'a parlé d'une épave qu'il connaissait et m'y a emmenée. Elle était grosse, et très vieille, et je pense qu'à l'origine elle se mesurait en coudées.

— L'arche de Noé ?

— Qui sait ? Peu importe ! On a notre histoire, plus quelques bonus. Alors, merci encore, et je suis sincère quand je vous demande ce que je peux faire pour vous… même si vous me devez toujours un dîner.

— Que diriez-vous d'un cassoulet bostonien ?

— J'imaginais plutôt un carré d'agneau au Four Seasons.

— Tout ce que vous voulez. Mais j'ai besoin de vous avant. Il y a ce soir dans le port de Boston une réception avec de gros bonnets du commerce international à bord d'un yacht. Et il me faut une accréditation de journaliste.

— Il y a matière à une histoire ?

— Possible. Mais pas tout de suite.

— D'accord, mais à une condition. J'y vais avec vous. Avant de dire non, réfléchissez-y bien. »

Austin se remémora Kaela et sa beauté sensuelle. Pas longtemps, une fraction de seconde… Mais cela suffit à le convaincre. « Marché conclu. Je vais attraper un avion pour Logan Airport. » Il suggéra une heure et un lieu de rencontre.

Après avoir raccroché, Austin se cala dans son fauteuil et regarda dans le vide. Trouver le système de commande central serait peut-être la découverte capitale après laquelle ils couraient, lui et la NUMA. Mais une autre raison le poussait à monter à bord : Boris.

Chapitre 31

Boston, Massachusetts

Kaela Dorn attendait sur le Commonwealth Pier, d'où elle pouvait contempler le port de Boston sans rien manquer du défilé des limousines qui déversaient un flot régulier de VIP. Toutes ces « très importantes personnes » se précipitaient alors pour faire la queue en compagnie d'autres privilégiés, dans l'attente d'être transportées au yacht de Razov. La journaliste se tenait près de la file des camions de télévision dont les paraboles et autres antennes poussaient sur les toits comme une végétation venue d'ailleurs. Elle observait la foule quand l'inconnu s'approcha d'elle et la salua. Jetant un bref coup d'œil dans sa direction, Kaela répondit par un bonjour poli. Elle le regretta dans la seconde qui suivit, quand l'homme lui demanda d'une voix nasillarde et pateline : « Excusez-moi, mais ne nous sommes-nous pas déjà rencontrés ? »

Elle se tourna alors vers lui, et le regarda attentivement en pensant qu'il ressemblait à une version musclée de... – quel était donc le nom de ce chanteur ?

« Non, répliqua-t-elle, à la fois amusée et dédaigneuse. Jamais.

— Et moi qui croyais que vous m'aviez pardonné d'avoir manqué notre rendez-vous à Istanbul. » La voix avait changé : elle était plus grave, plus mélodieuse.

Kaela recula pour mieux l'examiner, s'arrêtant sur les larges épaules. « Mon Dieu ! Je ne vous avais pas reconnu.

— On ne m'appelle pas l'homme aux cent visages pour rien », plaisanta Austin, l'air espiègle. Il écarta les bras. « Suis-je représentatif des journalistes des émissions à sensation ? »

Austin était tout de noir vêtu : pantalon, T-shirt et veste légère. Il arborait, bien qu'il fasse nuit, des lunettes Ray Ban à la Ray… Charles, et avait chaussé de vieilles baskets. Sa poitrine s'ornait d'une peu discrète chaîne en or, et il cachait sa chevelure argentée sous une perruque brune.

« Vous ressemblez à un entrepreneur de pompes funèbres hollywoodien, se moqua la jeune femme. J'adore la moumoute. » Elle plissa les yeux. « Qu'avez-vous fait à votre visage ?

— Latex. Un mal nécessaire avec les nouvelles techniques d'identification. »

Kaela ouvrit grande la bouche, se rappelant soudain le nom qu'elle cherchait. « Le seul à qui un ordinateur pourrait vous comparer est Roy Orbinson.

— Je m'en souviendrai, si on me demande un autographe. Bon, maintenant que j'ai passé l'inspection, comment allez-vous ?

— Très bien, Kurt. Ça me fait plaisir de vous revoir.

— J'espère qu'on pourra, une fois fini le travail, reprendre les choses où on les avait laissées.

— Avec joie. » Elle lui décocha un sourire engageant. « J'en serais très heureuse. »

Kaela portait un tailleur-pantalon gris dont les plis soyeux mettaient en valeur ses délicieuses courbes. Austin se sentait attiré par son charme exotique. Au prix d'un grand effort, il chassa ses pensées… La mission avant tout.

« Alors, c'est entendu. Cocktails au Ritz Bar. » Il

balaya du regard la foule grouillante d'hommes et femmes en tenues de soirée. « Allez, on s'invite à la fête ? »

Une carte d'accréditation plastifiée pendait au cou de Kaela. « À partir de maintenant, vous êtes Hank Simpson, notre preneur de son. Il vous sera facile de faire semblant. Le boulot de Dundee consiste surtout à traîner l'équipement derrière nous et à tenir un micro. Je vous aiderai à tout préparer. Attrapez juste ces malles et ayez l'air idiot.

— Ça, je peux le faire », répondit Austin. Se saisissant des lourdes et volumineuses valises métalliques comme s'il s'agissait de plumes, il suivit Kaela jusqu'à une section de l'embarcadère réservée à la presse. Une vedette arrivait pour récupérer un groupe de journalistes.

Une silhouette trapue se détacha de la troupe, et Mickey Lombardo vint à leur rencontre, une Steadicam sur l'épaule. « J'ai plusieurs plans du tonnerre des Kennedy. » Il reconnut Austin, malgré le déguisement. « Hé ! Mais c'est notre ange gardien ! s'exclama-t-il, jovial. Content de vous revoir, vieux. »

Austin lui fit signe de se taire, et promena un regard alentour.

« Ah oui, j'oubliais, chuchota Lombardo. Au fait, j'apprécie vos goûts vestimentaires. » Comme Austin, Mickey était habillé tout en noir.

« Si on vous le demande, dites qu'on est les Blues Brothers, suggéra Austin.

— Désolée de vous interrompre, les garçons, mais on vient nous chercher », les informa Kaela.

Austin s'empara du matériel et le chargea dans la vedette. Des sièges étaient disposés en rangs, comme dans les avions, et Kaela s'assit entre ses deux équipiers. En l'espace de quelques minutes, le bateau se remplit d'une foule allant des représentants de la presse écrite, mal à l'aise dans leurs smokings de location, aux divers techniciens, en passant par les stars de la télévision populaire reconnaissables à leur brushing impeccable, et aux cohortes d'assistants serviles qui se pressaient dans leur entourage. La vedette s'écarta de la jetée pour laisser place à la navette suivante, et traversa le port à grande vitesse.

L'arrivée du yacht de Razov avait attiré les divers médias de toute la côte Est. La plupart des gens entendaient parler de Razov pour la première fois et découvraient sa fortune, ses ambitions politiques et son intention d'ouvrir un centre du commerce international estimé à un milliard de dollars. Emblème de cette incroyable richesse, son immense et luxueux yacht suscitait le maximum d'intérêt.

Le *Kazachestvo* était le plus important navire à faire escale à Boston, depuis les grands voiliers. Des hélicoptères de la télévision tournoyaient au-dessus du vaisseau, pour transmettre au monde entier des images aériennes de son entrée dans le port. Une escorte de bateaux pompiers envoya des fontaines d'eau décrire des courbes dans le ciel. Des centaines d'embarcations de plaisance, qui essayaient de s'approcher, furent repoussées par les garde-côtes. Quand le yacht jeta enfin l'ancre, il fut accueilli par des pleins bateaux de politiciens, bureaucrates et hommes d'affaires... Mais seuls les plus importants et influents d'entre eux étaient invités à la grande réception.

Le yacht brillait d'un bout à l'autre de mille lumières colorées qui illuminaient tout le bassin. Pour célébrer l'événement, une délégation locale du Congrès avait persuadé le ministère de la Marine de faire sortir la frégate *Constitution, Old Ironsides* de l'arsenal maritime de Charlestown, pour une excursion nocturne dans le port.

Le vieux navire de combat ne quittait son emplacement qu'une fois par an, quand on lui faisait faire un demi-tour, afin que ses deux côtés se patinent de la même façon. Mais ces dernières années, après de sérieux travaux de restauration, il avait retrouvé en grande partie son aspect original de 1794 et organisé des petites croisières occasionnelles, toutes voiles dehors. Austin avait entendu un présentateur de la télé dire que la frégate était programmée pour une exhibition, avec à son bord un détachement de Marines et des servants pour tirer une salve de canon.

Comme la vedette arrivait à destination, Austin reporta son attention sur le yacht. Il était exactement comme sur les photos de Gamay. Il reconnut l'allure caractéristique des bateaux de charge rapide, qui permettait à Razov de déménager à volonté en quelques jours et dans la mer de son choix. La navette se rangea derrière une file de ses semblables. L'entrée s'effectuait par une porte et des hommes d'équipage se penchaient par l'ouverture pratiquée dans la coque pour aider les passagers à monter à bord. Les visiteurs furent accueillis par des hôtesses qui jetèrent à peine un coup d'œil sur les accréditations de presse et les accompagnèrent jusqu'au bas d'une grande montée d'escalier. Austin nota, avec délices, que le trajet en bateau ouvert avait mis à mal les belles coiffures de ces messieurs-dames de la télévision, qui semblaient tous victimes d'un ventilateur géant.

Kaela en tête, Austin et Lombardo trimbalèrent leur équipement jusqu'au pont principal, qui rappelait une fête de rue dans le grand monde. Les représentants des médias passèrent à travers une haie de jeunes gens, tous et toutes vêtus de blazers bordeaux, et sans doute choisis pour leur physique avenant. On leur distribua des dossiers de presse, des porte-clés en forme de chiens-loups russes et des aimants décoratifs ornés du logo d'Ataman. Ainsi chargés, on les guida jusqu'à un secteur délimité par une corde.

Un beau jeune homme, apparemment investi de responsabilités, à en juger par l'écusson sur son blazer, prit la parole pour leur souhaiter la bienvenue. Il leur expliqua que les interviews se dérouleraient dans la salle de presse, avec le gouverneur et le maire. M. Razov n'accorderait pas d'interview, mais ferait plus tard un discours. Sachant que les boissons et la nourriture gratuites vous attirent la sympathie, il les emmena au salon.

Pendant que les autres se ruaient sur l'open bar, Austin et son équipe installèrent leur matériel près d'une rangée de micros et de projecteurs. Quand leur travail fut fini, Austin prit Kaela par le bras. « On va rejoindre les huiles ?

— Dans une minute. » Elle l'entraîna jusqu'au bastingage, d'où ils pouvaient admirer une vue spectaculaire de Boston la nuit. Une expression grave durcissait quelque peu la douceur de ses traits. « Avant d'aller retrouver la foule, je veux vous poser une question. Vous étiez déterminé à monter à bord de ce bateau. Razov est-il impliqué d'une façon ou d'une autre dans les événements qui se sont déroulés à la base de sous-marins ?

— Pourquoi le serait-il ?

— S'il vous plaît, ne jouez pas les mystérieux avec moi. Il est russe. Les tueurs étaient russes. Le centre de ses activités se situe en mer Noire… Dois-je continuer la liste des coïncidences ?

— Désolé, je ne peux pas tout vous raconter. L'ignorance est votre meilleure protection. Mais oui, il y a un lien.

— Razov est-il responsable de la mort de Mehmet ? »

Austin resta silencieux un moment. Difficile de refuser quoi que ce soit à un regard aussi magnifique… et une telle détermination. « Indirectement, oui.

— Je le savais. Il est temps que ce fumier rende des comptes.

— J'ai la ferme intention de le faire payer pour ses actes.

— Alors je veux y participer.

— Vous aurez votre histoire. Je vous le promets.

— Je ne parle pas de mon travail. Ecoutez, Kurt, je ne suis pas une Californienne écervelée pour qui le grand frisson consiste à passer l'après-midi au centre commercial avec les copines, et à s'en faire virer parce qu'on a allumé une clope. J'ai grandi dans un quartier dur, et si je n'avais pas eu une mère encore plus dure, je serais peut-être aujourd'hui en train de tirer dix à vingt ans à Soledad. Je veux faire quelque chose pour vous aider.

— Vous m'avez déjà aidé en me faisant monter à bord.

— Ce n'est pas assez. Je sais que vous voulez empêcher ce monstre de nuire. Et moi aussi. »

Austin se promit de ne jamais avoir à se trouver dans la ligne de mire de Kaela.

« Marché conclu. Mais ce soir, on est sur le territoire de Razov. Alors adoptez un profil bas, je n'ai pas envie de vous exposer au moindre danger, vous et Mickey. Tant qu'on est sur le bateau, je travaille en solo, d'accord ? »

Kaela acquiesça de la tête. « Vous pourrez agir pendant les interviews. » Elle lui saisit le poignet et le guida vers l'entrée du salon. « Mais d'abord, j'aimerais que nous buvions ensemble ce verre que vous m'avez promis le jour de notre rencontre. »

Ils se joignirent à la foule qui envahissait l'immense salon. Pendant un instant, Austin oublia qu'ils se trouvaient sur un bateau. Il eut l'impression de se retrouver cent ans en arrière. Le salon ressemblait à une salle du trône imaginée par un architecte de Las Vegas. Il en résultait une curieuse fusion entre les civilisations occidentale et orientale. Leurs pieds s'enfonçaient dans un luxueux tapis pourpre, assez grand pour couvrir les sols de plusieurs maisons. Des lustres de cristal pendaient des plafonds voûtés et couverts de peintures figurant des nymphes ou des chérubins. De chaque côté de la pièce se dressait une rangée de colonnes sculptées et dorées à la feuille.

La foule qui évoluait dans ce luxe suranné était un parfait échantillonnage de la bonne société bostonienne, et de ses membres les plus influents… Des politiciens adipeux et à la couperose dévorante, dont la terrifiante bedaine forçait dangereusement sur les boutons du smoking, jouaient des coudes pour se faire une place au soleil de l'énorme buffet central. Celui-ci, gémissant sous le poids d'un invraisemblable assortiment de mets russes parmi les plus délicats, n'exerçait cependant pas le même pouvoir d'attraction sur tout le monde. En effet, à l'autre extrémité, des femmes, d'une minceur qui devait demander beaucoup d'efforts, s'étaient regroupées autour de tables rococo et regardaient leurs assiettes d'un air soupçonneux. Des hommes d'affaires avides se rassemblaient en petits comités pour discuter de la meilleure façon de faire dépenser son argent au fortuné Razov. Des légions d'avocats, financiers, lobbyistes de Beacon Hill et… membres du personnel, voletaient de table en table, comme des abeilles à la recherche de nectar. Tout au bout du salon, se dressait une estrade qui, à défaut de soutenir un trône en or, accueillait un groupe de musiciens russes, qui jouaient des airs folkloriques. Ils étaient habillés en Cosaques, ce que ne manqua pas de remarquer Austin avec une certaine gêne.

Pendant que Kaela leur cherchait une place pour se poser, le batteur se lança dans un long roulement de tambour. Chargé des relations publiques, le jeune homme à l'écusson monta sur l'estrade, remercia les invités et la presse de leur présence et annonça que leur hôte aimerait dire quelques mots. Peu après, un homme d'âge moyen, vêtu d'un simple costume bleu, grimpa sur le podium et prit le micro. Deux chiens-loups, maigres et malgré tout majestueux avec leur fourrure blanche, le suivaient pas à pas.

Austin s'approcha pour bien voir Razov. Le Russe n'avait pas l'air méchant. Excepté son profil taillé à coups de serpe et sa pâleur mortelle, il était assez ordinaire. Austin se souvint que l'histoire regorgeait de gens à l'apparence normale qui avaient pourtant dispensé la misère et la mort autour d'eux. Hitler aurait pu passer pour l'artiste affamé qu'il avait été, plus jeune. Roosevelt avait surnommé Staline « Oncle Joe », comme s'il s'était agi d'un brave vieux tonton, au lieu d'un tueur psychopathe… Razov commença à parler.

Dans un anglais à peine rehaussé d'une pointe d'accent, il commença par les politesses d'usage : « Je souhaite tous vous remercier d'être venus si nombreux à cette réception en l'honneur de votre merveilleuse ville. » Puis, désignant les chiens : « Sacha et Gorky sont très contents de vous recevoir, eux aussi. » Il avait compté sur les bêtes pour briser la glace et il avait eu raison. Après que tout le monde eut bien ri, les chiens disparurent en coulisses. Razov leur fit au revoir de la main et sourit à l'audience. Il parla, d'une voix grave et autoritaire. Il avait le don de regarder les gens droit dans les yeux. En l'espace de quelques minutes, l'auditoire était suspendu à ses lèvres. Même les gros politiciens gloutons avaient cessé de s'empiffrer pour l'écouter.

« J'éprouve un immense plaisir à me trouver à cet endroit, dans le berceau de l'indépendance américaine. À quelques kilomètres d'ici, se trouve Bunker Hill, et un peu plus loin, Lexington, si importante pour Washington et ses rebelles sur la route de l'indépendance. Vos formidables universités et centres médicaux sont connus du monde entier. Votre exemple a valeur de modèle pour mon pays. Aussi, en retour, je suis heureux d'annoncer l'ouverture d'un centre du commerce russe qui favorisera la fluidité des échanges commerciaux entre nos deux grandes nations. »

Pendant que Razov s'apprêtait à détailler son investissement, Austin murmura à l'oreille de Kaela : « C'est le moment d'aller fouiner. Je vous retrouve à la navette. »

Kaela lui pressa la main. « Je vous attendrai. »

Austin se dirigea discrètement vers la sortie et se retrouva dans la fraîcheur nocturne. La plupart des gens assistant au discours de Razov, les ponts étaient presque déserts. Il ne rencontra qu'une seule personne, un serveur, qui lui mit d'office une assiette de saucisses entre les mains. Austin allait la jeter pardessus bord dès que le garçon ne serait plus en vue, mais il se ravisa. Il aurait l'air moins louche s'il déambulait ainsi équipé sur le bateau.

Il se promenait d'un pas nonchalant, en direction de la proue, quand il se retrouva devant une zone interdite au public. Accroché à une corde, un écriteau indiquait en toutes lettres le mot préféré d'Austin : « Privé ». Le pont était plongé dans la pénombre et Razov avait dû mettre ses gorilles en cage le temps de la réception, pour ne pas effrayer les invités. L'occasion était trop belle… Trop belle en effet, puisqu'Austin en était encore à échafauder un plan de « visite », quand un garde imposant et revêche, au costume déformé par la bosse caractéristique d'une arme, se dirigea vers lui. « C'est prrivé », rappela-t-il à Austin, avec un fort accent russe.

Austin adopta l'attitude d'un homme ivre et offrit au garde un sourire idiot… ainsi que son assiette. « Héhé… Sauciche ? »

Le Russe répondit par un regard hargneux et continua sa ronde. Austin attendit qu'il ait disparu, et il se préparait à passer sous la corde quand un léger piétinement le fit se retourner. Deux silhouettes sprintaient dans sa direction. Les chiens de Razov. Traînant leurs laisses derrière eux, ils lui sautèrent sur la poitrine et faillirent le renverser. Puis ils collèrent leurs longs museaux dans l'assiette qu'il tenait toujours et qu'il s'empressa de poser au sol. Les chiens dévorèrent la nourriture en un rien de temps. Une fois qu'ils eurent fini, ils se mirent à regarder Austin comme s'il en avait encore et la leur cachait.

Soudain, un pas de course retentit. C'était le maître-chien. Il prononça quelques mots qui pouvaient passer pour des excuses, attrapa les laisses et emmena les chiens. Austin attendit d'être à nouveau seul, puis réussit enfin à passer sous la corde pour pénétrer dans la zone interdite. Il avançait dans la semi-obscurité sans faire de bruit. Grâce à ses habits noirs, il se noyait dans l'ombre.

Au bout de trois minutes, il s'arrêta devant une bouche d'aération, plus grande que lui de trente centimètres. Il mit la main dans sa poche, en sortit un objet de la taille et la forme d'un jeu de cartes, et appuya sur le bouton de marche. Le petit écran s'alluma et une série de chiffres apparut. Le renifleur de Yaeger était prêt à remplir son office.

Surexcité, ce dernier avait appelé pendant qu'Austin se préparait à partir pour Boston. « Je pense que je sais comment rentrer dans le système du yacht. » Et Yaeger ajouta : « Wi-Fi. »

Austin avait renoncé à comprendre l'étrange langage de Yaeger. Il s'était fait à l'idée que les génies de l'informatique comme Hiram venaient d'une autre planète, et que parfois leur langue natale reprenait le dessus. Il avait quand même demandé une explication. Yaeger lui avait répondu que le Wi-Fi était l'abréviation anglaise pour les réseaux informatiques sans fil que l'on commençait à utiliser dans les grands complexes.

« Imagine que tu diriges un gros hôpital, avait-il expliqué. Tu veux que les membres de ton personnel aient accès aux informations vitales. Alors s'ils sont de l'autre côté de l'hôpital, et donc loin de leurs ordinateurs, ils n'ont pas besoin de revenir en courant. Tu installes un Wi-Fi qui couvre juste le bâtiment ou le complexe. Les responsables emmènent des ordinateurs portables avec eux. Il leur suffit de le brancher, de trouver la bonne fréquence, et ils ont tout de suite accès au système central.

— Très intéressant, mais quel est le rapport avec notre problème ?

— Le yacht d'Ataman *a* le Wi-Fi. »

Austin ne voyait toujours pas où Yaeger voulait en venir, mais l'enthousiasme d'Hiram était contagieux. « Comment tu sais ça, d'abord ?

— C'est l'idée de Max, en fait. Après s'être plantée en essayant de déchiffrer le code d'Ataman, elle a commencé à sortir tout ce qu'elle pouvait trouver sur le yacht. Il n'y avait pas grand-chose, dans la mesure où Ataman a construit le navire dans son propre chantier naval, en mer Noire. Mais on ne pouvait pas trouver en Russie le matériel électronique que désirait Razov, alors il l'a acheté aux Etats-Unis et l'a fait monter par des Français. Max est entrée dans les fichiers de la compagnie française. Ils ont installé le Wi-Fi sur le yacht.

— Je comprends pourquoi un hôpital utilise ce système, mais un yacht ?

— Penses-y bien, Kurt. Un bateau de cette taille est une petite communauté. Admettons que tu sois le commissaire de bord. Tu rencontres un problème de feuilles de paie alors que tu es à l'autre bout du navire. Tu allumes ton ordinateur portable, et tu as aussitôt la solution. Et je peux te citer des tas d'autres situations comme celle-ci.

— Et comment ça peut nous aider pour notre problème, le mot de passe manquant ?

— Il doit être sur ce vaisseau. Si Max et moi on pouvait se connecter directement sur leur réseau, on pourrait récupérer toutes les données qu'on veut, quand on le veut, et les examiner de plus près.

— Qu'est-ce qui t'en empêche ?

— Deux choses. La première, c'est que l'information est certainement cryptée. La deuxième, c'est que le signal du Wi-Fi est faible, car il ne couvre que le yacht. J'ai besoin de quelqu'un pour placer à bord un renifleur.

— Tu recommences à parler bizarre.

— Désolé. Un renifleur est un gadget qui peut se connecter au réseau, pomper le signal et l'envoyer dans les bras accueillants de Max.

— Impressionnant. Tu disais que les dossiers seraient cryptés ? Qu'est-ce qui te permet de penser que le code ne va pas encore t'arrêter ?

— Rien. Mais ce n'est pas un cryptage comme sur l'*Explorer*. On peut l'attaquer par différents angles. En plus, Max est déterminée.

— Rien de tel qu'une femme déterminée, même cybernétique. Où puis-je me procurer ces tarins électroniques ?

— Je t'ai envoyé un coursier de la NUMA avec un paquet. Mode d'emploi inclus. »

Le mode d'emploi était simple. Mettre le renifleur en marche. Vérifier qu'il capte bien le signal, puis utiliser l'aimant au dos pour le fixer. Yaeger lui avait donné un second renifleur pour pallier une éventuelle panne du premier.

Pour l'heure, Austin passa la main dans la bouche d'aération pour y placer le renifleur. Puis il s'approcha avec précaution d'un canot de sauvetage. Il s'accroupit et trouva une cache dans un support en acier. Il y glissa le second renifleur. Il commençait à peine à se relever quand il perçut un léger *clic* derrière lui. Il sentit quelque chose de dur pressé sur le bas de son dos.

Chapitre 32

« Avec l'âge, vous devenez négligent, Kurt Austin. La prochaine fois pourrait vous être fatale. »

Le canon du revolver se leva. Soulagé, Austin se retourna pour apercevoir la cicatrice livide sur le visage de Petrov, baigné par les reflets argentés du clair de lune.

« J'ai pris au moins dix ans quand vous m'avez collé cet engin dans le dos, Ivan. Un simple bonjour aurait suffi pour que je vous accorde mon attention.

— Ça me fait la main, je ne veux pas perdre ma vivacité.

— Croyez-moi, vous êtes plus vif que jamais. Comment avez-vous fait pour entrer dans ce pays ?

— J'ai pris l'avion et j'ai omis de préciser que j'allais peut-être tuer une ou deux personnes… Non. C'est vrai que j'aurais pu, mais je suis ici, contrairement à vous en Russie, avec la bénédiction de votre secrétariat d'Etat aux Affaires étrangères, en mission d'affaires pour le Service de dératisation sibérien. J'ai ensuite demandé au consulat local de Russie de m'inclure dans la liste des invités à cette réception.

— Et comment m'avez-vous trouvé ?

— Je vous ai vu quitter le grand salon et je n'ai plus eu qu'à vous suivre. J'ai failli être confondu par votre visage, mais il vous est difficile de cacher vos larges épaules et votre démarche assurée. Dites-moi, où avez-vous dégoté cette perruque incroyable ?

— Je l'ai achetée à un vide-grenier du KGB.

— Au train où vont les choses, je n'en serais pas surpris. Puis-je vous demander ce que vous faisiez à quatre pattes, dans le noir ?

— J'avais perdu une lentille de contact ?...

— Vraiment ? Je n'ai rien lu dans votre dossier concernant le port de lentilles de contact. »

Austin étouffa un rire et mit le Russe au courant des renifleurs. Ivan fut impressionné et demanda juste qu'on le tienne informé des résultats. « Je suggère que l'on rejoigne les festivités. La plupart des gardes surveillent les invités ou se cachent, mais deux ou trois font des rondes. »

Austin savait qu'ils jouaient déjà avec le feu. Ils se dirigèrent vers les lumières et la musique, profitant de chaque ombre ou recoin. Ils ne virent qu'un seul garde et s'accroupirent derrière un bollard jusqu'à ce qu'il fût passé. Peu après, ils marchaient sans se presser en direction du salon. Petrov, d'une élégance nonchalante dans son smoking, alluma une cigarette américaine. « Quels sont vos plans, à présent ?

— Vous n'auriez pas vu, par hasard, le petit ami de Razov, le moine ?

— Je suspecte Razov de préférer ne pas laisser Boris se produire en public. Qui sait ? Il n'est peut-être même pas sur le yacht... De toute façon, on ne le verra pas ce soir.

— Dans ce cas, il se pourrait que j'aille dire deux mots à notre hôte.

— Razov ? Croyez-vous qu'il soit judicieux de dévoiler votre jeu ici, sur son territoire ?

— Si je pouvais l'ébranler assez pour qu'il commette une erreur...

— Attention, il n'est pas réputé pour ça... Mais

vous faites comme vous voulez. Je pense que je vais flâner dans les environs et me servir à boire et à manger, tant que j'y suis.

— Vous êtes venu seul ? »

Petrov subtilisa un verre de vodka sur le plateau d'un serveur qui passait. Il le but d'un trait et sourit. « Je ne serai pas loin, en cas de besoin. »

La fête battait son plein. Les invités se promenaient sur le pont, une assiette et un verre dans les mains. Les musiciens cosaques avaient changé de registre et attaquaient un morceau de rock. Petrov se mêla à la foule et disparut, comme par magie. Austin remarqua un petit attroupement avec Razov pour centre d'attraction. Il s'en approcha, tout en se demandant comment il allait passer la barrière des gardes de Razov. Les deux chiens s'en chargèrent. Quand ils l'aperçurent, ils échappèrent à Razov et se précipitèrent vers Austin. Comme auparavant, ils lui sautèrent dessus, posèrent leurs pattes sur sa poitrine et lui léchèrent la figure. Il parvint néanmoins à s'en débarrasser en douceur.

Austin empoigna les laisses et les raccourcit, pour garder les turbulents animaux sous contrôle. L'instant d'après, le maître-chien accourait, le regard paniqué. Austin s'apprêtait à lui tendre les laisses quand il vit Razov et ses deux gardes du corps venir à lui.

« Je vois que vous connaissez Sacha et Gorky », déclara Razov, un sourire cordial aux lèvres. Il reprit les laisses à Austin et dit quelque chose en russe. Les chiens obéirent instantanément et s'assirent à ses côtés, luttant contre leur instinct.

« J'ai partagé quelques saucisses avec eux, il y a un moment, répliqua Austin. J'espère que vous ne m'en voulez pas.

— Je suis surpris qu'ils les aient mangées. Ils sont bien mieux nourris que beaucoup de gens. Mon nom est Razov. » Il tendit sa main et jeta un coup d'œil au nom sur l'accréditation qui pendait au cou d'Austin. « Je suis l'hôte de cette petite célébration.

— Je sais. Je vous ai écouté parler, tout à l'heure. Très impressionnant. » Il serra la main si fort que les os craquèrent, et il vit Razov grimacer de douleur. « Mon nom, à moi, est Kurt Austin. »

Le visage de Razov ne trahit aucune émotion. « Le fameux M. Austin… Vous ne ressemblez pas à ce que j'imaginais.

— Vous non plus. Vous êtes beaucoup plus petit que je ne le pensais. »

Razov ne mordit pas à l'hameçon. « J'ignorais que vous travailliez pour la télévision, maintenant. Aux dernières nouvelles, vous étiez employé par la NUMA.

— C'est juste une distraction passagère. Je suis toujours à la NUMA. Nous avons fait un peu de chasse au trésor en mer Noire.

— J'espère que cela en valait la peine.

— Je me suis fait souffler sous le nez un trésor, qui se trouvait à bord de l'épave d'un bateau appelé *L'Etoile d'Odessa*.

— Pas de chance… Mais la chasse au trésor est une véritable compétition.

— Ce que je ne parviens pas à comprendre, c'est ce qui peut pousser quelqu'un possédant déjà une immense fortune à se donner autant de peine pour récupérer une poignée de babioles brillantes.

— Nous autres, Russes, avons toujours été fascinés par les babioles, comme vous dites. Nous croyons qu'au-delà de leur valeur intrinsèque, elles transmettent un pouvoir à leur propriétaire.

— Je ne sais pas ce que le trésor a apporté de bon au tsar et à sa famille.

— La famille impériale a été trahie par des félons au sein même de son entourage.

— Je suppose que vous allez rendre le trésor au peuple russe.

— Vous ignorez tout de mon peuple, rétorqua Razov. Il n'a cure des joyaux. Ce dont il a besoin, c'est d'un leader à poigne, qui peut restaurer l'orgueil national et pourfendre ces nations qui lui tournent autour, comme des charognards.

— Vous anticipez le succès de votre opération secrète Troïka.

— Il n'y a rien de secret à propos de Troïka, affirma-t-il avec dédain. C'est le nom donné à mon projet d'ouvrir des centres du commerce à Boston, Charleston et Miami. Regardez autour de vous, monsieur Austin. Il n'y a rien de répréhensible dans mes affaires.

— Et le massacre à bord du navire de la NUMA ? Vous ne trouvez pas cela répréhensible ?

— Je n'en sais que ce que j'ai lu dans la presse. Une tragédie, c'est certain, mais je n'ai rien à voir avec ce malheureux incident.

— Je comprends que vous ne vouliez pas en assumer la responsabilité. Cette attaque a été un véritable fiasco. Vous avez merdé, Razov. Votre psychopathe s'est trompé de navire. Je n'étais pas sur le *Sea Hunter*, et vos hommes ont assassiné tout l'équipage pour rien. Mais vous savez déjà tout ça. »

Austin remarqua une lueur de colère dans les yeux de Razov. « Sincèrement, monsieur Austin, vous me décevez. Vous vous introduisez sur mon navire dans ce déguisement ridicule, vous buvez ma vodka, vous mangez ma nourriture, et pour me remercier, vous me traitez de tueur.

— J'avais une autre raison de monter à bord. Je voulais regarder en face l'enfoiré de meurtrier que j'ai prévu de détruire. »

L'affable politicien s'effaça pour laisser la place au voyou des rues de Moscou. « Vous, me détruire ? Vous n'êtes qu'une misérable punaise. Il en faut plus que la NUMA et votre gouvernement pour m'arrêter. Quand j'aurai restauré la gloire et la fierté passées de la Russie, les Etats-Unis seront comme un enfant qui vagit dans son vomi, à mendier l'aide de tout le monde, ses ressources épuisées, sa direction affaiblie… » Razov se rendit compte qu'il était allé trop loin et stoppa net. « Vous êtes désormais indésirable à bord de mon yacht, monsieur Austin. La sécurité va vous escorter jusqu'à la navette.

— Je peux retrouver tout seul le chemin. À la prochaine, monsieur Razov. » Austin tourna les talons.

Les lèvres de Razov s'entrouvrirent sur un sourire féroce. « Il n'y aura pas de prochaine fois… »

Razov fit un subtil signe de la tête et ses gardes s'attachèrent aux pas d'Austin, lequel émit un léger sifflement. Les chiens-loups dressèrent les oreilles et, remuant la queue, échappèrent à Razov, traînant derrière eux leurs laisses inutiles. Austin sourit à son tour et pivota pour regarder Razov bien en face. Razov fixa sur lui des yeux noirs de haine. Austin se retourna et s'en fut rapidement vers la proue du navire, en se mêlant à la foule, les chiens sur ses talons. Il comprit qu'il devait les semer. Ils étaient trop voyants et attiraient l'attention sur lui.

Austin s'arrêta et leur caressa la tête, puis il tendit leurs laisses à une jeune femme portant un blazer bordeaux. Il arracha sa perruque, ses lunettes de soleil et les enfonça dans la poche de l'hôtesse sidérée.

« Pourriez-vous ramener ces deux lascars à M. Razov, s'il vous plaît. Avec mes compliments. »

D'un pas vif, il entra dans le salon et se fraya un chemin au milieu de l'assemblée, manquant presque de renverser Kaela.

« Vous êtes bien pressé ! s'étonna-t-elle.

— Quittez le yacht dès que possible.

— Où allez-vous ?

— Je ne sais pas. Je vous retrouve au Ritz Bar dans une heure environ. »

Austin déposa un baiser sur la joue de Kaela et se dirigea vers les escaliers qui menaient à la plate-forme d'embarquement. Il espérait rentrer en vedette, mais se ravisa. Deux gardes veillaient en haut des escaliers, attentifs. Austin s'était imaginé, à tort, que Razov ne courrait pas le risque de provoquer un incident devant tout le monde. Mais Razov en avait dit beaucoup plus qu'il ne le souhaitait et il se fichait pas mal du reste, désormais. En retournant sur ses pas, Austin espérait gagner un peu de temps pendant qu'il réfléchissait à une solution pour s'échapper, quand on lui agrippa le bras.

Austin se dégagea brusquement et se mit en position de combat. Petrov lui souriait mais son regard démentait cette bonne humeur apparente.

« Je pense que nous devrions éviter de passer par là », lui conseilla-t-il en désignant un garde qui avançait en écartant les invités. Il vit Austin et parla dans un micro, attaché au revers de son costume. Austin se laissa guider par Petrov à l'intérieur du salon, autour de la piste de danse, puis ils sortirent de l'autre côté, sur le pont. Ils se dirigèrent vers des escaliers… gardés eux aussi par un grand gorille. Une main en conque sur l'oreille, il écoutait sa radio.

Le visage avenant, Petrov s'approcha de lui et lui parla en russe. Le garde répondit par un regard soupçonneux et voulut se saisir de son revolver, mais le coup au foie porté par Petrov le plia en deux, celui d'Austin l'étala pour le compte.

Ils enjambèrent le corps et descendirent les escaliers en courant jusqu'au pont inférieur. Austin vit une porte, identique à celle utilisée de l'autre côté pour accueillir les invités au sortir de leur navette. Petrov la déverrouilla et l'ouvrit. Austin se demandait s'il leur faudrait nager longtemps pour s'échapper quand un rayon de lumière éclaira un hors-bord. Le moteur tournait, et l'homme au volant adressa un geste amical à Petrov.

« J'ai pris la liberté de prévoir un moyen de transport d'urgence.

— Je croyais que vous étiez venu seul.

— Ne faites jamais confiance à un ancien du KGB. »

Austin s'en voulait. Au contraire de Petrov, il avait sous-estimé la détermination de son ennemi. Il était tellement impatient d'affronter Razov qu'il en avait négligé sa propre sécurité. Il se promit de louer Ivan, plus tard, pour sa méticuleuse prévoyance. Il mit pied dans le hors-bord, suivi de Petrov. Le complice du Russe accéléra d'un coup, et le bateau bondit en avant, manquant d'éjecter ses deux passagers. Il s'éloigna du yacht.

Austin regarda en arrière le navire illuminé et pouffa de rire en imaginant la réaction de Razov quand il apprendrait leur fuite. Elle ne se fit pas attendre… Le feu d'une rafale silencieuse balaya l'embarcation en provenance, non du yacht, mais du port même. Bien qu'on n'entendît pas un bruit, l'éclair des canons était bien visible dans la nuit et la pluie de balles fouetta le barreur en pleine poitrine. Il poussa un cri bref avant de s'écrouler sur la roue, et le bateau décrivit une curieuse embardée. Petrov réussit à pousser l'homme sur le côté et Austin s'empara de la barre. Des faisceaux de projecteurs convergeaient sur le hors-bord. Razov n'était pas idiot, il avait fait encercler le yacht par des canots chargés d'hommes armés.

Une nouvelle volée de balles s'abattit sur le horsbord. Il n'y avait qu'un moyen de passer les bateaux des gardes. Foncer à travers. Austin manœuvra de manière à se trouver face à un trou noir entre deux projecteurs, et il fonça. Les gardes de Razov cessèrent le feu, de peur de se tirer dessus, mais une fois qu'Austin fut dans la baie ils n'économisèrent pas leurs munitions.

Tout autour des fuyards, l'eau giclait en minuscules geysers. Puis le pare-brise vola en éclats. Petrov se prit alors la tête à deux mains et s'écroula sur le pont. Austin se baissa et coinça l'accélérateur au maximum. Le hors-bord était rapide, mais pas autant que ceux des poursuivants. Le faisceau des projecteurs éclairait chaque côté du bateau d'Austin. Celui-ci jeta un coup d'œil au rivage. Ils n'y arriveraient jamais… C'est alors qu'un possible refuge s'offrit aux fugitifs. Droit devant, ses trois mâts et ses voiles illuminés par les lumières du pont, se dressait, majestueux, l'*Old Ironsides*.

Une rafale heurta un des flancs du hors-bord juste au niveau de la ligne de flottaison, criblant la fibre de verre de trous dans lesquels l'eau s'engouffra. Austin tenta bien de maintenir l'allure mais le bateau se remplissait trop vite. Le moteur poussa, poussa… jusqu'à un dernier soupir qu'il rendit dans un nuage de fumée, et le hors-bord s'enfonça comme un sous-marin en plongée. Austin se retrouva en train de flotter dans le port de Boston. Petrov, quant à lui, aurait nourri les poissons du Massachusetts si Austin ne l'avait pas rattrapé par le col et ramené à la surface, où ils furent accueillis par une lumière aveuglante et des cris.

Des mains fermes cramponnèrent Austin par le bras et le revers de sa veste et le remontèrent, dégoulinant d'eau glacée. Il s'essuya les yeux et vit qu'il se trouvait dans une grande barque. Une douzaine d'hommes en uniformes blancs de marins, avec des foulards noirs, tiraient sur de longues rames à un rythme cadencé. Petrov était étendu à côté d'Austin, un filet de sang s'écoulait d'une blessure à la tête. Il agita faiblement la main à l'attention d'Austin.

« Ça va, monsieur ? » demanda le jeune homme assis à côté d'Austin en poupe, une main sur le gouvernail. Par-dessus son uniforme il portait un long manteau noir avec des boutons en laiton sur le devant, et un chapeau à larges bords d'un noir lustré.

« Un peu détrempé. Merci de nous avoir secourus. » Le timonier proposa sa main libre. « Josh Slade. Je suis officier de pont sur le *Constitution*. Nous vous avons aperçus de là-haut. » Il pointa du doigt l'*Old Ironsides*, qui mouillait à moins de cent mètres, joyau des mers brillant de mille feux.

« Je m'appelle Kurt Austin. Je travaille pour l'Agence nationale maritime et sous-marine.

— Que fait la NUMA dans les parages ? »

Slade avait pris un air bizarre en posant la question. Austin se toucha la figure et sentit son faux nez qui pendait à moitié, décollé par le plongeon forcé. Austin l'arracha et le jeta à l'eau.

« C'est une longue histoire, soupira-t-il en secouant la tête. Comment va mon ami ?

— On dirait qu'il ne saigne plus. Nous le soignerons une fois à bord. »

Des échos de musique s'échappaient du yacht de Razov. Austin espérait que tout allait bien pour Kaela et Lombardo. Il ne voyait plus aucun signe des bateaux qui les avaient pris en chasse, mais son instinct et son expérience lui disaient qu'ils n'étaient pas loin.

« Quelqu'un a-t-il vu les hors-bord qui nous suivaient ?

— À peine. Ils étaient juste derrière vous, mais ils ont disparu au moment où le vôtre a coulé. On n'a pas compris pourquoi ils ne s'arrêtaient pas pour vous aider. J'ignore où ils sont passés. On était occupés à mettre la chaloupe à l'eau et on n'a pas fait attention.

— Une chance. Le trajet m'aurait paru long à la nage.

— Pour sûr. En temps normal, on n'aurait pas dû être là. Le *Constitution* sort une fois par an, pour la "croisière du demi-tour", le 4 Juillet. Aujourd'hui c'est exceptionnel. On a l'autorisation de la mairie et du ministère pour faire une sortie de minuit. Avec l'équipe d'artilleurs à bord, on doit tirer une salve de vingt et un coups de canon... Alors, que s'est-il passé ? On vous a vus foncer comme un bolide, puis le bateau s'est enfoncé avec vous à l'intérieur. »

Il n'y avait aucun intérêt à tourner autour du pot. « Nous quittions la réception sur le yacht. Ces hors-bord que vous avez aperçus nous ont tiré dessus et tué notre homme de barre », expliqua Austin.

Slade regarda Austin comme s'il était devenu fou. « Nous n'avons pas entendu un seul coup de feu.

— Leurs fusils étaient équipés de silencieux.

— Ah... Maintenant que j'y pense, on a vu des éclairs de lumière qui pouvaient venir d'armes, en effet. Sur le coup, on a cru qu'il s'agissait de caméras. Mais qui étaient ces types ? Oups... Vous allez devoir m'excuser pour une minute. »

Le jeune officier gouverna la barque autour du *Constitution* pour se placer de l'autre côté de la poupe, ornée de l'aigle blanc et d'un blason au nom du navire. Il manœuvra la chaloupe sous les bossoirs. Les rameurs déverrouillèrent les rames et les alignèrent en position verticale ; puis ils attachèrent les cordages qui pendaient des arcs-boutants et hissèrent la chaloupe jusqu'au pont.

L'équipage aida à transférer Petrov. Le Russe avait repris des forces et fut capable de marcher, soutenu par deux marins. Quelqu'un confectionna un matelas de fortune avec des gilets de sauvetage, afin qu'Ivan n'ait pas à s'allonger à même le pont en bois, et on donna un manteau à Austin pour remplacer sa veste trempée.

Slade ôta son chapeau et le plia sous le bras. C'était un jeune homme d'une vingtaine d'années, à la chevelure brune, de quelques centimètres plus grand qu'Austin et son mètre quatre-vingt-cinq. Beau gosse…

« Bienvenus à bord du *Constitution, Old Ironsides*, le plus vieux navire de guerre armé au monde, toujours habité par un équipage de l'US Navy en service actif. » Le ton de sa voix trahissait son évidente fierté d'en faire partie. Il se lança d'ailleurs dans l'historique du vaisseau et fut vite impressionné par les connaissances d'Austin sur le sujet.

« Bon, tout cela est fort bien, mais je ferais mieux de prévenir les garde-côtes que nous avons un blessé à bord. » Slade vérifia les poches de son manteau et se renfrogna. « Mince. Mon portable a dû tomber quand je suis monté dans la chaloupe. J'ai un talkie-walkie que nous utilisons pour contacter le remorqueur quand nous nous faisons pousser ou tirer. Je vais demander à l'équipage de relayer le message aux garde-côtes. »

Pendant que Slade récupérait sa radio portative, Austin s'en alla voir Petrov, toujours allongé sur le pont. On l'avait recouvert d'un pan de voile, et un marin s'occupait de lui.

Austin s'agenouilla près d'Ivan. « Comment ça va, *tovaritch* ? »

Petrov grogna. « J'ai un mal de tête effroyable, comme si une balle m'avait rebondi sur le crâne… Ah mais oui ! C'est ce qui s'est produit… Pourquoi, chaque fois que je m'approche de vous faut-il que je me fasse sauter en l'air ou tirer dessus ?

— La chance, je suppose… J'ai dû dire quelque chose à Razov qu'il a mal pris… Je suis désolé pour votre homme.

— Moi aussi. Il n'était pas mal pour un Ukrainien. Mais il connaissait les dangers de notre mission. Sa famille recevra une grosse somme d'argent. »

Austin conseilla à Petrov de ne pas se fatiguer, puis il se leva et marcha jusqu'au bastingage. Pendant qu'il examinait le port, Slade s'accouda à son côté. « Mission accomplie. Les garde-côtes et la patrouille de police portuaire seront avertis. Comment va votre ami ?

— Il vivra. Un centimètre plus bas, en revanche, et il serait devenu un légume.

— Il est de la NUMA, lui aussi ?

— C'est un agent commercial russe, représentant le service de dératisation sibérien. »

Slade prit à nouveau son air bizarre. « Et que fait-il dans le port de Boston ?

— À part de la brasse coulée ? Il cherche des rats sibériens. »

Slade remarqua qu'Austin scrutait l'arrière du vaisseau, où le remorqueur se collait contre la poupe.

« Le remorqueur nous a poussés depuis le quai, expliqua Slade. Nous nous préparions à hisser les voiles une fois dans la baie. Nous sommes censés faire un tour pour les caméras de télévision, avant de retrouver le remorqueur qui nous ramènera à l'arsenal maritime. »

Austin n'écoutait qu'à moitié. Il tentait de percer la nuit, attentif au bruit des moteurs de hors-bord qui se rapprochait. Le bruit enfla soudain, puis il vit les petites lucioles produites par l'éclair des canons d'armes à feu.

Avançant de front, trois rapides embarcations se matérialisèrent et foncèrent en direction de la poupe du voilier. Une première rafale ricocha, dans une gerbe d'étincelles, sur les parois en acier du remorqueur, dont l'équipage, une fois revenu de sa surprise, fit marche arrière pour mieux repartir de l'avant, l'accélérateur à fond. Bien plus rapides, les hors-bord se mirent à tourner autour, criblant de balles le poste de pilotage en bois. Le remorqueur ralentit, avança encore sur quelques dizaines de mètres et s'arrêta complètement.

Austin serra le poing, de rage impuissante, face à l'offensive sur l'innocent remorqueur. Il demanda à Slade d'appeler le bateau sur son talkie-walkie. Après plusieurs tentatives infructueuses, le marin abandonna.

« Pas la peine, dit-il. Bon Dieu, pourquoi l'ont-ils attaqué ?

— Ils savaient que le remorqueur était notre seul moyen de propulsion. »

Bien que les hors-bord fussent cachés dans la pénombre, Austin pouvait entendre leurs moteurs. Puis il vit à nouveau les éclairs, suivis de ce qui ressemblait au crépitement d'une averse de grêle. Slade se penchait par-dessus le bastingage pour vérifier l'origine du bruit quand Austin le ramena en arrière par les épaules.

« Bon sang ! Ces idiots nous tirent dessus ! hurla Slade. Ignorent-ils que ce vaisseau est un trésor national ?

— Ça va aller, le calma Austin. D'après les livres d'histoire, *Old Ironsides* arrêtait les boulets de canons. Une petite rafale de mitraillette ne va pas le couler.

— C'est pas ça qui m'inquiète, mais je ne veux pas qu'on fasse de mal à mon équipage. »

Austin tendit l'oreille. « Ils se sont arrêtés. Dites à vos hommes de garder la tête baissée et d'attendre les ordres. » Austin prit conscience qu'il s'adressait à l'officier supérieur de l'équipage. « Excusez-moi. Il ne s'agissait que de suggestions. C'est vous qui commandez.

— Merci, répondit Slade. Vos suggestions sont les bienvenues. Ne vous en faites pas, je ne vais pas craquer. J'ai fait partie des Marines avant d'être affecté à ce poste. La faute à mon genou que j'ai abîmé dans un accident. »

Austin étudia le visage du jeune homme et n'y lut rien d'autre que de la détermination.

« Bon, voilà ce que je pense de tout ça. Ils ont mis le remorqueur hors course pour nous immobiliser. Ils savent qu'ils ne peuvent pas nous couler. J'en déduis qu'ils veulent nous aborder. »

Slade rentra son menton. « C'est inacceptable. Aucun ennemi, excepté les prisonniers de guerre, n'est monté à bord du *Constitution*. Vous pouvez être certain que cela n'arrivera pas sous ma responsabilité. » Il jeta un coup d'œil sur le pont. « Il y a pourtant un problème. À l'origine, le vaisseau transportait plus de quatre cents hommes. Nous sommes un peu court.

— On fera avec. Peut-on quand même faire bouger ce vieux papy tout seul ?

— On s'apprêtait à hisser les voiles quand nous nous sommes arrêtés pour vous récupérer, vous et votre ami. Le mieux que nous puissions en tirer est deux nœuds. L'*Ironsides* n'est pas une formule 1.

— Le plus important est de contrôler la situation. Cela les fera réfléchir. La vitesse n'est pas un problème. Qu'en est-il des armes ? Vous en avez à bord ? »

Slade éclata de rire en pointant du doigt les canons alignés de chaque côté du pont. « Il s'agit d'un navire de guerre. Faites votre choix. Des Carronades de trente-deux livres sur ce pont et des longs fûts de vingt-quatre livres en dessous. Plus deux Bow Chasers. Plus de cinquante canons en tout. Malheureusement, nous n'avons pas le droit de transporter de la poudre.

— Je pensais à quelque chose de plus pratique.

— Nous avons des lances d'abordage, qui ressemblent à de grands harpons, des haches et des coutelas. Il y a des taquets partout, qui font de bonnes matraques. »

Austin dit au jeune officier de faire ce qu'il pouvait. Slade réunit ses hommes, présenta Austin et les prévint que les assaillants pourraient tenter l'abordage. Il ordonna d'éteindre toutes les lumières et à quelques hommes de grimper aux mâts.

Ainsi commença la lente mise en mouvement du grand voilier qui, une fois toutes ses voiles dehors, avait fière allure et filait trois nœuds. La vitesse ne poserait bien sûr aucun problème à quiconque tenterait un abordage, mais cela donnait à l'équipage un minimum de contrôle. Dans le même temps, tout ce qui pouvait constituer une arme fut rassemblé sur le pont.

Slade s'empara d'un coutelas et en éprouva le tranchant. « À l'époque, la guerre était souvent la réponse à une question ou un problème d'ordre personnel, non ?

— À moins que vous ne sachiez utiliser ce que vous avez dans les mains, voilà qui devrait se révéler plus pratique », proposa Austin, sans répondre à la question mais en brandissant une lance d'abordage.

L'équipe se divisa en deux groupes, un pour chaque bord, et commença à monter la garde, les nerfs à fleur de peau. Une petite équipe fut envoyée sur la plateforme de combat, à mi-hauteur du grand mât, d'où les Marines et les tireurs d'élite faisaient pleuvoir la mort sur leurs assaillants. Austin arpentait le navire, un taquet à la main.

Les hommes de Razov ne se firent pas attendre longtemps.

Le premier signe de la nouvelle attaque fut le soudain martèlement d'un des flancs du navire. Les agresseurs essayaient de les intimider par des rafales d'armes automatiques. Les balles éraflèrent la peinture blanche et noire, mais ricochèrent, sans l'entamer, sur la coque en bois de chêne, épaisse de soixante centimètres. Le vieux vaisseau, vaillant comme aux plus beaux jours, continuait son bonhomme de chemin, sans se soucier des projectiles qui avaient autant d'effet sur lui que des piqûres de moustiques sur une carapace de tortue. Comme les pirates et la marine anglaise avant eux, les tueurs de Razov apprirent que l'*Old Ironsides* ne se laissait pas malmener facilement.

Du coup, les assaillants cessèrent le feu, allumèrent tous leurs projecteurs, firent ronfler les moteurs et s'approchèrent de leur cible. Austin entendit les bateaux cogner contre la coque. Il s'était figuré que les attaquants essaieraient de grimper le long des gréements de pied, qui s'étirent depuis les mâts jusqu'aux flancs comme des échelles de corde. Quand il vit une main agripper le rebord d'un sabord de batterie, Austin assena sur les doigts un grand coup de taquet.

L'agresseur poussa un hurlement de douleur et tomba à l'eau. Un visage apparut alors, de l'autre côté du sabord. Austin posa le taquet et s'empara d'une lance. Il en glissa la pointe sous le menton de l'individu. Austin était presque invisible sur le pont sans lumière. Le tueur sentit la pointe aiguisée titiller sa pomme d'Adam et se figea, tétanisé par la peur.

Austin pressa la lance, sans trop appuyer, sur le cou de son adversaire qui lâcha prise. Cette fois-ci, l'ennemi s'écrasa avec fracas sur un bateau. Le sabord une fois libre, Austin se hâta d'aller aider les autres. Les hommes d'équipage usaient de leurs taquets avec le même succès. Travaillant par paires, certains d'entre eux jetaient des boulets de canon par-dessus bord. À en juger par les cris et les craquements, ils avaient trouvé leurs marques.

Slade arriva en courant. « Aucune de ces enflures n'a posé le pied sur le pont. » La fierté illuminait son visage couvert de sueur.

« On dirait qu'ils comprennent », dit Austin... trop vite. En effet, une tête surgit au-dessus du bastingage derrière Slade. Avant qu'Austin ait pu prévenir l'officier, l'assaillant avait enjambé la rampe et levait son revolver.

Austin projeta sa lance comme un guerrier masai chassant le lion. Le long pieu frappa l'agresseur en pleine poitrine. Celui-ci lâcha un cri de surprise avant de se renverser en arrière, le doigt crispé sur la détente de son arme pour une dernière salve qui se perdit dans les airs.

Il était à peine tombé que quelqu'un hurla :

« À tribord ! »

L'alerte venait de la plate-forme de combat. L'assaut avait changé de côté.

Deux des hommes de Razov avaient escaladé le flanc droit et se tenaient à cheval sur le bastingage. Détachant la bride qui retenait les fusils sur l'épaule, ils se préparaient à tirer dans le tas.

Agissant par pur instinct, Austin empoigna le cordage le plus proche, et se balança, tel Tarzan dans les arbres. Il traversa tout le pont, suspendu à sa liane improvisée, les deux pieds en avant. Les deux Russes levèrent les yeux pour voir une espèce de Batman, tout en noir, leur fondre dessus. Ils n'eurent pas le temps d'épauler leurs fusils. Heurtés de plein fouet par les pieds d'Austin, ils furent littéralement éjectés du navire alors que ce dernier, déjà reparti dans l'autre sens, se laissait glisser au sol sous les vivats de l'équipage.

« Ouah ! s'exclama Slade. Où avez-vous appris à faire ça ?

— En regardant les vieux films d'Errol Flynn dans ma jeunesse. Pas de blessés ?

— Quelques coupures et égratignures, mais le pont d'*Old Ironsides* n'a toujours pas été violé. »

Austin sourit, donna une bourrade amicale au marin puis regarda autour de lui.

« Qu'est-ce que c'est que ça ?

— Des moteurs », répondit Slade.

Ils coururent regarder par-dessus bord les trois sillages s'éloigner. Des hourras fusèrent... Pas longtemps, puisque les hors-bord mirent les moteurs en panne à une centaine de mètres tandis que les petits éclairs déchiraient à nouveau la nuit. Les tirs étaient cette fois concentrés sur le gréement. Les voiles se déchirèrent et des éclats de bois commencèrent à pleuvoir sur le pont. Les observateurs de la plate-forme en descendirent vite.

« Les lâches ! hurla Slade. Ces salopards ne peuvent pas nous aborder, alors ils veulent nous défigurer. » Des morceaux d'étoffe lui tombèrent sur la tête. « Nous devons faire quelque chose ! »

Austin attrapa le bras du marin. « Vous avez bien parlé d'une salve de vingt et un coups de canon ?

— Quoi ? Oh, ouais, les deux canons sur le pont avant. Nous tirons avec tous les matins et au coucher du soleil. Ce sont de vieux engins qu'on charge par la culasse. Nous les avons trafiqués pour qu'ils tirent des obus de trois cent quatre-vingts millimètres. Mais à blanc... Excepté la fois où quelqu'un a oublié d'enlever un bouchon et où nous avons touché une vedette de la police.

— Nos amis ignorent que vous tirez à blanc.

— C'est vrai. »

Austin dressa les grandes lignes de son plan. Slade partit en courant dire au timonier de changer de cap. Aussitôt dit, aussitôt fait. Le *Constitution* se retrouva bientôt la proue pointée vers les hors-bord russes.

Slade réunit les artilleurs et les canons furent chargés. Les bateaux ennemis faisaient front, bien alignés, mais désorientés par la manœuvre du trois-mâts alors qu'ils s'apprêtaient à attaquer de nouveau. Austin les voulait le plus près possible les uns des autres. La distance diminuait et les bateaux commencèrent à se séparer.

« Maintenant ! » ordonna Austin. Il se couvrit les oreilles.

Slade tira les cordons. Un double rugissement emplit la baie, les canons firent un bond en arrière et le pont avant se retrouva enveloppé par un épais nuage de fumée. Les artilleurs avaient délibérément laissé les bouchons à l'intérieur.

Le coup de bluff fonctionna. Les attaquants virent le grand vaisseau noir avancer sur eux, derrière un écran de fumée pourpre. Ils entendirent la paire de projectiles siffler dans les airs et aperçurent les deux geysers. Les bateaux s'empressèrent de décamper et mirent les gaz à fond en direction de l'entrée du port où ils s'évaporèrent.

Les canons rugirent à nouveau, à blanc cette fois, dans l'allégresse générale.

« La fête est terminée », conclut Austin.

Slade affichait un sourire béat.

Le commentaire qui suivit n'avait sans doute pas la classe des immortels « Ne leur abandonnez pas le navire » ou « Au diable les torpilles ! » mais en regardant le sillage des hors-bord en fuite, Austin ne pouvait qu'abonder dans le sens du jeune officier, lorsqu'il s'exclama, gonflé d'orgueil : « Le père *Old Ironsides* a montré qu'il avait encore des couilles ! »

Chapitre 33

Washington DC

Sandecker balaya du regard le Bureau ovale et réfléchit aux nombreux, et parfois tragiques destins scellés dans cette pièce dont les occupants avaient pouvoir de vie et de mort sur leurs semblables. S'il était vrai que les murs avaient des oreilles, il était sans doute préférable qu'ils fussent muets. Ceux-ci, d'apparence bien tranquille, détenaient des secrets si lourds, accumulés au fil des ans et au gré des diverses personnalités qu'ils avaient abritées... Lors de sa dernière visite à la Maison-Blanche, l'amiral avait été traité en paria et mis en demeure de se tenir à l'écart des affaires relevant de la sécurité nationale. Depuis, la NUMA avait retrouvé et secouru le capitaine du NR-1 et son équipage, et sauvé la face de la Maison-Blanche. Son retour en grâce était on ne peut plus mérité, et Sandecker entendait bien en profiter.

La secrétaire en charge des rendez-vous présidentiels n'avait pas hésité une seconde quand il avait demandé, au téléphone, à rencontrer le Président de toute urgence. Elle avait proprement effacé un ambassadeur et une délégation du Congrès de l'agenda bien rempli du Président, et n'avait pas sourcillé quand il avait précisé que seuls ce dernier et le vice-Président devaient participer à cet entretien.

Sandecker, fidèle à ses convictions, avait refusé l'offre d'une limousine officielle et fait le voyage dans une de ces jeeps Cherokee de la NUMA qu'il affectionnait tant. La réceptionniste avait accompagné l'amiral, Rudi Gunn et Austin jusqu'au Bureau ovale et s'était assurée qu'un steward leur serve le café et des rafraîchissements.

Pendant qu'ils attendaient, Sandecker se tourna vers Austin. « Je voulais vous demander, Kurt. Que ressent-on à mobiliser un monument national ?

— Une sacrée montée d'adrénaline, amiral. Dommage qu'il n'y ait eu que deux canons en proue... J'aurais bien aimé pouvoir crier : "Envoyez-leur une bordée, palsambleu !"

— D'après ce que j'ai entendu dire, l'équipage du *Constitution* et vous-même avez fait preuve d'un remarquable esprit d'initiative. Le fameux *Old Ironsides* s'est montré à la hauteur de sa renommée. »

Les yeux pétillant de malice, Gunn ajouta : « La rumeur qui circule chez les gros bonnets de la marine prétend que l'*Old Ironsides* va reprendre du service dans la septième flotte. Une fois sa voilure rapiécée, bien entendu.

— J'ai cru comprendre que la marine envisage de remplacer un croiseur par le vieux trois-mâts, surenchérit Austin, impassible. Le Pentagone verrait dans l'usage de la voile et des lances d'abordage une réelle opportunité de rogner sur les dépenses.

— Le Pentagone économe ! En voilà une bien bonne... » songea Sandecker, à haute voix. Puis, plus sérieux : « Qu'est-il advenu des hommes qui vous ont attaqués ?

— Les garde-côtes et la police ont fouillé le port. Ils ont trouvé trois bateaux coulés dans les marais d'une île, au large de la rade, les coques transformées en passoires.

— Il y a eu des blessés, non ?

— Les hommes du remorqueur, en effet. Mais ils ont eu la présence d'esprit de jouer les morts, ce qui les a sauvés.

— Et le Russe que vous appelez Ivan ?

— Juste une éraflure à la tête. Il va bien.

— Razov avait-il quelque chose à dire au sujet des pirates ?

— Rien. Il a interrompu la réception, viré tout le monde et pris la mer avant que quiconque ait pu l'interroger.

— Ce Razov est une véritable anguille. » Sandecker parut contrarié. « Ça nous coupe dans notre élan... Sait-on où il se trouve à présent ? »

Gunn acquiesça. « La surveillance satellite l'a repéré voguant à vitesse moyenne, le long de la côte du Maine.

— Un simple yachtsman en croisière, grinça Sandecker.

— J'ai demandé au département satellite de nous envoyer les derniers résultats ici, pour la réunion », les informa Gunn.

La porte s'ouvrit et un agent des services secrets entra. « Le chef arrive », annonça-t-il.

Une certaine animation se fit dans le hall et le Président Wallace pénétra dans la pièce, exhibant son sourire caractéristique et sa main, cette fameuse main tendue, toujours prête à étreindre quelques phalanges. La haute silhouette du vice-Président Sid Sparkman suivait juste derrière. Après les civilités d'usage, le Président s'installa à son bureau et, comme d'habitude, le vice-Président s'assit à sa droite, marquant ainsi l'importance qu'il occupait dans la hiérarchie.

« Je suis content que vous ayez provoqué cette réunion, affirma le Président. Cela me permet de vous remercier, en personne, pour avoir sauvé les hommes du NR-1. »

Sandecker reçut les remerciements et ajouta : « Kurt et les autres membres de l'équipe des Missions spéciales sont les véritables acteurs du succès de cette opération. »

Le Président fronça les sourcils. « On m'a rapporté les événements de Boston, Kurt. Quelle sorte de cinglé pourrait s'en prendre à l'*Old Ironsides* ?

— Le même type de fou qui ordonnerait le massacre de tout un équipage de la NUMA, monsieur le Président : Mikhaïl Razov. »

Le vice-Président se pencha en avant dans son fauteuil comme s'il voulait user de sa stature pour intimider l'auditoire. « Mikhaïl Razov est un personnage éminent dans son pays, affirma-t-il, avec un sourire que démentait la férocité de ses yeux. Vous parlez du prochain leader en puissance, de la Russie. Quelles preuves avez-vous de son implication dans toute cette affaire ? »

Austin aussi se pencha en avant, mettant en valeur sa forte carrure. « La meilleure de toutes. Un témoin oculaire.

— J'ai lu le rapport sur l'attaque du *Sea Hunter*. Les délires d'une femme hystérique », lâcha Sparkman, dédaigneux.

Austin sentit la colère monter en lui. « Hystérique, oui ; délires, non. Le bras droit de Razov, Boris, s'est arrangé pour que nous sachions que l'attaque était le lourd tribut à payer pour notre effraction de l'ancienne base soviétique de sous-marins.

— Je suis content que vous utilisiez le terme "effraction", parce que de quoi s'agit-il, sinon de la violation de la souveraineté territoriale d'un pays ? »

Le sourire qu'arbora alors Kurt n'avait rien de jovial. Son regard avait l'expression du prédateur au moment de bondir sur sa proie résignée. Sandecker vit qu'Austin s'apprêtait à sortir ses griffes et il prit les devants. « Ce qui est fait est fait, je le crains. Nous avons aujourd'hui bien d'autres motifs de préoccupation, messieurs. La perspective d'un complot contre les Etats-Unis. Avec tout le respect que je vous dois, monsieur le vice-Président, nous croyons que le personnage à l'origine de cette menace, celui qui tire les ficelles, est Mikhaïl Razov.

— Ridicule », répliqua le vice-Président. Le Président lui imposa le silence.

« Razov espère s'emparer du pouvoir en fomentant une révolution néo-cosaque, expliqua Austin. En se réclamant de la descendance des Romanov, il a légitimé ses prétentions auprès de ses supporters fanatiques, qui le suivront jusque dans la mort.

— Qu'en est-il, au juste, de cette descendance ?

— Nous l'ignorons, monsieur le Président. Mais nous avons la preuve que la grande-duchesse Maria, une des filles du tsar Nicolas II, a survécu à la Révolution russe, s'est mariée et a eu des enfants.

— Maria ? La seule dont j'avais entendu parler était Anastasia, intervint le Président. J'ai vu le dessin animé de Walt Disney. » Il jouait avec un stylo. « Fascinant… Razov a-t-il des documents attestant la véracité de cette filiation ?

— Je ne serais pas surpris qu'il ait un certificat de naissance. Grâce au régime communiste, les Russes possèdent des décennies d'expérience en matière de falsification de toutes sortes. Nous pensons qu'il va revendiquer le droit à la couronne d'Ivan le Terrible. La couronne a la réputation de conférer un pouvoir mystique à celui qui la porte. Razov affirmera que seul le souverain légitime de la Russie pourrait être en possession de la couronne. Une fois au pouvoir, je doute que quiconque vienne l'embêter pour un échantillon d'ADN.

— Et il l'a, cette couronne ?

— Peut-être. Nous avons trouvé une boîte à bijoux contenant une liste des trésors tsaristes transportés sur *L'Etoile d'Odessa*. La couronne n'y figurait pas.

— Pour en revenir à l'ADN…

— Razov au pouvoir, il aura toute liberté de fabriquer les preuves nécessaires. Ce sera un jeu d'enfant.

— Malgré tous ses problèmes, le peuple russe est un peuple intelligent, dit le Président. Pensez-vous vraiment qu'il puisse avaler une telle histoire ? »

Sandecker sourit. « En tant qu'élu du peuple, vous êtes mieux placé que moi pour connaître l'habileté des politiciens à embobiner le public. »

Le Président s'éclaircit la gorge. « Oui, je vois où vous voulez en venir. Il ne serait pas le premier petit dictateur à rouler son peuple dans la farine. Nous savons que Razov est furieux contre les Etats-Unis et leur tentative de l'effacer du paysage politique. Il donne l'impression de vouloir utiliser cette prétendue menace pour nous faire chanter, et nous faire revenir sur notre décision. Eh bien, j'ai un scoop pour M. Razov. Les Etats-Unis ne se soumettront à aucun chantage. Si nous laissons Razov s'en tirer en toute impunité, nous offrons à d'autres la possibilité de l'imiter.

— C'est peut-être beaucoup plus compliqué qu'un simple chantage, suggéra Austin, se rappelant l'histoire de Petrov à propos de la fiancée du terroriste. Razov avait un grand amour, une jeune femme censée devenir sa tsarine. Elle visitait la Yougoslavie pendant les raids de l'OTAN sur Belgrade, quand elle fut tuée par une bombe américaine. Même s'il s'agissait d'un accident, il voue depuis une haine profonde aux Etats-Unis. »

Sandecker se joignit, à nouveau, à la discussion. « Ce que Kurt essaie de vous faire comprendre, c'est que l'animosité de Razov à notre encontre va au-delà de nos efforts pour le priver d'une carrière politique. Je suis convaincu que la neutralisation des Etats-Unis entre dans le cadre de ses ambitions nationalistes, en plus de satisfaire sa soif de vengeance. »

Le Président se cala dans son fauteuil et se croisa les doigts sur la poitrine. « La dernière partie de votre intervention m'intéresse, amiral. Comment a-t-il prévu de nous mettre hors jeu ?

— Nous pensons que Razov a trouvé un moyen pour libérer l'énergie stockée dans les poches d'hydrates de méthane sous le plateau continental, au large de la côte Est. En déstabilisant le plateau, il peut provoquer d'énormes glissements de terrain subaquatiques, créant ainsi des *tsunamis* dirigés sur des cibles précises. »

Une expression d'immense stupéfaction se lut alors sur le visage du Président. Il se redressa soudain. « Attendez. Vous me dites que Razov a prévu de déclencher des vagues géantes contre les Etats-Unis ?

— Il l'a déjà fait. C'est lui qui a envoyé cette vague sur Rocky Point. »

Se tournant vers Sparkman, le Président demanda : « Sid, j'ai signé un déblocage de fonds d'aide publique aux zones sinistrées pour la ville de Rocky Point. Quelqu'un a-t-il mentionné un lien éventuel avec un acte terroriste ?

— Non, monsieur le Président. Tous ceux à qui j'ai parlé là-bas pensent que la vague a pour origine un séisme sous-marin.

— Bien. Amiral ?

— Peut-être que l'audition d'une autorité en la matière serait judicieuse pour apaiser ou chasser les doutes éventuels.

— Cela me semble une excellente idée, approuva le Président. Quand pourrons-nous entendre votre expert ?

— Tout de suite. Il attend à la réception. En fait, je devrais dire ils attendent puisque j'ai fait venir deux experts, le docteur Leroy Jenkins, un ancien océanographe de l'université du Maine, et le docteur Hank Reed, un géochimiste de la NUMA.

— Vous n'allez nulle part sans assurer vos arrières, James, n'est-ce pas ? »

Le Président Wallace affichait un large sourire.

« Je traîne encore quelques vieilles habitudes, issues des enseignements de l'Académie... J'ai aussi pris la liberté d'inviter notre chef informaticien, Hiram Yaeger. »

Le Président murmura un ordre à l'interphone. Quelques minutes plus tard, l'agent des services secrets introduisait l'équipe de choc dans le bureau. Yaeger n'était pas étranger aux coulisses du pouvoir et n'était jamais impressionné par quelqu'un ne s'exprimant pas en termes de mégaoctets.

Par respect pour le Président, il avait consenti à enfiler une veste de coton écossais usée par-dessus son T-shirt et son jean, et portait des chaussures à lacets en daim, neuves. Jenkins était vêtu de son vieux costume de prof en popeline marron et d'une chemise bleu oxford achetée pour l'occasion. Hank Reed avait fait des efforts pour soumettre sa chevelure rebelle, mais malgré le port d'un costume et d'une cravate, il ne pouvait échapper à la comparaison avec une poupée troll.

À la vue de ces Pieds-Nickelés, le Président se demanda si ce trio infernal n'était pas l'échantillon d'humanité le plus étrange à avoir jamais franchi la porte du Bureau ovale. Il eut le tact de ne pas le montrer. Après une tournée de poignées de main, il déclara :

« L'amiral, ici présent, me parlait du *tsunami* du Maine. Il a l'air de penser que la vague a été provoquée par l'intervention humaine. »

Jenkins, qui torturait le nœud de sa cravate depuis leur entrée dans le bureau, se calma devant l'expression encourageante du Président, détailla l'histoire du *tsunami* de Rocky Point et le résultat de ses investigations quant à son origine.

Le Président se tourna vers Reed. « Etes-vous d'accord avec le docteur Jenkins ?

— *Entièrement*. Je ne vois aucune raison de douter de ses conclusions. Ma recherche montre qu'une force exercée en des endroits spécifiques du plateau continental pourrait produire les résultats qu'il a prédits. »

Austin s'en mêla. « J'ai décrit à des experts l'engin mystérieux que j'ai vu sur le vaisseau d'Ataman. Ils pensent qu'il s'agit d'une bombe très puissante, à la charge profilée et capable d'une grande pénétration. Les micropropulseurs lui permettent de s'enfoncer très profondément dans le sol marin. Elle pourrait être équipée d'ogives multiples comme un missile balistique.

— Etes-vous en train de me parler d'ogives nucléaires ? demanda le Président, l'air inquiet.

— D'après ce que j'ai compris, la bombe pourrait être fabriquée avec des explosifs conventionnels. Certains des plus récents sont presque aussi puissants qu'une arme nucléaire. Il y a autre chose dont je dois vous parler. Le capitaine et le pilote du NR-1 m'ont affirmé qu'Ataman avait utilisé le sous-marin pour repérer les points faibles, les failles et le manque d'épaisseur dans la croûte, le long des pentes et des canyons du plateau continental.

— Où se trouve ce navire à présent ?

— Au large de la côte de la Nouvelle-Angleterre. J'ai demandé à notre service de surveillance satellite de se montrer vigilant. Un coursier devrait nous apporter les résultats d'ici peu.

— Je vais prévenir ma réceptionniste de l'envoyer directement ici », proposa le Président. Puis il s'adressa à Sparkman. « Vous êtes le spécialiste de l'extraction minière, Sid. Vous avez des précisions sur cet hydrate de méthane ? »

Sparkman, qui était resté silencieux depuis un moment, parut gêné. « Oui, monsieur le Président. Il s'agit en quelque sorte d'un gaz naturel en cristaux de gel. Certains l'appellent "glace de feu" et sa manipulation est dangereuse.

— Revenons aux détails de notre affaire, docteur Jenkins. Que doit redouter la côte des Etats-Unis ? »

Jenkins avait l'air préoccupé, comme s'il pensait à autre chose.

« Les dommages dépendent de plusieurs facteurs comme la profondeur de l'eau près du littoral, la forme de la baie, l'existence d'une rivière où la vague concentre son énergie... » Il prit une profonde inspiration. « Il est possible qu'une vague atteigne la hauteur de trente mètres une fois qu'elle bute sur les terres. »

Le Président encaissa le choc. « Cela provoquerait des dégâts inimaginables !

— Oui, bien sûr. Mais il y a pire que les *tsunamis*, déclara calmement Jenkins.

— Que pourrait-il y avoir de pire qu'une vague géante qui s'écrase sur une métropole ? » s'étonna le Président.

Jenkins prit une nouvelle longue inspiration. « Monsieur le Président... Une libération massive de méthane pourrait provoquer un réchauffement de l'atmosphère terrestre d'une grande ampleur.

— Quoi ? Comment est-ce possible ?

— Laissez-moi vous donner un exemple. Au XIe siècle de l'ère chrétienne, un énorme... "renvoi" de méthane émit une immense quantité de gaz dans l'atmosphère et initia une vague de chaleur à l'échelle planétaire. Le climat tropical remonta au nord, jusqu'à l'Angleterre, et les océans inondèrent de nombreuses régions côtières de par le monde. »

Un silence de mort s'installa dans la pièce.

« Razov doit être au courant de cette possibilité, dit Sparkman. Pourquoi ferait-il une chose pareille ? »

Reed proposa une explication. « Les Russes ont toujours voulu le réchauffement des terres désolées au nord du pays. Elles sont d'une richesse incroyable, mais le climat y est trop rigoureux. Il y eut de sérieux débats, à une certaine époque, sur la question de savoir si on pouvait réchauffer les eaux de l'Arctique par l'énergie atomique. Un climat tempéré y aurait autorisé l'élaboration de vastes projets de développement. Durant la même période, d'autres études permirent de réaliser que l'intérieur des Etats-Unis serait alors transformé en un désert de poussière. L'idée fut donc abandonnée.

— Mes conseillers m'ont expliqué les dangers d'un réchauffement de la planète, dit le Président. C'est un processus très complexe. Il n'y a aucune garantie que les choses tournent comme le souhaite Razov.

— Apparemment, il est prêt à tenter le coup, rappela Reed.

— Mon Dieu ! s'écria le Président, ce serait un désastre aux proportions incommensurables.

— Sans vouloir faire de la surenchère dans l'horreur, il y a encore pire, observa Sandecker. Avec ses gigantesques plates-formes de forages mobiles, construites pour l'extraction de l'hydrate de méthane, et des Etats-Unis affaiblis, Razov serait en mesure de contrôler les réserves d'énergie futures dans le monde entier. Il deviendrait ainsi le premier dictateur planétaire, un tsar mondial…

— Cet homme doit être mis hors d'état de nuire... » Ordre ou simple constat, le Président venait de s'exprimer avec une rare autorité.

« Une escadrille de chasseurs aurait vite raison des ambitions de M. Razov, proposa le vice-Président.

— Compte tenu de la situation actuelle en Russie, avons-nous suffisamment de preuves pour détruire ce vaisseau ? » demanda le Président.

Sandecker répondit. « Vous faites bien d'en parler, monsieur le Président. Comme nous le savons tous, la Russie se trouve au bord du chaos avec les forces d'extrême droite de Razov affrontant les modérés. Razov utiliserait le moindre geste de notre part, comme la destruction de vaisseaux russes par exemple, pour montrer que les Etats-Unis sont l'ennemi. C'en serait fait des modérés et l'arsenal nucléaire russe passerait aux mains des Cosaques fanatiques.

— Mais nous ne pouvons tout de même pas laisser ce vaisseau accomplir sa mission », objecta le Président.

La réceptionniste frappa doucement à la porte, et l'ouvrit. Une jeune femme rentra en coup de vent, un classeur à la main. « Désolée pour le retard, dit-elle à bout de souffle. Nous avons rencontré quelques complications.

— Cela ira, la réconforta Sandecker. Mais qu'y a-t-il de si compliqué dans la localisation d'un bateau ?

— Ça, c'était facile. » Elle tendit le dossier à l'amiral. « Nous avons repéré la cible si vite que nous avons décidé de balayer le reste de la côte Est jusqu'en Floride.

— Vous avez trouvé un autre navire ?

— En fait, monsieur, nous en avons localisé trois, positionnés le long de la côte Est. Trois autres sont en route, et il semblerait que l'activité au large de la côte Pacifique soit également intense.

— Merci. » Sandecker renvoya la jeune femme.

Quand elle fut partie, le Président explosa. « Trois navires ? Et d'autres qui arrivent ? Nom de Dieu ! Comment allons-nous découvrir quelle ville est la cible ? » L'ombre d'un nuage passa sur le visage du Président. « Et s'il y a plus d'une cible ? »

Sandecker fit signe à Yaeger. « Hiram ?

— Kurt et Paul ont fait le sale boulot, attaqua Yaeger. Ils m'ont donné accès aux données codées du vaisseau d'Ataman, mais Razov avait utilisé un système stéganographique. Les informations étaient cachées dans des photographies numériques – c'est devenu l'outil de prédilection des terroristes, parce que les images sont dures à déchiffrer. Dans notre cas, il s'agissait de la photo d'un menu de restaurant russe. Cela faisait partie de ce que Razov appelait l'"opération Troïka".

— Razov m'a dit que Troïka n'était rien d'autre que le surnom de son projet d'ouvrir des centres de commerce dans trois villes américaines, précisa Austin. Il n'y a rien de secret à ce sujet.

— Le menu contenait ses plans pour la véritable opération, continua Yaeger. Le mot de passe pour déchiffrer le code se trouvait sur le yacht. Grâce, une fois de plus, à Kurt, Max et moi avons été capables de rentrer dans le système central. Nous avons traqué le code binaire et… l'opération actuelle ne s'appelle pas Troïka, mais Chien-Loup. »

Austin haussa un sourcil. « Gorky et Sacha » soupira-t-il. Devant l'expression abasourdie de l'assemblée, Austin expliqua : « Ce sont les noms des chiens-loups de Razov. Il en est dingue. »

Le Président lui coupa poliment la parole. « Moi aussi, j'aime les chiens, mais je suis plus intéressé par les tenants et aboutissants de cette opération. »

Yaeger reprit. « Le dossier Chien-Loup indique que les trois vaisseaux se positionneraient au large de Boston, Charleston et Miami.

— Mais... ce sont les villes où Ataman a prévu d'ouvrir ses centres, intervint Sparkman, l'air étonné.

— Quelle meilleure couverture pour une opération ? » s'exclama Sandecker.

Yaeger poursuivit. « L'amiral a tout à fait raison. Je suis tombé sur des consignes pour évacuer le personnel et clore les comptes dans ces trois villes. Malheureusement, aucune information dans le système informatique ne stipulait si une seule ou les trois villes sont des cibles.

— Je penche pour Boston, dit Austin. Il y a un important congrès international de la haute finance en ce moment au Boston Harbor Hotel. Y participent les représentants de toutes les nations qui ont essayé de fragiliser l'empire de Razov.

— Alors, les deux autres bateaux seraient des appâts ?

— Je n'écarte pas la possibilité que Razov veuille détruire les trois villes, mais Boston devrait être la cible principale. » Austin ouvrit un dossier qu'il avait gardé sur les genoux. Il en sortit deux feuilles transparentes et les posa sur le bureau présidentiel. « Voici une carte de Rocky Point. L'autre feuille est une carte du port de Boston et ses environs. »

Le Président mit les deux feuilles l'une sur l'autre et jura dans sa barbe. « Elles sont presque identiques. »

Austin acquiesça. « Je pense que Razov a choisi Rocky Point pour tester sa machine à vagues à cause de sa ressemblance avec la vraie cible. »

Le Président assena une grande claque sur son bureau et tendit la main vers le téléphone. « Cette fois, c'en est trop, dit-il. Je convoque un cabinet de crise et l'état-major des armées pour discuter d'attaques aériennes et maritimes, quels qu'en soient les risques. Nous allons sans doute devoir évacuer ces villes. De combien de temps disposons-nous ? »

Hiram répondit : « L'opération doit être lancée dans moins de vingt-quatre heures. »

Sandecker avertit : « La panique, lors d'une évacuation massive, peut provoquer autant de dommages qu'une attaque. Puis-je suggérer une solution intermédiaire, monsieur le Président ?

— Je vous écoute, mais je ne peux pas oublier mes devoirs en tant que chef suprême des armées.

— Nous ne vous en demandons pas tant. Mais d'après ce que nous avons entendu ici, la menace immédiate concerne Boston, et peut-être les deux autres villes. Si l'on se réfère aux informations d'Hiram, le système informatique central se trouve sur le yacht. Je propose que nous le mettions hors service. Pour plus de sécurité, nous arraisonnons les trois vaisseaux et désactivons les explosifs. Pendant ce temps, nous retardons l'arrivée des autres navires, sous un prétexte quelconque. »

Le Président se gratta le menton. « J'aime ça. Bien entendu, je ne peux pas donner officiellement mon accord pour une intervention dans les eaux internationales. Je rejetterai toute responsabilité si les choses se gâtent.

— Ce ne serait pas la première fois que la NUMA agirait en dehors des voies officielles.

— Non, pas la première fois, répliqua sèchement le Président. Qu'en pensez-vous, Sid ?

— La félonie de Razov ne peut être tolérée. Mon premier instinct est de l'éliminer. Je vais m'assurer que l'on tienne les sous-marins d'attaque et les chasseurs prêts à le détruire, lui et sa flotte, si le plan ne fonctionne pas.

— Ça me paraît correct, déclara le Président. Bien, amiral, vous avez ma bénédiction. Mais, ce qui s'est dit ici aujourd'hui n'en sortira jamais. Sid, je veux que vous vous occupiez de mettre en branle les services armés et ceux des opérations spéciales. » Il regarda sa montre et se leva. « Maintenant, si vous voulez bien m'excuser, je reçois une troupe de boy-scouts de l'Etat dans lequel j'ai grandi pour visiter la roseraie. »

Tandis que le Bureau ovale se vidait, Sandecker approcha Sparkman. Pourriez-vous m'accorder un moment en privé ? »

Sparkman semblait mal à l'aise. « Bien sûr, pourquoi n'irions-nous pas dehors prendre l'air ? Nous pourrons voir comment arranger une liaison discrète entre la Maison-Blanche et la NUMA. »

Ils sortirent de la grande demeure et se rendirent au portique sud. Sandecker admirait le parc, si bien entretenu. « Quel cadre enchanteur, n'est-ce pas ?

— Le plus beau de tout Washington.

— Quel dommage, vous n'aurez jamais la chance de vivre ici. »

Sparkman eut un rire teinté d'une pointe d'agacement. « Je n'ai pas l'intention de déménager. De toute façon, les notes de chauffage sont trop élevées ici.

— Ne soyez pas modeste, Sid. Tout le monde à Washington voit en vous le successeur de Wallace une fois son mandat terminé.

— Il n'y a aucune garantie que je sois élu, ni même proposé à la candidature.

— Vous manquez de sincérité. Ce n'est pas un péché d'avoir des ambitions politiques.

— Tout le monde en a dans cette ville, même vous.

— Je ne dirai pas le contraire. » Sandecker pivota sur lui-même pour faire face à Sparkman. « Mais mes ambitions ne sont pas cautionnées par un Russe fanatique, Sid. Alors, que vous a promis Razov ? Et ne me dites pas que vous ignorez de quoi je parle. Vous avez été pris la main dans le sac. »

Le coup de bluff de Sandecker fut convaincant. Sparkman parut au bord de l'apoplexie dans un premier temps, puis il flancha complètement, l'air misérable.

« Une bonne part de la production américaine d'hydrates de méthane devait me revenir. Cela m'aurait rapporté des milliards de dollars, avoua-t-il, d'une voix tremblante.

— Maintenant que vous connaissez les véritables motivations de cette exploitation des réserves de méthane, vous avez changé d'avis ?

— Bien sûr, cela va de soi ! Vous m'avez entendu dans le Bureau ovale. J'étais le plus radical. Je voulais le faire sauter, lui et ses vaisseaux.

— Je suis persuadé que cela n'a rien à voir avec le fait qu'une fois Razov transformé en bouillie, votre secret serait bien gardé. »

Un sourire pâle et fugace apparut sur le visage de Sparkman. « Vous n'avez pas la réputation de tourner autour du pot, amiral. Que voulez-vous ?

— D'abord, je veux que vous sachiez que si un mot de ce qui s'est dit ce matin dans le Bureau ovale arrive aux oreilles de Razov, je m'arrangerai pour faire du reste de vos jours un véritable enfer.

— Je suis peut-être cupide, amiral, mais je ne suis pas un traître. Jamais je n'aiderai ou encouragerai Razov après ce que je viens d'apprendre.

— Bon. Ensuite, dès que nous en avons fini avec cette histoire, je veux que vous donniez votre démission.

— Je ne peux pas…

— Vous pouvez et vous le ferez. Sinon votre rôle dans cette affaire sera diffusé en boucle sur CNN vingt-quatre heures sur vingt-quatre. D'accord ? »

Sparkman n'était plus que l'ombre de lui-même. « D'accord, murmura-t-il.

— Une dernière chose. Dites à Razov que les Etats-Unis essaient toujours de comprendre pourquoi le NR-1 a été volé. Un peu de désinformation ne saurait faire de mal. »

Sparkman acquiesça d'un signe de tête.

« Merci, monsieur le vice-Président. Je ne vous ferai pas perdre plus de temps. Je sais que vous avez du pain sur la planche pour exécuter les ordres du Président. »

Sparkman redressa les épaules. « Quelqu'un de mon bureau restera en contact constant avec vous, de manière à coordonner nos mouvements. »

Les deux hommes se séparèrent sans se serrer la main. Sparkman retourna à la Maison-Blanche. Sandecker se dépêcha de rejoindre les autres qui l'attendaient dans le parking. Il était furieux d'avoir à détruire la carrière d'un homme, et furieux après Sparkman pour s'être montré aussi stupide.

Ses yeux bleus brûlaient d'un feu glacé pendant qu'il se glissait derrière le volant de la jeep et annonçait à la cantonade : « Messieurs, je pense qu'il est temps d'envoyer les chiens-loups de Razov à la fourrière. »

Chapitre 34

Au large de Boston

« Si jamais un jour j'écris mes Mémoires… commença Zavala. Je peux savoir ce qui se passe ?

— Rien qu'une mission scientifique menée par le service de dératisation sibérien dans un sous-marin de l'US Navy, et supervisée par la NUMA, répondit Austin. Officiellement, cette mission n'existe pas… nous n'existons pas.

— Dans ce cas, je ne risque pas d'écrire mes Mémoires… » Zavala secoua la tête.

« Allez, ne fais pas cette tête, dit Austin, regardant autour de lui le spacieux quartier des officiers. De toute façon, personne ne te croirait. »

Austin dut élever la voix pour couvrir les exclamations et les rires d'une douzaine de rudes gaillards, en tenue noire de commando. Ils se trouvaient de l'autre côté de la pièce, en train de se badigeonner la figure de peintures de camouflage, une verte et une noire. Cet exercice les amusait beaucoup. Ça et la bouteille de vodka qui circulait et dont ils se servaient de généreuses rasades. Petrov, vêtu pour le combat comme les autres, se passait à son tour de la peinture sur les joues, masquant sa cicatrice, et balançait de temps en temps une ou deux phrases en russe qui provoquaient l'hilarité générale. Un des hommes se mit à hurler comme un loup et donna une grande claque dans le dos de Petrov, assez forte pour décoller les poumons d'une personne ordinaire. Petrov attrapa la bouteille et s'approcha des deux Américains.

Austin plaisanta. « On dirait une soirée de comiques amateurs au Comédie Club du Kremlin. On peut participer ? »

Petrov rit à son tour et proposa la vodka. Austin déclina l'offre et Zavala assura : « C'est gentil à vous, mais non merci. Je n'aime que la tequila. »

Petrov semblait plus à l'aise qu'Austin ne l'avait jamais vu. « Je rappelais à mes hommes un vieux proverbe russe : "Si tu vis avec les loups, hurle comme un loup." » Remarquant l'expression atone d'Austin, il ajouta : « C'est l'équivalent de votre : "Qui se ressemble s'assemble". » Voyant que sa tentative de traduction tombait à plat, elle aussi, il abandonna la partie. « Je vous expliquerai plus tard. » Il passa une couche de peinture sur le front et les joues d'Austin, à l'indienne. « Maintenant, vous voilà prêt pour l'action.

— Merci, Ivan, répondit Austin complétant le travail. Vous pensez être d'attaque pour une opération de terrain ?

— Pourquoi, vous me trouvez trop vieux ? Si je me souviens bien, je suis plus jeune d'un mois que…

— Je sais, le coupa Austin. Mon dossier. Ne soyez pas si susceptible. Je pensais juste aux blessures récoltées pendant la fête l'autre soir.

— Une merveilleuse bataille. Je n'oublierai jamais comment vous vous êtes balancé de l'autre côté du pont, à la manière de Tarzan ou de Robin des bois. J'ai quelques égratignures, rien qui puisse me ralentir. »

Austin jeta un coup d'œil aux hommes de Petrov. « J'espère qu'il en va de même pour vos commandos. Peut-être qu'on devrait les soumettre à un alcootest. »

Petrov rejeta la remarque d'un signe de la main. « Je

confierais ma vie à ces hommes, sobres ou ivres. Vous vous faites trop de souci. Quelques gorgées de vodka avant le combat, c'est une tradition chez les militaires russes. Notre arme secrète lors des victoires sur Napoléon et Hitler. Quand l'heure viendra, mes gars exécuteront leur mission avec précision et courage. »

Austin lança un regard en direction du jeune marin qui venait d'entrer dans la salle. « On dirait que l'heure est venue, Ivan. »

Le ciment de cette union avait été posé au retour d'Austin à son bureau après la réunion de la Maison-Blanche. Petrov l'attendait. Quand Austin lui avait détaillé le plan, Petrov s'était immédiatement porté volontaire, avec ses hommes, pour aborder le yacht. Austin avait prévenu Sandecker, emballé par cette idée, et qui avait obtenu le feu vert du vice-Président. Des Russes montant à l'abordage d'un yacht russe, voilà qui offrait une couverture idéale et assurait la neutralité du Président.

Le marin examina les visages peints, à la recherche de quelqu'un ayant autorité sur le groupe. Austin leva le bras. « Le capitaine vous fait savoir que nous sommes prêts. »

Petrov aboya un ordre à ses hommes. La transformation fut étonnante. Les grosses plaisanteries cessèrent et la bouteille de vodka disparut. Les sourires furent remplacés par une expression commune de détermination et d'implacabilité. Les mains se tendirent vers les armes automatiques et les chargeurs furent vérifiés dans un chœur de claquements métalliques qui résonna dans la pièce. En quelques secondes, le gang d'ivrognes débraillés s'était transformé en une équipe de combattants aux yeux féroces.

Ivan arbora un air entendu à l'attention d'Austin, avant de lui laisser le passage. « Après vous », dit-il.

Austin attrapa le sac qui contenait son Bowen et,

Zavala et les autres à sa suite, suivit le marin jusqu'à la salle de commandes. Le capitaine Madison leva ses yeux du périscope et dit : « Nous ferons surface dans exactement trois minutes. La cible est à moins de cent mètres. La mer paraît plutôt calme et vous avez de la chance : les nuages cachent la lune.

— Merci d'autoriser mes hommes à profiter de votre vaisseau, capitaine », déclara Petrov.

Madison se gratta la tête. « C'est une première pour moi, mais si nos pays peuvent collaborer dans l'espace, pourquoi pas sous la mer ? » Puis, s'adressant à Austin : « Quelqu'un à la NUMA doit avoir le bras long. N'importe qui ne pourrait pas arracher un sous-marin lance-missiles de l'US Navy à sa patrouille habituelle pour ce qui semble être, pardonnez-moi l'expression, une mission d'opérations spéciales renégate. »

Le *Benjamin Franklin*, long de cent trente mètres, avait été choisi parmi les quatre sous-marins de sa classe parce qu'il était équipé pour les opérations spéciales. Sandecker, malgré son influence considérable, n'aurait pu, à lui seul, obtenir une telle faveur. Mais quelqu'un de très haut placé, si…

Austin expliqua : « Cette mission n'aurait jamais été mise sur pied si elle n'était pas cruciale.

— Bonne chance, alors, leur souhaita le capitaine. Nous vous attendrons aussi longtemps qu'il le faudra. Appelez-nous quand vous voudrez rentrer à la maison.

— Vous serez le premier au courant. » Austin s'approcha d'une rangée d'écrans d'ordinateurs.

« Nous sortons, Hiram », annonça-t-il.

Yaeger était assis face à un clavier pendant qu'un ingénieur du submersible lui montrait certaines particularités de l'installation électronique. Sandecker s'était montré réticent à l'idée d'envoyer Yaeger en mission, mais Austin lui avait fait comprendre à quel point ses compétences informatiques pouvaient être vitales. L'amiral avait toutefois accepté après qu'Austin lui eut promis de ne faire monter Yaeger à bord du yacht que si le système central de celui-ci était verrouillé.

Yaeger serra la main d'Austin et lui souhaita bonne chance, lui aussi. « Je travaille toujours sur le déchiffrage de la dernière partie du code. Je te le ferai savoir si je réussis. »

Au signal d'Austin, Petrov donna à ses hommes une série d'ordres. Le groupe d'abordage traversa le sous-marin et remplit la zone située sous le sas. Un sous-marinier escalada l'échelle et ouvrit le couvercle, laissant un air vif pénétrer à l'intérieur. Austin et Zavala montèrent les premiers et sortirent derrière le kiosque. Petrov et ses hommes les rejoignirent avec deux valises en plastique. Ils les ouvrirent sur le pont, et l'air comprimé gonfla en sifflant les deux canots pneumatiques qu'elles contenaient. Le sous-marinier leur murmura un « Bonne chance, les gars » de bon aloi, avant de disparaître dans le sas qu'il referma derrière lui.

Filtrée par les nuages, la lumière de la lune donnait à la mer des reflets d'étain et l'imposant kiosque, avec ses hydroglisseurs horizontaux, paraissait, dans la pénombre, sortir d'un film de science-fiction. Austin observa un court instant la silhouette du yacht. À la différence de Boston, où il était illuminé comme un paquebot fluvial du Mississippi, le vaisseau était dans l'obscurité, à l'exception de quelques lumières sur les mâts d'antennes et la lueur jaune des fenêtres de cabines.

Les satellites avaient repéré le yacht en train de changer de cap, le long de la côte du Maine, pour filer au sud. Il s'était finalement arrêté au large du Massachusetts à environ quatre-vingts kilomètres de l'*Ataman Explorer I*, qui se trouvent plein est, dans les eaux de Boston. Les deux autres navires d'Ataman avaient fait halte à l'est de Charleston et Miami.

Les hommes s'emparèrent des rames, poussèrent les bateaux à l'eau et s'y installèrent. Après avoir mis leurs lunettes de vision nocturne, ils ramèrent en silence, avec ardeur et précision.

Malgré ses vêtements épais, Austin était frigorifié et il regretta d'avoir refusé la vodka. Il regarda en arrière, dans la direction du sous-marin qui s'était glissé sous l'eau, presque sans remous. Seul dépassait le haut de la tour. Il les attendrait là, sans bouger.

En quelques minutes, les canots avaient comblé la distance qui les séparait du yacht et ils se trouvaient au pied des immenses murs d'acier qui constituaient les flancs du navire. Austin se sentait aussi petit qu'une sardine à côté d'une baleine. D'ordinaire, il aurait estimé les difficultés de cette mission trop grandes pour avoir une chance de réussir, mais Max leur avait bien dégagé le terrain. Alors qu'il furetait dans le système nerveux électronique du yacht, Yaeger avait localisé la pièce où était gardé l'ordinateur central. Tous les participants du raid transportaient un plan étanche du navire, établi par Max.

Une autre découverte de Max était moins excitante, mais tout aussi importante : les registres des feuilles de paie des employés du yacht.

Ils répertoriaient les noms et les postes de presque tout le monde à bord. Comme le yacht lui servait à la fois de maison et de base administrative pour ses sociétés, Razov y logeait tout un ensemble de gouvernantes, cuisiniers, secrétaires et autres comptables… L'équipage était étonnamment restreint, ce qui prouvait une grande automatisation du vaisseau. Austin avait centré son intérêt sur une catégorie que Petrov avait traduite par : « équipage non régulier ». En d'autres termes, l'armée privée du yacht, des tueurs du type de ceux qui avaient tenté d'éliminer Austin et Petrov dans le port. Au nombre de cinquante, leur cruauté et leur loyauté en faisaient une bande redoutable. Petrov, de son côté, avait insisté sur le fait qu'aucun obstacle ne saurait arrêter son équipe.

La ruse serait leur arme principale. Ils se glisseraient discrètement à bord du yacht et se hâteraient d'aller au centre de commandes, qu'ils détruiraient à l'aide d'explosifs bien placés. L'opposition serait neutralisée en douceur. S'ils devaient livrer bataille, ils avaient assez de munitions, et la surprise jouerait en leur faveur en nivelant les forces. Dans le même temps, Austin et Petrov étaient réalistes. Ils n'étaient pas à l'abri d'un coup du sort, ils le savaient, et ils n'écartaient pas la possibilité de rentrer moins nombreux qu'ils n'étaient partis. Mais l'enjeu était tel que le sacrifice de quelques-uns en valait la peine…

Les lunettes de vision nocturne donnaient au navire et à la mer une teinte verdâtre. Austin avait repéré l'entrée, à hauteur d'eau, que Kaela et lui avaient utilisée le soir de la réception. Mais mieux valait l'oublier, car la forcer risquait de déclencher une alarme et elle devait apparaître sur les écrans de surveillance du yacht. À la place, ils avaient choisi la bonne vieille méthode employée aussi bien par les pirates et les assaillants d'un château que les commandos : des grappins.

Repliés, les crochets étaient enfermés dans des tubes en métal. Quand le grappin était lancé, comme un tir au mortier, les crochets s'ouvraient. Les pointes étaient couvertes de mousse de caoutchouc, si bien que quelqu'un à proximité ne les entendrait pas cramponner le bastingage. Deux grappins furent tirés, sans plus de bruit que des bouteilles qu'on débouche. Les câbles bien tendus prouvaient que les crochets avaient agrippé la rambarde. Les hommes de Petrov pointèrent leurs revolvers munis de silencieux vers le bastingage. Si quelqu'un avait la mauvaise idée de se pencher par-dessus, une drôle de surprise l'attendait. Pas un bruit, le yacht était tranquille, ils passèrent donc à la deuxième phase de l'opération.

Austin et Petrov grimpèrent les premiers. Leurs sacs ne leur facilitaient pas la tâche. Ils se reçurent de manière maladroite de l'autre côté de la rampe et inspectèrent le pont désert. Ils firent alors signe aux autres de monter. Après quelques minutes, ils étaient tous accroupis sur le pont, comme un troupeau de gros canards noirs et lourdement armés. Deux hommes restèrent dans les bateaux.

Le commando se sépara en deux. Le groupe d'Austin à tribord, et celui de Petrov à bâbord. Les deux unités devaient avancer en parallèle et se rejoindre à une échelle, au pied de la passerelle. A partir de là, selon le plan, il fallait monter trois étages pour aller au centre de commandes situé dans une petite pièce, derrière la timonerie. À une heure aussi avancée de la nuit, une équipe réduite devait surveiller la passerelle. Austin leva le pouce à l'attention de Petrov. S'accroupissant très bas, leurs revolvers prêts à tirer, chaque groupe commença à progresser vers l'avant.

Austin était content que tout se déroule aussi bien quand, alors qu'ils venaient de dépasser le grand salon de réception, une porte s'ouvrit à la volée. La lumière inonda le pont, brouillant leur vision. Austin releva ses lunettes sur le front, et vit un des gardes de Razov, figé comme un daim dans le faisceau des phares d'une voiture. L'homme tenait une bouteille de vodka, et entourait d'un bras les épaules d'une jeune femme de ménage, sa main glissée dans l'échancrure du corsage de l'uniforme, déboutonné. La chevelure teinte en roux de celle-ci lui pendait devant les yeux, et son rouge à lèvres, étalé, lui barbouillait tout le bas de la figure. Austin réalisa qu'il avait paré à toutes les éventualités… sauf une, la libido du personnel.

Le sourire alcoolisé de l'individu s'effaça à la vue des intrus, maquillés et armés de revolvers automatiques. En tant que tueur professionnel, il savait exactement ce qu'on attendait de lui : *le silence*. La femme ne montra pas une telle retenue. Elle ouvrit grand la bouche et laissa échapper un cri strident. Comme pour prouver qu'elle était capable de faire mieux, elle en poussa un deuxième, plus fort encore, qui couvrit sans peine les jurons d'Austin. Quand elle fut à bout de souffle, elle roula les yeux et perdit connaissance.

Tandis que l'écho de ses hurlements se perdait dans la nuit, le navire s'illumina comme un flipper. Des portes claquèrent à chaque étage, et des exclamations fusèrent dans tous les sens. Des bruits de course et des voix rugueuses aboyant des ordres retentirent un peu partout, auxquels se mêlèrent çà et là de nouveaux cris aigus, apportant un surcroît de décibels au chaos ambiant. Mais ce n'étaient que les préliminaires. Une seconde plus tard, la pagaille était épouvantable.

Chapitre 35

Au large de Boston

Les hélicoptères Seahawk fonçaient côte à côte au-dessus de l'océan et volaient si bas qu'ils effleuraient la crête des vagues. Les appareils étaient recouverts d'une peinture grise dite de faible visibilité, et toutes leurs marques et signes distinctifs étaient, eux aussi, à peine visibles.

Comme il regardait par un hublot de l'hélicoptère, le chef de section, le lieutenant de la marine Zack Mason, réfléchissait à l'appel urgent de Washington et aux ordres reçus : faire décoller sur-le-champ une unité de corps expéditionnaire, pour une mission secrète de la plus haute importance.

Sous son allure classique de fonctionnaire et sa voix douce, se cachait un véritable guerrier, dur et compétent, qui non seulement avait survécu au terrible entraînement du SEAL mais l'avait aimé au point d'y faire carrière. La trentaine, Mason avait déjà participé à des missions diverses et variées, allant du projet avorté d'éliminer Saddam Hussein à la sécurité des jeux Olympiques d'Atlanta.

Officiellement, il commandait une unité SEAL sur la côte Est. Officieusement, il coordonnait les opérations conjointes de différentes forces armées, dont le

SEAL, Delta Force et autre SOAR, dans le cadre de la lutte antiterroriste.

Les ordres de sa mission émanaient directement du secrétaire d'Etat à la Marine lui-même, sans passer par les intermédiaires et la paperasserie habituels.

Après la mise en demeure de Sandecker, Sid Sparkman s'était rendu auprès du Président pour lui avouer les accords passés avec Ataman. Il avait admis avoir été séduit par la perspective de gagner des milliards de dollars, mais ne pas être au courant du complot de Razov contre les Etats-Unis. Puis il avait tendu sa lettre de démission, que le Président annoncerait plus tard. Il s'était aussi proposé comme bouc émissaire. Si l'opération se soldait par un échec, Sparkman en endosserait la totale responsabilité. Le pragmatique Président Wallace avait empoché la lettre, accepté l'offre de Sparkman et demandé à celui-ci d'appeler les autorités de la marine.

Basée à Little Creek, en Virginie, la section SEAL de Mason avait été choisie parce qu'elle était entraînée à l'abordage des navires en mer. Le but de la mission était simple : investir le vaisseau par surprise et désactiver la bombe. Mason savait que la première partie de la mission serait la plus délicate.

« Nous approchons de la cible », lança le pilote d'une voix traînante. Il interrompit la méditation de Mason. « H moins dix minutes. »

Malgré son air calme, Mason ne pouvait contrôler la montée d'adrénaline et l'excitation que provoquait une mission de ce type. Il était ce qu'on appelle un « opérateur », quelqu'un s'étant engagé dans la marine pour l'action. Il jeta un coup d'œil à sa montre suisse, se retourna et fit le signe dix avec les doigts des deux mains à l'attention de ses hommes.

Vêtus en noir, les visages couverts de peinture de guerre, on avait du mal à les distinguer dans la lumière tamisée de la cabine.

Tous étaient des soldats émérites, experts dans le maniement des armes, des plus simples aux plus sophistiquées. Chacun avait choisi celle qu'il préférait. En plus de son fusil, l'expert en explosifs portait un sac à dos bourré de charges de C4 et de détonateurs.

Mason commandait la section de seize hommes qui monterait à l'abordage à tribord. Son second, ou 2IC, pour *Second in command*, dirigeait le groupe qui assurerait l'abordage à bâbord. Malgré leur lourd et impressionnant armement, ces trente-deux hommes ne constituaient qu'une petite force d'attaque pour une cible aussi énorme que l'*Ataman Explorer*. La dernière chose que souhaitaient les SEAL était de livrer une bataille armée à une force bien supérieure à la leur. Leur principale arme serait la surprise ; leurs alliés seraient le choc et la confusion.

« Contrôle communications », annonça-t-il. Comme les hommes de sa section, il portait une radio Motorola MX300 avec laryngophone et écouteurs. Les hommes répondirent dans l'ordre de leurs sièges. Mason compta les réponses. Seize. Tout le monde était connecté. Son 2IC appela depuis l'autre hélicoptère. Ses hommes et lui étaient prêts.

Mason sortit un portable de sa veste d'assaut et composa un numéro. Le téléphone utilisait un algorithme à numération spéciale, qui mettait Mason en relation directe avec les autres équipes d'assaut en route pour arraisonner les vaisseaux de Charleston et Miami.

« Omega One, dit-il. A vous, Omega Two.

— Omega Two, comment allez-vous ? »

Mason sourit à la mauvaise rime. Au cours d'exercices communs, il avait appris à connaître et apprécier le lieutenant de la Delta Force, un Afro-Américain blagueur nommé Joe Louis, comme le grand champion de boxe.

« On est dans les temps, Joe. H moins dix.

— Compris. Hé, Zack, les grosses têtes de la marine

n'ont pas pu imaginer un nom de code plus original qu'Omega, par exemple Silhouettes… ou les Garçons Volants ?

— C'était au tour de l'armée de l'air de trouver un nom à la mission.

— Pff, enfin… H moins huit.

— Appelle-moi quand tu rentres en contact visuel.

— Ça roule, ma poule. Terminé. »

Mason appuya sur un autre bouton et eut Will Carmichael, responsable d'Omega Three. Au contraire de Louis, Carmichael faisait tout dans les règles. Même ses commentaires les plus spontanés semblaient programmés. Il confirma que son équipe était à l'heure, puis ajouta : Cédugato. »

L'expérience avait pourtant appris à Mason que fondre du ciel sur un énorme vaisseau en mouvement, avec probablement un véritable arsenal à bord, et désarmer un explosif inconnu, était loin, justement, d'être du gâteau. Ils avaient répété l'abordage de navires en mer des dizaines de fois, mais aujourd'hui, ça n'était plus de l'entraînement. Le succès de la mission reposait en partie sur l'effet de surprise, il était important de se faire remarquer le plus tard possible. Et l'hélicoptère Seahawk était parfait pour ce genre de travail. Peu bruyant, c'était un petit chef-d'œuvre d'électronique et il avait du mordant : deux mitrailleuses M-60 et un système lance-missile Hellfire.

« H moins quatre », précisa le pilote sur un ton monocorde.

Mason se retourna et leva quatre doigts. Quelques secondes plus tard, le pilote annonçait : « Contact visuel. »

Mason enfila ses lunettes de vision nocturne et ordonna à la section d'en faire de même. Il distingua la silhouette d'un énorme vaisseau fendant les flots. Il appela les autres équipes pour leur signaler le contact visuel. Toutes deux avaient leur cible en vue. Il expliqua qu'il reprendrait contact avec eux une fois à bord de la LZ[1] et il remit vite le téléphone dans son étui.

Ils n'étaient plus qu'à quelques secondes de la cible. Au dernier moment, alors qu'ils paraissaient devoir s'écraser sur les flancs du navire, les Seahawk ralentirent net, remontèrent d'un coup pour survoler le vaisseau et s'immobiliser en surplace de chaque côté du large pont arrière. Des caméras thermiques balayèrent le pont à la recherche de sources de chaleur qui indiqueraient une présence humaine. Satisfaits de n'avoir rien trouvé sur le pont, les pilotes manœuvrèrent les appareils au-delà des mâts et antennes et se stabilisèrent à quinze mètres au-dessus du navire.

Chaque homme savait que ce moment était celui où les deux équipes étaient les plus vulnérables. Comme ils s'y étaient exercés des dizaines de fois, les SEAL déroulèrent jusqu'au pont une corde de cinq centimètres d'épaisseur, solidement attachée au support du palan, puis ils enfilèrent de gros gants de soudeur. Mason, qui se tenait debout à la porte de l'hélicoptère, empoigna le câble d'une main ferme et sauta. Sa forte musculature, acquise à l'entraînement du SEAL, lui permit de contrôler sa descente. Dès que ses pieds touchèrent le sol, il fit un bond de côté pour dégager la corde aux suivants.

Quatre-vingt-dix secondes plus tard, les hélicoptères étaient vidés de leurs occupants. Dès qu'ils atteignirent le pont, les hommes jetèrent leurs gants. Les quatre premiers adoptèrent une formation en cercle, renforcée par chaque nouvel arrivant. Les Seahawk partirent comme des flèches, avec la même grâce et la même soudaineté que des libellules effarouchées, pour s'arrêter et se stabiliser à une centaine de mètres de chacun des

---

1. *Landing Zone* : zone d'atterrissage. *(N.d.T)*

côtés du navire. Ils devaient attendre de savoir si tout danger était écarté sur le bâtiment, ou si la mission avait échoué. Leurs ordres étaient d'évacuer les sections d'assaut et couler le vaisseau par missiles.

Mason promena son regard autour de lui. Il se réjouit de voir que l'artificier, Joe Baron, s'en était tiré sans dommage. Mason pouvait, à la rigueur, manipuler quelques explosifs, mais Baron était un pro. Le lieutenant sortit un bâton fluorescent de sa veste, le secoua pour mélanger les produits chimiques, et quand la lueur bleue apparut, il l'agita à l'attention de l'autre équipe afin qu'elle sût que tout allait bien. Le signal lui fut renvoyé dans les secondes qui suivirent. Les communications radio seraient réduites au minimum pendant qu'ils inspectaient le bâtiment d'un bout à l'autre.

Mason s'empara de son portable.

« Omega Three, LZ poupe, sûre, aucune activité rencontrée. Omega Two, au rapport.

— Omega Two, poupe sûre, personne à la maison, alors sans but nous errons.

— Ici Omega One, procéder selon plan… et arrêter la poésie à deux balles.

— Compris », répondit Louis, qui mourait d'envie d'ajouter « espèce de malappris ».

« Omega Three. Tout est OK. »

Mason ordonna aux sections d'avancer. De chaque côté, ils se partagèrent en deux groupes. Un groupe restait derrière, en position de tir, afin de couvrir l'autre groupe qui se ruait en avant. Puis on inversait les rôles… et ainsi de suite, jusqu'à destination.

En quelques minutes, les deux sections se rejoignirent en proue du vaisseau. Mason donna l'ordre au 2IC d'aller inspecter la passerelle et la superstructure, pendant que son équipe et lui s'occupaient des étages inférieurs. En utilisant la même technique qu'auparavant, Mason et ses hommes mirent peu de temps pour visiter les réserves et les cales. Ils arrivèrent devant une porte scellée par soudure. Comme personne ne pouvait y entrer ni en sortir, ils passèrent à autre chose, et firent irruption dans la salle des machines, arme au poing. Les moteurs tournaient, mais il n'y avait aucune trace des chauffeurs ou des mécaniciens.

Une voix grésilla dans l'écouteur de Mason. « Section du haut. On a visité les quartiers des officiers et de l'équipage. Les lits sont faits. Y a personne ici. Putain, ça fout les jetons.

— Nous sommes dans la salle des machines. Les moteurs ronronnent. Mais personne ici non plus. »

Les équipes continuèrent à fouiller le bâtiment et ne trouvèrent pas âme qui vive. Après une inspection minutieuse, ils remontèrent au pont principal.

La voix du 2IC retentit à nouveau sur la radio de Mason. « Lieutenant, vous devriez monter à la passerelle le plus vite possible. »

Mason et son équipe grimpèrent à la timonerie. En chemin, ils croisèrent des hommes en faction à divers endroits, dont une aile de la passerelle.

« Quelque chose ? demanda Mason à la sentinelle.

— Non, monsieur. »

Mason se hâta jusqu'à la timonerie. Le 2IC et plusieurs gars de sa section l'attendaient. Rien ne semblait anormal. « Que vouliez-vous me montrer ?

— Rien, monsieur. Justement. Il n'y a personne ici. »

Alors qu'il regardait autour de lui les écrans d'ordinateurs brillants d'une lumière bleue, et les façades scintillantes des unités d'affichage digital, la vérité se fit jour. Ses hommes et lui étaient les seuls êtres humains sur le grand navire…

Vinrent ensuite les appels des autres sections Omega. Louis et Carmichael rapportèrent qu'ils avaient trouvé les *Ataman II* et *III* déserts. Tandis qu'il écoutait les différents (mais si semblables) comptes rendus, Mason détecta un changement dans l'allure du bateau. Le vaisseau n'avançait plus. Il alla au grand hublot qui surplombait le pont et plongea son regard dans la nuit. Quelque chose se produisait, il en avait la certitude. Mais cette impression physique qu'il éprouvait était si étrange, si insolite, qu'il ne pouvait se résoudre à l'envisager un seul instant. Il dut pourtant se rendre à l'évidence : le vaisseau se mouvait latéralement.

« Lieutenant, regardez ça. »

Le soldat se tenait devant un large moniteur. Ce qui s'affichait sur l'écran ressemblait à une cible de tir à l'arc. On y reconnaissait l'image d'un bateau, pas très loin du centre. Le navire tournait sur son axe tout en se rapprochant du rond central. Des lumières rouges clignotaient sur chacun de ses côtés. Soudain la situation devint claire pour Mason. Le vaisseau était télécommandé. Les trois navires étaient manœuvrés à distance.

Mason ordonna à son 2IC de protéger la passerelle, appela les Seahawk et leur demanda de venir. Puis il donna des instructions à Joe Baron pour qu'il rassemblât tous ceux qui avaient reçu une formation en maniement d'explosifs sur le pont avant. Il appela les autres unités Omega et leur donna l'ordre de procéder à l'exécution de la mission, désamorcer les bombes. Ensuite, Mason descendit en vitesse au premier niveau et conduisit Baron et ses gars jusqu'à la porte soudée.

Le lieutenant vérifia leur position sur le diagramme du bâtiment. Comme il le supposait, la bombe se trouvait derrière la porte. Baron se mit au travail en y collant des bandes de C4. Il introduisit l'amorce dans la pâte de plastique, et en fit courir le fil le long du mur.

Mason et les autres s'éloignèrent et s'accroupirent à une distance raisonnable, les mains sur les oreilles. Baron pressa le détonateur M-57 relié à l'autre extrémité du fil.

Une espèce de gros souffle, à la fois fort et caverneux, fit trembler les parois du passage.

Ils se ruèrent vers l'ouverture enfumée, réduite à une excavation aux bords irréguliers et de forme plutôt carrée. Baron, qui était maigre comme un clou, fut le premier à se glisser à l'intérieur. Il réceptionna les sacs que lui tendirent ses collègues, et tous le rejoignirent. Des faisceaux de torches électriques transpercèrent l'obscurité, à la recherche d'un interrupteur. Celui-ci trouvé, la pièce qui abritait la bombe fut inondée de lumière.

L'équipe SEAL se tenait sur une plate-forme entourant une sorte de puits, large et rectangulaire. Maintenu en place par des portiques et suspendu au plafond, le missile, pointé vers le bas, semblait plonger dans les entrailles du navire. Les hommes, médusés, regardaient en silence l'énorme cylindre, sur lequel le reflet des néons brillait d'un éclat funeste.

« Réveillez-vous, les gars. On n'a pas le temps d'admirer le spectacle ! » aboya Mason.

Baron examina le missile sous toutes les… soudures et exhala un long soupir. « Bon Dieu, mec, jamais vu un engin pareil.

— Pouvez-vous le désactiver ? »

Baron sourit et se frotta les mains. « Est-ce que le pape vit à Rome ?

— Non, justement. Il vit au Vatican.

— Pff ! Même chose. » Baron sortit un stéthoscope de son sac et l'appliqua sur différentes parties du missile.

« Il est prêt pour le grand départ. Je l'entends vrombir.

— C'est quoi, toutes ces connexions ? l'interrogea Mason.

— Carburant et câbles électriques. Vaut mieux pas les couper.

— Sinon il se lancerait tout seul ?

— Ouais… Non, ce que je dois faire, c'est lui arracher le cœur. »

D'une main experte, il caressa un panneau en relief sur le flanc du missile, puis il sortit une trousse à outils de son sac. À l'aide d'une visseuse-dévisseuse sans fil, il entreprit d'enlever le couvercle du panneau mais se heurta à des difficultés, certaines pièces étant rouillées. Soudain, il s'arrêta de travailler et écouta.

« Merde ! s'écria-t-il.

— Qu'est-ce qui ne va pas ? » demanda Mason, incliné au-dessus de son épaule. Baron s'apprêtait à lui répondre, mais Mason lui fit signe de se taire. Le 2IC appelait depuis la timonerie.

« Je ne sais pas ce que ça signifie, lieutenant, mais tous les appareils et les écrans s'affolent, ici.

— Bougez pas. » Mason se tourna vers Baron. « C'était la salle des commandes. Les instruments montrent une activité anormale. » Il tendit l'oreille. Un vrombissement sonore, qui s'intensifiait, emplit la pièce.

Baron regarda autour de lui, comme s'il cherchait à voir le bruit. « Cette saloperie se met en route.

— Vous pouvez faire quelque chose ?

— Il y a encore une chance, si je peux ouvrir ce panneau… et saboter le circuit d'activation. Restez là avec ce coupe-fil. »

Baron réussit à dévisser un boulon et s'escrimait sur un autre quand ils entendirent tous un nouveau son, comme le grincement d'un mécanisme, venant d'en dessous. Ils se penchèrent, ce qui les protégea de l'éclat aveuglant des étincelles qui jaillirent des câbles électriques, quand ceux-ci et tous les autres conduits se détachèrent des flancs du missile, juste au-dessus de leurs têtes. Ils se jetèrent au sol. Sous eux, les portes de la *moon pool* s'écartaient.

Alors, les rotors des micropropulseurs se mirent en marche.

Tandis que la *moon pool* s'ouvrait en entier, il y eut une explosion, et les portiques qui maintenaient le missile s'effondrèrent. Les câbles qui les retenaient claquèrent comme des fouets. Leurs extrémités, ainsi libérées, balayèrent l'espace en fendant l'air, et elles auraient décapité quiconque se trouvait sur leur chemin.

Le temps parut alors se figer. Tous les regards se portèrent sur le missile. Ils ne rencontrèrent que le vide, une ouverture béante. Leurs efforts n'avaient servi à rien…

Des voix hurlaient dans les oreilles de Mason. Les autres unités ne s'en étaient pas mieux sorties. Joe Louis cria : « Omega Two. La bombe est lâchée ! »

Puis, ce fut au tour de Carmichael d'intervenir : « Omega Three. La nôtre aussi ! »

Mason et ses hommes rampèrent jusqu'à l'ouverture et ouvrirent grands les yeux. Des remous agitaient encore l'eau, à l'endroit où le missile s'était enfoncé. Tandis que leurs regards tentaient de percer les ténèbres, au-delà de la surface trouble des flots, les membres de l'unité Omega One perçurent la même sensation de malaise et d'effroi. Ils étaient en train de contempler la bouche de l'enfer…

Chapitre 36

Le bras droit de Petrov, un géant qu'Austin avait surnommé Poucet, fit un pas en avant et porta un coup sur la tempe de l'homme, avec la crosse en bois de son AKM. Les jambes du garde se dérobèrent sous lui et il s'effondra sur le pont. Des silhouettes accouraient. Quelqu'un alluma une torche électrique dont le faisceau captura Austin. L'AKM éructa une fois. À la moyenne de six cents balles par minute, la plus courte des rafales était mortelle, surtout à bout portant.

La torche ricocha sur le pont, mais les quelques rais de lumière qu'elle dispensa avant de s'éteindre suffirent aux hommes de Razov pour évaluer la force et la position de l'adversaire. Les éclairs blancs de multiples coups de feu illuminèrent la nuit et les gardiens du yacht plongèrent pour se mettre à couvert. Dans la lueur stroboscopique produite par la fusillade, les hommes de Petrov semblaient se mouvoir au ralenti.

Austin et Zavala se jetèrent au sol et roulèrent jusqu'à se trouver à l'abri, derrière un bollard. Les balles volaient au-dessus de leurs têtes ou ricochaient sur le gros champignon d'acier. Austin leva son Bowen et tira sur une ombre mouvante, sans savoir s'il l'avait touchée ou pas. Zavala lâcha quelques rafales, au jugé lui aussi. Les coups de feu devinrent alors plus épars ; les hommes de Razov se dispersaient.

« Ils essaient de nous déborder ! » cria Zavala.

Poucet, à plat ventre un peu plus loin, leur fit signe. « Allez-y ! beugla-t-il. Nous contrôlons la situation. »

Austin en doutait. Poucet et ses hommes pouvaient tenir le pont étroit pendant un temps mais, comme les Spartiates défendant le défilé des Thermopyles, ils risquaient eux aussi d'être pris à revers. Poucet secoua le pouce par-dessus son épaule. Le geste se passait de traduction. *Bougez-vous*. Ils tirèrent encore quelques balles, pour faire diversion, puis reculèrent en rampant jusque sous le bossoir d'un canot de sauvetage.

Tandis que les hommes de Razov continuaient d'arroser leur ancienne position, ils se relevèrent et coururent, têtes baissées, en direction d'une des portes du salon. Elle n'était pas verrouillée. Ils entrèrent, revolver au poing. Les lustres de cristal éteints, la seule clarté provenait d'une série d'appliques murales. Ils traversèrent la piste de danse. Austin s'arrêta. Des hommes de Petrov pouvaient se trouver dans les parages, et les surprendre serait la dernière erreur à commettre. Il appela Petrov sur la radio et lui donna leur position.

« Vous êtes en retard pour le bal, plaisanta Petrov.

— Je ne suis pas venu pour danser… J'ignore combien de temps Poucet va pouvoir tenir.

— Vous allez être surpris, affirma Petrov. Sortez par la porte qui donne directement sur le pont. On vous attend. »

Austin éteignit la radio, ouvrit la porte et sortit. Personne… Des formes sombres émergèrent alors de l'ombre, où les commandos se cachaient. Petrov vint à eux. « Vous vous êtes montrés avisés en ne pointant pas votre nez dehors sans prévenir. Mes hommes sont un peu nerveux. J'en ai envoyé quelques-uns de l'autre côté. On devrait avoir de leurs nouvelles dans un… »

Il fut interrompu par le bruit caractéristique de grenades qui explosaient. Les coups de feu devinrent plus sporadiques. « À l'évidence, mes hommes ont réduit les effectifs ennemis, annonça Ivan, satisfait. Bien. Je pense qu'il est temps d'accomplir votre mission. Beaucoup d'espoirs reposent sur vous. Avez-vous besoin d'aide ?

— Je vous appellerai si c'est le cas. » Austin se dirigea vers une échelle qui menait à la passerelle.

« Bonne chance ! » cria Petrov.

Austin et Zavala se trouvaient à mi-parcours quand tombèrent les terribles rapports des unités Omega. Austin s'arrêta pour avertir Zavala des mauvaises nouvelles que lui transmettait la radio.

« Ils ont lâché les bombes… Les trois. »

Devant lui, Zavala se retint aux barreaux de l'échelle. Il se retourna et égrena un chapelet de jurons espagnols. « Qu'est-ce qu'on fait, maintenant ? »

Pour toute réponse Austin leva son revolver d'un geste vif et visa Zavala qui se figea. Le Bowen gronda, une fois. La balle frôla la tête de Zavala, accompagnée d'un souffle ébouriffant. Un objet volumineux chuta de la passerelle et s'écrasa au sol dans un bruit sourd. Zavala attendit que les petites étoiles qui dansaient devant ses yeux s'éteignissent et il découvrit, stupéfait, un Cosaque, les bras en croix, sur le pont. Un sabre gisait à un mètre de sa main ouverte.

« Excuse-moi, Joe, dit Austin. Mais ce gars s'apprêtait à te décapiter. »

Zavala grimaça un sourire et se passa les doigts dans les cheveux, là où le projectile l'avait effleuré.

« Ne t'en fais pas. D'abord, j'ai horreur des prises de tête. Ensuite, j'ai toujours voulu avoir la raie de ce côté.

— On ne peut plus rien faire pour les bombes, déclara Austin l'air sombre. Mais on peut régler son compte à l'ordure qui en est responsable. »

Ils reprirent l'escalade, Austin en tête, cette fois. Ils arrivèrent sous la timonerie, au croisement des deux ailes qui permettaient d'y accéder par bâbord ou par tribord. Ils se séparèrent afin de couvrir chaque côté. Austin sprinta jusqu'en haut des escaliers. Il s'avança lentement vers la porte et coula un regard à l'intérieur. La vaste salle des commandes était à peine éclairée et paraissait déserte, à l'exception d'une silhouette solitaire, dressée devant un écran d'ordinateur. Le dos tourné à Austin, elle semblait absorbée dans la contemplation du moniteur. Austin chuchota dans sa radio, pour demander à Zavala de veiller au grain. Puis il pénétra dans la pièce.

Les chiens-loups de Razov avaient dû le sentir. Ils jaillirent de nulle part, toutes griffes dehors et la queue fouettant l'air, pour manifester leur joie de revoir Austin. Il les repoussa de sa main libre, mais les braves toutous avaient gâché tous ses efforts de discrétion. Razov fit volte-face et se renfrogna devant l'attention que ses chiens chéris portaient à Austin. Il jappa un ordre bref et les bêtes, aussitôt calmées, rampèrent jusqu'à lui en gémissant. Ses lèvres fines s'étirèrent en un rictus moqueur.

« Je vous attendais, monsieur Austin. Mes hommes m'ont prévenu de votre intrusion. Cela devient une fâcheuse manie. Je suis content de vous voir, malgré tout. Vous êtes parti si vite, l'autre soir…

— Vous changerez d'avis quand nous aurons réduit vos projets à néant.

— C'est un petit peu tard pour cela », ricana Razov en désignant le moniteur. L'écran était divisé en trois segments verticaux. Sur chacun, un point lumineux descendait rapidement vers une ligne ondoyante, au bas de l'image.

« Je sais que vous avez largué les bombes.

— Alors vous savez qu'il n'y a maintenant plus rien

que vous puissiez faire. Quand les missiles toucheront le fond, les micropropulseurs leur permettront de pénétrer dans le sol où ils exploseront, libérant ainsi l'hydrate de méthane et provoquant l'affaissement du plateau. Ce qui, bien sûr, va générer des *tsunamis* qui détruiront trois villes côtières majeures…

— Sans parler de votre projet fou de déclencher un réchauffement de la planète. »

Razov parut étonné, puis il sourit et secoua la tête. « J'aurais dû me douter que vous découvririez le but ultime de la manœuvre. Aucune importance. Oui, la Sibérie va devenir le grenier à blé du monde, et votre pays, tout occupé qu'il sera à panser ses plaies et essayer de se nourrir, n'aura ni le temps ni les moyens de s'intéresser aux affaires de la Russie. On vous vendra peut-être du blé sibérien, si vous êtes sages.

— Croyez-vous qu'Irina aurait apprécié cette folie meurtrière ? »

Le sourire s'estompa. « Vous n'êtes pas digne de prononcer son nom.

— Peut-être pas. » Austin pointa le Bowen sur le cœur de Razov. « Mais je peux vous envoyer la rejoindre. »

Razov proféra un ordre. Les rideaux qui séparaient la pièce principale de la salle des cartes s'ouvrirent, et deux hommes firent irruption, un Cosaque barbu et Pulaski. Mitraillette au poing, ils contournèrent Austin. Puis les rideaux s'écartèrent à nouveau. Un homme grand, dans une longue robe noire, apparut alors. Il fixa Austin de ses gros yeux enfoncés, et se lécha les lèvres, comme s'il se préparait pour un festin. Il s'exprimait en russe, d'une voix sépulcrale.

Un frisson parcourut Austin, mais il garda son revolver pointé sur Razov.

Ce dernier semblait s'amuser de la réaction d'Austin. « J'aimerais vous présenter Boris, mon associé et plus proche conseiller. »

Le moine sourit à l'évocation de son nom et prononça quelques mots, toujours en russe. Razov traduisit. « Boris dit qu'il est désolé de ne pas avoir eu la chance de vous rencontrer sur le bateau de la NUMA.

— Vous ne pouvez pas savoir à quel point je m'en veux de l'avoir manqué, répliqua Austin. Il ne serait pas ici aujourd'hui.

— Bravo ! J'aime votre aplomb. Mais baissez ce revolver, maintenant, monsieur Austin. Pendant que nous discutons, mes hommes éliminent vos compagnons les uns après les autres. »

Austin n'avait aucune intention de lâcher son arme. S'il le fallait, il tomberait sous les rafales de mitraillettes mais en entraînant Razov et Boris avec lui. Il se demanda ce que faisait Zavala. Pendant qu'il réfléchissait à son prochain mouvement, il entendit la voix de Yaeger dans les écouteurs.

« Kurt, tu m'entends ? Il y a encore une chance. J'ai travaillé sur ce fameux code que je n'arrivais pas à trouver. Cela concerne les bombes. Elles n'exploseront pas tant qu'elles ne seront pas activées. Tu m'entends ? »

Le revolver toujours pointé sur Razov, Austin jeta un regard vers le moniteur. Les bombes reposaient sur le fond de l'océan. Razov vit ce qui intéressait Austin. « Les carottes sont cuites, monsieur Austin.

— Pas tout à fait... Les bombes sont inoffensives si on ne les active pas. »

Le visage de Razov trahit sa surprise, mais il se reprit aussitôt. La rage déformait ses traits. « En effet, et vous allez avoir le privilège d'assister à leur activation. Quel dommage que vous mourriez en vous disant que votre misérable tentative pour empêcher l'exécution de mon grand projet a lamentablement échoué... »

Razov hocha la tête de façon presque imperceptible. En réponse, Boris s'approcha du clavier qui jouxtait le moniteur, et ses longs doigts se tendirent vers les touches… qu'ils n'atteignirent jamais.

Ne s'intéressant plus à Razov, Austin balaya l'air de son revolver, visa la main du moine et appuya sur la détente. La main explosa au sens propre du terme. Boris regarda, incrédule, son moignon sanglant. Un mortel ordinaire se serait effondré sur le sol. Boris, lui, poussa un hurlement sauvage et fixa Austin de ses yeux flamboyant de haine. Il plongea la main gauche sous sa tunique et en ressortit un poignard. Sans faire cas du sang qui giclait de son poignet amputé, il avança sur Austin.

Les autres hommes brandirent leurs mitraillettes. Boris cria. Il voulait Austin pour lui seul.

Ce dernier ne parvenait pas à comprendre comment cet individu tenait encore debout. Il leva le Bowen dans l'intention d'achever le moine d'une balle entre ses yeux déments, mais il en fut empêché par Pulaski qui l'avait attrapé par-derrière.

Boris était si près qu'Austin pouvait sentir son odeur de fauve et de crasse, ainsi que son haleine faisandée. Il sourit, exhibant une dentition pourrie, et il leva sa dague, prêt à l'abattre.

En se démenant comme un forcené, Austin réussit à frapper du talon l'entrejambe de Pulaski. Celui-ci gronda sous l'effet de la douleur et relâcha son emprise, ce dont profita Austin pour lui envoyer son coude dans les côtes. Pulaski s'écarta, et Austin, qui tenait toujours son arme, leva le Bowen, amena le long canon du revolver à hauteur de la poitrine de Boris, et tira à bout portant. L'impact fut si violent que le moine fut projeté contre la cloison et glissa jusqu'au sol.

Dans l'urgence, Pulaski assena la crosse de sa mitraillette sur la tempe d'Austin. Kurt passa en revue toutes les constellations de la galaxie en s'écrasant sur le plancher, avant de plonger dans un trou noir pendant une seconde, la douleur l'empêchant de perdre connaissance pour de bon. À travers un épais brouillard, il vit Razov taper un ordre sur l'ordinateur. Il sentit le recul du revolver dans sa main et sombra dans l'inconscience.

Pulaski abaissa alors sa mitraillette au-dessus de la tête d'Austin pour lui administrer le coup de grâce, mais le Heckler & Koch de Zavala fit feu. Pulaski tomba, suivi du Cosaque.

Quand Austin revint à lui, Zavala se tenait à ses côtés. Les chiens-loups s'étaient réfugiés dans un coin au moment où la fusillade avait commencé. Le calme revenu, ils s'approchèrent d'Austin pour lui lécher la main.

« Désolé de n'avoir pu intervenir plus tôt, mais j'échangeais quelques balles avec une paire de gorilles... »

Austin sourit et caressa les chiens. « Où est Razov ? demanda-t-il, en regardant autour de lui.

— Il s'est enfui par l'autre porte pendant que je m'occupais du Cosaque. »

Austin se releva avec l'aide de Zavala. Il jeta un coup d'œil aux cadavres, puis il se dirigea vers l'ordinateur. L'écran n'était plus qu'une pile de verre brisé. « Les bombes devaient être activées d'ici. Razov s'apprêtait à déclencher les explosions. J'ai eu l'ordinateur central par un coup chanceux. »

Zavala rit. « J'espère qu'il a gardé la garantie. »

Austin vérifia le bon fonctionnement de sa radio, un peu chahutée, et comme elle marchait, il appela Petrov. « Ivan, vous êtes là ?

— Oui, nous sommes ici. Des problèmes ?

— Quelques-uns, mais nous les avons réglés. Comment allez-vous ?

— Ils ont commis l'erreur de vouloir nous prendre

à revers. Nous les attendions. Ce fut presque une partie de rigolade, une vraie chasse au dindon comme vous dites en Amérique. J'ai perdu quelques hommes, mais ce n'est plus, maintenant, qu'une question de nettoyage…

— Bon travail. Boris est mort. Nous avons empêché l'activation des bombes. Razov s'est échappé. Ouvrez l'œil.

— D'accord. Attendez. Un hélicoptère décolle. »

Austin pouvait entendre le vacarme des rotors. Il sortit sur l'aile de la passerelle juste à temps pour voir un hélicoptère noir monter en flèche au-dessus du navire. Il leva son revolver, mais le mât le gêna pour viser. Quelques secondes plus tard, l'appareil s'était fondu dans la nuit.

Quelque chose frottait les mollets d'Austin. Les chiens-loups réclamaient un peu d'attention et de nourriture, pas forcément dans cet ordre. Kurt rengaina son revolver et leur gratta la tête. Les deux chiens blancs sur les talons, il descendit, avec Zavala, retrouver Petrov et ses hommes sur le pont principal. Avec un peu de chance, il trouverait peut-être une assiette de saucisses pour ses nouveaux copains.

Chapitre 37

Royaume-Uni, 36 heures plus tard

Lord Dodson se redressa soudain dans son fauteuil en cuir. Il se frotta les yeux et regarda autour de lui, l'air un peu hébété, les boiseries familières de son bureau. Il s'était assoupi en lisant une nouvelle biographie de lord Nelson. Il marmonna, maudissant les symptômes du grand âge. La vie de Nelson n'avait pourtant rien d'ennuyeux, bien au contraire.

Un bruit l'avait arraché à sa torpeur, il en était certain. À présent, pourtant, tout semblait tranquille. Jenna, sa gouvernante, était partie un peu plus tôt. La maison n'abritait, *a priori*, aucun fantôme, bien que parfois il entendît des grincements et des murmures. Il tendit la main et attrapa sa pipe qui reposait, froide, sur le rebord du cendrier. Il envisagea de l'allumer mais la curiosité l'emporta. Il reposa la pipe et mit son livre de côté. Puis il s'extirpa de son confortable siège, déverrouilla la porte d'entrée et s'avança dans la nuit claire.

De magnifiques nuages lumineux passaient leur chemin en saluant la lune, et les étoiles s'épanouissaient, çà et là, au gré du firmament. Le vent ne soufflait pas, ou si peu. Il agita le carillon éolien, au-dessus du seuil. Non, pensa-t-il, son tintement n'était pas le bruit qui l'avait réveillé. Il retourna à l'intérieur. Alors qu'il refermait la porte, il se figea en entendant un craquement en provenance de la cuisine. Jenna était-elle revenue sans qu'il le sache ? Impossible. Elle devait s'occuper d'une sœur malade, et elle donnait à sa famille la priorité sur le travail.

Dodson s'en fut en silence dans son bureau et il décrocha le fusil de chasse qui ornait le dessus de la cheminée. En tremblant, il ouvrit un tiroir, à la recherche de cartouches. Il chargea le fusil et s'approcha de la cuisine.

La lumière brillait. Il s'avança. Il vit tout de suite le panneau vitré cassé, sur la porte de derrière. Le sol était jonché de débris de verre. Le bruit était peut-être dû à quelqu'un marchant sur les morceaux de vitre. Des voleurs. Maudits effrontés qui n'hésitaient pas à s'introduire chez quelqu'un en sa présence. Dodson marcha jusqu'à la porte pour voir les dégâts de plus près. Comme il se penchait, il surprit un reflet mouvant dans un panneau intact.

Il se retourna brusquement. Un homme était sorti de l'office, un pistolet à la main.

« Bonsoir, lord Dodson. Donnez-moi votre fusil, je vous prie. »

Dodson s'en voulait de ne pas avoir pensé à vérifier l'office en premier. Il baissa son arme et la tendit à l'intrus. « Mais qui êtes-vous donc, et que faites-vous ici ?

— Mon nom est Razov. Je suis le propriétaire légitime d'un objet de très grande valeur, que vous gardez en votre possession.

— Alors vous faites une belle erreur, parce que tout ce qui se trouve dans cette maison m'appartient. »

Les lèvres minces s'étirèrent en un sourire moqueur. « Tout ? »

Dodson hésita. « Oui. »

L'individu fit un pas en avant. « Venez, lord Dodson. Il est indigne, de la part d'un parfait gentleman britannique comme vous, de se faire prendre en flagrant délit de mensonge.

— Vous feriez mieux de partir, j'ai appelé la police.

— Tut tut. Encore un mensonge. J'ai coupé la ligne de votre téléphone après une petite conversation avec votre gouvernante.

— Jenna ? Où est-elle ?

— Dans un endroit sûr. Pour le moment. Mais si vous ne me dites pas la vérité, je me verrai dans l'obligation de la tuer. »

Dodson ne douta pas un seul instant que l'homme mettrait sa menace à exécution. « Bon, d'accord. Quel est cet objet que vous voulez tant ?

— Je pense que vous le savez. La couronne d'Ivan le Terrible.

— Qu'est-ce qui vous fait croire que j'ai cette… quoi donc ? Une sorte de couronne russe, vous dites ?

— Cessez de jouer au plus malin avec moi, je ne suis pas réputé pour ma patience. Quand je n'ai pas trouvé la couronne avec le reste du trésor tsariste à bord de *L'Etoile d'Odessa*, j'ai fait ce que tout chasseur d'expérience fait. J'ai effectué des recherches. La couronne voyageait avec la famille du tsar jusqu'à son arrivée à Odessa. Mais la tsarine eut la prémonition qu'elle et ses filles n'arriveraient jamais au bout de leur voyage. Elle voulut s'assurer que, même si la famille disparaissait, la couronne se trouverait à l'abri, jusqu'à ce qu'un héritier de la dynastie des Romanov s'en serve pour réclamer le trône. Elle confia donc la couronne à un agent anglais.

— Cela doit remonter à longtemps avant ma naissance.

— Bien sûr, mais nous savons tous les deux que cet agent était l'employé de votre grand-père. »

Dodson commença à protester, mais il réalisa vite qu'il serait idiot de persister dans cette voie. L'homme savait tout. « La couronne ne représente rien pour moi. Si je vous la donne, je dois avoir votre parole que vous libérerez ma gouvernante. La pauvre n'est au courant de rien.

— Je me fiche de cette vieille femme. Menez-moi à la couronne.

— Très bien. Venez avec moi. »

Lord Dodson le mena à un vestibule et ouvrit les portes d'un placard de plain-pied. Il écarta les manteaux d'hiver et autres vestes pendues là, puis il poussa de côté les chaussures et pénétra à l'intérieur. Il souleva une latte de plancher et pressa un bouton, caché dans la niche ainsi dégagée. Le fond du placard glissa silencieusement sur le côté. Dodson éclaira et, Razov sur les talons, descendit un escalier de pierre en colimaçon débouchant dans une salle d'environ vingt mètres carrés. Des sortes d'équerres en fer rouillé dépassaient des murs.

« Nous nous trouvons dans un cellier antique de l'époque romaine. On y entreposait le vin et les légumes.

— Epargnez-moi vos leçons d'histoire, lord Dodson. La couronne ! »

Dodson hocha la tête et s'approcha d'une paire d'équerres. Il les tourna, dans le sens des aiguilles d'une montre. « Le mécanisme de déverrouillage. »

Ses mains coururent sur la surface des pierres jusqu'au moment où ses doigts trouvèrent un creux. Il tira sur quelque chose et un pan du mur, en fait une porte en fer recouverte de pierres plates, s'entrouvrit. Dodson recula. « Votre couronne est là. À l'endroit exact où mon grand-père l'a déposée voilà près de cent ans. »

La couronne reposait sur un piédestal recouvert de velours pourpre.

« Tournez-vous et mettez les mains dans le dos », ordonna Razov.

Il lia les poignets et les chevilles de Dodson avec un ruban adhésif et fit s'asseoir le vieil Anglais contre un mur. Razov enfila alors le pistolet dans sa ceinture et s'empara de la couronne. Elle était plus lourde qu'il ne se l'était imaginé et il grogna sous l'effort en la prenant dans ses bras, pour la serrer sur son cœur.

L'éclat des diamants, rubis et émeraudes n'avait d'égal que celui qui brillait dans les yeux avides de Razov.

« Tu es belle, murmura-t-il.

— Personnellement, je l'ai toujours trouvée un peu clinquante, objecta Dodson.

— Les Anglais… cracha Razov avec mépris. Vous êtes comme votre grand-père, un imbécile. Aucun d'entre vous n'a su apprécier le pouvoir qu'il tenait entre les mains.

— Au contraire. Mon grand-père savait qu'une fois la famille du tsar morte, l'apparition de la couronne déchaînerait les passions et provoquerait les aspirations au trône d'une foule de prétendants… légitimes ou non. » Il fixa Razov du regard. « Les autres nations seraient entraînées dans ce tourbillon de folie. Il y aurait une nouvelle guerre mondiale.

— À la place, on a eu droit à presque un siècle de communisme.

— Cela serait arrivé un jour, de toute façon. Le régime tsariste se serait autodétruit, miné par la corruption. »

Razov éclata de rire et posa la couronne sur sa tête. « Comme Napoléon, je me sacre moi-même. Voyez le prochain souverain de la Russie.

— Je ne vois qu'un petit homme faisant l'étalage vulgaire de la richesse. »

Les yeux de serpent de Razov se vidèrent de toute expression. Il coupa une nouvelle bande d'adhésif et la colla sur la bouche de Dodson, puis il se saisit de la couronne et grimpa les escaliers. Arrivé en haut, il s'arrêta. « Vous devez avoir lu *La Barrique d'Amontillado* de Poe, où la victime est emmurée à jamais ? Peut-être qu'un jour on trouvera vos ossements. Je vous laisse ici, à la place de la couronne. Ah ! J'ai bien peur d'avoir à me débarrasser de votre gouvernante. »

Il sortit du placard dans le vestibule. Ses mains toutes deux occupées par la couronne, il ne put refermer le panneau secret. Il envisagea d'aller poser la couronne dans sa voiture, et de revenir pour sceller le destin de Dodson. Il tuerait ensuite la gouvernante et jetterait son corps dans la rivière.

Alors qu'il se dirigeait vers l'arrière de la demeure, son précieux fardeau sur les bras, il entendit qu'on frappait à la porte d'entrée. Il stoppa net.

La voix de Zavala retentit. « Lord Dodson ! Oh oh, êtes-vous là ? » Puis on frappa une nouvelle fois, plus fort cette fois. Razov pivota sur ses talons et prit la direction de la cuisine.

Lorsqu'il était sorti vérifier quelques minutes auparavant, Dodson n'avait pas verrouillé la porte derrière lui. Zavala et Austin purent donc entrer dans la maison, revolver en main. Zavala appela de nouveau. Ils avancèrent jusqu'au vestibule, et s'arrêtèrent devant le placard ouvert, faiblement éclairé par un filet de lumière en provenance de la chambre secrète. Ils échangèrent un coup d'œil, puis Austin pénétra à l'intérieur, Bowen au poing, et descendit les escaliers, pendant que Zavala couvrait ses arrières.

Austin trouva Lord Dodson assis par terre et il lui ôta le ruban adhésif de la bouche. « Ça va ?

— Oui, je vais bien. Poursuivez Razov, il a la couronne. »

Austin utilisa son couteau de poche pour libérer Dodson, et ils remontèrent tous les deux. L'Anglais sourit en voyant Joe. « Quelle joie de vous revoir, monsieur Zavala.

— Cela me fait plaisir aussi, lord Dodson. Voici mon partenaire, Kurt Austin.

— Enchanté, monsieur Austin.

— La porte de derrière est ouverte ! s'exclama Zavala. Il a dû se tailler par là. »

Dodson avait l'air contrarié. « Ma gouvernante. L'auriez-vous vue, par chance ?

— Si vous parlez de la grosse dame très en colère que nous avons trouvée ligotée à l'arrière d'une voiture de location, elle va bien, le rassura Austin. Nous l'avons envoyée chercher la police.

— Merci, me voilà soulagé. Razov va essayer de passer par la rivière quand il ne verra pas sa voiture. Il y a une barque là-bas ; il va la prendre pour s'échapper. »

Zavala fonça vers la cuisine.

« Attendez ! lui cria Dodson. Je connais un raccourci. Venez avec moi. »

Au grand étonnement des agents de la NUMA, Dodson les ramena au sous-sol. Il tourna deux nouvelles équerres et ouvrit une autre section dans le mur. « Ce tunnel secret débouche au fond d'un puits asséché, près de la rivière. Utilisez les prises prévues à cet effet pour grimper. Vous devriez atteindre le bateau avant ce sinistre personnage. D'autant que la couronne va le ralentir.

— Merci, lord Dodson. » Austin baissa la tête et s'engouffra dans se passage.

« Ne le poursuivez pas dans la rivière ! leur cria Dodson. Les gués sont dangereux. On s'y enfonce comme dans des sables mouvants. Cela peut engloutir un cheval. »

Austin et Zavala entendirent à peine le conseil, ils étaient déjà loin. Sans lampe électrique, ils se repérèrent à tâtons, dans le conduit étroit et glissant. Une puissante odeur d'eau stagnante et de végétation en décomposition leur indiqua qu'ils approchaient du but. Le tunnel se terminait de façon abrupte, et sans le pâle clair de lune qui baignait le fond du puits, ils se seraient cognés contre la paroi incurvée.

Austin trouva les prises, et ils furent vite à l'air libre. Ils enjambèrent la margelle et aperçurent la silhouette du petit abri à bateaux se détachant sur la rivière. Ils descendirent vers le cours d'eau et se postèrent de chaque côté de l'embarcadère.

Ils n'attendirent pas longtemps avant de voir un Razov en nage se presser dans leur direction. La capture semblait facile. Razov, qui ne se doutait de rien, fonçait droit dans leur piège, quand un rayon de lune accrocha la chevelure argentée d'Austin, l'espace d'une seconde. Cela suffit à Razov pour éviter l'embuscade, et il se mit à courir le long de la berge.

« Stop, Razov ! hurla Austin. Cela ne sert à rien. »

Ils entendirent un craquement de branches, suivi d'un *plouf*, et ils foncèrent dans la direction du bruit. Ils se retrouvèrent debout, au milieu des hautes herbes qui poussaient le long de la rive. À cet endroit, la berge formait un promontoire d'où ils purent voir Razov en train d'essayer de traverser la rivière à gué. Il n'alla pas loin. Après quelques mètres, ses pieds refusèrent de se soulever, prisonniers de la boue qui tapissait le fond de l'eau. Il tenta en vain de faire demi-tour. Plus il se débattait, plus il s'enfonçait. Il avait maintenant de la boue jusqu'à la taille et leur faisait face, la couronne serrée dans les bras.

« Je ne peux pas bouger », déclara-t-il d'une voix calme.

Austin se souvint de la mise en garde de Dodson. Il dégota une branche cassée et la tendit à Razov. « Agrippez ça. »

La boue atteignait la poitrine de Razov ; pourtant, il ne fit aucun effort pour attraper la branche.

« Lâchez cette putain de couronne ! vociféra Austin.

— Non, j'ai attendu trop longtemps. Je la garde.

— Elle ne vaut pas la peine qu'on se sacrifie pour elle », rétorqua Austin, sans insister outre mesure.

Seule la tête de Razov dépassait de l'eau, et sa réponse se perdit dans la nature. Il parvint, tout de même, à hisser la couronne et la posa sur son crâne. Le poids monumental du joyau impérial précipita un peu plus sa perte. Son visage disparut, et la couronne parut flotter un moment sur l'eau. Elle renvoya à la lune un ultime et flamboyant reflet. L'aigle à deux têtes déployait ses ailes pour la dernière fois, avant de sombrer à tout jamais.

« *Dios mío.* » L'émotion, chez Zavala, se traduisait parfois par un retour à la langue maternelle. « Tu parles d'une façon de s'en aller. »

Ils entendirent un pas de course, accompagné d'une respiration haletante. Dodson avait récupéré son fusil et accourait, une torche électrique à la main.

« Où est ce bandit ? demanda-t-il.

— Là. » Austin lança la branche inutile à l'endroit où Razov avait disparu. « La couronne aussi.

— Mon Dieu ! » s'écria Dodson. Il pointa le faisceau lumineux sur l'eau boueuse. Seules quelques bulles survivaient à Razov, qu'un faible courant emporta.

« Longue vie au tsar », dit Austin.

Puis il tourna le dos à la rivière et s'en alla vers la maison.

Chapitre 38

Washington DC

Austin ramait dans la lumière dorée du petit matin. Concentré sur sa cadence, il ne remarqua le hors-bord traversant le fleuve que lorsque celui-ci vint se positionner derrière sa yole, face à lui. Austin s'arrêta, le bateau aussi. Il essuya la sueur de son front, but une gorgée d'eau et se reposa sur les poignées des rames, plissant les yeux pour se protéger de la forte luminosité et voir à qui il avait affaire. Austin commençait à se demander s'il ne subsistait pas un souffle de vie dans quelque branche isolée de la vaste organisation de Razov.

Pour tester l'inconnu, il se mit à ramer. Il avait donné trois ou quatre coups d'aviron quand le bateau démarra et le suivit à nouveau. Il laissa la yole glisser à son tour jusqu'à ce qu'elle s'arrête d'elle-même. Le hors-bord stoppa à son tour.

Un bref coup d'œil alentour et Austin comprit qu'il était seul. Pas d'autre embarcation en vue, ce qu'il appréciait d'ailleurs en d'autres circonstances.

Ils jouèrent ainsi au chat et à la souris pendant un moment. Austin imagina plusieurs manœuvres pour tromper la vigilance de son poursuivant. L'une d'elles le rapprocha d'un endroit où les terres avançaient dans le Potomac et où les courants tourbillonnants se montraient particulièrement dangereux. Sans son expérience et sa force, il aurait été emporté. Il lui fallait à tout prix rejoindre le rivage, tant il était vulnérable sur l'eau.

Décidant de tenter le tout pour le tout, et alors que le bateau était à l'arrêt, il fonça dans sa direction, afin de désorienter le pilote. Pour Austin, foncer signifiait ramer à un rythme précis et régulier, sa puissance physique faisant le reste. Le plus délicat était de se retourner sans cesse pour surveiller le hors-bord et ses occupants. Le bateau laissa Austin arriver à sa hauteur sans bouger.

Austin se tenait prêt à bondir sur l'adversaire, ou à l'eau, quand il entendit un rire familier… et rassurant. Il freina la yole pour s'arrêter juste sous Petrov, debout dans le bateau, qui le regardait, hilare. Le Russe portait une casquette de base-ball et une chemise hawaïenne dont les motifs représentaient des femmes en bikini dansant sous des palmiers… La grande classe !

Austin plaça les avirons à l'intérieur de la yole. Son cœur battait encore à tout rompre. « Salut, Ivan. Je me demandais quand vous vous montreriez. Comment saviez-vous où me trouver ? »

Petrov haussa les épaules.

Austin sourit. « Vous serez sans doute intéressé d'apprendre que j'ai parcouru votre dossier. Il semblerait que vous soyez devenu Ivan Petrov il y a deux ans, tout au plus.

— Comme disait le poète, qu'est-ce qu'un nom ?

— Rares sont ceux, pourtant, qui usaient d'un pseudonyme… Enfin ! Quand rentrez-vous en Russie ?

— Demain. Votre Président a remis le trésor du tsar à mon pays. Je vais retourner chez moi en héros ; on parle même de hautes fonctions. Avec la disparition de Razov, ses forces cosaques sont en plein désarroi, et les modérés ont de grandes chances de rester au pouvoir.

— Félicitations. Vous le méritez.

— Merci, mais pour être honnête, vous arrivez à m'imaginer assis au Parlement ?

— Je suppose que non, Ivan. Vous avez toujours été un homme de l'ombre.

— Peut-on m'en blâmer ? J'appartiens effectivement à l'ombre et c'est là que je me sens le plus à l'aise.

— Peut-être pourriez-vous répondre à quelques questions, avant de prendre une nouvelle identité. Razov était-il un réel descendant du tsar ?

— C'est ce que lui avait raconté son père sur son lit de mort. Quand Razov rencontra Boris, le moine fou y vit une alliance bénie des dieux. On a des preuves que Boris, lui, était l'arrière-petit-fils de Raspoutine.

— Le moine fou ? »

Petrov acquiesça.

Austin secoua la tête, abasourdi. « Bon sang ne saurait mentir… Et Razov ?

— Son père avait été trompé. Le prêtre du village qui gardait les registres de la famille était un parfait ivrogne. Il avait entendu parler de la fille du tsar, toujours en vie, et il a utilisé ce secret auprès du père de Razov pour lui soutirer l'argent de sa vodka.

— Alors, Maria n'a pas eu de descendants.

— Je n'ai pas dit ça. » Un sourire énigmatique éclairait le visage de Petrov.

Austin leva un sourcil.

« La grande-duchesse a eu deux descendants qui vivent encore. Un homme et une femme. Je leur ai parlé, à tous les deux. Ils sont heureux comme ça, et au courant des répercussions que pourrait avoir la révélation de leur existence. Je respecterai leur vœu d'anonymat. Maintenant, j'ai une question moi aussi. Comment saviez-vous que Razov était parti voir lord Dodson ?

— On a fouillé son yacht et trouvé des documents indiquant que la couronne avait été envoyée au grand-père de Dodson. Nous avons sauté dans un avion privé de la NUMA et filé en Grande-Bretagne. Razov voyageait seul, par chance. Je crois qu'il ne souhaitait pas que l'on sût qu'il avait dû voler la couronne. Désolé de n'avoir pas pu la sauver.

— Ne le soyez pas. Elle est sans doute mieux là où elle se trouve. Jamais objet n'a été chargé d'autant de malignité que cette couronne. Chacun de ses joyaux a été payé avec le sang et la sueur des serfs. » Petrov regarda un faucon tournoyer au-dessus de la rivière. « Bien, monsieur Austin…

— Kurt. Nous avons dépassé le stade des formalités. »

Petrov le salua. « Alors, à la prochaine, Kurt. » Il mit les gaz et fila. Austin le regarda foncer sur la rivière, jusqu'à ce qu'il le perde de vue. Il reprit les avirons et rentra chez lui en quelques minutes. Il rangea la yole et grimpa les escaliers menant à l'étage principal. Il se débarrassa de ses vêtements, ne gardant que son short. Il prépara un pot de café jamaïcain frais et réunit les ingrédients pour un petit déjeuner de gourmet.

« Tu es vraiment un lève-tôt. »

Austin se retourna pour voir Kaela Dorn descendre l'escalier qui menait à la chambre, dans la tourelle. Elle arborait, pour toute tenue, une veste de pyjama en soie et… son sourire.

« J'espère que je ne t'ai pas réveillée », lui dit Austin avec douceur.

Elle s'approcha et respira la bonne odeur de la cafetière. « Je ne peux imaginer une meilleure façon de se réveiller. » Elle fronça les sourcils en laissant courir ses doigts le long des cicatrices qui marquaient le dos bronzé d'Austin. « Je ne les avais pas vues dans la pénombre, la nuit dernière.

— Tu avais les yeux fermés.

— Toi aussi. » Elle soupira. « Je crois que l'on a bien rattrapé le temps perdu.

— J'espère que ça valait la peine d'attendre. »

Elle lui donna un léger baiser. « Et comment… »

Le café était prêt. Il en servit deux tasses brûlantes, et ils sortirent sur le pont pour profiter de la vue sur le fleuve. L'air était frais et clair. Austin leva sa tasse pour un toast. « À ta nouvelle carrière à CNN !

— Grâce à toi. Cela ne serait jamais arrivé sans mon exclusivité sur le complot d'Ataman. Mickey et Dundee vont me manquer, en revanche… Je ne sais pas comment te remercier. »

Il la dévisagea avec un air lubrique à la Groucho Marx. « Tu l'as déjà fait.

— Tu veux dire que tu m'as accordé l'exclusivité dans le seul but de coucher avec moi ?

— Tu vois une meilleure raison ? »

Elle posa un doigt sur sa joue et pencha la tête de côté. « Non. Pas vraiment. »

Austin avait appelé Kaela avant de quitter Londres pour lui annoncer son retour. Ils avaient décidé de se retrouver à Washington, une fois qu'il aurait rendu compte de sa mission à la NUMA. Comme promis, il lui avait donné l'exclusivité sur le complot de Razov. Il avait omis quelques détails, mais elle en savait assez pour les découvrir elle-même. L'histoire avait fait la une de toutes les chaînes pendant trois soirées consécutives. Kaela était soudain devenue la journaliste la plus courtisée de toute la ville, à tel point qu'Austin avait été surpris lorsqu'elle s'était manifestée pour suggérer un dîner à deux, dans une petite auberge tranquille de la campagne virginienne. La soirée s'était terminée dans la maison d'Austin, et la nature avait fait le reste.

Austin s'excusa et marcha jusqu'à la porte d'entrée qui s'ouvrait sur une jolie pelouse d'un vert soyeux. Il siffla, et deux grosses boules de poil blanc jaillirent d'un bosquet et traversèrent la pelouse à toute allure. Les chiens-loups, tout excités, le suivirent sur le pont.

« Que vas-tu faire de ces deux-là ? demanda Kaela, en grattant le crâne osseux de Sacha.

— Pour l'instant, ils sont mes invités. Je leur chercherai une nouvelle maison avant mon prochain départ en mission. En attendant, j'aimerais t'emmener faire un tour en bateau. »

Kaela émit un léger rire. « Quel genre de bateau as-tu à me proposer ?

— La NUMA et moi-même sommes récemment entrés en possession d'un très beau yacht. »

Elle l'enlaça pour lui donner un long, très long baiser. Et d'une voix rauque, dont le ton ne laissait planer aucun doute sur ses intentions, elle lui murmura dans le creux de l'oreille : « Assure-toi simplement qu'ils ont un service en chambre. »

Du même auteur :

RENFLOUEZ LE TITANIC, J'ai lu, 1979.

VIXEN 03, Laffont, 1980.

L'INCROYABLE SECRET, Grasset, 1983.

PANIQUE À LA MAISON-BLANCHE, Grasset, 1985.

CYCLOPE, Grasset, 1987.

TRÉSOR, Grasset, 1989.

DRAGON, Grasset, 1991.

SAHARA, Grasset, 1992.

L'OR DES INCAS, coll. « Grand Format », Grasset, 1995.

CHASSEURS D'ÉPAVES, Grasset, 1996.

ONDE DE CHOC, coll. « Grand Format », Grasset, 1997.

RAZ DE MARÉE, coll. « Grand Format », Grasset, 1999.

SERPENT *(en collaboration avec Paul Kemprecos)*, coll. « Grand Format », Grasset, 2000.

ATLANTIDE, coll. « Grand Format », Grasset, 2001.

L'OR BLEU, coll. « Grand Format », Grasset, 2002.

WALHALLA, coll. « Grand Format », Grasset, 2003.

ODYSSÉE, coll. « Grand Format », Grasset, 2004.

BOUDDHA, coll. « Grand Format », Grasset, 2005.

MORT BLANCHE, coll. « Grand Format », Grasset, 2006.

Composition réalisée par CHESTEROC Ltd

Achevé d'imprimer en décembre 2006 en France sur Presse Offset par

BRODARD & TAUPIN

GROUPE CPI

La Flèche (Sarthe).
N° d'imprimeur : 39059 – N° d'éditeur : 80466
Dépôt légal 1re publication : janvier 2007
LIBRAIRIE GÉNÉRALE FRANÇAISE – 31, rue de Fleurus – 75278 Paris cedex 06.

31/1618/3